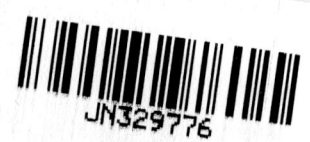

ハヤカワ・ミステリ

ALEXANDER SÖDERBERG

アンダルシアの友

DEN ANDALUSISKE VÄNNEN

アレクサンデル・セーデルベリ

ヘレンハルメ美穂訳

TOKYO
HAYAKAWA
BOOKS

A HAYAKAWA
POCKET MYSTERY BOOK

装幀／水戸部 功

アンダルシアの友

おもな登場人物

ソフィー・ブリンクマン………看護師
アルベルト…………………………ソフィーの息子
イェンス・ヴァル…………………武器商人
エクトル・グスマン……………出版社の経営者
アダルベルト………………………エクトルの父、資産家
アーロン・ガイスラー…………エクトルの相棒
レシェック・シミャーウィ……アダルベルトのボディガード、元ポーランド秘密警察官
ラルフ・ハンケ……………………旧東ドイツ出身の資産家
クリスチャン………………………ラルフの息子
ローラント・ゲンツ……………ラルフの右腕
グニラ・ストランドベリ………スウェーデン国家警察警部
エリック……………………………グニラの弟、国家警察刑事
ラーシュ・クリステル・ヴィンゲ……国家警察刑事
アンデシュ・アスク……………コンサルタント、元公安
ハッセ・ベリルンド……………国家警察刑事、元ストックホルム警察機動隊員
トミー・ヤンソン………………グニラの上司
サラ・ヨンソン…………………ジャーナリスト、ラーシュの恋人
カルロス・フエンテス…………レストラン〈トラステン〉経営者
ソニヤ・アリザデ………………黒髪の美女
スヴァンテ・カールグレン……大企業幹部
ミハイル・セルゲーエヴィッチ・アスマロフ……元ロシア軍兵士
クラウス・ケーラー……………ミハイルの相棒
ドミートリー………………………ロシア人三人組のボス

プロローグ

目の前に伸びる車線を見据えつつ、何度もバックミラーを見やる。さしあたり、バイクは見えない。ついさきほど、迫ってくる姿がバックミラーに映ったが、また消えた。彼女は高速道路の右側の車線を走り、背後に連なる車の陰に隠れようとした。

助手席の彼はひっきりなしにうしろを振り返り、運転する彼女に指示を出している。が、彼女にはその言葉が聞こえていない。ただ、彼の声に表れたパニックだけが伝わっている。

がたがたと震えるバックミラーに、バイクの輪郭が現れては、消え、また現れる――その繰り返しだ。バイクはうしろを走る車のあいだを縫って進んでいる。彼女は追い越し車線に飛び出し、アクセルを踏み込んだ。エンジンの回転数が上がって車が揺れ、彼女はギアを最高の五速に入れた。吐き気がした。

足にすきま風を感じる。そのあたりのどこかに銃弾が当たったのだろう。空気が穴を通るヒュウという音が、エンジンのうなる音と混じり合う。そのひどい音に、意識が苛まれる心地がした。最初の銃弾は、いきなり飛んできた。どのくらい走ったあとのことだったか、もう思い出せない。現実とは思えなかった。バイクの運転手が、黒っぽいバイザーのついた青いヘルメットをかぶっているのが見えた。そのうしろに乗っている狙撃手が、バイザーのない黒いヘルメットをかぶっているのも見えた。ほんの一瞬、その男と目が合った。うつろな目をしていた。

撃たれたのは左側からだ。いきなり、なんの前触れもなく、ダダダッと硬い音がいくつも続いた。太い鎖を金属板に打ちつけたような音が車内に響いた。同時に叫び声も聞こえた。自分が叫んだのか、それとも助手席の彼が叫んだのか、彼女には判断がつかなかった。彼をちらりと見やる。まるで別人のようだ。内なる緊張と恐怖が、怒りとなって外に放たれ、彼の顔に表れている——眉間のしわ、にらみつけるような目。ときおり片方の目元がぴくりと痙攣する。彼は短縮ダイヤルで電話をかけた。銃撃が始まってから、これで二度目だ。電話を耳に当てて、張りつめた視線で前を見据え、待っている。応答はない。彼は電話を切った。

バイクがまた猛スピードで迫ってきた。もっと速く走れ、と彼が怒鳴る。が、彼女にはわかっていた——スピードを上げたところで、助かる見込みはない。どんなに怒鳴られようと同じことだ。恐怖のあまり金属の味が口内に広がる。ホワイトノイズが熱に浮かされたように頭の中を駆けめぐる。パニックが限界を超えた。もう身体は震えていない。ただ、両腕にずしりと重みを感じる。ハンドルが急に重くなったかのようだ。そして、不死身のごとき敵のバイクがふたりの車に追いつき、横につけてきた。運転席の窓の外をちらりと見ると、狙撃手が銃身の短い銃を持っていて、それをこちらに向けようとしているのが目に入った。本能的に首をすくめる。銃が弾を吐き出した。車体に弾が当たって硬い音が響き、窓がガシャンと砕けて、ガラスの雨が降ってきた。身体を低くして、頭をななめ下へ傾け、アクセルを力いっぱいに踏み込む。車が勝手に走っている状態で、前がどうなっているかさっぱりわからない。ただ、ちらりと見えたのは、彼のひざのあたりでグローブボックスが開いていて、その中に拳銃の弾倉がいくつか入っていたこと。彼が拳銃を手にしているのも見えた。次の瞬間、車体に金属のぶつかる轟音が響いた。ガードレールにぶつかったのだ。車の右側から、金属のこすれ合うすさまじい音がする。悲鳴のような摩擦音。車体が傾き、焦げたにおいが漂った。

彼女は上半身を起こすと、ハンドルを切ってガードレールから離れ、体勢を立て直して車線に戻った。さっと振り返ると、バイクがななめうしろにつけている。助手席の彼が大声で悪態をつき、彼女のほうへ身を乗り出すと、運転席側の窓から銃弾を三発、続けざまに発射した。車内に響きわたる拳銃の爆音が、ひどく現実離れして聞こえた。バイクはスピードを落とし、視界から消えた。

「あとどれくらいで着くの?」

彼は質問の意味がわからないというように彼女を見つめた。が、やがて、その問いのこだまが彼の中に響いたらしかった。

「わからない……」

アクセルを極限まで踏み込んでいるせいで、スピードメーターの針が震えている。あまりの速度に車体が傾いた。彼女はバックミラーをちらりと見やった。

「また来てる」

彼は助手席の窓を開けようとしたが、さきほどガードレールにぶつかったせいでドアが歪み、窓が開かなくなっている。彼は運転席のほうへもたれかかると、右脚を引いて勢いをつけ、フロントドアガラスを蹴破った。ガラスはほとんど外に落ちた。枠に残ったガラスの破片を拳銃のグリップで払いのけると、外へ身を乗り出し、バイクに向かって発砲した。バイクがまた距離を置く。自分たちの置かれている状況は絶望的だ、と彼女は悟った。これではバイクの思いのままだ。

ふと沈黙が訪れた。まるでだれかが消音ボタンを押したかのようだった。車は高速道路を猛スピードで進んだ。ふたりはじっと前を見据え、迫りくる死と折り合いをつけようとした。その表情に色はない。いまこの瞬間、自分たちの人生にいったいなにが起きているのか、まったく理解できていない。彼は疲れたようすだ。頭を垂れ、悲しげな目をしている。

「なにか言って！」彼女は大声で迫った――両手でハンドルを握り、道路に目を向け、スピードを保ったまま。

はじめ、彼は答えなかった。物思いに沈んでいるようだった。それから、彼女のほうを向いた。

「ごめん、ソフィー」

第一部

ストックホルム、六週間前——五月

1

彼女の容貌や服装を見て、看護師には見えない、と言う人たちがいる。褒められているのか、けなされているのか、彼女にはわかったためしがない。褐色の長い髪に、緑色の瞳。その目はときおり、いまにも笑いだしそうな印象を与える。ほんとうに笑いだしそうになっているわけではない。ただ、そんなふうに見える。笑みをたたえた瞳は生まれつきなのかもしれない。

彼女の足元で、階段がギシッと音を立てる。この家——一九一一年築の、小さな黄色い木造の一軒家、縦仕切りの入った窓に、つややかな古い寄木張りの床、やや手狭な庭のあるこの家こそ、この地球上で彼女に与えられた場所、彼女の居場所にほかならない。初めてこの家を目にしたときにはもう、そう確信していた。

キッチンの窓が、風のない春の夕べに向かって開いている。家の中まで漂ってくる香りは、春というよりむしろ夏のようだ。夏が始まるまでにはまだ数週間ほどあるはずだが、今年は暑気が早くやってきてそのまま居座り、いまやすべてをずっしりと覆っていて、びくともしそうにない。ありがたい、と彼女は思った。求めてやまなかった暖かさ。窓やドアを開けっ放しにして、内と外を自由に行き来できるのが、なんとも心地よい。

遠くのほうでスクーターの音がする。どこかの木にとまったツグミがさえずっている。ほかの鳥たちも。名前はわからないが。

ソフィーは食器を出した。いちばん洒落た皿に、とっておきのフォークやナイフ、最高に綺麗なグラスをふたり分、食卓に並べて、できるかぎり日常に背を向けた。ひとりきりで食事をすることになるのはわかっている。アルベルトは空腹になれば食事をするが、そのタイミングが彼女の食事の時間と合うことはめったにない。階段のほうから、アルベルトの足音が聞こえてきた。古いオーク材の階段をスニーカーで駆け下りている。どすん、どすんと重く響く、荒っぽい足音。自分がどんなに騒がしい音を立てているか、アルベルト本人はまったく気にかけていないようだ。ソフィーはキッチンに入ってきた息子に微笑みかけた。アルベルトも少年らしい笑みを返すと、冷蔵庫の扉をぐいと引き、やたらと時間をかけて中身を見つめた。

「アルベルト、冷蔵庫、閉めて」

彼は動かない。ソフィーは何度か食事を口に運びつつ、ぼんやりと新聞をめくった。それから顔を上げ、同じセリフを、今度は声に苛立ちをこめて繰り返した。

「動けない……」アルベルトが芝居がかった調子でささやく。

ソフィーは笑った。真顔で言われた冗談そのものが可笑しかったというより、アルベルトのユーモアがうれしかった……誇らしかった、と言ってもいいかもしれない。

「今日は、どんなことしたの？」

アルベルトが笑いだしそうになっているのがわかる。よくあることだ——いつも自分の冗談を自分で面白がっているのだから。アルベルトは冷蔵庫からミネラルウォーターの瓶を出すと、ばたんと扉を閉め、片手をかけてひょいと調理台に飛び乗った。瓶のふたを開けると、炭酸がシューッと音を立てた。

「みんな、頭おかしいんだよ」と言い、水をひとくち飲む。それから、その日のできごとを前後の脈絡なく、頭に浮かぶまま語りはじめた。教師などを笑いの種にして話すのを、ソフィーは愉快な気持ちで聴いていた。アルベルトが自分の面白さに悦に入っているのがわかる。不意に話が終わった。ソフィーはいつも、息子の話の終わりを予測できない。アルベルトはなんの前触れもなく、まるで自分自身にも自分のユーモアにも飽きてしまったかのように、いきなり話を終えるのだ。ソフィーは息子に手を伸ばしたくなった。どこにも行かないで、と言いたくなった。そのまま笑い話を続けて、そのままずっと、意地悪だけど思いやりのある、人間らしい人間でいて。が、そんなことを言えるわけがない。これまでにも、同じように引き留めようとしたことはあるが、思いがうまく伝わったことなど一度もない。だから、そのまま息子を見送った。

アルベルトは玄関へ消えた。しばしの沈黙。靴をはき替えているのかもしれない。

「どうして?」

「千クローナ立て替えといたから、あとで返して」

「今日、掃除のおばさんが来た」

「掃除のおばさんなんて言いかた、失礼よ」


ジャケットのファスナーを上げる音が聞こえる。

「じゃあ、なんて言えばいいんだよ?」

それはソフィーにもわからなかった。アルベルトは玄関から外へ出ようとしていた。

「じゃあね、行ってきます、母さん」その口調が不意にやさしくなった。

ドアが閉まり、開け放った窓の向こうから、砂利道を歩くアルベルトの足音が聞こえた。

「遅くなりそうなら電話しなさい!」

そのあと、ソフィーはいつもどおり過ごした。食器を片付け、キッチンをきれいにし、テレビを観て、女友だちに電話をして、とりとめのない話をして――そうして夜は更けていった。ベッドに入ると、枕元のテーブルに置いてあった本を開いた。ブカレストのストリート・チルドレンを助ける活動を通じて、人生に新たな意味を見いだした女性についての本だ。が、つまらない本で、主人公の女性はうぬぼれが強く、ソフィーはまったく共感できなかった。本を閉じると、いつもどおり、ひとりきりで眠りについた。

八時間後、時刻は朝の六時十五分になっていた。ソフィーは起き上がり、身支度を整えつつ、バスルームの鏡をきれいに拭いた。鏡が曇ったときに、落書きされた文字が見えたからだ――アルベルト、ＡＩＫ（ストックホルムのサッカーチーム）などのほか、読みとれない文字もたくさんある。アルベルトが歯を磨きながら人差し指で書いたのだ。やめなさいと注意しても、息子にはまったく効き目がない。もっとも、ソフィーは心のどこかで、そんなふうに聞き流してくれたほうがある意味安心だ、と感じてもいるのだが。

立ったまま軽い朝食をとり、朝刊の一面に目を通した。そろそろ出勤の時間だ。彼女は二階のアルベルトに向かって、起きなさい、と三度呼びかけた。十五分後、彼女は自転車に乗っていた。ふわりと暖かい朝のそよ風で、目が覚めてきた。

＊

彼は〝ジーンズ〟と呼ばれている。ほんとうにそういう名前だと思われているのだ。やつらは笑い声をあげ、自分の服を指差しながら言った。〝ジーンズ！　これと同じ名前か！〟

だが、彼の名前はイェンスだ。イェンスはいま、パラグアイのジャングルにある掘っ建て小屋で、ロシア人三人とテーブルを囲んでいる。ロシア人のボスはドミートリーという名で、歳のころは三十代、ひょろりと痩せた体型で、子どものような顔をしている――いとこどうしのあいだに生まれた子どもだろうか。手下のゴーシャとヴィタリーも同年代で、こいつらの親はきょうだいどうしかもしれない、などと想像が膨らむ。いつも笑い声をあげているが、楽しそうではない。両目のあいだがひどく離れている。半開きになった口が、三人の頭の悪さを物語っている。

ドミートリーは、灯油入れのような大きなプラスチック容器でドライ・マティーニを作っている。オリーブを突っ込んでから容器を振り、コーヒーをさっとすすいだだけのマグカップに中身を注ぐと、こぼしながらも、乾杯、とロシア語で言ってカップを掲げた。手下のふたりが歓声をあげる。彼らはかすかに油くさいカクテルを飲んだ。

イェンスにはこのロシア人たちが我慢ならなかった。不愉快で、あさましくて、無礼で、落ち着きがなくて……嫌悪感を顔に出さないよう気をつけているが、うまくいかない。本心を隠すのは、昔からどうも苦手だ。

「ブツを見ようか」とイェンスは言った。

ロシア人たちはクリスマスイヴの子どものように興奮しだした。イェンスは外に出て、小屋の前にとめてあるジープへ向かった。駐車スペースは埃っぽく、かすかな明かりに照らされていた。

あのロシア人たちがなぜ、わざわざパラグアイくんだりまで商品を見にやってきたのか、イェンスには見当もつかない。彼はふだん、注文を受け、商品を届け、金を受け取るだけで、客に会うことなどないのだ。が、この三人組はちがった。武器を買うという取引そのものが、彼らにとってはどでかいことで、わくわくする冒険なのかもしれなかった。彼らがなにを生業としているのか、イェンスは知らないし、知りたいとも思わない。どうでもいいことだ。とにかく彼らはここにやってきた。商品を見て、試し撃ちをし、コカインを吸い、女を買い、三回払いのうち二回目の支払いをするために。

持ってきたのは、MP7とステアーAUG、それぞれ一挺ずつだ。残りは梱包されたまま、シウダー・デル・エステの倉庫で出発を待っている。

ロシア人たちは銃をつかむと、撃ち合いのまねを始めた。〝手を上げろ《ハンズ・アップ》〟……〝手を上げろ《ハンズ・アップ》!〟笑いのまじった叫び声。ぎくしゃくと不自然な動き。ドミートリーの無精ひげに、コカインの白い跡がついている。

　ゴーシャとヴィタリーがMP7をめぐってケンカを始めた。銃をつかんで引っ張り合い、互いの頭を拳骨で殴っている。ドミートリーが割って入り、ドライ・マティーニの容器を出してきた。

　イェンスは離れたところから三人を見つめていた。こいつらはそのうち手に負えなくなるな、と思う。パラグアイ人たちがもうすぐ、友好の印にと娼婦を連れて戻ってくるはずだ。三人はさらにハイになり、さらに酔っぱらって、ついには実弾をぶっ放しはじめるだろう。予測はたやすいが、自分にできることはなにもない。目も当てられないことになりそうだ。逃げてしまいたいが、夜明けまではここにいなければならない。一睡もせず、酒も飲まず、ドミートリーが金を渡す気になるのを待って受け取るしかないのだ。


「ジーンズ! 弾《たま》はねえのかよ?」

　イェンスはジープを指差した。ロシア人たちはジープのドアを力任せに開け、車内を探しはじめた。イェンスはポケットに手を突っ込んだ。ニコチンガムがひとつ残っていた。スヌース（口内に入れてニコチンを摂取するタイプのタバコ）は二か月前に、タバコは三年前にやめたが、いま、シウダー・デル・エステから四十キロ離れたジャングルの中で、ニコチンに冒されたシナプスが彼の注意を引こうと脳内で叫び声をあげている。イェンスは最後のガムを口に入れると、ぐっと噛みしめた。嫌悪感を隠せない目でロシア人たちを見ながら、またタバコを始めてしまう日もそう遠くはなさそうだ、と思った。

＊

　ひとたび病院に到着すると、ソフィーは仕事に没頭した。そもそも仕事以外のことをする時間などないに等しく、同僚と休憩のコーヒーを飲むのもあまり好きではない。落ち着かないのだ。人見知りをするわけではないのだが、彼女の性格にはある意味、欠けているところがあるのかもしれない——コーヒーを飲みながら気軽に世間話をすることができない、という意味で。病院で働いているのは、なによりも患者がそこにいるからで、信仰心ゆえとか、人の世話をしたいからとか、そういった理由ではない。患者と接し、話をすることができるからだ。患者が病院にいるのは病気になったからだ。病気の人間はおおむね自分を飾らない。気さくだ。率直で、人間らしい。いっしょにいると安心できる。しっかりと自分の役目を果たせる。それこそソフィーの求めていることで、そのために彼女は病院に通う。患者がつまらない無駄話をすることはめったにない。そういったことが始まるのは、彼らが快復するころだ。そのころにはもう、彼女は患者から離れ、患者も彼女から離れていく。だからこそ、ソフィーはこの職業を選んだのかもしれない。

他人の不幸に寄生している？　そうかもしれない。が、自分では、寄生ではなく、むしろ依存症のようなものだと思う。人の正直さ、素直さがなければ生きられない。人の本質が放つ輝きを、ときおりちらりとかいま見ることが、病みつきになっている。そんな輝きを目にすると、その患者は彼女のお気に入りになる。ほぼ例外なく、堂々とした人たちばかりだ——そう、〝堂々としている〟という言葉がぴったりな人たち。そんなお気に入りが病棟に現れると、彼女はふと物思いにとらわれる。感じ入る、と言ってもいいかもしれない。そして、言いようのない希望に満たされる。背筋をぴんと伸ばして、微笑みをうかべて人生に立ち向かっていく、堂々たる心の持ち主。そういう人かどうかは、ひと目で見分けられる。昔からずっとそうだった。なぜ、どんなふうに、と問われても答えられない。ただ、数少ないそんな人々は、魂を花開かせている。

いっさいの妥協を許さない。暗い部分、隠された部分も含めて、自分のあらゆる面と向き合う勇気をもっている。そんな気がする。

ソフィーはトレイを持って廊下を進み、十一号室にいるエクトル・グスマンのもとへ向かった。三日前に、街中の横断歩道で車にはねられて運ばれてきた患者だ。右脚の膝下の骨が折れていた。脾臓も傷ついているようだと医師が言うので、入院して経過をみることになった。エクトルは四十代半ばで、粋という感じではないが見目はよく、大柄な印象を与えるがけっして太ってはいない。スペイン人だというが、その容貌にはどことなく北欧人らしさがある。髪は茶色で、金髪に近い明るい色が少しまじっている。鼻や頬骨、あごの線は鋭く、肌の色は浅黒い。流暢なスウェーデン語を話す彼は、ソフィーのいう〝堂々とした〟人々のひとりだ。彼女がそう感じるのは、彼の顔に表情をもたらしている、あの鋭くしっかりとした目のせいかもしれない。大柄なのに軽そうな身のこなしのせいかもしれない。あるいは、怪我をして入院しているというこの状況が、まるでなんでもないことであるかのようにふるまっているからかもしれない。彼女が病室を訪れるたびに、彼はわざとそんな態度をとって笑ってみせる。彼女ならわかってくれると思っているのかもしれない。実際、彼女にはわかった。だから、自然と微笑み返した。

エクトルはベッドの上で枕にもたれて座り、読書用のメガネをかけて、本に没頭しているふりをしていた。ソフィーが病室に入ると、彼はいつもこんなふうに、ちょっとした演技をしてみせる。なにかほかのことに気を取られて、彼女が見えていないようにふるまう。

ソフィーは錠剤を用意すると、複数の小さなプラスチックカップに分けて入れ、そのうちひとつを彼に差し出した。彼は本から目を離さずにカップを受け取ると、口に錠剤を放り込み、水の入ったグラスも受け取って、薬をのどに流し込んだ。そのあいだ、目はずっと本に向けられていた。ソフィーがもうひとつカップを差し出し、彼は同じ動きを繰り返した。

「あいかわらず美味《うま》いな」と小声で言い、顔を上げる。「今日はいつもとちがうイヤリングだね、ソフィー」

彼女は思わず片手を上げ、耳に触れそうになった。

「そうかしら」

「かしら、じゃないだろう。いつもとちがう。似合ってる」

ソフィーは病室を出ようとドアに向かい、取っ手を引いて開けた。

「ジュースをもらってもいいかな？　もしよければ」

「いいわよ」

廊下に出ようとしたところで、前にエクトルのいとこだと自己紹介していた男性と鉢合わせした。エクトルには似ていない。細身ながらも筋肉質で、髪は黒、身長は平均以上。いつもなにかを警戒しているような、まわりのできごとすべてに気を配っているような、そんなアイスブルーの目をしている。彼はソフィーに向かって軽くうなずいてあいさつした。それから、エクトルにスペイン語で話しかけた。エクトルが答え、ふたりとも笑いだした。ソフィーは自分が冗談の種にされた気がして、ジュースのことをすっかり忘れてしまった。


花束を持って廊下に座っていたグニラ・ストランドベリは、看護師がエクトル・グスマンの病室から出てくるのを見た。こちらに近づいてくる彼女を、じっと観察する。その顔に表れているのは、喜びだろうか？　本人すら自覚していない喜び？　看護師が目の前を素通りする。左胸に、彼女がソフィア・ヘメット病院附属の看護師養成学校で資格を取った看護師であることを示す、小さなバッジがついている。そのすぐ横に、ネームプレートもついていた。〝ソフィー〟とだけ読みとれた。

　ソフィーを目で追う。整った顔立ちをしている。恵まれた美しさ。ほっそりとして、控えめで……さわやかだ。身のこなしはふわりと軽く、足をほとんど床につけずに歩いているのではないかと思うほど。優雅な所作。グニラは、ソフィーがべつの病室に入っていくまで、彼女の姿を目で追いつづけた。

　そして考え込んだ。感情のさまざまな要素を考えに入れながら、思いをめぐらせる。ソフィーが姿を消した方向へ、ふたたび目を向ける。それから、エクトル・グスマンのいる十一号室を見やった。ふたつの地点のあいだに、なにかが漂っている。エネルギーのようなもの……目には見えないなにかが増幅されている。あのソフィーという女が、十一号室からたずさえて出てきた、なにかが。

　グニラは立ち上がって廊下を進み、ナースステーションをのぞき込んだ。だれもいない。今週の勤務表が壁に貼ってある。彼女は廊下の左右を確かめてから中に入ると、勤務表に近寄り、人差し指で文字をたどった。

　ヘレナ……

　ローゲル……

　アンネ……

　カロ……

　ニッケ……

　ソフィー……ソ、ソフィー、ブ、リンク、マン。

　ナースステーションの外にキャスター付きの台があり、グニラはそこに置いてあった空の花瓶に花束を突っ込んで、病棟をあとにした。エレベーターの中で携帯電話を出すと、ストックホルムのブラーエ通りにあるオフィスに電話をかけ、ソフィー・ブリンクマンの住所を問い合わせた。

　ダンデリュード病院を出ると、オフィスへは戻らず、高速道路の上を横切って、ストックスンドの住宅街に車を進めた。が、道に迷った。小道がひどく入り組んでいて、彼女が目的地に着くのを阻むかのように、ぐるぐると渦を巻いて絡み合っている。坂を何度も上り下りしているだけのような気がしてならなかった。やがて、ようやくめざした道にたどり着いた。番地を確かめ、小さな木造の一軒家、外壁は黄色く、角の部分だけが白く塗られた家の前で車をとめた。

そのまましばらく運転席にとどまる。木々の生い茂った静かな界隈で、白樺の花がそろそろ咲きそうだ。車を降りると、エゾノウワミズザクラの香りに迎えられた。あたりをひとまわりして、近所の家々を眺める。それから、ソフィーの家を見つめた。美しい家。まわりに比べると小さめだ。ふと、近所の家々よりも散らかっている、と感じた。振り返って比べてみる。いや、ソフィー・ブリンクマンの家が散らかっているのではない。むしろ、ごくふつうと言っていい。おかしいのは周囲のほうだ。ある種の完璧主義。生気に欠けた、つまらない、秩序。あらためてソフィーの家に目を向ける。こちらのほうが、生きている。外壁のペンキは塗りたてというわけではなく、芝生も刈ったばかりというわけではない。砂利道も整えたばかりではなく、窓も磨いたばかりには見えない……

グニラは大胆にも門を開けて中に入り、砂利道をそっと進んだ。こちらを向いているキッチンの窓から、中をのぞき込む。見える部分から判断するかぎり、趣味のよさそうなキッチンだ。古いものと新しいものが、粋に組み合わさっている。真鍮製のしゃれた蛇口、AGA社製の高級コンロ、使い込まれたオーク材の調理台。天井から下がっているランプが、珍しいデザインでとても美しく、このキッチンのために選び抜かれたものだとわかって、グニラはうらやましさに胸がちくりと痛むのを感じた。さらに視線を走らせる。玄関の窓辺に飾られている、大きな花瓶に入った切り花が目にとまった。何歩かあとずさり、外壁を眺める。二階の窓にも、美しい花が飾られているのが見えた。
ストックホルムに戻る車の中で、彼女の脳はフル回転を始めた。

2

レシェック・シミャーウィは犬になった気分だった。飼い主のいない犬。飼い主のそばにいないと不安を感じる。が、アダルベルト・グスマンに、行け、と言われた。するべきことについて指示も受けた。レシェックは飛行機に乗り、数時間後、ミュンヘンに降り立った。

ここ十年、アダルベルトのそばを離れることなく暮らしている。例外は、三か月ごとに与えられる一週間の休暇だけだ。レシェックの人生は、ひたすら仕事をしたのち一週間の休暇という、三か月のサイクルで動いている。休みに入ると、彼はいつもホテルにチェックインして、部屋に閉じこもり、昼夜を問わず酒浸りになる。泥酔しているか、眠っているか、テレビを観ているか。それ以外になにをしていいかわからない。一週間の休暇が終わって仕事に戻れる日を、ひたすら心待ちにしている。なぜアダルベルトがしつこく自分に休暇を取らせようとするのか、レシェックにはどうしてもわからない。

いまはちょうど、そんな一週間が終わったところだ。休み明けはいつも数日ほど、酔いが残っているせいで集中できず、いろいろと危なっかしい。治療薬はきちんとした食事とトレーニングだ。調子は戻りつつあった。

レシェックは盗んだフォード・フォーカスを運転して、ミュンヘン郊外の住宅街、グリュンヴァルトを走った。塀に囲まれた広い庭のある大きな邸宅が、いくつも並んでいる。どこもしんと静まり返っている。

アダルベルトから、クリスチャン・ハンケの写真を渡された。短い黒髪の、いかにも行儀のよさそうな、二十五歳の青年。引き伸ばされた白黒写真には、父親のラルフ・ハンケも写っている。レシェックはそれらの写真をじっと見つめた。成功した者の笑み。オーダーメイドの背広に、きちんと整えられた髪型。

レシェックは双眼鏡越しにクリスチャン・ハンケの姿を目で追ったが、その人物像はいまだによくつかめていない。わかっているのは、夜の八時ごろに帰宅して、家の前の路上にBMWをとめていることだ。女がいること、使用人を雇っていること、寝室の明かりが夜中の二時までついていることもわかっている。朝になると、彼は七時半ごろに玄関を出て、塀に開いた鉄の門を抜け、道を渡って車に乗り、ミュンヘンへ向けて出発する。二十四時間にわたる監視の結果、わかったことはそれだけで、レシェックはこれをもとに行動するしかなかった。

カーラジオから、南ドイツのヒット曲が流れている。若い男がにっこり笑いながら歌っていそうな曲。シンセサイザーで合成した弦楽器の伴奏に、ありきたりなメロディー。山頂、家族の絆、エーデルワイス、などといった歌詞の断片が聞きとれた。この国は病んでるな、とレシェックは思った。どこがどう病んでいるのかはよくわからないが。

　両手をひざに載せ、穏やかに息をする。靄のかかった、美しい朝だ。まわりが木漏れ日で黄金色に染まっている。きれいだ、と思う。痛いほどきれいだ、と。

　レシェックは自分の両手を見下ろした。汚い。爆弾を仕掛けたときに汚れたのだ。あの作業は初めてではない。ずっと昔、秘密警察にいたころにもやったことがある。当時はもっと簡単で、時間もいまほどかからなかった。最近のカバーに覆われたエンジンよりも仕掛けやすかったから。レシェックは伸びをすると、しばらく目を閉じた。

　ふたたび目を開けたとき、人のシルエットがちらりと見えた。クリスチャン・ハンケの家から道路に向かって、木立の向こう側を歩いている。だれだろう？　助手席に置いていたスワロフスキー社製の双眼鏡を手に取り、目に当てる。木立の向こうにいるのは、女だった。若い女だ。レシェックは腕時計をちらりと見た。七時四十五分。女は鉄の門を開け、道路に出た。レシェックの人差し指が、双眼鏡のピントを調節するつまみを見つけた。女は金髪で、年齢は二十歳から二十五歳ほど、ロングヘアで、大きな黒いサングラスをかけ、破れたブランド物のジーンズをはいて、ハイヒールブーツでまっすぐ車へ向かっている。ハンドバッグを肩にかけている。金のかかっていそうな女だ。レシェックは双眼鏡をさっと家へ向けた。クリスチャンはどこにいるんだ？　双眼鏡を女に戻すと、彼女は道を渡ってＢＭＷに向かっている。反対側にまわって助手席に座るのではなく、運転席のドアを開け、慣れたようすで乗り込むと、ハンドバッグを助手席に置いた。レシェックはまた双眼鏡を家に向けた。クリスチャン・ハンケの姿はどこにも見えない。

それからの数秒はゆっくりと過ぎた。レシェックはクラクションを鳴らしたくなった。ドアを開けて彼女に向かって合図したい、なにか思い切ったこと、とっぴなことをして、彼女の注意を引きたい。が、そうはせず、ただじっとしていた。これから起こることは、もう決まっている。変えようとして変えられるものではない。ドイツ人歌手の甘くなめらかな声が響く中、双眼鏡のレンズを通して視界が十倍に拡大され、車のエンジンをかけるときの、あの小さな手の動きを、金髪の美しい女がしてみせた。片方の手をハンドルに置き、少し前のめりになって、右手でキーをまわしている。

電気がバッテリーからセルモーターに達する千分の一秒のあいだに、一本の導線がその電気を途中でとらえた。雷管が点火され、車の下に仕掛けてあるプラスチック爆薬の塊に火をつけた。

爆発の力で、女は車の天井に叩きつけられ、首の骨を折った。同時に車そのものが五十センチほど跳ね上がった。さらに時を同じくして、レシェックが容器に入れて車内に仕掛けたナパームにも火がつき、形の歪んだ車体は炎の燃えさかる地獄と化した。

女に火がつくのが双眼鏡越しに見えた。車の中で、ぴくりとも動かずに、ただ燃えている。その美しい金髪が消え、その美しい白肌が消え……彼女そのものがゆっくりと消えていった。

レシェックはグリュンヴァルトを出ると、森の中で人目につかない場所を見つけ、盗んだ車に火をつけた。それからミュンヘンに入り、アダルベルト・グスマンに電話をかけ、計画が狂った、じゅうぶんに用心して、まわりを味方で固めておくように、との短いメッセージを残した。道端の排水溝に電話を捨ててから、あてもなく街を歩きまわり、尾行されていないことを確かめた。

大丈夫だとわかると、タクシーをつかまえ、空港に向かった。数時間後、彼はまた、飼い主のもとへ帰ろうとしていた。

＊

入院初日から、エクトルはソフィーにいろいろと質問してきた。彼女の人生について。どんなふうに育ったか、どんな青春時代を過ごしたか。家族のこと。なにが好きで、なにが嫌いか。ソフィーはふと気づくと、彼の問いにことごとく正直な答えを返していた。彼の注目を一身に浴びるのがうれしいと思っていることも自覚した。怒濤のように質問されても、厚かましいとは感じなかった。彼女が触れたくない話題に触れそうになると、彼はそこでやめてくれる。まるで彼女の許容範囲を把握しているようだ。が、親しくなるにつれ、エクトルは彼女にぶざまなところを見せたがらなくなった。入院患者として、無防備に身体をさらさなければならないときには、ソフィーではなく、ほかの看護師に手伝いを頼むようになった。結果として、ソフィーは彼の病室を訪れる機会があまりなくなった。行きたければ、同僚たちの目を盗み、仕事のふりをして入るしかなかった。

エクトルが、疲れているのか、と尋ねてきた。

「どうして？」

「そう見えるから」

ソフィーはタオルを畳んだ。

「あなたって、女性を喜ばせるのが上手よね」

エクトルは笑みをうかべた。

「もうすぐ退院することになると思うわ」とソフィーは続けた。

エクトルが片方の眉をつり上げる。

「そういうことって、ほんとうは、私が言っちゃいけないんだけど。医師の仕事だから……でも、言っちゃったわね」

　ソフィーは窓を開けて新鮮な空気を入れると、エクトルに近寄り、上半身を起こすよう手で合図した。頭の下にあった枕を抜き取り、新しい枕を差し入れる。そうして、病室での仕事を型どおりにこなした。視界の隅のほうで、エクトルがこちらをじっと見ているのがわかる。枕元のテーブルに向かい、空になった水差しを取ろうとしたところで、彼に手をつかまれた。ほんとうなら、手をさっと引っこめて、病室を出ていくところだ。が、そうはせず、手を握られたままたたずんだ。心臓が高鳴る。初めて触れ合ったうぶな若者のように、ふたりは互いから視線をそらしたまま、手を放さずにいた。やがて彼女が手を振りほどいてドアに向かった。

「なにか要るものはある?」そう尋ねたソフィーの声は、まるで寝起きのようにくぐもっていた。エクトルは彼女をじっと見つめてから、首を横に振った。ソフィーは廊下に出た。

　好みのタイプじゃないでしょ、と自分に言いたくなった。でも、じゃあ、どんなタイプが好みなんだろう? これまでに好きになった男性のタイプはさまざまで、彼らが互いに似ているかというと、そんなことはまったくない。エクトルに肉体的な意味で惹かれているわけではない、と自分を納得させる。ただ、そばにいたいだけ。恋愛の対象として見てはいないし、結婚したい相手とも思えない。友だちとも、父親代わりともちがう。だが、同時に、そのすべてが心地よく混ざり合っているような気もする。

　そのあと、勤務時間が終わるまで救急病棟で手伝いをした。夕方、自分の病棟に戻ってみると、エクトルも、彼の私物も、十一号室から消えていた。

*

　結局、目も当てられない状態になった。やはり思ったとおり、この夜はなにもかもがエスカレートした。ロシア人三人組は、哀れなパラグアイ人の娼婦たちとの行為を手短に終えると、銃であたりを撃ちはじめた。すっかり興奮して、オートマチック銃で乱射を始めたのだ。弾があらゆる方向へ飛んでいった。イェンスはしかたなくヴィタリーに拳骨を見舞った。ヴィタリーは鼻血を出しながら謝った。ドミートリーともうひとりは腹を抱えて笑っていた。

　翌朝、彼らは小屋でふたたび顔を合わせ、もう一度、すべての手配を確認した。納品日、配送、支払い。ロシア人たちは、そんなことはどうでもいい、と思っているらしかった。ドミートリーがコカインをすすめ、イェンスを闘鶏に誘った。イェンスは断り、ロシア人たちに別れを告げた。

　パラグアイ人の車に乗せてもらい、シウダー・デル・エステへの帰路につく。二時間かかった。でこぼこ道をがくがくと揺れながら進んだ。座席にはクッションが入っていなかった。運転席の男は無口で、この国ではいつもそうであるように、ずっとラジオがついていた。電波の状態はつねに悪く、音量はつねに大きすぎて、癇に障るほど鋭く甲高い音が、車の薄っぺらいドアについた二つのスピーカーから響きわたる。まあ、べつにかまわない。もう慣れた。予定を頭の中で再確認する時間だと思えばいい。今回の手配は、わりにうまくいっている。完璧ではないが、悪くもない――そういうケースがいちばん多い。記憶を探ってみても、なにもかもが完璧に思えたことなど一度もない。

　イェンスは四十歳に近づいている。身長は百九十センチ弱、金髪で、筋肉質。さんざん日に焼けたせいで肌が荒れている。くぐもった低い声は、変声期を迎えたのが早すぎたのと、タバコを吸いすぎたせいだ。身のこなしにはあまり覇気が感じられず、どこかのんびりとしている。なにか話を持ちかけられて、断ることはめったにない。そのことは、彼のまなざしにも表れている。年相応に深まりつつあるしわの向こうで、好奇心がきらきらと輝いているのだ。

ロシア人三人組が買ったアサルトライフルは、シウダー・デル・エステからトラックで東へ、ブラジルの港町パラナグアへ運ばれ、船で大西洋を横断して、ロッテルダム港で下ろされる。そこから車でワルシャワへ運べば、イェンスの仕事は完了だ。

取引の話は二か月前に始まった。口利き役のリストがモスクワから電話をかけてきて、MP7と、それよりも強力なのを欲しがっている客がいる、と伝えてきたのだ。

「何挺?」

「十挺ずつ」

「ずいぶん少ないな」

「ああ、だが、これから手を広げるつもりらしいからな。おまえへの依頼も増えるはずだ。先行投資だと思えばいい」

小さな仕事だ。手配はたやすいだろう。

「わかった……ちょっと調べてから、また連絡する」

イェンスはブローカーに連絡をとった。ブローカーはあくまでも匿名を貫いていて、飛行機のプラモデルについてのホームページを持っているだけだ。が、このページの掲示板に、あるパスワードを書き入れると、本人に接触できる。金はかかるが仕事は確かで、無理だと断られたことはそれまで一度もなかったし、こちらの要望がまったく通らなかったこともない。このブローカーが取引を仲介してくれるのだが、イェンスに売り手の素性が明かされることはない。万全なやりかただ――だれも取引相手を知らないから、密告の心配はいっさいない。イェンスはMP7に加えて、オーストリア製のあまり旧式すぎないアサルトライフル、ステアーAUGを注文した。ところが、ブローカーから連絡があり、ステアーAUGは手配できるがMP7は無理だと言われた。売り手はMP5ならあると言っているという。それでも、リストの客の意思ははっきりしていた。MP7でなければだめだというのだ。結局はいつものとおり、百パーセント希望どおりではないにせよ、なんとかなった。注文どおりステアーAUGを十挺と、MP7を八挺、MP5を二挺用意できたのだ。じゅうぶんだろう、とイェンスは考えた。

リストが、プラハに行って客と会ってこい、と言ってきた。イェンスは驚いた。

「どうしてまた?」

「知るか。客が会いたいって言ってるんだよ」

そんなわけでプラハに出向いたが、ふたを開けてみればまったく無意味な会合だった。客はただ、イェンスに直接会って彼を見定めたかっただけだった。客——ドミートリー、ゴーシャ、ヴィタリーの三人組は、いまだにたちの悪い思春期から抜け出せていないかのようにふるまった。

彼らはイェンスの宿泊先であるマラー・ストラナ地区のホテルでウォッカをあおった。ヴィタリーがバスルームの鏡をはずして、ソファーの前のテーブルに置いた。手荒く扱われてプラスチックフィルムのはがれたダイナーズ・カードで、白い粉をいくつもの塊に分け、太い線状にそろえていく。やがて娼婦たちがやってきた——旧ソ連出身の、麻薬でハイになった若い女たちだ。ドミートリーが全員に夕食をおごりたいというので、ヴァーツラフ広場にある近代的でつまらない店に入った。クロムめっきと革とプラスチックの内装だった。娼婦たちはすっかりヘロインにやられていて、ひとりは口の中に指を突っ込んで奥歯をほじり、もうひとりは人差し指を頰に押しつけ、もうひとりは前腕をひっきりなしに搔いていた。ドミートリーは全員にシャンパンをおごったが、やがてゴーシャとくだらない言い争いを始めた。これはだめだ、ドミートリーとはどう考えても気が合いそうにない、とイェンスは悟った。こっそりその場を抜け出し、ドロウハー通りのナイトクラブ〈ロキシー〉に入ると、酒を飲みながら、ダンスに興じる人々を夜明けまで眺めた。

ドミートリーは翌日、目の下に隈を作った子分たちを連れて、またホテルにやってきた。LSDをやって、サッカーの試合を観に行こう、FCゼニト・サンクトペテルブルクがプラハに来ていて、ACスパルタ・プラハと試合をするから、と言いだした。イェンスは、残念ながら行けない、予定よりも早く帰らなければならなくなった、と答えた。ロシア人三人組は例の楽しそうでない笑い声をあげ、イェンスの部屋で麻薬をやり、ハイになってしばらくふざけまわったあと、廊下の壁に取り付けられていた消火器を力ずくではずして持ち去り、奇声をあげながら出ていった。

イェンスは予定よりも早い飛行機でストックホルムに向かった。

自宅に戻ってみると、メッセージが残されていた。

〝明後日、ブエノスアイレスで〟。イェンスは荷物を詰め替えると、ろくに眠りもせず、翌朝アーランダ空港へ舞い戻り、パリ経由でブエノスアイレスへ飛んだ。

エセイサ国際空港に到着すると、ホテルの部屋で数時間ほど休んでから、自惚れのはなはだしい運び屋と昼食をとった。運び屋に支払いをすると、車のキーをふたつ渡され、ホテルの車庫にワゴン車が一台とめてある、と言われた。ワゴン車の後部に積まれた箱を確認する。銃が入っている。注文どおりだった。

疲れていたので、パラグアイへ荷物を運ぶ前に、あと一日ブエノスアイレスにとどまろうと決めた。ボクシングを観に行ったが、試合は途中からすっかり荒れて、フェアな試合というよりただのケンカのようになり、イェンスは主審が試合終了を告げる前に会場を去った。代わりに観光スポットをまわって午後を過ごした。ごくふつうの人々のように過ごしたいと思ったからだ。が、ほどなくして、それがどんなに退屈なことかに気づいた。

レストランを見つけ、満足のいく食事をし、ホテルから持ってきた『USAトゥデイ』紙を読んだ。

自分の名を呼ばれても、すぐには気づかなかった。が、顔を上げてみると、自分の席のすぐそばに立っているのが、ソフィー・ランツの妹のジェーンだとすぐにわかった。最後に会ったときから、顔が変わっていない。あのころは、まだ子どもだったのに。

「イェンス?……イェンス・ヴァルでしょう! どうしてこんなところにいるの?」

ジェーンの微笑みが笑い声になる。イェンスは立ち上がった。ジェーンの喜びが伝染してきた。ふたりは抱擁を交わした。

「ジェーン、久しぶり」

彼女のうしろに立っている無口な男は、ヘススという名だった。彼が自分で名乗ったのではない。ジェーンが紹介したのだ。三人はイェンスのテーブルにつき、ジェーンは椅子に腰を下ろす前からしゃべりはじめた。イェンスは耳を傾け、ときおり笑い声をあげた。彼女がヘススのような無口な男を選んだのも納得だな、とほどなく思った。ふたりはヘススの親戚を訪ねるため、ブエノスアイレスに来ているのだという。住まいはストックホルム旧市街、ヤーン広場そばのマンションで、キッチンのほかに三部屋ある、子どもはいない、ということだった。

イェンスはソフィーの近況を尋ね、彼女がどんな人生を送っているかについて、通り一遍のことを教わった。いまはソフィー・ブリンクマンという名前であること、夫を亡くしたこと、息子がひとりいること、看護師として働いていること。ジェーンはどうやら、話すべきことは話したと感じたらしく、逆にイェンスを質問攻めにした。彼はもっともらしい嘘を並べた。肥料を売る仕事をしていて、出張が多い。結婚はしておらず、子どももいないが、一生そうとはかぎらない。

その夜は三人で酒と食事を楽しんだ。自分ひとりでは絶対に行かなかっただろう場所へ、ヘススとジェーンが連れていってくれた。ブエノスアイレスの真の顔を見ることができて、この街がさらに好きになった。ヘススは一晩中黙ったままだった。

「彼、口がきけないのか？」イェンスがそう尋ねたのも当然だろう。

「ときどきは話すわよ」とジェーンは答えた。

ホテルに戻るタクシーの中で、イェンスはふと憂鬱な気持ちになった。束の間、自分の過去に触れたことの、悲しみ。その夜は、よく眠れなかった。

車はがたがたと揺れながらシウダー・デル・エステをめざした。遠くのほうに街が見えてきた。ロシア人三人組から逃れられてせいせいした。出発までに必要な準備をしてから、銃をトラックに積み替える予定だ。

＊

彼女へのメッセージが休憩室に残されていた。小さな硬めの白封筒に、黒インクで〝ソフィーへ〟と書いてある。コーヒーがはいるのを待っているあいだに封筒を開け、さっと目を通すと、ポケットにしまった。

それから昼まで仕事を続けつつ、さきほど読んだ内容を忘れてしまいたいと思った。もちろん、忘れるわけがなかった。十一時四十五分になると、彼女は更衣室に入って看護師の白衣を脱ぎ、ハンドバッグを持ち、夏用のジャケットをはおって、入口ロビーへ下りた。

エクトルのいとこはすでに彼女を待っていた。彼女に向かってうなずいてみせ、いっしょに外へ出るよう促した。彼女は従いつつも、心のどこかで、これでいいのだろうか、と思っていた。自分の中のなにかが、この決断はまちがっている、と告げているような気がする。が、そんな不安がある一方で、深く考えずに思いのまま行動できて、心が浮き立っているのも事実だった。こんな高揚感は久しぶりだった。

車はずいぶん新しかった。最近よく見かける、日本製のハイブリッド車だ。さして変わったところがあるわけではなく、ただ、新しい。新車の香りがして、乗り心地がよかった。

「これからヴァーサスタン地区へ行きます」とエクトルのいとこが言った。

バックミラーの中で目が合う。彼の瞳は青く澄んでいて、眼光が鋭かった。

「エクトルのいとこっておっしゃってたけど、どういうつながりなのかしら？　お父さんが兄弟どうし？」

「あらゆる意味で」

ソフィーは笑い声をあげた。

「あらゆる意味で？　どういうこと？」

「考えられるかぎり、あらゆる意味でつながっている、ということですよ」

これ以上話すつもりはない、と言いたげな口調だった。

「おれの名前はアーロンです……」

「よろしく、アーロン」

それから到着まで、車内はずっと静まり返っていた。


テーブル、椅子、厨房へ続くスイングドア。明るすぎる照明、壁に飾られた風景画、チェック模様の紙のテーブルクロス。要するに、よくある安価なレストランだ。それ以外のなにものでもない。

奥の席から手を振っているエクトルを見て、ソフィーは笑顔になった。が、テーブルのあいだを縫って彼のもとへ向かうあいだに、その笑みを抑える努力をした。

エクトルは立ち上がり、彼女のために椅子を引いた。

「ほんとうは、自分で迎えに行きたかったんだ。脚を怪我してなければ」

ソフィーは腰を下ろした。

「大丈夫よ。アーロンは感じのいい人だし。ちょっと無口だけど……」

エクトルは微笑んだ。

「来てくれたね」

ビニールカバーのかかったメニューをテーブル越しに差し出し、続ける。

「さよならも言わずに別れてしまったから」

「そうね」

彼は口調を変えた。

「ここは魚介料理が絶品なんだ。ストックホルムでいちばん美味いのに、知ってる人はほとんどいない」

「じゃあ、おまかせするわ」

ソフィーはひざに手を置いたままで、メニューには触れもしなかった。エクトルは、バーカウンターの奥にいるだれかに向かって、かすかにうなずいてみせた。

病院の外でエクトルに会うのは、病院内で会うのとはまたちがっていた。ふと、自分はこの人のことをなにも知らない、そんな相手と昼食をともにするのだ、と思って、めまいのような感覚に襲われた。が、エクトルが彼女の不安に気づき、話を始めてくれた。脚にギプスをはめてストックホルムで暮らすのが、どんな感じか。気に入っていたズボンを切らなければならなくなったこと、病院で出された食事やインスタントのマッシュポテトがちょっと恋しくなったこと、等々、ちょっとした逸話を披露する。日常のなにげないできごとを、ユーモラスに語るのがうまい。逆境すらも、気楽で軽い話にするりと変えてしまう。

ソフィーは彼の話をぼんやりと聴いていた。エクトルの容貌が好きだ。その生き生きとした瞳に、どうしても目が行ってしまう。瞳の色が左右でちがう。右目が濃い青、左目が濃い茶色だ。光の加減で、瞳の色もわずかに変わる。そのあいだ、まったくの別人になったように見える。

「おれがいなくなって、病院はさびしくなった？」

ソフィーは笑い声をあげ、首を横に振った。

「べつに、いつもどおりよ」

ウェイトレスがワインを二杯運んできた。

「スペイン産の白ワイン。最高の出来ではないが……まあ、飲める味だよ」

エクトルがワイングラスを手に取り、乾杯、と気さくに掲げてみせた。ソフィーはワインではなく、水を入れたグラスのほうを手に取り、ごくりとひとくち飲んでから、軽くグラスを傾けて相手と目を合わせようとする、スウェーデンふうの乾杯のしぐさをした。が、エクトルは気づかなかった。すでに彼女の目から視線をはずしていたからだ。ソフィーは恥ずかしくなった。

エクトルは椅子にもたれ、穏やかに、自信ありげに彼女を見つめると、なにか言おうと口を開いた。が、なにかの考えがふっと頭をよぎったらしく、すぐに口を閉ざした。そのあとは、言葉を探しているようすで、急に言いよどみはじめた。

「どうしたの？」ソフィーはくすりと笑って尋ねた。

エクトルは椅子に座ったまま体勢を変えた。

「いや、なんというか……きみがまるで、ちがう人みたいに見える……なにかがちがうんだ」

「なにかって、なにが？」

エクトルは彼女を見つめた。

「わからない。とにかくちがうんだ。看護師の制服を着てないからかな？」

「着ててほしい？」

彼女の言葉に、エクトルはばつの悪そうな顔をした。それが、彼女には愉快だった。

「でも、まさかほんとうに別人だと思ってるわけじゃないでしょうね？　私のこと、知ってるでしょう？」

「知ってるんだろうか」とエクトルは言った。

「どういうこと？」

「きみがいったいだれなのか……」

「知ってるじゃないの」

エクトルは首を横に振った。

「まあ、ある程度は知ってるけど……全部は知らない」

「全部を知ってどうするの？」

彼はそこで思いとどまった。

「ごめん、出すぎたことを言うつもりはなかった」

「出すぎたことだなんて思ってないわ」

「いや、これじゃ強引すぎる……」

「どうして？」

エクトルは肩をすくめた。

「おれはときどき、欲しいものを焦って手に入れようとするから……そういうときは、強引な態度になってると思う。でも、いまは、その話はやめよう。この前の続きが聞きたい」


ソフィーにはよくわからなかった。

「この前の続きって？」

食事が運ばれてきた。ふたりの前に皿が置かれる。エクトルは甲殻類を手でつかみ、慣れたようすで殻を剝きはじめた。

「お父さんが亡くなって、何年かは悲しくて、さびしい思いをしてた……そのあと、お母さんがトムと出会って、きみたちはトムの家に移り住んだ。ちがったっけ？」

ソフィーにははじめ、彼の意図がわからなかった。が、やがて気づいた——エクトルが入院中に投げかけてきた質問は、彼女が子どものころからどんな人生を送ってきたかについてだった。彼女はそれに応え、時系列に沿ってすべてを語った。というより、エクトルが時系列に沿って質問してきたのだ。それまでまったく気づかなかったことに、ソフィーは自分で驚いた。

エクトルは、話を続けて、と促すように、彼女の目を見つめた。ソフィーはしばらく考えをめぐらせ、記憶を探ってから、続きを話しはじめた。父親が亡くなったあと、彼女も妹も、時が経つにつれて少しずつ明るさを取り戻したこと。子ども時代を過ごした家から数分ほど離れたところにあったトムの家へ、母親とともに移り住んだこと。九年生のときにマルボロ・ライトを吸いはじめたこと。人生に光が射しはじめたこと。

ふたりは牡蠣やアカザエビ、ロブスターを食べた。ソフィーは話を続けた。一年間のアメリカ交換留学、初めての仕事、アジアへの旅行。若いころは、恋愛がわからなくて悩んでいた。やがて大人になることへの不安が生まれ、三十代も半ばに入るまで消えなかった。食事をしながら、夢中で自分の話をする。時が経ち、ふと気づいてみると、エクトルに口をはさむ隙すら与えずに、ひたすら話しつづけていた。しゃべりすぎたかしら、と尋ねてみる。退屈じゃない？　エクトルは首を横に振った。

「続けて」

「そのあと、ダヴィッドに出会った。結婚して、アルベルトが生まれて、気がついたらあっという間に何年も過ぎてた。あまりよく覚えてないわ」

そのあとは、もう話したくなくなった。どうしても気が進まなかった。

「なにを覚えてないって？」

ソフィーは食事をちびちびと口に運んだ。

「あのころのことは、なんだかほかの時期といっしょくたになってしまって、はっきり思い出せないの」

「どういう意味？」

「よくわからないわ」

「わかってるように聞こえるけど」エクトルは微笑んだ。

ソフィーはフォークで食べものをもてあそび、静かに言った。

「受け身だったから」

その言葉が、エクトルの好奇心をさらに刺激したらしい。

「どういうふうに？」

ソフィーは顔を上げた。

「なにが？」

「受け身だったって、どういうふうに？」

ソフィーはグラスを傾けてひとくち飲むと、エクトルの問いを反芻した。そして、肩をすくめた。

「たぶん、母親になると、みんなそうなんじゃないかと思うけど。ずっと子どもとだけ向き合って暮らすのよ。ダヴィッドは仕事が忙しくて、出張も多かった。私は、家にいた……なにも起こらなかった」

自分がどんな表情をしているか、顔の感覚を探ってみる。眉間にしわが寄っているのがわかって、なんとか眉を広げ、笑みをうかべようとした。エクトルが質問してくる前に、自分から続けた。

「で、年月が過ぎて、ダヴィッドは病気になった。あとは知ってるでしょう」

「話してくれ」

「ダヴィッドが亡くなった」と彼女は言った。

「それは知ってる。でも、なにがあった？」

いまのエクトルは、彼女の許容範囲を察することができないらしかった。

「なにがあった、っていうほどでも。ただ、がんと診断されて、二年後に亡くなっただけよ」

最後のひとことを口にした彼女の声を聞いて、エクトルはこの話題をさらに掘り下げることを断念した。ふたりは無言で食事をした。しばらくすると、また同じような会話が始まった。エクトルが質問をし、ソフィーが答える。が、滔々と語ることはもうなかった。ころあいを見て、腕時計にちらりと目を向ける。エクトルはすぐに察した。体面を保つため、自分の腕時計に目をやってから、淡々と言った。

「時が経つのが早いな」

エクトルはここに至ってようやく、自分が好奇心をあらわにしすぎた、出しゃばりすぎたと気づいたのかもしれない。急にあわてたようすでナプキンを折り畳む。態度がよそよそしくなった。

「アーロンに車で送らせようか？」

「ううん、大丈夫」

先に立ち上がったのはエクトルだった。


地下鉄の中で、ソフィーは窓に頭をあずけ、外の暗闇に目を向けている。目の前を過ぎていく、ぼんやりとした暗い壁を見ているようで、実はなにも見ていない。


エクトルはけっして強引ではなかった。ただ、彼女がいったいどういう人間なのか、自分自身と比べることで理解しようとしているように見えた。それはソフィーにとって、なじみのある姿勢だった。彼女も同じだから。他人の中に自分を映し出して、知りたい、理解したい、と願う。が、その一方で、自分と彼が似ていることが怖くもあった。思い返してみれば、彼のそばにいるとき、つねに恐怖を感じている気がする。彼が怖いのではない。そうではなくて、たぶん、彼からにじみ出ているなにかが。彼の影響力のようなものが。

ひとりでいるのは単調で、楽だ。孤独を知りつくしている彼女は、もうはるか昔から、ずっとその中に身を隠してきた。そうして築いた壁が、他人の接近によって崩れそうになったり、破られそうになったりするたびに、彼女はあとずさり、逃げてきた……が、今回は、なにかがちがう。エクトルの出現は、なにかを意味している……

急にあたりがまぶしいほど明るくなった。地下鉄が地上に出て、ベリスハムラとダンデリュード病院のあいだの橋を渡っている。日差しが車両を直撃していた。ソフィーは物思いから目覚めると、席を立ち、ドアのそばにたたずんだ。地下鉄がキーッと音を立てて減速し、ホームにすべり込んでいくあいだ、床を踏みしめてバランスを保った。

病院へ向かい、服を着替えると、さまざまな思いを頭から追い出すため、仕事に没頭した。病棟にはいま〝お気に入り〟がひとりもいない。近いうちにだれか来てくれないだろうか、と彼女は思った。

3

ラーシュ・ヴィンゲは、グニラ・ストランドベリに電話をかけた。いつものことながら応答はなく、ラーシュは電話を切った。四十秒後、彼の携帯電話が鳴った。

「もしもし」

「なあに？」グニラが尋ねる。

「ついさっき電話したんですが」

一瞬の間。

「だから、なんの用なのよ……」

ラーシュは咳払いをした。

「相棒の男が、看護師を迎えにいきました」

「で？」

「車でレストランに連れていきました。グスマンが昼食に誘ったようです」
「中断して帰ってきなさい」グニラはそう言って電話を切った。

ラーシュ・ヴィンゲは、エクトル・グスマンが退院して以来、エクトルとアーロン・ガイスラーをときおり監視している。だらだらと見張っているばかりで、報告するようなことはなにも起こらない。こんな仕事、だれかほかの人間にやらせるべきだ、と思う。自分には役不足だろう。自分は、頭を使った分析に向いている人間で、そういう仕事をするために雇われたのだから。少なくとも、二か月前にこの仕事をしないかとグニラ・ストランドベリに誘われたときには、そういう話だった。それなのに、いま与えられている任務といったら、日がな一日車に乗っていることだけだ。ほかのチームメンバーたちは、背景の分析、今後の展開の予想、犯罪の手口の推理に携わっているというのに。

グニラに仕事の話を持ちかけられたとき、ラーシュはすでに十二年間、警官として働いていた。移民の多いストックホルム西の郊外でパトロールを担当していた彼は、人種間の対立をなんとかしてやわらげられないものかと考えていた。が、孤軍奮闘という気分だった。彼のように、社会をよくしたいという意欲をみせる同僚など、ひとりもいなかったのだ。そこでラーシュは、この地域が抱えている問題について、自主的にレポートを書いた。たくさんの人に読まれたわけでも、高く評価されたわけでもない。ただ、自分はブロイラーじみた同僚たちとはちがうのだと主張したくて、書いたというのが正直なところだ。そう、男の同僚たちの大半はまるでブロイラーのようだ、と彼は思っていた。たくましすぎる二の腕、大きすぎる顔、がさつで粗暴で頭が悪く、あまりにも知性に欠けている。自分とは合わない。同僚たちに嫌われていること、仲間だと思われていないことは自覚していた。職場でのラーシュ・ヴィンゲの評価は〝相棒にしたくない男〟だった。夜中のパトロールでは逃げ腰で、荒っぽいことが始まるとすっと身を引き、体格のいい同僚たちにあとを任せてしまう。更衣室ではいつもそのことで馬鹿にされた。

ある朝、ラーシュは鏡を見て、自分がひどく幼く見えることに気づいた。髪型を変えればなんとかなるかもしれない、と思い、横分けにして整髪料できっちりと撫でつけると、落ち着きが出たような気がした。同僚たちにはナチスの軍人みたいだと言われ、〝ラーシュ少佐〟と呼ばれるようになった。とはいえ、それまでのあだ名、〝お嬢ちゃん〟〝腰抜け〟などに比べればましではあった。彼はいつもどおり、聞こえないふりを貫いた。

ラーシュ・ヴィンゲはできるかぎり仕事に励み、暴力沙汰と夜を避け、上司の機嫌をとり、同僚たちと世間話をしようとした。が、なにひとつ彼の思いどおりにならなかった。だれもが彼を避けていた。彼はよく眠れなくなった。鼻のそばに湿疹ができた。

人種間の対立に関する例のレポートが書き上がり、おそらくどこかの資料庫に保管されて忘れ去られてから二年後、国家警察のグニラ・ストランドベリと名乗る女が電話をかけてきた。警官らしくない話しかただ、とラーシュは思った。クングストレードゴーデン公園内のレストランで昼食をともにすることになり、実際に顔を合わせたときにも、やはり警官らしく見えない、と思った。年齢は五十代、白髪の交じった黒髪のショートヘアで、美しい茶色の目と、すべらかで若い肌をしていた。そう、まず目についたのがそれだった。肌……実際の年齢よりも若く、健康そうに見えた。グニラ・ストランドベリは、ときおりかすかな笑みをうかべることはあっても、全体的には折目正しく落ち着いた印象だった。その落ち着きの元は、まわりのできごとすべてを静かに見つめる思慮深さであるらしかった。衝動に流されたり、心のままに行動したりするのではなく、そういうふうに思索的に生きることを、自ら選んでいるように見えた。突っ走るだけではうまくいかないと知っている、成熟した人間らしいふるまいだった。その意味で、彼女は知性を醸し出してもいた。頭のいい、有能な人物。過大評価にも過小評価にも傾くことがなく、明晰かつ明快な目で世界を見つめている。彼女と向き合っていると、ラーシュは自分がちっぽけになった気がした。が、べつにかまわないと思った。そうあるべきなのだ、と感じた。当然のことだ、と。

グニラ・ストランドベリは、自分が編成をまかされたというチームについて話してくれた。組織犯罪、とりわけ国をまたいだ組織犯罪に対抗するための、一種の試験的プロジェクトのようなもので、捜査をすばやく進められるよう、検察もこのチームを優先してくれる予定なのだという。あなたのレポートを読んで面白いと思った、とグニラに言われて、心の内に湧き上がってきた誇らしさを、ラーシュはなんとか表に出さないよう努めた。仕事内容を最後まで聞き終わらないうちに、引き受けると返事していた。

二週間後、ラーシュはストックホルム郊外のブロイラー集団を離れ、市内エステルマルム地区の頭脳派集団に移った。三十六歳にして制服を脱いで私服刑事となったのだ。給料も上がった。考えてみれば、自分は警察でこんなキャリアを歩むだろう、と想像していたとおりになった。こんなふうに、ほかの警官たちよりもすぐれた（と自分では思っている）仕事ぶりや知識を、いつかだれかに評価してもらえるだろうと期待していたのだ。

しばらく成果のないままアーロンとエクトルの監視を続けているうちに、事態が動いた。グニラの言ったとおりだ。そのうちあの看護師が現れて、捜査の鍵を握ることになる、と彼女は言っていた。その予言をラーシュは忘れていたが、今日の正午ごろ、アーロン・ガイスラーが病院の前で車のドアを開け、看護師を乗せてやっているのを見て、あらためてグニラのすごさを実感した。

ブラーエ通りの警察署の前に車をとめる。名も知らない同僚たちに軽く会釈しつつ、平屋建ての署を抜けて裏手のビルに入った。

三部屋が一列に連なった、なんの変哲もないオフィスだ。いかにも役所らしい家具。白木の本棚にずらりと並んだ、分厚いファイル。壁に飾られたつまらない絵。一九九〇年代半ばにだれかが掛けたままになっている、ストライプの長いカーテン。

エヴァ・カストロネベスがすれちがいざまに微笑みかけてきた。片方の手で携帯電話をいじり、もう片方の手にはサンドイッチを持っている。エヴァはいつも活発で、休みなく動きまわっているうえ、ふつうよりも動きがすばやい。ラーシュも微笑み返したが、彼女には見えていなかった。グニラの部屋に入ると、グニラとエリックがいた。グニラは自分の机に向かい、受話器を耳に当てている。彼女の弟であるエリックは、あいかわらず高血圧のせいで顔が赤く、市販のプラスチックケースに入ったスヌースを、ふたにヴァイキング風の飾りのついた真鍮製の自分のケースに詰め替えていた。エリック・ストランドベリは、ニコチンとカフェインとジャンクフードで生きている男だ。無精ひげと、白髪のまじったぼさぼさ頭が、いかにもだらしない印象を与える。いつも大声で、つねに威張っている彼は、若さゆえの自信過剰をだれにも正してもらえないまま年を取ってしまったのだろう、とラーシュは思っている。が、いいところもないわけではない。ラーシュがここで働きはじめたとき、エリックはごく自然に、気さくに彼を迎えてくれた。色メガネで見ることなく、ありのままを見て、受け入れてくれた。珍しいことだ。

エリックはスヌースのついた両手をぬぐうと、ラーシュと目を合わせ、ウインクをした。机の上の皿に載ったデニッシュに手を伸ばしつつ、しわがれ声で言った。

「よう、新人」

「どうも」ラーシュも小声で答えた。

「やっと釣れたな」

「そういうことになるんですかね……」ラーシュはとなりの椅子に腰を下ろした。

「グニラ、喜んでたぜ。おまえの電話で」

エリックはデニッシュにかぶりつくと、ひざの上に載った資料を開いて読みはじめた。

「悪いな、これ、読まなきゃならないんだ」

「かまいませんよ」ラーシュはあわてて立ち上がった。

エリックは無精ひげに囲まれた口をもぐもぐと動かしている。

「おい、べつに座っててもかまわないぞ」

「いや、いいです」ラーシュはそう答えると、平静を装って歩き去った。

自分の自信のなさにいやけがさす。昔からずっとそうだった。自分の中に棲みついている迷いに、人生のあらゆる局面で操られているように感じる。どういうわけか、自分の中にすっかり根を張ってしまっている、この心もとなさ。身体の動きにも、容貌そのものにも表れている。金髪に、アイスブルーの瞳、整った鋭い目鼻立ち——客観的に見るなら、自分はハンサムだと自惚れてもおかしくないところだ。が、自信のなさが、すべてに影を落としている。写真で見れば、写っている角度によってはそれなりに見られる容姿だと思えなくもない。が、実際の彼は、ただひたすら頼りないだけだった。

ラーシュは、オフィスにあるキャスター付き掲示板三台のうち、いちばん前に置いてある掲示板に足を向けた。オフィスに入ると、ときおりそうする。主な理由は、部屋の片隅にぼうっと立ちつくすことにならなくて済むからだ。掲示板を見ていれば、時間をつぶせる。

グスマン関係の掲示板には、たくさんの写真や監視の成果が、なんの秩序もないようでありながら実は整然とまとめられていた。ラーシュはパスポートのコピーや出生証明書、スペインの公的書類をじっと見つめた。掲示板の右のほうに貼ってある、アーロン・ガイスラーとエクトル・グスマンの写真を眺める。エクトルの写真の下には、弟エドゥアルドと妹イネスの写真に加え、一九七〇年代の末に撮影された、母親ピアの古い写真もあった。もともとストックホルム郊外、フレミングスベリの出身であるピアは、容姿の整った金髪の女性で、子どものころに映画館で見たティモテ・シャンプーのCMから抜け出してきたかのようだ。

エクトルの写真から赤い線が伸び、掲示板の左のほうに貼ってある二枚の白黒写真につながっている。写っている男ふたりは、ラーシュの知らない顔だ。ひとりは、薄い白髪をオールバックにして、こんがりと日焼けした老人。エクトルの父親、アダルベルト・グスマンだ。もう一枚は、パスポート写真を拡大したもので、うつろな目をした短髪の男が写っている。アダルベルト・グスマンのボディーガード、レシェック・シミャーウィだ。

ラーシュは写真の下に添えられた文章を拾い読みした。レシェック・シミャーウィは、共産主義時代のポーランドで秘密警察に勤めていた。ソ連が崩壊してからは、いろいろなところでボディーガードをやっている。アダルベルト・グスマンのもとで働きはじめたのは、どうやら二〇〇一年の夏らしい。

ラーシュは視線をアーロン・ガイスラーに移し、短い紹介文を読んだ。一九七〇年代、彼はストックホルムのエストラ・レアル高校に通っていた。一九七九年にはエステルマルム地区のチェス同好会のメンバーだった。一九八〇年代にはイスラエルで三年間、兵役に服し……その後は外国人部隊にいて、湾岸戦争で真っ先にクウェートに降り立った部隊に所属していた。両親は一九八九年までストックホルムに住んでいたが、その後イスラエルのハイファに移り住んだ。アーロン・ガイスラー本人は一九九〇年代の一時期、フランス領ギアナに滞在していたことがわかっている。とはいえ、どこでなにをしていたのか不明な時期もかなりあるようだ。

ラーシュは掲示板から数歩あとずさり、全体を見渡してみたが、さっぱりわけがわからなかった。そこで給湯室に入り、コーヒーをいれることにした。砂糖とミルクの両方を入れるボタンを押す。薄茶色の泥水めいた液体がカップに注ぎ込まれた。オフィスに戻ると、グニラは受話器を置いているところだった。彼女が声を張り上げた。

「今日、十二時八分、アーロン・ガイスラーが看護師を車で拾って、ヴァーサスタン地区のレストラン〈トラステン〉に連れていったわ。そこで彼女は一時間二十分にわたって、エクトル・グスマンと昼食をともにした」

グニラは読書用のメガネを鼻梁に載せた。

「看護師の名前は、ソフィー・ブリンクマン。夫はすでに亡くなっていて、アルベルトという十五歳の息子がいる。毎日、出勤して、帰宅して……夕食を作る、それだけの生活を送ってる。いまのところ、わかっていることはその程度」

グニラはメガネをはずし、顔を上げた。

「エヴァ、あなたには私生活のほうをまかせるわ。友人、敵、恋人……調べられるだけ調べ上げて」

そしてラーシュのほうを向いた。

「ラーシュ、エクトル・グスマンの尾行はもういいわ。これからは看護師に集中しなさい」

ラーシュはうなずき、カップのコーヒーをひとくち飲んだ。グニラは微笑み、集まったチームメンバーを眺めた。

「ときには神さまが、天使を地上に送ってくださることもあるのね」

どうやらこれでミーティングは終わりらしかった。エヴァはグニラはまたメガネをかけ、仕事に戻った。エリックはさきほどパソコンのキーを叩きはじめた。エリックはさきほどの資料に戻りつつ、慣れた手つきで、血圧を下げる薬を瓶から振り出している。

ラーシュはついていけなかった。聞きたいことが数えきれないほどあった。仕事はどう進めればいいのか？　グニラはどの程度、情報を求めているのだろう？　どのくらい働けばいいのだろう？　夜も働かなければならないのだろうか？　ひょっとして、夜中も？　そもそも残業手当はつくのか？　グニラはいったい、自分になにを求めているのだろう？　こうしたことを自分で判断しなければならないのが、ラーシュには苦痛だった。それに従っていればいい、というはっきりとした指針が欲しかった。が、グニラはそういうタイプの上司ではない。自信のなさが露呈するようなことを言いたくもなかった。彼はドアへ向かった。

「ラーシュ。持っていってほしいものがあるんだけど」

グニラが壁沿いに置いてある段ボール箱を指差す。ラーシュは近寄って開けてみた。中には、ファシット社製の古いタイプライターに、最新型のファックス、ニコンのデジタル一眼レフカメラとさまざまな大きさのレンズ、小さな木箱が入っていた。木箱のふたを開けてみると、待ち針のような小型マイクが八個、カットされたスポンジゴムにしっかりと包まれて入っていた。

「盗聴するわけじゃないですよね？」と尋ねてから、すぐに後悔した。

「しないけど、いつでも使えるように持っておいて。

カメラはすぐ使いはじめなさい。看護師を監視して、写真を撮るの。とにかくできるだけ早く、できるだけ多くの情報を集めなきゃならない。報告書はそのタイプライターで書いて、ファックスで送って。ファックスは暗号化されてるから、ふつうに家の電話線につないでいいわ」

ラーシュは箱の中の機器を見つめた。グニラは彼のいぶかしげな表情に気づいたようだ。

「このチームではみんな、報告や所見をタイプライターで書くことになってるの。データがどこにも残らないように。リスクはできるだけ避ける。覚えておいて」

ラーシュは彼女の目を見ると、段ボール箱を抱えてオフィスをあとにした。

*

レシェックが海岸に沿って歩き、アダルベルト・グスマンのほうへ近づいてくる。なかなかアダルベルトと目を合わせようとしない。

アダルベルト・グスマン――〝善玉《エル・ブエノ》〟と呼ばれることもある彼は、ちょうど海から出てきたところだ。ビーチの小さなテーブルに、搾《しぼ》りたてのジュースを入れたグラスが載っている。椅子の上にはタオルが折り畳んで置いてあり、背もたれにはバスローブが掛かっている。アダルベルトは身体を拭いてからバスローブをはおり、海を見渡しながらジュースを飲んだ。

子どものころは母と並んで、いまと同じコースを泳いだものだった。毎朝、肩を並べて、あの海に浮かんでいた。以来、泳ぐコースは変わっていないが、陸に戻るときに見える景色は、時とともに変わっていった。一九六〇年代の初め、最愛の女性――スウェーデン人のツアーコンダクターだったピアに出会ったころ、彼は家の周辺の土地を手に入るかぎり買い占めた。ほかの家々を取り壊し、かつて公道が走っていたところに、糸杉やオリーブの木を植えた。さっき泳いできた海域も、上がってきたビーチも、彼のものだ。

アダルベルト・グスマンは七十三歳で、妻はすでに亡く、息子がふたり、娘がひとりいる。これまでの三十年間、いっさい見返りを求めることなく、莫大な額を慈善団体に寄付してきた。自ら築き上げたビジネスで富を得た彼は、その気前のよさ、恵まれない人々への厚情で知られ、教会にもつながりを持ち、地元テレビ局の料理番組にたびたび登場する有名人でもある。まさに〝グスマン・エル・ブエノ〟――〝善玉グスマン〟だ。

レシェックと向き合うと、アダルベルトは彼の腕をぽんと叩いた。レシェックはほどよい距離が開くまで待ってから、彼のあとを追って邸宅への道を歩きはじめた。

「思いどおりにいかないこともあって当然だ、レシェック」

レシェックは黙ったまま歩いた。

「やつらへのメッセージは、たしかに伝わった。そうだろう?」

アダルベルトはそう続けると、邸宅への石階段を上がりはじめた。

「ああいう形で伝えるつもりじゃなかったんですが」

レシェックがつぶやく。

「それでも、われわれの言いたいことは伝わった。おまえは無事に帰ってきた。それがいちばん大事なことだ」

レシェックは答えなかった。

テラスから邸宅の中に入れる大きなガラス戸のドアが開いていて、中に掛かっている白い麻のカーテンが、潮風に吹かれて揺れている。ふたりは邸内に入った。アダルベルトがバスローブを脱ぐと同時に、使用人が今日の着替えを持ってきた。彼はレシェックの目の前であっけらかんと着替えを始めた。

「子どもたちのことが心配でな」と言いながら、ベージュのズボンをはく。「エクトルはアーロンもついているし大丈夫だろうが、エドゥアルドとイネスにも警護をつけるよう手配してくれないか。もし、ふたりがいやがって口答えしたら……いや、口答えなぞさせている場合じゃないな」

エドゥアルドとイネスは、父親のアダルベルトを遠く離れて、それぞれ自らの人生を歩んでいる。もうほとんど連絡をとり合っていないが、アダルベルトは孫の誕生日に毎年、大きさも値段も限度を超えたプレゼントを贈っている。イネスにはやめてくれと頼まれたが、彼は聞く耳を持たなかった。

長男のエクトルだけはべつで、ずっとアダルベルトのそばにいた。十五歳のときに父親の事業について学びはじめ、十八歳になるころにはアダルベルトの右腕となってビジネスを動かしていた。エクトルの初仕事は、北アフリカとスペイン間のヘロイン取引を畳むことだった。警察の取り締まりが厳しくなったからだ。代わりにマネーロンダリング組織の構築に力を注ぎ、麻薬や武器の取引、強盗などで得た金や、その他洗浄しなければならないあらゆる資金をロンダリングした。このビジネスが、ヘロインを南ヨーロッパに持ち込むのに匹敵する利益をもたらした。これで、グスマン一族はたいていのことに動じない、という評判ができあがった。が、一九九〇年代、アメリカが躍起になって薬物対策に取り組みはじめ、コカインの価格がかつてないほど上がったときには、さすがになにもせず傍観しているわけにはいかなかった。

そこでコロンビアのバジェ・デル・カウカを拠点とするドン・イグナシオのもとを訪ね、ヨーロッパへの独自パイプラインを築く可能性を探った。なかなか使えそうな密輸ルートがいくつか見つかったが、それでも金のかかる困難で危険な仕事であることに変わりはなかった。ルートを何度も変えることになったうえ、海賊や税関に荷物を奪われもした。結局、計画はあきらめ、凍結させることになった。二〇〇〇年代の初め、アダルベルトとエクトルの合法的なほうのビジネスが不調になり、なかなか回復しなかった。コカインのパイプラインがうまく機能したらどんなにいいか、と考えずにはいられなかった。そこでパラグアイとロッテルダムを結ぶルートを試してみたところ、わりに危険が少なく、これまで試した中ではいちばんいいルートだとわかった。彼らは肩の力を抜き、大金を稼いだ。ビジネスがまた面白くなってきた。

そこに突然、ドイツ人が現れて、すべてを掠め取っていったのだった。虚をつかれたことを、アダルベルトは不本意ながら認めざるを得なかった。もっとも、ラルフ・ハンケとぶつかったのは、これが初めてではない。数年前、ブリュッセルでの高架橋建設工事の受注争いで、間接的にやり合ったことがある。ハンケは関係者全員を金で買おうとした。なにがなんでも受注しようと必死だった。が、契約を勝ち取ったのはグスマン一族のほうで、ハンケはゴール寸前で倒れた形となった。とはいえ、さして価値のある契約ではなかったのだ。だから、コカインの密輸ルートをハンケに盗まれたと聞いて、ハンケがどんな男なのか、アダルベルトにはすぐにわかった――極端な負けず嫌い。頭の足りない男だ。

パラグアイ＝ロッテルダム間のパイプラインを築き、それを維持するのは、ひじょうに骨の折れる仕事だった。とにかくいろいろなところに、次々と賄賂を贈らなければならない。パイプラインを立ち上げて維持するというのはそういうことだ。金額が問題なのではない。難しいのは、金をすすんで受け取ってくれる相手を見つけることだ。それでもたっぷりと時間をかけ、金に見合った働きをしてくれる有用な連中とのつながりを築き上げてきた。税関職員、荷積みや荷下ろしを担当する業者に加えて、古いながらも自分の船を持っているベトナム人の船長と、その船長お墨付きの乗組員も手に入れた。すべてがうまくいっていた。だからこそラルフ・ハンケは、すべてを横取りしようと画策したのだろう。グスマン一族が買収した連中をひとり残らず、さらに高い金を出して買収し、ロッテルダムで船を迎えた運び屋を脅し、商品を奪って、そこからは独自のルートを使ってコカインをヨーロッパ各地へ運んだ。

アダルベルト・グスマンは宅配便で手書きの手紙を受け取った。言葉遣いの巧みな、丁重で堅苦しい手紙で、いかにも高価そうな、張りのある象牙色の紙に書かれていたが、行間を読めば、歯向かうつもりなら暴力で迎え撃つ、という内容だった。アダルベルト・グスマンも手書きで返信した。受け取った手紙ほど堅苦しい文章にはせず、紙も少し安めのものにして、今回盗られた分はしっかりと利子をつけて返してもらう、と伝えた。それに対する答えとして、ハンケはおそらくストックホルムに手下を送り込み、横断歩道を渡っていたエクトルを車ではねたのだろう。ひき逃げだった。スウェーデンの警察は、問題の車を見つけることができなかった。

アダルベルトはとっさに湧き上がった感情にまかせ、レシェックをミュンヘンに送り込んで、ハンケの息子の命を奪おうとした。が、ことは計画どおりに進まなかった。考えてみれば、これでよかったのかもしれない。これで引き分けだ。しばらくはこのままでいい。

床の上を歩く小さな足音が聞こえた。犬のピーニョがボールをくわえて、いつもどおりうれしそうに、ひたむきな目でこちらを見上げている。雑種犬のピーニョは五年前、邸宅の玄関前に立って中に入りたそうにしていたところを、アダルベルトに招き入れられた。以来、かけがえのない友となっている。

善玉グスマンはボールを取って投げてやった。ピーニョはそれを追いかけてくわえ、飼い主のもとに駆け戻ってきた。いくらやっても飽きないらしい。

このまま穏やかな日々が続けば、ルート奪還の計画を練ることに集中できる。そう、奪還するのだ。絶対に取り戻す。

＊

夜はまだ暖かい。セミが鳴いている。どこかからパラグアイのテレビ番組の音が聞こえてくる。

イェンスは古い倉庫で荷造りをしていた。アサルトライフルを解体し、ボルトの部分を、大きさも形もさまざまなスチールパイプの入った箱にまぎれ込ませる。銃床の部分は、真空パックされたスイカといっしょに詰めた。

ここ数年は、ずいぶん忙しかった。バグダッド、シエラレオネ、ベイルート、アフガニスタンに行った。危なかった。銃で撃たれ、撃ち返した。もう二度と見たくもない人間たちに出会った。

この仕事が終わったら、しばらく休暇を取ると決めている。自宅に戻ってゆっくり過ごすつもりだ。ふだんなら、商品といっしょに移動することはまずない。あまりにも危険だからだ。が、今回はそうしようと思い立った。ブラジルの港町パラナグアからロッテルダムへと向かう、パナマ船籍の貨物船に乗る手配をした。ベトナム人の船長は慣れたようすで、同じ船を使うべつの荷主が、ロッテルダムでの荷下ろしの際に問題が起こらないよう手はずを整えてくれている、乗船料はそのことを考慮に入れたうえでの金額になる、と説明してくれた。ヨーロッパまでは二週間かかる。ここらでゆっくりと身体を休めなくては、と感じていたから、ちょうどいい。が、船での移動を選んだ理由は、それだけではなかった。自分の我慢の限界を試すこと。つねに動いていないと落ち着かない自分の性格が、どれほど手の施しようのないところまで来ているか、確かめること。いったん船に乗ってしまえば、逃げることはできない。いつもの自分は、同じ景色を二度も見たら、すぐに逃げようとする人間だ。

イェンスは箱に釘を打つと、偽りの税関申告書を書き、古いトラックに荷物を載せた。明日の朝、この車で、自分も荷物もパラナグアへ向かう予定だ。

準備を終えると、イェンスはシウダー・デル・エステの街に出た。街は混沌そのものだった。汚れていて、うるさくて、混雑していて——そのうえ、世界のあらゆるにおいをひとつに集めたような濃厚なにおいが、あたりに立ちこめていた。あまりに濃厚で、街全体から酸素がなくなりつつあるのではないかと思うほどだ。貧しい人々が裸足で走り、富める人々は靴をはいて走っている。だれもが、なにかを売りたがっている。買おうとしている人も何人かいる。イェンスはこの場所が大好きだった。

地元のパブで酒を飲みつつ、ニュージーランドから来たという観光客の娘たちとともに過ごして、眠りを遠ざけた。が、ほどなく彼女たちに飽き、こっそり店を出てほかのバーに入った。そこで薄暗い隅のほうに席を見つけ、ひとりきりで酔うまで飲んだ。

翌日のパラナグアまでの移動は、十一時間にわたる悪夢だった。二日酔いのせいで眠れなかったうえ、ブラジルまでずっと、運転手の大声とクラクションをひっきりなしに聞かされるはめになった。

船は一九五〇年代のもので、古く、錆びついている。かろうじてもとの塗装が残っているところは青かった。全長六、七十メートル、幅は十二メートルほど。ディーゼルエンジンが甲板の下で難儀そうに動いている音が、イェンスが立って船を眺めている埠頭まで聞こえてくる。操舵室は船の後部にある。甲板の半分が空いていて、その中央に、ロープで固定されたコンテナがいくつも見えた。大小の箱や、いかにも間に合わせらしい梱包容器も積まれている。要するに、すっかり落ちぶれた、古い貨物船だ――それ以上でもそれ以下でもない。

イェンスはたよりなく揺れる梯子を上がって船に乗り込んだ。甲板に立ち、あたりを見まわす。乗ってみると、船は下から見たときよりも大きく感じられた。しばらく船内を歩きまわったのち、自分の船室を見つけた。むしろ独房のようだと思った。横向きにならずともかろうじて入れるほどの幅しかない。壁に造りつけられた狭いベッドと、小さな戸棚。それだけだ。が、イェンスは満足だった。窓が水面よりも上についていたから、というのもあるが、なによりも相部屋になる可能性がゼロだとわかったからだ。

船べりにもたれて立っていると、船が出発した。太陽が水平線のすぐ上にある。イェンスはパラナグアのコンテナ港が遠くへ消えていくのを眺めた。

＊

ラーシュ・ヴィンゲの勤務はひたすら時間が長いだけで、中身がなかった。勤務先から自転車で帰宅するソフィーの姿をカメラにおさめた。ただ座ったまま、あたりを眺めて時間をつぶした。暗闇にまぎれて歩き、家の窓辺にソフィーの姿を認めて、ピンぼけした写真を何枚か撮った。ソフィーと息子のアルベルトが車でストックホルムに向かい、街角のレストランに入り、それから映画館へ入るのを尾行した。そのあとの二日間、彼女はひとりきりで夕食をとっていた。なぜ自分がこの仕事をしているのか、ラーシュにはわからなかった。なにもかもが無意味に思えた。

仕事に飽き、怒りを覚えたが、打ち明ける相手がだれもいないので、いつものとおり、自分の心の中だけでその怒りをくすぶらせた。

昨晩、グニラに宛てて、ソフィーの動向についての報告書を書いた。監視をやめてもいいのではないか、という提案で締めくくった。

ラーシュの住むマンションの居間では、ともに暮らしている恋人のサラが、環境破壊についてのテレビ番組を観ていた。ずいぶんと気色ばんでいる。イギリスの大学教授が、地球は破滅に向かっている、と告げた。ラーシュはドアの枠にもたれて番組を見た。学者たちが示す統計や、説得力のある議論に、恐怖心をあおられた。

携帯電話にメールが届き、彼は画面に目をやった。グニラからだ。あなたは捜査に役立つ大切な人材だ、いま監視をやめてもらっては困る、という内容だった。メールは〝じゃあね〟という親しげな言葉で締めくくられていた。

グニラの褒め言葉が、彼に仕事をやめさせないための戦略だとわかってはいても、気分がよくなるのは抑えられなかった。これまでどおり自分の仕事を続けよう、と思った。きっとそのうち、ほかの仕事も任せてもらえる。もっといい任務に就かせてもらえる。グニラがそう約束してくれたのだから。単調きわまりない人生を送っているらしい看護師を、日がな一日車に乗って眺めて過ごすよりも、もっと彼の知性を活かせる任務を与えてくれるはずだ。そうなれば、自分がやっている仕事の意味も、もっとよく理解できるようになる。チームの同僚たちはみな、彼の仕事ぶりにはかなわない、と感服することだろう。

ラーシュはソファーに座っているサラのとなりに腰を下ろし、テレビを観た。番組は終わりに近づいていて、地球がもうすぐ滅びるのはこの番組を見ているあなたたちのせいでもある、と訴えかけている。ラーシュの胸に、罪悪感がちくりと刺さった。レポーターが伝える事実を聞いて、彼もサラと同じように腹を立てた。もう飛行機にはいっさい乗らない、代わりに電車を使うことにする……もし外国に行くことがあればだけど、とサラは言った。ラーシュはうなずいた。自分もそうするつもりだ。

「今夜、このあとまた仕事に行かなくちゃならないんだ……少し横になろうか?」

サラはテレビに目を向けたまま首を横に振った。

午後七時半、彼はソフィーの家から少し離れたところにボルボをとめ、家のまわりを歩きまわって、さらに近づけそうな場所がないか探した。いつものことながら、とくに変わったところはなく、彼は車に戻った。しばらくぼんやりしてから、車を走らせて、周辺のようすを把握しようとした——もう十回目だが。べつの場所に駐車し、彼女の家にレンズを向けて、ピントの合っていない写真を何枚か撮り、メモする必要のないことをメモした。九時になると、ラーシュはまたため息をつきはじめた。車のエンジンをかける。最後にもう一度、ソフィーの家のそばを通ってから、自宅に戻ろうと考えた。

家を素通りしようとしたちょうどそのとき、中からソフィーが出てくるのが見えた。門の前にとまったタクシーに向かっている。薄手のコート姿で、前のボタンはとめていない。横長の財布を手に持っている。彼女はタクシーの後部座席に乗り込み、去った。

ソフィーの姿が見えたのは、車で彼女のそばを素通りした、その一瞬だけだった。時間が引き延ばされ、ゆっくりと過ぎているような気がした。なにもかもが動きを止めたかのようだった。その一瞬のあいだ、彼女はラーシュの目に、完璧なもの、満たされたものとして映った。自分は彼女のことを知っている、彼女も自分を知っている、という、強烈な感覚が襲ってきた。彼はそんなふしぎな感覚を振り払うと、道の先で車をUターンさせ、タクシーのあとを追った。

距離を保ちつつ、車を走らせる。緊張が体内で暴れ、便所に行きたくてしかたがない——このふたつの現象は理不尽にもつながっているようだ。タクシーからひとときも目を離さない。タクシーはロースラグストゥルの交差点でビリエル・ヤール通りに入り、カーラ通りを左折し、フムラゴーデン公園を過ぎて、シビュッレ通りにとまった。ラーシュは彼女がタクシーを降りているそばを素通りして、バックミラー越しに、建物の中に入っていく彼女の姿を目で追った。

道路の先、バス専用車線に車をとめると、一分待ってから車を降りた。

懐中電灯で建物の中を照らし、壁の住人一覧表に載っている名前をすべてメモした。

十一時、ソフィーが女友だちと連れ立って出てきた。腕を組んで、エステルマルム広場に向かって歩いている。ふたりとも笑い声をあげている。ソフィーが身振りをまじえながら面白い話をしているらしく、女友だちは笑いの発作に襲われ、立ち止まって腹を抱えた。ラーシュは車を置いたまま、ふたりのあとを追った。

その夜、ソフィーと女友だちが訪れた場所は三か所あった。そのうち二か所でラーシュは入場を断られ、警察の身分証を見せざるを得なくなった。

ソフィーと女友だちはバーにいた。何度か、さまざまな年代の男たちが近寄っていったが、ふたりは興味を示さなかった。ラーシュは離れた席からふたりのようすを観察した。ヴァージン・マリーを飲みながら、自分はこの場にそぐわないと感じた。夜に出かけることなどめったにないし、出かけるとしてもレストランがせいぜいで、クラブという選択肢はなく、しかもストックホルムの中でもこの界隈に来ることは絶対にない。ソフィーを見る。ふと、自分が彼女を凝視していることに気づき、目をそらしてカクテルを飲んだ。トマトジュースはトマトジュースらしい味で、セロリのスティックは苦かった。彼女がそばにいるだけで、心が揺さぶられる。また横目で彼女を見やり、その魅力と美しさに打たれた。これまでは気づかなかった、細かいところまで見えてくる。ほとんど見えない目元の小じわ。無防備にさらされた首筋。ふわりと自由に波打つ髪……ときおりのぞくうなじは完璧で、彼女の身体をしっかりと支える芯が入っているかのようだ……額の形もいい。彼女が醸し出している、輝くような知性ともあいまって、上品で優雅な印象を与える。そんな彼女が、すぐ近くにいる。近すぎるほど近くにいる。ラーシュは彼女をじっと見つめた。女の裸を初めて目にした十代の少年のように、凝視した。

ソフィーが女友だちと笑っている。ラーシュも彼女につられて、ふと笑いだした。そのとき、彼女がいきなりラーシュのほうを向いた。彼の強烈な視線を感じ取ったのかもしれない。ほんの一瞬、ふたりの目が合った。笑っている最中だったソフィーの顔には、笑みがうかんでいた。ラーシュは微笑み返した。が、彼女の視線は彼を素通りし、べつのところへ向けられた。

自分の顔に、微笑みが残っているのがわかった。ラーシュはそれがはがれていくにまかせ、向きを変えると、足早にバーを去った。


自宅に戻ると、省エネ電球の明かりをつけて、今夜のできごとについて報告書を書いた。ソフィーの女友だちについて、マンションの入口でチェックした住人一覧表をもとに、推測される名前をいくつか書き込んだ。そして、ファックスでグニラに送った。

サラは眠っていた。ラーシュがとなりにもぐり込むと、彼女は眠ったまま身じろぎしてから、目を覚ました。

「いま、何時？」寝ぼけたようすでささやく。

「かなり遅い時間……いや、早い時間、って言ったほうがいいかな」

サラは掛けぶとんを引き寄せてくるまり、ラーシュに背を向けた。彼はサラに身体を押しつけ、ぴたりと寄り添おうとした。不器用な誘いだった。こういったことは大の苦手なのだ。デリカシーやムードのかけらもない。

「やめてよ、ラーシュ」サラは苛立たしげにため息をついて、身体をさらに遠ざけた。

ラーシュは寝返りを打って仰向けになり、天井をじっと見つめながら、外の道路から聞こえてくる車のくぐもった音に耳を傾けた。やがて眠れそうにないと悟り、ベッドを出てテレビの前に座った。画面に映っては消えていく美しい女たちの顔が、どれもソフィー・ブリンクマンに見えた。

＊

デパートの店内にかかっているBGMは、落ち着いた、美しい曲だった。ソフィーは婦人用下着売り場を歩きまわり、商品を眺めては、手で触ってその素材や質を確かめた。それから化粧品売り場に向かい、ありそうにない効果を約束している高価なクリームを買った。

「ソフィー？」

振り向くと、エクトルがいた。脚にギプスをはめ、杖をついている。彼のうしろにはアーロンがいて、紳士服店の紙袋をふたつ手に持っていた。

「エクトル」

続いた沈黙は、ほんの一秒ほど、不自然に長かった。

「なにかいいのが見つかった？」エクトルが尋ねる。

「とりあえず、クリームだけね」

ソフィーは小さな紙袋を掲げてみせた。

「あなたは？」

エクトルはアーロンの持っている紙袋に目をやり、だれにともなくうなずいてから、小声で言った。

「さあ、どうだろう」

そしてソフィーに視線を据えた。

「コーヒー、飲みそこねた」

「えっ？」

「この前、いっしょに食事したとき、食後のコーヒーを飲んでる時間がなかった。下の食品売り場の脇に、よさそうな店があったけど、どう？」

ソフィーはコーヒーにミルクを入れて飲んだ。エクトルも同じだった。カウンターの奥にいる、チェック柄のエプロンをした若い女の店員が、いろいろな種類のコーヒーを勧めてきたが、ふたりはすべて断り、ごくふつうの無難なコーヒーを注文した。アーロンは離れた席に座り、店内を見渡しながら辛抱強く待っている。

「アーロンはコーヒーも飲まないの？」

エクトルはうなずいた。

「コーヒーも嫌いらしい。あいつは――アーロンは、変わってるから」

しばらく沈黙が訪れた。破ったのはソフィーだった。

「出版業界って、最近、どう？」

彼女のぎこちない質問に、エクトルはかすかに笑みをうかべた。わざわざ答えることはしなかった。

「病院業界って、最近、どう？」と問い返す。

「あいかわらずよ。人は病気になる。中には元気になる人もいる。みんながんばってる」

それは彼女なりの真剣な答えなのだと、エクトルは理解した。

「そうだろうね」と言ってから、コーヒーをひとくち飲んでカップを置いた。「実はおれ、もうすぐ誕生日なんだ」

ソフィーは、それはおめでとう、という顔をしてみせた。

「それで、パーティーに招待したい。来てくれるかい？」

「さあ、どうかしら」

エクトルはほんの短いあいだ、彼女をまじまじと見つめた。その一瞬で、ソフィーは彼の中のなにかが変わったことに気づいた。ユーモアや明るさが消えて、その対極にあるなにか――彼女には見覚えのない、漠然としたなにかが、姿を現したように見えたのだ。

「いま、きみを招待したんだよ。どうかしら、なんていう答えは失礼じゃないか？　ふつうに、応じるなり断るなりしてくれ」

ソフィーは恥ずかしくなった。これではまるで、駆け引きをしているようではないか。エクトルに好意を持たれていると思い込んで、高嶺の花を演じてみせたようにも取れる。好意なんて、いっさい持たれていないのかもしれないのに。実際、彼を見れば見るほど、彼は自分を口説こうとはしていない、と感じる。彼のしていることは、それとはまたちがうのだ。もしかすると、単に友だちとして気に入ってくれているだけなのかもしれない。少なくとも言葉のうえでは、彼はそう言っている。それ以上のことはほのめかしもされていない。

「ごめんなさい」

「いいよ」エクトルは間髪を容れずに答えた。

「誕生日パーティー、喜んでお邪魔するわ、エクトル」

エクトルはまた笑みをうかべた。

る建設工事や不発弾に関する質問はひとつもなかった。ラルフの莫大な財産から、ウクライナ人のモデルと交際しているという噂まで、話題はあらゆるところに及んだ。

ラルフ・ハンケはけっしてインタビューに応じない。公の場にはときおり現れるだけで、しかもたいていはどうでもいい内容の、ごくささやかな集まりに、思いがけない形で姿を見せる。ちょうどこの、ミュンヘン郊外のショッピングセンター建設予定地での記者会見のように。

彼の右腕であるローラント・ゲンツが前に出て、集まった記者たちに礼を述べると、演壇の奥のほうへラルフを連れていき、その場をあとにした。

ふたりはミハイル・セルゲーエヴィッチ・アスマロフの運転する車に乗り込んだ。ロシア人のミハイルは巨漢で、首だけでも座席ほどの幅がありそうだ。

「あの議員、黙ってたほうがいいタイミングってのが

4

さかんにフラッシュがたかれる。ラルフ・ハンケはカメラの前で微笑みながら、口ひげを生やした髪の薄い小柄な男と握手を交わした。

男は地元の議員だ。記者が彼に、第二次大戦時代の不発弾が埋まっているとされる場所にショッピングセンターを建設するのは、ほんとうに得策なのか、と尋ねる。議員はたわごとを並べはじめたが、ほどなく言葉が続かなくなって言いよどんだ。ラルフ・ハンケが口をはさんだ。

「くだらない質問ですな。用地の安全確認には、多大な時間と資金をかけていますし……」

記者たちはラルフに質問を浴びせた。これから始ま

わからないんですね。あれで市民のために尽くしてると思ってるんだから救いようがない」助手席に座ったローラントが言う。

ラルフは窓の外を眺めた。建物がいくつも過ぎ去っていく。彼の知らない、店、住宅、人々。これからも知ることはないだろう。ここ最近、大きな投資をいくつもしてきた。賭けに出るのは好きだ。彼の所有する建設会社は、望んだ案件をすべて受注した。ショッピングセンター建設、オフィスビル建設、ボートヤード建設、駐車場ビル建設、すべて申し分なく、見栄えもいい。これで彼はまっとうな人間に見える。雇用を創出し、大いに金を稼いでいる。合法的な金を。

ラルフ・ハンケの人生は、彼が自らの力で築き上げたものだ。そうでないとはだれにも言わせない。貧しい家庭のひとりっ子として生まれ、東ドイツで育った。一九七八年に息子のクリスチャンが生まれ、その二年後、ヘロインにのめり込みだした当時の妻と別れた。

ベルリンの壁が崩壊する前は、郵政局で働き、同僚を秘密警察に売っていた。密告者として得た利益は、のちのち大いに役立ったし、秘密警察の中でも、東ドイツの崩壊を予測できるほど利口な連中と知り合いになれた。郵政局を辞すると、秘密警察の仲間と共謀して、密告者に関する資料を盗み出し、壁の崩壊後にそれを本人に売りつける計画の準備を進めた。

最後の一年は秘密警察で働き、商業調整社（Ｋｏｋｏ）の一員となった。この組織の目的は、破産状態にある東ドイツがもうしばらく生き延びられるよう、工作活動を通じて西側の外貨を獲得することだった。

ラルフ・ハンケとその仲間たちは、東ドイツ軍の拳銃を、買いたいという人がいればだれにでも売った。初めて東ドイツを出たのは、ノリエガ将軍時代のパナマを訪れたときのことだ。ノリエガ将軍は銃器をドルの現金で買ってくれた。このときラルフは生まれて初めて、自分の存在意義が見つかった、と感じた。一九八九年十一月九日、ベルリンの壁が崩壊した日、彼は息子のクリスチャンとともに西ベルリンへ脱出した。背後から差す太陽の光が行く手を照らす中、ブランデンブルク門のそばで壁を抜けて、自由の身となった。

しばらくは西ベルリンに住む旧友の家に身を寄せ、数か月ほど待ってから、かつての密告者たちに資料を売りつける仕事を始めた。時間が経つにつれて買い値は上がっていった。こうしてちょっとした財産を築くと、崩壊した東ドイツ軍からの盗品を買い取った。車両や銃器などの装備をはした金で手に入れ、転売して十倍の利益を得た。また、密告者が買い戻した秘密警察資料は、コピーを手元に置いておいた。当時の密告者たちの多くが、新生ドイツの重要なポストにつくことになるとわかったからだ。

一九九〇年代も終わりにさしかかり、こうした人々の多くが、もう秘密が暴かれることはないだろうと安心しきっていたころ、ラルフ・ハンケは成長した息子のクリスチャンをともなってふたたび彼らのもとを訪れた。今回は金を要求するのではなく、さまざまな形での助力を求めた。ハンケ父子を中心とした権力と富の地盤を、着実に築き上げていくために。

ラルフとクリスチャンは世界中を飛びまわり、各地の政府や大企業とつながりを作り、賄賂を払い、飛行機や車両、レーダー装置などを、ダミー会社や架空会社を通じて交戦中の国々に売った。こうして、ほんの数年でハンケ有限会社を大きく成長させ、莫大な利益をあげるようになった。

車の外の景色が変わった。ミュンヘンの中心街に入ったのだ。この街にはきらめきがある、とラルフは思った。成功と分別のきらめきだ。

座り直すと、革張りの座席がキュッと音を立てた。

「クリスチャンと連絡はとれたのか」

「ええ……」ローラントが答える。

ラルフは待った。

「で?」

「家にいらっしゃいますよ。酒で悲しみをまぎらわそうとされているようですが。大事な女だったんでしょう」

「そのようだな」

ラルフは窓の外を見やった。クリスチャンの車が吹っ飛んだと聞いたとき、彼が示した反応は、安堵だったのだ。クリスチャンが乗っていなかったことにほっとしたのだ。あれから、考えつづけている。あれがほんとうにグスマンの答えなのか? 狙われたのはあの女なのか、それともクリスチャンなのか? あるいは、だれかほかの人間が、あいさつ代わりにやったのだろうか? だとしたら、だれが? いや、グスマンのしわざにちがいない。が、そのやりかたが意外だった。エクトルが横断歩道でひき逃げされたことと、女の命を奪うことが、同等だというのか? それとも、女を殺すつもりはなかったのか? 本気だということを示すために、クリスチャンを狙っているのではないか?

聖母教会が見えてきた。ドームを見上げながら、ふたたび物思いに沈む。グスマンの件は、これからどんなふうに展開するのだろう。あのアダルベルト・グスマンをねじ伏せてやったら、やつはどんな顔をするのだろう。そう、なんとしてもねじ伏せるつもりだ。なによりも、グスマンという男の本質が知りたいから。人間の真価がわかるのはそういうときだ——ねじ伏せられ、地に倒れているときにしか、その人の本質は見えてこない。ある者は、情けなくも倒れたまま許しを乞う。ある者は何度も立ち上がり、そのたびにまた倒される。ある者は起き上がり、だれかほかの人間に罪を着せて、悪魔に魂を売る。生存本能のなせるわざ、なのかもしれないが、ラルフに言わせれば命を惜しんで臆病になっているだけだ。が、おびえのかけらも見せることなく、容赦なく反撃してくる連中も、数少ないとはいえ存在する。尊敬に値する連中だ。ひょっとすると、グスマンもそうだろうか？

ローラントが沈黙を破り、このあとのスケジュールについて話しはじめた。彼がラルフのもとで働きはじめて八年になる。ローラント・ゲンツという男はこれまで、ラルフに降りかかった災難のほとんどをプラスに転じさせてきた。経済、法律、政治学の専門家で、なにごとも徹底している。彼のそんな面を、ラルフは高く評価していた。もはや欠かすことのできない右腕だ。自分にはできないことをやってくれる。人と連絡をとり、交渉し、なにもかもがスムーズに運ぶよう手配してくれる。すべてのできごとを、異常なほど細かいところまで把握している。そして、だれかが面倒を起こすと、ローラントは一歩うしろに退き、ミハイルが登場する。ラルフが築き上げたのは、小規模ながらも効率的に機能する組織だった。

「ミハイル、おまえはロッテルダムに行って、荷下ろしを見届ける予定だよな？」ローラントが言う。

「どうしておまえがロッテルダムに行く？」ラルフが口をはさんだ。

ローラントが半ばまで振り返って答えた。

「かならずだれかが港に行って、商品を直接受け取ると決めたんですよ。少なくとも、これから半年のあいだはね。念のため行くだけです。グスマンがなにか企む可能性もありますから」

「なぜミハイルなんだ。ほかにだれかいないのか？」

「みんな別件で忙しいんですよ。しかたありません」

ミハイルは訛りのあるドイツ語で、準備はすべて済んだ、仲間をふたり連れていく予定だ、問題ない、と言った。

「仲間というのは？」

「チェチェンでいっしょに戦った仲間です」

「大丈夫か？　まともな連中なのか、そいつらは？」

ミハイルは中途半端な笑みをうかべ、首を横に振った。

「いいえ、全然まともじゃないですよ」

ラルフはミハイルの態度を気に入っている。はじめからずっとそうだった。単純明快な態度。こちらの言うことに疑問を差しはさむことはめったになく、ただ言われたとおりに行動する。ことが計画どおりに進まなければ、自らイニシアチブを取って問題を解決してくれる。

「そうか」ラルフはそう言うと、身体の力を抜いて座席に沈み込んだ。目を閉じる。数分ほど眠ればじゅうぶんだろう。

*

ソフィーは鏡の前で、いくつかの組み合わせを試してみた。ドレスアップしすぎているような気がして、結局、ジーンズをはいてバランスを取った。

「どこ行くの?」

アルベルトは居間のソファーに座っている。ソフィーが階段を下りていくと、その姿が見えた。

「パーティーよ」

「なんのパーティー?」

「誕生日パーティー」

「だれの?」

ソフィーは玄関で立ち止まると、チェストの上に掛かっている鏡をのぞき込んだ。

「友だちの」

「友だち?」

「エクトルっていうの」

鏡に顔を近づけ、口紅を塗る。

「エクトル? 変な名前」

ソフィーは唇をすり合わせた。

「失礼よ、その言いかた」

「で、だれなの? その人」

また口紅を少し塗って整えた。

「元患者さん」

「母さん、患者さんに手を出すほど必死なわけ？」

そう問いかけるアルベルトの口調は茶目っ気たっぷりで、ソフィーは笑いをこらえた。アルベルトはソファーから立ち上がると、キッチンに向かう途中で彼女のそばを通り、小声で言った。

「すごく似合ってるよ、母さん」

こんなふうに出かける数少ない機会に、息子がこうして自分を応援してくれていることを、彼女はわかっていた。

「ありがとうね」と彼女は言った。

〈トラステン〉の前でタクシーを降りる。店に入ろうとドアを開けると、白シャツに黒ズボン姿の若い男が彼女を迎え、ドアを押さえてくれた。男は彼女の薄手のコートを受け取ると、訛りのある英語で、ようこそ、と言った。ソフィーはにわかに緊張し、ほんとうにここに来てよかったのだろうかと考えはじめた。中から話し声や笑い声が聞こえてくる。

店内は、電灯ではなく、ろうそくの光で照らされていた。人々がテーブルを囲んで座り、笑い声をあげ、会話に興じ、酒を飲んでいる。彼女のうしろから、さらに人が流れ込んできた。ソフィーは客の服装をこっそりチェックした。自分の服装が大げさか、それとも逆に簡素すぎるか、なんとも判断しがたい。まあ、中間といったところだろう。願っていたとおりだった。トレイを持った女性がそばを通った。トレイにはシャンパングラスが並び、いまにもあふれそうなほどなみなみとシャンパンが注がれている。ソフィーはグラスを手に取ると、人ごみの中にエクトルの姿を探した。彼は店の奥のほうにいて、幼い男の子をひざに乗せていた。男の子の身体が上下にはずむよう、怪我をしていないほうの脚を揺らしてやっていて、男の子は息を詰まらせそうなほど笑っている。ソフィーが彼のほうへ向かおうとしたそのとき、だれかがチリンとグラスを鳴らして静粛を求めた。彼女は立ち止まり、壁ぎわに身を寄せた。五十歳ほどの、髪の薄い、白いシャツの襟をかなりくつろげた大柄な男性が、店内のざわめきがおさまるのを待っている。彼がまたグラスを鳴らすと、どこかのテーブルからなにやらスペイン語で大声がかかり、何人もが笑い声をあげた。静粛を求めた男性は、その笑い声がおさまるのを待ってから、スペイン語で話しはじめた。ときおりエクトルのほうを向いている。しばらくすると声のトーンが落ち、しんみりした口調になった。声がときどき震えている。エクトルは穏やかに耳を傾けていた。ひざの上の少年も、そのことを無意識に感じとったのか、身動きひとつせず、エクトルの胸に背をあずけて座っている。男性はスピーチを終えると、持っていたシャンパングラスを掲げ、エクトルのために乾杯の音頭をとった。ほかの客たちも唱和した。ソフィーがシャンパンを飲んでいると、エクトルが彼女に気づいて手招きした。ひざの上にいた少年は去っていった。パーティーのざわめきが戻り、ソフィーは彼のほうへ歩きだした。エクトルが、となりの椅子に座っている少女に、なにやら耳打ちしている。少女は立ち上がり、席をソフィーに譲った。ソフィーは微笑んで、ありがとう、と言った。エクトルも立ち上がっている。ソフィーを見つめたまま固まっているように見える。ソフィーは笑った。エクトルは平静を取り戻すと、彼女の両頬に軽くキスした。

「ようこそ、ソフィー」

「エクトル、お誕生日おめでとう」

ソフィーは小さな包みを手渡した。エクトルは受け取ったが、開けはしなかった。彼女のカードに目をとめている。

「来てくれてうれしい」

彼女は答えの代わりに笑みをうかべた。

「おいで、妹に紹介するよ」

いくつもあるテーブルのうち、ひとつをめざして歩く。レストランの端のバーに、アーロンの姿が見えた。彼はソフィーに向かってにこやかに軽くうなずいてみせた。

テーブルについていた女性が立ち上がった。黒髪のショートヘアで、小麦色の肌に濃いそばかすが見える。好奇心と喜びに満ちた、生き生きとした瞳。気持ちのよい、さわやかな容貌だ。

「ソフィー、妹のイネスだ」

ソフィーは握手しようと片手を差し出した。イネスはその手を無視して、ソフィーの身体に両腕をまわし、頬をすり合わせて唇でチュッと音を立てた。エクトルは早口のスペイン語でイネスに話しかけ、イネスはソフィーに目を向けたままなにか言った。

「ろくでもない兄の世話をしてくれてありがとう、って」

イネスにはふたり子どもがいるが、彼女の夫とともどもマドリードで留守番しているのだという。会えてうれしい、と彼女は言い、ソフィーの腕を軽くさすってからその場を去った。

「弟は来られなかったんだ。フランスに住んでるんだけど、海洋生物学者で、海に潜ってるほうが楽しいらしい。まあ、そのことをどうこう言う気はないけど」

スピーチをした男性が近寄ってきてエクトルを抱擁し、それからソフィーのほうを向いた。近くにいると、その大柄な体軀と大きな鼻がさらに大きく見える。あちこちに金のアクセサリーを身につけている。太いチェーンブレスレットに、ネックレス。両手の薬指には、大きな印章指輪をはめていた。

「ソフィー、こちらはカルロス・フエンテス。このレストランのオーナーだ」

「お会いできて光栄です、ソフィーさん。前にもお見かけしましたよ。エクトルとお昼にいらしたときに、ちらっと見えただけですが」

カルロスのスウェーデン語には訛りがあった。

「看護師さんだそうですね。私の傷ついた心も、いつか治していただけますか？」

カルロスは自分の胸に手を当て、ソフィーに微笑みかけると、ふたりのもとを去っていった。

「傷ついた心、って、なにかあったの？」

エクトルは肩をすくめた。

「女性の前だから、ロマンチストぶってるだけだよ。べつに傷ついてなんかいない。結婚には二度失敗してるけど、どっちもカルロスの責任だ」

エクトルはカルロスを目で追った。ソフィーはほんの一瞬、彼のまなざしに暗いものがよぎったような気がした。

カップルが一組いる。カリブ海あたりの出身かもしれない。男のほうは背が高く、細身なのにしっかりと筋肉のついた身体をしている。女のほうは端正な顔立ちで、丸いボールのように膨らんだ髪型をして、腰を反らし、胸を張って誇らしげな姿勢で歩いている。ふたりは腕を組んでエクトルに近寄ってきた。世界は彼らふたりのもので、ほかの人間たちはそのおこぼれにあずかっている——そんな雰囲気のあるカップルだ。

背の高い男がエクトルの肩を親しげに叩き、きれいにラッピングされた包みを手渡した。エクトルはたちまち温かな笑顔になった。男がソフィーの手を取った。

「ティエリーといいます。こちらは妻のダフネ」

ソフィーはふたりとあいさつを交わし、ダフネはソフィーに微笑みかけた。ふたりはしばらくエクトルと話してから、ぴったりと寄り添ってエクトルとソフィーのもとを離れ、ほかの知り合いにあいさつをした。

だれかが手を叩き、みなさん席についてください、と呼びかけた。

エクトルは自分の席のあるテーブルにソフィーを呼び寄せた。席次が決まっているわけではなかったが、客はみな、自分の席がどこかわかっているらしかった。

ソフィーは空いている椅子を見つけて腰を下ろした。

となりに座ったのは、ひどく退屈な印象の男性だった。背広姿でネクタイを締めている、数少ない客のひとりだ。短髪で、痩せぎすで、細いフレームのメガネをかけていて、どこか無理をしているような、この場にいたくないと思っているような感じがする。彼はエルンスト・ルンドヴァルと名乗ったが、それきり黙ってしまった。やがて沈黙が耐えがたくなってきた。彼もそう感じたのかもしれない。

「エクトルとはどういったお知り合いで？」と尋ねてきた。

ソフィーがエクトルの事故の話をすると、エルンストもそのことは知っていた。病院で出会って、このパーティーに招かれた、と彼女は話した。そして同じ問いを返した。

「エクトルが経営している出版社の法務を手伝っているんですよ。著作権関係の弁護士として、法務アドバイスなどを主な仕事にしていますので」

彼の声は鼻にかかっていて、抑揚がなかった。夕食は、ソフィーにとって苦痛そのものとなった。エルンスト・ルンドヴァルは彼女の質問に短い答えを返すだけで、なにも問い返さず、話題を膨らませようともせず、ごくふつうに社交的にふるまうことすらしなかった。もう片方の側に座っている男性は、なんの役にも立ってくれなかった。英語もスウェーデン語も話せないのだ。結局、ソフィーはいっさいの努力をやめ、黙っていることにした。

食事を口に運びつつ、ときおりエクトルを見やった。右どなりに座っている妹となにやら話し込んでいる。彼の左側には、三十歳ほどの美しい女性が座っていた。だれかは知らない。女性が顔を上げた。ソフィーと目が合ったが、ふっと視線をそらした。ソフィーは、自分が彼女をまじまじと見つめていたことに気づいた。

人々がときおり立ち上がり、タバコを吸いに外へ出ている。ソフィーはそれに便乗して、エルンストに、失礼、と声をかけてから、立ち上がって店を出た。

レストランの玄関前にひとりたたずみ、タバコを吸った。何杯かシャンパンを飲んだせいでほろ酔いになっている。タバコが美味しく感じられる。背後でドアが開き、アーロンが男性ふたりをうしろに従えて出てきた。

「どうも、ソフィー」

「アーロン」

彼はあたりを見まわした。男たちのひとりが左へ歩いていき、もうひとりが右へ向かう。アーロンは彼女のほうを向いた。

「中に戻ってくれますか？」

ソフィーは驚いたが、アーロンは当然だと言いたげな態度だった。

「ええ、もちろん」

道路の向こうから車が走ってきた。さきほど右へ歩いていった男がアーロンに向かって手を振り、アーロンは数歩ほど車道に出た。車が近づいてくる。ソフィーは店内に戻った。

彼女が一服しているあいだに、パーティーはまとまりのようなものを失ったらしかった。全員が席を替え、コーヒーや食後酒を飲みながら会話に興じている。エクトルと同じテーブルにあったソフィーの席には、べつの人が座っていた。ソフィーはほかのテーブルに空いた席を見つけた。ほどなくエルンスト・ルンドヴァルが近づいてきて、彼女のとなりに腰掛けた。

「席を取られてしまいましたよ！」

憤慨しているらしい。そのとき入口の扉が開き、体格のいい短髪の男が入ってきて、店内をざっと見まわした。そのうしろから、白髪頭に小麦色の肌をした、身なりの良い老人が入ってきた。最後にアーロンが入ってきて、ドアに鍵をかけた。エクトルが立ち上がる。驚いた顔をしている。面食らっている、と言ってもいいかもしれない。老人がエクトルに近づいていく。ふたりは抱き合った。

「グスマン・エル・ブエノ!」だれかが大声で叫んだ。客たちが拍手を始めた。

エクトルが父親と言葉を交わし、頰に触れ合っているのが見えた。アダルベルト・グスマンはウェイトレスの助けを借りてコートを脱いだ。椅子が動かされ、人々が席を替え、アダルベルトは息子のとなりに腰を下ろした。ふたりはすぐに会話を始めた。アダルベルトはつねにエクトルの手を握っていた。

急に酒がまわったのか、エルンスト・ルンドヴァルがそれまでよりも饒舌になった。若いころにどんな音楽が好きだったか、いまはどんな音楽を聴いているか、ソフィーに語りはじめる。彼女は興味深げに聞いているふりをしながらも、エクトルとその父親を目で追っていた。父子はとにかく楽しげで、エネルギーがみなぎっている。

「ちょっとごめんなさい」ソフィーはそう言って立ち上がった。

ルンドヴァルには聞こえなかったらしい。若いころのつまらない話を延々と続けている。

「ソフィー、こちらは父のアダルベルト・グスマンだ」

ソフィーはあいさつをし、エクトルはスペイン語でソフィーのことを父親に紹介した。アダルベルトは彼女の手を離さず、その目をじっと見つめたまま、エクトルの話にうなずいていた。

エクトルが立ち上がり、ソフィーと腕を組めるようひじを差し出した。連れ立って店内をひとまわりし、エクトルがさまざまな人にソフィーを紹介する。こうしてエクトルと腕を組んでレストランの中をまわっていると、カップルのように見えるにちがいない、とソフィーは思った。エクトルが彼女を友人たちに見せびらかしたがっているような感じだ。彼女は腕を解いた。

もとの席に戻ると、ありがたいことにエルンストの姿はなかった。スピーカーから音楽が流れはじめ、人々が立ち上がってダンスを始めた。ほどなくエクトルが近づいてきて、彼女のとなりに腰を下ろした。

「おれが怖い？」

ソフィーは首を横に振った。エクトルはダンスフロアを眺めている。

「きみを友だちに紹介するのに、深い意味はない」

「べつに平気よ」

エクトルは彼女の手を取った。

「こうしても、平気？」

ソフィーはうなずいた。

ふたりはそうして手をつないだまま、踊る人々を眺めた。エクトルの手は大きく、温かかった。心地よい感触だった。

夜中の二時をまわるころになって、客がぱらぱらと帰りはじめ、それから三十分後には音楽の流れる音量も小さくなった。店内に残っているのは十人ほどになり、そのほとんどがひとつのテーブルに集まっていた。エクトル、アダルベルト、イネス、アーロン、レシェック——アダルベルトといっしょに入ってきた短髪の男だ——それから、ティエリーとダフネ。エクトルのとなりに、さきほどの美しい女性がいる。ソフィーはアーロンのとなりに座り、ありきたりな世間話をした。やがてアーロンは、短髪のポーランド人、レシェックと話しはじめた。ソフィーはテーブルを囲んでいる人々を観察した。アダルベルトと話しているイネスを眺める。イネスはなにがなんでも父親に逆らおうと決めている子どものようで、アダルベルトは心を痛めながらも娘の幸せのみを願っている父親といった雰囲気だ。ティエリーとダフネはぴったりと寄り添っている。ソフィーはエクトルを見やった。となりの女性とは話していない。そもそも今夜、彼女には二言三言しか話しかけていないようだ。ソフィーはふと、自分がまた彼女をまじまじと見つめていることに気づいた。どことなく冷ややかな感じのする女性だ。冷ややかで美しい。落ち着き払っていて、はかなげにも見える。悲しげで、人見知りというわけではないにしても、殻にこもっている印象だ。が、それ以上に、彼女には風格があった。美しいという言葉では足りない。ソフィーは少しうらやましいと思った。

そのあと女性用トイレで彼女と行き合った。いや、無意識のうちに彼女のあとを追っていたのかもしれない。洗面台の前に並んで立ち、それぞれ鏡に映った自分の顔を見つめた。彼女は化粧を直していた。

「私、ソニヤといいます」彼女が小声で名乗った。

「ソフィーです」

ソニヤはトイレを出ていった。

ソフィーがトイレを出ると、また音楽とダンスが始まっていた。テーブルを囲んでいた人々がみな、ダンスフロアに移動して、エネルギッシュに踊っている。

若いウェイターが、トレイを持って近づいてきた。白い錠剤がたくさん載っている。

「どうぞ」背後からエクトルが声をかけてきた。

「これ、なに？」

「エクスタシー。三十歳になったときから、誕生日にはかならずやってる。飲んだって死にやしないよ」

ソフィーはためらった。陽気な客たちを見やり、エクトルを見た。

「あなたは？　飲んだの？」

エクトルはうなずいた。

「ついさっき飲んだ」

「ちがいを感じる？」

エクトルはしばらくなにもない空間を見つめ、自分の感じていることを探って、なにか変わったところがあるだろうか、と考えた。

「たぶん、まだ効きはじめてない……と思う。よくわからないけど」そう言うと、笑みを深くした。

ソフィーは錠剤をひとつつまんで飲み込んだ。

新たな発見だった。ダンス以上に楽しいことなど、この世にひとつもない。地味に見えたこのレストランは、実のところ、内装からなにからすべて文句なしの美しさで、これまでに訪れた中でも一、二を争うきれいな場所だ。時間の流れが奇妙に歪んで、ふと気がついてみれば、また全員がテーブルを囲んで座っていた。音楽の音量も小さくなり、背景を彩る完璧なBGMとなっていた。

ソフィーは観察を続けた。テーブルを囲む人々は会話に興じ、なにかと笑い声をあげ、タバコを吸い、酒を飲んでいる。ひとつひとつの話題が、なにかもっと大きなものと結びついている、そんな気がする。イネスが身を乗り出して話しかけてきた。エクトルができるかぎり通訳してくれたが、イネスとスペイン語で笑い合っていることのほうが多かった。ソニヤは笑わず、ただ微笑んでいた。彼女の美しい顔をかたちづくる、鷹揚な微笑み。いまこの瞬間、なにもかもが心地よい、と感じているように見える。笑い声をあげることよりも、心地よさをじっくりと味わうほうを選んだのかもしれない。エクトルははめをはずして、少年のようにふるまっている。楽しんでいるのが手に取るようにわかった。全員が楽しんでいた。アダルベルトは子どもに返ったようになり、なにやら早口のスペイン語で語っていて、だれも内容をよくわかっていないようだが、それでもみな面白がっている。ダフネとティエリーはそれまでにも増して互いに夢中のようで、ぴったりとすきまなく寄り添い、固く抱き合っている。世界は隅々まで完璧に満たされている、なにもかも理にかなっている、とソフィーは感じた。

午前三時半、ソフィーはレストランを出た。家に帰りたくはなかったが、パーティーはこのあともまだ延々と、夜が明けたあとまで続くのだとわかったからだ。

エクトルが彼女をタクシーまで送り、ドアを開けてくれた。

「ありがとう」

「こちらこそ」

ソフィーは身を乗り出し、彼のキスを受け入れた。彼の唇は、思ったよりもやわらかかった。慎重さがにじみ出ていた。そのまますべるように唇が離れた。

家に戻っても、眠ることはできなかった。そこでテラスに座って、彼女のためにさえずる鳥たちの声を聴き、早朝のえも言われぬ香りを吸い込み、目に映る美しいものすべてを吸収した。濃い緑色のみずみずしい芝生、木々に生い茂った緑の葉。なにも欠けたところのない、満ち満ちた形。薬で興奮している自覚はあるが、良心の呵責は感じなかった。

最近の自分はどうして、こんなにも気がゆるんでいるのだろう。なぜ心の中で満面の笑みをうかべながら、自分は絶対にしない、できないと思っていたことを、いくつもやっているのだろう。彼女は思いをめぐらせた。

＊

ラーシュは壁にもたれて立っていた。エリックを見ると、机のひきだしを開けてその上に両足を載せて座り、ペンで耳の穴をほじっている。エヴァ・カストロネベスは事務用の回転椅子に座り、左右へかすかに椅子を回している。グニラは読書用のメガネをかけて、なにかの書類に目を通している。彼女は書類を置くと、メガネをはずし、首にかけたチェーンでぶら下げた。

「ラーシュ、始めて」

ラーシュは身を隠す穴を探しているかのように、その場で身じろぎした。人前で話せと言われるたびに、かならずつきまとう、この恐怖。自分の性格の中に、いまのこの状況を乗り切る助けになりそうな面がないか、心の内を探ってみる。ひょっとすると、少し気の短い面。あるいは、少しぼんやりとしている面。いや、そのふたつの組み合わせがいいかもしれない。とにかくなにか見つかったようなので、モードを切り替え、それなりにはっきりとした声で、ソフィー・ブリンクマンがNKデパートでエクトルと会ったこと、昨晩はヴァーサスタン地区のレストラン〈トラステン〉で開かれたパーティーに出向いていたことを、一同に発表した。

「でも、全部報告書に書いたことですが」

グニラがあとを引き継いだ。

「ソフィーとエクトルは関係をもっている。それはまちがいなさそうね。どんな関係なのかは、おいおいわかってくるでしょう。ラーシュ、パーティーについて聞かせて」

ラーシュは咳払いをし、手を組み、放した。腕が不自然にだらりと下がる。脚の力を抜ける体勢が見つからない。

「とくに妙なところはありませんでしたが、ひとつだけ。パーティーが始まってからしばらく経ったあと、老人がひとり到着して、そのあとはずっと男がふたり、レストランの前で見張りに立ってました。老人はおそらく、エクトルの父親でしょう。ソフィーは三時二十八分にタクシーに乗りました。それで自宅に戻ったんだと思います」

「ありがとう」とグニラはいい、エヴァに向かってうなずいてみせた。

「ほかの客たちが店を出てくるところの写真を撮りました」ラーシュが割り込んだ。「少しぼやけていますが、エヴァ、見てみますか？」

声が少し高くなっている。彼はそのことに自分でいやけがさした。

「いい判断ね……エヴァに渡して」グニラが言う。

ラーシュは頭のうしろを掻いた。

エヴァは自分の資料に視線を戻し、ぱらぱらとめくった。

「ソフィー・ブリンクマン、旧姓ランツは、裕福な暮らしをしているようです。おそらく夫の遺産のおかげでしょう。ときおり女友だちと出かけたり、母親と会ったりしています。経歴に、一見しておかしいと思われる点はなにひとつありません。ふつうに学校に通い、成績は平均よりもやや上、交換留学生としてアメリカに一年滞在し、高校を卒業したあと、友人と数か月ほどアジアを旅行しています。しばらく短期の仕事をいくつもして食いつないでいましたが、やがてソフィアヘメット病院附属の看護師養成学校に入りました。ダヴィッド・ブリンクマンに出会い、二年後にアルベルトが生まれています。結婚し、ストックホルムのマンションから、郊外のストックスンドの一軒家に引っ越しました。ダヴィッドが二〇〇三年に亡くなると、彼女はその家を売って、息子とふたりで暮らすため、近所にある少し小さめの家を買いました……」

エヴァはそこで言葉を切り、資料を少しめくってから、報告を続けた。

「息子のアルベルトとは仲良くしています。趣味はとくにないようです。交友関係については、はっきりさせるのが難しいところで、クララという親友がいることしかわかっていません。ラーシュ、あなたが尾行したときに、いっしょに出かけていた女性よ。いまのところ、調べがついているのはそこまでです」

グニラがあとを継いだ。

「ソフィー・ブリンクマンは、私たちが注目する前からこんなふうだったのかしら？　つまり、男と出かけるような女だったのか、っていうことだけど。それとも、いままでは家にこもって、亡くなった夫を想っていたのかしら？　エクトルが初めてその殻を破って、彼女を外へ引っ張り出した？」

「たぶん、そうです」

「そう、というのは？」

「エクトルが初めてだと思います」

「どうしてそう思うの？」

「夫の死後、彼女がほかの男性と付き合ったようすはありません。もちろん、もっと詳しく調べますが」

「エリックはどう思う？」グニラが問いかけた。

エリックは爪楊枝で爪の垢をほじっている最中だった。

「そのこと自体は、どうでもいいんじゃないか。問題は、エクトルのほうが彼女に惚れてるかどうかだ。惚れてるんだとすれば、ソフィー・ブリンクマンは役に立つ。そうじゃなければ、どうでもいい」

また沈黙が訪れた。ラーシュ以外の全員が考えにふけっているようだった。ラーシュは同僚たちを見つめ、ふと、自分がこの部屋でひとりきりになったような気がした。最初に目を覚ましたのはグニラだった。

「ラーシュ、車で送ってくれる？」


車は昼食時の混雑の中を進んだ。助手席に乗ったグニラは口紅を塗り、サンバイザーの裏の鏡に顔を映して確認した。

「どう思う？」と尋ねながら、上下の唇をすり合わせる。

「どうでしょう」

グニラは口紅のふたをはめ、バッグに戻した。

「ラーシュ、あなたの意見が聞きたいの。論理立ってなくてもいいし、議論するつもりもない。ただ、どう思うかが聞きたいだけ」

ちょうどステューレ通りで前のバスに阻まれて進めなくなったので、ラーシュは考えをめぐらせた。

「わからないことが多すぎるような気がしますが」と言う。

「そのとおりね。でも、わからないことが多すぎるのはいつものこと。むしろ、なにもつかめないことのほうが多い。だから、今回の件では、私は逆に、ずいぶんいろんなことがつかめていると思う」

ラーシュはうなずいた。

「おっしゃるとおりなんでしょうね」

前を見つめる。道路はかなり混んでいた。

「べつに、賛成しなくてもいいのよ」グニラがぶっきらぼうに言う。

ラーシュはどういうわけか咳払いをした。彼女には信頼されたくてたまらなかった。

「グニラ、ぼくはもっとチームに貢献できると思うんですが」

「どういうこと?」

「監視だけじゃなくて、いろんなことができる、ってことです。頭を使うのは得意だし、役に立てることがたくさんあると思うんです。ぼくを採用してくださったときにも、そんな話をしましたよね……」

グニラは、道路の先に車をとめるよう、指で合図した。

「ラーシュ、あなたはこのチームにとって大切な人材よ。あなたには価値がある。もっと捜査の中枢にかかわってもらいたいと思ってるけど、そうしてもらうには、まず捜査の足がかりをつかまなきゃならない。その足がかりを見つけだせるのが、あなたなのよ。なにか失敗があれば私が責任を取るけど、そろそろレベルを上げなきゃならない。監視のレベルをね……言ってる意味、わかる?」

「ええ、たぶん」

ラーシュは道路脇に並んでいる車のあいだにすきまを見つけ、そこに入り込んで停止した。

「私たちの進んでる道はまちがってない」とグニラは続けた。「そのことは疑わないで。もっと前へ進めるよう、全力を尽くしてちょうだい」

そしてハンドバッグを閉めた。

「電話番号をひとつ、あなたに送るわ。アンデシュっていう人の番号。あなたの手助けをしてくれることになってる。腕の利く人よ」

グニラはラーシュの腕をすっと撫でると、ドアを開け、車を降りて去っていった。

残されたラーシュの頭の中を、さまざまな思いが駆けめぐった。その中には、たったいまグニラに言われたこと、価値があると認められたことへの、ちょっとした高揚感も混じっていた。が、違和感もあった。もっとも、違和感ならはじめからあった。自分に価値があるとグニラが思ってくれているのなら、その評価を維持するまでだ。彼女をがっかりさせるつもりはない。

ラーシュはハンドルを切り、混み合った道路に戻った。携帯電話が音を立てた。〝アンデシュ〟の連絡先を保存しますか、という問いが画面に映っていた。

＊

海は荒れていて、水しぶきが滝のように降り注ぐ。船首に立っていると、遠くのほうに平たい陸地が見えた。オランダだ。

急に船のエンジンが切れた。操舵手がバックに切り替えると、重い鼓動のようなズンズンという轟音が船体を貫いた。とはいえ、さしたる変化はなく、大きな船はまだ速度を変えずに前進していた。この大きさの船をとめるには時間がかかるのだ。イェンスはあたりを見まわし、船長がこんな沖で停止することにした理由を探した。

水平線の近くに、操舵装置が中央にある、屋根のない大きなモーターボートが見えた。波で跳ねながら、まっすぐにこちらへ向かってくる。イェンスは目を凝らして、いったいなんのボートなのか、だれが操縦しているのか、判断できそうな手がかりを探した。が、とくになにも見つからず、彼は船首を離れて甲板の上を船尾に向かって歩き、操舵室への鉄の階段を上がった。

ドアを力任せに開ける。操舵手と船長は茶を飲み、いやなにおいのするタバコを吸いつつ、ゲームに熱中していた。

「ボートがこっちに向かってるけど」

船長はうなずいた。

「税関？　それとも、警察？」

そう尋ねると、船長は首を横に振った。

「お客さんだよ」と穏やかに言い、茶をすする。

イェンスは落ち着かなくなった。それが態度に出たのだろう、船長は操舵手のほうを向くと、ベトナム語でなにか言った。ふたりは笑いだした。

モーターボートが船の横につけると、にわかにあわただしくなった。はしごが下ろされ、男がふたり上がってきた。ひとりはがっしりとした短髪の男、もうひとりは黒髪で、黒っぽいショートジャケットを着ている。短髪のほうが、布製のスポーツバッグを持っていた。モーターボートが船を離れ、加速して陸へ戻っていくやいなや、ふたりのうちのひとりが操舵室に向かって歩きだした。もうひとりのほう、短髪のほうは、階段の下で待っている。

イェンスは甲板に立ったままそのようすを見つめた。男が船長と話している。船長は神妙なようすで、身振り手振りをまじえながらなにか伝えている。自分のしたことを後悔していて、弁解しようとしているようにも見える。話はすぐに終わり、男が鉄の階段に出てきた。

「レシェック！」短髪の男に向かって呼びかけ、船首のほうに向かえと合図している。レシェックは言われたとおり歩き去った。

ディーゼルエンジンがふたたび動きだし、船はゆっくりと波をかき分け、予定どおりの航路をたどってロッテルダムへ向かった。イェンスは甲板の下に退いた。

航海中は貨物室に入るなと船長に言われているが、あの男の許可など求めるつもりはない。

イェンスは箱をふたつ開けると、銃を組み立て、埠頭に用意してあるはずのワゴン車に移しやすいよう、小さめの箱ふたつに詰め替えた。大西洋を横断するために支払った料金には、港に着いてから一時間は税関の抜き打ち検査が入らない、という約束が含まれていた。とにかく面倒は避けたい。さっさと船を降りて港から離れるにかぎる。

数時間後、船は港に入りつつあった。イェンスは操舵室の屋根に座り、まずいコーヒーを飲みながらタバコを吸った。海は凪いでいて、靄の向こうで太陽が輝いている。どこかから霧笛が聞こえた。やがてロッテルダム港がはっきりと見えてきた。巨大な港だ。なにもかもが巨大だった。クレーンに、コンテナ。化け物のように大きな船が、これまた広大な埠頭に停泊している。巨大なものばかりに囲まれて進んでいると、自分がちっぽけに感じられた。

一時間後、船は港の隅のほうにある石造りの埠頭に側面を向けて停止した。船長が操舵室から貨物室を開ける。クレーンが船の上に伸び、作業員たちがコンテナにロープやワイヤーをくくりつけて、ゆっくりと陸へ下ろしていった。

手配したレンタカーはいつ来るのだろう、とイェンスが思ったそのとき、車が一台、埠頭を走って近づいてきて、船の前にとまった。自分が手配した車ではない。それにしては小さすぎる。男が三人降りてきた。ひとりはかなりの巨漢で、あとのふたりはそれに比べれば少し小柄だ。三人はすばやく船に近づくと、はしごを使って甲板に上がってきた。イェンスは屋根の上から彼らの姿を目で追った。例の巨漢が操舵室に向かってくる。あとのふたりは甲板で待っている。

イェンスはコーヒーの入ったグラスを置くと、甲板に下りて男たちふたりのそばに行き、声をかけてあいさつした。まるで密輸船ではなくゴルフクラブにいるようなあいさつだったが、ふたりとも返事をしなかった。通りすがりに、ふたりの顔がちらりと見えた。こうして近くで見ると、ずいぶんと疲れた顔をしている。うつろな細い目、荒れた肌……麻薬をやっている顔だ。イェンスが貨物室に下りるスチール階段に足をかけた瞬間、男たちのどちらかの声が背後から聞こえた。

「ミハイル！」

遠くのほうで銃声が三発、たてつづけに響いた。どこかから叫び声も聞こえたような気がした瞬間、シュッと空気を切る音と、なにか小さなものが猛スピードで肉に食い込む、あの鈍い、硬い音が聞こえてきた。イェンスは反射的に階段を駆け下りて貨物室に逃げ込んだ。それからの数秒間、あたりはしんと静まり返っていた。さきほどの銃声が、宇宙に存在するすべての音を払いのけてしまったかのようだ。階段を数段上がって、上端からあたりをうかがった。さきほど声をかけた男たちのひとりが倒れている。死んでいるらしく、ねじれた妙な体勢だ。男の上着の下に、短機関銃がちらりと見えた。太陽のほうに目を向けると、レシェックと呼ばれていた男のシルエットが見えた。展望台にひざまずいて、ライフルの照準器越しに、甲板を走っているもうひとりの男を目で追っている。そして四発連射した。甲板の男はかろうじて操舵室の下の壁ぎわに身を隠し、銃弾は金属に当たって跳ね返った。

イェンスの心臓が激しく打った。レシェックが銃をさっと背負い、身軽そうに階段を下りていくのが見える。そのとき、銃声がさらに二発響いた。操舵室の中から聞こえてきた。拳銃のようだ。ドアが開き、ミハイルと呼ばれていたあの巨漢が、まだ煙の出ているオートマチック拳銃を持って出てくるのが見えた。下の甲板にいる男に向かって、なにか大声で叫んでいる。短い言葉の応酬。ロシア語だ。ミハイルが階段を下りる。急いでいるようすはない。ふたりは船べりに沿って船尾のほうへ去った。イェンスはすばやく這い出して、死体のもとにたどり着くと、上着をめくって短機関銃を奪った。階段をそっとあとずさりながら下りて貨物室に入り、急いで暗闇に身を隠した。

広い貨物室はじめじめとして寒く、荷箱や冷凍ケースが詰め込まれていた。船首に近いほうでは、大きなコンテナが七個積み上げられ、ひとつが空中にぶら下がっている。クレーンの作業も、埠頭での荷下ろし作業も、銃声が鳴ったのと同時に中断された。イェンスは安全な場所を見つけると、肩で息をしながら、考えよう、落ち着こうとした。が、どんなふうに考えても、行き着く結論はひとつしかなかった——銃撃戦を繰り広げている連中のどちらも、つまりミハイル側もレシェック側も、彼のことを知らない。したがって、どちらにも敵だと思われる可能性が高い。手にした銃を見つめる。ビゾン。ロシア製の短機関銃だ。

ふと、すさまじい孤独感に襲われた。無意識のうちに、右手の親指で安全装置のレバーをいじっていた。カチカチと音がする。この音が遠くまで聞こえるかもしれないと気づいて、手を止めた。甲板のほうから、銃声はもう聞こえてこない。イェンスは静かに立ち上がると、荷箱のあいだを縫って歩きはじめた。

そのとき、どこからかカタカタと音がした。銃弾が雨あられと飛んできて、すぐそばの箱にめり込んだ。イェンスはあわてて床に伏せたが、すぐさまなにも考えずに立ち上がると、銃をさっと構えて引き金を引いた。銃がカチリと鳴る。なにも起こらない。彼はふたたびしゃがみ込むと、ひとり悪態をつきながら、さきほどいじっていた安全装置を解除した。息を吸い込む。もう運は使い切った。向こうは自分の居場所を知っている。立ち上がり、なにもない空間を数メートルほど駆けるともう船の後部で、そこからさらに奥へ走って、冷凍ケースの陰に飛び込んで身を隠した。息が上がっている。ひたすら耳を澄ましているせいで、そのうち存在しない音まで聞こえるような気がしてきた。あたりをうかがってみる。なにも見えない。立ち上がってその場を去ろうとしたところで、背後から英語でささやきかける声がした。

「銃を捨てろ」

イェンスはためらったが、男が同じ言葉を繰り返すので、ビゾンを床に置いた。

「仲間は何人いる？」早口だった。

「おれだけだ」

「何者だ？」

「ただの乗客……」

「なぜ銃を持っている？」

「これは、甲板で死んでた男の銃だ」

「船に乗ってきた連中は見たか？」

「ああ」

「何人いた？」

「三人。ひとりは撃たれた。ひとりは操舵室に上がった。三人目はそいつに合流して、たぶん、うしろのほう、船尾のほうに行ったと思う」

イェンスはスウェーデン語で悪態をついてから、英語を話す男に尋ねた。

「おれを撃ったのはおまえか？」

すると、男はスウェーデン語で答えた。

「いや、おれじゃない。おまえを撃ったのはあいつらだ、おれたちじゃない」

思いがけずスウェーデン語を耳にして、イェンスははじめ、聞きちがいかと思った。

貨物室の空いたところで、なにかが動く音がした。イェンスはそちらに視線を走らせてから、男のほうに振り向いた。男は姿を消していた。イェンスは銃を拾い上げた。

5

グニラに電話しろと言われた相手は、アンデシュ・アスクという名前だった。会ってみると、ずいぶんと陽気な男だった。ラーシュの手に負えない陽気さだった。アンデシュがストックホルム市内でラーシュを拾い、ふたりは車でストックスンド方面へ向かった。

いま、アンデシュはボルボの運転席にどっかりと座り、ひざの上に載せた小型マイクを確認している。

「で、ラーシュ。おまえ、いったい何者だ？」

ラーシュはアンデシュをちらりと見やった。

「何者って言われても、べつに、ふつうですが」

アンデシュはマイクをひとつつまみ上げて光にかざし、じっと観察しながら、だれにともなくつぶやいた。

「くそっ、ほんとに小せえなあ……」

そして、その事実に笑みをうかべると、スポンジゴムの中にマイクを戻した。

「ここに来る前はどこにいた？」

「ストックホルムの西のほうです」

「刑事部か？」

ラーシュはアンデシュを見やった。

「いえ……」

アンデシュは続きを待ちつつ、かすかに笑みをうかべた。

「じゃあ、なにをやってた？」

ラーシュは眉間に小さなしわを寄せ、座席に座り直した。

「パトロールを」と小声で答える。

アンデシュは笑い声をあげた。

「パトロール警官か。こりゃいいや。おれ、いま、パトロールのポリ公と車に乗ってるんだな。久しぶりだ。

それがどうしてグニラの部下におさまった？」

「向こうから電話がかかってきて、興味あるかって聞かれたんです」

「まさか。嘘だろう？」アンデシュは芝居がかった声で言った。

ラーシュは首を横に振った。アンデシュの態度がさっぱり理解できず、困惑する。アンデシュはマイクの入った箱を、ラーシュの前のダッシュボードに置いた。

ラーシュはそれを手に取り、ひざの上に置いた。

「あなたは？　何者なんですか？」と聞き返す。

「アンデシュだ」

「だから、アンデシュは何者なんですか？」

アンデシュ・アスクは窓の外を見やった。

「おまえには関係ない」

午後一時をまわったころ、ラーシュ・ヴィンゲはソフィーの住む家の裏手のテラスに立ち、ドアをこじ開けるアンデシュを見つめていた。アンデシュは、まわりに聞かれないよう小声で話そう、などと配慮するタイプではないらしかった。

「裏口ってのはな、デブ女みたいなもんだ」と言い、自分の比喩に自分でにんまりしている。

ドアの鍵が開いた。ラーシュは緊張していた。アンデシュは声が大きすぎるうえ、あまりにも危機感がなさすぎる。アンデシュは彼の緊張を見てとった。

「おい、ラーシュちゃんよ。どうした？」

そして、中に入ってもいいぞ、と手で合図すると、冗談でささやきかけた。

「おかえりなさい、ダーリン」

ふたりとも靴カバーとラテックス手袋をはめた。ラーシュは居間で立ち止まった。腹のあたりがこわばり、同時にむずむずした。ここから出たくてしかたがない。

一方、アンデシュは落ち着き払っている。彼には、仕事をしながら盛大に口笛を吹くという悪癖があった。

「窓から離れろよ」とアンデシュが言い、鞄を開けると、手を深く突っ込んで中を探りはじめた。「マイク、持ってるな？」

ラーシュはなにもかもがいやでしかたがなかった。上着のポケットから、例の小さな木箱を取り出し、アンデシュに手渡す。アンデシュは彼のもとを離れつつ、片方の耳にイヤホンを突っ込み、受信機のスイッチを入れて小型マイクのテストをした。

ラーシュは家の中を見まわした。居間は広々としていて、遠くから見て想像していたよりも大きい。開放的なつくりで、奥のキッチンとのあいだに壁はなく、床の段差がふたつの空間を仕切っている。

彼はデジタルカメラを出し、部屋の写真を何枚も撮った。さまざまな風合いの家具がある。このように異なるものを組み合わせたインテリアは初めて見たが、すべてが調和していた。ピンク色の古びた低いひじ掛け椅子が、大きなソファーの脇に置いてある。ソファーに並べられた、色とりどりのクッション……そのそばに、座面にベージュのクッションの入った、アンティークの木の椅子。なじまない色合いのはずなのに、なぜかしっくり来る。ソファーのうしろの壁には、何枚もの絵がところ狭しと飾ってある。絵のモチーフはばらばらなのに、全体を見ると……完璧に調和している。元気な花や植木があちこちに置かれている。いろいろなものの寄せ集めに見えて、実は知的で洗練された、考え抜かれたインテリアだ。さまざまな色、さまざまな形が、この家に温もりを与えている。ここにいたい、出ていきたくない、と思わせる……額に入った写真が何枚も、棚に飾ってある。息子のアルベルトの写真。屈託のない幼児期から、ニキビなどに悩まされはじめる思春期まで。男性の白黒写真もある。がっしりした体格のようだ。額や目元がソフィーに似ているようにも見えるので、おそらく彼女の父親だろう。ほかの写真にも視線を走らせる。三十代らしき男性を写した、小さめの写真。ソフィーの夫ダヴィッドで、幼いアルベルトの背後に立っている。家族全員が写った写真もある。ダヴィッドと、ソフィーと、幼いアルベルトと、犬。イエローのラブラドール・レトリバーだ。全員が並んで立ち、カメラに向かって微笑んでいる。

アンデシュはソファーのそばにいて、自分のうしろに置いてあるロールからテープを引っ張り出している。ラーシュは写真を眺めつづけた。白いガーデンチェアに座って笑っているソフィー。最近撮った写真だろう。ほんの一、二年前のものかもしれない。ひざをぎゅっと抱えて、ブランケットにくるまっている。彼女の笑顔は伝染する。まるで自分に向けられているように見える。ラーシュはしばらくその笑顔から目を離せずにいた。

カメラを接写モードにすると、ソフィーの写真にレンズを近づけ、何度かシャッターを押した。

アンデシュがラーシュを呼んだ。ソファーのそばのランプを指差してから、自分の耳を指差す。そして立ち上がり、童謡の『ちっちゃなラッセ（ラッセはラーシュの愛称）』を口ずさみながら、キッチンへ歩いていった。

ラーシュは居間をじっと見つめた。サラもこれぐらい趣味がよければよかったのに、と思う。調和する組み合わせを見極めるセンスがあればよかったのに。あんなボヘミアン風のインテリアではなく。なぜかすべてがどことなくインド風で、安っぽくて……まとまりのない、あんな趣味ではなく。

折り畳んだブランケットがソファーに置いてある。ラーシュはそれを手に取ってさわってみた。なめらかな手ざわりだった。思わず顔にブランケットを近づけ、においを嗅いだ。

「ほう、おまえ、そういう趣味があるのか」

ラーシュは振り返った。アンデシュが居間の真ん中に立ってラーシュをまじまじと見つめている。彼はブランケットをソファーに戻した。

「なにか用ですか？」ラーシュは怒りの表情をうかべようとした。

アンデシュは笑った。笑顔はやがて歪んだ笑みに変わった。嫌悪感をあらわにした笑みだった。

「どうやら相当おつむが弱いらしいな、ちっちゃなラッセ君は」と小声で言う。

ラーシュは、アンデシュがきしむ木の階段をのそのそと上がっていくのを見送った。それから居間を離れ、段差を下りてキッチンに入った。ここも掃除が行き届いていて清潔だ。切り花を生けた、窓辺の大きな花瓶が目に入る。キッチンの中央には、高さのあるがっしりとした調理台……そして、小さな食料庫に続いている、あの深緑色の扉。こんな深緑色があるとは知らなかった。こんなに美しい色をキッチンに使っていいのかと思うほどだ。この美しさを理解して、あえてインテリアに取り入れることのできる彼女は、ほかのこともよく理解しているにちがいない。ラーシュの五感がすべて刺激され、何千もの思いや感情が彼の中を駆けめぐった。自分が人生について知らないことはまだたくさんある、と実感する。知りたい。ここに住んでいる彼女が教えてくれたら、どんなにいいか……

階段を上がる。足元の木がなるべくきしまないよう気をつけた。アンデシュはソフィーの寝室にいて、枕元のテーブルのそばでしゃがみ込んでいる。ラーシュはドアの枠にもたれかかった。

「もう出ませんか？」と小声で言う。

「おまえ、そんなに小うるさいのは生まれつきか？」

アンデシュは仕事の成果を確認すると、立ち上がり、寝室を出ていくときに片方の肩でラーシュを小突いた。そして、必要以上にどすどすと音を立てながら階段を下りていった。

ラーシュは寝室の入口にとどまって中を眺めた。大きなダブルベッドはきれいに整えられ、ベッドカバーがかかっている。アンデシュがたったいまマイクを仕掛けた枕元のテーブルには、鉄製の美しいランプが置いてあった。床にはカーペットが敷いてある。淡い色の壁に、絵が何枚か掛かっていて、ほとんどすべてが黒っぽい色の額におさめられている。モチーフはさまざまだ。大きな蝶。ベージュの紙に炭で描かれた女の顔。額におさめられていない、深いえんじ色一色のパネルは、存在しないなにかを連想させる。そして、青々と茂った大きな木を描いた油絵。すべてが調和していた。ラーシュは理解しようとした。

奥の片隅に、ふつうより小さめの、象牙色をした両開きの扉があった。ラーシュは寝室に足を踏み入れると、やわらかなカーペットを踏みしめながら扉に近づき、触れてみた。ドアはゆっくりと開いた。クローゼットだ。中は広く、それ自体がひとつの部屋のようになっている。ラーシュは中に入り、電灯のスイッチを見つけた。暖かな光がクローゼット内を照らした。

ブラウスなどの服が、木のハンガーに掛けられて並んでいる。その下には、オーク材の新品らしいたんすが置いてあった。ひきだしをひとつ開けてみる。アクセサリーや時計が入っている。その下のひきだしには、折り畳まれたショールとアクセサリーが入っていた。ラーシュは前かがみになり、三段目を開けた。下着だ——ショーツやブラジャーが入っている。あわててひきだしを閉めたが、またすぐに開け、中をのぞき込んだ。自分の倫理に基づいたルールを、もうとっくにいくつも破っているのだから、ここでやめてもやめなくても同じだという気がした。

ひきだしに手を入れ、下着をさわってみる。絹だ……やわらかい。手を離すことができない。指のあいだにはさんですべらせていると、急に興奮が湧き上がり、勃起が始まった。何着か持って帰りたい。ポケットに入れて、好きなときにさわれるようにしたい。階下から物音が聞こえて、ラーシュはわれに返った。ひきだしを閉めると、クローゼットを出て、寝室を離れた。

廊下に出ると、何度か深呼吸をした。アルベルトの部屋に向かい、指先でドアを押して開け、中をのぞき込んだ。自分が大人なのか、それともまだ子どもなのか、よくわかっていない少年の部屋という印象だ。大人びた絵が掛かっている一方で、サッカーチームＡＩＫの黄色と黒の三角ペナントも飾られている。三本しか弦を張っていないエレキギターが、机に立てかけてある。空になったキャンディーの袋が床に落ちている。ベッドはあまりきちんと整えられておらず、かろうじてふとんを伸ばして掛けているだけだ。ベッドの下に、三脚のついていない古い天体望遠鏡がある。しゃがんでのぞき込むと、奥のほうに本が何冊かと、黒いギターカバーが見えた。

ラーシュは何枚か写真を撮ると、腕時計を見やった。思ったより時間が経っている。彼は部屋を出て階段に向かった。ソフィーの寝室の前にさしかかったとき、衝動に身をまかせた。ふたたび寝室に入り、クローゼットを開け、三段目のひきだしを開けると、ショーツを引ったくってポケットに入れた。ひきだしを閉め、クローゼットを閉め、また出ていった。

アンデシュは書斎らしき部屋でパソコンに向かっていた。

「もう、かなり時間が経ってますよ」ラーシュは部屋の入口で言った。

「黙ってろ」アンデシュは画面を見つめたまま言った。そのままキーを叩きつづけている。

「アンデシュ！」

アンデシュは顔を上げた。

「いいから黙れ！　家の中を見てまわっててもいい、好きにしろ、とにかくこの部屋から出ていけ」

そして画面に戻り、またキーを叩きつづけた。ラーシュはもっとなにか言いたいと思ったが、ためらい、結局はその場を離れた。

もう一度、家の中をひとまわりする。キッチンに入り、床をざっと見まわして、忘れものがないか確認した。大丈夫そうに見えたので、入ってきた裏口に戻った。のどの上のほうで、浅い呼吸を繰り返す。額が汗で濡れていた。アンデシュが書斎から出てきた。

「便所に行ってくる。それから出ていくとしよう」

「すぐ出ましょうよ」ラーシュは小声で訴えた。

アンデシュは身を硬くしているラーシュを笑うと、サイドボードに置いてあった新聞を手に取り、のんびりとトイレに向かった。そのまま長々と居座り、昔の西部劇ドラマ『ボナンザ』のテーマ曲を口笛で吹いていた。

ラーシュはキッチンの脇にある玄関に身を隠した。ここにいれば、外から姿を見られるおそれはない。ずらりと掛かったジャケットやコートのそばに立ち、息をつきながら、壁に額をつけて目を閉じ、落ち着きを取り戻そうとした。呼吸が気管の途中までしか届かない。鼻で呼吸をしてみるが、同じことだ。深く息を吸い込めない。身体がバイオリンの弦のようにぴんと張りつめている。耳の中で血管がどくどくと脈打ち、腹が締めつけられるような心地がして、手は冷たく、口の中はからからだ……外から物音が聞こえた。外階段を上がる足音……玄関扉に、鍵が差し込まれる。ラーシュは振り返って扉を見つめ、その場で固まった。身体はいっさい反応せず、逃げようともせず、ただじっとその場に立ちつくしていた。幼い子どものようにおびえて、身動きが取れなくなる。パニックに圧倒される。自分の中で激しく脈打っているこの感情だけで死にそうな気がした。

錠がカチリと鳴り、取っ手が押し下げられ、扉が外側へ開いた。ラーシュは目を閉じた。扉の閉まる音がして、彼は目を開けた。彼の前に、小柄な六十歳ほどの見知らぬ女性が立っている。床に鞄を置き、コートのボタンをはずしはじめた。ラーシュが彼女をちらりと見やると、目が合い、彼女はびくりと飛び上がった。

胸に手を当てて、おそらく東欧のどこかの言葉で、なにやらつぶやいている。驚きはおさまってきたらしい。彼女は笑い声をあげると、スウェーデン語に切り替えて、だれか家にいらっしゃるなんて知りませんでした、と早口で言った。

そして握手しようと片手を差し出し、ドロタと名乗った。ラーシュは大混乱の真空状態に置かれていたが、なんとか彼女の手を取った。

「ラーシュです」

すさまじい爆笑が背後から聞こえて、ラーシュは振り返った。アンデシュが片手で顔を覆いながら笑っている。

「おまえってやつは、前代未聞の大馬鹿者だな！」

ドロタはとまどい、かすかに笑みをうかべたままふたりを見つめた。彼らがいったい何者なのか、急に不安になったのだろう。

アンデシュの笑い声がさっと止んだ。彼はドロタに近寄ると、彼女の腕をがしりとつかんだ。床に置いてあったハンドバッグを拾い上げ、彼女をキッチンへ引っ張っていき、椅子に座らせた。それから振り返ってラーシュを見た。

「さあ、どうする？」

ドロタはおびえていた。

「行きましょう。ここを出るんです」とラーシュは言った。

アンデシュは軽蔑のまなざしでラーシュを見つめた。

「そうだな。出るとしようか」

そして、ドロタのほうに向き直った。

「あんたはだれだ？」

彼女はふたりをかわるがわる見やった。

「ここの掃除をしてます」

「掃除だと？」

ドロタはうなずいた。アンデシュはハンドバッグを彼女のひざの上に投げつけた。

「財布を出せ」

ドロタは彼の言葉が聞こえなかったかのようにぽかんと彼を見つめたが、すぐにあわててハンドバッグの中を探り、財布を見つけだした。アンデシュはそれを引ったくると、身分証を出して一瞥をくれた。

「どこに住んでる？」

「スポンガです」彼女の答えは声になっていなかった。口の中に唾液が残っていないのだ。

ラーシュは彼女を見つめた。急に、彼女がひどく哀れに思えてきた。アンデシュは彼女の身分証をポケットに入れた。

「これはもらっておく。あんたはおれたちをいっさい見てない」

ドロタは床を見下ろしている。

アンデシュが身をかがめ、彼女に顔を近づけた。

「いいな？」

彼女はうなずいた。

アンデシュは殺気の漂う表情でラーシュのほうを向くと、テラスに出る裏口へ歩きだした。ラーシュはしばらくその場に立ったまま、椅子に座って床を見下ろしているドロタを見つめていた。

アンデシュは車に向かって歩き、ラーシュは小走りにそのあとを追った。

ラーシュがハンドルを握り、スピード制限を守りつつ住宅街を離れていくあいだ、ふたりはまったくの無言だった。不意にアンデシュがラーシュの襟をつかみ、その顔に平手打ちを見舞いはじめた。ラーシュは急ブレーキをかけて車をとめ、身を守ろうとしたが、アンデシュは攻撃の手をゆるめなかった。

「この阿呆が……そこまで役立たずなのか？」

叫ぶような大声だった。やがて不意に叩くのをやめ、助手席に座り直すと、ため息をついて怒りを逃がした。

ラーシュは身をすくめ、ひたすら前を見つめていた。

もっと殴られるのだろうか？　耳がひりひりひりする。脚に力が入らない。

「おれがいなかったら、どうするつもりだった？　あの婆さんに、なにもかも打ち明けてたんじゃないだろうな？　本名なんか名乗りやがって……おれたちがなにをやってるか、わかってるのか？」

ラーシュは答えなかった。

「この阿呆が」アンデシュはひとりごとのようにつぶやいた。

ラーシュは、いったいどうすればいいのか、さっぱり見当がつかなかった。アンデシュは彼を見やり、フロントガラスの向こうを指差した。

「さっさと車を出せ！」

ストックホルムへ戻るあいだ、車内には沈黙が色濃く立ちこめていた。アンデシュは考えに沈んでいる。

ラーシュはいたたまれない気持ちになった。

「このことはグニラに言うな。すべてうまくいった。


マイクはちゃんと仕掛けてきた。今度あそこに行ったときに、ちゃんと作動してるかどうか確かめろ。もし故障してたら、おれがひとりで入ってなんとかする。とにかく、あの掃除婦のことは黙ってろ」

アンデシュはストックホルム東駅のそばで車を降りた。受信機の入った鞄は、車の床に置いたままだ。彼はそれを指差して言った。

「さっさと確かめろよ」そして車のドアをばたんと閉めると、人ごみの中へ消えていった。

ラーシュは運転席でじっとしていた。恐怖と不快感が身体中に満ちている。今日起こったことを思い返す勇気はなかった。代わりに、怒りが湧き上がってきた。彼はアンデシュ・アスクに、だれに対しても感じたことがないほどの強い憎しみを抱いた。

＊

スウェーデン語を話す見知らぬ男は姿を消した。イェンスは短機関銃をいつでも発射できる体勢で、貨物室の隅に座って耳を澄まし、あたりに視線を走らせた。さきほどの音は、遠くのほう、貨物室の広くひらけているあたりから聞こえてきた。その音を除けば、あたりは静かだった。埠頭で働いていた作業員たちも、ベトナム人の乗組員たちも、最初の銃声を聞くなり逃げだしたのだろう。それからのことは永遠のように感じられたが、実は数分しか経っていない。だらだらと引き延ばされた、長い、地獄のような数分間。イェンスはそんな数分間が嫌いだった。厄介事は、いつもそんな数分の間に起きるのだ。

幻聴がまた始まった。なにかが近づいてくる音がする。短いささやき声、足音、風の音……汗が噴き出し、アドレナリンが身体をめぐる。シャツが身体にべっとりと貼りついた。

あらためて、ここから逃げなければ、という強烈な直感が襲ってきた。子どものころにしか感じた覚えのない、パニックの感覚——逃げたい、という衝動。

隠れているべきか、それとも闘うべきか、ひたすら考えをめぐらせる。そのとき物音が聞こえた。遠くのほうに、すばやく移動している人影が見える。イェンスは本能的にビゾンを肩に当てると、人影に向かって何発か撃った。それから物陰に隠れた。さきほど考えをめぐらせていた問いに、答えが出た。闘うのだ。もう後戻りはできない。彼はしばらく待った。体内で激しく打っている自分の脈しか聞こえない。移動する以外に道はなかったが、立ち上がったとたん、電動ノコギリのような銃声が響いて弾が雨あられと襲ってきた。彼は床に身を投げ出した。あたり一面に銃弾が当たり、耳をつんざくような音がする。そのあと、しばらく静寂が訪れた。遠くから、銃に弾をこめている音が聞こえる。イェンスは立ち上がり、箱を跳び越えて前進した。自分を撃った相手を探す……あそこだ、遠くのほうで男が動いている。積んである箱のうしろに半ば身を隠しているのが見えた。その身体が、陰から出てくる。こちらが持っているのと同じ短機関銃が向けられる。が、イェンスのほうが早かった。男に向かって弾を連射すると、男は箱のうしろにさっと隠れた。イェンスは前進した。男がふたたびちらりと姿を現す。距離は十メートルほど。イェンスは引き金を引いた。弾は男の肩に当たり、男はくるりと一回転させられたが、それでもなんとか銃をイェンスに向けた。イェンスは貨物室の真ん中にいて、身を隠せる場所はどこにもなかった。

互いに向けられた、二挺の銃。そこで時間が止まった。宇宙の進行をつかさどる時計の巨大な秒針を、だれかがつかんで止めたかのようだった。イェンスは男のうつろな目を、自分に向けられている銃口を見た。おれは、ここで死ぬのか？　耐えがたいことだ。子ども時代が思い出されるわけでも、母親が神の光に照らされて微笑みかけてくれるわけでもなかった。ただ、自分の置かれている状況があまりに無意味すぎて、うつろな、暗い感覚にとらわれた。おれはほんとうに、こんなろくでもない野郎に殺されて死ぬのか？

銃床を肩に当ててひざまずき、照準器の中に相手のロシア人をとらえた、長い、長い一瞬のあいだ、そんな思いが彼の中を駆けめぐった。

そして、彼は撃った。ロシア人も撃った。

ふたりの放った銃弾は、途中ですれちがったにちがいない。イェンスは、弾が自分の左側を抜けていくヒュンという音を聞いた。一発が二の腕に当たり、焼けつくような痛みが襲ってきた。

イェンスが放った三発の銃弾は、狙いどおり、ロシア人の胸とのどに命中した。頸動脈に穴が開き、血がどっと噴き出した。男は倒れる途中でぐったりと力を失った。銃が手から離れ、身体が荷箱にぶつかった。床に届くころにはもう息絶えていた。

イェンスはそのようすをじっと見つめていた。ふと背後から足音が聞こえ、彼は銃を構えて振り返った。スウェーデン語を話すさきほどの男が、イェンスの額に拳銃を向けていた。イェンスのビゾンも、男に狙いを定めている。

「銃を下ろせ……撃つつもりはない」男が穏やかに言った。

「おまえこそ銃を下ろせ」身体中を駆けめぐるアドレナリンのおかげで、イェンスは平然とした態度を保っていた。

男はためらったが、やがて銃を下ろした。イェンスも同じようにした。

「怪我をしたのか?」男がイェンスの二の腕を見て言う。

イェンスもそちらに目をやり、傷口にさわってみた。傷は浅そうだ。彼は首を横に振った。

「来い！　そいつは放っておけ」

イェンスはたったいま自分が殺した男を見つめた。幸運、運命、感謝、恐怖、罪悪感、不快感——さまざまな思いが、彼の頭の中をあてもなくさまよった。

「来い！」スウェーデン語を話す男が繰り返す。イェンスは彼のあとに続いた。

男の頬に沿ってマイクが固定され、左耳にイヤホンが入っていることにイェンスは気づいた。男は低い声で短く言葉を交わすと、急に立ち止まってイェンスにささやきかけた。

「ここで待つぞ」

どこを見ても、なにも動いていない。なんの音もしない。ふたりはひたすら待った。イェンスは男を見つめた。落ち着き払っている。こういう状況に慣れているのだろう。

「おれの名はアーロンだ」と男が言った。

イェンスは答えなかった。

男はイヤホンに指を当て、立ち上がった。

「終わった。上がろう」

　甲板の中央にミハイルがひざまずき、頭のうしろに両手を置いている。その背後にレシェックがいて、ヘッケラー&コッホ社製のスコープ付きアサルトライフル、G36を構えていた。

　アーロンはイェンスに向かって、ついてこい、と手招きした。ふたりはミハイルのそばを素通りし、階段を上がって操舵室に入った。操舵手が撃ち殺され、血の海の中に倒れている。船長はテーブルの下に隠れていた。ショック状態ですっかり青ざめ、大きなスパナを手に握っている。立ち上がると、死んだ操舵手を見やり、窓の外に視線を向けた。甲板でひざまずいているミハイルを目にして、憎しみで瞳がぎらりと光った。イェンスとアーロンを突き飛ばして操舵室から駆けだすと、階段を下り、甲板を走った。ミハイルにはかわす間もなかった。船長がスパナを振り上げてミハイルに殴りかかる。ミハイルはひっくり返った。船長は、攻撃をかわそうとするロシア人の巨漢をにらみつけ、ベトナム語で罵詈雑言を浴びせながら、彼の腕や脚を何度も繰り返し殴った。イェンスとアーロンは、操舵室からそのようすを眺めていた。

「どうしてこの船に乗ってたんだ?」アーロンが尋ねる。

　眼下の甲板では、ミハイルが身体をボールのように丸めていた。

「パラグアイから帰ってくるところだった。乗せてもらっただけだ」

「パラグアイではなにをしていた?」

「なんでも」

「仕事は?」

　イェンスは暴行現場から目をそらした。

「運送業」と答える。

「この船を使って、なにか運んでたのか?」

「なぜそんなことを聞く？」

「答えろ」

船長はスパナで躍起になって殴りつづけている。

「もうじゅうぶんじゃないのか」イェンスはそう言うと、親指で暴行現場を指してみせた。

アーロンははじめ、意味がわからないような顔をしていたが、やがてひゅうっと口笛を吹いてレシェックに合図した。レシェックは船長とミハイルのあいだに割り込み、暴行をやめさせた。船長が、血まみれになったミハイルにつばを吐きかけた。ミハイルは死んだように甲板に倒れている。船長は操舵室に戻るべく歩きだした。

ほんの一瞬、全員が肩の力を抜いたようだった。レシェックは警戒をゆるめ、アーロンはイェンスへの質問を繰り返そうとした。が、ミハイルがその隙を突き、底知れない力を出して立ち上がった。あっという間のできごとだった。あちこち骨折しているにちがいない身体で、船べりへの短い距離を駆け抜けると、勢いをつけて欄干を跳び越えた。同時にレシェックがアサルトライフルの引き金を引く。ミハイルの姿はもうなかった。彼が海に落ちた音がイェンスの耳に届いた。

アーロンとレシェックはすぐさま動きだした。船べりに駆け寄り、欄干のそばに陣取ると、そこから左右に分かれ、言葉を交わしながら海面に視線を走らせる。ときおり放つ銃弾が海水を跳ね上げた。ふたりは十分間ほど探したのち、それ以上捜索を続ける価値はないと判断した。ミハイルは海の中で死んだにちがいない。殴られて負った怪我のせいで、あるいは、海中に向けて放った銃弾が命中したせいで。

ディーゼルエンジンがもどかしげに甲板の下で轟いている。船はまだ埠頭に繋留されたままだが、とにかくさっさと港から離れたほうがいいと全員が考えた。銃撃戦になり、現場から逃げた人間がいる以上、警察がこちらへ向かっている可能性は高い。ロッテルダムは世界でも指折りの大きな港だ。港を離れさえすれば、付近を行き交うほかの船にまぎれて姿を消せる。

彼らは力を合わせ、船をつなぎとめている巨大な綱をはずしてから、急いで乗り込んだ。船は埠頭を離れ、渡し板は海中に落ちた。

＊

帰宅したラーシュは、キッチンの戸棚に赤ワインのボトルが二本入っているのを見つけた。一本目をすぐに飲み干し、二本目も開けると、グラス二杯分をむりやり飲んだ。酔いがまわり、顔が火照ってきた。窓から中庭を眺めつつ、自分とあの掃除婦を哀れんだ。あの掃除婦はいまごろ、なにをしているのだろう、と考える。酔いのおかげで自己嫌悪に陥らずに済んだ。

窓から太陽の光が照りつけているせいで、マンションの中が耐えがたいほど暑い。

ラーシュはシャツを脱ぎ、さらにワインを飲んだ。居間に出ると、シャツを床に投げ捨てて、本棚に置いてあった古いコニャックをグラスに注いだ。ひどい味だった。何度かに分けてごくごくとむりやり飲み、吐き気と闘った。そしてひざを抱えてソファーに横になり、なにもない空間をぼんやりと見つめた。

十五分後、ラーシュ・ヴィンゲに変化が訪れた。ひどく苦々しい気持ちになり、これまでの年月、ずっと自分のまわりにいたろくでもない連中のことを思って、心の中で歪んだ笑いをうかべた。両親、幼なじみ、これまでの同僚たち、これまでに出会った人々……そして、アンデシュ・アスク。ラーシュは全員を呪った。幼稚で愚鈍な連中ばかり。自分とは正反対だ……そんな思いが、酒浸りになった彼の脳内を駆けめぐった。これだから、酒はめったに飲まないようにしているのだ。抑えがきかなくなって、心が病んだ状態になってしまうから。生まれてはじめて酒に酔ったときから、ずっとそうだった。が、いまの彼は、そのことをすっかり忘れていた。自分の中の闇を正当化することに、すべてのエネルギーを費やしていた。

一時間後、サラが帰ってきた。彼女は冷たい目でラーシュを見た。

「具合でも悪いの？」

ラーシュは答えなかった。サラはキッチンに行ったが、すぐに戻ってきた。

「ワイン、飲んだの？」

なじるような声だった。ラーシュは横になったまま、両腕で自分の裸の上半身を抱きしめた。

「酔ってるのね？」

彼は答えなかった。

「ねえ、ラーシュ、どうしたの？」

彼は立ち上がると、床に脱ぎ捨てたシャツを拾い上げて身につけた。

「どうでもいいだろ」と言い、玄関へ向かう。靴に足を突っ込んで外に出た。

手近なバーでウォッカ・トニックを注文し、たまたま出会った酔っぱらいの年寄りと、スウェーデンでは犯罪者に対する刑罰が甘すぎるという話題で議論をするはめになった。ラーシュはすっかりむきになって、更生させることと罰することのちがいについて、支離滅裂な論を展開した。そして、ほどなく話の筋を見失った。ごくあたりまえの理屈ですら、いつものように頭に浮かんではくれなかった。相手の年寄りも、バーテンダーも、ラーシュのまぬけぶりにどっと笑いだした。

バーが閉店すると、ラーシュは深夜の街をぶらぶらとさまよい、ふらつきながらパーキングメーターに向かって立ち小便をした。意味もなくくすくすと笑っては、すれちがう車や人々にしかめ面を向け、中指を突き立ててみせた。そのあと、意識を失った。

翌朝の四時半ごろ、ヴォルマル・ユクスキュル通りの見知らぬマンションの入口で、新聞配達人にまたがれて目を覚ました。ズボンのポケットに両手を入れ、ゆっくりと歩いて自宅へ向かった。酔いがまだ醒めないのに、二日酔いが始まっていた。自宅の玄関で鏡をのぞき込んでみると、額に切り傷ができていた。ひどくうつろな目をしているのもわかった。彼はサラのとなりにばったりと倒れ込んだ。するとサラはベッドから起き上がり、自分のふとんを引き寄せて、お酒くさい、と吐き出すように言った。

三時間後、ラーシュは朝の日差しを顔に受けて目を覚ました。サラの姿はなかった。彼女の寝ていた側は、いつものことながら整えられておらず、ラーシュはそれが癇に障ってしかたなかった。頭からふとんをかぶり、もう一度眠ろうとしたが、魂の奥底まで蟻が入り込んで這いまわっているような気がした。

震える手で朝のコーヒーを飲み、なんとか落ち着こう、自分を取り戻そうとした。が、なにも戻ってこなかった。空っぽだった。すべてが消えていた。

＊

「やっぱり手伝って」

ソフィーは二階に向かってそう呼びかけると、ふきんで両手を拭いた。

「いま行く！」アルベルトが苛立った声で答えた。

ふきんを見つめる。あまりに古いので、フックに戻す価値はないと判断し、ごみ箱に捨てた。

アルベルトが階段を下りてきたとき、ソフィーは熱いポテトグラタンにアルミホイルをかけている最中だった。テーブルの上に置いてあるプレゼントの箱を指差す。そばに包装紙とテープと黄色いリボンが置いてある。アルベルトは椅子に座り、包装紙を切りはじめた。

ソフィーは耐熱皿をオーブンの上のコンロから調理台へ急いで運んだ。鍋つかみ越しに伝わってくる熱さに、あと一センチというところで手を放し、調理台に皿をがちゃんと落とした。

アルベルトは包装紙を箱に当てた。

「プレゼント、だれにあげるの？」

「トムよ」

「どうして？」

「誕生日だったから」

アルベルトの包みかたは上手だったが、テープの止めかたが雑だった。ソフィーはやきもきし、貸して、と言ってやり直した……そして、後悔した。

ふたりは数キロほど離れたソフィーの実家へ車で向かった。木の葉が青々と茂った緑豊かな界隈だ。実家は楢や白樺、リンゴの木に囲まれ、包み込まれるように建っている。夕日に照らされて、すべてが黄金のように輝いている。いい景色、とソフィーは思った。

実家へ向かう上り坂の途中で、ラットが駆け寄ってきた。ラットは小さな白い犬だが、だれも犬種名を知らない。ただの白い小さな犬。動くものすべてに吠えかかる。人に噛みつくこともあった。

「轢いちゃいなよ」アルベルトが小声で言う。

ふたりとも、この犬をあまり好いていなかった。

「ラットが死んだってどうってことないだろ？」とアルベルトは続けた。

ソフィーは笑みをうかべたが、答えなかった。

「どうってことないだろ？」アルベルトが繰り返す。

ソフィーはうなずいた。アルベルトは、やっぱりね、というように、ソフィーに向かって微笑んでみせた。

トムは居間でカクテルを作っていた。フランク・シナトラが歌い、アントニオ・カルロス・ジョビンが伴奏をしている。

「こんばんは、トム」

トムはオリーブをほおばったままソフィーに手を振り、ちょっと待って、と合図したが、ソフィーは待たなかった。イヴォンヌが彼女とアルベルトを迎えた。アルベルトの額にキスをし、ソフィーの前腕をさすってから、離れていった。いつもと変わらず、真新しい白いスニーカーをはいている。七十歳のイヴォンヌの身のこなしからは、まだ自分のことをたいそう魅力的な女性だと思っているらしいことがうかがえた。

テレビの前で、ジェーンの恋人、アルゼンチン出身のヘススがカーペットに腰を下ろし、音を消してなにかを観ていた。

「こんばんは、ヘスス」

ソフィーは彼の名前をスペイン語ふうに正しく発音した。ヘススはあぐらをかいたまま、ソフィー、と気さくな声で呼びかけた。そして、そのままテレビを観つづけた。

ヘススは少し変わっている。どう変わっているのかと問われると、よくわからない。たとえ、自分なりにヘススのふるまいの意味が理解できた、彼が一風変わっているわけを汲みとれた、と思うことがあっても、その推測はすぐにまちがっていると判明する。ジェーンは彼といると幸せそうで、ソフィーにはそれがよく理解できなかったが、うらやましいとは思っていた。

ふたりは互いの自由を尊重し、顔を合わせれば微笑み合う。ヘススがブエノスアイレスに行っていて、三か月離ればなれになっていたあとでも、ジェーンが電話に出てからキッチンに戻ってきたあとでも、それは変わらない。ふたりは同じ笑顔をうかべる。いまにも笑い声があがりそうなほど、屈託のない、満面の笑顔だ。

ソフィーはキッチンに入った。ジェーンはテーブルに向かって座り、まな板の上の野菜を切ろうとしている。料理は大の苦手だ。ソフィーは持参したポテトグラタンをオーブンに入れ、妹の髪に軽くキスをしてから、彼女のとなりに腰を下ろした。ジェーンが大いに苦労しながらキュウリを小さな角切りにしているのを見守る。形はふぞろいで、大きさもまちまちだ。ジェーンは苛立ちを抑えつつ、ソフィーのほうへまな板を押しやった。ソフィーは作業を引き継いだ。

「最近、どうしてたの？」と尋ねる。

日曜日の夕食に集まるメンバーはふつう、ソフィーとアルベルト、母親のイヴォンヌとトムだけだ。ジェーンとヘススはときおり顔を出すだけで、その訪問に決まった周期があるわけでもない。ただ、来れば歓迎される、それだけのことだ。

「どうって言われてもね」ジェーンはかぶりを振った。

「べつに、いろいろ」

ジェーンはテーブルの上でだらりと頬杖をついた。彼女はそんなふうに座っていることが多い。どうやらその体勢が落ち着くらしい。彼女は野菜を切っているソフィーをじっと見つめ、言った。

「こっち見て」

ソフィーはジェーンのほうを向いた。

「ねえ、なにかあった？」

「なにかって？」

「雰囲気がちがう」

ソフィーは首を横に振った。

「べつに、なにもないけど。どうして？」

ジェーンは彼女をまじまじと観察した。

「なんていうか……前より明るく見える。幸せそう、っていうか」

ソフィーは肩をすくめた。

「なにか特別なことでもあったの？」

「さあね」

「彼氏ができた？」

ソフィーは首を横に振った。ジェーンは彼女から目を離さない。

「どうなの、お姉ちゃん？」とささやきかける。

「うん。そうかもしれない」

「かもしれない?」

ソフィーは妹と目を合わせた。

「どんな人?」

「患者さん……元患者さん」ソフィーは小声で言った。

「でも、べつに、そういう関係じゃないけど」

「じゃあ、どういう関係?」

ソフィーはかすかに微笑んだ。

「よくわからない……」

切った野菜をすべて、大きなボウルに放り込む。いかにも雑な感じがして、もっときれいに盛りつけたいと思ったが、やめておいた。母親の家で〝よくできた娘〟を演じることなど、もうしたくない、という気持ちが強い。ジェーンはさきほどと同じ体勢のまま、ソフィーの手の動きを目で追っていたが、急にあることを思い出してはっと姿勢を正した。

「そうだ、そうそう、私たち、ブエノスアイレスに行ってたのよ! どうしちゃったんだろう、私。すっかり忘れてたわ。ヘススのきょうだいのところに遊びにいったの。それで……木曜日に帰ってきた」

曜日を言う前に少し迷っていたが、やはり木曜日でまちがいないと確信したらしい。ジェーンには、どこか支離滅裂で、ぼんやりしたところがある。そういうふりをしているだけと思われがちだが、ほんとうにそうなのだ。取り散らかった性格で、ときおりやたらと朗らかになる。まわりにいる人々の多くは、そんな彼女の態度に尻込みし、警戒する。そして、わざとらしい、不自然だ、と決めつける。が、尻込みしない人々は、彼女のことを気に入る。尻込みしない、恐れを知らない人というのはたいてい、他人を好意的に受け止めるものだ。

全員が食卓についた。イヴォンヌとトムがそれぞれテーブルの端に座り、残る四人がほかの席に散らばる。イヴォンヌはいつもどおり、きれいにテーブルをセッティングしている。彼女の得意分野なのだ。夕食はいつもと変わらない調子で進んだ。とりとめのない話に、笑い声。昔のわだかまりや誤解が蒸し返されることのないよう、ひとりひとりが言葉を選び、じっと感情を抑えている。

食事を終えると、ソフィーとジェーンはテラスに出て、ゆったりとした籐椅子に座った。ヘススは書斎にこもり、英語の本を読みふけっている。アルベルトは二階に上がって、トムが古びた蓄音機でなにかとかけたがるバッハのゴルトベルク変奏曲を聴きながら、トムとトランプに興じている。

ソフィーとジェーンは、遠赤外線ヒーターの下で酒を飲みながら夜更けまで語り合った。はじめのうちはイヴォンヌが、テラスに出るドアのそばに用事があるふりをして近づき、ふたりのようすをうかがっていた。姉妹はそんなイヴォンヌを何度かつかまえ、問いつめた。彼女は盗み聞きなどしていないと言い張ったが、もともと嘘の上手いほうではない。結局、二階から下りてきたトムに、姉妹を放っておいてやれと言われていた。

ソフィーの少女時代、イヴォンヌはかなり長いあいだノイローゼ気味だった。夫のイェオリが亡くなったことで、症状は雪崩のような勢いでエスカレートした。にこやかな専業主婦だったのが、人生に幻滅しきったエゴイストと化し、その転落の過程でさまざまなものを道連れにした。ソフィーもジェーンも父の死を悲しみはしたが、イヴォンヌの悲しみのほうが深刻だった。感情の振れ幅が大きくなって、腹を立てたりうつ状態になったりしたかと思えば、いきなり娘たちの理解と過度の愛情を求める。ジェーンもソフィーも、どのようにふるまえばいいのかわからなかった。思いやりや心遣いをふつうに受け止めることができなくなり、母親との関係は歪んだものとなった。結果、ジェーンとソフィーの関係も悪化した。イヴォンヌの病んだふるまいが、姉妹のあいだに壁となって立ちはだかった。いっしょに楽しんだり、笑ったりすることはほとんどなくなった。それぞれの個室に引きこもり、母親の関心を引こうと競い合った。

が、やがてトムが現れた。母娘は、自宅から数ブロックほど離れたトムの家に引っ越した。彼の家のほうが広く、窓も大きくて、広々とした壁に立派な絵が飾られていた。サクラ材でできた大きなベッドには、真っ白なふかふかの羽毛ぶとんが掛かっていた。トムは緑色のジャガーで、ソフィーとジェーンを学校まで送ってくれた。ベージュの革張りの座席は、かすかにタバコの煙と男物の香水のにおいがした。母親のイヴォンヌは昼間、家にこもり、下手な絵を描いて過ごした。そして、少しずつ変わっていった。悲しみを乗り越え、母親らしさをある程度まで取り戻した。とはいえ、〝悲しみに打ちひしがれたかわいそうな私〟という立ち位置がすっかり気に入ってしまったようで、そこからはけっして離れようとしなかった。

年月が経ち、ソフィーが成人して、イヴォンヌが老年期に入ると、ソフィーはまた母親のことが好きだと思えるようになってきた。そんな気持ちになるのはひどく久しぶりだった。イヴォンヌはときおり、賢明で温かく、人間らしいところを見せる。ソフィーはそんなとき、昔のお母さんが戻ってきた、と感じる。が、その一方でイヴォンヌは、うやむやになったまま残っている彼女の一面――ヒステリー、苛立ち、病的な好奇心、のけ者にされることへの恐怖、目に見えない、計り知れないほどの支配欲と、その支配力を失う恐怖――そんな一面がいまにも戻ってきそうだと思わせるふるまいをすることが、あまりにも多かった。数週間ほど前、彼女はソフィーの家にやってきて、紅茶を飲みながら、あなたは元気なの、と尋ねた。いきなりの質問に、ソフィーは動転した。元気よ、と反射的に答えたが、母親の顔を見て、これは真剣に聞かれているのだと気づいた。そこであらためて考えていると、なぜか涙が出てきた。イヴォンヌが両腕を差し出し、抱きしめてくれた。ソフィーは心地いいと感じつつ違和感も覚えたが、それでも抱擁に身をゆだね、その場に、母のそばにとどまって、自分でもわけのわからないまま泣いた。それは単に、彼女の中で張りつめていたなにかが、ふっと解けただけだったのかもしれない。あるいはイヴォンヌが、母親にしかわからないなにかをわかってくれたのかもしれない。いずれにせよ、ソフィーは気分が軽くなった。そのあと、このときのことはいっさい話題にのぼらなかった。

テラスの遠赤外線ヒーターと、ワインの酔いで、ソフィーとジェーンは内からも外からも快いぬくもりに包まれた。冷凍庫に入っていたタバコ一箱を分け合って吸う。イヴォンヌはいつも客用のタバコをそこに入れ、姉妹はいつもそこからタバコをくすねているのだった。たてつづけに吸って一箱を消費すると、タクシーを呼んで、タバコをもう一箱と、塩味のリコリスキャンディーを二袋買ってきてもらった。トムがパジャマ姿で通りかかり、ふたりがワインを一瓶空けてしまったのを見て、そのワイン、ずっと大切にとっておいたのに、と嘆いた。ふたりはぷっと吹き出し、息が苦しくなるほど笑った。それから、幼いころの夏をしんみりと思い起こした。別荘のキッチンに漂っていた、トーストと紅茶の香り。海辺の岩場で過ごした日々。父方の祖母が、まるで姉妹に自信をつけてやろうとしているかのように、やさしく投げかけてくれた問いの数々。そこから父親の話になり、ふたりは黙り込んだ。父の話をしたあとは、いつもそうなる。無言になって、なぜあんなにも早く自分たちを残して逝ってしまったのだろう、と考えるのだ。ソフィーの記憶にある父イェオリは、やさしく、ハンサムで、信頼できる父親だった。父がまだ生きていたら、印象は変わっていたのだろうか、とよく考える。イェオリ・ランツは、仕事でニューヨークに滞在中、ホテルで亡くなった。シャワーを浴びている最中の突然死だった。ソフィーは父の明るい面しか覚えていない。笑い声、ジョーク、思いやり——器が大きくて、気さくで、格好よかった。恨みや不満の泥沼にけっしてはまろうとしない年配の男性からにじみ出る、あの格好よさ。幸せであろうとする意志があふれていた。その意志こそ、彼が妻に、ふたりの娘に遺し、神に捧げた贈りものだった。ソフィーはいまもなお、父親に会いたくてしかたがなかった。ひとりきりで過ごすときには、父親に話しかけていることもあった。

アルコールが身体にまわり、夜もすっかり更けて、眠気が襲ってきた。ジェーンは客間に退き、ヘススの傍らで横になった。ソフィーはアルベルトを客用のベッドに寝かせると、額に軽くキスをして、そのまま眠らせてやった。

それからタクシーに乗ると、運転手にまわり道を頼んだ。後部座席に座って、過ぎ去っていく家々を眺め、酔いと孤独を楽しんだ。少女時代を過ごしたこの住宅街は気に入っている。窓から見える家々のほとんどを知っているし、昔だれが住んでいたかも、だれがいまも住みつづけているかも把握している。この界隈は、彼女の居場所、安心できる場所だった。が、いま、こうしてタクシーの窓の外を流れていく世界を見つめていると、せつなさのようなものが湧き上がってきた。景色そのものは昔と同じだが、彼女の中でその景色と結びついている時代は、とっくの昔に終わっている。いまはもう、べつの時代なのだ。ここに属していると いう気はもうしない、と彼女は感じた。

テラスにいたとき、ジェーンが、ヘススとブエノスアイレスを訪れたときにイェンス・ヴァルと鉢合わせした、と話してくれた。イェンスの名を耳にして、ソフィーは驚いた。長いあいだ、思い出すことのなかった名前だ。イェンス・ヴァル……彼に出会ったのは、高校時代の夏休み、ストックホルム沖の群島にしばらく滞在したときのことだ。ふたりはひとときも離れずに過ごしたが、やがて別れの時がやってきた。自分の一部を失ったような気がしたのを、ソフィーはいまでも覚えている。夏休みが終わるころ、彼女はイェンスの家を訪れた。彼はエーケレーに住んでいた。両親は旅行中で、家には彼しかいなかった。

あの一週間、ソフィーはほぼ四六時中、彼の胸に頭をあずけて過ごしていた——少なくとも、記憶ではそんな気がしている。ふたりは飽きることなく話しつづけた。まるで何年も話題を溜め込んできたかのようだった。ときおりイェンスの両親のシトロエンで買い物に出かけた。大きな車で、がくがくとよく揺れた。運転免許も持っていないのに、大音量で音楽をかけて、走った。大人になる、自由になる予行演習のように……洗面所で歯を磨くときにも、互いの手を握っていた。なんということだろう——あの夏のことを、すっかり忘れていたなんて。あのときはまだ子どもだったけれど、彼のことがほんとうに好きで、でも最後には傷つくとわかっていた。そして、実際に傷ついた。あれから年月が経って、わかってきたような気がする。彼もまた、同じように感じていたのだろう、と——恋ゆえに傷つくのが怖くて、同じようにためらっていたのだろう、と。

ソフィーはタクシーを降り、自宅に足を踏み入れた。この酔いは醒めてほしくない、と思った。ひどく心地いい、貴重な酔いだ。地下室からワインを一瓶取ってくると、キッチンでコルクを抜き、大きなグラスに注いで食卓についた。何口か飲んだあと、つぶれて曲がったタバコが二本、箱に残っているのを見つけた。一本に火をつけ、換気扇を回したり窓を開けたりすることなく吸いはじめた。心地よかったはずの酔いは、ワインを飲み干すと同時に消えた。幸せな物思いに、薄暗い影がさしはじめた。タバコがまずくなってきた。

最後のワインとタバコはまちがいだった、まったく無駄なことをした――そんな思いにかられつつ、ソフィーはベッドに入った。その思いは眠ってからも彼女につきまとい、うつろな夢の中まで追いかけてきた。

翌朝、彼女は罪悪感とともに目を覚ました。

6

貨物船はロッテルダムから北へ向かい、オランダ沿岸をゆっくりと進んでいる。海は凪ぎ、大きく広がったすじ雲の向こうで、太陽が燦々と輝いている。日陰にいたイェンスは立ち上がると、身体のリズムに導かれるがままに甲板を横切って歩き、貨物室へのスチール階段を下りた。

甲板の下で、自分の商品を確認する。死人の姿が網膜に焼きついた状態でぼんやり座っているよりは、なにかほかのことをしていたかった。背後から足音が聞こえ、アーロンが現れた。イェンスは箱の中身を隠そうともしなかった。

アーロンは銃を見下ろすと、イェンスのかたわらの大きな箱に腰を下ろした。

「これからしばらく北へ進む。それから東に向かって、ドイツのブレーマーハーフェンをめざす。到着前に、ヘルゴラント島の沖でべつの船と待ち合わせて、荷物を入れ替える。おまえは荷物ともども、その船に乗っていい」

イェンスはアーロンを見やった。

「なぜ?」

「ブレーマーハーフェンじゃ、銃は下ろせないぞ。税関に没収される」

「あんたなら、なんとかできるんじゃないのか」

「おまえもな……」

ふたりは顔を見合わせた。

「とにかく、申し出はありがたく受けておけ。この世界のしくみは知ってるだろう」

たしかに、イェンスはこの世界のしくみを知っている。この申し出の意味も承知していた。受け入れれば、彼はアーロンから逃れられなくなる。あらゆることを経験してきた彼には、そのことがよくわかっていた。これは、間接的な脅迫だ。イェンスに逃げ道はない。そういう世界なのだ。

「で、待ち合わせするっていうその船は、どこに行くんだ?」

「デンマーク」とアーロンは答えた。「ユトランド半島のどこか、静かなところを見つけて、暗闇に乗じて上陸する」

「そのあとは?」

「車を手配してやってもいい。それだけだ」

イェンスは目を細め、アーロンをじっと見つめた。それから視線をそらし、商品の確認に戻った。

日が暮れ、船のエンジンは切られている。明かりをすべて消し、闇の中をゆらゆらと進む船のまわりは、ひたすら穏やかだ。

イェンスはここ数時間、頭の中であらゆる可能性を検討していた。銃をデンマークに置いていくこと、なんとかしてドイツに持ち込むこと。例のロシア人三人組に連絡して、どこかへ商品を取りにくるよう頼むことも考えた。が、連中が聞き入れてくれるとは思えない。約束どおりにするしかないのだ。つまり、銃はポーランドまで持っていかなければならない。どうやって持ち込むかが問題だが、それはあとで考えよう。いまはとにかく、つかまることなくデンマークに上陸しなければならない。最悪、すでに沿岸警備隊にマークされている可能性もある。

イェンスは携帯電話を出した。かすかではあるが電波が届いている。とある番号を連絡先リストから探し出し、何度か呼び出し音を鳴らした。応答があり、彼は顔を輝かせた。

「ばあちゃん！　おれだよ。よく聞こえないかもしれないけど、いまデンマークにいるんだ。そう、ユトランド半島……仕事だよ。明日かあさって、そっちに行こうと思うんだけど……」

自分の二箱は、甲板に運んでおいた。アーロンとレシェックが近づいてくる。レシェックはアサルトライフルを肩にかついでいる。さきほどとちがうのは、ヘンゾルト社製の暗視スコープが銃に取り付けられていることだ。

最初に船の音に気づいたのはレシェックだった。「来たぞ」と言い、操舵室に上がると、屋根に伏せ、近づいてきた船を照準器越しに目で追った。

海は穏やかで、暗闇の中からエンジンの回転音が聞こえる。大きめの漁船が近づいてくるのがイェンスにも見えた。

漁船は貨物船の横につけた。漁船に乗っているだれかがアーロンを呼んでいる。アーロンは答えたが、イェンスには内容が聞きとれなかった。男がひとり、貨物船に乗り込んできた。白人と黒人の混血らしい。アーロンに向かってにっこりと笑いかけ、両腕を広げた。

「こんなところになんの用だい、アーロン？　大海のど真ん中だぞ？」

アーロンも微笑み返した。そしてイェンスを指差した。

「こいつをしばらく乗せていってくれ。荷物も何箱かある」

男はイェンスのほうを向き、頭から足先までざっと一瞥した。

「ようこそ。ぼくはティエリー」

イェンスもあいさつを返した。

「箱の中身は？」ティエリーが尋ねる。

「アサルトライフル」アーロンが答えた。

銃をかついで近づいてきたレシェックが、ティエリーに向かって軽く頭を下げ、ティエリーもうなずき返した。それからティエリーは、イェンスの外見に武器密輸人らしいところがあるかどうか見極めるように、彼をまじまじと観察した。それからアーロンに向き直った。

「わかった……アーロン、頼んだものは手に入った？」

アーロンが鞄を出し、笑みをうかべながらティエリーに手渡した。ティエリーはしばらくのあいだ、重さを確かめるように鞄を両手で持っていた。それから甲板に腰を下ろし、鞄のファスナーを引いた。ベルベットに包まれた物体を取り出すと、そっと甲板に置いて布を開いた。小さな石像が現れて、ティエリーがはっと息をのんだ音が、イェンスには聞こえた気がした。

とはいえ、イェンスにはとくに見栄えのしない石像としか思えなかった。小さくて、灰色で、輪郭がはっきりしていない。が、ティエリーは頭上のランプの明かりに石像をかざすと、その石像がいつの時代のものか、生き生きと語りはじめた。インカ帝国の文化遺産で、その値打ちははかりしれない、おそらく値段はつけられない、という。

「ありがとう、アーロン」

「礼ならおれじゃなくて、ドン・イグナシオに言え。あの人が手に入れてくれたんだから」

レシェックとアーロンは甲板の下に消えた。

ティエリーは石像を眺めている。

「それ、売るのか?」イェンスは尋ねた。

「いや、売るなんてとんでもない。ぼくのものにする。家に置いて、眺めるんだ」

ティエリーはイェンスのほうを向いた。

「でも、これと似たようなものなら売ってるけど。興味あるかい?」

イェンスは微笑んで首を横に振った。

「それに、これから陸に向かうあいだ、この石像がコカインやきみの銃のネガティブなパワーをやわらげてくれるよ。この石像には、幸運をもたらす力があるんだ。ぼくらを助けてくれる」

イェンスはそれを聞いて、アーロンとレシェックがこの船にいたわけを理解した。

＊

グニラから振り込まれた金でラーシュが買った車は、フォルクスワーゲンのLT35だった。とりたてて特徴のない、大きな白いワゴン車だ。前の座席と、うしろの広い空間が、壁で仕切ってある。窓は後部ドアの片方にひとつついているだけで、それもミラーガラスになっている。

車は、ソフィーの家から七十メートルほど離れたところ、界隈一帯を見下ろせる丘の上の砂利道にとまっている。ラーシュは使い古されたひじ掛け椅子を手に入れ、車内後部の広い空間の中央に置いていた。彼はそこに腰を下ろすと、録音装置に接続された受信機につながっているヘッドホンをつけ、ステレオ音声で流れてくるブリンクマン家の夕食のようすに耳を傾けた。ソフィーとアルベルトがなにか言うたび、なにかほのめかすたびに、ラーシュはソフィーについて少しずつ知ることができた。彼女の生きている世界について、彼女の考えかた、彼女の感じかたについて……

ソフィーの監視を始めて二週間になるが、その二週間が永遠のように感じられた。こうして時間の感覚がなくなるほど、昼も夕も夜も彼女を見張り、彼女の写真を撮り、彼女について思いをめぐらせ、内容のない報告書をグニラに宛てて書いているうちに、彼の中でなにかが起こりはじめた。理由はさっぱりわからないが、どういうわけか自分が以前よりも強く、自由になったような気がするのだ。いつもは頭の中で自分を責める声が止まないのに、その声も少し静かになったように思える。

どうしてこのような変化が起こったのかはわからない。単なる偶然かもしれないし、新しい仕事を始めたからかもしれない。あるいは、ずっとひとりきりで過ごしているからだろうか？　ラーシュは考えをめぐらせた。もしかすると、ソフィー・ブリンクマンのおかげではないだろうか？　彼女の出現によって、自分はなにかを教えられた。彼女の女性らしさが、自分の男らしさについて、なにかを語ってくれている。自分がなにを求めているのか、どんなふうに生きたいのか、ソフィーのおかげでわかってきた。新たな世界がひらけてきたのだ。そして、ラーシュは思った——彼女がこんなふうに、遠くにいながらにして、こちらの存在も知らずに影響を及ぼせるのなら、自分もまた、彼女に影響を及ぼすことができるのではないか？　自分と彼女のあいだには、まちがいなく、特別な結びつきがある。彼女も心のどこかで、そのことをわかっているにちがいない……

ラーシュはヘッドホン越しに、ソフィーとアルベルトの気さくな会話に耳を傾けた。ふたりのやりとりを聞いていると、母子の関係がいっさい無理のない、愛情にあふれたものだとわかった。ラーシュは感嘆した。そんな自然な会話を耳にしたのは初めてだった。

勤務を終えるまでの数時間は、ひじ掛け椅子にだらりと座って、レザーマン社製マルチツールの模造品を使って爪を切りつつ、ベッドで本を読んでいるソフィーの立てる物音に耳を傾けて過ごした。聞こえるのは、ときおり彼女がページをめくる音だけだった。ラーシュは目を閉じた。ベッドに入って、彼女のそばに横たわった。彼女が微笑みかけてきた。

そのあと、車の窓を開けたまま、深夜の街を走り抜けて帰宅した。スウェーデンらしい短い春は終わり、いきなり夏になったかのようだ。空気は生暖かく、それでいて澄みきっている。

自宅に帰り着くと、例の古いタイプライターで報告書を書いた。

「どうしてパソコンじゃなくて、タイプライターで書いてるの？」

起き抜けのサラが部屋の入口に立っていた。みっともない洗いざらしのネグリジェを着ている。ラーシュは彼女を見やり、立ち上がった。彼女の驚いた顔の前でばたんとドアを閉め、鍵をかけて机に戻った。

「なんなの、どういうつもり!?」ドアの向こうで叫ぶサラの声はくぐもって聞こえた。

ラーシュは彼女の声に耳を貸さず、タイプライターで執筆を続けた。グニラ宛ての報告書に、ブリンクマン家の夕食時の会話のあらましを記した。紙が何枚もファックスを通り、それからシュレッダーへ消えた。サラのそばで眠りたいとは思えなかった。コニャックはもうなくなり、ワインもすべて空けてしまった。そこで本棚に置いてあったシェリーを開けた。どこで買ったのか、それともだれかにもらったのだったか、もう思い出せない。ずっと昔からそこに置いてあったのだ。ボトルから直接らっぱ飲みしつつ、パソコンが起動するのを待った。シェリー。なんとひどい代物だろう……アルコール度数が低いうえに、まずい。これのどこがいいんだ？　それでも、むりやり飲んだ。自分を包み込んでいたみじめさが少し薄らいだ。パソコン画面がちかりと光り、デスクトップが表示された。フォルダをクリックし、中身を選択してスライドショーを始めた。クラシック音楽のフォルダも開いて、プッチーニの曲に合わせてソフィーの写真を眺めはじめた。数百枚ある彼女の写真が、画面いっぱいに拡大され、五秒に一枚のペースで表示された。

ラーシュは仕事用の椅子にもたれて座り、自転車で出勤するソフィーを、自宅の玄関扉に鍵を差し込んでいる彼女を、キッチンの窓の向こうに見えるぼやけた彼女を、郵便箱まで新聞を取りにきた彼女を、家のそばに植わったバラを剪定している彼女を眺めた。彼女がどこにいるか、なにを感じているか、なにを考えているか、すべて見えた。あらゆる表情が見えた。まるで映画のようだった。ソフィー・ブリンクマンの心の内を描いた映画。ラーシュはこの奇跡に笑い声をあげた。奇跡などめったに信じたことのない自分が、偶然のいたずらで、こんなに通じ合える女性と出会うことになるとは。いや、ほんとうに偶然だろうか？　そうとは思えない。いわゆる運命というやつが、ついに自分の前に姿を現したのではないか？

ラーシュはソフィーの写真の中で気に入ったものをプリントアウトすると、ファイルに入れ、その表紙に花の絵を描いてひきだしに隠した。

＊

彼女は床を見下ろしてぼんやりと廊下を歩いていた。が、前のほうから足音が聞こえて、ふと顔を上げた。

五十代らしき女性が、彼女の注意を引こうとしている。見覚えのある顔だ。会ったことがあるにちがいない。たぶん、ここの病棟に入院していた患者さんの家族。どの患者さんだろう？

「ソフィー？」

彼女にファーストネームで呼ばれて、ソフィーは驚いた。たしかに胸のネームプレートには〝ソフィー〟と書いてあるが、いきなりそう呼ばれることはめったにない。

「グニラ・ストランドベリといいます。お話があるんですが」

ソフィーはうなずき、看護師の笑顔をうかべてみせた。

「わかりました」

グニラはあたりを見まわした。廊下では話したくないのだとソフィーは理解した。

「こちらへ」

グニラを空いた病室に招き入れ、自分も中に入ってからドアを閉めた。

グニラはハンドバッグを開けると、革の財布を取り出し、しばらくそのポケットを探った。探していたものは、古いレシートや紙幣のあいだにはさまっていたらしい。ソフィーに向かって掲げてみせたそれは、身分証だった。

「警察の者です」

「まあ」

ソフィーは両腕を自分の身体にまわした。

「ちょっとお話がしたいだけです」グニラは穏やかに言った。

ソフィーは、自分がまるで身を守ろうとしているかのように、両腕で自らを抱きすくめて立っていることに気づいた。

「私の顔はご存じかもしれませんね？」グニラが言う。

「ええ、お見かけしたことがあります。患者さんのご家族ですよね」

　グニラは首を横に振った。

「座りましょうか？」

　ソフィーはグニラのために椅子を引き寄せ、グニラは腰を下ろした。ソフィーは病室のベッドに座った。グニラは黙っている。言葉を探しているようすだ。ソフィーは待った。やがてグニラが顔を上げた。

「いま、ある件の捜査をしているのですが」

　ソフィーはさらに待った。グニラ・ストランドベリはまだ、どう言えばいいか迷っているようだった。

「エクトル・グスマンと親しくなさっていますね？」

　やがて穏やかな声で言った。

「エクトルですか？　いいえ、親しいとは言えないと思いますけど」

「でも、友人でしょう？」

　それは質問というより断定に近かった。ソフィーはグニラを見つめた。


「なぜそんなことを？」

「たいしたことではないんです。いくつか聞きたいことがあるだけで」

「どうしてですか？」

「どのくらい親しいんですか？」

　ソフィーはかぶりを振った。

「エクトルはここの患者さんでした。それで話をするようになりました。いったいなにが知りたいんですか？」

　グニラは息をつき、自分の至らなさに苦笑した。

「いきなりぶしつけな質問をしてすみません。まったく、われながら、いつまで経っても同じまちがいを繰り返すのよね」

　そして気持ちを落ち着けると、ソフィーの目を見つめた。

「実は……あなたの助けが要るんです」

7

海に落ちたミハイルは、飛んでくる銃弾をかろうじて逃れた。暗い海に沈んでいくあいだ、銃弾が空気を切る音と、海面に当たってブレーキがかかる摩擦音が聞こえた。しばらく待ってから、海中で向きを変え、水面をめざして船のほうへ泳いだ。酸素が足りず、水面に顔を出すしかなくなったのだ。幸い、船体がくさびのように、下にいくにつれて細くなる形をしていたので、命拾いした。甲板にいる男たちからは、幅の狭まっている船の下のほうが見えなかったのだ。ミハイルは死角となった船体のすぐそばにとどまり、絶えず動きつづけた。エンジンがかかると、彼は賭けに出た。石造りの埠頭の先端をめざして泳ぎ出したのだ。埠頭は高かった。はしごのようなものがなければ陸に上がれず、溺れ死ぬしかない。身体が痛む。あまり長くは体力がもちそうにない。が、渾身の力で泳ぎ切ったのち、埠頭の反対側にまわってみると、錆びついた古い鎖が見つかったので、それにつかまって船が遠ざかるのを待った。それから、必死に痛みをこらえ、苦心のあげく陸に上がった。びしょ濡れのままレンタカーに乗り、グローブボックスを開けると、GPS端末と携帯電話を出し、ローラント・ゲンツに電話をかけた。

銃撃戦になった、連れていったふたりは死んだ、と報告する。船にいた敵の数が三人だったことも伝えた。うちふたりの顔は知っていた——アーロンとレシェックだ。もうひとりは見覚えがなかったが、どうやらスウェーデン人のようだった。

ローラントは彼の報告に礼を述べ、数時間後にまた連絡する、と告げた。電話は切れた。

あのベトナム人の船長には、かなりこっぴどくやられてしまった。鼻の骨が折れ、肋骨も折れている。が、この程度なら、べつにたいした怪我ではない。船長を恨む気にもなれない——なにはともあれ、自分は彼の目の前で操舵手を射殺したのだから、あの反応は当然だろう。とはいえ、見せしめが必要だった。外から銃声が聞こえた瞬間、船長がハンケ家との契約を破ったのだとわかった。だから、罰として操舵手を殺した。一瞬もためらわなかった。

ミハイルは、たとえ暴力をふるわれようと、実弾で撃たれようと、その相手に対して恨みを抱くことがめったにない。相手も自分と同じだと思っている。アフガニスタンやチェチェンで大規模戦闘に参加したこともあるし、待ち伏せ中にしたたか撃たれたこともある。人間の精神が耐えられる限界に近い経験を、いくつもしてきた。味方が撃たれたり、爆発に巻き込まれてバラバラになったり、焼死したりするのも見てきた。そして自分もまた、敵に同じことをしてきた。が、怒りや復讐心で動いたことは一度もなかった。だから生き残れたのかもしれない。

こうした人生観も、他人への対処のしかたもそのままに、彼はラルフ・ハンケのもとで働きはじめた。まったく同じ姿勢で、ラルフの命令に従って人を射殺したり、殴ったり、ストックホルムに出向いてアダルベルト・グスマンの息子を車ではねたりした。

自分のしていることが正しいのか、それともまちがっているのか、ミハイルはけっして考えない。兵士として何年も戦い、血みどろの無意味な戦争を生き延びてきた彼は、この世界に正も誤もないと学んでいた。あるのは、その行動が招く結果だけだ。自分の行動がどんな結果を招くか意識してさえいれば、人生はおのずと対処しやすい方向へ流れてくれる。

彼はショッピングセンターのそばで車をとめた。ふらつきながら店内を進む血まみれの巨漢を、人々がまじまじと見つめる。ミハイルは必要なものを買い求めた。包帯、絆創膏、脱脂綿、消毒薬、売っている中でいちばん強力な鎮痛剤。店内には良い香りが漂っている。薬局と化粧品店の中間のような店だ。彼が代金を払っているあいだ、白衣を着たやさしげなレジ係の女性たちは、彼と目が合わないよう視線をそらしていた。

ミハイルはそのあと、道路脇の安いレストランに入ると、トイレでできるかぎり傷の手当をし、水もなしに鎮痛剤を四錠飲み込んだ。

店の奥の壁ぎわに席をとると、ビール三杯で食事を胃に流し込んだ。それから、身体を伸ばしてみた。関節がバキバキと音を立て、身体中がすさまじく痛んだ。

会計を待っているあいだに、GPS端末のスイッチを入れた。船の貨物室で、コカインの箱に送信機をつけておいたのだ。画面にはなんのシグナルも現れない。おそらくまだ海の上にいるのだろう。

それからモーテルに入った。寝具は清潔だったが、センスの悪い色合いで、柔軟剤のきついにおいがした。服を脱いで裸になると、自分の身体を鏡に映してチェックした。上半身に残った青あざを見つめ、肩を回し、頭の向きを変えてみる。彼の身体は、その歴史をはっきりと物語っていた。大量の傷跡。銃痕が四か所。爆弾の金属片による傷跡もある。傷跡は全身のあちこちに散らばっていた。暴力をふるわれて負った傷もあれば、事故でできた傷もあるが、いずれにせよ、彼の身体に残った傷跡はどれも、あざやかな記憶と結びついていた。できることなら忘れてしまいたい記憶もあるが、だからといって簡単に忘れられるわけもなく、抱えつづけて生きるしかなかった。こうして自分の身体を見るたびに、自分が実のところどういう人間なのか、いやおうなしに思い知らされるのだ。

電話が鳴った。ミハイルはカーペットの床を歩き、枕元のテーブルに置いてあった携帯電話を取った。ローラントからだ。今後の見込みについて聞かれた。

「GPS送信機をつけたので、それで追うことはできます。それだけです」

「ラルフが怒ってるぞ」

「それはいつものことじゃないですか」

「なんとしてもやり返せ。せめて死んだ仲間の敵《かたき》を討つつもりで」

ローラントが感情に訴えかけようとしているのがわかったが、ミハイルの中にそんな感情はいっさいなかった。仲間が死んだことなど、べつにどうでもいい。あいつらはろくでもない連中だった。むしろ死んだほうが彼ら自身にとってもよかったはずだ。

「なにができるか考えてみます。応援は？　だれか来てくれるんですか？」

「自分でなんとかできるだろう」

ミハイルは大きな鏡に映った自分を見つめ、首を右に傾けた。ぽきんと音がして、肩のあたりのなにかが正しい位置に戻った。

「いいでしょう。けど、もっと具体的にお願いしますよ」

ローラントがマウスをクリックする音が聞こえてきた。どうやらインターネットを見ているらしい。

「ラルフはかんかんに怒ってる。とにかく、なにかやれ。なんでもいいんだ。連中に負けを認めさせないかぎり、ラルフは一睡もできない。あの人がどういう人か、知ってるだろう」

ミハイルはそれには答えず、電話を切った。

シャワーを浴びてから、コールガールの斡旋会社に電話をかけた。大柄な女を頼む、若すぎず、細すぎず、ある程度ロシア語の話せる女がいい、と注文する。やってきた女はアルバニアの出身だった。ひどく短いスカートに白のロングブーツを合わせ、ピンク色のトップスを身につけている。腰まわりが太く、彼の好みにぴったりだった。女はモナリザと名乗った。ミハイルにはその名が気に入らず、ほかの名前ではだめなのか、と尋ねた。たとえば、ルーシーはどうだ？

　ミハイルとルーシーはベッドに寝転がって、ジェネバ（オランダ産のジン）一瓶を分け合いながら、テレビでオランダのトーク番組を観た。言っている内容がさっぱりわからず笑っているうちに、ミハイルはだんだん彼女のことが好ましく思えてきた。

「今夜は泊まれるのか？」

　彼女はベッドに置いてあった金色のハンドバッグに手を伸ばし、携帯電話を出すと、どこかに電話をかけ、受話器の向こうの相手に向かって、ミハイルのダイナースカードの番号を読み上げた。

　夜、ミハイルは彼女の胸に頭を載せ、母親にしがみつく子どものように彼女を抱いて眠った。朝の四時、彼の目覚まし時計が鳴った。起き上がり、目をこすって疲れをぬぐう。痛みはまだあった。しばらくは消えそうにない。振り返ると、ルーシーは静かにくぐもったいびきをかいていた。

　GPS端末のスイッチを入れると、立ち上がってバスルームに入った。冷たい水で顔をすすぎ、小さな洗面台を使ってできるかぎり身体をきれいにした。寝室に戻ってみると、GPSの送信機が作動しはじめていた。地図を確認する。箱はユトランド半島西部にあるようだ。

　ミハイルは服を着ると、枕元のテーブルにルーシーへのチップをふんだんに置いた。

　そっと部屋を出てドアを閉めると、レンタカーに乗り、高速道路に入って、朝靄の中へ消えた。

＊

　藁葺き屋根の小さな木組みの家は、生い茂る木々に囲まれて、昔の幹線道路から百メートルほど離れたところにぽつんと建っている。彼は舗装されていない凹凸だらけの道に車を進めた。道路の両側に木が並び、その向こうに小麦畑が広がっている。黄金色に輝く太陽は、ここで夏を過ごした子どものころから、まったく変わっていない――金色で、オレンジ色で、同時に緑色にもきらめいている、この光。

昨晩、あの貨物船を離れ、ティエリーが乗ってきた漁船でユトランド半島南部へ向かった。辺鄙な入り江に停泊し、暗闇の中で荷物を下ろした。車が三台待機していて、うち一台はイェンスのために手配されたものだった。彼は急いでその場を去った。

家の前に車をとめたが、しばらく車内にとどまった。気持ちのよい朝だ。鳥たちがさえずっている。気温が少しずつ上がってきて、ちょうど朝露が消えかかっているところだ。ツルバラに囲まれたドアが開き、エプロン姿の白髪の老婦人が出てきて、イェンスに満面の笑みを向けた。とんでもなく絵になるその光景に、イェンスも微笑み返し、車のドアを開けて外に出た。

ふたりはあいさつの抱擁を交わした。老婦人は彼をしっかりと抱きしめた。

「あんたが来てくれるなんて、びっくりしたわよ……こんなにうれしいことってないわ」

祖母のヴィベケは紅茶を用意し、昔と変わらない、縁の欠けた古い青と白のカップとソーサーで出してくれた。イェンスは祖母を見つめた。たしかに、年老いてはいる。ひどく年老いてはいるのだが、どんなに老いが進行しても、憔悴したり、内にこもったりすることはないようだった。祖母にはずっと、いまと同じ精神状態のままでいてほしい、亡くなるまでこの家で暮らしていてほしい、とイェンスは願った。

彼はキッチンを見まわすと、マントルピースの上に置いてある写真を手に取った。祖父のエスペンの写真だ。馬蹄形の口ひげをたくわえ、つばの広い帽子をかぶって、革ベルトのついたライフルを肩にかけている。

「この写真、死ぬほど眺めたっけな。サバンナっていうか、アフリカの草原に立ってるみたいだと思った。

象狩りに向かう途中か、密猟者をつかまえにいくところか、って思ってた。でも、ぜんぜんちがったんだよな。場所はこの家の外の、収穫が終わったばかりの小麦畑で、うさぎ狩りに行くところだった」

ヴィベケはうなずいた。

「立派な人だったわ」

イェンスは写真をまじまじと見つめた。

「でも、おれとじいちゃんは、あんまり仲良くなかったよな?」

目の前のテーブルに写真を置き、椅子に座る。

「そうねえ。おじいちゃんはよく、イェンスは限度を知らない、って言ってた。あんたもあんたで、じいちゃんは頭がおかしい、ガミガミうるさい、なんて言ってたわ。理由はなんであれ、いつもケンカしてたわね」

イェンスは思い出に笑みをうかべた。が、祖父との関係にはたしかに、なにか根深い問題があった。なぜぶつからずにはいられないのか、イェンスには最後までわからなかった。

ヴィベケがティーポットを持ってきて、カップに紅茶を注いだ。

「毎年、夏にあんたがここに来るとね、しばらくはおじいちゃんと仲良くやってるのよ。いっしょに狩りをしたり、川で釣りをしたりしてね。お互いにどう接したらいいか探ってるみたいだった。でも、何日か経つと離れてしまうの。あんたはひとりでなにかと忙しくしはじめて、エスペンは隅のほうに引っ込んでたわ」

ヴィベケも腰を下ろした。

「ある年の夏ね、あんたはたしか十四歳だったかしら。あんたが街へ買い物に出たら、原付バイクに乗った、ちょっと年上の不良グループがいて……言いがかりをつけてきた。あんたは目のまわりに青あざをつくって帰ってきたわ。エスペンはあんたを責めた。あんたがやってもいないことを、やったって決めつけた。あんたのせいでケンカになったと思い込んでたのね。そうじゃない、って私が言っても、エスペンは耳を貸さなかった」

イェンスも覚えていた。ヴィベケは紅茶を飲んだ。

「あと何日かでここを出て家に帰るっていうときに、あんたはひとりで街に出た。例の不良グループを探し当てて、四人みんなの鼻をへし折った。で、晴れ晴れした顔で帰ってきたけど、なにも言わなかったわね。なにがあったか知ったのは、あんたが家に帰ったあとよ。不良グループのメンバーの母親がここに来て、謝れ、って言ってきてね」

ヴィベケは笑みをうかべた。

「エスペンはいつも、あんたのことを心配してた。負けるってわかってても向かっていく子だから、って」

「そうだったかもしれないな」

「いまはどうなの?」

イェンスは少し考えてから、答えた。

「たぶん、いまも変わってない」

ふたりは庭に出て、あずまやにある古い木のテーブルで夕食をとった。それから夜更けまで話し込んだ。イェンスは眠りたくないと思った。この瞬間にとどまっていたかった。

「来てくれて、ほんとうにありがとうね」

イェンスは祖母を見つめ、ワインを飲んで、グラスをテーブルに戻した。

「夏にここに来るときはいつも、楽しみでしかたなかったよ。また家に帰らなきゃならないと思うと、なんだかむなしかった……毎年、そうだった。ばあちゃんだけだよ、おれのことをわかってくれてるのは」

ヴィベケの目に涙がうかんだ。悲しみも憂いも含まれていない、年を重ねた者の涙だった。

夜、イェンスはベッドに入ったものの、何時間も眠れずにひたすら天井を見つめていた。ベッドに身体が深く沈んで、まるでバスタブのようだと思った。この同じベッドに横たわって過ごした、子ども時代の夜を思い返してみる。その記憶は、感情となってよみがえってきた。幸せな感情だった。仰向けになって眠りに落ちるのは、ひどく久しぶりだった。

夢に導かれて、深淵の底へ下りていく。彼はひとりきりで、深淵から抜け出す手だてはない。暗闇がすべてを覆っている。叫ぼうとしても声が出ない。頭の中の酸素が足りなくなって、彼は目覚めへと引き戻された。ぱっと目を開ける。

ベッドの端に、ミハイルが座っていた。片方の手をイェンスの首にかけ、もう片方の手で握った拳銃を彼のあごに向けて、じっと見つめてくる。その目はうつろだが、探るようでもあり、イェンスの目に映ったなにかを読みとろうとしているようだ。ミハイルの傷だらけの顔が、部屋を照らす白々とした月の光で、さらにおぞましく見えた。青白い、病んだ人間の顔だ。

ミハイルが低い声で言う。

「車のキーは」

イェンスは考えをめぐらせた。

「ズボンのポケットに」

ミハイルが向きを変え、椅子に掛かったズボンに目をやる。それからイェンスのほうに向き直ると、拳銃のグリップで彼の頭を殴りつけた。現実とは思えない、金属的な硬い音が響き、イェンスはうつろな意識不明の状態に陥った。

＊

芝刈り機が芝生の上を進む。機械は重く、彼女は暑さに汗をにじませた。芝刈り機の右の前輪を動かす小さな補助エンジンが壊れていて、新しいのを注文したのに、いつまでたっても届かない。まあ、それでいいのかもしれない。届いたところで、どうやって取り付ければいいかわからないのだから。

グニラと会って以来、ひたすら自問自答を続けている。心の安らぎを求めて、散歩をしたり、自転車に乗ったり、ジョギングをしたりした。夜、ひとりになると、考えたことを紙に書きとめ、自分の内面を探った。思いをめぐらせ、考えを掘り下げ、判断を下そうとした。

そのあいだ、ずっと怒りを感じていた。グニラに質問されたときから、ずっと。質問の内容に怒っているのではない。問題はむしろ、答えのほうだった。たったひとつの答えしか選べない状況に追い込まれていること、答えが最初からわかりきっていることが、なんとも腹立たしかった。そう、答えは〝イエス〟しかあり得ない。ほかに選択肢はないのだ。看護師である自分が、警察に助力を求められたのだから……

ソフィーはまっすぐに芝刈り機を進めた。幅十センチほどの芝生が、庭の端から端まで、まだ伸びたまま残っている。彼女はその上に芝刈り機を置き、短く刈りはじめた。

作業を終えると、芝刈り機のハンドルから手を放した。ハンドルを放すことで、小さなエンジンが自動的に止まるしくみになっている。動かなくなった芝刈り機は、暑さの中でかすかにカチカチと音を立てた。手が震動のせいで赤く、熱くなっている。耳の奥で、ピーッという高音が小さく鳴っている。ソフィーはできばえを眺めた。芝生はむらなく刈られていた。

冷蔵庫に入れておいた水差しから、氷水をグラスに注いでごくごくと飲んだ。食卓の上の携帯電話がぶるりと震え、画面がぱっと明るくなった。ソフィーは水を飲むのをやめ、深く息をついて、上がった心拍数を落ち着かせようとした。

送信者は〝不明〟となっている。彼女はメールの本文を表示した。

〝メールありがとう。ちょっと忙しくて、返事が遅くなった。近々会える？　エクトル〟

昨日、彼の携帯電話にメールを送ったのだった。なんと書こうか迷ったあげく、結局〝この前はありがとう〟という短いメールになった。

そしていま、彼女は返信するかどうか迷っていた。指がボタンの上をさまよう。苛立ったようなクラクションの音が外から聞こえてきて、ソフィーの思考は中断された。外に目をやる。車の助手席にアルベルトが座っている。ソフィーは視線を壁時計に向け、時間をすっかり忘れていたことに気づいた。携帯電話をポケットに入れる。アルベルトがまたクラクションを鳴らし、ソフィーは気色ばんで、ちょっと待ってよ、と大声をあげた。もう、このまま出かけるしかない。汗をかいたまま、うすよごれたジーンズにゴム長靴、洗いざらしのTシャツという姿で。出がけになんとか髪をポニーテールに束ね、ハンドバッグを引ったくった。

助手席のアルベルトは、緑のポロシャツに白のショートパンツ、白いテニスシューズという姿で、ケースに入れたラケットをひざの上に載せていた。車のエアコンが効かず、ソフィーは窓を開けた。外も暑かったが、車のスピードが上がると涼しい風が入ってきた。

ふたりは無言だった。試合前のアルベルトはいつも無口になる。緊張しているのと、集中しているのと、両方だろう。

ユシュホルム広場のロータリー交差点を直進し、城のそばの坂道を上がってから、水道塔の脇の短い坂を下った。そして、外壁の赤い、美しさのかけらもない屋内テニス場の前の駐車場に入った。

「母さんはべつに来なくてもいいよ」

アルベルトは車のドアを開けると、そう言った。母親がついてくるのをいやがっているわけではなく、むしろ礼儀のつもりで言っているらしかった。ソフィーは答えず、キーを抜いて車を降りた。アルベルトが数歩ほど前を歩き、ふたりでテニス場に入った。

中のテニスコートでは、試合がすでに始まっていた。アルベルトは奥のほうに友だちが集まって座っているのを見つけて、その輪に加わった。笑いまじりの会話が始まる。ソフィーは、アルベルトの友だちを好ましく思っている。集まるといつも笑っている子たちだ。

彼女は空いた席を見つけて座り、目の前で繰り広げられる試合を眺めた。プレーしている女の子たちふたりのあいだを、ボールが行き来する。なかなか上手い。

試合は一定のテンポで進み、やがてソフィーの思考が脱線しはじめた。携帯電話を出すと、エクトルからのメールを読み返し、返信ボタンに指を置いたまま逡巡した。そのとき、アルベルトと対戦相手の少年の名前がアナウンスされた。ソフィーは携帯電話をハンドバッグに戻した。コートに現れたアルベルトを見て、思わず笑みがうかんだ。自信ありげな歩きかただ。審判にあいさつしたときにも、ボールをトスして最初のサーブをしたときにも、ずいぶん落ち着いているように見えた。

アルベルトは試合に勝ち、ユシュホルム城そばのテニスコートで行われる準決勝に出ることになった。観衆が立ち上がり、屋内テニス場をあとにする。ソフィーも人の流れに乗って駐車場に出た。人ごみの中で、アルベルトが自分を探しているのが見えた。友だちと先に行く、と合図している。

駐車場で、ソフィーは知り合いの母親につかまり、アルベルトのクラスの先生にプレゼントを買うための集金がどうのという話を延々と聞かされた。もうひとり、自分の娘以外はみんな落ちこぼれだと思い込んでいることで有名な母親とも鉢合わせしそうになったが、なんとか避けて通った。盛りを過ぎた美人たちのグループ、通称〝赤ワインクラブ〟にも、見つからないよう通り過ぎる。ほっそりとした脚に、ふくよかな腹まわり、高価な化粧品を駆使したメイク。初めて会う相手には気さくに接し、申し分のない社交性を発揮するが、わずか数分後には他人の欠点や失敗を話題にしている、そんな女たちの集まりだ。

ソフィーは運転席に座った。いま行き合った人たちとは、なんのつながりも感じられない。どうして私はここで、あんな奇妙な人たちに囲まれて暮らしているんだろう？　いつまで経っても驚かされる、あんな人たちに囲まれて？

ユシュホルム城に向かって走りだす。自分でもなぜかわからないまま、携帯電話を出してエクトルからのメールを表示すると、〝いつでも〟と返信した。

＊

ミハイルはユトランド半島から南へ車を走らせ、監視のないところで国境を越えてドイツに入った。

十時間後、ミュンヘンに到着すると、ハンケの所有する空き家のガレージに車をとめることにした。

そこは活気のまったくない中流階級の住宅街で、どの家も同じように見える。重厚な玄関扉のある、れんが造りの家だ。いま、車の荷物スペースには、おそらく四十キロほどのコカインが入っている。あの貨物船では予想外のハプニングに見舞われたが、そのあとの展開にはおおむね満足だった。ラルフも文句は言わないだろう。こうして土壇場でコカインの一部を奪い返し、逆襲に成功した。ラルフの希望どおりだ。

バックでガレージに車を入れ、シャッターを下ろした。

木の箱が二つ重なっている。一箱引っ張り出すと、GPS送信機が見つかったので、箱からはずしてポケットに入れた。もう一箱のほうも車から出すと、のみを使ってこじ開けた。木のふたを開けると、大量の木くずが見えた。それを払い、箱の中に手を突っ込んでみると、アサルトライフルの銃床に手が触れた。箱から出す。見たことのある銃だ――ステアーAUG。ざっと点検する。あまり使われていないらしく、状態は良好だ。同じ銃がさらに九挺見つかった。どれもオイルを注したばかりで、ボルトもあるべき位置にある。もう一箱もこじ開けてみると、木くずの下に、新品のヘッケラー&コッホMP7が八挺、MP5が二挺入っていた。

ミハイルは人差し指で片方の目の下をぽりぽりと掻いた。

＊

エクトルは、ソフィーの家の門の前にとまった車の後部座席に座っていた。砂利道を歩く彼女を目で追っている。ふたりの目が合った。彼女が門を抜けると、エクトルはとなりの座席に身を乗り出してドアを押し開けた。

「ようこそ、ソフィー・ブリンクマンさん」

ソフィーは彼のとなりに座ってドアを閉めた。運転席のアーロンがエンジンをかけた。

「こんにちは、アーロン」とソフィーが言う。

アーロンはうなずき、車を発進させた。

「きれいな家だね」とエクトルが言った。

「ありがとう」

エクトルは指を一本立てた。

「黄色い家って好きなんだ」

「そう」ソフィーは微笑んだ。

「いつから住んでるの？」

「もう、かなり前から」

エクトルは続きを模索していた。

「この界隈はどう？ 住みやすい？」

ソフィーはエクトルを見つめた。このつまらない世間話の行き着く先はどこだろう、と笑いだしそうになっている表情だった。エクトルもそれを悟った。

「いいところみたいだね」やがて彼は言った。

「ええ」ソフィーは微笑んだ。

車は順調に走っていく。

「プレゼント、ありがとう。気に入ったよ。使わせてもらってる」とエクトルが言った。

ソフィーは彼に、紙幣をはさむマネークリップをプレゼントしたのだった。たぶん、適度に没個性的で、適度にぜいたくな品だと思ったから。

結局、移動中は気楽に過ごせた。エクトルはいつもどおり、自信に満ちた穏やかな態度で、自分の話をしたり、ソフィーに質問したりして、ふと訪れる沈黙などの気まずさを遠ざけてくれた。彼は、そういうことの上手な人だ。ひとつの才能と言っていい。彼に自覚があるのかどうか、ソフィーにはわからなかったが、車が走っているあいだ、彼の右脚がずっと彼女の脚に触れていた。

アーロンがハンドルを切ってハーガ公園に入り、〈バタフライ・ハウス〉の前で駐車した。

「ここ、来たことある？」

ソフィーは首を横に振った。車を降り、大きな温室に入る。男性がひとり近づいてきて、ソフィーの上着を預かった。中はむっと湿気があって暖かく、鳥がさえずり、水がさらさらと流れ、そして〈バタフライ・ハウス〉の名のとおり、蝶があたりを飛びまわっていた。周囲のほとんどを――もしかすると、自分の美しささえも――まったく意識していないようすで、ひらひらと舞っている。ソフィーはふと、蝶って好きだ、と思った。考えてみれば、昔からずっと好きだった。

温室の一角に簡素な椅子が並べられ、その前の壇上に、大きめの椅子が一脚置いてある。そのうしろで、楽器奏者が四人待機している。チェロが一人、バイオリンが二人、フルートが一人だ。

すでに席について待っている人が何人かいる。ソフィーも腰を下ろした。エクトルが入ってきて、一同の注目を集めようと手を振った。はじめはスペイン語で話し、それからスウェーデン語に切り替えて、スペイン人の詩人を紹介した。作品がスウェーデン語に翻訳されたのだという。熱帯じみた暖かさの中で拍手が響いた。

詩人は背の低い、幸せそうな顔をした男性で、壇上の椅子に座ると、スペイン語でひとことロにしてから、四重奏曲に合わせて自分の詩を朗読しはじめた。

ソフィーはははじめ、どう思えばいいのかよくわからず、くすりと笑ってしまいそうになった。が、しばらくすると、このひとときの厳かさに惹きつけられた。美しい音楽に、穏やかながらも生き生きと朗読する詩人の美しい言葉に、じっと耳を傾ける。言葉の意味はさっぱりわからなかったが、それでもある種の調和が伝わってくる気がした。集まった人々に自分たちの姿を見せびらかすように、蝶があたりを舞った。やがてソフィーの思考がさまよいはじめた。グニラ・ストランドベリ、エクトル、自分。思考はそのあいだを行き来するばかりで、方向が定まらない。頭を占めるのは、病院でグニラに会って以来、ずっと彼女の中で繰り返されている言葉。〝心の命じるままに動けばいい〟……けれど、そうしようとすると、自分の心がけっしてひとつではないことに気づかされる。一方の心は、グニラに刺激された。〝正しいことをしろ〟と告げてくる、道徳的な心だ。もうひとつの心は、いつのまにかエクトルに呼びさまされた。長いあいだ、彼女の奥深いところで眠らされていた、情熱的な心だ。

正しいことをしなさい——病院でグニラと話をしたときに、そう言われた。正しいこと、正しいこと……つまり、エクトル・グスマンの情報を警察に流すのは正しい、というわけだ。私たちは正義の側にいる、とグニラは言った。エクトルはそうではないのだ、と。グニラには、見抜かれているのだろうか？　自分がどういう人間か。警察からそんなことを頼まれて、断れるような人間ではない、と。根っからの看護師——正しいことをしたいと考える人間だ、と。

　ソフィーは目を開けた。詩人は落ち着いた声で朗読を続けている。エクトルを見やると、彼も詩人の声に耳を傾けていた。こんな表情をしている彼を見るのが好きだ。ひそやかで、集中していて、近寄りがたい。彼女はひざの上に置いた両手に視線を落とした。自分がどう思っていようと、エクトルとのつながりはすでに生まれてしまった。もう引き返せない。グニラに言わせれば正しいはずのことが、彼女には正しいと思えなかった。

　詩人は朗読を続け、生演奏が続き、蝶があたりを舞い、ソフィーの頬を涙がつたいはじめた。バッグからハンカチを出す。エクトルが振り返って彼女を見た。このしんみりとした雰囲気のせいで泣いていると思ったのかもしれない。ソフィーは恥ずかしげな笑みをなんとかうかべてみせると、涙をぬぐい、音楽と詩にふたたび耳を傾けているふりをした。エクトルがまだ自分を見ているのがわかった。

　詩人が朗読を終えると、拍手が起きた。エクトルが立ち上がり、彼の出版社がスウェーデン語とスペイン語の両方で出した詩集を掲げてみせると、その本について少し話をしてから、詩人に礼を述べた。


　ふたりは駐車場へ向かった。エクトルはギプスをはめたままで、杖をついてゆっくり歩いている。

「きれいだった？　よかった？　感動した？」エクトルが尋ねる。

「その全部よ」とソフィーは答えた。

　待っているタクシーのそばで立ち止まる。ソフィーの自宅までの料金をエクトルが運転手に払った。ドアが閉まり、タクシーが出発すると、ソフィーは自分が微笑んでいることに気づいた。彼のそばにいると感じる喜びが、ふと怖くなった。

「ストックスンドまでお願いします」

運転手がなにやらつぶやいた。

ソフィーの携帯電話が鳴った。メールが届いたのだ。バッグから出して内容を読む。〝連絡ありがとう。これからレイエーリング通りの駐車場ビルの四階で会いましょう〟。送信者は不明となっている。

ソフィーはそのメールを何度か読み返し、自問自答を重ねた。

「すみません、行き先を変えたいんですが。レイエーリング通りへお願いします」

タクシーの運転手はなぜかため息をついた。

ソフィーはエレベーターで四階へ上がり、駐車場に入った。グニラは自分の車の中で彼女を待っていて、助手席に乗るようソフィーを手招きした。

「来てくださってありがとう……」

グニラはエンジンをかけ、車を発進させた。

「楽しかったですか？　〈バタフライ・ハウス〉は」

ソフィーは答えなかった。無言のままシートベルトを締めた。

「いつも彼を尾行しているわけじゃないんです。いわゆる断続的監視というものです」

駐車場ビルのらせん状の坂道を下りて一階にたどり着くと、レイエーリング通りに出た。グニラの車は比較的新しいプジョーで、彼女は座席に浅く腰掛け、ハンドルに身体をやたらと近づけて運転している。いかにも中年女性らしい姿勢だった。道路はあいかわらず混み合っているが、グニラはソフィーがその姿勢から予想したよりもはるかに上手く、安全に運転していた。

「この前お会いしたあと、いろいろ考えられたんじゃないですか？　なかなか決断できなかったのはわかります」

カーラジオから小さな音量で音楽が流れている。グニラは身を乗り出してラジオのスイッチを切った。

「でも、ソフィー、あなたは正しい道を選びました。

そう言われても気が楽にはならないかもしれないけれど」

二重駐車しているトラックの脇をすり抜ける。

「あなたはこれで、善い側に立てる。私たちの捜査に、あなたの観察が加われば、結果が出る……これでよかったと思えるはずよ。約束するわ」

グニラはソフィーを見つめた。

「どんな気持ちですか？」

「いま、そんなふうには思えません」

「そんなふうに、って？」

「よかった、って。よかった、なんて思えません」

「それは当然、そうでしょうね」グニラが小声で言った。

車が渋滞にはまった。グニラ・ストランドベリは飾り気のない女性だった。地に足のついた、自然な態度だ。いつでも落ち着いていて、どんなことがあってもバランスを崩さないように見える。渋滞が少しやわらいで、車はヴァルハラ通り経由でリディンゲ島をめざした。

「あなたに目がとまったのは、あなたがグスマンの病室から出てきたとき。私は、廊下の長椅子に座ってた。あなたは私に気づかなかったけど、私はあなたに気づいた」

ソフィーは続きを待った。

「で、調べさせてもらいました。ご主人はすでに亡く、息子さんがいて、看護師で、ご主人の遺産で暮らしていて……あなたはわりに豊かで穏やかな、静かな生活を送っているように見える。でも、エクトル・グスマンと出会って、それが変わったんじゃないかしら？」

ソフィーはいたたまれない気持ちになった。グニラもそのことに気づいた。

「どう思います？」と尋ねてくる。

「なにをですか？」

「そこまで私に知られている、ということを」

この問いに、ソフィーは驚いた。思わず、本音とは逆のことを答えていた。

「大丈夫です。べつにかまいません」

グニラはしばらく車を走らせた。

「ソフィー、あなたに隠しごとをしたり嘘をついたりするつもりはありません。そんなことをしたら、この協力関係はうまくいかないわ。だから、私がどんなふうに仕事を進めているか、あなたには全部説明するつもりです。私がどういう人間かということも」

「あなたがどういう人間か？」

右車線を走っているトラックを追い越す。トラックがギアを下げ、シューッと大きな音が漏れた。

「私も夫を亡くしたんです。もう昔のことですけど」

ソフィーはグニラを横目で見やった。

「あなたのお父さんも亡くなったのよね。私も両親を亡くしてます。だから、気持ちがわかるの。いつまでも消えてくれないむなしさ、さびしさを、私も知ってる……」

車はリディンゲ橋を渡った。橋の下の輝く水面に、モーターボートやヨットが浮かんでいる。

「でも、そのさびしさは、単なるさびしさじゃない。どうしてなのか、私にはいまだにわからないけれど、そこには、かすかな恥の感覚も含まれているの」

グニラの言葉はソフィーの中にずしりと沈み込んだ。ソフィーは窓の外を見据えた。

「私の言っている意味、わかる？」

ソフィーは答えたくなかった。が、やがてうなずいた。

「あの恥の感覚は、どこから来るのかしらね？」グニラが続ける。「あれは、なんなのかしら？」

ソフィーの目は、外の世界を追いつづけた。

「わかりません」とささやく。

それから到着するまで、ふたりは無言のままだった。入り組んだ小道を進む。グニラは慣れたようすで車を走らせ、舗装されていない道に入ると、広葉樹の木立に囲まれた小さな木造の一軒家にゆっくりと近づいた。

「ここが、私の家」

ソフィーは家を見つめた。まるで別荘のようだ。

グニラはソフィーを連れて庭をひとまわりし、育てている芍薬やバラを見せた。品種名を紹介し、その由来や原産地を説明し、どんな土が合っているか、どの季節にどんなふうに育つかを語った。さまざまな病気や害虫を遠ざけるためにどんな策をとっているかを話し、花にはぜひ元気でいてほしいのだと語った。彼女が心から花に関心を寄せているのがわかって、ソフィーは感嘆した。

あずまやにさしかかり、グニラはソフィーに白い木の椅子をすすめると、自分はその向かい側に腰掛けた。ファイルをひざに載せている。はじめからずっと持ち歩いていたのかもしれないが、ソフィーはいままで気づかなかった。

グニラがなにか言いかけて、やめた。そしてソフィーにファイルを渡した。

「飲みものを取ってくるわ。そのあいだ、これを見ていてください」

立ち上がり、家へ向かうグニラを、ソフィーはしばらく見送ってから、ファイルを開いた。

まず目に飛び込んできたのは、殺人事件の捜査資料だった。スペイン語からスウェーデン語に翻訳されている。エクトルの名がそこかしこに読みとれた。

ソフィーはページをめくった。公的書類が続き、さっと読み飛ばす。そのあとに、過去の殺人事件に関する翻訳された資料がたくさん入っていた。少し読んでみる。最も古い資料は八〇年代のものだ。どの資料も、隅のほうに写真が二枚留めてある。一枚は死体の写真、もう一枚は被害者が生きていたころの写真だ。ソフィーは資料をめくっていき、殺された人々の写真を見た。

血の海となった床に倒れている男性。車の中で射殺された男性は、頭が妙な角度で垂れている。森の中で、木にくくりつけたロープで首を吊られた、背広姿の男性。バスタブに入っている全裸の男性の、膨張した死体。ソフィーは数ページほど戻ると、殺人現場の写真をめくって、その下にある生前の写真を眺めはじめた。家族写真。子どもや妻と写っている男たち。状況はさまざまで、旅行中らしい写真がほとんどだが、夕食の席で撮った写真もある。庭でのバーベキュー、クリスマスイヴの食卓。男たちは楽しそうで、子どもたちも楽しそうで、女たちも楽しそうで……だが、この男たちはもう、みな死んでいる……殺されたのだ。

ソフィーはページをめくった。大きく引き伸ばされたエクトルの写真。彼がまっすぐにこちらを見つめる。彼女もまっすぐに見つめ返した。

ファイルを閉じ、深呼吸をしようとした。が、できなかった。

第二部

8

ソニヤ・アリザデが、大きなダブルベッドの上で両手と両ひざをついている。スヴァンテ・カールグレンは彼女をうしろから貫いた。彼はソニヤよりもはるかに年上で、はるかに老けている。ソニヤは枕に顔をうずめ、絶頂に達したふりをして悲鳴をあげた。スヴァンテのうぬぼれが大きく膨らんだ。

ほんとうのところ、スヴァンテはもっとハードなほうが好みだが、今日は時間が足りない。昼食会の前の三十分しかないのだ。こんなふうにときおり仕事を抜け出してセックスにふけるのは、悪くないと思っている。ソニヤは夢のセックスを体現したような女だ。いや、夢よりもいいかもしれない。長い黒髪、控えめでミステリアスな態度。もちろん、胸もいい。ほどよいカーブを描く彼女の身体に、これ以上ないほど合っている。

ソニヤに出会ったのは一年前、妻と芝居の初日に行ったときのことだ。休憩中、シャンパンが用意されているテーブルのそばで彼女とぶつかり、シャンパンをズボンにこぼされてしまった。妻はちょうど、カーディガンを取りに車へ戻っているところだった。妻は寒がりなのだ。ひっきりなしに寒い、寒いとこぼすので、癇に障るほどだった。

そんなわけで、スヴァンテとソニヤは言葉を交わしはじめた。やがて妻が戻ってきて、ふたりは別れることになったが、その直前にソニヤが自分の電話番号を差し出して、ズボンのクリーニング代を払わせてほしい、と申し出た。気にしなくていいと断ったが、それでも電話したかったら電話してください、とソニャは言った。その言葉に、スヴァンテは一瞬、ひざの力が抜けた。このときのソニャほど大胆な女に出会ったのも、彼女ほどのいい女に誘いをかけられたのも、初めての経験だった。セクシーな、獣のような女。彼女は多くを求めない。こちらはただ、申し合わせた額を払うだけでよかった。完璧な女だ。そのうえ、どうやら彼女は本気で自分に惹かれているらしい。もちろん、自分に魅力があることはわかっているのだが。彼は自分のことをエリートだと、大物だと自負していた。

スヴァンテ・カールグレンは、イェーテボリ大学で経済学を学んだあと、P・G・ユーレンハンマーが社長を務めていたころのボルボに就職した。ユーレンハンマーが辞職してロンドンに移ると、スヴァンテはストックホルムに引っ越して通信機器メーカーのエリクソンに入社し、順調に出世した。エリクソンはかなりの大企業なので、全体像をつかんでいる人間は数えるほどしかいない。スヴァンテはそのひとりだった。彼に欠けているのはただひとつ、経済紙や業界誌に名前が載ることだ。そのような形で脚光を浴びることはない。が、もしそうなれば、自分の影響力は逆にしぼんでしまうことも事実だった。だから、同僚に仕事ぶりを評価され、ときおり大物たちの輪に加わり、ときおり会社所有のジェット機で出張する、その程度で満足するしかなかった。

今日もいつもどおり、ベッドに入る前、ソニャにコカインをすすめられた。このクスリはすばらしい。活力が湧いてきて、気分が高揚して、自信満々になれる。こんな感覚は初めてだ。これまで六十四年間生きてきて、麻薬は一度も試したことがなかったが、ソニャとの激しいセックスとコカインの組み合わせはあまりにもすばらしく、もうなにがあってもやめられそうになかった。

ソニャは彼の好みどおり、卑猥な言葉を口走る。スヴァンテはうめき声をあげて達し、ソニヤは〝大きい、なんて大きいの〟と何度も繰り返した。

スヴァンテは枕元のテーブルに、現金と、シルバーとゴールドのブレスレットを置いた。女はプレゼントを喜ぶものだと、はるか昔に学んだ。女の扱いは心得ているつもりだ。

戸口で別れを告げたソニヤは絹のガウン姿で、右手首につけたブレスレットを見やり、うれしそうに微笑んだ。行かないで、と彼女は言った。スヴァンテは、しかたがないんだ、と答えた。私がどれほどの重責を負って、どれほど重要な仕事をしているか、きみにはわからないだろうね。ソニヤの頰をきゅっとつまんでから、階下へ向かう。メロディーともいえないメロディーを口笛で吹きながら階段を下り、外に出ていく音が、ソニヤの耳に届いた。

彼女は微笑みをすっと消すと、寝室に向かい、鏡の裏に仕掛けておいたカメラや録音機のスイッチを切って、ベッドからシーツを引きはがした。男と会ったあとはいつもそうするように、シーツを黒いごみ袋に突っ込み、趣味の悪いブレスレットもそこに投げ入れてから、玄関扉のそばにごみ袋を置いた。

指をのどに突っ込んでトイレに嘔吐し、マウスウォッシュを使って口をすすぎ、念入りに歯を磨いた。それからシャワーを浴びて、スヴァンテ・カールグレンの痕跡をできるかぎり洗い流した。

きれいになったと思えたところで、新品のタオルでていねいに身体を拭き、身体の各部にそれぞれべつのクリームを塗り込んだ。それが終わると、スヴァンテ・カールグレンのにおいはもう、どこにも残っていなかった。こうしているあいだ、バスルームの鏡を見ることは一度もなかった。次に鏡を見ることができるのは、何日か先になるだろう。

ソニヤはいま、スヴァンテ・カールグレンがコカインを吸い、彼女にむち打たれ、倒錯的な言葉を叫んでいるようすを映した、八時間に及ぶ証拠映像を手にしている。彼はその中で、口の中にゴムボールを入れたり、大工や奴隷、エリクソンの社長を演じたりしていた。

＊

話があるから時間を取ってほしい、とグニラに頼んだが、あとで、と言われた。電話をかけて、少なくとも自分の行った監視について、グニラに提出したソフィーの分析レポートについて、どう思ったかだけでも聞かせてほしい、と留守番電話にメッセージを残したが、折り返し電話がかかってくることはなかった。そこで、メールを送った。文章をきちんと練った長いメールを書いて、初めて会ったときに分析力を褒めてくれたが、それをどう活用するつもりなのか、と尋ねた。それでも返事はなかった。

なぜこんな扱いを受けなければならないのかと、ラーシュはひとり憤慨した。話がしたいと言っただけなのに。何度も繰り返し、怒りを反芻する。頭の中でグニラと長い議論を交わし、自分はそこらの人間とはちがう、日がな一日車の中でじっとしていていいわけがない、と主張した。

オフィスに入ると、グニラは机に向かって座り、小声で電話中だった。ラーシュと目が合うと、ちょっと待って、と手で合図した。エヴァもエリックもいなかった。ラーシュはエヴァの机のそばにあった、背もたれの低いキャスター付きの古い椅子を引き寄せ、腰を下ろすと、グニラが通話を終えるのを辛抱強く待った。

数分後、彼女が受話器を置き、ラーシュのほうを向いた。

「ああいうメールや電話は困るのよ、ラーシュ」

「思ってることは伝えていいはずでしょう?」ラーシュの反論はつたなかった。

「どうして?」とグニラが言う。

ラーシュはどう返事していいかわからず、両手を組み合わせて彼女から目をそらした。

「ラーシュ、なにが望み?」

彼は両手を見下ろした。

「メールに書いたことです。留守電に残したことです」

そして顔を上げた。

「ぼくを採用してくださったときに話したことです。ぼくにはもっと、べつの仕事ができる……エヴァの分析を手伝ってもいいし、これからの展開を予想するとか、手口を推理するとか。犯人のプロファイリングでもいい……なんでもいいんです」

彼は焦り、おずおずと話している。グニラは落ち着いた態度で、彼をじっと観察した。

「そういう仕事をしてほしければ、こっちから連絡するわよ」

ラーシュはしぶしぶうなずいた。グニラは椅子に座り直した。重い沈黙が部屋を覆った。

「ラーシュ、ひとつ聞いてもいい?」

彼は続きを待った。

「どうして警察官になったの?」

「なりたかったからです」

あまりの即答だった。グニラもそう感じたのを態度に出し、ラーシュにもう一度、答えるチャンスを与えてやることにした。

「どうしてかって……もう昔の話ですけど、まあ、役に立ちたかったからでしょうね」

「なんの?」

「えっ?」

「なんの役に立ちたかったの?」

ラーシュは口の端を掻いた。離れた机の上で電話が鳴り、彼はそちらを向いた。グニラはぴくりとも動かなかった。そのまなざしは、彼の答えをじっと待っていた。

「なんのって、社会のですよ。弱者を助けたくて」とラーシュは言い、すぐに後悔した。グニラは厳しい目で彼を見つめている。ラーシュは自分が水底に足のつかないところで溺れまいとあがいているような気がした。

「弱者を助けたい？」グニラが小声で聞き返す。声に嫌悪感がにじんでいるようにも聞こえた。

ラーシュはあわてて、たったいま壊してしまったものをなんとか修復しようとした。

「なにか、もっと大きなことにかかわりたいと思ったんです」

さきほどよりも率直な響きのある声だった。

グニラはほとんど見えないほどかすかにうなずいた。続きを促しているようだった。

ラーシュは考えをめぐらせた。

「それに、なにかに貢献したいと思ったからです。幼稚だと思われるかもしれませんが、当時はほんとうにそう思ってました」

「幼稚だなんて思わないわ。それに、もう実現してるじゃない」

ラーシュは顔を上げた。

「あなたは大きなことにかかわっていて……貢献してくれてる。私はただ、そのことを自覚してほしいだけ」

ラーシュはじっと続きを待った。

「私たちはひとつのチームよ。全員がチームの一員として、それぞれ貢献しようとしてる。私だって、自分の役割にいつでも満足してるわけじゃない。できることなら、週に何回でも、あなたと役割を交換したっていいと思ってる。でも、そういうものなの。みんなが自分の仕事をするしかないのよ、ラーシュ」

グニラは少し間を置いてから、続けた。

「このチームで働くのがいやなら、はっきりそう言ってね。私はあなたに率直に接してる。あなたにもそうしてほしいと思ってる」

「ここで働きたいです」ラーシュはそう言い、つばをごくりと飲んだ。

「なんなら、口利きしてあげてもいいけど？」

ラーシュには意味がわからなかった。

「ここを辞めても、べつに、もといた署に戻らなくちゃならないわけじゃないわ。なにかべつの仕事、もっといい仕事につけるよう、手助けしてあげてもいいのよ？」

ラーシュは首を横に振った。

「いえ、いいえ……ここで仕事を続けたいです」

グニラは彼をじっと見つめた。

「じゃあ、そうしてちょうだい」

彼女は、ミーティングを終えるときにいつもうかべる、あの微笑みをうかべなかった。代わりに、じっとラーシュに視線を据えた。今回は、いつもとはちがうのよ、と言われている気がした。ラーシュは気持ちを落ち着けてから、立ち上がり、部屋を出ようとした。

「ラーシュ」

彼はドアのそばで振り返った。グニラは書類に目を通している。

「もう、こういうことはしないでね」

その声は低かった。

「すみませんでした」ラーシュはかすれた声で言った。

グニラが書類に目を向けたまま答える。

「謝るのはやめて」

ラーシュはあらためて部屋を出ていこうとした。

「待ちなさい」

グニラはひきだしを開けると、車のキーを出して彼に差し出した。

「エリックが、車を替えなさい、って。ボルボに戻してもらうわ。下の道にとめてあるから」

ラーシュはグニラに近寄り、ボルボのキーを受け取ってオフィスをあとにした。

　ハンドルを握り、街をあてもなく走った。心を踏みにじられたと感じる。ラーシュは考えようとした。感じようとした。自分がどこへ向かっているのか、見極めようとした……が、だめだった。

　だれかと話をしなくては、と思う。相手はもちろん、人の話を聞かないあの人だ。ラーシュは交差点でもないところでむりやりUターンした。

　ローシーはソファーの端に座り、ガウン姿でテレビを観ていた。そこが彼女の定位置だ。ラーシュは老人ホームの共有スペースからくすねてきた花束を持っている。認知症患者に贈られた花は、たいていそこに飾られる。そうしないと、患者が花を食べてしまうかもしれないからだ。

　ローシーは認知症患者というカテゴリーに属しているわけではない。七十二歳の彼女は、ホームでは若い部類に入る。生きる気力を失った人、というカテゴリーの入居者だ。

「やあ、母さん」

　ローシーはラーシュを見やった。そしてテレビに視線を戻した。

　室内は暑く、ローシーは窓を少し開けていた。ラーシュは母親を見つめた。鎖骨のあたりに汗がにじんでいるのが見えた。テレビの音量が大きい。ローシーの耳が遠いからではなく、テレビで言っていることが彼女にはわからないからだ。ローシー・ヴィンゲは、不安にかられやすい。それはラーシュも同じだった――子どものころに伝染《うつ》されたのだろう、と彼は思っている。もともとそういう性質だったローシーは、レナートの死をきっかけに、単なる不安にとどまらない、生きること自体への激しい恐怖にとらわれるようになった。自宅のマンションに閉じこもって、ローグスヴェードに増えた移民を恐れ、冷蔵庫が発する音を恐れ、明かりを長いことつけっぱなしにすれば火事になるのではないかと恐れ、明かりを消せば暗闇を恐れた。

ラーシュは母親をどうしていいかわからず、このまま放置してマンションで腐らせてしまおうかと考えたこともあったが、結局は良心が勝り、彼女は老人ホームに入ることになった。八年前のことだ。以来、彼女は鎮静薬をたっぷり与えられ、ずっと定位置に座って過ごしている。自分の世界に閉じこもって、午後のテレビ番組を観ている。

「具合はどう?」

ラーシュは来るたびに同じ質問をする。ローシーは答える代わりに微笑んだ。意味は察しろと言いたげな笑みだが、ラーシュには察することができない。彼は哀れな母のようすをしばらく眺めてから、キッチンへ向かった。湯を沸かし、インスタントコーヒーをいれた。

「母さん、コーヒー飲む?」

ローシーは答えなかった。いつもそうだ。

カップを持って居間に戻り、ソファーの彼女のとなりに座った。テレビではクイズ番組をやっていた。視聴者が電話をかけて答えるタイプのもので、司会者は若く、ずいぶんぎこちない。母子はしばらく無言だった。

「職場の人たちが、ぼくをわかってくれない」やがてラーシュは言った。

コーヒーをひとくち飲む。熱さに舌がぴりっと痛んだ。若い司会者は早口でなにか言おうとして、何度もつかえている。

「たぶん、恋に落ちたと思う」ラーシュはいきなり言った。

ローシーは彼を見やったが、またクイズ番組に視線を戻し、そこから目を離さなくなった。こんなふうに母親のとなりに座っているのが、心底いやでしかたがない。なぜ自分がこうしているのか、なぜ母親のそばにいると急に子どもに戻ってしまうのか、わからない。ラーシュは頭をがしがしと掻き、立ち上がってローシーの寝室に入った。

中は暗く、ベッドは乱れたままで、空気が淀んでいた。ラーシュはたんすの中を探りはじめた。ときおり現金を見つけてはポケットに入れているのだ。もう最初がいつだったのか思い出せないほど昔から、母親の金をくすねつづけている。母は自分に償いをするべきだ、という思いが抜けないのかもしれない。が、今日は現金が見つからなかった。代わりに、母親のおぞましい下着にまぎれて、大量の処方箋が見つかった。三枚ほど引っ張り出す。そのうち一枚はふつうとちがって見えた。ラーシュはそれらを折り畳んでポケットに入れた。彼は知っていたのだろうか？　処方箋がそこにある、と？

ローシーのもとに戻り、座っている彼女を眺めた。しばらくそうして見つめていると、悲しみのようなものが湧き上がってきた。が、そんな感情を処理することのできない彼は、代わりに憎しみに満たされた。そのほうが、ずっと簡単だった。

「サラとは別れるよ」

ローシーにもまちがいなく聞こえているとわかった。

「サラ、覚えてるだろう？」

「サラ」ローシーはぼんやりとした口調で言った。

「あの女、母さんにそっくりすぎるんだ」

ローシーはテレビを見つめている。司会者がわざとらしい笑い声をあげた。

「人生って、ハムスターの回し車みたいだ。いつまでも、いつまでも、ぐるぐる回ってるだけ。母さんを見ていて、女は臆病で卑怯な生きものだって思い知らされた……あれから、なにも変わってない……」

ローシーの片方の手が、ひざの上で震えはじめる。みじめにすすしばらくしてから、彼女は泣きだした。みじめにすすり泣いている。

ラーシュは心が軽くなるのを感じた。

老人ホームを出て車に乗り、昼食時の混雑の中を走った。カールベリ通りで渋滞にはまったときに、ポケットに入れた処方箋をさわってみると、手にかいた汗のせいで湿っていた。カーラジオからは一九八〇年代のハードロックが流れていて、歌っている男はいかにも頭が悪そうだ。雨粒がいくつかフロントガラスに当たった。霧雨――重さのない、かすかな雨。これで涼しくなるのではという期待を裏切る、なまぬるい、じっとりとした雨だ。前に身を乗り出して空を見上げると、黒く厚い雲がゆっくりと街を覆いはじめているのが見えた。まわりの色が、オレンジ色とターコイズブルーの入りまじった輝きに変わる。気圧が増して、空気がずしりと重くなった。ラーシュは頭痛を覚え、眉間をさすりながら、車を数メートルほど前に進めた。

突然、雷が鳴りだした。いつものように遠くでうなる音で始まるのではなく、いきなり頭上でなにかが爆発したような、短く強烈な放電が起こった。ラーシュは思わず恐怖に身をすくめた。その直後、空がぱくりと口を開け、土砂降りの雨になった。車の外で、人々が雨宿りのできる場所を求めて走っている。ワイパーが最大の速度で動き、フロントガラスの内側が下のほうから少しずつ曇っていって、外の世界がすっかりぼやけて見えた。

扉に鍵を差し込む。ふたつある錠のうち、上のほうは鍵がかかっていなかった。サラがいるからだ。ラーシュは玄関に入ると、そっと扉を閉め、忍び足で書斎に向かった。机のひきだしを開け、処方箋を突っ込んだ。

サラは居間にいて、経済的に苦しい思いをしている独身の女性芸術家についての記事を書いていた。〝社会と経済の暴挙〟というタイトルだ。もうずっと昔から、このシリーズの記事を書いている。どうしてかたくなに書きつづけるのか、ラーシュにはわからない。読みたがる読者などいるのだろうか？

サラをじっと見つめながら、いったい彼女のどこがいいと思ったのか、彼女のなにが魅力的だと感じたのか、思い出そうとした。が、なにも思い出せなかった。ひょっとすると、いいと思ったことなどないのかもしれない。ただ、ほかに選択肢が残っていなかったから、付き合うことにしたのかもしれない。あるいは、子どもを欲しがっていないという点が一致したから。いや、ふたりとも、罪悪感に浸るのが好きだからかもしれない。そう、いまになって、ようやくわかった気がする。自分はこれまでの人生のほとんどを、罪悪感に駆り立てられて生きてきたのだ。そして、あそこに座ってだれも読みたがらない記事を書いている女にも、同じ罪の意識が映り込んでいる。ラーシュは罪悪感にまつわるすべてに憎しみを抱いた。なんといっても、その罪悪感の原因がわからないのが憎らしかった。

「なにやってるんだ？」彼は居間の入口で、ドアの枠にもたれたまま尋ねた。

サラはパソコンから顔を上げた。

「なにって、わかるでしょ」

もっと答えかたっていうものがあるんじゃないか？　うんざりして彼女を見つめたラーシュは、彼女の醜さに驚いた。なんと空っぽで、退屈で、魅力に欠けているのだろう――ソフィーとは大ちがいだ。あぐらをかき、背を曲げて丸くなった座りかた。きちんと洗わないまま紅茶を注ぎつづけているせいで、きたならしく汚れたカップ。ふだんまったく外見に気を遣わないこと。インテリぶったたわごとの奥に隠された、あのどうしようもない安っぽさ。ラーシュの望みとは対極にあるものを、すべて体現したような女だ。

「きみが出ていく？　それとも、ぼくが出ていこうか？」

天井を見つめ、遠くヴァルハラ通りからくぐもって聞こえてくる車の音に耳を傾けた。どうも落ち着かずに身体がうずき、彼は立ち上がって窓を開けた。それからキッチンへ向かい、掃除用具用の戸棚を開けると、アーチェリーの弓と、矢の入った筒を出した。

自宅は百三十五平方メートルの広さがあり、ほとんどの仕切り壁を取り払ってある。広々とした空間が欲しい、アーチェリーをする場所が欲しい、と思ったからだ。

居間だった空間のいちばん奥に、葦でできた大きな丸い的が置いてある。イェンスは、かつてダイニングルームだったいつもの位置から、たてつづけに矢を五本放った。オーディオ装置からは一九七〇年代のサルサが流れていて、白いベルボトムズボン姿のたくましい男がふたり、男の孤独について、胸の大きな女について、スペイン語で歌いあげている。イェンスはアーチェリーのあいまにビールを飲んだが、やがてビール

「あなたよ」

即答だった。

「いや、きみだろう。ここはぼくのマンションだ。きみが出ていくまで、ぼくは書斎で寝る」

居間を離れ、書斎に入ると、鞄とカメラを手に取った。

ふたたび居間を通りかかると、サラは両腕を自分の身体にまわして立ち、窓の外を眺めていた。

「いったいなにがあったの?」彼女が大きすぎる声で尋ねる。

ラーシュは答えずにマンションを去った。

*

イェンスはヴィットストック通りの自宅マンションに上がると、ソファーにどすんと沈み込んだ。少し休みたいと思った。が、休息など訪れなかった。

に飽きてウイスキーに切り替えた。矢を放ち、サルサに飽き、音楽そのものに飽き、ウイスキーにも飽きてコニャックを飲みはじめた。また矢を放ったが、そのうちなにもかもに飽き、すべてをやめて、腕が痛くなるまで腕立て伏せをした。

いつもと同じだ。音楽でも、酒でも、その場にあるものをどんなに自分に流し込んでも、けっして満たされない。もっと強い刺激を求めるのが癖になっている。母にはぜいたく者呼ばわりされるだろう。父には中毒患者と言われそうだ。どちらも当たっているのかもしれない。

例のロシア人たちに連絡し、商品の到着が遅れると伝えた。そんなことはそっちでなんとかしろ、とにかく予定どおりに納品してもらわなければ困る、というのが彼らの答えだった。結局、一週間の猶予を与えられた。それが過ぎたら満額は支払わない、加えて病院に行かなければならなくなるほどの暴力をふるってやる、と言われた。

カーペットの上で仰向けになり、ただひとつのことだけを考える——どうやってアーロンを、あるいはレシェックを見つければいい？　あの男たちなら、ミハイルを探す手だてを教えてくれるかもしれない。少なくとも、そう願いたい。

イェンスは立ち上がり、コーヒーメーカーのスイッチを入れてから、行動を開始した。とはいえ、アーロンを探すとひとくちに言っても、ふたを開けてみれば実に大変な作業だった。彼はあらゆる方法を試した。まず、電話番号案内や検索サイトを使って、ストックホルムにいるアーロンという名の人物を片っ端からリストアップし、次いで検索の範囲を全国に広げた。朝になると、警察、税務局、県庁など、思いつくかぎりあらゆるところに連絡をとった。が、わかっているのは、アーロンというファーストネームだけだ。ファーストネームと、外見。名前はアーロン、四十歳前後で、角張った顔、黒い髪……紳士らしい雰囲気。それだけで捜索が進むはずもなかった。

アーロンは別れぎわに、ストックホルムへ行くと言った。が、彼がまだストックホルムにいる確証はない。住んでいるのはべつの街なのかもしれず、スウェーデン国内ですらない可能性もある。八方塞がりの状態が近づいてきた。レシェックのことを考える。あの男が、なにか手がかりになることを言っていなかっただろうか？　いや……そういえば、ティエリーは？　あの石像は手がかりになるだろうか？　なんと言っていたっけ？　たしか、似たようなものを売っている、と言っていなかったか？

インターネットで石像について検索してみる。なにもわからなかった。民族学博物館に電話をかけ、ほんとうのところただの石にしか見えない、あの石像の特徴を説明しようとした。電話に出た女性職員は親身になってくれたが、やはり成果は得られなかった。ストックホルムにある骨董店、美術品店、エスニックグッズを売っている店の住所を、すべてプリントアウトした。紙は何枚にも及んだ。

マンションを出ると、スヌースの代わりにタバコを買い、アーロン、レシェック、ティエリーと石像を探すべく街に出た。徒歩で、バスで、地下鉄で、さまざまな界隈を歩きまわり、あちこちの店を訪れては、同じ漠然とした質問を繰り返した。どの店からも、同じく漠然とした〝ノー〟の答えが返ってきた。どんなに探しても見つからない。とはいえ、本気で見つかると思っていたわけでもなく、これは一種の休暇なのだ、と思うようにしていた。最近いろいろあったから、仕事のペースを落としているだけだ、そう自分に言い聞かせた。が、どんなに言い聞かせても無駄だった。日々は容赦なく過ぎていき、イェンスの焦りは増す一方だった。

*

「ソフィー、郊外の住宅街は楽しい?」と彼に電話で聞かれた。

ビスコップ岬に向かう車中で、彼女は自分の緊張と闘っていた。不安がのどのあたりまで上がってくる。いやだ……ひとことで言えば、そんな気持ちだ。行きたくない……が、その思いは、百パーセント真実ではなかった。彼女の一部は行きたがっている。行かなければ、と思っている面もある。彼に会うことを強要されたわけではないが、遂行するべき義務だ、と感じる。

そうして、ソフィーは彼に会った。彼は桟橋に立っていた。ソフィーは彼の秘密を知ったにもかかわらず、その姿を見ると穏やかな気持ちになった。エクトルはいつものとおり、彼らしく会話をリードしてくれた。屈託なく、気軽に過ごせるようにして、彼女を安心させてくれた。彼女がなにを必要としているか、正確にわかっているかのようだった。

ボートは幅が広く、屋根のないタイプで、青い日よけがついていた。側面に〝バートラム25〟の文字が見える。

ふたりは出発した。ボートのエンジンがうなり、エクトルが舵を取って運河をたどる。ソフィーは振り返り、さきほど出発した陸地のほうを見上げた。駐車場にボルボがとまっていて、中に男がひとり乗っているのが見えた。

運河を出ると、エクトルはボートのスピードを最大限に上げ、穏やかな水面を駆け抜けた。頭上で太陽が輝いていた。

十五分ほど経ったのち、エクトルがスピードを下げ、ひっそりとした入り江にボートを進めた。測深器を使って水深を測り、碇を下ろしてエンジンを切った。打ち寄せる波の音がする。船尾の少し先を、ヨットが通り過ぎる。操舵席にいる人たちが手を振ってきたので、ソフィーも手を振って応えた。エクトルは手を振る人たちを険しい顔で見送ってから、ソフィーのほうを向いた。

「どうしてあんなことするんだろう?」

彼の目に苛立ちが見てとれる。なぜ意味もなくふざけたまねをするのか、とでも言いたげな表情だ。ソフィーはそんな彼の反応に笑みをうかべた。

「私に見せたいものがあるって言ってたわね。これのこと?」と尋ね、まわりに広がる景色、いくつもの島が点在するストックホルム沖の風景を指してみせた。

エクトルはなにか考えているようすだったが、やがて首を横に振ると、立ち上がり、収納を兼ねている座席を開けた。鞄を出して開け、革張りの古いアルバムを二冊出す。一冊は濃い緑色、もう一冊は金の縁のついた焦げ茶色だ。彼はソフィーのとなりに腰を下ろした。

「おれのことをもっと知りたいって言ってただろ」

そう言って、濃い緑色のアルバムの表紙をめくった。時は一九六〇年代、よそ行きの服を着て、ローマのスペイン広場の階段前に立っている男女の写真が現れた。

「これが、父のアダルベルト。この前、紹介したね。となりに立ってるのが、母のピア」

ソフィーは写真を見つめた。ピアはいかにも幸せそうだ。顔の表情だけでなく、姿勢のよさからも、そのことが伝わってくる。力は抜けているのに、それでもぴんと背筋が伸びていて、揺るぎない美しさがある。ふさふさとした黒髪のアダルベルトは誇らしげだ。誇らしげで、満足げでもある。ソフィーはピアに視線を戻した。金髪で、可憐で、地中海の太陽に焼けた小麦色の肌をしている。当時のスウェーデン人が理想としていた女性そのものに見えた。

エクトルはさらにページをめくり、幼い自分や弟妹の写真を見せた。そして、子どものころの話をした。南スペインでどんなふうに育ったか、母親が亡くなったとき、どんなにさびしい思いをしたか。父親との関係。友だちの話、ケンカ相手の話、感じていたこと、感じまいとしていたこと、恋の話。ソフィーはじっと耳を傾けた。

エクトルが、弟妹といっしょに写っている十歳の自分の写真を指した。三人が一列に並び、笑っている。頭には、アメリカ先住民の羽根飾りをかぶっている。

「妹も弟も、いい人生を送ってる。結婚して、子どもをつくって、それぞれ落ち着ける場所を見つけたんだ。おれはまだ見つけてないけど」

そう言ったエクトルは、その思いに絡めとられているように見えた。たったいま自ら口にした言葉が、これまで直視することを避けてきた現実となって、目の前に現れたかのようだ。ソフィーは彼を見つめた。彼のこういう面が好きだ。内省的な面。いつもは表に出さず、自分でも認めたがらない、いや、あると思ってもいないのかもしれない、底知れない深さ。

エクトルがページをめくる。五歳ほどの妹イネスが人形を抱えている写真が現れた。エクトルは笑みをうかべた。次のページ。気をつけの姿勢で木の前に立っている、前歯が一本欠けた幼い自分の写真を見て、彼の顔が輝いた。写真を指差して言う。

「これ、うちの庭。この写真を撮ったときのことは、いまでも覚えてるよ。自転車で転んで前歯が折れたんだけど、友だちにはケンカで折れたって嘘ついたっけ」

エクトルは少し笑ってから、アルバムをソフィーのひざの上に置いた。うしろにもたれ、胸ポケットからシガリロを出す。火をつけて、一服目の煙をしばらく肺の中にとどめてから、ふうっと吐き出した。

「昔はよかったな。そう思わないか?」

ソフィーはアルバムの続きをめくり、幼いエクトルの写真を眺めた。顔に夕日を浴びて釣りをしている写真に目がとまった。十歳ほどだろうか。表情から、意志の強い性格が見てとれる。彼女はこの写真と、いまの彼――だらりと座ってシガリロを吸っている姿を見比べてみた。よく似ていた。

もう一冊のアルバムを手に取る。エクトルの母親、ピアの写真がまた現れた。どこかの芝生の上に、水浴び用のたらいを置いて、三人の子どもたちの髪を洗ってやっている。幸せそうな母親だ。ソフィーはさらにページをめくった。いまよりも若い、黒髪のアダルベルト・グスマンが、古い石造りのテラスに座って葉巻を吸っている。背景に糸杉やオリーブの木立が見える。パーティーで遊ぶ子どもたちの写真。アダルベルトとピアが、さまざまな場所で当時の有名人と写っている写真。ソフィーはジャック・ブレルの姿を認めた。モニカ・ヴィッティらしき顔も見えた。名前の思い出せない画家もいる。それから、一九七〇年代の半ば、テヘランへの家族旅行。友人との夕食。楽しそうな顔。アダルベルトと、ピアと、子どもたち。そのあとのページは、さまざまな家族写真、ソフィーの知らない友人や親戚と撮った写真であふれていた。陽気な写真ばかりだ。マドリード、ローマ、コートダジュール、スウェーデン、ストックホルム沖の群島。一九八一年、アルバムは突然終わる。そのあとのページは白紙のままだ。

「どうして、ここで終わってるの?」

エクトルはアルバムをのぞき込んだ。

「母がその年に亡くなったんだ。で、写真を撮らなくなった」

「どうして?」

エクトルは少し考えてから答えた。

「わからない。もしかすると、あのあとはもう、家族じゃなくなったからかもしれない」

ソフィーは言葉の続きを待っていた。彼もそのことに気づいたらしい。

「家族として、じゃなくて、四人がそれぞれ、自力でなんとか生きていこうとするようになった……弟はダイビングの機材を背負って、海の中に姿を隠した。イネスはマドリードで何年もパーティーに明け暮れてた。父は仕事に没頭した。おれは父についていった。それはもしかすると、母の死にいちばんショックを受けたのがおれだったからかもしれない。だから、父にしがみつこうとしたんだ」

エクトルはシガリロを吸いつつ、ソフィーから目をそらした。が、ソフィーはそれでも彼と目を合わせようとした。彼もそのことに気づいて、ソフィーのほうを向いた。

「なに?」

ソフィーは首を横に振った。

「なんでもない」

彼女はアルバムの最初のほうに戻り、また写真を眺めはじめた。

「どの写真がいちばん好き?」

エクトルは身を乗り出し、もう一冊のアルバムを手に取ると、ページをめくり、八歳ぐらいの自分の写真を開いてみせた。背筋を伸ばしてまっすぐに立ち、利発そうな目でカメラを見つめている。とりたてて特別なところのない写真だ。エクトルは口の端にシガリロをはさんだまま、写真を指差してみせた。

「どうして?」ソフィーが尋ねる。

エクトルは写真を見つめてから答えた。

「少年だったかつての自分以上に、男が好きなものなんてない」

「そういうもの?」急に偉そうな態度でそんなことを言ったエクトルに、ソフィーは笑みをうかべた。

エクトルはきっぱりとうなずいた。

「ソフィー、きみはどうして、おれとボートに乗ってるんだ?」

いきなりの問いかけだった。ソフィーは笑い声をあげた。可笑しかったからではなく、ほかにどうしていいかわからなかったからだ。

「あなたが誘ってくれたからでしょ」彼女はかろうじてそう答えた。

エクトルが彼女をまじまじと見つめる。ソフィーはしかたなく笑ったあとの中途半端な笑みが顔に残っているのを感じ、なんとか自然にその笑顔を手放した。

「断ることだってできただろ」

ソフィーは、そうだけど、と言うように肩をすくめてみせた。

「でも、断らなかった。どうして？」

「わからないわ、エクトル」

ソフィーはエクトルから目が離せなくなった。その瞳の中に、なにかが、彼女を惹きつけてやまないなにかが見える。目をそむけ、逃げようとしているのに、逃げられない。いつでも目の前にある。初めて彼に会ったときから、ずっとそうだった。彼には、たぐいまれな率直さがある。その人格に嘘や駆け引きの入る余地はいっさいない、彼にそんなことができるはずがない、と思わせる率直さ。彼のそんなところが、ソフィーには愛しかった。率直で、あけっぴろげで、真摯で――彼女にはどれも、すばらしい長所と思える。が、彼は危険きわまりない男でもあった。あけっぴろげで、率直で、真摯で、危険きわまりない。それはソフィーの望む組み合わせではなかった。

「おれたちは友だちなのか？」

彼の選んだ言葉が、どうも奇妙に感じられた。

「ええ、友だちでいたいわ」

「おれたちは大人だろう」それは質問ではなく、断定だった。

ソフィーはうなずいた。

「そうね、大人でもあるわね」

「大人の友だち？」

「ええ」

「でも、きみは迷ってる」

ソフィーは答えなかった。

「近づいたかと思ったら、いきなりよそよそしく、冷たくなって、おれと距離を置こうとする。心が決まらないみたいだ。冒険してみたいだけなのか？　気晴らしが欲しいだけ？　ソフィー、きみの人生は退屈なのか？」

エクトルはそのまま言葉を続け、問いを重ねようとした。が、ソフィーは嘘をつきたくなかったし、ほんとうのことも絶対に打ち明けたくなかった。そこで彼が黙ってくれるよう、身を乗り出して、彼の唇にキスをした。エクトルはそっとキスに応えたが、そのままのめり込むことはなく、代わりに身体を離して、さきほどよりも奥までのぞき込むような視線でソフィーを見つめた。キスで彼を押さえ込もうとした彼女の企みを見抜いたような視線。それは同時に、なにか複雑で入り組んだものを理解しようとしている視線でもあった。

モーターボートが一艘、かなりのスピードでそばを通った。ソフィーはそのボートを目で追った。

「帰りましょうか？」と小声で尋ねる。

エクトルはまだソフィーを見ていた。たったいま理解できなかったなにかを、まだ見極めようとしているようだった。それから彼はあごを掻くと、短く、うん、とつぶやいて立ち上がった。吸いかけのシガリロを船べりの外へ投げ捨て、ダッシュボードのボタンを押した。碇が引き上げられた。彼はスタートボタンに指を当てたが、そこでためらい、指を放してソフィーのほうに向き直った。

「おれには、息子がいるんだ」

ソフィーには一瞬、意味がわからなかった。

「息子がいる。けど、会えない。会いたいんだが、息子の母親が許してくれない。もう十年は会ってない」

ソフィーはただ彼を見つめていた。

「名前は？」それが、ようやく発することのできた言葉だった。

「ロタール・マヌエル・ティーデマン。母親の姓だ。十六歳で、ベルリンに住んでる」

小さな波がいくつか打ち寄せ、ボートを軽く揺らした。

「これで、おれのことはなにもかも教えたよ、ソフィー」エクトルは小声で言った。

ふたりは互いを見つめた。ソフィーは教えられたすべてを消化しようとしていた。エクトルはなにか言おうとしたが、結局は口をつぐんだ。代わりにエンジンをかけ、入り江からボートを出した。

＊

グニラはカーラ通りを進んだ。歩行者や、犬を散歩させる人たちのため、広い中央分離帯に設けられた遊歩道を歩く。日向は暑く、そよ風が暖かい。アッティレリー通りのそばで道路を渡った。菓子店〈テッセ〉の前の歩道に小さなテーブルが並び、客が座っている。グニラは立ち止まり、しばらくそこに立って人々の会話を盗み聞きした。人生に幻滅した専業主婦たちが語り合っている。まわりくどい表現で、自分でもなにが言いたいのかわかっていないようだが、結局は、愛されている気がしない、と言いたいらしい。英語のフレーズを織りまぜながら話をしている男たち。なにが可笑しいのかわからないが、とにかく笑い声をあげている若者たち。グニラはときおり、こんなふうに街中にたたずんで、耳を傾ける。

数分後、ソフィーがカーラ広場のほうから歩いてきた。グニラは彼女がそばに近づいてくるのを待ってから、ステューレ通りに向かっていっしょに歩きだした。

やがてグニラが質問を始めた。いつものとおり、エクトルを取り巻く人々、その名前と役割――彼らがなにをしていそうか、していなさそうかについての質問だ。ソフィーはできるかぎり答えを返した。が、質問の内容がエクトルとその素顔、人物像に移っていくと、ソフィーはほとんどまともに答えなかった。まるで、エクトルを知らないかのように。あるいは、彼が寄せてくれたばかりの無言の信頼を、裏切りたくないと思っているかのように。

小学生が何人か、前のほうから歩いてきたので、ソフィーは道を譲ってやった。

「エクトル・グスマンのような男には、仕事で何度も出会ったわ。気さくで、魅力的だけど、いきなり豹変して真逆の人間になる。他人の人生をめちゃくちゃにする……」

ソフィーはなにも言わず、ただグニラと肩を並べて歩いた。

「騙されちゃだめよ、ソフィー」

9

最悪の気分だった。失敗したという気がしてならなかった。あのときを最後に、グニラはいっさい連絡をよこさず、彼を空気のように扱っている。完全に墓穴を掘ったのだと思い、言ったことをすべて撤回して、謝って、なんとか埋め合わせをしようと考えた。が、そう考えれば考えるほど、そんなまねをしたら事態はもっとこじれるだろうとも思えてきた。あの日、グニラと直接話したことで、彼の中でなにかのスイッチが入ったらしい。夜になると、ベッドの中で何度も寝返りを繰り返した。汗、支離滅裂な思考、窓から差し込んでくる街灯の明かりのせいで、なかなか眠れない。感情は、苛立ちと羞恥、怒りと不安のあいだでぐらぐらと揺れた。そんな感情がいったいどこから来るのか、見当もつかなかった。

朝、近所の診療所に赴き、夜遅くまで働いているせいでよく眠れない、腰痛や頭痛にも悩まされている、と話した。温かくかさついた手をした医師は、ラーシュの話を親身になって聞いてくれた。働きすぎですね、いわゆる過労の症状ですよ、というのが彼の診断だった。ペンライトでラーシュの目を照らし、扁桃腺に触れ、肛門に指を突っ込んだ。それから、腰痛と頭痛のために鎮痛剤を出し、ラーシュにはよくわからないその他もろもろの症状のためには、抗不安薬を処方してくれた。

ラーシュは、カルテを見せてほしい、と頼んだ。

「どうしてですか？」と医師が尋ねる。

「見たいからです」

それで理由としてはじゅうぶんらしかった。医師はパソコンの画面の向きを変えてみせた。ラーシュは内容にざっと目を通した。昔のことには触れられていないようだ。

「そろそろいいですか？」

ラーシュは答えなかった。

「六週間後に予約を入れておきますから、また来てください」医師がぼそぼそと言った。

ラーシュは薬局で処方箋を出して薬を手に入れ、ボルボを運転して街中を走った。

子どものころ、彼はいつも不眠に悩まされ、母親のローシーから睡眠薬を分けてもらっていた。そのせいで、十一歳にして早くも睡眠薬への耐性ができてしまった。ローシーはそのころからすでに薬漬けで、夫のレナートが留守のときにベッドをともにする間柄の医師もいたので、あのなんの変哲もない白い錠剤はたやすく手に入り、ラーシュはその薬を飲んで毎晩七時半には眠りについた。小学校の高学年から中学を経て、高校に入ってしばらく経つまで、夢はひとつも覚えておらず、昼間はひどくうつろな気分になった。

　彼の薬物依存を見抜いたのは、高校に常駐している看護師だった。彼女は事情を調べはじめ、湧き上がる憤りを抑えようと、ことさらにはっきりとした口調で、あなたが飲んでいるのは依存性のある、すさまじく強い薬なのだ、とラーシュに言い聞かせた。そんな依存性のある強い薬を、十代のはじめから大量に摂取してしまっているのだから、これからは薬やアルコールなど、精神状態に影響を及ぼすものを摂るときにはじゅうぶんに注意しなさい、あなたの身体はすっかり依存体質になっているから、そういうものを完全に断たなければ抑えがきかなくなってしまう、と彼女は言った。ラーシュは看護師がなにを言っているのかさっぱりわからなかったが、とりあえずうなずいておいた。他人の話を聞くときには、とにかくうなずいておくのが彼の習慣だった。

　十七歳のときに白い錠剤をやめた。たちまち不眠がぶり返し、気分の上下が激しくなり、深刻な不安に悩まされるようになった。かろうじて数時間ほど眠れても、そのあいだはおぞましい悪夢にさいなまれた。昼も夜も禁断症状が襲ってきた。不安と恐怖、苦しみに埋めつくされて、湿ったシーツの上で何度も寝返りを打った。

　数年が経つと、禁断症状は落ち着いたが、つねに心に穴があいているような感じだった。薬への欲求は弱まり、身体の震えも感情の起伏もおさまった。が、不安は消えなかった。不眠も解消されなかった。それは日常の一部、彼の現実となった。

　ボウリング場の前に車をとめる。中にはビールやワインを出す店があるはずだ。

　レーンを見渡せるテーブルを見つけた。高齢者の一団がボウリングに興じている。ラーシュは自分の手のひらを見下ろした。錠剤が六つ。それぞれの箱から三錠ずつ出した。

薬を口に投げ込むと、ブルガリア産の赤ワインでのどに流し込んだ。数分後、胸のつかえが取れ、身体のこわばりもなくなった。椅子にもたれて座り、ボウリングを楽しんでいる人々を眺める。彼らが失敗するとうれしくなり、ファインプレーをすれば不愉快な気分になった。

「ラーシュ？」

サラがそばに立っていた。ラーシュは怪訝な顔で彼女を見上げた。

「どうしてここにいるってわかった？」

「あとをつけたから」

「どこから？」

「診療所から」

ラーシュはボウリングレーンのほうを向き、ワインをごくりと飲んだ。サラは腰を下ろし、彼と目を合わせようとした。

「ラーシュ、具合はどうなの？」

「健康体だけど。どうして？」

サラは静かにため息をついた。

「ねえ、ラーシュ、話ぐらいできないの？」

ラーシュは意味がわからないという表情をうかべてみせ、笑い声をあげた。

「いま、話してると思うけど……ちがう？　話、してるだろう？　ちゃんと口が動いてるじゃないか！」

ラーシュの笑顔は不自然だった。サラは自分の両手を見下ろし、ささやき声で言った。

「こんなの、いやよ」

ラーシュはレーンを転がっていくボールを、倒れるピンを見つめている。

「あなた、なんだか変わった。いつも怒ってるのに、どうして怒ってるのか教えてくれない……私、なにかした？」

ラーシュは、ふん、と鼻を鳴らした。

「私にできることがあるのなら、してあげたいの。ね？」

サラは、自分の言葉が彼に届いたかどうか見極めようと、じっと彼を観察した。それから小声で言った。

「こういうこと、前にもあったわね、ラーシュ」

ラーシュは彼女の視線を避けた。

「出会ったころ。いっしょに住みはじめる前、あなたがヒュースビー署で働きはじめたころ。あのときも、あなたはこんなふうだった……何週間も……で、その状態から抜け出したとき、話してくれたでしょう。子どものころに飲んでた薬のこと……」

「またそんな、どうでもいいことを……」

サラは彼の態度にひるみそうになったが、なんとかこらえた。

「どうでもいいことじゃないわ」

薄手のジャージを着た細身の老人がストライクを出し、誇らしさにゆるむ頬を意識して引き締めながら、友人たちのもとへ戻っていく。

「ねえラーシュ、私たち、幸せだったわよね」とサラが言う。「ケンカすることもなかったし、ちゃんとわかり合えた。お互いの自由を尊重しながら、いっしょに生きてきた……趣味も価値観も同じだった。いっしょに……」

ラーシュは彼女から顔をそむけたままワインを飲んでいる。

「いったいなにがあったの？」

「なにもない。きみが被害妄想にかられてるだけだ……見苦しいよ」

サラは傷ついた表情を隠そうとした。

「それなら、別れるしかないわね」

ラーシュの歪んだ笑みは、そのまま残っていた。

「もうとっくに別れたと思ってたけど？」

サラの悲しみは怒りに変わった。彼女はラーシュをにらみつけ、さっと立ち上がってその場を去った。ラーシュはその背中を見送り、ワインをすすった。年老いた肥満体の女性の放ったボールが、ガターに落ちるのが見えた。彼女は友人たちのもとに戻るとき、うれしそうな表情をつくっていた。勝ち負けなんかどうでもいい、いっしょに楽しむことが大事、という顔だ。

〝ふん。そんなの、ただの建前だな〟

ボウリング場が閉まる時間になると、ラーシュは手近なパブに入った。アイリッシュパブということになっているが、マクドナルドがフィンランドのものだと言われるのに似た違和感があった。大画面テレビ、電子ダーツボード、小さなバスケットボールのゴールに、子供騙しのようなバスケットボール。しかもバーテンダーは下手な英語を話すイラン人で、ラーシュを〝メイト〟と呼んだ。が、どうでもいいじゃないか？ここに来たのは、酒に酔うためだ。実際、彼は酔った。閉店時間まで飲んで泥酔し、翌朝、車の中で目を覚ました。窓が曇り、鼻の頭が冷たくなっていた。外の世界はすでに目を覚まして動きはじめていた。

ラーシュは身体を起こすと、目をこすって眠気をぬぐい、脂っぽく平らになった髪をがしがしと掻き、気の抜けたビールでのどの渇きを癒した。

ひどい二日酔いの状態で車を走らせ、ダンデリュード病院へ向かった。そして、一日中車に乗ったまま、爪を嚙み、薬を飲み、昼食代わりに酒を飲み、ひたすら待機していた。

午後になり、ソフィーが病院から出てくるのが見えて、ラーシュの心ははずんだ。安心感が戻ってきた。

自転車で帰宅する彼女のうしろをしばらく走り、やがて追い越すと、いつものとおり彼女の家をめざし、夜のあいだ車をとめておく場所を選んだ。そしてヘッドホンをつけ、彼女の日常に耳を傾けた。

いまやこれが、彼の人生のすべてになりつつあった。ほかのことはどうでもよかった。彼女のしていることに、じっと耳を傾ける。マイクのそばを通る彼女の足音に。夕食をひとりでとっている音に。アルベルトとの会話に。

十一時になると、ラーシュは寝室のマイクに切り替え、彼女がベッドから羽毛ふとんを引きはがして横になる音を聴いた。ふとんを自分の上に掛ける音は聞こえなかったから、なにも掛けずに寝ているのだろうとわかった。白いシーツの上に横たわっている彼女を思い浮かべる。枕の上に広がった髪、やわらかな呼吸。もしかすると、自分のことを夢に見てくれているかもしれない。恋情が彼の中で叫びだす。彼にはそれが理解できない。制御もできない。薬を足すことにする。錠剤がのどの奥へ流れ込んでいく。なにもかもが自然になった。恋情さえも。

ソフィーとアルベルトがそれぞれの寝室でぐっすりと眠り、三時間ほど沈黙が続いたところで、ラーシュは車を降り、ソフィーの家の庭にそっと忍び込んだ。静かで暖かな夏の夜だ。彼は調和のとれた穏やかな気持ちで、裏手のテラスのそばで立ち止まると、あたりを見まわしてから、テラスへの階段を静かに上がった。道具を使って裏口の鍵を開け、ドアをそっと開ける。蝶番がかすかにきしんだ。彼は居間に忍び込み、耳を澄ました。

ソフィーが二階で眠っている。彼女のそばにいると思うだけで酔いそうだった。忍び足でキッチンへ向かう。そっと冷蔵庫を開け、中をのぞき込んだ。そのまま空想にふける。自分もこの家に住んでいると想像してみる。たったいまベッドを離れ、夜食をとりにキッチンへ下りてきたところだ。

パンやバター、パンに載せるものをテーブルの上に並べ、椅子に座って食べる。階段を下りてきた息子に微笑みかけ、そのあとに下りてきたソフィーには立ち上がってキスをする。朝食を用意したよ、とテーブルを見せてやる。ソフィーは微笑んで、あらためてキスをしてくれる。彼が飛ばす冗談に、ソフィーと息子が笑い声をあげる。

ラーシュは家を出た。想像に身をまかせ、存在しない自分の家族に向かって門のそばから手を振り、夜の闇の中にとめてある自分の車に戻った。

自宅に戻ると、さらに薬を飲み、むさくるしいマットレスの上で子どものように眠った。

＊

前の席の背もたれにひざが当たる。飛行機の座席は狭すぎる、とミハイルは思った。クラウスがとなりの席に座っている。クラウスは四十代のドイツ人で、筋張ったボディービルダーのような体型だ。髪は薄く、身体はどこもかしこも引き締まった筋肉に覆われていて、ポルノ男優のような濃い口ひげを生やした顔までもががっちりとしている。屈強で小器用な男だが、なにか特別な能力があるわけではなく、ただ使い勝手のいいオールラウンダーで、仕事をめったに断らない。これまでに何度か、ラルフの指示でいっしょに家庭訪問をしたことがある。そのときのクラウスは申し分なかった――良心という枷にとらわれない、という意味で。

ふたりはミュンヘンを飛び立ち、ストックホルム・アーランダ空港へ向かっている。フライトアテンダントがコーヒーを出し、客席のうしろのほうで子どもが泣きわめいている。背広姿の老人たちが数独にふけり、中年の女たちがノートパソコンでプレゼン資料を準備している。クラウスが耳に突っ込んでいる小さなイヤホンからは、ビー・ジーズの曲が漏れ聞こえてきた。彼は音楽のリズムに合わせて首を振り、右の手のひらで腿を叩いている。

ミハイルはこれからのことを考えた。はっきりした計画はないが、代わりに頭の中でさまざまな戦略をいくつも組み立て、比較検討した。どれも行き着くところは同じだった――手荒く、手ぎわよく襲いかからなければならない。一昨日、ローラントがストックホルムに出かけ、口元をゆるめて帰ってきた。〝あっちに味方ができた〟と彼は言った。〝そいつの手配でエクトルに会えるぞ〟と……

　ポン、という音が機内に響き、シートベルト着用のランプが点灯した。スピーカー越しに聞こえてくる女の声が、ミハイルにはわからない北欧の言葉でしつこくアナウンスを続けている。飛行機は着陸に向けて高度を下げはじめた。機体が大きく揺れる。クラウスはひじ掛けをがしりとつかみ、揺れが来るたびに反射的に両足を上げている。

「揺れるのは苦手なんだ」と言う。「ほんとうに、勘弁してくれ」

　滑走路に近づくと、飛行機は横風にあおられた。クラウスは真っ青だ。機体が左に大きく傾いたが、すぐさま右へ傾いてバランスを取った。クラウスはミハイルの腕をつかんだ。

「くそっ《シャイセ》……」

　飛行機が地上に降り立ち、逆噴射が始まった。クラウスはふうと息を吐いた。

　レンタカーでストックホルムに入り、ヘートリエット広場のそばのホテルにチェックインしてから街に出た。夕食時が近づいていて、ふたりはレストランのテラス席で簡単な食事をとった。暑い。ミュンヘンよりも暑かった。

「おれが知るかぎり、あの男には手下が三人いる。そういう前提でことを進めるしかないな。三人のうち、二人はプロだ。ボディーガードと、あのポーランド人。三人目についてはなにもわからない」

　クラウスは耳を傾けながらタルタルステーキを食べている。噛むペースが早く、フォークやナイフの持ちかたがおかしい。

「エクトルはここストックホルムにオフィスを持ってるが、そこにはめったに居ない。前にここであいつを尾行したときには、とあるレストランによく出没していた。だから、そのレストランにいるところを襲う。協力者を確保したから、そいつがおびき寄せてくれることになってる」

「了解」クラウスがあっさりと言う。ウェイターに合図し、空になったソーダのグラスを指差した。

　レストランを出ると、レンタカーに乗って、カーナビに〝エンシェーデ、サンズボリ通り〟と入力した。

「Uターンしてください」カーナビの電子音声がドイツ語で言う。クラウスは言われたとおりにした。

　ストックホルムの道路網に手こずりながらも車を走らせ、南へ向かう幹線道路に出ると、追い越し車線に陣取ったままヨハネスホーヴ橋を渡った。

「でかいゴルフボールだな、ありゃ」ストックホルム・グローブ・アリーナのそばを通り過ぎるとき、クラウスが言った。

　車はなんの変哲もない一軒家の前でとまった。呼び鈴を鳴らすと、中年の男が出てきた。頭は禿げ上がり、腹は突き出てだらしなく垂れ、流行遅れのシャツに短すぎるネクタイを締めている。仕事を――流行遅れの仕事を終えて、帰宅したばかり、といった風情だ。

「ようこそ《ヴィルコメン》……お二方《マイネ・ヘーレン》」

　男はそう言うと、自分のドイツ語に笑い声をあげた。

　ふたりは男のあとに続いて地下へ下りた。男が鉄の扉を開け、ふたりを中へ招き入れる。部屋に足を踏み入れたミハイルの目に飛び込んできたのは、大量の銃だった。一方の壁にはリボルバーやオートマチック拳銃、もう一方の壁には散弾銃や高速ライフルが並んでいる。

　男はうきうきと笑みをうかべ、愛してやまない銃の数々について、テレビ通販のセールスマンのごとく語りつづけた。これが武器マニアというやつか、とミハイルは思った。男のセールストークをさえぎると、壁を指差した。

「シグを一挺と、伸縮式のこん棒を二本くれ」

武器マニアは言われたとおりの銃を手に取ると、弾薬の入った小箱もミハイルに渡し、弾薬はスイス製でかくかくしかじかの重さがあり、特にすぐれている点はかくかくしかじかで、などと延々と語りはじめた。本棚に置いてあった箱をひとつ引っ張り出し、中からこん棒も二本出した。ミハイルは拳銃をクラウスに渡し、男にはユーロの札束を手渡した。

ふたりはあいさつもせずに地下を離れ、家を出て車に乗り込んだ。クラウスが紙に書かれた住所をカーナビに入力する。ミハイルは携帯電話を出すと、ローラント・ゲンツに教えられた番号を押し、緑のボタンを押した。応答したのは男だった。

「カルロスか？　電話することになっていた者だ。指示されたとおりにしろ、これから行く……」ミハイルは身を乗り出し、カーナビの表示を読んだ。「……二十分で着く」

そして電話を切った。

「Uターンしてください」カーナビの電子音声がふたたび告げた。

「うるせえな」とクラウスが言った。

＊

ロースラグ通りの骨董店、旧市街やドロットニング通りに並ぶ観光客向けの店、セーデルマルム島やクングスホルメン島の小さな店——売っているのがエスニック・アートだろうと、骨董だろうと、単なるニューエイジふうのがらくたであろうと、つながりのありそうな店を片っ端からチェックする。こうしてイェンスは、ひたすらティエリーを探しまわった。結局のところ、手がかりとなるのは、ティエリーが南米の石像に興味を示していたという事実しかないのだ……もう何日も街のあちこちを歩きまわっているが、アーロンやレシェックに偶然出くわす可能性はゼロに等しかった。

アンティーク店がいくつか並んでいるものの、骨董街としてはあまり知られていないのが、ヴェストマンナ通りだ。イェンスはここで昔、ガラス製の地球儀を買ったことがある。当時並んでいた店は、一九五〇年代の家具やインテリア雑貨、がらくたの類が専門だった。イェンスはノーラ・バーン広場から出発し、オーデン広場方面へ進みながら店をまわった。疲労のうえに、かなりの苛立ちが上乗せされている。が、捜索を続けるしか道はなかった。店に入り、どこでも同じ質問をして、店を出る。その繰り返しだ。南米の芸術品は扱ってますか？　ひょっとして、ティエリーっていう男をご存じないですか？　尋ねるたびに怪訝な顔で見られた。

五ブロックを過ぎたところで、二十年前に地球儀を買った店にさしかかった。ショーウィンドウに飾られた商品の値段がちがうことを除けば、店はあのころからまったく変わっていないように見える。その二軒先に、気をつけていなければ見逃してしまいそうな小さな店があった。ショーウィンドウは狭く、暗く、飾られている品も少ししかない。派手な模様のブランケット、仮面、盾と槍。イェンスは店に入った。ドアについていたベルがちりんと鳴った。

店内は、世界各地から集められた古いものであふれかえっていた。さまざまな時代のさまざまな場所に、同時に迷い込んだような気がする。気づけば目を奪われていた。どれも印象的な品ばかりだ。古美術、布、家具、アクセサリー、小像。なにもかもが美しく、魅力的で、個性的で――どうとも言い表しがたい力強さを秘めている。片隅にあるガラスケースの中に、小さな石像がいくつも見えた。あの船の上でティエリーが手にしていたのと似た、ミニチュアのような像だ。

背後で足音がして、イェンスは振り返った。仕切りカーテンを抜けて奥の部屋から出てきた女は、美しかった。髪を大きなボールのようにふわりと膨らませていて、背はけっして高くないが、背筋がぴんと伸びている。カリブ海あたりの出身だろう、とイェンスは推測した。

「どうも」と彼は声をかけた。

彼女は微笑みかけてきた。それが返事だった。

「ティエリーは……」とイェンスは切り出した。無意識のうちに、ここだ、と突然わかったような気がした。女はためらったが、やがて向きを変え、カーテンの奥へ戻った。

イェンスは動悸を覚えた。出てきた男がイェンスの顔を見て、どこで会ったのだったか思い出すのに、数秒かかった。

「きみ、あのときの?」

ティエリーがアーロンに電話をかけ、事情をざっと説明してから、イェンスに受話器を渡した。

アーロンは、店を出て数軒先のレストランに入れ、と言ってきた。

ティエリーがドアを開けて押さえてくれ、通りの先を指差した。

「あれだよ。アーロンはあそこで待ってる」

イェンスはレストランに向かって歩きだした。それにしても現実とは思えない。こんな大当たりに恵まれる確率は、いったいどれくらいだろう? 考える気力すら湧かなかった。

小さな看板に〈トラステン〉とある。イェンスは中に入り、バーカウンターをめざした。客は十人ほどいて、あちこちのテーブルに散らばっている。彼はトニックウォーターを注文し、飲みながら店内を眺めた。

数分後、厨房へ続くスイングドアの向こうからアーロンが姿を現し、イェンスに気づいて手招きした。

イェンスはアーロンのあとについていった。厨房を横切り、短い廊下を通って、事務室に招き入れられた。

狭い部屋だった。パソコンの置いてある机が一台。散らかっている。どの灰皿も吸いがらで中途半端に埋まり、新聞が山積みになっていて、どこかから盗ってきたのであろう古い道路標識――〝停車禁止〟の標識が壁に立てかけてある。空になったコーヒーカップ、数年前の壁掛けカレンダー。この部屋を何人もが使っていることはまちがいなさそうだが、おそらく男ばかりだろう。責任を忘れて気楽に過ごす、自由な場所として使っているのだ。

「座れよ。椅子が見つかれば」

一脚見つかった。

「あんた、ここで働いてるのか？」イェンスはそう尋ねながら腰を下ろした。

アーロンは首を横に振った。

「いや」

そして机に向かって腰を下ろした。

「で、なにを悩んでる？」アーロンがのんきな口調で尋ねる。彼は自分の言いまわしに自分で笑みをうかべた。

イェンスは急いで気持ちを落ち着けた。

「あんたたちと別れたあと、ユトランド半島を北へ向かって、祖母の家に泊まったんだ。そうしたら、夜中、グロックをあごに突きつけられて起こされた。あのロシア人の大男が、ベッドの端に座ってた」

アーロンは片眉をつり上げた。

「で、おれは殴られて気を失って、箱を盗られた」

「その箱の中に、きみの銃が入ってた、と？」

イェンスはうなずいた。

「だれに渡す予定だったんだ？」

「客だよ」

「その客はスウェーデンにいるのか？」

イェンスは首を横に振った。アーロンはしばらく考え込んだ。

「箱の中身が銃だってこと、あのロシア人は知ってたのか？」

「たぶん知らなかったと思う。船に積んであった箱のひとつに、どれでもいいと思って送信機をつけたんだろう。それがたまたま、あんたのじゃなくて、おれの荷物だったたってだけだ」

アーロンはまた考え込み、それから顔を上げた。

「で、おれはなにをすればいい？」

「とにかくブツを取り返さなきゃならないんだ。あのロシア人について、あんたが知ってることを教えてほしい……どこにいるのか、どうすれば連絡がとれるのか」

＊

レストランとは名ばかりだった。実際は単なるピザ屋で、かろうじて〝ビールやワインもあります〟の文字が窓に記してあるだけだ。焦げ茶色の木の家具。これ以上ないほど安物の、ごわごわと硬く薄っぺらい紙ナプキン。

ラーシュはピザを半分食べ、ビールを四杯と、ウォッカをダブルショットで三杯飲んだ。酔わずにはいられなかった。頭の中で、あてどなく考えをめぐらせる──最近、そうするのが好きになってきた。以前は、なにか実のあること、役に立つことを考えていなければやましさを覚えたものだが、いまはちがう。思考の向かう先を決めずに、成り行きにまかせ、おとなしく流れに乗る。気持ちのいいものだった。新たな感情が現れては消えていった。薬が切れないよう飲みつづけていると、まるで眠っている赤ん坊のようにリラックスできた。ひょっとすると、人はみな、こんなふうになりたいと思っているのではないだろうか？　大人の世界で何年も過ごしたあとには、だれもがこんな状態を求めるのではないか？　ラーシュはひとり笑みをうかべた。バーカウンターの向こうにいる料理人と目が合った。料理人は不安げな表情で目をそらした。いっさいの苦しみから逃れたような穏やかさを目にして、自分がその境地に達していないことに焦ったんだろう、とラーシュは考えた。だれもが自分をうらやんでいる。昔から、ずっとそうだった。

彼は頬をがりがりと掻いた。小さな吹き出物があって、なかなか消えないのだ。

顔が火照り、視野はトンネルのように狭くなった状態で、ラーシュは九時ごろソフィーの家へ向かった。盗聴の際には、車が見つかってしまわないよう、家の近くに確保した八か所の拠点をランダムに使っている。今日は四番拠点に駐車した。いや、ここは三番だったっけ？　エンジンを切り、ヘッドホンをつけて耳を傾ける。ソフィーの家は静かだった。聞こえる物音の中にソフィーを探す。彼女はなにもせず、じっと座っているのだろうか？　ラーシュは薬を二錠、口に放り込んだ。世界がぼやけてきた。

しばらくするとキッチンで足音がして、玄関のほうへ消えていった。扉が開き、閉まるのが聞こえる。ラーシュはキッチンのマイクに切り替えた。玄関を開けて、だれかを招き入れたのか？　それとも、出かけたのだろうか？　キッチンから物音は聞こえない。玄関も静かだ。ラーシュは待った。ソフィーは家を出たのだ。

車を発進させ、ソフィーの家に向かう。こちらに向かって坂を下りてくる彼女のランドクルーザーとすれちがった。ラーシュは坂の上でボルボをUターンさせた。

酔っているせいで、尾行は難しかった。近づきすぎてもいけないし、遠ざかりすぎて彼女を見失ってもいけない。が、夜の道路は彼に味方してくれた。ストックホルムへ向かうロースラグ通りは閑散としていた。

彼は中央の車線に陣取り、目を細めて、車線を区切る白線をたよりに車を走らせた。

そのままソフィーを追ってヴァーサスタン地区に入る。彼女はレストラン〈トラステン〉のそばで駐車した。ラーシュはその先の空いている駐車スペースに車をとめた。バックミラーに目をやると、エクトルが歩いてくるのが見えた。彼とソフィーは歩道で落ち合うと、互いの頬にキスをしてから、レストランに入っていった。

*

イェンスとアーロンが話し合っている事務室に、イェンスの知らない男が入ってきた。

「カルロスは？」

アーロンは首を横に振った。

「電話がかかってきたんだよ。ここに来てくれって言われたんだが」

アーロンはまた首を横に振った。

「いや、見かけてない」

男は考え込んだが、イェンスがいることに気づいて考えるのをやめたようだ。彼は片手を差し出した。

「はじめまして、エクトル・グスマンです」

イェンスも握手に応えた。エクトルは大柄で、脚にギプスをはめている。きちんとした服装、自信にあふれた、人当たりのよさそうな容貌――群れを率いる生粋のリーダー。この場にかぎらず、どこでもそうなのだろう。

「こちらはイェンス、この前話したやつだよ。船で会った」アーロンが言った。「厄介な問題を抱えてる。おれたちにとっても厄介な話だ」

「なるほど、それなら問題の山分けといこうか」エクトルは笑みをうかべた。「どんな問題？」

イェンスは、パラグアイでの荷積みから、ユトランド半島の祖母宅をミハイルが訪ねてきたことまで、一部始終を語った。話の途中でエクトルは椅子に腰を下ろし、ときおり口をはさんで説明を補うアーロンを見つめた。イェンスが話を終えると、エクトルはしばらく考え込んだ。

「たしかに、面倒なことになったな」

イェンスは待った。エクトルはまたしばらく考えに沈んでから、顔を上げ、イェンスを見つめた。

「きみのかわいそうなお祖母さんはなんて言ってた？」

イェンスにとっては予想外の質問だった。

「祖母なら大丈夫だよ」

料理の香りが、厨房から三人のいる事務室まで漂ってきた。

「きみの商品を取り返す手助けをしてやってもいいが、それなら選択肢はふたつある。おれたちへの報酬を現金で払ってもらうか、今後おれたちのために働いてもらうか」

「もし失敗して、取り返せなかったら？」

「おれたちが失敗するわけがない」とエクトルは言った。

「わかった。どうすればいい？」

答えたのはアーロンだった。

「いまはなにもしない。まずは、なんとかしてやつらと連絡をとらなきゃならないな。おれたちも、あの武器がおれたちのものじゃないってことを、連中にぜひわからせたい」

エクトルはイェンスを見やって言った。

「とにかくキレやすい連中なんだ。まあ、もうわかってると思うけど」

そして急に考えに沈み、アーロンのほうを向いた。

「カルロスはほんとうに来てないのか？」

アーロンはうなずいた。

「わかった。イェンス」エクトルはイェンスに呼びかけると、両手でひざをぽんと叩いた。「会えてよかった。おれはこれから、好きな女と食事に出かける。もうずいぶん店で待たせてるんだ」

そう言って親指でレストランのほうを指すと、立ち上がり、イェンスを見下ろした。

「きみにはいるのか？　そういう人」

「いや、残念ながら」

「たしかに、残念だな」とエクトルは言い、ドアに向かって歩きだした。

イェンスはその姿を見送った。エクトルがドアを手前に引いた瞬間、反対側からドアがぐいと押された。エクトルがバランスを崩してよろめく。ミハイルと、男がもうひとり、室内になだれ込んできた。ミハイルではない、小柄なほうの男が、伸縮式のこん棒でエクトルの頭を殴るのが見える。エクトルはのども殴打されて床に倒れた。ミハイルは迷わずアーロンに襲いかかった。すばやい、訓練された動きだった。イェンスは反射的に小柄なほうの男に飛びかかった。頭突きをくらわせ、パンチを次々と繰り出して、自分の下に組み敷いた。が、アーロンを片付けたミハイルがその背後にまわっていた。イェンスは側頭部を強く蹴られ、ぐらりとよろめいた。振り返って立ち上がりかけ、パンチを繰り出したが、ミハイルのこん棒が彼の頭を打つほうが早く、その威力も強烈だった。イェンスは自分の身を守ろうとしたが、やがて目の前が暗くなった。

＊

くぐもった音が聞こえる。だれかが自分を揺り起こそうとしていて、なにか言っているが、なんと言っているのかわからない。覚醒と夢のあいだを行き来させられ、その中間の世界に漂っているあいだ、さまざまな音が絡み合って聞こえた。

イェンスは目を開けた。頭痛がすさまじく、鋭い痛みに貫かれる。世界はまぶしく、目が突き刺されるようで、彼はまぶたを閉じた。だれかに身体を揺さぶられている。さきほどよりもその力が強い。イェンスは、やめてくれ、放っておいてくれ、と言いたくなった。が、それでもしつこく揺さぶられる。ふたたび目を開くと、強烈な光の中に信じられない光景が見えて、あぁ、夢を見ているのか、と思った。ソフィー・ランツが目の前にいて、自分の名前を呼んでいるのだ。彼女の姿を夢に見ることができて、うれしい。この美しさ、すっかり忘れていた。もちろん以前よりも年を重ねていて、目元には小じわも見えるけれど、それでも、あぁ、なんてきれいなんだろう。イェンスは彼女に微笑みかけると、向きを変えてまた眠ろうとした。自分が横になっているのがレストランの事務室の床だと気づき、現実の一部が夢に出てきているのだとわかった。記憶が戻ってくる。そうだ、ミハイルが事務室に入ってきて……

イェンスは脚を動かし、調子を確かめた。両手も動かし、目を開け、閉じてみる。奇妙な夢から抜け出したかった。

「イェンス？」

彼はまた目を開けた。ソフィーがまだそこにいる。イェンスは目の焦点を合わせようとした。難しい。世界がなかなか、あるべきところにおさまってくれない。

「イェンス？　聞こえる？」

ソフィーの姿がはっきりと見えてきた。夢ではないのだとわかった。

「ソフィー？」

心配そうな彼女の表情の奥に、ちらりと微笑みがうかんだ。彼女はイェンスを助け起こして座らせると、その前にしゃがんで彼の目をのぞき込んだ。彼も見つめ返した。この瞳、この姿、よく覚えている。なんとすばらしい光景だろう。

「脳震盪を起こしたのよ」とソフィーは言った。

イェンスは彼女を見つめた。

「どうしてここに？」

「それはどうでもいいわ」とソフィーは答えた。

とても現実とは思えなかった。背後でドアが開き、アーロンが入ってきた。眉が切れて流れた血が乾いて固まり、頬と右目のあたりに青あざができている。集中している一方で、ひどく焦っているようでもあった。

「行くぞ」と彼が言う。

イェンスはよろめきながら立ち上がった。

「ソフィー、車を出してくれ。裏口で会おう」とアーロンは続けた。

ソフィーは事務室を出ていった。

「イェンス、きみの助けが要る。やつら、エクトルを拉致しやがった。でも、居場所はＧＰＳでたどれる。武器は持ってるか？」

イェンスは首を横に振った。

アーロンは戸棚からリボルバーを一挺出した。銃身の短い四五口径銃だ。

「これも支払いの一部だと思ってくれ」

イェンスは銃を受け取り、弾薬が入っていることを確かめた。ふたりは裏口から中庭へ急ぐと、そこを横切って向かい側の建物に入り、外の通りへ出た。ランドクルーザーが猛スピードで狭い道路を近づいてきて、急停止した。アーロンが助手席のドアを開けた。

「ソフィー、きみは降りろ。しばらく車を借りる」

「私がいたほうがいいはずよ」とソフィーは言った。

「私が運転すれば、あなたもイェンスも両手が自由になる」

議論している暇はない。彼らは車に飛び乗った。アーロンが助手席に、イェンスが後部座席に座り、車は加速した。

「高速Ｅ４号線を北へ」アーロンが携帯電話のＧＰＳを見つめて言った。

ソフィーはノールトゥルのインターチェンジへ車を飛ばし、高速道路に乗るとさらにスピードを上げた。

そのとき、家を出たときに坂道ですれちがったのと同じボルボが目に入った。彼女の車の少しうしろにいて、道路は空いているのに追い越し車線を走っている。バックミラーの中のボルボが近づいてきた。ソフィーは考えをめぐらせた。このまま、あの車に尾行させて……エクトルの救出を手伝ってもらうという手も……でも、そうしたら、そのあとはどうなるだろう？

ボルボがさらに近づいてきた。

ソフィーはハーガ公園脇の出口のそばで、ランドクルーザーを右車線に寄せた。ぎりぎりのところまで待ってから、いきなり右へハンドルを切って出口に向かい、スピードを上げた。ボルボは出口を逃し、高速道路をまっすぐに進んでいく。運転している男の姿がちらりと見えた。あの男には見覚えがある。

GPSを見つめていたアーロンが顔を上げた。

「ソフィー、なにやってるんだ？」

「ごめんなさい、私、なに考えてたのかしら。車線を変えなくちゃいけないと思ったのよ！」

車は坂の上にたどり着いた。まっすぐ進めばそのまま高速道路に戻れるところを、彼女は左折し、フレースンダ街道をソルナ方面へ進んだ。

「おい、ソフィー!?」

アーロンが声を荒らげる。

「ごめんなさい、ごめんなさい……Uターンしなくちゃ！」

ソフィーは焦ってうろたえているふりをした。アーロンが彼女をじっと見つめ、こんな命取りになりかねないミスを彼女がなぜ犯したのか考えている。ソフィーはロータリー交差点でぐるりと一周すると、同じ道を戻り、高速道路に入ってアクセルを踏み込んだ。

狙ったとおりの結果になった。ボルボは次のフレースンダヴィーク出口で高速道路を降り、Uターンして逆方向へ進んでいた。反対車線をこちらへ向かってくるのが見える。ストックホルムに戻ろうとしているのだ。彼女はボルボの運転手を見やることなく、またスピードを上げた。

理性的に考えれば、こんなことに首を突っ込まずに帰宅するべきだろう。だが、彼女の理性はいま、どこかまったくべつのところにあった。理屈ではなく、感情に従って動く。たったひとつの感情——とにかくエクトルが心配でしかたがない。いま、この瞬間、ほかのことはどうでもよかった。

ふと、バックミラーに映ったイェンスに目がとまった。彼がいきなり現れたことに、ソフィーは驚愕していた。後部座席の彼はいま、窓の外を眺めている。年を重ねて、記憶にあるよりも少し大きくなった気がする。ぼさぼさの金髪はあいかわらずで、夏休み明けの子どものようにこんがりと日焼けしている。そのまなざしも変わっていない——思慮深さと荒っぽさという、相容れないものが混ざり合ったまなざし。そのとき、まるで彼女の思っていることが聞こえたかのように、イェンスが正面を向き、バックミラーの中で彼女と目を合わせた。アーロンは携帯電話のGPSに目を凝らしている。

「連中はこの西側にいる。次の出口で降りてくれ」

ソフィーは高速道路を降りた。道なりに進み、森に入った。暗い中を走っていると、森の奥へ入る未舗装の道路が見つかった。ソフィーはヘッドライトを消し、完全な暗闇の中を進んだ。

「とまって」

アーロンはGPSを見つめている。

「おれが行く。きみたちはここで待て。携帯の電源を入れておけよ」

彼は拳銃に消音器を取り付けた。

「おれも行くよ」とイェンスが言った。「相手は二人組だ」

「いや、ここで待ってくれ。やつらがこっちに来るかもしれないから」

アーロンは車を降りると、たちまち暗い森の中へ消えた。

イェンスとソフィーは、車を包み込んでいるかのような沈黙の中で、無言のまま座っていた。が、ここでただ待っているわけにはいかない、とイェンスは感じ、ドアを開けて森の中を少し進むと、アーロンが消えた方向に視線を走らせた。

ソフィーは運転席から彼の姿を目で追っていた。

＊

ミハイルは不機嫌だった。クラウスがエクトル・グスマンを手荒く扱いすぎた。もともとは、レストランに入り、エクトルのそばにだれかいればそいつらを片付けたうえで、エクトルとじっくり話をする、という計画だった。おまえたちがラルフ・ハンケに勝てるわけがないと言い聞かせ、ラルフの望みどおりにすることを承諾させたら、さっさと帰るつもりだった。承諾しないのなら、その場で撃ち殺すまでだ。それなのに、クラウスがエクトル・グスマンを殴って失神させてしまった。彼が意識を取り戻すまで、あのレストランでのんびり待っているわけにもいかない。そんなわけで彼らはいま、高速道路の西側に広がる、人里離れた森にいる。遠くのほうから車の音がかすかに聞こえてくる。事情は変わってしまったのだ、とミハイルは理解した。

しばらくするとエクトルが目を覚ました。地面に座って、車にもたれている。意識はまだ朦朧としている。骨折した脚のギプスの上のほうが取れかけていることにエクトルは気づいた。

クラウスが数メートルほど離れたところで立ち小便をしながら、ベートーベンの交響曲第五番を小さく口笛で吹いている。エクトルは目の前に立っているミハイルを見上げた。

「ハンケの指示か？」のどが渇いてからからだった。

ミハイルはうなずいた。

「なにが望みだ？」

「おまえらが盗んだコカイン。パラグアイ＝ロッテルダムのルート。組織そのもの。おまえらには、ハンケ家の傘下に入って、下請けグループとして働いてもらう。相手はラルフ・ハンケだ、いますぐ言うとおりにしたほうが身のためだぞ。それと、クリスチャン・ハンケの車と女を吹き飛ばしたやつの名前を教えろ。なぜ銃を輸入したのかも知りたい」

「欲張りだな」

ミハイルは言い返さなかった。エクトルは彼をまじまじと観察した。

「おれを車ではねたのはおまえか？」

ミハイルは黙っている。

「おまえだったんだな……」とエクトルは言い、胸ポケットからシガリロを出して口に突っ込んだ。

「で、ロッテルダムにもいたんだろう？　いったい何者だ？　ハンケに囲われてるのか？　愛妾ってやつか？」

ミハイルは挑発にも動じなかった。エクトルはズボンのポケットにライターを見つけ、シガリロに火をつけて何服か吸った。

「おまえ、見た目どおりの大馬鹿者だな。おまえがデンマークまで追いかけていった箱は、まったくの見当ちがいだよ。その話なら一部始終を聞いた。あの箱を運んでた男は、たまたま船に乗り合わせた乗客で、おれたちとはなんの関係もない。ただ、船長があああいう箱を使えと言ったから、あの男の商品も、おれたちの商品と似たような箱に入ってた、っていうだけだ。早とちりしやがって……しかも、二度も」

エクトルはさらにシガリロを吸った。

「だからといって、なにが変わるわけでもない」とミハイルは言った。「言うとおりにしろ。そうすれば、すぐに帰してやる」

エクトルは首を横に振った。

「悪いが無理だな。こんな割に合わない取引を持ちかけられたのは初めてだ」

「取引を持ちかけてるわけじゃない」

エクトルはミハイルの目を見つめた。

「たしかに、そのとおりだな」と小声で言う。

「いいかげん折れたらどうだ」とミハイルが言った。

エクトルは笑みをうかべているようにも見えた。

「こんな提案をされて、おまえだったらどうする？」

ささやき声で問いかける。

ミハイルは答えなかった。クラウスのほうを向き、そろそろ撃ち殺すか、とドイツ語で尋ねた。

「でも、いまここに小便しちまったから、ＤＮＡとかいろいろ調べられたら……」

「ここで撃ち殺しても、どこかべつの場所に運んでいって、車といっしょに燃やしてやれば問題ない」ミハイルがぼそぼそと言う。

エクトルは地面を見下ろすと、男たちが言い合っているあいだにまずくなってきたシガリロをもみ消した。

「うちに鞍替えしてくれてもいいんだぞ。ハンケが払ってる報酬の倍は保証してやる」

エクトルはミハイルのほうを向いた。

「それに、気づいてるだろ？　おまえらがやろうとしたことは、ほとんど全部失敗に終わってるんだ」

ミハイルはそれには答えず、クラウスに向かってうなずいた。クラウスはそれを受けて車に向かうと、シグ・ザウエルを取り出した。スライドを引いてから、エクトルに近寄り、彼の頭に銃口を向けた。

「まだ選択の余地はあるぞ……」

エクトルはミハイルを見上げた。頭上の木の葉が、かすかな風に吹かれている。

「くたばりやがれ……」エクトルは小声で言った。

そのあとに響いた金属のはじけるような音は、聞きまちがいようがなかった。たてつづけに、三つ。映画で耳にするよりも高い音だが、なにかがはじけるような硬い音であることに変わりはない。エクトルは、なめうしろから飛んできた銃弾の、ヒュン、という音を耳にした。銃弾のひとつがクラウスの腹に当たり、彼が表情を変えて腹を押さえる。拳銃を落とし、驚きと苦痛の混じった悲鳴をあげた。暗い森の中から、拳銃を構えたアーロンが現れた。

「下がれ！」ミハイルに銃を向けて叫ぶ。クラウスに駆け寄り、彼の拳銃を地面から拾い上げた。

「撃たれた！　ちくしょう！」クラウスが泣いている。

アーロンはミハイルに近寄ると、ひざまずくよう合図した。ミハイルは言われたとおりにした。アーロンが彼ののどに蹴りを入れる。ミハイルは息ができなくなってばたりと倒れ、しばらく動かなくなった。アーロンは彼の身体をすばやく探り、武器を持っていないか確かめた。

それからエクトルのもとへ向かい、片手を差し出した。エクトルはその手をつかみ、引っ張られて立ち上がった。ふたりはミハイルとクラウスを見やってから、顔を見合わせた。アーロンが無言のまま問いかける。エクトルは少し考えてから、首を横に振った。

「いや、こいつらには、失態を引っさげて帰ってもらうとしよう」

夜の闇を貫くように、車のエンジン音が聞こえてくる。ヘッドライトで森が照らされ、やがて車が見えた。坂の上に姿を現したその車は、かなりのスピードで近づいてきて、エクトルの前でとまった。

ソフィーが駆け寄ってくる。

「大丈夫だ」とエクトルは言った。

ソフィーは彼を支えて車に戻った。

イェンスはランドクルーザーのそばに立ち、拳銃を手に持ったまま、そのようすを見つめていた。

「運転してくれる?」ソフィーがイェンスに尋ねる。

そして、答えを待たずに車に乗ろうとした。

イェンスは彼女とエクトルのためにドアを開けてやった。

「こいつ、死んじまう!」ミハイルが叫んだ。

ソフィーがはっと立ち止まり、地面にへたり込んでいるミハイルのほうを向いた。

「だれか怪我してるの?」

「いや、だれも怪我なんかしてない。行くぞ」アーロンが言う。

ソフィーはエクトルを見つめた。エクトルはアーロンの嘘に乗ろうとしたが、できなかった。

「ああ、あそこに倒れてる男が怪我してる。でも、あいつの仲間がなんとかするはずだ。大丈夫だよ。さあ、行こう」

ソフィーはエクトルを放してクラウスに駆け寄った。

「ソフィー!」

アーロンとエクトルとイェンスがいっせいに彼女を呼び止める。が、彼女は耳を貸さなかった。アーロンが駆け寄り、拳銃をミハイルに向けた。ソフィーはクラウスのそばに座った。腹を押さえている彼の傷口を調べると、Tシャツを貸してほしいとミハイルに告げた。ミハイルはTシャツを脱いでソフィーに投げてよこした。

イェンスとエクトルは、そのようすをじっと見つめていた。ソフィーはクラウスの苦しげな悲鳴にも動じることなく、慣れた手つきで彼を仰向けにし、その怪我を冷静に、真剣に調べている。

「病院に連れていかなきゃ。大量に出血してる。手伝って、車に乗せるから」

男たちは黙っている。

「手伝ってよ、このままじゃ死んじゃうわ!」

エクトルがミハイルのほうを向いた。

「こいつを助けてやるから、おまえはボスのところに戻って、今回の企みはあきらめろと伝えろ。二度とこんなことには手を貸さないと誓え……」

ミハイルは黙っていた。

「おれの銃がどこにあるかも教えろ！」イェンスが叫ぶ。

エクトルは肩をすくめて続けた。

「それから、こいつに銃のありかを教えてやれ」

イェンスとミハイルが協力し合って、車の荷物スペースにクラウスを乗せた。ソフィーはふたりを急がせ、クラウスとともに荷物スペースへ乗り込むと、Tシャツを傷口にぐっと押しつけた。

「早く出発して！」

イェンスが運転席に座った。車が発進すると、土埃があたりを舞った。


ミハイルはそのまま数分ほどじっとしていたが、やがてレンタカーに乗ってアーランダ空港をめざした。

二十四時間営業のガソリンスタンドで車の中まできれいにしてから、空港のレンタカー用駐車場に車を戻し、キーを所定の箱に投げ入れると、第五ターミナル出発ロビーのベンチで夜を明かした。いろいろなことを考えて時間をつぶす。今夜のできごと。自分の雇い主のこと。ハンケ父子がなにを望み、なにをめざしているのか……彼らの敵、彼らの味方にも思いを馳せた。

罪悪感に襲われる。こんなふうに感じるのは何年ぶりだろう。クラウスが怪我をしたのは予定外だった。グスマン一味は、恐怖にかられているのだろうか、それとも単に凶暴なのだろうか？　先に発砲してくるのは、いつだって彼らのほうだ。

そのことを忘れないようにしなければ、とミハイルは考えた。

に連れていく前に、おれとアーロンを降ろしてくれ」

イェンスはバックミラーの中でエクトルと目を合わせた。

「この車、掃除しなきゃならない。だれか手伝ってくれる人を知らないか？」

エクトルとアーロンは考えた。早口のスペイン語で話し合っている。アーロンがどこかへ電話をかけると、名乗りもせず、知り合いのランドクルーザーを見てもらいたい、とりわけ荷物スペースの床を張り替える必要がある、と端的に告げた。

「シェーンダールのセンメル通りだ」とアーロンはイェンスに告げた。

エクトルは黙って車を降り、アーロンがそのあとに続いた。カロリンスカ大学病院のそば、ソルナ教会通りだ。ソフィーは道を渡って去っていくふたりの姿を見送った。

*

「もっとスピードを上げて！」

ソフィーは血まみれになった男を見つめた。この状態は知っている。弱々しい脈、青ざめた顔——失血状態だ。どの程度の怪我なのか、正確なところはわからないが、とにかく彼の身体から、血が一定のリズムで流れ出している。すぐに手当てしなければ死んでしまう。クラウスのまぶたがかすかに開いたが、すぐに力なく閉じた。ソフィーは彼が眠ってしまわないよう、その頬を強く叩いた。自分のひざの上で人が死にかけている。彼が死ねば、その責任は自分にもある。人ひとりの命が失われようとしている。なんのために？

エクトルのため？　彼女がこれまでに学んできたこと、生きていくうえで大切にしてきたことと、いまの状況は、まったくの対極にあった。

「イェンス」エクトルが呼びかける。「そいつを病院

イェンスは車をUターンさせ、スピードを上げて病院をめざした。

「ソフィー！　こいつを病院の中まで連れていくのは無理だ。救急外来の車寄せに置いて、急いで逃げる。いいな？」

ソフィーは答えず、クラウスの心拍数を測っていた。

車が病院の敷地内に入る。救急外来の入口が見つかった。だれもいない。車を寄せ、クラクションを鳴らした。

「隠れてろよ」とソフィーに言い、ドアを開ける。

ソフィーはクラウスのもとを離れ、荷物スペースから座席の背もたれに這い上がって、後部座席の床にすべり込んだ。服が血だらけになっている。イェンスが走って車のうしろに回り、荷物スペースのドアを開けた。

男性の看護師がふたり、キャスターの付いた簡易ベッドを押して走ってきた。女性の医師がそのうしろに続いている。イェンスは運転席に乗り込んだ。

「銃で腹を撃たれてる」と大声で伝える。

看護師と医師は、意識のないクラウスを引っ張り出して簡易ベッドに乗せた。三人が車から離れるやいなや、イェンスはギアをバックに入れ、うしろのドアが開いた状態のまま救急外来入口から走り去った。医師たちから見えないところまで走ると、車をとめて外へ駆けだし、うしろのドアを閉めてから、また運転席に飛び乗った。ソフィーが後部座席からまた背もたれを越え、助手席に移った。イェンスは彼女を見やった。

「大丈夫？」

「大丈夫じゃない」と彼女は答えた。手や服が血まみれだった。

法定速度で街の中を進む。ふたりはずっと無言だった。イェンスはソフィーをちらりと見やった。彼女は青ざめ、物思いに沈んでいた。

「あいつは助かるよ……」

ソフィーは答えなかった。

「どうしてこんなことをしたんだ？　どうしておれとアーロンだけで行かせてくれなかった？」

「お願い、黙って」

ランドクルーザーは住宅街をゆっくりと走った。探していた番地が見つかり、車庫の前のアスファルトで舗装された小さなスペースに車を入れる。そこで待っていると、数秒ほどで車庫の扉が開いた。ティエリーが手招きしている。イェンスは車庫に入り、車を降りた。

「説明は要らない」とティエリーは言った。「アーロンから聞いた。よかったよ、こっちは怪我がなくて」

〝こっち〟か、とイェンスは思った。

ソフィーが助手席から降りてきた。ティエリーは彼女の手や服についた血を目にした。

「やあ、ソフィー……おいで、ダフネが手伝うよ」

そして車内にざっと視線を走らせた。

「これなら、なんとかなるな」

車庫から家の中へ入る扉がある。そこでダフネが彼らを迎えた。

「さあ、入って。手伝うわ」

彼女はソフィーの手を取り、バスルームへ連れていった。

ダフネがひとりにしてくれたので、ソフィーは血まみれになった服を床に脱ぎ捨てた。

蛇口をひねり、水が湯に変わるのを待ってから、シャワーヘッドの下に入った。シャワーは気持ちがいいとも悪いとも思えなかった。それはただ、彼女の身体を流れていく湯でしかなかった。身体中に石けんを塗りたくる。血は彼女の足元を薄い赤色に染めてから、排水口に消えた。

シャワーを終えると、ダフネがバスルームの椅子の上に用意しておいてくれた服を着た。曇った鏡を拭き、自分の姿を見つめる。カットソーの袖が少し長いが、着られないことはない。ダフネがバスルームをのぞき込んだ。

「お茶をいれたわ。どうぞ」

イェンスもティエリーの服に着替えていた。加えて、シャワーキャップにゴム手袋、靴カバーもつけている。彼はダッシュボードや前部座席を手の届くかぎり掃除した。ティエリーも後部座席で同じように掃除している。

「船で出くわしたのと同じ男？」ティエリーが尋ねる。

「ああ……」

ティエリーは革張りの座席に洗剤をしみ込ませ、言った。

「ミハイルって名前だよ……ロシア人。ラルフ・ハンケの手下だ」

イェンスは手の届くかぎりすべてをゴシゴシと洗った。

「ハンケ？　何者だ？」

ティエリーはバケツの水を排水口に流すと、水道の蛇口に向かい、ふたたびバケツに水を張った。

「ドイツ人のビジネスマン。ぼくたちを敵視してる……」

「なぜ？」

「さあ……」

ティエリーは蛇口を締めた。

「イェンス、きみは？　何者なんだ？」

彼の答えはすぐに出た。

「おれは関係ない。ただ、巻き込まれただけだ……」

そう言うと、前部座席から身を引いて外に出た。

「で、巻き込まれたことについては、どう思ってる？」ティエリーが尋ねる。

「偶然だと思いたい……けど、いまは、運命だったんじゃないかと思ってる」

ティエリーはその言葉にうなずいた。ドアをノックする音がした。イェンスがティエリーを見やる。

「心配しなくていいよ」

ティエリーが車庫の通用口を開ける。フードをかぶった若い男がにっこり笑い、丸めたゴムマットを差し出した。

「ランドクルーザー用。注文どおりだよ」

ティエリーがそれを受け取り、若い男は通用口を閉めた。外で改造されたエンジンの音が響き、消えていくのが、イェンスの耳に届いた。

ティエリーはソフィーの車に向かうと、荷物スペースに敷いてあった血まみれのゴムマットを引きはがした。接着剤で固定されていたので、はがすのにしばらく時間がかかった。古いマットを地面に置くと、新しいほうを広げて比較した。

「ちょっと小さいけど、まあ大丈夫だろう」


ソフィーは車庫からの物音を聞きながら、ダフネが出してくれたティーカップの中身を飲んだ。ふしぎな味がした。もうひとくち飲むと、とても飲めない味だと思った。彼女はカップをテーブルに戻した。

ふと、ダフネに手を握られた。ソフィーはびくりとしてうろたえた。距離が近すぎると感じる。が、ダフネは手を放さなかった。しばらくすると気分が落ち着いてきた。

「どうしてこんなことに巻き込まれたの？」

ソフィーはなんと答えてよいかわからず、軽く肩をすくめ、笑みをうかべようとしたが、できなかった。ダフネは彼女の手をさらに強く握りしめた。

「エクトルは善良な人よ」とダフネは言った。そして、ソフィーをじっと見つめたまま、繰り返した。「善良な人」

そしてソフィーの手を放すと、椅子の背もたれに身をあずけ、両手をひざに置いて、ささやくような小声で話しはじめた。

「あなたは、見るべきじゃないものを見てしまった。今夜のことを話したかったら、かならず私のところに来て。ほかの人に話すのではなくて」

ソフィーはそのとき突然、ダフネにべつの一面があることに気づいた。声が変わっている。いつもよりも真剣で、毅然とした声。警告を発しているかのようだ。

ドアが開き、イェンスとティエリーがフル装備のままキッチンに入ってきた。こんな状況でなければ、ソフィーは笑い声をあげていたことだろう。


ランドクルーザーはまるで新品のようだった。助手席に座ると新車のにおいがした。イェンスが運転席に座った。ふたりは住宅街を離れ、高速道路に乗ってストックホルムに向かった。

イェンスはソフィーを見やった。彼女は外の世界を目で追っていた。

「話さなくちゃならないな」と彼は言った。

「そうね」

ふたりは黙っていた。どちらも、話を切り出したくなかった。かといって、関係のない世間話をする気にもなれなかった。

イェンスが紙切れを見つけ、ハンドルに押しつけて電話番号を書くと、ソフィーに渡した。

「ありがとう」ソフィーは声にならない声で言った。

イェンスはカーラ広場で降り、ソフィーが運転を引き継いだ。別れのあいさつは短く、よそよそしかった。


アルベルトは自室でぐっすり眠っている。ソフィーはしばらく息子を見つめていた。それから階段を下り、一階の明かりをつけた。キッチンに立ち、自分の両手を見つめる。震えもせずに落ち着いている。心の中を探ってみる。心も落ち着いているようだ。彼女は驚いた。おかしいのではないか、と思う。今夜のできごとに感情を昂ぶらせ、おびえ、うろたえているべきではないか。ふたたび自分の両手を見つめる。やわらかく、すべすべとして、平静を保っている。身体の中で、心臓が単調なリズムを刻んでいる。彼女は鍋に水を入れてコンロにかけると、紅茶を出し、窓辺に立って湯が沸くのを待った。見えたのは、いつもと同じ景色だった。街灯が道路を照らし、近所の家々の窓には常夜灯が見える。なにも変わっていない。それなのに、彼女は自分がどこにいるのかわからなくなった。目に映るすべてが、見知らぬもののように見えた。

10

イェンスは自宅に戻ると、荷造りをし、服を着替えた。二十四時間営業のガソリンスタンドに行って、偽名でレンタカーを借り、ミュンヘンへの移動を始めた。

暖かい夜で、汗がにじんできた。眠ってしまわないようスポーツドリンクを飲み、タバコを吸った。

そして、ソフィー・ランツ……いや、ソフィー・ブリンクマンのことを考えた。

＊

カルロス・フエンテスの歯は二本減っていた。まぶたが腫れて目がふさがっている。声を出そうとしても、口の中に溜まった血のせいで、うがいのような音しか出せない。

彼は〈トラステン〉の事務室で、椅子に座っている。とはいえ、この三十分間、何度もその椅子から転げ落ちている。涙を流し、すがりつき、なんでもすると申し出た。どんなとっぴなことでもするつもりだった。

エクトルもアーロンも耳を貸してはくれなかった。

ふたりはその夜、まずカルロスの自宅にやってきた。呼び鈴が鳴った瞬間、カルロスは用件を察した。〈トラステン〉に向かう車中で、彼はローラント・ゲンツに協力したことを認めた。エクトルもアーロンも無言だった。

カルロスは口から流れる血を手でぬぐった。

「ずいぶんあっさり認めたな、カルロス」

カルロスは息をはずませている。アドレナリンが彼の体内を駆けめぐった。

「そうかもしれないが、正直に話してるだけなんだ！」

カルロスがパニックに陥っていることは一目瞭然だった。アーロンは顔を拭くタオルをカルロスに渡した。カルロスは自分に暴力をふるった相手に礼を言った。アーロンは、どういたしまして、とは言わなかった。

「なぜだ、カルロス？」エクトルが尋ねる。

カルロスはタオルで血をぬぐった。

「殺すって脅されたんだ」

「それだけで寝返ったのか？」

カルロスは黙ったまま、ただ前を見つめている。エクトルは目をこすり、なにやら見えないものを目からぬぐい取った。そして、小声で言った。

「カルロス、おまえはおれの居場所をばらして、罠にはめようとした。おれは罠にかかったが、なんとか抜け出すことができた。で、おまえの家に行ってみたら、おまえはたちまち口を割った……ほかにはなにをばらした？　なにをやった？　おれのことを、だれにばらした？」

嗚咽が漏れた。カルロスの大きな身体が、すすり泣きに合わせて震えている。

「ほかには、だれにもばらしてない。ほんとうだよ、エクトル……金ももらったんだ」

「ゲンツから？」

カルロスはエクトルのほうを見ずにうなずき、袖で鼻水をぬぐった。

「いくら？」

「十万」

エクトルは凍りついた。

「十万？　スウェーデンクローナで？」

カルロスは床を見下ろしている。

「その程度の金なら、いくらでもやるのに！　二倍でも、三倍でも！」

カルロスは咳払いをした。

「怖かったんだ。あのゲンツって男、血も涙もないやつで、しかも本気だった！　居場所をばらしたのは、金をもらったからじゃない……そうするしかなかったからだ。あいつは十万クローナの入ったビニール袋を勝手に置いて出ていった……おれが金をせびったんじゃない。そんなことするわけないじゃないか！」

エクトルとアーロンは疑いの目でカルロスを見つめた。

「どうしておれたちに前もって知らせてくれなかった？」

カルロスは答えに詰まってアーロンを見上げた。

エクトルが椅子に背をあずける。

「おまえをどうしようかね、カルロス？」

いつも自信たっぷりで騒がしい大柄なカルロスが、いまやその影と化したかのように存在感を失い、口の中や顔を傷だらけにして座っている。エクトルは哀れみを覚えそうになった。

「なあ、カルロス？」

カルロスはかぶりを振り、口ごもりながら答えた。

「わからない。好きなようにしてくれ」

エクトルはしばらく考えてから、言った。

「これまでどおりやっていこう。ほかに話すことがあるなら、いま言え」

カルロスは首を横に振った。

自分は甘すぎるだろうか、とエクトルは考えた。いつか、このしっぺ返しを食うことになるのではないか？　立ち上がり、事務室を去ろうと歩きだす。アーロンもついてきた。

「ありがとう」カルロスが言う。

エクトルは立ち止まらなかった。振り返りもしなかった。

「礼なんか言うな」

アーロンが車を運転し、エクトルは助手席に乗り、外にはストックホルムの夜が広がっていた。エクトルの視界に街が現れては消えていく。車はハムン通りを走った。夜明けが近づいているが、ネオンはまだ光っている。アーロンはハンドルを切ってグスタフ・アドルフ広場へ向かい、旧市街への橋を渡った。エクトルは考えをめぐらせていた。

「カルロス……」ひとりため息をつく。

アーロンはシェップスブロン通りの船着き場のそばに車をとめた。

「これから飲んで酔っぱらうつもりだが、いっしょにどうだ？」エクトルが言う。

アーロンは首を横に振った。

「いや、でも入口までは送るよ」

ふたりは建物にはさまれた狭いブルンスグレンド通りを歩いて抜け、エステルロング通りを右に曲がった。建物の上のほうから、笑い声や叫び声、音楽が聞こえてきた。

「エクトル」アーロンが小声で呼びかける。

「ん？」

「あの看護師だが」

数歩ほど進んだのち、エクトルが聞き返した。

「彼女がどうした？」

アーロンはエクトルをちらりと見やった。とぼけるな、と言っている視線だった。

「問題ない。彼女なら安全だ」とエクトルは言った。

「どうしてそうとわかる？」

エクトルは答えなかった。

「ソフィーは頭がいい」アーロンが言う。

「そうだな」

アーロンは適切な言葉を探してから、続けた。

「しかも看護師だ……はっきりした価値観や道徳観を持ってるんだろうな。自立した女に見える。今夜見たこと、経験したことのせいで、いまはひどく混乱してるだろう。でも、その混乱が落ち着いたら、彼女はきっと考えはじめる。正しいことと、正しくないことを、秤にかけはじめる……そして、答えを出す。道徳的な答えだ。そうなれば彼女はきっと、早まったことをする。よく考えもせずに行動する」

エクトルはそのまま歩きつづけた。気の進まない話題だった。

ふたりは〝焼け跡《ブレンダ・トムテン》〟の愛称で呼ばれている広場にさしかかった。三叉路を利用した、建物に囲まれた三角形の小さな広場だ。ふたりは立ち止まり、エクトルはアーロンを見つめた。暴力をふるわれた跡が顔に残っている。

「けっこうひどいな、その傷」

アーロンもエクトルを見つめた。

「そっちは大丈夫だったみたいだな」

アーロンの視線はエクトルの汚れた服をたどり、その脚と、壊れたギプスのほうへ下りていった。

「でも、そのギプスはなんとかしたほうがいい」

エクトルは答えなかった。アーロンの肩をぽんと叩き、マンションの入口へ向かった。

アーロンは四階の窓に明かりがつくまで外で待っていた。それから来た道を戻った。

家に入ると、エクトルはすべての部屋の明かりをつけ、カーテンを閉めて、小さな音量で音楽をかけた。ワインを開け、数分でボトル半分ほど飲んだ。今夜のできごとで呼び起こされた緊張が、少しやわらいだ。

父親に電話をかけ、起こったことについて話し合った。アダルベルトは精一杯、息子を落ち着かせようとした。

エクトルは古いリボルバーを腹の上に置いて、ソファーで眠りに落ちた。

*

朝刊の地域面に掲載された、小さな記事。紙面の下のほうに、広告にまぎれて載っていた。

日曜日未明、カロリンスカ大学病院の救急外来に、銃で撃たれた男性が搬送された。搬送した男たちは車で逃走した。すぐに手術が行われ、容態は安定しているとのこと。男性は四十歳ほど。警察の事情聴取はまだ行われていない。

ソフィーはふうと息をついた。安心した。彼は一命をとりとめたのだ。

階段を下りてくるアルベルトの足音が聞こえた。彼女は新聞のページをめくった。

「おはよう」とアルベルトが言う。

「おはよう」と彼女も返した。

「昨日、遅かったの？」

ソフィーはうなずいた。アルベルトはコンロの上の戸棚を開け、ミューズリーの容器に手を伸ばした。

「楽しかった？」

「ええ、楽しかったわ」ソフィーは新聞に目を向けたままぼそりと答えた。

午前中、ソフィーは庭で雑草を抜いたり、バラの枝を剪定したりして過ごした。鳥がさえずり、家の前を歩いて通り過ぎていく人たちが、軽くうなずいてみせたり、控えめに手を振ったりしてあいさつしてくれる。すばらしい朝だ。が、その穏やかさも、のどかさも、彼女には心地よいと思えなかった。どうにも落ち着かない気持ちだった。

結局、バラの剪定はやめた。それ以上続ける気になれない。剪定ばさみを手からだらりと下げた。

デッキチェアに座ると、暖かさに包まれた。疲れを受け入れ、もっと穏やかな世界へゆらゆらと導かれた。ソフィーは目を閉じた。

父親が生きていて、助けてほしいと思うたびに手を差し伸べてくれる、そんな夢を見た。

＊

「フライトはどうだった？」

レシェックは、マラガ空港のゲートから出てきたソニヤ・アリザデを迎え、彼女の荷物を持ってやった。ふたりは出口へ向かった。

車はタクシー乗り場のそばにとめてある。そんなところに駐車するな、とだれかが怒鳴ったが、レシェックは意に介さず、ソニヤのためにドアを開けてやった。車は高速道路に乗り、マルベージャへ向かった。

アダルベルトはシャツにベージュの麻のズボンというでたちで彼女を迎えた。裸足で、肌は日に焼けて浅黒い。薄い白髪をうしろに撫でつけていて、手首にはめた金色の腕時計が燦然と輝いている。

「よく来たね」

習慣どおり、彼女の両頬にキスをして、家の中に招き入れた。

昼食の用意が整っていた。フロア全体を占める広々とした明るい部屋の中央に、大きなテーブルが置いてある。展望窓の外には、果てしない海が広がっている。彼らは席についた。

「どうだった?」アダルベルトがナプキンを広げながら尋ねた。

ソニヤはグラスの水を飲んだ。

「うまくいったと思う。全部片付けたわ。マンションもきれいに掃除したから、私があそこに住んでた痕跡はない」

アダルベルトは食事をひとくち口に運んでから、顔を上げ、ソニヤを見つめた。

「きみは、ここに泊まってもかまわないのかい?」

彼女はうなずいた。

「ボディーガード役をわれわれに任せてくれたのは賢明だった。あいつみたいな男は、なにをしでかすかわからんからな。危険きわまりない。自分こそ正しい種類の人間だと思い込んでる連中ってのは」

アダルベルトの発言に、ソニヤはなにも答えず、反論もしなかった。ほかでもない彼女こそ、スヴァンテ・カールグレンという男をいちばんよく知っている——何度も自分の中に受け入れたのだから。心底不愉快な男だった。それまでどんな男にも感じたことのない、冷たさとうつろさのようなものがあった。ほかの男にはあるものが、彼には欠けているような気がした。世界には彼以外にも人がいるのだということを、本気で知らないのではないかと思わせる男だった。加えて、どことなく愚かな雰囲気も漂っていた。暗愚な凡人。たったひとつのことで——歪んだ自己像で、頭をいっぱいにして生きてきたのかもしれない。

ソニヤは疲れ果てていた。しばらく娼婦をやらなくて済むと思うと、心のどこかでありがたい気持ちになった。とはいえ、そもそも彼女が自ら選んだ道だ。かつてエクトルにアイデアを持ちかけたのも彼女だった。ソニヤにとって、エクトルは兄のような存在だ。少なくとも、これほど親しい関係を結んだ相手はほかにいない。彼女の父のダヌシュはヘロインの輸入に携わっていたが、イラン革命のときにテヘランを逃れ、アダルベルトと仕事をするようになった。家族ぐるみでの付き合いが始まり、ひとりっ子のソニヤは学校が休みになると、よくマルベージャのグスマン家で過ごした。グスマン家の四人目の子どものようだった。一九八〇年代の末、ソニヤの両親がスイスで殺害された。アジアに逃れた彼女は、底の見えない悲しみをほんの束の間でも忘れようとした結果、長いあいだ深刻なコカイン中毒に陥っていた。そんな彼女の行方を突き止め、手を差し伸べて立ち直らせてくれたのが、エクトルだった。アダルベルトとエクトルはマルベージャの自宅にソニヤを住まわせ、その回復を手助けした。やがて、ソニヤはエクトルからある写真を見せられた。三人の男の死体が写った写真。白いタイル張りの床に倒れている。南ドイツのサービスエリアにあるレストランのトイレだった。男たちの頭、腹、胸、腕、脚に、銃で撃たれた跡があった。身体中、穴だらけだった。男たちはイタリアのマフィア、ンドランゲタのメンバーで、ソニヤの両親を殺した犯人でもあった。その写真を見て、彼女は喜びを感じた。写真を手元に置き、人生がつらく不公平だと感じるたびに眺めた。ソニヤはエクトルとアダルベルトへの借りを返したいと思った。そこでエクトルに計画を持ちかけると、エクトルには、やめたほうがいい、と言われた。借りを返そうなんて思わなくていい、と。ソニヤは反論した。彼がなにを言っても耳を貸さず、自分の考えを貫き、計画を実行した。もしかすると、このスヴァンテ・カールグレンの件で、ようやく借りが返せるかもしれない。ずっとぬぐい去りたかった罪悪感から、やっと解放されるのかもしれない。

　ソニヤはエクトルもアダルベルトも好きだが、突き詰めれば彼らも、これまでに出会った男たちとそう変わらないのだとわかってもいた。そんなことはないと、アダルベルトがどんなに実証してみせようとしたところで、彼女の思いは変わらなかった。

　アダルベルトは彼女を見つめた。彼女の考えを読んだかのようだった。

「きみの到着にそなえて、準備をしておいたよ。もし、だれかと話したければ、女性の精神科医を手配してある。いい医者だ。頼めばここに来てくれる。とにかく、きみが望むことならなんでもしてやる。もとの生活に戻るのに必要なものがあれば、なんでも言いなさい」

　そして微笑んだ。ソニヤも微笑みを返した。本音とはまったく逆の感情を表す笑み――年若いうちに身につけた技だ。

　ふたりは黙ったまま昼食をとった。開いた窓の外で、海がざわざわと音を立てる。暖かい潮風が、白い麻のカーテンをとらえて揺らしていた。

　犬のピーニョが駆け寄ってきて、食べものを分けてもらおうとおすわりしてみせた。アダルベルトはピーニョの無言の訴えを無視しつづけた。ピーニョはしばらくすると彼の足元に寝そべった。

「食事中に食べものをやったのは一回だけで、もう何年も前のことなんだがなあ。あれ一度きりだっていうことを理解するのに、ずいぶん長い時間がかかるものだ」

　彼はピーニョを見つめた。

「まあ、それでも、こいつとは仲良くしているがね。なあ、そうだろう？」

　ソニヤは、ピーニョを見つめているアダルベルトの顔に、喜びの表情を見てとった。が、やがて彼の笑みが薄らいだ。犬は犬でしかないという悲しい事実に、ふと気がついたような表情だった。

11

グニラは問いかけるような目でアンデシュを見た。

「いまの、もう一度言って」

「エクトルがあの看護師をレストランに入れてやったあと、店に入っていった男はふたりいました……そのあと、エクトルは出てきませんでしたが、看護師は出てきました。ラーシュが看護師のあとを追いました」

「その、あとから来た男たちは?」

アンデシュは肩をすくめた。

「居なくなりました。消えちまったんです。おれは三十分後にレストランに入ったけど、だれも、どこにもいませんでした。中庭に出る裏口があるから、そこから出たにちがいありません。中庭の向かい側の建物に入って、そこから外に出たんでしょう」

「そのあとは？」

アンデシュは首を横に振った。

「なにもありませんでしたよ。おれは家に帰りました」

ふたりはフムレゴーデン公園のベンチに座っている。まわりの人々の大半が、夏らしい暖かさを満喫しているようだ。公園の中で、上着を着ているのはアンデシュ・アスクだけだった。

「ソフィーとエクトルがレストランに来て、中に入って、そのあとに男がふたり入っていったのね。ソフィーが出てくるまでに、時間はどのくらい経ってたって言った？」

「三十分ぐらいです」

「ぐらい？」

「正確な時刻はメモしてありますけど、いまは持ってません」

グニラは考え込んだ。

「で、ラーシュが彼女のあとを追ったのね？」

アンデシュはうなずいた。

グニラは携帯電話を出し、ある番号にかけた。

「ラーシュ、いま大丈夫？　すぐにフムレゴーデン公園に来てくれる？　ありがとう」と言い、電話を切った。

気さくでありながら、ラーシュに答える余地も断る余地も与えなかった彼女の口調に、アンデシュは笑みをうかべた。彼女もその笑みに気づいた。

「来るそうよ」

「わかってますよ」

それから、ふたりはただじっと、スタンバイ状態のロボットのように座っていた。身動きひとつせず、公園をにらみつけるように見つめる。最初に動いたのはアンデシュだった。上着のポケットに手を突っ込み、キャンディーの入ったしわくちゃの袋を引っ張り出して、グニラに差し出した。かさかさという音がしたからだろうか、グニラもはっとわれに返り、リコリスのキャンディーをふたつ手に取ったが、礼は言わなかった。キャンディーを嚙みながら考えに沈む。その中で浮かんできたある考えが、どうしても消えない。彼女はゆっくりと現在へ戻ってくると、電話を出し、エヴァ・カストロネベスの番号を探した。電話を耳に当てる。

「エヴァ、事件記録を調べてもらえる?」

グニラは少し待ってから、続けた。

「土曜日。五日だったと思うけど」

アンデシュをちらりと見やる。アンデシュも、そのとおり、とうなずいてみせた。

「対象は終日。でも、夕方と、日曜日にかけての夜に注目して。とくにヴァーサスタン地区を見てほしいけど、その周辺も調べてちょうだい。どんなことでも。ありがとう」

グニラは電話を切った。アンデシュが彼女を見つめる。グニラは肩をすくめた。

「これ以外に、どこから手をつけたらいいの?」

アンデシュは答えなかった。

ステューレ広場のほうから、ラーシュが砂利道を歩いてきた。グニラは彼を見つめた。ぎくしゃくとした歩きかたで、まるで腰痛に悩まされているようだ。おそらく、実際に痛いのだろう。やましいところのある人間は、無意識のうちに、そのやましさを腰のあたりで背負っていることが多いものだ。

ラーシュがふたりのもとにたどり着く。どことなく不安げで、敵意のようなものも見え隠れしていた。

「なんでしょう?」

グニラは彼を見つめた。

「髪、切ったの?」

ラーシュは思わず髪に手をやった。

「ちょっとだけ」と口ごもりながら言う。

「さっそく来てくれてありがとう」

ラーシュは続きを待ち、片方の手をジーンズのポケットに入れた。

「私の記憶が正しければ、あなたはこの前の土曜日の夜、ソフィーは〈トラステン〉を訪れたあと車で帰宅した、と報告書に書いてたわよね。あなたが〈トラステン〉の前にいるのをアンデシュが見かけたそうで、レストランを出たソフィーのあとを追っていくのも見たそうなんだけど」

「そのとおりです。ソフィーは十一時ごろに自宅を出て〈トラステン〉に向かいました。で、たしか零時ごろにレストランを出たと思います。ぼくはノールトゥルまで彼女を尾行しましたが、そこでやめて家に帰りました。そのまま帰宅するだけだろうと思ったので」

グニラとアンデシュは彼を見つめた。彼が嘘をついていることを示す、かすかな印を探しているようだ。ラーシュは首のうしろを掻いた。

「なにかあったんですか？」

「さあ。ただ、アンデシュがあなたを見かけてね」

ラーシュはアンデシュを見やった。

「それがなにか？」

「それだけじゃなくて、レストランに男がふたり入っていくのも見たそうなの」

ラーシュはやきもきしている。苛立ちが見てとれた。

「そうですか。それで？」

「あなたは？　そのふたりを見かけた？」

ラーシュは首を横に振った。

「いいえ。いや、見たかもしれません。何人も出入りしてましたから。レストランですし」

ラーシュはのど飴を出して口に入れた。そしてグニラを見つめた。

「いったいどういうことです？　ぼくを疑ってるんですか？」

グニラは答えなかった。アンデシュは終始、彼をじっと観察していた。

「その男たちは、レストランから出てこなかった。エクトルも出てこなかった。レストランには、裏口がある。あなたがソフィーを尾行していたとき――ソフィーはレストランを出たあと、どこかに寄った？」

のどの奥にある飴のおかげで、ごくりとつばを飲み込んでも不自然にならずに済みそうだ。彼はつばを飲み込み、首を横に振った。

「いいえ」

あの夜、ラーシュは薬のせいでひどくハイになっていた。記憶はほとんど残っていない。ただ、ハーガ公園のそばで彼女を見失ったことをぼんやり覚えているだけで、そのあとは真っ白だ。なにがあったのか、そもそもどうやって家に帰ったのか、神のみぞ知るといったところだが、神に尋ねるわけにもいかない――ラーシュと神の関係は冷えきっている。

大切なのは、嘘が真実だと自分で思い込むことだ。そうすれば、嘘をついていることにはならない。心もとなさが表に出てしまうこともない。

「どこにも寄りませんでした。高速道路に入ったのを見て、尾行をやめたんです」

「どの高速道路？」

ラーシュは精神を集中し、そわそわと身体を動かしてしまわないよう気をつけた。嘘の映像を、頭の中に思い浮かべる。

「オーデン広場からスヴェア通りに出て、左に曲がりました。ほんとうは左折禁止ですが。そのままスヴェア通りを進んで、ロータリー交差点を抜けて、高速E4号線に入って北へ向かいました」

「どうしてロースラグストゥルの交差点からロースラグ通りに入らなかったのかしら？　そのほうが近道でしょうに」

ラーシュは肩をすくめた。

「どっちでも、あまり変わらないんじゃないですか。

ベリスハムラの出口でE4号線を降りて、ストックスンド橋を渡ったんでしょう。知りませんが」

「どうして家まで尾行しなかったの？」

ラーシュはのど飴を舐めた。飴が歯に当たり、カチカチと音がした。

「もう夜更けで、車が少なかったので。尾行に気づかれるとまずいですから」

グニラは彼を凝視した。アンデシュも同じように凝視した。

「わざわざ来てくれてありがとう、ラーシュ」

ラーシュはふたりを見つめた。

「それだけですか？」

グニラは、彼がなにを言っているのかわからないという顔をした。

「もっと、なにか話があるんじゃないんですか？　なにがあったんですか？」

「べつに、なにもないわ。ただ、あの夜のことがよくわからなかっただけ」

「この人は、ここでなにをしてるんですか？」ラーシュはアンデシュに目を向けず、グニラに向かって問いかけた。

「ぼくを尾行する必要はありませんよ、グニラ」と小声で付け加える。

彼の憤りに、グニラは驚いた。

「ちがうわ、ラーシュ。尾行なんかしてない。アンデシュは、エクトルのまわりにいる人たちの身元確認を手伝ってくれてるの。あなたたちはただ、たまたま同じ時間帯に、同じ場所に居合わせただけ。あの夜のことがよくわからなかったから、あなたに話を聞きたいと思ったの。でも、あなたは報告書に書いた以上のことは知らないらしい。だから、なにも問題ない。そういうことでいいわね？」

ラーシュは答えなかった。彼のまわりに漂っていた暗闇が、少しやわらいだ。

「ありがとう、ラーシュ……いままでどおり監視を続けなさい」

ラーシュはきびすを返し、来た道を戻っていった。なんとか平静を装ってはいたものの、心の中ではがくがくと震えていた。


グニラとアンデシュは、ラーシュの姿が見えなくなるまで無言のままだった。

「どう思う？」グニラが尋ねる。

アンデシュは考えた。

「わかりません。ほんとうに。嘘をついているようには見えませんでしたが」

「が？」

アンデシュは公園をじっと眺めた。

「あいつはもともと、自信なさげに見える男です。なのに今日のあいつは、自信がありすぎるように見えた。なにか、嘘を隠すコツを身につけたみたいだ」


グニラは立ち上がった。

「署まで車で送ってちょうだい。しばらく付き合ってもらうわ」


グニラはエヴァ・カストロネベスの机の前に座っている。エヴァは自分の書類を集め、しばらく黙読していたが、やがて目的の記述を見つけた。

「土曜日ですね。ヴァーサスタン地区では、とくに気になる事件は起こっていません。酔っぱらいが何人か保護されたほか、傷害事件が数件、スヴェア通りのセブン-イレブンでの窃盗事件……ヴァーサ公園の美術館の建物で、麻薬のやりすぎで保護された人が一人。車の盗難に、器物損壊。まあ、いつもどおりの土曜日です。ひとつだけ、ちょっと気になったのは、銃で撃たれた身元不明の男性が、夜中の一時ごろにカロリンスカ大学病院に運ばれ、そこで置き去りにされた、という件です」

「どうだろう……たしかに、あのふたりの片割れが、こんな男だったような気もします。小柄なほうの男が」

グニラは続きを待った。アンデシュはじっくりと時間をかけて、クラウスをさまざまな角度から見つめている。グニラはもどかしくなった。

「アンデシュ?」

アンデシュは苛立ちのこもった目でグニラを一瞥した。彼女が話しかけたせいで集中が途切れた、とでも言いたげな視線だ。

「わからないんですよ。こいつ、起こせませんかね?」

何本もの管やコード、点滴チューブが、男の身体から、ベッド脇のキャスター付きワゴンに載ったさまざまな装置につながっている。グニラは身をかがめ、ベッドの下をのぞき込んだ。

「頭のほうを起こすことなら、できるみたいだけど」

「何者?」

エヴァはいくつもあるパソコンのひとつに向かい、キーを叩きはじめた。そして画面に表示された情報を読み上げた。

「氏名はわかっていません。駆けつけた警察官が病院の職員から話を聞いたところによれば、男は熱に浮かされてドイツ語でうわごとを言っていたそうです。それ以外はまだ、捜査資料にもなにも書かれていません。おそらくまだ意識不明なのでしょう」

「置き去りにされた、と言ったわね?」

エヴァはうなずいた。

「ええ、運んできたのは一般車で、そのまますぐに走り去ったそうです」

しばらく時が経ったのち、グニラとアンデシュはじっとたたずみ、病室の白い寝具に包まれた意識不明のクラウス・ケーラーを見下ろしていた。

アンデシュがベッドに近寄り、ベッドの下のペダルを見つけた。足で踏むと、油圧でベッドが動いたが、意図に反して下へがくんと下がってしまった。これ以上低くならないところまで下がり、クラウスの点滴のチューブがアンデシュの腕にひっかかって、手の皮下に差し込まれていた針がすぽっと抜けた。機械がピーッと音を立てはじめた。

「ちくしょう」

アンデシュは針をつかみ、クラウスの手に刺した。ピーッという音がさらに大きくなる。ついに正しいペダルがベッドの下に見つかった。クラウス・ケーラーの上半身が、ふたりに向かっておごそかに起こされる。角度が上がれば上がるほど、機械の放つ音がうるさくなった。モニターに映った曲線が大きな波を描きはじめる。アンデシュは床を見下ろし、記憶の中の映像を思い浮かべようとした。そして、また顔を上げた。何度かそれを繰り返した。それから、病室を出ていった。

グニラもそのあとに続いた。機械はしつこく鳴りつづけていたが、ふたりはドアを閉めた。

「どうなの？」グニラが尋ねる。

ふたりは廊下を走ってくる看護師とすれちがった。

「ひょっとすると……おそらく。そのふたつのあいだ、ってところですかね。おそらく、のほうに近いと思いますよ。確率は七十パーセントぐらいでしょう」

グニラは病院の外で、コンクリートでできた花壇の縁に座っている。電話を耳に当て、ソフィーに愛想よく問いかける。ソフィーからも愛想のよい答えが返ってきた。

「いっしょに夕食に行くんじゃなかったの？」

「そのはずだったんだけど、エクトルが急に人と会わなくちゃならなくなって、私は帰りました」

アンデシュが少し離れたところに立っている。時間つぶしに、灰皿をめがけて小石を投げている。耳障りなカーンという音が響いた。

「なにかあったんですか？」ソフィーが尋ねる。

「ちょっとはっきりしないところがあって」

ソフィーは電話の向こうで黙っている。

「エクトルがだれと会ったかはご存じ？」グニラが尋ねた。

「いいえ、知りません」

アンデシュ・アスクは何度か、小石を灰皿に命中させている。カーン、カーン、カーン。

「ほんとうに？」

「ええ。グニラ、いったいどうしたんですか？」

＊

彼女は電話を手に持ったまま、ナースステーションのコーヒーテーブルを覆っているビニールクロスをじっと見つめた。グニラと交わした会話が、彼女の中でこだましている。自分がなにを言ったか、会話がどんなふうに進んだか、思い出そうとする。自分の口調を……話しかたを、思い出そうとする。なにか気づかれてしまっただろうか？　さまざまな思いが頭の中を駆けまわる。手の中の電話がまた鳴った。バイブレーターのせいで震えてもいる。彼女は混乱のあまり、画面を確認することなく電話に出た。

「もしもし？」

彼の声の調子はぶっきらぼうだった。会いたいと言われて、彼女は驚いた。エクトルはどこ、と尋ねる。

「それは関係ない」と彼は答えた。

ソフィーはふと不安になった。仕事が終わったら病院の外で待っていてくれ、迎えに行くから、と彼は言った。

「今日は無理よ」

「無理じゃない」とアーロンは言い、電話を切った。

アーロンは運転席に座ったままで、ソフィーがドアを開けて助手席に乗り込んでも、彼女と目を合わせようとしなかった。

Uターン用のスペースから車を出すと、高速道路に向けて走った。が、ストックホルム方面ではなく、ノルテリエ方面への入口に入った。

「どこに行くの？」

アーロンは答えなかった。ソフィーは質問を繰り返した。

「ただドライブして、話をするだけだ……もう聞くな」

高速道路をまっすぐに走る。その時間が永遠のように感じられた。

「いったいどうしたの、アーロン？」ソフィーがつぶやく。

アーロンはやはり答えなかった。彼女が見えず、声も聞こえていないかのようだ。彼女は恐怖が忍び寄ってくるのを感じた。

「どこに行くの？　言えないようなところなの？」すがるように尋ねる。

彼女が不安がっていることは、アーロンにもわかったにちがいない。それこそが彼の狙いなのかもしれなかった。

しばらくすると車は高速道路を降り、右車線を走りつづけた。視界をかすめた標識には、シェーフリューグ通り、とあった。アーロンはそのまま海に向かって車を進めると、人の気配のない場所を見つけ、エンジンを切った。そのあとに続いた沈黙は、ソフィーの想像を超える恐ろしさだった。密度の濃い、悪意に満ちていると言ってもいい沈黙。アーロンは、フロントガラスの向こうをまっすぐに見据えていた。

「きみはほどなく、あの夜のできごとについて疑問を抱きはじめると思う。でも、はっきりした答えは見つからないだろう。答えが見つからないと、きみはその疑問について、だれかほかの人と話し合いたいと考えるにちがいない」

ソフィーは答えなかった。

「やめておけ」アーロンは小声で言った。

ソフィーは自分のひざを見下ろした。それから窓の外を見やった。太陽がいつもどおり照っている。遠くのほうで、海面が輝いている。

「私たちがこうして会ってること、エクトルは知ってるの?」静かに尋ねる。

「それは関係ない」という答えが返ってきた。

胸の中で心臓が打っているのを感じる。車の中の酸素が薄くなったような気がした。

「いまのは、脅し?」ソフィーは尋ねた。

アーロンがようやくソフィーのほうを向き、彼女をじっと見つめた。ずっと感じていた恐怖が、彼女の涙腺の中でまたたく間に形を成した。重い大粒の涙が頬をつたう。彼女は咳払いをし、袖で涙をぬぐった。


「本気なのね?」

なぜそんなことを聞いたのか、自分でもよくわからない。アーロンの中にわずかでも人間らしさが残っているかどうか、確かめたかったのかもしれない。

「ああ」彼は抑えた声で答えた。

ソフィーは自分の腕が震えていることに気づいた。ほとんど見えないほどわずかだが、それでもたしかに震えていた。腕が痛い。が、それとはまたべつの痛みが、のどのあたりにつかえている。呑み込んでしまいそうになるのを、必死でこらえた。あらゆる不快感がのどにつかえている気がする……呑み込んでしまいたい。身体は、呑み込むことを欲している。ソフィーはアーロンから顔をそむけ、ごくりとつばを飲み込んだ。

「そろそろ戻らない?」

「おれが言ったことを、わかったと言ってくれるのであれば」

ソフィーは車の窓から外を見つめ、抑揚のない声で答えた。

「わかったわ……」

アーロンが前に身を乗り出し、キーを回した。エンジンがかかった。

12

ハッセ・ベリルンドは、ハンバーガー店で列に並んでいる。店のテーマは〝メキシコ〟らしく、カウンターの向こうにいる店員たちは小さなプラスチック製のソンブレロをかぶっていた。ハッセは〝エル・ヘフェ（スペイン語で〝ボス〟の意）〟を注文した――中身をすべて大盛りにしたトリプルバーガーと、フライドポテト二人前のセットだ。そして、席についた。これで心おきなくがっつける。彼は鼻で息をしながら、大口を開けてハンバーガーにかぶりついた。

少し離れたところにあるテーブルに、移民のティーンエイジャーの一団が座っていた。黒髪で、肌は白く、あか抜けない小さな口ひげをはやし、黒いジャージの上下を身に着けている。やせて筋張った身体の彼らは、とにかく騒がしいうえ、思春期のホルモンのせいで猛々しく、限度というものを知らない。少年たちのうちふたりが、その場で取っ組み合いを始めた。うるさい、過熱ぎみの叫び声。氷やソーダが床にこぼれた。

ハッセは彼らを見つめた。どこか中東の国から来たくせに、どうしてあんなに肌が白いんだろう？　いつも太陽が照ってるだろうに……

騒ぎがあまりにもやかましくなってきて、ハッセは顔をしかめた。少年たちの席では、ミルクシェイクのカップが倒れ、中身がテーブルにこぼれ出している。それがジャージにかかって、ひとりがわめきはじめた。もうひとりが卑猥な言葉で罵り、またべつのひとりが、自分のソーダのカップに入った氷を仲間に投げつけている。

ハッセは食事をほおばりながら少年たちを見つめた。取っ組み合いはまだ続いている。しつこく、手荒く、見境なく……だんだん暴力がエスカレートし、ひとりが本気で怒りだした。ハッセにはわからない言語で大声をあげている。すると全員が、変声期のしわがれ声でいっせいに叫びはじめた。ハッセは目を閉じた。

十八か月前、ハッセ・ベリルンドを含むストックホルム警察の機動隊が、ノーラ・バーン広場でレバノン人の少年を袋叩きにした。彼らは引きぎわを心得ていたが、ハッセだけはちがった。同僚たちにつかまえられ、少年から引き離されると、ハッセは落ち着きを取り戻し、大丈夫だ、と言った……自分は冷静だ、と。そして、同僚たちの腕の力が弱まったところで身を振りほどき、とどめとなる蹴りを気持ちよく決めた。少年はそれから三日間、意識不明のままだった。医師は、あちこちに内出血があり、肋骨が折れ、顎骨や鎖骨にひびが入っている、と診断した。裁判になると、ハッセの同僚たちは彼の無実を主張した。参審員のうちふたりは居眠りをしており、検事は法廷にいる全員（当の少年を除く）と仲が良かった。ひげ面の医師は、少年の怪我は彼が自らに危害を加えた結果である可能性もないとは言えないと証言し、少年の弁護人はべつの裁判があとに控えていて急いでいたため、愚かで軽率な質問ばかりを繰り返した。ハッセは無罪放免となり、少年は一生癒えることのない傷を負った。とはいえ、ハッセの上司は彼にうんざりして、選択肢をふたつ示した――ストックホルム警察を辞めて空港警察に行くか、ストックホルム警察を辞めてほかの仕事をするか。なんの仕事かって？　知ったことか。

　それで、ハッセはアーランダ空港に異動になった。要するに左遷されたのだということを、なんとか意識の隅に追いやって忘れようとしたが、できなかった。そして、うんざりするほど長いあいだ、延々と空港で働きつづけ、ろくでもない移民どもの話に耳を傾けた。どいつもこいつも、嘘八百を並べてスウェーデンにもぐり込み、生活保護を騙し取って、日がな一日どこかのベンチに座って麻薬にふけろうとしている――それが彼の見解だった。

　そんな彼のもとに、いきなり電話がかかってきた。グニラ・ストランドベリという名の女刑事が、自分の同僚ふたりに会ってほしい、と言ってきたのだ。ハッセにはわけがわからなかった。が、どんなことであろうと、空港に比べればましだと思った。

　少年たちはまだ大声をあげている。ハッセは咀嚼を終えて食べものを飲み込むと、歯を舐めてきれいにしてから、警察の身分証を出してテーブルの上に置いた。何度か深呼吸をしたあと、フライドポテトのパッケージをひとつつかんで、少年たちに向かって投げつけた。パッケージは取っ組み合いをしている少年たちのひとりの頬に当たり、加えてふたりにポテトがかかった。少年たちはあぜんとして静かになり、口に入りきらないほどの量の食べものをまたほおばっているハッセを見つめた。

少年のひとりがすっくと立ち上がり、自分の胸をぱんと叩いた。なにか尋ねてきたが、ハッセは聞く気になれなかった。移民が話す、訛りのあるスウェーデン語には、いいかげんうんざりなのだ。少年が近づいてくる。ハッセ・ベリルンドはさらに食べものをほおばって噛みつづけながら、警察の身分証を掲げてみせた。同じ手で上着の前を開き、ショルダーホルスターにしまった拳銃をあごで指してみせた。

「まあ、座れよ……」

少年はあとずさり、自分の席に腰を下ろした。ハッセはひとりひとりに狙いを定め、フライドポテトを投げつけた。少年たちは彼のあざけりを甘んじて受け止めた。ハッセは怒るでもなく、笑うでもなく、ただきっちりと狙いをつけて、フライドポテトを少年たちの背中に、後頭部に、腕に、にきび面に当てた。

アンデシュ・アスクとエリック・ストランドベリが店に入ってきた。店内で繰り広げられている悲劇を目にすると、ハッセのテーブルに近づいてきた。

「ハッセ・ベリルンドというのはおまえだな」とエリックが言う。

ハッセはふたりを見つめ、うなずいたが、フライドポテトを投げるのはやめなかった。

「おれはエリック。こいつはアンデシュだ」

エリックはそう言うと、ため息をつきながら腰を下ろした。今日、彼は熱があるのだ。冷や汗が出るし、額のあたりに絶えず圧迫感がある。口の中は渇ききっていた。

ハッセがフライドポテトを一本、ぽんと高く放り投げると、ひとりの少年のパーカのフードの中に落ちた。

「フライドポテト合戦？」アンデシュが言う。

「そのとおり」ハッセはそう答えて投げつづけた。

アンデシュも加わり、フライドポテトを何本か取って少年たちに投げつけた。彼の狙いも正確だった。少年たちは屈辱に耐え、じっと前を見据えている。

「前はストックホルム警察にいたんだろう？」とエリックが尋ねた。息をはずませている。血圧が上がっているらしい。

「そうですよ」

「で、アーランダ空港に飛ばされた？」

フライドポテトがなくなった。

「もっと注文しようか？」アンデシュが言う。

エリックは首を横に振り、少年たちのほうを向いた。

「じゃあな、ガキども。仲良くしろよ」と言い、外を指差して、出ていけ、と合図した。

少年たちは立ち上がり、重い足取りで店を出ていった。外に出ると叫びだし、また殴り合いを始めた。やがて遠くへ消えた。

「大したガキどもだな！」アンデシュが言う。

「あれがスウェーデンの将来を担うわけですよ」ハッセが言った。

エリックがひじ裏に顔をうずめて咳き込んだ。ハッセはストローでソーダを飲み、エリックとアンデシュを見つめた。アンデシュが椅子に座り直し、話を切り出した。

「グニラと話しただろう。プロジェクトの話は聞いたな。それで、おまえに会いにきた」

「エリック、あんたが来ることは聞きましたけど、アンデシュっていう人が来るとは聞いてませんがね」

「アンデシュはコンサルタントでね……」エリックが言う。

「コンサルタント？　なにをやるんです？」

「コンサルティングだよ」アンデシュが答えた。

ハッセは椅子の座面、腿のあいだにフライドポテトが一本落ちているのに気づき、つまみ上げて食べた。

「グニラの名字はストランドベリでしたよね？　あんたもストランドベリ姓でしょう。すると、グニラはあんたのかみさんですか？」

エリックは険しい目つきでハッセを見据えた。

「いや」

ハッセ・ベリルンドは続きを待ったが、続きはなかった。

「まあ、いいや。どうでもいいことだ。あんたたちの仲間に入れてもらえるんならありがたいですよ。そういう話ですよね？　仕事をくれるんでしょう？」

「そうかもしれんな。アンデシュ、どう思う？」

アンデシュは答えなかった。ハッセはふたりを交互に見やった。

「頼みますよ。空港警察なんて、たまったもんじゃない。苛々してだれかを撃っちまう前に、あそこから抜け出さないと。おれはいろいろと融通がききますよ。グニラにも言いましたけどね」

エリックは床に固定された硬いプラスチック椅子の上で、なんとか心地よく座れそうな体勢を探している。

何度か痰の絡まった咳をした。

「よし。こういうことだ……おれたちはチームとなっていっしょに働く。グニラの決めたことには逆らわない。グニラはいつも正しい。たとえおれたちの望むペースで結果が出なくても、そのうちかならず結果が出る。グニラはそのことを知ってるんだ。だから、おれたちはグニラの言うことに従う。自分のやってることの意味がよくわからなくても、質問するな。黙って仕事をしていればいい。やれそうか？」

ハッセはソーダを飲み干した。底に残った氷が音を立てた。

「ええ、まあ」ストローを口から放し、淡々と答える。

「扱いが不公平だとか、そういう労組じみた文句があっても……そんなことを口にしたら、たちまち追い出されるだけだ」

エリックは身を乗り出すと、ハッセがまだ開けていなかったアップルパイのパッケージを開け、勝手にかぶりついた。当然、パイはかなり熱く、彼は口を開けたままパイを噛み、同時に話を続けた。

「おれたちのやりかたは単純明快だ。ものごとを複雑にするのは好きじゃない。おとなしく仕事をしてれば、ちゃんと報われる」

エリックはハッセのアップルパイを平らげた。ハッセは眉ひとつ動かさなかった。エリックはテーブルに用意されていたナプキンを一枚取ると、熱のせいで額ににじんだ汗をぬぐい、盛大に鼻をかんだ。

「おまえはほどなく、うちのチームに異動になる。けど、このことは黙ってろよ。仲間にぺらぺらしゃべったりするな。とにかくありがたく思っておとなしくしてろ。いいな？」

「テン・フォー」ハッセ・ベリルンドは、テレビの警察ドラマのまねをして、アメリカの警察無線で使われる隠語で〝了解〟と告げると、親指を立ててニヤリと笑ってみせた。

エリックは彼をじっと見据えて言った。

「それから、おれに向かってそんなふざけたまねはするな」

そして立ち上がり、店を出ていった。アンデシュはわれ関せずといった顔で肩をすくめ、エリックに続いて店を去った。

＊

グニラとアンデシュに会ったあと、彼はすっかり動転していた。薬も効いてくれない。グニラとアンデシュはぐるになっている……なにかをつかんでいる。が、そのなにかが、自分に知らされることはない……あのふたりは、自分を疑っている。信用してくれていない。

不安が身体を蝕む。彼は急いで帰宅すると、ローシーから盗んだ処方箋をつかみ、車で手近な薬局に向かった。レジに行列ができていて、なかなか進まない。

係の中年女がのんびりしているせいだ。焦燥が腹のあたりを締めつける。処方箋に書かれている薬のひとつについて、中年女がいろいろと質問してきた。彼はそっけない声で簡潔に答えた。自分はローシーの息子で、なにも知らない、彼女に代わって取りに来ただけだ。ときおり頬をぼりぼりと掻いた。

自宅に戻ると、医薬品情報のサイトを開いた。〝リリカ〟という薬は、ひとつの薬に三種類の効能が詰まった、まるでおまけ付き菓子のような薬で、てんかん発作、神経因性疼痛、不安に効くという。ローシーは神経過敏のためにこの薬を飲んでいた。箱には、三百ミリグラム、とある。やった、いちばん大きな箱だ。

彼は二錠出すと、机に置きっぱなしにしていたグラスの水でのどに流し込んだ。二枚目の処方箋で手に入ったのは鼻用スプレーで、彼はこれをごみ箱に放り込んだ。三枚目の処方箋は少し見かけが異なり、薬局でいろいろと質問されたのもこの薬に関してだった。〝ケトガン〟という薬だ。また医薬品情報のサイトで調べてみる。〝依存性のある薬。この薬を処方する際には、最大限の注意を払わなければならない〟。だが、彼はすでに依存症になっている。高校の看護師にそう言われたではないか……だから、この薬は自分にとってべつに危なくない。ラーシュの頭の中で、そんな結論が導き出された。〝だって、もう依存症なんだ。これ以上なにが起こるっていうんだ？〟

さらに読み進める。ケトガンはモルヒネと同じようなもので、きわめて強い痛みがある場合に用いられるのだという。〝きわめて強い痛み、だと？〟

ラーシュは箱を開けた。〝なんてこった、座薬じゃないか〟。だが、背に腹はかえられない。ズボンを下ろしてしゃがむと、尻にケトガンを突っ込んだ。一錠、二錠……そして、もう一錠。ズボンを上げて、居間に向かう。世界が少しずつ変化して、いろいろなものが混ざり合った、やわらかなものになった。なにもかもが許されていると感じた。部屋の中をあてどなく歩きまわる。ふと、人生のなにもかもがありがたくてしかたなくなった。すべてがあるべき位置にある。感情もすべて、あるべきところにおさまっている。騒ぎだしたり、いやな問いをぶつけてきたりすることのないよう、安全なところにきちんと閉じ込められている。ラーシュは部屋の隅に腰を下ろした。寄木張りの床がやわらかく感じられる。横になると、綿でできたウォーターベッドのような心地がした。横になったまま、床を水平方向から眺める。なにもかもが美しい。ひどく入り組んでいて、美しく、快い。床がこんなに気持ちのいいものだなんて、だれが想像しただろう。こんなに平らで、信じられないほど心地いい……

横たわったまま、理解しながらも理解できていないすべてを満喫した。気持ちが落ち着いてくると、薬をそれぞれ数錠ずつ追加した。しばらくのあいだ、世界はとても面白くなった。指がおしゃべりを始める。自然というものの本質を語ってくれる。物理の法則から、三歩下がったところにある、真の姿。神の天地創造から、二歩下がったところに……神の創出から、一歩下がったところに……そして、ラーシュは眠りに落ちた。

目覚まし時計が空襲警報のように鳴り響く。すでに何時間も経過していて、虚無感はさらに広がり、巨大なブラックホールとなって、ラーシュの宇宙に存在する光をすべて呑み込んでいた。ふらふらと立ち上がり、錠剤を適当に飲む。ブラックホールは小さくなり、また生きるのが楽になってきた。

車でストックスンドへ向かう。どのラジオ局もいい曲をかけている。彼は音楽に合わせてぎくしゃくと身体を揺らした。

車をひそかにとめておける場所を見つけ、ヘッドホンをかぶって車の座席に座り直し、彼女の立てる音に耳を傾けた。彼女がだれもいない家の中を歩きまわっている。料理をしている。女友だちのクララと電話で話している。テレビを観て笑っている。

ソフィーの家に入りたい、いっしょにしたい、と彼は思った。彼女のしていることを、いっしょにしたい。ただとなりに座って、彼女をじっと見つめているのでもいい。あたりが暗くなり、家の中はしんと静まり返った。恋情が彼の中で暴れはじめた。

夜中の一時半ごろ、ラーシュはヘッドホンをはずすと、つばのない黒っぽいキャップをかぶり、そっと車のドアを開けて、ソフィーの家に向かって歩きだした。アスファルトの道を歩く。スイカズラの香りがする。といっても、スイカズラがどんな花なのか、彼はよくわかっていない。ソフィーの家の庭に忍び込むと、音を立てずにテラスへ上がった。

ピッキングの道具は今回もうまく働いてくれた。錠の中の小さなキーピンが押し上げられる。ラーシュは裏口の取っ手をそっと下げ、わずかにドアを開けると、上着のポケットから潤滑スプレーを取り出した。ドアの内側の蝶番に潤滑油を二度、シュッ、シュッと吹きつける。ドアは音を立てずにすっと開いた。

しばらくのあいだ、居間で静かにたたずんだ。身をかがめて靴を脱ぎ、耳を傾ける。自分の中で打っている脈の音しかしない。ゆっくりと、慎重に、階段を上がった。古い木の階段がかすかにきしむ。車が一台、外を通り過ぎた。ラーシュはそのふたつの音を比べてみた。デシベルにしたら同じくらいの値かもしれない。彼女が足音で目を覚ますことはないだろう。

彼女の寝室のドアはわずかに開いていた。ラーシュはじっとたたずみ、落ち着いて息を整えた。呼吸がふつうのペースに戻るまで待ってから、寝室の中に一歩入り、やわらかいカーペットを踏みしめた。なにかの香りに迎えられた。かすかな、淡い香り。透明な絹のように、部屋の中をふわりと漂っている……ソフィーだ。目の前で、彼女が眠っている。彼の妄想の世界から抜け出てきたように、首をかしげて枕に頭を載せ、仰向けで眠っている。広がった髪を背景に、口は閉ざされ、胸が穏やかに上下している。ふとんは腹のあたりまでしか掛かっておらず、彼女がレースのネグリジェを着ているのがわかった。ラーシュの視線は、ソフィーの胸の輪郭に向けられ、そこで止まった。なんと美しいのだろう。彼女を起こして、告げたい――〝きみは、なんて美しいんだ〟。彼女のかたわらに寝て、その身体を抱きしめて、もう大丈夫だよ、と言ってやりたい。その意味を、彼女ならわかってくれるはずだ。ラーシュはそっとカメラを取り出すと、フラッシュが光らないよう、音が出ないよう設定して、レンズの中に彼女をとらえた。そして、眠るソフィーのクローズアップ写真を三十枚ほど、静かに撮った。

部屋を出ようとしたところで、また彼女の胸に目がとまった。じっと見つめる。混乱しきった人格の奥底から、妄想がむくむくと湧き上がり、形を成しはじめた。ラーシュはそっと彼女に近づいた……もう少し、あと少し、近くに。結局、顔のすぐそばまで近寄っていた。彼女の肌が見える。目元の小じわ、顔のライン……彼は目を閉じた。香りを嗅いだ。願った……

彼女が眠ったまま身じろぎし、小さな声を出した。ラーシュは目を開け、慎重にあとずさると、そっと寝室を去った。

車に乗り込んだ彼は、息をはずませていた。まるで彼女と寝たように感じる。初めて彼女の中に入ったような感じ。自分が強くなった気がして、安心感と幸福感を覚えた。ソフィーもまちがいなく、同じように感じている。眠りの中で、夢の中で、自分に会っているにちがいない。当然だ――自分は、彼女を救う天使なのだから。本人はなにも知らないが、それでも彼女のそばにいる。彼女が眠っているあいだに愛を交わし、彼女が起きているあいだは悪から守ってやる。ラーシュは処方箋薬を追加した。世界のトーンが変わった。口の中で舌が膨らんだように感じられ、まわりの音がどろりと粘度を増した。

ストックホルムに向かって、ゆっくりと車を走らせる。途中で、街灯の青白い光に照らされた自然歴史博物館の前を通った。やたらと大きなペンギンが、なにか問いたげな目でこちらを見つめているのが見えた。

＊

ソフィーは悪夢を見た。どんな夢だったかは覚えていないが、目覚めたときに不快感があった。なにかいやな目に遭っていたような感じ。胸の悪くなりそうな感覚。ベッドから起き上がる。ずいぶん遅くまで眠ってしまった。階下から掃除機の音が聞こえる。

ドロタに会うのは久しぶりだ。いつもはソフィーが仕事に出ているあいだに掃除をしてくれるのだが、今日はたまたまソフィーの休日にあたっている。彼女は再会に心をはずませながら階段を下りた。感じがよく親切なドロタを、ソフィーはとても気に入っていた。

ドロタは居間にいて、掃除機をかけながら手を振ってきた。ソフィーはにっこりと笑顔で応え、朝食を用意しようとキッチンへ向かった。

「帰るときには、車で送りますよ！」と大声で呼びかける。

ドロタは掃除機を止めた。

「なんておっしゃいました？」

「帰るときには、おうちまで車で送りますよ、ドロタ」

ドロタは首を横に振った。

「おかまいなく。遠いですし」

「そんなに遠くないでしょう。いつもそうやって遠慮するんだから」

ドロタは助手席に座り、ハンドバッグをひざの上に載せている。車はストックスンド橋を渡り、ベリスハムラのインターチェンジで曲がった。

「ドロタ、今日はなんだか無口ですね。大丈夫？　お子さんたちは元気？」

「ええ。子どもたちも元気です……会えなくてさびしいけど、でも大丈夫」

ふたりはしばらく車に揺られた。

「ちょっと疲れてるのかも」とドロタは言い、窓の外を眺めた。

「お休みしてもかまいませんよ」

ドロタは首を横に振った。

「いいえ、働くのはいいんです。そういう意味で疲れてるんじゃありません。なんていうか、頭が疲れてるだけなんです。変な言いかたかもしれないけど」

ドロタは笑みをうかべようとした。それから外の世界に目を向け、車のそばを過ぎ去っていくすべてをぼんやりと眺めた。むりやりうかべたドロタの笑みが消えた。ソフィーはドロタと目の前の道路を交互に見やった。

ドロタはスポンガに住んでいる。ソフィーが彼女と知り合った当時からそうだった。彼女がソフィーの家に初めて来たのは、もう十二年近くも前のことだ。以来、ふたりのあいだには友情が芽生え、親しい付き合いを続けてきた。ドロタのようすがおかしいと感じるのは、これが初めてだ。いつもは明るい性格で、子どもたちの話をしたり、ソフィーの話に笑い声をあげたりする。が、いまの彼女は殻にこもっているように見える。ソフィーはまた彼女を見やった。悲しそうな表情。いや、おびえているのかもしれない。

ソフィーはスポンガ広場に面したドロタのアパートの前に車をとめた。

ドロタはしばらく動かなかったが、やがてシートベルトをはずし、ソフィーのほうを向いた。

「それじゃ。送ってくださってありがとうございます」

「ねえ、なにか悩んでることがあるんでしょう」とソフィーは言った。「私でよければ、いつでも話し相手になりますよ」

ドロタは黙りこくっている。

「ドロタ？　いったいどうしたんですか？」

彼女はためらっていた。

ソフィーは待った。

「前回、掃除にうかがったとき、お宅に男の人がふたりいました」

ソフィーは耳を傾けた。

「最初は、あなたの親戚かお友だちだろうと思ったんですけど、その人たち、なんだか怖い顔ですごんできて、私のことを脅したんです」

ソフィーは寒気を覚えた。

「警察官だって言ってましたけど。このことをばらしたらただじゃおかない、って」

ソフィーの頭の中を、さまざまな考えが駆けめぐった。

「ごめんなさい、ソフィー。黙っててごめんなさい。怖かったんです……でも、あとになってから、やっぱり話そうと思って。あなたは昔からずっと親切にしてくださってるし」

「その人たち、なにをしてたんですか？　どうしてうちにいたの？　なにか言ってました？」

ドロタは首を横に振った。

「わかりません。ふたりのうち、ひとりはやさしく接してくれたけど、もうひとりのほうが怖かったわ。冷たくて……なんて言ったらいいのかしら。悪意を感じました。お宅でなにをしてたのかは言ってませんでした。私と話したら出ていきました」

「どこに出ていったの？」

「外に」

「玄関から出ていったんですか？　中に入るときには、どうやって入ったのかしら？」

自分の声がおびえているのがソフィーにはわかった。

「わかりません。出ていったのは、テラスに出る裏口からです。それしかわかりません」

ソフィーは考えをめぐらせた。

「その人たちが言ったこと、全部教えて」

ドロタは記憶をたどった。

「ひとりが、ラーシュと名乗ってました。名前はそれしかわかりません」

「ラーシュ？」

なぜ名前を繰り返したのか、ソフィーは自分でもよくわからなかった。

「名字は？」

ドロタはそっと肩をすくめた。

「知りません」

「どんな外見でしたか？　できるだけ詳しく話して」

ドロタは、ソフィーがこんな反応をみせるとは思っていなかった。彼女は頭の側面に手を当て、ななめ下をぼんやりと見つめた。

「あまり覚えてなくて……」

「よく思い返してみて、ドロタ」

ソフィーは険しい口調だった。どうしても知りたいのだとドロタは悟った。

「ラーシュって名乗ったほうは、三十歳、三十五歳ぐらいかしら。わかりませんけど。金髪で……」

彼女は考え、記憶を探った。

「どことなく、怖がっているような……自信なさげな感じでした」

ソフィーはじっと耳を傾けた。

「もうひとりのほうは、もっと平凡な外見で、なんて言ったらいいのかしら。歳は四十代か、もう少し若いかもしれません。髪は黒っぽくて、ちょっと白髪があって……やさしげな顔をしてたけど、ものすごくいやな感じでした。目はやさしいんです。黒くて、丸くて……男の子みたいな目だったわ」

ドロタはぶるりと身を震わせた。

「ああ、ほんとうに怖かった、あの人」

ソフィーはドロタを見つめた。彼女の恐怖が感じとれた。ソフィーは身を乗り出してドロタを抱擁した。

「ありがとう」とささやきかける。

腕をゆるめると、ふたりは互いの顔を見つめた。ドロタがソフィーの頬を撫でた。

「なにか困ったことに巻き込まれてるんですか?」

「いいえ……いいえ、そんなことないわ。ありがとうございます、ドロタ」

ドロタは彼女を見つめた。

「怖いほうの男が、私の身分証を取り上げたんです。だれにも言うなって脅されました。お願い、うかつなまねはしないって約束してください。あの人は本気でした……あの人、私の名前を知っているんです」

ソフィーは彼女の手を取った。

「約束するわ、ドロタ。あなたは心配しなくていいの」

ソフィーは車を走らせてスポンガを出た。車の流れに乗り、車線を変え、法定速度を守る。彼女は、どんな考えも感情も入る余地のない、まったくの真空状態にいた。が、やがて、どこかで通気口が開いた。決壊したダムから水が流れるように、真っ赤な怒りがあふれ出して、身体中をほとばしり、いまにも破裂しそうなほどに彼女を満たした。

13

　疲れはすでに、張りつめた覚醒状態へ移行している。ミュンイェンスは神経を昂ぶらせたまま車を走らせ、ミュンヘンに入った。丸二日、一睡もしていない。意志の力だけで起きている。

　ミハイルに教わった住所は、静かで退屈な住宅街の一画とわかった。一九六〇年代に建てられた、外観のまったく同じ家々が、窮屈そうにひしめき合っている。狭い芝生の庭、地下に組み込まれた車庫。安っぽいつくりの家だ。イェンスは五十四番地のそばでとまると、車を降り、あたりを見まわした。人の気配がいっさいない。石畳の通路を進み、玄関の扉に触れてみる。鍵がかかっていない。扉を開け、おそるおそる中に入った。

「だれかいるか？」

　答えはない。居間のつもりらしい部屋は、古いソファーが一台置いてあるだけで、ほかには家具が見当たらない。色褪せた縦ストライプの時代遅れな壁紙は、壁の下のほうや天井のあちこちに、湿気による小さな茶色いしみをつけている。彼はキッチンをのぞき込んだ。テーブル、椅子二脚、コーヒーメーカー。墓の中のような静けさだ。イェンスは向きを変え、たったいま閉めたばかりの玄関扉を見つめた。ドアの枠の、床から十センチほどのところに、LED電灯がふたつついている。そこらの店でときおり見かける、光線がさえぎられるとピンポーンと音を発するセンサーだ。いかにも素人が取り付けたらしいその装置を、じっと観察する。ケーブルの伸びている先に目をやると、壁と天井のつなぎ目に渡された横板でおざなりに隠された、細い電話線につながっていることがわかった。

のんびりしている場合ではないと悟り、イェンスは二階に駆け上がった。部屋がふたつ、バスルームがひとつある。クローゼットの中を探り、隠し部屋への入口がないかどうか、床や壁をぐるりと見まわした。それから階下へ駆け戻ると、キッチンと居間、家の裏手に面した奥の部屋でも、同じように探しまわった。が、なにも見つからない。逃げたほうがいいのだろうか。罠にはめられたのかもしれない。どちらのほうが厄介だろう——あのロシア人三人組に商品を渡せないことか、それとも、ここに向かっているかもしれないドイツ人どもと鉢合わせすることか？　ロシア人たちのほうが面倒だという結論が出た。とにかくブツを取り返さなければならない。

地下への扉はなかなか開かなかった。湿気で木の扉が膨らんでいるのだ。力任せに開けようとするが、びくともしない。イェンスは一メートルほどあとずさり、勢いをつけて扉を蹴った。さらに二度、強く蹴りつけると、扉はついに屈した。

階段を三段下りたところで、暗い地下室から漂ってくる、じっとりと重い湿気のにおいに迎えられた。壁に手を這わせてスイッチを探す。そのまま数秒が過ぎたが、スイッチは見つからない。なにかにつまずいたが、そのまま壁をつたって前に進んだ。べつのにおいが漂ってきた。このにおいには覚えがある——なにかが死んでいる。田舎の別荘で、秋にときおりこんなにおいがした。ネズミが壁の内部に入り込んで、そのまま死んでしまうせいだ。あれと同じ、いや、もっと鼻をつく、強烈なにおいがする。吐き気が襲ってきて、イェンスはひじの裏に鼻を当てて呼吸し、もう片方の手で壁をたどりながら前進した。

部屋の奥の片隅にスイッチが見つかり、ひねると、明かりが寝起きのようにゆっくりと点灯した。ちかちかと点滅する蛍光灯の光の中で、イェンスの目に映ったのは、死体だった。車庫らしき空間だが、車はなく、室内は青白く冷たい光に照らされている。死体は車庫の中央で、イェンスの商品である銃の入った箱に載せられ、仰向けに寝かされていた。のどをかき切られた男。顔が腫れて黄ばんでいて、まるでろう人形のようだ。イェンスはその場で石になったように固まり、死体をじっと見つめた。どうすればいいのかわからない。自分の中で暴れはじめた激しい不安を、なんとか抑え込もうとした。

上の階で玄関の扉が開き、閉まるのが聞こえた。がらんとした部屋を横切る足音が、地下にまで響いてくる。階段の最上段に、大きな靴が一足見えた。

「上がってこい」ミハイルが低い声でぼそりと言う。

イェンスが階段を上がると、ミハイルは彼をぐいとつかんで引き寄せ、身体をさわって武器を持っていないか確かめた。なにも持っていないとわかると突き飛ばした。

古いソファーに、背広姿の若い男が座っていた。白いシャツを着て、襟元のボタンをはずしている。通りに面した窓辺には年配の男がいて、イェンスに背を向けて立っている。こちらはもっときっちりと背広を身につけていて、堅苦しい印象だ。

「おまえ、グスマン一味とは無関係だと言い張っているそうだな」

ラルフ・ハンケが向きを変えて言った。

「地下にあるおれの商品の上に、男の死体が載ってるんだが」イェンスが言う。

「ユルゲンのことか」

「名前なんかどうでもいい。あいつをどかしてくれないか？」

ラルフは笑みをうかべた。イェンスは彼を観察した。その微笑みに、喜びの色はみじんもない。ただ物理的に口の端が上がっているだけにすぎなかった。

「しかしだね、あのユルゲンって男は、ずいぶん長いこと追いかけて、やっとつかまえたんだよ。われわれから四万ユーロを騙し取って、バレないだろうと高をくくっていた。きょうび、四万ユーロにどれほどの価値がある？　ろくな車も買えやしない。それでもユルゲンは盗らずにいられなかった」

ラルフはまた窓の外に目を向けた。

「ほかにも、われわれの困ることをいろいろとしでかしてくれた……四万ユーロごときで殺しはしないよ……われわれも怪物ではないのでね」

「とにかく頼むから、おれの商品からあの死体をどかしてくれよ。そうしたら、おれはさっさと帰る。ここにいるミハイルと約束したとおりだ」

「その約束は、まだ生きているよ……基本的にはね。ただ、帰ってしまう前に話がしたい」

イェンスは、はじめからずっと自分をにらみつけているクリスチャン・ハンケを見やった。ラルフが振り返った。

「息子のクリスチャンだ」

イェンスは、どうでもいい、と肩をすくめてみせた。

ラルフは単刀直入だった。

「グスマン一味を引き入れたいのだ。われわれの傘下に入ってほしい……連中のビジネスは今後、われわれが引き受ける。言ってみれば、うちの社員になってもらうわけだ。待遇は悪くない」

イェンスは肩をすくめた。

「話す相手がちがうだろ。おれはグスマンとは関係ない。商品を取りに来ただけだ」

ラルフは深く息をつき、かぶりを振った。

「いや、おまえには、私の提案を向こうに伝えてもらう。で、連中がどう反応したか、電話で知らせろ。いわば仲介役だ。ミハイルとどんな取り決めをしたにせよ、私がここにいるかぎり、それは無効だ……悪いな」

ラルフはわざと言葉を切って間を置いた。

「ミハイルは、おまえに何度か出くわしたことがあると言っている。おまえこそ適任だ。私がほかの仲介役を送っても、グスマン一味は耳を貸さないだろうしな。質問を持ち帰って、連中に伝えろ。銃も持って帰っていい。言うとおりにせずに逃げようとしても、おまえのことは絶対に探し出す」そしてラルフは、そのあとはどうなるかわかっているだろうな、と言うように、肩をすくめてみせた。

イェンスは選択の余地がないと悟った。その場にミハイルがいなければ、この父子に殴りかかっていただろう。それも悪くないという気がした。

「どう質問すればいいんだ?」

ラルフは考えた。

「質問ではないな。ただ、仲間に入れてやる、とだけ言えばいい。それで意図は伝わるはずだ」

「で、それに対する答えを、おれはあんたたちに伝える。それでおれの役目は終わりってことでいいんだな」

「女はだれだ?」

いきなりの問いかけだった。イェンスは、なんのことかわからずにとまどっている声を出そうとした。

「女?」

「ああ。おまえたちが果敢にもエクトルを助け出したときに、車を運転していた女だ」

「知らないな。エクトルの女じゃないのか」

ラルフはうなずいた。

「やつは、そういう男なのか」

「そういう男って?」

「好色なのかということだ」

「おれには答えようがない」

「女の名前は?」

イェンスは首を横に振った。

「知らない」

ラルフはイェンスをじっと見つめ、しばらくその目を探るようにのぞき込んだ。

「ミハイルが残って、荷物運びを手伝ってやる」と言うと、向きを変え、玄関に向かって歩きだした。クリスチャンがソファーから立ち上がり、あとに続いた。ふたりが出ていく。玄関の扉が閉まり、あたりは静かになった。

ミハイルが地下への階段を指差す。イェンスは目の前に立っている怪物のような巨漢を見つめた。目をこすって疲れを振り払い、ため息をついて、地下へ下りる。ミハイルがうしろに続いた。

ふたりがかりでユルゲンの死体を持ち上げ、もとは洗濯室だったらしい部屋に運び入れて、冷たい床に横たえた。そして車庫に戻った。

「クラウスの具合は？」ミハイルが小声で尋ねる。

「このユルゲンよりはましだよ……」

ミハイルは同じ質問を繰り返した。

「そんなこと、どうして気にするんだ？」イェンスが尋ねる。

「気にするに決まってる」

イェンスは銃の入った箱のそばで立ち止まった。

「病院の救急外来に連れていった。大丈夫だ」

ミハイルは離れていき、車庫のシャッターを上げた。昼の光がふんだんに差し込んできた。ふたりはイェンスの箱の両側をそれぞれつかみ、同時に持ち上げて、歩道沿いにとめてある彼の車に向かった。

「あいつは――クラウスは、いいやつなんだ」

荷物スペースに箱を突っ込む。

「いいやつっていうのは、どういうやつのことだ？」

イェンスが尋ねた。

ミハイルは答えなかった。ふたりは車庫に戻り、もうひとつの箱も同じように運んだ。イェンスは荷物スペースのドアを閉めた。

「おまえの電話番号を教えろ」とミハイルが言う。

イェンスは一時的に使っている携帯電話の番号を教えた。ミハイルが連絡先を送信してきて、イェンスの電話が鳴った。

「グスマンと話したら、この番号に電話しろ。なんとか話をつけてこいよ。このままじゃ泥沼にはまる気がする」ミハイルはそう言うと、左右に身体を揺らして歩き、別れも告げずに家の中へ消えた。

イェンスはミュンヘンを離れ、ポーランドをめざした。チェコを通るのがいちばんの近道だが、国境越えはできるかぎり減らしたい。そこでドイツ国内を北上し、どこかで目立たずにポーランドに入れることを願った。ちょうどそんな場所が、ドイツのオストリッツという町のそばにあり、なんの問題もなく国境を越えることができた。

口利き役のリストに電話をかけ、銃の件ではかなりのトラブルに巻き込まれたが、なんとかなったのでこれから届けに向かう、と告げた。納品が遅れたことを大目に見るよう、ロシア人たちを説得してほしい、少しなら値引きしてもかまわないが、なにか面倒を起こされてはたまらない、とも伝えた。あと七時間でワルシャワに着くと言い、明日の連絡先としてホテルの名前を知らせた。リストは、できるかぎりのことはする、と言ってくれた。

外は真っ暗で、ここポーランドの片田舎は電気が通っていないのではないかと思うほど、密度の濃い闇があたりを覆っていた。すれちがう車はなく、遠くのほうで明かりをつけている家も見えない。ふと、自分がこの世界にひとりきりになったような気がした。ガタン、ガタン、ガタン、ガタン。コンクリートのつなぎ目にタイヤが当たるたびに、電車のような音がする。催眠効果のある単調な音だ。いつまで経っても、暗闇に目が慣れてくれない。ヘッドライトは目の前のごく狭い範囲を照らしているだけで、道路はずっと同じに見えた。灰色で、平板で、まわりの暗闇と同じだ。ガタン、ガタン、ガタン、ガタン……音が子守唄に変わる。イェンスはハンドルを握ったまままどろみはじめた。窓を開け、目を開けていられるよう、大声で歌う。が、効かなかった。彼は歌うのをやめたが、自分では歌っているつもりで、頭の中で歌が続いていた。かくんと頭が垂れる。ガタン、ガタン、ガタン、ガタン……そのとき、どこかからべつの音が聞こえてきた。ひっきりなしに続く、しつこい音。電話だ！

着信音のおかげで、畑に突っ込まずに済んだ。側溝に落ちかけていたところで、ぐいとハンドルを切り、タイヤをはずませながら道路に戻った。ため息をついて、間一髪だったことのショックをやり過ごした。

「もしもし？」

「起こした？」

「ああ。起こされた。ありがとう」

「ソフィーよ」

「声でわかった」

「いま、どこ？」

「運転中」

ソフィーの声がもっとよく聞こえるよう、窓を閉め、スピードを落とす。

「あなたの助けが要るみたい」

「助け？」

「私の家に、勝手に入った人がいるの」

「いま、家からかけてるのか？」

「ううん。公衆電話から。数は少ないけど、まだあるのね」

「よし」

果てしなく長い沈黙。

「身の危険を感じる？」

「ええ……でも、すぐになんとかしなきゃならない、っていうほどではないと思う」

「明日かあさってには帰る。そのころにまた連絡してくれ。その前になにかあったら電話してくれていいから」

「わかったわ」

ソフィーはまだ電話の向こうにいる。切りたくないのかもしれない。イェンスは彼女の息遣いに耳を傾けた。

「だれに電話したらいいかわからなかったの」

「気をつけて」と言い、イェンスは電話を切った。

なにもかもが自分の許容範囲を超えつつある。ドアポケットにタバコを一箱見つけて、シガーライターで火をつけ、ふたたび窓を開けて煙を外に吐き出した。ポーランドの片田舎の空気を吸い込む。近くにあるらしい火力発電所の放つ褐炭のにおいが、軽いスパイスとなって混ざっていた。

＊

車を替えることになった。ボルボから、サーブへ。ラーシュは古い紺色のサーブ９０００を運転してストックスンドに向かった。うしろの荷物スペースに盗聴装置が入っている。

車をとめ、受信機がきちんと作動していることを確かめると、音がしたら録音が始まるよう設定し、車に鍵をかけてストックスンド広場まで歩いていった。そこからバスに乗り、ダンデリュード病院のそばで降りると、地下鉄でストックホルム中央駅へ向かった。

地下鉄の中では、ドアのそばに立ち、天井近くに渡してある手すりをつかんだ。あのろくでなしどもは、ぼくを追い払おうとしている――ラーシュはそう確信していた。グニラのふるまいを見ていると、そうとしか思えないのだ。自分は無視され、のけ者にされている。終わりの見えない監視の仕事しか、グニラは与えてくれない。彼の報告書について話し合うどころか、コメントのひとつもよこさない。ろくに知らない相手、かりそめの知り合いでしかないかのように彼を扱う。我慢のならない扱いだった。そのうえ、図体ばかり大きくて頭の足りない、人種差別的な発言ばかりする二重あごの馬鹿が、ブラーエ通りのオフィスに現れた。グニラはそいつのことを、チームの新たな戦力、と紹介した。名前はハンス（ハッセはハンスの愛称）・ベリルンド、元機動隊員で、空港警察に勤めていたこともあるという。だらしなく太ったどうしようもないやつだ、とラーシュは思った。仕事を手伝ってもらう、とグニラは言った。へえ、いったいなにをするっていうんだ？　ぼくを辞めさせて、あいつに監視を任せるつもりだろうか？　フムレゴーデン公園で、グニラとアンデシュはなにを話していたんだろう？　いったいなにが起こっているんだ？　考えれば考えるほど頭が混乱してきた。ああ、頭がきちんと働いてくれない。目を閉じて意識を集中し、小さな四角をいくつも思い浮かべた。小さな箱のようなその四角に、さまざまなできごとを入れて整理する。つながりのあるできごとは、同じ箱に。さしあたり、箱は三つできた。グニラ、監視の仕事、ソフィー。なかなかいいすべり出しだ。引き続き、さまざまなできごとを整理していく。が、だんだんよくわからなくなってきて、ひとつの箱に入れたできごとをほかの箱に移してみたりした。集中力が途切れると、怒りが湧いてきた。ふと気づくと、地下鉄の中で立ったままぶつぶつとつぶやいている自分がいて、彼は目を開けた。

　ベビーカーを押して乗ってきた男性が、不安げにラーシュのほうを見ていたが、さっと目をそらした。ラーシュはふたたび目を閉じ、三つの箱に戻ろうとしたが、そばでだれかが鼻をかんだ音に邪魔された。スピーカーから、次の停車駅は王立工科大学、との声が響き、ロースラグ線への乗り換え案内が流れた。もうだめだ。ラーシュはあきらめた。彼の意識の中で、三つの箱が木っ端微塵になった。

　ドアが開き、酔っぱらいが乗り込んできた。車両の奥のほうに座って本を読んでいた若い女性にからんでいる。これが半年前だったら、ラーシュはつかつかと近寄っていき、警察の身分証を見せて、酔っぱらいを追い出していただろう。だが、いまの彼は無関心だった。なにもかもがどうでもよくなって、ひたすら床を見下ろしていた。酔っぱらいは大声でわめき、女性は困り果てていた。

　書斎の床に座り、紙に図を描いて、これまでに起こったことをすべて書き出し、自問した――グニラ、ソフィー、ハーガ公園のそばで高速を降りた車。グニラが知っていて、自分が知らないこととは、いったいなんだろう？　ラーシュは紙に書きつづけた。いくつもの名前、矢印、疑問符。それに、アンデシュ……アンデシュ・アスクはあそこでいったい、グニラとなにをしていたのだろう？

　疑問は増える一方だが、答えは増えず、彼はひたすら書きつづけた。考えをめぐらせては、書く。紙がすっかり汚くなった。文字が多すぎる。疑問符が多すぎるのだ。

　ラーシュは床から立ち上がり、壁に掛かった二面の額を見つめた。アロハシャツを着た猿が便器に座り、トイレットペーパーのロールを口に入れている。子どものころ自室に飾っていて、以来ずっと持っている絵だ。そのとなりには、ボクサーのインゲマル・ヨハンソン、通称〝インゴ〟の大きな写真が掛けてある。トランクスをはいて、グローブをつけて、軽い前傾姿勢で、いつでも攻撃にかかれそうだ。この写真は、八歳の誕生日に父親からもらった。〝インゴはな、男の中の男だ。よく覚えとけよ〟。父のレナートは、夕食の前にいつもロブ・ロイを四杯飲み、ひどく荒っぽいボクシングのまねごとを好み、ユダヤ人が世界を牛耳っているとか、オロフ・パルメ（スウェーデン元首相。一九八六年に暗殺された）は共産主義者だとか、そういうことを言ってはばからない男だった……

　ラーシュは猿とインゴを壁から下ろして床に置くと、

机にしまっていた太いマーカーペンを出した。そして真っ白な壁に向かって立ち、たったいま紙に書いたことを壁に書き写しはじめた。文字を書き、線を描き、造形し、一歩下がって自分の作品を眺め、評価する……なにかが足りない。

パソコンに保存してあるソフィーの写真を印刷し、中央に貼りつけた。また一歩下がって作品を眺める。ソフィーがこちらを見つめている。彼もじっと見つめ返した。彼にはわからないなにかが姿を現しはじめる。ラーシュは頭皮に爪を立ててがりがりと掻いた。心臓の鼓動が速くなった。パソコンにある写真を、さらに何枚も印刷する。関係者全員の写真。壁に貼ると、ソフィーを中心に広がる扇のようになった。それぞれの名前を書き、彼らがしたこと、していないことを書き出す……それから、すべての写真を赤い線でつないで、関連性を見極めようとした。

線はすべて、ソフィーにつながっていた。

＊

エクトルから電話があった。どことなくおとなしい声で、彼女を怖がらせたり不快にさせたりしないよう、気を遣っているようにも聞こえた。手伝ってほしいことがある、と彼は言った。会うための口実だとソフィーにはわかった。

エクトルは旧市街にある自宅で、居間のソファーに横になっている。ソフィーは彼の脚のそばに座り、ギプスの上のほうに入ったひびを観察している。それから、ギプスをそっと引っ張ってみた。

「なんとも言えないわ。病院に行って、お医者さんに見てもらったほうがいいわよ」

「取ってくれ」とエクトルは言った。

「予定の日まで、まだ一週間以上あるのに」

「痛くないんだ。このままギプスをはめてても、中で脚を動かせるんだから、いずれにせよもう手遅れだろう?」

「いつからこの状態だったの?」

「あの夜から」

あの夜……ふたりとも、あの夜のことは話したくなかった。とりわけ、彼女のほうが。

「ほんとうにいいのね?」

「なにが?」

「ギプスを取ってもいいのか、ってこと。まだ早いかもしれないわ。悪化しないともかぎらない」

エクトルはうなずいた。

「取ってくれ」

「ペンチはある? はさみは?」

「キッチンの調理台の、上から二段目のひきだしに。ペンチは流し台の下、工具箱に入れてある」

ソフィーは立ち上がり、キッチンに行ってひきだしの中を探りはじめた。はさみが見つかった。流し台の下の戸を開ける。工具箱を引っ張り出して開けてみると、目的のものが見つかった。刃のまっすぐなペンチ。とはいえ、ずいぶん小さいので、これでは時間がかかりそうだ。

居間に戻る。エクトルはソファーに半ば横たわり、彼女を目で追っていた。ソフィーはまた彼の脚のそばに座ると、ペンチを使ってギプスを上から切り開きはじめた。エクトルの視線を感じた。

「自分でもできたでしょうに」

そう言いながら、ペンチを使って切りつづける。

「きみは、今回のことにかかわるはずじゃなかったんだ」エクトルが言った。

「アーロンにもそう言われたわ」ソフィーはそっけなく答えた。

「よけいな心配をしてるのはあいつだけだ。おれは心配してない」

ソフィーはエクトルを見つめた。

「その言葉を信じろっていうの？」

「うん」

「あなたは心配してない、っていうのを？」

エクトルはうなずいた。

「心配してないよ。まったく」

「どうして？」

「きみを知ってるから」

「知らないわよ」

「おれのことを好いてくれてるから」

ソフィーは彼を見つめた。彼の言うことが気に入らない。その言いかたも、顔にうかんでいる微笑みも。

彼女の反応に気づいたのだろう。エクトルの笑みが消えた。彼女はギプスを切り開きつづけた。

「おれは悪人じゃないよ」エクトルが不意に言う。

ソフィーは答えずに作業を続けた。そのとき初めて、必死さのようなものをエクトルに感じた。けっして激しくはないが、それでもたしかに存在し、部屋の中に漂っている、必死さ。なんとか抑え込もうとしている、いささかの狼狽。

「きみの旦那さんのことだけど」エクトルがなにげない口調を装って切り出した。さかんに質問をしていた入院中に戻ったかのようだった。

ペンチがギプスをゆっくりと切り開く。

「旦那さんのことは、絶対に話さないんだな」

「話したでしょう。前にも質問されたわ」

「そうだけど、ろくに答えてくれなかった」

「夫は死んだの」ソフィーはささやき声で答えた。ペンチを握る手に力を入れ、わき目も振らずに作業を続ける。

「知ってる。でも、それだけじゃないだろう？」

「あなたには関係ないわ」

「それでも、知りたい」

ソフィーはギプスを切る手を止め、エクトルを見つめた。

「どうして？」

「きみはいったい、なにをそんなに怖がってるんだ？」

ソフィーの中でにわかに苛立ちが膨らんだ。

「そうね、エクトル、私はなにを怖がってるんだと思う？」

精一杯の皮肉をこめて言い放ったが、エクトルは動じなかった。

「旦那さんと――ダヴィッドといて、幸せだった？」

いったいなにが言いたいのだろう？　ソフィーはペンチを手放した。

「エクトル、わからないわ」

「なにがわからない？」

「この会話よ。なにが目的なの？」

「きみという人を知りたいんだ。きみがどんな過去を抱えているのか。おれたちはこれからどうなるのか……」

ソフィーはふと胸騒ぎを覚えた。

「私たちがこれからどうなるのか？　いまさらそんなこと……事情が変わったとは思わないの？」

「思わない」

自分が彼を凝視していることにソフィーは気づいた。ひょっとしてこの人は、人間としてふつうの感情を抱くことができないのだろうか？　あんなできごとに巻き込まれ、アーロンにも脅されて、彼女がどんなに怖い思いをしたかわからないとは。やはりこの人は、まったくべつの世界に生きているのかもしれない……やはり、グニラの警告は当たっているのかもしれない。

そう考えると怖くなった。彼とふたりでいることに、急に不安を覚えた。立ち上がってこの場を去りたいという思いに駆られる。逃げなければ。この人から離れなければ。だが、立ち去ることはできなかった。代わりに、なんとか気持ちを落ち着けて、不安を隠すために会話を続けようとした。ギプスを切り開く作業も再開した。

「そうね、あまり幸せじゃなかったわ」ソフィーは小声で言った。

記憶をつかまえようとする。

「ダヴィッドは、自分のことしか考えてなかった」彼女は語りだした。「そういう人だったのよ。エゴイスト。そのことに気づいたのは、結婚してから何年も経ったあとだった。そのあと、彼の浮気が発覚した。私は離婚したかった。ちょうどそのころ――私が離婚の準備を進めていたころに、ダヴィッドががんだと診断されたの。それで、離婚しないでほしいって懇願された。私が世話をせずにはいられないだろうとわかってたんでしょうね。病状が悪化すると、ダヴィッドは死ぬのをとても怖がるようになって、まわりの注目と理解をむさぼるように求めた。そのしわ寄せは、だれよりもアルベルトに及んだわ。あの子には事情がわかってなかったから」

彼女は顔を上げ、エクトルを見つめて続けた。

「とにかくひどい態度だった……それが、私の記憶にあるダヴィッドよ」

彼女はギプスを切った。エクトルはなにも言わなかった。うなずきもしなかった。

「アルベルトは？」

「泣いてたわ」

エクトルは続きを待ったが、続きはなかった。ソフィーはギプスをめくって脚からはずすと、むき出しになった脚に毛布をかけてやった。

「はい、エクトル、これでまた自由の身ね」そう言った自分の声のよそよそしさに気づいて、ソフィーは笑みをうかべようとした。そして立ち上がりかけた。

「待ってくれ」エクトルが言い、ソフィーの腕に手をかけた。

彼の表情が変わっている。本来の彼に戻ったような、力が抜けたような感じ。悲しげな色が瞳にうかんでいしばらくいつもとちがう態度だったのが元に戻った彼は、その変化のせいで疲れてしまったらしい。片方の手を髪に差し入れて梳いた。

「あの夜――あのできごとがあった夜、アーロンと車を降りた瞬間からずっと、なにかが壊れたような気がしてならないんだ。もう二度と直せないなにかが。壊れたのは、きみがおれに寄せてくれていた信頼、期待、信用なのかもしれない。わからない……だから今日、ここでこんな妙な態度をとってしまった。要するに、きみを失うのが怖いんだ。きみを失いたくない。以前の状態に戻りたい」

ソフィーは黙っていた。

「おれのことは、怖がらなくていい。絶対に」とエクトルは言った。

るようにも見える。

「謝らせてくれ」

やっぱりどことなく苦しげだ。後悔のようなものが見える。エクトルの声に嘘はない。彼らしさが戻ってきた気がした。

「なにを謝るの？」ソフィーは腰を下ろした。

「おれの言いかた。おれの態度」

ソフィーは黙っていた。

「いま、きみの表情を見ていて、わかったんだ。おれの言うとおりにしてくれたのは、おれがいったいどういう人間なのかわからなくなって、不安になったからだろう。だから、きみは気を張って、落ち着きを失わないようにしてた。いや、不安どころじゃなくて、怖かったんじゃないか。ほんとうに悪かった」

ソフィーはじっと耳を傾けた。自分の気持ちが、彼にはこんなにも筒抜けなのかと思うと、怖いと同時に心を惹きつけられた。

14

　スヴァンテ・カールグレンはいつも、朝の七時に家を出る。そして、どこかに出張するのでなければ、たいていその十二時間後には帰宅する。大きな責任を負い、大量の仕事をまかされて、出張に、会議にと、いつも忙しく飛びまわっている――少なくとも、まわりにはそう見られたいと思っている。が、実際はその逆だった。自分がめったにストレスを感じないこと、突き詰めてみればあまり仕事をしていないことに、彼は驚いていた。仕事のために、キャリアのために、出世のために生きている。それがあまりにも簡単なのだ。簡単すぎるほどだった。彼が負っている責務は、なにかを前に進めることではない。ただ単に、エリクソンという巨大な会社でなにが起こっているのか把握し、管理すること。それだけだった。正直なところ、把握できているのかどうか心もとないが、それでもべつに支障はない。とにかく、いまのレベルは居心地がいい。ここにとどまりたい――彼の関心事はそれだけだった。

　自宅の敷地に入ろうとハンドルを切ったところで、反対車線を近づいてきた車も私道に入ってきて、彼の車のうしろにつけた。スヴァンテはバックミラーを見やった。見覚えのない車だ。運転しているのは男で、ほかにはだれも乗っていないらしい。

　スヴァンテは車をとめて外に出ると、数メートルほどうしろに駐車した訪問者に向かって眉間のしわを寄せた。ドアが開き、背広姿の男が降りてきた。細身で、髪は黒く、くっきりとした顔立ちをしている。ネクタイは締めていない……

「なにか用かね？」

「スヴァンテ・カールグレンさん？」

スヴァンテはうなずいた。アーロンは迷いのない足取りで彼に近づき、内ポケットから写真を一枚取り出すと、立ち止まってそれを見つめてから、スヴァンテに差し出した。写真を受け取ったスヴァンテは、そこに自分の姿が写っているのを見て目を丸くした。

身体から力が抜けた。なにか言いたい、反応したい。なんでもいい。が、全身が凍りついてしまったようで、なにもできない。騙されたとわかって放心状態になっているのか、なすすべがなく呆然としているのか。それとも、屈辱のあまり動けなくなっているのか。

アーロンがさらに写真を一枚差し出した。小さすぎるブリーフをはいたスヴァンテが、銀色のチューブを鼻に突っ込み、ガラステーブルの上のコカインを吸い込んでいる。彼は写真を受け取ることなく、ただ見つめていた。それからきびすを返し、家に向かって歩きだした。アーロンがあとを追った。

アーロンに背を向けて流し台の前に立ち、自分のために、グラスにワインを注いだ。客人にすすめることはしなかった。アーロンは食卓の椅子に座り、脚を組んで、片方の腕を腿の上に置いている。

「単純な話ですよ」と彼は切り出した。「われわれは圧力団体のようなものでね。あなたに情報提供をお願いしたい。四半期決算を発表する前、投資家向けの説明会を行う前……なにかが起こる前に、会社の実情を報告してもらいます……会社が前進しているのか、後退しているのか。大きなニュースはすべて、公になる前に知らせてください。あなたが見聞きしたこと、社内で噂されていることも、すべて」アーロンは小声ながらもはっきりと話した。

スヴァンテは笑おうとしたが、いまひとつうまくいかなかった。

「私を脅して、エリクソン社を利用して金もうけをしようというのか？」

スヴァンテはワインをひとくち飲んだ。

「残念ながら、お門《かど》ちがいだ。私は、きみたちが欲しがっている情報を知り得る立場にない」

スヴァンテはさらにひとくちワインを飲み、言葉を継いだ。

「きみはどうやら、こういうことを少々簡単に考えすぎているようだ。どうしてこんな企みを思いついたのか知らないが、残念ながら、現実の世界ではそううまくはいかんのだよ」

アーロンは黙っていた。

「現実の世界では、そううまくはいかんのだ」とスヴァンテは繰り返し、またグラスを傾けたが、飲んでいる最中になにか思いついたらしく、動きを止めた。

「そのうえ、大企業ならどこにでも、幹部をこういうことから守るための部署がある。きみもこんなことをしていると痛い目に遭うぞ」

スヴァンテは大胆にも笑みをうかべてみせた。

アーロンはキッチンを観察した。家の外観とは対照的に、キッチンには安っぽい雰囲気が漂っている。ライトアップされた食器棚に並ぶ皿やグラスは、アンティークに見えるよう作られているが、実は最近のものだ。壁に掛かった絵は複製画で、片方のモチーフは花瓶に生けられた花、もう片方はイギリスの田園風景で、赤い上着を着て馬に乗った狩人たちが夜明けの光に照らされている。窓辺にはドライフラワーが飾ってあり、ダイニングテーブルセットはヴィクトリア朝家具の下手なレプリカだ。これほどまでに趣味が悪いという悲運に見舞われたのは、スヴァンテだろうか、それとも彼の哀れな妻だろうか、とアーロンは考えた。

「写真をまずだれに渡すか、選ばせてあげましょう。奥さんにしますか？　それとも、お子さん？　会社の同僚にしますか？」

アーロンはそう言いながら、写真を一枚ずつ見ていった。とある一枚に目をとめると、なにが写っているのかわからないとでも言いたげに、裏返したり向きを変えたりした。それからスヴァンテに写真を見せた。スヴァンテはそれをちらりと見やった。

「映像もあるんですよ。音付きでね」

スヴァンテのつくりものの自信が消えた。彼は観念したような、打ちのめされたような態度になった。

「だれにします？」アーロンが問いかける。

スヴァンテはわけがわからないという顔で彼を見つめた。

アーロンは写真をぱたぱたと振ってみせた。

「奥さん？　お子さん？　友だちにします？　それとも、会社の人にしますか？　まずだれに、これを見てもらいましょうか？」

「金なら出してやってもいいが、きみの要求には応じられない。無理なんだ」

スヴァンテの声が変わった。さきほどよりも甲高くなっている。

「おれの質問に答えてくださいよ」

スヴァンテは自分の髪に手をやった。

「質問って？」

すっかり落ち着きを失っている。

「だれにしますか？」

「だれもなにも……だれにも見せられちゃ困る！　ほかの方法で解決したい。それでいいだろう」

「あなたと取引をするために来たわけじゃありません。質問に答えなさい。答えを聞いたら帰りますよ」

スヴァンテは足元が揺らぐのを感じ、脳をフル回転させた。だれなら、この状況から自分を救い出してくれるだろう？

「なぜ私を狙うんだ。私がなにをしたっていうんだ？　ずっとまっとうに生きてきたのに……」

アーロンは写真をぱらぱらとめくった。

「こっちの言うとおりにするつもりなら、次の決算についてなにかわかりしだい、おれに連絡してください。次の決算でなくても、会社の状況に影響することならなんでもかまいません。なにも連絡がなければ、写真をあなたの会社の人に送ります。まずは、あなたの部下にね」

アーロンは立ち上がり、写真の束をテーブルの上に置くと、いちばん上の写真を裏返し、そこに書きつけてある携帯電話の番号を指差した。そしてキッチンを去り、家を出ていった。

スヴァンテはワインを飲み、アーロンが車に乗って去っていくのをキッチンの窓から見送った。それから電話を手にすると、暗記している番号を押しはじめた。このような事態が発生したときに使うことになっている番号。エリクソン社のセキュリティー部門は、盗難から産業スパイ、脅迫、誘拐に至るまで、考えられるあらゆる状況に、いや、考えにくい状況であっても対応できる態勢が整っていて、この番号に電話がかかってくるやいなや対応が始まるしくみになっている。

彼は結局、番号の最後の一ケタを押さなかった。

アンデシュは愛車のホンダ・シビックに乗り、電話を耳に当てている。

「名前はスヴァンテ・カールグレン。エリクソン社のそこそこの幹部で、既婚、すでに独立した息子と娘がひとりずつ。わかったのはそこまでです」

しばらくの沈黙があった。

「カールグレンを尾行しなさい。なぜアーロンが訪ねていったのか突き止めて」やがてグニラが言った。

＊

イェンスはホテルの部屋からリストに電話をかけた。やはりロシア人三人組が難癖をつけてきたらしい。予想どおりだ。

「そっちに行くつもりはないらしい……あと、無反動砲が欲しいそうだ」とリストは言った。

「なんだって？」

「納品が遅れたから、利子として、ひとり一挺ずつ無反動砲が欲しいと」

「無反動砲？」

「そうだ」

「冗談だろ？」

リストは答えなかった。

「くそくらえと言ってやれ」とイェンスが言う。

「そりゃまずいだろう」

イェンスはうんざりした。だれもが寄ってたかって自分にいやがらせをしているようで腹が立つ。彼は左手で目を覆った。

「いいよ、言ってやれ。ふざけるなって」

「ふつうならそうするが、今回の相手はドミートリーだ。あいつは……なんというか、キレたらなにをするかわからん男だ。日が経つにつれて、ますますおまえに腹を立ててるみたいだぞ。傲慢なやつだ、自分のほうがすごいと思ってやがる、というのがあいつらの評価」

「おれのほうがあいつらよりましな人間なのは事実だろう」

「そりゃそうだが……期限は一週間だそうだ。一週間後には無反動砲が欲しいんだと」

「おい、そんなの無理だって、いくらあいつらでもわかるだろう⁉ 無反動砲だと？ 冗談じゃない。一週間で手に入るもんじゃないってことぐらい、おまえも、おれも、だれもが承知してる」

「手に入れられるか入れられないかの問題じゃないんだよ。残念だがな」

イェンスは目を覆っていた左手で額をさすった。

「とにかく無理だ。約束した銃はあるから、とにかく取りに来いと伝えろ」

「それでやつらが納得するとは思えんが」

「おれには関係ない」

リストは黙っている。イェンスはため息をついた。

「リスト、おまえがおれの立場だったら、どうする?」

「金で解決する道を探るな。やつらに銃を渡して、金も返す。大損になるが、泥沼にはまることはない」

「そこまでするか? どうして?」

「あいつらはクスリ漬けで頭のおかしい、なんでもやりかねない連中だから。そもそもこの仕事を紹介したのがまちがいだったな。悪かったよ」

ドミートリーを思い浮かべるだけで、さらに苦々しい気持ちになった。

「いや、もう一度あいつらに連絡をとって、取り決めどおりだと言ってやれ。遅れた分、少し値引きしてやってもいいとは言ってある。けど、それだけだ。おれは折れるつもりはないし、ほかになにかしてやるつもりもない」

「わかった」とリストは言い、電話を切った。


イェンスはベッドに腰を下ろした。壁に掛かった絵に目がとまった。現代美術のまねごとのような絵で、青い立方体の上に黒い三角形がぽかりと浮かんでいる。そんな絵までもが腹立たしく思えた。

ベッドの上で仰向けになり、天井を見つめる。ここ最近、なにひとつ思いどおりに進まない。かつてないほどの疲れを感じ、意志の力は衰えつつあった。イェンスは息を吐き出し、目を閉じた。そして、十五分後にはっと目を覚ました——少なくとも、そう感じられた。が、十五分だと思った眠りは、実は何時間にも及んでいた。

シャワーを浴び、急いで朝食をとってから、スウェーデンに向けて出発した。果てしなく長い時間がぼんやりと過ぎたのち、デンマークとスウェーデンを結ぶエーレスンド橋にさしかかった。イェンスは緊張していた。車の荷物スペースに、銃を詰めた箱がふたつ入っているのだ。ここでできることはひとつしかない。

彼は、あごひげを生やし制帽をかぶった税関職員に向かって、ごくふつうの北欧人らしいアイコンタクトをとってみせた。どうやら合格のようだ。あごひげの税関職員は、制帽のつばに指を二本当てて敬礼をした。

〝あなたを疑ったりしませんよ〟とでも言いたげな、慣れたしぐさだった。イェンスはなんの問題もなく国境を越えると、それからストックホルムまでの長い道のりを吐き気とともに過ごした。いつもは頑丈なはずの神経が、いまにも擦り切れそうだ。ストレスのせいだろうか？　年齢のせいか？　あるいは、大人になってからもずっと火遊びを重ねてきて、そろそろ本格的に火傷をすることになるかもしれない、という予感のせいだろうか？

さらに数時間後、イェンスはストックホルム中心部の西側を走るエッシンゲ街道をひた走っていた。心のどこかでは、無事に戻ってこられたことをうれしく思っている。ハンドルを切って中心街に入る代わりに、そのまま北へ進み、ダンデリュード教会のそばで高速道路を降りて、その先にある高校を素通りした。その裏手、まばらな針葉樹の木立や見苦しい業務用の建物に囲まれた場所に、昔から借りている倉庫があった。

銃を車から降ろす。うれしいことに、何年も前からずっと探していた懐中電灯が見つかった。倉庫のいちばん奥のフックに掛かっていたのだ。この懐中電灯は、とても気に入っている。大きすぎず、重すぎず、光の量も申し分ないし、シルバーのアルミ製で見かけもいい。とにかく完璧なのだ。イェンスは懐中電灯を投げ上げてくるりと回転させると、持ち手の部分をキャッチしてから、ドアに鍵をかけた。気分が少しよくなった。ストックホルムに帰ってきたからなのか、懐中電灯が見つかったからなのかはわからないが。

＊

彼女は車をバックさせて門を抜けた。家のある界隈を二周して、変わったところがないか確かめたが、とくになにも見当たらなかった。そこでストックホルムに向かった。窓を開け放したまま車を走らせる。ビリエル・ヤール通りを、エンゲルブレクト通りとの交差点まで進んでから、ダヴィッド・バーガレ通りの地下駐車場に入った。歩いて駐車場から上がってくると、交差点に戻り、電話ボックスにテレホンカードを入れて番号を押した。

「もしもし?」

「また、私よ」

「やあ」

彼がなにか言うかもしれないと思って、間を置いてみた。が、彼は黙ったままだった。

「いま、家にいるの?」

「うん」

電話だと、とても話しにくい相手だ。短い答えしか返ってこないし、声の調子を読みとるのも難しい。

「これから、会えないかしら?」

二十分後、ふたりはストランド通りの船着き場で待ち合わせた。彼女が歩いて到着したとき、彼はもうベンチに座って待っていた。彼女の姿に気づくと立ち上がったが、距離は保ったままで、あいさつ代わりの抱擁もなければ、ぎこちない握手のひとつもなかった。そのことに、彼女はほっとしていた。

ふたりはベンチに腰を下ろした。暖かな夜だった。彼はジーンズにポロシャツ、スニーカーという服装だ。彼女も、女性用の服ではあるが、似たような格好をしている。ふたりのそばを、人々が歩いて通り過ぎる。酒に酔っている人もいれば、しらふの人もいる。平日だというのに、街はずいぶんとにぎやかだ。彼女は買ったばかりのタバコの箱をポケットから出し、ビニール包装をはぎ取って、一本引っ張り出した。

「吸う?」

彼も一本受け取った。彼女は自分のタバコに火をつけてから、彼にライターを渡した。何服かしたのち、彼女が入り江の反対側にある〈ストランド・ホテル〉を指差した。

「昔、あそこで働いていたことがあるの」

ホテルは華やかな輝きを放っている。

「しばらくアジアを旅行してたのよ。で、帰ってきてから、あそこのフロントで働いた……二十二、三歳のころね」

彼は両脚を広げて座り、ホテルを眺めながら、タバコの煙を何度か深く吸い込んだ。

「きみの家に上がり込んでた男どもについて話してくれ」

彼女は考えをめぐらせた。なにを打ち明け、なにを隠しておくべきか、決めようとした。

「何週間か前に、警察官を名乗る男がふたり、私の家に上がり込んでたらしい。うちの掃除をしてくれてる人が鉢合わせしたの。彼女には鍵を渡してあるから。で、男たちは彼女を脅した。このことを秘密にしないと大変な目に遭う、って言ったそうよ」

イェンスは前腕をひざに載せて前かがみに座り、自分の靴を見下ろしている。

「脅したって、どんなふうに？」

「よく知らないわ」

「その掃除をしてくれてるっていう人はどうして、いまになって打ち明けたんだ？　どうして直後に言わなかった？」

「怖かったのよ」

イェンスはだれにともなくうなずいた。

「なにか盗られた？」

ソフィーは首を横に振った。

「じゃあ、そいつらはなにをしてたんだろう……どう思う？」

ソフィーは考えた。そしてイェンスを見つめた。

「わからないわ」

イェンスは彼女の目を見つめ、そこに嘘がないかどうか見極めようとした。が、見極めるのに役立ちそうな手がかりは、いっさい見つからなかった。ただ、昔のままの彼女が見えた。

「どうかした？」ソフィーが問いかける。

「なんでもない」

イェンスはフィルターに達するまでタバコを吸ってから、靴で踏んで火をもみ消した。

「エクトルとはどういう知り合い？」

ソフィーはその問いを予測していた。

「うちの病棟に入院してたの……私の働いてる病院のね。交通事故に遭ったのよ。それで親しくなった」

「どのくらい親しくなった？」

「まあまあ……まあまあ親しいわ」

「それはどういう意味？」

「どういう意味もなにも。まあまあよ」


ふたりは黙り込んだ。〈トラステン〉で再会したあの夜には、どちらも明かしたくない秘密がたくさん含まれているのだと、ふたりともよくわかっていた。

「で、このことは、エクトルに関係がある？」

「たぶん」とソフィーはつぶやき、同時に考えをめぐらせた。

イェンスは彼女が考えていることに気づき、待った。

「でも、わからない。なにもわからないの」

「きみはほかにも、警察の興味を引くようなことをしてるのか？　そのふたりがほんとうに警察官だったとしての話だけど」

ソフィーは頭をよぎっていく考えをとらえては、ためつすがめつ眺め、自問自答を繰り返した。ベンチから立ち上がり、水辺へ歩いていった。

「イェンス、これまでの年月で、あなたは変わった？」

彼は答えなかった。ソフィーは振り返り、しばらく彼を見つめた。両腕を身体に巻きつけ、適切な言葉を探した。

「エクトルのことを捜査してる刑事さんがいるの。エクトルはなにも知らないわ。彼女に——その刑事さんに、エクトルについての情報を流してほしいって頼まれて……」

ソフィーはイェンスを見やった。打ち明けすぎただろうか、と不安に思っている視線だった。

「あの夜のことは話した？」

「話してないわ。あたりまえでしょう」ソフィーは小声で答えた。

「じゃあ、なにを話したんだ？」

彼女は考え込んだ。

「べつに……たいしたことは話してないわ。名前、場所、どんな人がまわりにいるか。でも、そういえば、電話がかかってきて、あの夜のことを聞かれた……彼女、なにか知ってるのかしら」

イェンスは心底驚かされた。

「なにを聞かれたんだ？」

「あの夜、私がなにをしてたか」

「で、なんて答えた？」

「エクトルといっしょに食事する予定だったけど、エクトルが急に人と会わなきゃならなくなったから、私はひとりで帰った、って」

「なにか、それとなくほのめかしたりはされなかった？」

ソフィーは首を横に振った。イェンスは考えをめぐらせた。そして顔を上げた。

「ほかには？」

ソフィーは答えなかった。

「ソフィー？」

「えっ？」

「続けて」

彼女はためらった。

「あのあと、アーロンに呼び出されて……」

「なにか言われたのか？」

「あの夜のことはだれにも言うな、というようなことを」

「脅された？」

彼女はうなずいた。

「エクトルは？　彼は、なんて？」

ソフィーはため息をついた。エクトルのことは話したくなかった。

「なんて言ってるんだ？」

「もういいでしょう」

ソフィーは苦しげだった。声が変わり、いつもより低くなっている。身体が小さく縮んでしまったように見えた。

「イェンス、私、大変なことに巻き込まれてるみたい……どうしたらいいかわからないの」

そんな彼女を見ているのはつらかった。


「助けてくれる？」

イェンスはこくりとうなずいた――その質問なら、もうとっくにイエスと答えている、とでもいうように。

「で、結局、きみの家にいたのは何者なんだろう？　エクトルの手下？　それとも、警察？」

ソフィーはまだ、両腕を身体に巻きつけている。

「たぶん、警察だと思うわ」

「どうしてそう思う？」

「わからないけど……」

ソフィーは肩をすくめた。

顔色が悪い。疲れたようすだ。

「でも、なにか思うところはあるんだろう？」

「エクトルに関する情報がないか、探っていたのかも……私が警察に話していないことを……」

「それだけじゃない。きみが思いついたことは、もうひとつあるだろう。警察が情報を欲しがっているのなら、じゅうぶんあり得ることだ」

ソフィーはイェンスを見つめた。

「そうだけど……でも、どうすればわかるの？　電話を分解するとか、天井灯を探るとか……そういうことをすればいいの？」

彼女は皮肉のつもりで問いかけたが、イェンスはうなずいた。

「そう、まさに、そういうことをしたほうがいいんだと思う」

ふたりは話したことをそれぞれ頭の中で整理した。やがてイェンスが顔を上げた。

「明日、仕事は休める？」

「ええ……」

ソフィーは不安をにじませている。彼女は向きを変え、ニューブロー広場に向かって歩きだした。

イェンスは座ったまま、彼女の姿を目で追った。昔とまったく変わらない、彼女の歩きかた。ああ、あのころ……はるか昔、どんなに彼女のことが好きだったか。いまでもありありと思い出せる。あのころ抑え込んだ感情も。ひと昔前のあの夏、出会ったときのこと。どんなふうに惹かれ合ったか。彼女とは、話せることならなんでも話した。いっしょに酒を飲んで酔っぱらい、テラスで遅い夕食を楽しみ、朝は遅くまで眠った。親の車を拝借して、朝食を買いに出かけた。あのとき、生まれて初めて──あれが最初で最後だ──年老いて歩けなくなるまで、この女といっしょに暮らして、庭の芝刈りに精を出してもいいかもしれない、と思った。そして、自分がそんなふうに思ったことが、すさまじく怖くなった。で、別れた。ほんとうは離れたくなかったのに……その直後のことは、いっさい記憶に残っていない。

イェンスは携帯電話を出すと、連絡先リストから電話番号を探し出した。着信音が何度か鳴り、年配の男が出た。

「もしもし、ハリー、だれかわかるか？」

「もちろん。久しぶりだな」

「明日の朝、なにか予定は入ってる？」

「入ってても変えられるよ」

「じゃあ、七時にうちに来てくれ。朝食をごちそうする。道具と作業服を持ってきてくれ。社用車はまだある？」

「あるよ。前と変わってない」

「こっちもあいかわらずだよ……じゃあ、明日」

イェンスは電話を切り、ニューブロー湾を眺めた。

なぜこんなにもあっさりと、彼女を助けると言ってしまったのだろう？　彼女は、エクトル・グスマンと付き合っている。警察に目をつけられている。そして、殺人未遂事件の目撃者でもある。自分もかかわった事件だ。エクトルもその手下も、もめごとがエスカレートすれば、ためらわずに銃をぶっ放す。ハンケのような手ごわい連中とやり合っていて、コカインを密輸していて、ほかにもどんなことをやっているかわかったものではない。そして、その渦中に、ソフィーがいる……だから、助けると言ってしまったのだろうか？

自分なら、この世界を知っているから？　それとも、相手がソフィーだから？　ふだんの自分なら、彼女の姿を見るなり走り去っていただろう。自分でもなぜかよくわからないまま、一目散に逃げだしていたはずだ。いままでは女が絡むと、いつもそうしてきたのだから。それなのに、いまの自分は、情けないポロシャツ姿でここにとどまっている。彼女に手を差し伸べている……

イェンスは両手に顔をうずめた。とにかく、疲れた。ベンチの背もたれに身体をあずける。昔に戻りたい。昔のほうが楽だった。感情を脇へ押しやることも、なにもかもどうでもいいと思うことも、いまよりずっと簡単だった……だからこそ人は、昔はよかった、と言うのだろう。年を取ると、襲いかかってくる過去に対処できなくなるから。どんなに過去を覆い隠そうとしても、遅かれ早かれ、すべては明るみに出る。

ズボンのポケットの中で電話が震えた。イェンスは深く息をついて、胸をかすかに締めつけるなにかを振り払おうとした。

「もしもし」

電話の向こうのくぐもった声に耳を傾ける。エクトル・グスマンは感じのよい口調で、きみは夜でもコーヒーを飲めるタイプの人間か、と尋ねてきた。

ラーシュ・ヴィンゲは、船着き場のベンチに座っているイェンス・ヴァルの写真を四十枚ほど撮った。ふと、イェンスが立ち上がり、まっすぐにカメラのレンズのほうを向いた。ピントのきれいに合ったクローズアップ写真が何枚か撮れた。ラーシュは見張りの拠点としていたシェッパル通りの建物を離れ、先回りしてソフィーを待てるよう、ダヴィッド・バーガレ通りの駐車場へ歩いて戻った。

＊

時刻は十一時に近く、あたりは暗くなっていた。イェンスは建物の中に入り、階段を上がった。扉には、〈アンダルシアの犬出版〉というプレートが掲げられている。

エクトルのオフィスに入ると、彼の向かいに腰を下ろした。窓が一か所開いている。夜はまだ暖かく、外の物音が室内まで届いた。ときおり笑い声が聞こえる。騒がしい若者たちが下を通り過ぎる。どこか近くのマンションから、ヒット曲『ボラーレ』が聞こえてきた。

エクトルの机は古い作業台のように見えた。椅子はキャスターのついた革張りの事務用椅子で、おそらく一九五〇年代のものだろう。座り心地がよさそうだ。

エクトルはしばらく物思いに沈んでいた。

「話を始める前に、なにか飲むかい？　ずいぶん疲れてるみたいだな」

「さっきの電話では、コーヒーを飲むっていう話だったと思うが」

　エクトルは立ち上がり、オフィスを出ていった。イェンスはそのあとを追って、小さな会議室と、いくつもの本棚にずらりと本の並んだ書庫を横切った。書庫を歩いているときに、エクトルが片手を上げてみせた。

「ここにあるのは、うちの出版社が出した本だ。スペイン語から翻訳されたものがほとんどだが、ここスウェーデンで書かれたオリジナルもある」

　ふたりはキッチンへ進んだ。

「この階がオフィスで」そう言ってから、エクトルは天井を指差した。「この上がおれの自宅だ」

　キッチンは狭いが、趣味のよい内装で、なにもかもが上質だった。ふたりは立ち止まり、互いを見つめた。自分と相手を比べてみる。背はイェンスのほうが高い。が、エクトルのほうが大きく見える、とイェンスは思った。彼の存在している範囲が、身体そのものよりも大きいように感じる。これが少年時代なら、ふたりは背中合わせになって立ち、頭のてっぺんに手のひらを載せて背比べをしていただろう。

　エクトルが目をそらし、エスプレッソマシンをいじりはじめた。

「どんなやつだった？　ラルフ・ハンケは」

「さあ、なんていうか……傲慢で、芝居がかってて……」

　エクトルはエスプレッソマシンにカップをふたつ置き、ボタンを押した。機械がコーヒー豆を挽きはじめ、かなりの騒音がした。

「ミルクは？」

「ほんの少し」

　エクトルはほんの少しのミルクを両方のカップに注ぎ入れると、片方をイェンスに差し出した。

「話してくれ」

「教わった住所に行ってみたら、ミュンヘン郊外の連棟住宅だった。おれの荷物は地下に置いてあった。で、箱の上に死体が載せられてた」

エクトルはコーヒーを飲みながら眉をつり上げた。

「あのでかいロシア人のミハイルってやつと、ラルフが現れた。ラルフの息子も一緒だった。名前は覚えてないが」

「クリスチャンか……」

「やつらとあんたらの仲介役になれ、とラルフに言われた」

「で、きみはどう思ってるんだ？　仲介役をやることについて」

「べつに、なにも思ってないが」

エクトルはうなずいた。

「仲介など無駄だ。やつらはおれたちの商品を横取りしたうえ、おれの命を二度も狙ったり、脅しをかけてきたり、やりたい放題だ……連中の狙いは、おれたちをむりやり組織に引っ張り込むことだよ」

「そうだな。ハンケが言ってたのも、だいたいそんなことだった」

「なら話は早い。連中に連絡をとって、こんな企みはすっぱりあきらめろと言ってやれ。これまでの失敗で身のほどを思い知っただろう、手を引かないなら宣戦布告と見なす、とな」

エクトルは向きを変え、流し台でエスプレッソカップをすすいだ。そして、不意に険しい表情になった。内から湧き上がってきた怒りが、眉間のしわとなって現れたのだ。彼は水を止め、イェンスのほうを向いた。エクトルの放つ暗い闇が、キッチンに漂っているのが目に見える気がした。

「ここのところ、なにかもめごとがあるたびに、なぜかきみがいきなり現れる。これを偶然だと思えっていうのか？　あげくの果てに、仲介役を引き受けたと言ってのこのこ戻ってくる。どうも不自然だ。ちがうか？」

イェンスは答えなかった。エクトルは彼を見つめ、肩をすくめた。

「だが、その一方で、きみは率直そうに見える……落ち着いている」

イェンスはあえて口をはさむこともないと感じた。

「こちらの答えを、ハンケに伝えてくれ」

エクトルはキッチンを出て、オフィスに向かって歩きだした。そして振り返らずに言った。

「もし、おれたちを騙してるとなったら、きみの命はないぞ」


外に出る階段の途中で、彼はミハイルに渡された番号に電話をかけた。ローラント・ゲンツが応答した。

「もしもし」

「ストックホルムの答えを伝えるときには、この番号にかけろと言われた。合ってるか？」

「ああ」

「エクトルから伝言だ。あんたらはいろいろやり過ぎた。もういいかげんあきらめろ……これ以上なにか仕掛けたら、だれの手にも負えない泥沼になるぞ、と」

「わかった。どうも」

電話が切れた。


イェンスは旧市街を歩きながら、いま自分の身に起きていることを整理しようと考え、番号をつけてみることにした。なによりも重大なこと、急いでなんとかしなければならないことには、1を。さしあたり放置しておいてもいいこと、あとで解決すればいいことには、10を。が、1や2ばかりがいたずらに増え、その中で優先順位をつけることはできなかった。彼は行き詰まった思考を頭から振り払い、朝食を買いに出かけた。焼きたてのパンに、いれたてのコーヒー、手作りのマーマレードを売っている、二十四時間営業の店が見つかった。なるべく質のよい食材をそろえる。数時間後に来る予定のハリーには、ちゃんとした朝食を出してやりたかった。

＊

アルベルトはもう学校に出かけている。朝の八時半、玄関の呼び鈴が鳴った。彼女は扉を開け、イェンスと、ハリーと名乗る年配の男を家に迎え入れた。ふたりとも大工のような作業服姿だ。

「どうも、奥さん」とイェンスが言った。

彼が大工に抱いているイメージは、明るくて、率直で、気さくでなれなれしく、それでいてしっかりと地に足がついている、というものだった。少なくとも、テレビに出てくる大工はみんなそんな感じだ。

「おはようございます。どうぞ」


ふたりは家の中に入った。イェンスが大工を演じ、ソフィーが顧客を演じる。ハリーは無言で居間の片隅に引っ込み、しゃがんで工具箱を開けた。ソフィーは適当にあちこちを指差した。

「まず、ここから外に出るドアを作りたいんです。窓を取り払って、両開きの扉に変えてください。庭に下りる階段もつけたいわ」

イェンスはあたりを見まわした。

「わかりました」

ふたりが話しているあいだ、ハリーは楕円形をしたプラスチックの道具を片目に当てて、部屋のあちこちを見まわしていた。立ち上がり、道具を目に当てたまま、あたりを歩きまわって目線を動かしつつ、手に持った計器らしきものの目盛りを読みとっている。ソフィーとイェンスは芝居を続けた。

ハリーが紙になにか書いた。イェンスが紙切れを受け取る。読んでから、ソフィーに見せた。〝カメラはない〟。そしてハリーは作業を、ふたりは芝居を続けた。ソフィーの想像力がだんだん鈍ってきた。家の隅から隅まで改装するわけにもいかない。そこでイェンスが会話を引き継ぎ、どんな改装が可能か、どんなことが無理かを説明しはじめた。表現がまちがっていることもあったが、ほんとうは大工であるどころか日曜大工の趣味すらないのだからしかたがない。

ハリーが新たな道具を使って室内を調べはじめる。ランプに近寄ったところで、計器の針がふれた。隠しマイクが見つかったのだ。彼はイェンスのほうを向いて親指を立てると、小さなスウェーデン国旗の置物を出してランプのそばに置いた。さらに探索を続け、キッチンでもマイクを見つけて、同じように旗を置いた。二階では、ソフィーの寝室、アルベルトの部屋、廊下にマイクが見つかった。あちこちに小さな旗が置かれた。ハリーは電話も調べ、マイクを二つ見つけた。大工のふりをしてしゃべりつづけたイェンスは、口の中がからからに渇いていた。ソフィーは顔面蒼白だった。

ハリーがミニチュアカメラを取り出した。まるでボールペンのペン先のようだ。彼はそれを、部屋の片隅で天井と壁のつなぎ目あたりにひっそりと渡されていた電気コードの裏に固定すると、手にすっぽりと入る小さなモニターを見て、カメラがきちんと動いていることを確かめた。モニター画面に映った自分自身を見て、少しあとずさり、画面をまた確認している。それが終わると、その手のひらサイズのモニターをソフィーに渡し、紙にこう書いた。

〝このカメラには動きを感知するセンサーがついているので、なにかが動くとカメラが作動します。毎日確認してください。モニターはカメラから八メートル以内のところに隠しておくように〟

ソフィーの家を去る前に、イェンスはプリペイド式の携帯電話と、三十分後にこの家を出て電話してくれ、と書いた紙切れを彼女に渡した。

ハリーとイェンスはワゴン車で移動した。

「どう思う？」イェンスが尋ねる。

「盗聴してる連中は、どうやら金には困ってないようだな。あのタイプのマイクは、去年ロンドンに行って買い物したときに見かけた。糸みたいに細くて小さくて、肉眼じゃほとんどマイクだってわからないほどだ。しかも値段が馬鹿高い。欠点は、かなり近くにいないと盗聴できないってことだ。送信できる範囲が狭いんだよ。たしか、二百メートルだったと思う。住宅街で、木や家にまわりを囲まれていたら、送信可能範囲はさらにぐんと狭くなる。あのマイクを仕掛けた連中はおそらく、車をどこか近くにとめて、受信機をその中に置いてるんだ。で、録音しておいて、それをちょくちょく回収して聴いてるんだろう」

ハリーは運転しながら話しつづけた。

「マイクを仕掛けた連中は素人じゃない。あの家にはたぶん、ほかにも盗聴装置が仕掛けてある。彼女には、パソコンとか、携帯とか……なにを使うにしても、気をつけたほうがいいって知らせてやれ」

「推測でかまわないんだが、だれがこんなことをすると思う？　警察かな？　それとも、その反対側にいる連中？」

ハリーはまっすぐ前を見据えている。

「さあ、見当もつかんな」

＊

「録画してるのか？」アンデシュが尋ねる。

守衛は首を横に振った。

「いいえ、でも、どういうわけか写真は撮れるんですよ。さきほども申し上げたとおり、古い機種でしてね。外来入口に救急車がいるあいだ、三十秒ごとに写真を撮るしくみになってます」

「どうしてだ?」

守衛は肩をすくめた。

「さあ。救急車が入ってきたときに、受付が気づけるようにじゃないですかね。わかりませんが……」

守衛とアンデシュは、守衛の机に向かって座り、銃で撃たれた男が運ばれてきた夜の写真を見直した。車のフロントガラスが上のほうからクローズアップされ、しかも写真はどれもななめに傾いている。

「どうしてこんなふうにカメラを設置してるんだ?」

「知りませんよ」

アンデシュはため息をついた。写っているのは、黒っぽい車の上のほうだけで、窓の半分と屋根の一部が見える。ハンドルにかけられた片腕も見える。ぼやけた右腕。運転手はおそらく男で、車から降りようとしているのだろう。アンデシュはまたため息をついた。車が入口を去った瞬間の写真はない。最後の写真になると、車の姿はすでになく、入口前はがらんとしていた。

「写真を全部くれ。似たような写真でもかまわない」

エヴァが写真をスキャンしてパソコンに取り込んだ。アンデシュ、グニラ、エリックが、画面をじっと見つめている。

「車種は?」グニラが尋ねる。

だれも答えない。

「じゃあ、比べてみて……」とグニラは言い、資料を見下ろして続けた。「……二〇〇一年式のトヨタ・ランドクルーザーと」

エヴァがキーを叩きはじめ、ランドクルーザーの画像を探し出した。何枚もの写真が画面に映し出される。よさそうな写真を一枚選んで、3D表示できるプログラムに取り込むと、角度を調節し、救急外来入口の写真と比較した。

「同じ車のように見えますね」

エヴァはまたべつのプログラムを立ち上げ、縮尺比やサイズを入力した。彼女を除く三人にとって、まったく理解不能の計算だ。彼女が測定ツールをマウスで操作し、二台の車のあちこちを測っていく。そして、結果を検証した。

「二〇〇一年式のトヨタ・ランドクルーザーと見て、ほぼまちがいありませんね」

「あの看護師、ずいぶん荒っぽいことをするな」アンデシュが小声で言う。

「まだ彼女だとは断定できないわ」グニラが言った。

「同じ車種の車を持っている人間はほかにもいるからな」エリックがぼそりと言った。

ふと静かになった。全員がそれぞれ考えをめぐらせている。グニラが沈黙を破った。

「これがソフィーの車だとしたら、どんなシナリオが考えられる？」

アンデシュが口火を切った。

「この車に乗ってる人間が写ってるのは、三枚目の写真だけです。腕が見えますね。ソフィーの腕ではない。車から降りようとしてる男の腕です。だが、エクトルではなさそうだ。それにしては肌の色が白すぎる。アーロンかもしれない。撃たれた男の仲間かもしれない……あるいは、まったくべつの男かもしれない。いずれにせよ、ソフィーは車でレストランの裏手にまわって、連中をそこで拾った可能性があります。レストランからそっち側に出られる裏口があるんですよ。この前確かめました」

「でも、そうだとしたら、ラーシュは？」グニラが口をはさんだ。「どうしてラーシュは、ソフィーが車で帰ったと言ったの？」

「帰ったと思っただけかもしれませんよ。ソフィーが裏手にまわって男たちを拾っているあいだに、彼女を見失ったとか？　要するに、ちゃんと尾行できてなかったってことです」

「でも、そうだとしたら、ソフィーが裏手にまわったことは言うはずじゃない？　でも、そうは言ってなかったのよ。ソフィーはオーデン通りに出たって言ってたわ。彼もそのあとをついていった、って」

「嘘をついてるんじゃないですか？」アンデシュが言う。

「嘘をつく理由は？」

アンデシュは答えなかった。

「アンデシュ、ラーシュが嘘をつく理由は？」

アンデシュはかぶりを振った。

「知りませんよ……」

エリックが唇をとがらせ、下唇を引っ張った。

「あれこれ推理する前に、ソフィーの車を調べたほうがいいんじゃないか？　銃で撃たれた男をその車で運んだのなら、跡が残ってるはずだ」

グニラはエヴァのほうを向いた。

「ストックホルムとその周辺で、これと同じ車種、同じ色の車を全部調べて。所有者全員の名前が欲しいわ。アンデシュ、あなたはハッセ・ベリルンドと組んで親しくなっておいて」

「もうそれなりに親しいですがね」とアンデシュは言った。

15

午後、アンデシュ・アスクとハッセ・ベリルンドは鑑識課に赴いた。受付にある箱を取りに行け、とグニラに言われたからだ。正式にサインをして引き取るわけではなく、なにもせずに受け取っていいという話だった。アンデシュは箱を受け取ると小脇に抱え、鑑識課を出ていく途中で、面識のある古参の警官たちに軽くうなずいてみせた。警官たちも軽くあごを引いてあいさつを返してきた。

ふたりはハッセの気に入りの店、ボートシルカにある〈コロッセウム〉というピザ屋で食事をした。ハッセは豚ヒレ肉とベアルネーズソースの〝コロッセウム・スペシャル〟を、アンデシュはハムとパイナップルの載った〝ハワイ〟を注文した。飲みものは、スウェーデンのビール〝ファルコン〟だ。ハッセに言わせれば、飲む価値のあるビールはこのファルコンだけで、ほかのビールは小便の味しかしないのだという……まるでキツネの小便だ、とハッセは言った。それがどんな味なのかは不明だが。

ピザ屋の片隅で、ホームレスまであと一歩のような酔っぱらいたちが、デキャンタに入った赤ワインを飲んでいる。怒鳴り合うように話していて、しかも話題があちこちに飛ぶ。教育の話、医療の話、どこかの社長の話、それから〝あの外務大臣、名前はなんだっけ……そうそう、カール・ビルト〟の話。

ハッセが立ち上がって近づいていき、声のボリュームを落としてほしいと頼んだ。すると、髪を赤く染めたみすぼらしい女がしわがれ声で叫びだした。男の命令をおとなしく聞くのは、とっくの昔にやめたんだ……もう二度と従わないと決めた……わかったか、このろくでなし。連れのひとりも口を開き、ハッセに向かって支離滅裂な言葉をわめきだした。ハッセは自分のピザに戻り、腰を下ろした。

「どうしてわざわざあんなのに首を突っ込む？」

「さあ」ハッセはため息をつくと、三角形に切った大きなピザにかぶりついた。チーズが垂れた。そして、ピザをほおばったまま続けた。「いいから、話してくださいよ。お袋さんのこと」

アンデシュはピザを切り分けた。

「話すことなんか、あんまりないぜ。知り合ったのはもうずいぶん昔のことだ。面目丸つぶれ寸前のところを、何度か助けられてる。おれは昔、公安をクビになったんだけどな」

そう言って、ピザにかぶりついた。

「どうしてクビに？」

「盗みの現場を押さえられた」ピザをほおばったまま答える。

「盗み？」

アンデシュは食べものを飲み込んでから答えた。

「ノシュボリでエリトリア人グループの監視をしてた。で、ある日の夜、盗聴器を仕掛けようとしたときに、流し台の下に現金の詰まった紙袋を見つけた。手を突っ込んで、ポケットに詰めたんだが……馬鹿な同僚が上に報告しやがった」

「で、グニラが助けてくれたんですか？」

「ああ、どういう方法を使ったのかは知らないが……クビにはなったが刑務所行きは免れた」

「どうしてですか？」

「なにが？」

「どうしてグニラはあんたを助けたんです？」

「引き換えに仕事を手伝えと言われた。忠誠を誓えと」

「ほんとに忠誠を誓ってるんですか？」ハッセがピザを嚙みながら尋ねる。

アンデシュはうなずいた。

「ああ」

「そりゃ結構なことですね」

ハッセはビールジョッキを傾けた。酔っぱらいたちが怒鳴り合いを始めた。ハッセがそちらに目をやると、アンデシュは、放っておけ、と合図した。

「で、そのあとは?」

「おれはすごすごと公安を去って、それから何年かは、グニラに頼まれた小さな仕事をこなして暮らした。が、またやらかしちまった」

アンデシュはピザをほおばった。

「何人かでつるんで、手っ取り早く稼ごうってことで、テービー競馬場で馬に薬を打ってドーピングしようとしたんだ……が、しくじった。二頭が死んだ。検査係が踏み込んできたとき、おれたちはまだ現場にいた。おれは注射器を手に持ってた」

彼は当時を思い出して笑い声をあげた。


「で、またグニラに助けられた。どうしようもない不始末をしでかしたのに、グニラはおれがしくじるたびに助けにきて、丸くおさめてくれた……だから、まあ、あの人には借りがあるんだよ」

ハッセはビールを大ジョッキで飲んでいる。ジョッキを置くと、泡が上唇についていた。

「車の中で、なにか言いかけてませんでしたか……おれたちみんな、足並みをそろえなきゃならない、とかなんとか」

アンデシュはピザにかぶりつきつつ、肩をすくめた。

「あれはなんでもない」

「言ってくださいよ」

アンデシュは首を横に振った。

「たいしたことじゃないんだ」

「たいしたことじゃないなら、話してください」

アンデシュは考えつつ、ピザを飲み込んだ。ビールを飲み、うしろをちらりと振り返った。

「グニラとエリックが担当してた捜査があってな。おれも仕事を請け負ってた。ズデンコを調べてたんだ。ほら、〝競馬王〟って呼ばれてたズデンコだよ。マルメを拠点に動いてた大ギャングだ。ズデンコには女がいた。スウェーデン人で、頭のからっぽなブロンド女だった。アリングソース出身で……二十八歳だった。名前はパトリシアなんとかと言ったな……」

アンデシュはしばらく脱線して物思いにふけっていたが、やがて戻ってきた。

「グニラは早いうちからその女を捜査に引き入れてた。なにか知らないが、弱みを握ってたのかもしれない。で、その女の盗聴を始めた。なんの結果も出なかった。やがてその女が急に姿を消した。ズデンコは野放しになったが、結局そのあと、マルメの競馬場で射殺された」

「その女はどこに行ったんですか？」

「知らないよ。とにかく、消えた……行方不明になった」

「はあ？」

アンデシュはピザを切り分けた。

「とにかく、いなくなったんだよ。失踪した。失踪届も出てる。蒸発ってやつだ」

「死んだんですか？」

アンデシュはさらにピザを口に突っ込んだ。嚙みながらハッセを見やり、肩をすくめた。

「で、その責任を取らずに済んだのはどういうわけで？」

「簡単なことだ。その女に関する情報をすべて処分した。いっさいかかわりがなかったように装った。それがグニラのやりかただよ。昔から、ずっとそうだ。人を利用する。仕事のために人を利用するのは当然だと思ってる。巻き込む必要のある人間を巻き込む。たとえ、その人間がいやがっていても」

彼は顔を上げた。

「その代わり、要らない人間は徹底的に蚊帳の外に置く。だから、めったに失敗することがない」

「どういうふうに利用するんですか？」

「どういうふうに？　おれを見てみろよ。公安の裏切り者、馬殺しが、こうして仕事をもらってる。おまえも同じだろう。やたらとキレやすい、どうしようもない下っ端の機動隊員だったおまえが、仕事をやると言われて異動してきた。これでもわからないか？」

「ズデンコの女は、どうやって引っ張り込んだんでしょうね？」

「さあな……なにかを約束してやったか、なにかで脅したか」

「今回の看護師と同じですね？」

「いや、ちがう……同じじゃない。どうやって引っ張り込んだのか、結局よくわからなかった。まあ、いずれにせよ、もう終わったことだ。済んだ話だ」

酔っぱらいたちがパレスチナ問題について言い争っているのが聞こえてきた。

「あのときは、なんとかなったけどな」アンデシュが続ける。

「どういう意味ですか？」

アンデシュはピザをビールでのどに流し込んだ。

「さっき言ったことと同じ意味だ。しっかり足並みをそろえて、抜かりなく進めなきゃならない。行き着く先は天国かもしれないし、地獄かもしれない。まずいことになっても、ずらかれる道を残しておかないと」

「ずらかる？　なんですか、その言いかた」

「グニラはいま、かなり危ない橋を渡ってる」

「抜かりはなさそうですけどね」ハッセは椅子に軽くもたれ、歯についた食べものを舌先で舐め取った。

アンデシュは肩をすくめた。

「まあな。けど、おまえ、わかってるんだろうな？　おれたちがやってることの意味」

「やってることの意味？」

「グニラが作り上げたこのチームには、はっきりした形がない。大きな組織の影みたいなもんだ。それがグニラの理想で、あの人はそれを実現させた……おれたちがやってるのは、ふつうの仕事じゃない。一歩まちがえば無法状態になりかねないんだ。グニラは結果を出すためとなるとやりたい放題だ。そうできる立場を手に入れたからな。けど、上層部はいつかきっと、あの人のやりかたに辟易する。そういうことだ。要するに、なにか妙なことを見聞きしたら、かならずおれに言え。おれもおまえに話すから。いいな？」

ハッセはしゃっくりを抑え込んだ。

「おれは機動隊から空港警察に送られた人間ですよ。空港なんて、遺失物係に送られるのと似たようなもんだ。おれのキャリアは終わった。あそこで定年まで腐ってるしかなかった。酒の飲みすぎで身体を壊して、どこかの汚いアパートで孤独死する、そんな人生を送るはずだった。グニラからの電話で、おれの人生はがらりと変わりました。ふつうに考えたらあり得ない奇跡だ。だから、グニラには従うつもりです。なんでもボスの言うとおりにするつもりですよ」

ハッセは店内を見渡し、口に拳骨を当ててそっとげっぷをした。

「まあ、わかるでしょう、おれの言いたいこと」と締めくくる。

酔っぱらいたちは移民政策について話し合っている。人種差別をするつもりはない、と全員が言う。〝でもね〟……髪を赤く染めた女が言う。自分には移民の知り合いだっている。いい人たちだ。でも、彼らがわざわざこの国に来て、まじめなスウェーデン人たちの仕事を奪っているのは気に食わない。ハッセは伸びをした。

「いつ行けばいいんですか？」

「あと三時間……」

「もう少し飲みませんか？」

アンデシュに断る理由はなかった。ふたりはビールをもう一杯ずつ注文した。ハッセは自分のジョッキをすぐに飲み干し、アンデシュは半分ほど飲んだ。ハッセが店員に合図をし、さらにもう一杯注文した。

「それから、イエーガーマイスターも二杯！」

しばらくのあいだ、ふたりは話題が見つからず、店内をぼんやりと見つめていた。酔っぱらいたちは無駄話を続けている。天井近くのスピーカーから、パンフルートが奏でるスティーヴィー・ワンダーの『心の愛』が流れている。アンデシュは濡れたビールジョッキの底で、テーブルにオリンピックの五輪を描いた。

「で、ずらかる道に心当たりは？」ハッセが尋ねる。

ビールとイエーガーマイスターがふたりの前に置かれた。ふたりはショットグラスに入った黒っぽい液体を一気に飲み干した。

「もう二杯！」ハッセは空になったグラスをテーブルに置く前に叫んだ。黒いTシャツを着たウェイトレスは、すでにかなり遠ざかっている。

「聞こえてますよね？」

「きちんと戦略を練らなきゃならないと思うんだよ」

「なに言ってんですか、アンデシュ……アンデ……」

ハッセは言葉の途中でげっぷをした。そして満面の笑みをうかべ、いきなり叫んだ。

「アンデシュ・アンド！」

アンデシュが怪訝な顔でハッセを見やる。ハッセはろれつが怪しくなっていた。

「ノルウェーでは、ドナルド・ダックに〝アンデシュ・アンド〟って名前がついてるらしいですよ。あひるが〝アンド〟だから、アンデシュ・アンド。あんたと同じだ！　ドナルド・ダック！」

アンデシュは黙っている。ハッセは妙な笑い声をあげた。

「アニメのキャラクターにしちゃ、いい名前だな。アンデシュ・アンド……」

アンデシュはハッセを見やった。なにがそんなに可笑しいのだろう？

「なんて呼んでほしいですか？　ドナルド・ダック？　アンデシュ・アンド？」

アンデシュはグラスに残った酒を飲み干した。

「じゃあ、アンデシュ・アンドで」観念して答える。

「了解。話の続きを！」

「とにかく、なにかの責任を負わされることだけは避けなきゃならない」

「どうやって？」

「そういう状況になったら、なにもかも、一から十まできっぱり否定する。けど、全員でそうしなきゃ意味がない」

「よし、みんなできっぱり否定しましょうや」とハッセは言い、グラスを高く掲げた。

ふたりは〈コロッセウム〉を出てボートシルカを離れ、ガソリンスタンドでビールの六缶パックを買うと、エッシンゲ街道を走ってストックホルムへ戻った。

「飲んだくれて車を運転するの、好きなんですよ」とハッセが言う。

アンデシュは窓の外へ身を乗り出し、暖かい夜の空気を顔に当てた。

「ところで、あのラーシュってやつはいったい何者ですか？　まぬけな意気地なしにしか見えないけど」

風がアンデシュの髪を撫でる。

「まぬけはまぬけだ。放っておけ」

中心街をあてどなく走り、ビールを飲み、夜の街を眺め、ランディ・クロフォードの古いアルバムに耳を傾けて時間をつぶした。

セルゲル広場のロータリー交差点で、ハッセはボルボを内側の車線に入れると、ギアを下げてアクセルを踏み込み、ロータリーを三回転した。ふたりとも遠心力で右側に寄せられた。ランディ・クロフォードが歌ふたりは黒いニット帽をかぶった。アンデシュがハッセを見やる。

「それ、兵役のときの帽子みたいだな」

ハッセはくっくっと笑った。

「兵役はどこで？」

「情報局の通訳学校にいた。おまえは？」

「アルヴィッツヤウルの猟兵大隊に」とハッセは答えた。

「おまえらしいな……」

ふたりはランドクルーザーのとまっている砂利道に忍び込むと、しばらく立ち止まって耳を澄ました。

アンデシュが懐中電灯をつけ、車内をざっと照らした。きれいに掃除されているように見える。

彼は鑑識課で受け取った箱を開くと、デジタル装置を取り出し、ボタンを押した。機械を車に向けると、デジタル周波数計が動きはじめる。はじめは周波数の低いところから探り、少しずつ上げていった。三十メっている。アンデシュは缶ビールを飲み干すと、大きくげっぷをし、缶をロータリー中央の噴水に投げ捨てた。ハッセも負けじと、右手でトラック運転手がラッパのようなクラクションを鳴らすまねをしてみせながら、大きな音を立てて放屁した。

二時になると、ふたりはストックスンドに向かった。

ふたりはソフィーの家から数ブロック離れたところにボルボをとめ、車に乗ったまま、林のそばにとめてあるラーシュの車の盗聴装置に無線で接続した。アンデシュがヘッドホンを耳に当てて言う。

「ぐっすり眠ってるみたいだ。行こうか？」

ふたりは車を降り、家に近づいた。アンデシュは鑑識課で受け取った箱を脇に抱え、ハッセは缶ビールを手に持っている。太陽は地平線の下のどこかにある。いまの季節、夜であっても真っ暗になることはない。

「夏は大嫌いだ」とアンデシュが言った。

ートルほど離れたところにとめてある近所の車の鍵が開き、夜の闇の中でライトがぴかりと光った。ふたりは声を殺して笑った。

ついに正しい周波数が見つかった。ソフィーの車の鍵が開く。アンデシュはデジタル解錠機を鞄に戻すと、後部座席のドアをそっと開けた。箱の中から紫外線ランプを取り出し、スイッチを入れると、その明かりで座席をざっと調べた。あらゆるところに――床、ドアの枠、座席、天井と、車全体に視線を走らせたが、不審なところはひとつもなかった。血痕など、どこにも見つからない。頭に来るほどきれいに掃除されている。

アンデシュはドアを閉めると、荷物スペースを開けて中をのぞき込み、隅から隅までランプを当てて調べた。ここも、なにも見つからない。彼はランプを消すと、鼻から息を吸い込んで、あたりのにおいを嗅いだ。かすかに塩素のにおいがする。それから、もっときついにおい。なんらかの化学物質……そして、もうひとつ、よく知っているにおいがした。もう一度嗅いでみる。接着剤か？　荷物スペースのマットに目を向ける。よく見ると、少し小さすぎはしないか？　片隅をめくり上げ、鼻を近づける。やっぱり、接着剤だ。

「ハッセ！」声を出さずに呼びかけた。

疲れたようすのハッセが近寄ってくる。

「ここ、嗅いでみろ」

ハッセは身をかがめ、においを嗅いだ。

「接着剤ですか？」

アンデシュはうなずいた。

「マットを見てみろ。最初から敷いてあったマットじゃないぞ。それにしては小さすぎる」

ハッセは肩をすくめ、缶ビールを飲んだ。酔っぱらった彼にとっては、ほとんどのことがどうでもよく感じられた。アンデシュは接着剤のサンプルを採取し、マットをほんの少し切り取った。それぞれ小さなビニール袋に入れ、封をする。車のあちこちをしっかりと写真におさめてから、さきほどのデジタル装置を使って鍵をかけた。近所の車にも鍵がかかった。もとの静けさが戻ってきた。

グニラから電話がかかってきて、夜八時に監視をやめてストックホルムに戻り〈トラステン〉へ行け、と言われた。そんな指示をされるのは初めてだった。〈トラステン〉では結局なにも起こらず、彼はやがて、裏でなにかが起こっているのだ、と悟った。そこでストックスンドに戻った。

ラーシュは距離を置き、近所の家の庭で植え込みに身を隠した。ふたりが道を歩いてくるのが見える。ほろ酔い状態で、緊張しているようすはみじんもない。兵役のときの帽子がどうのと言って笑っているのが聞こえる。なぜこいつらがここにいるんだ？

カメラのシャッター音は消してある。望遠レンズのおかげで、アンデシュ・アスクとハッセ・ベリルンドのくっきりとしたクローズアップ写真が撮れた。ラーシュはふたりがその場を去るまでじっと待った。自分ひとりになったことを確かめてから、メモ用紙を一枚破り取って、ぶかっこうな筆跡で〝気をつけて〟と書いた。

そしてその紙切れをソフィーの郵便受けに入れた。

自宅に戻ると、ラーシュはアンデシュ・アスクとハッセ・ベリルンドの写真をパソコンに取り込み、印刷して壁に貼った。キャスターのついた椅子に座り、うしろに下がって自分の作品を眺めた。壁の作品は大きさを増していた。まるで生きているかのようだった。

書斎の入口に、サラが立っている。寝起きの彼女は、目を細め、壁を見つめた。壁全体が、名前、写真、単語、矢印、時刻、線、疑問符で覆われている。混沌。狂気の混沌だ。彼女の視線がラーシュに移る。彼は椅子にじっと座り、壁を凝視している。うつろな視線。

顔色は青く、肌は荒れ、髪が脂ぎっている。病んだ人間の容貌だ。

「あなた、病院に行ったほうがいいわ」

ラーシュが彼女のほうを向いた。

「きみは、ここから出ていったほうがいい」

「出ていくわよ。行くあてがないだけ。テレースに相談したから、彼女が助けになってくれるかも」

ラーシュは彼女を見つめた。

「そんなこと、ぼくが気にかけてると思うのか？」

サラは悲しげな顔になり、また壁を見やった。

「ラーシュ、これはなに？」

ラーシュは自分の傑作を満足げに眺めている。

「人生を壁に描いたんだよ……人生のすべてをね……壁に描き出してやったんだ！」

サラにはわけがわからなかった。ラーシュが立ち上がり、ふらふらと近づいてくる。満ち足りた表情をしている。サラもおそるおそる笑みをうかべた。ひょっとすると、抱きしめてくれるのかも……

パン！　顔に、強烈な一撃。ひざががくんと折れ、彼女は床に倒れた。めまいに襲われる。気がついてみれば、ラーシュは彼女に覆いかぶさるように座り、顔を歪めていた。そして、つばを飛ばす勢いで叫んだ——もう二度とこの書斎に入るな、入ったら殺す、と。

第三部

16

「カルロス・フエンテスが、土曜日から日曜日にかけての夜中に、救急外来を訪れてます」

グニラはふと動きを止め、その言葉の意味について考えてから、コートを脱いだ。

「あの日の夜ね？」

エヴァはうなずいた。

「若者グループに暴力をふるわれたと言ってますが」

グニラはコートをハンガーにかけた。

「事情聴取はしたの？」

エヴァは目の前の机に置いてある紙の束を指差した。

グニラは事情聴取記録に目を通した。同日の夜中、一時四十八分に、パトロール担当の警察官が行ったものだ。一見、おかしいところはない。カルロスはオーデン広場を横切り、ノールトゥル通りを歩いていたところ、見知らぬ若者三人に襲われたのだという。若者たちはあっという間に現場を去ったので、人相はわからないということだった。グニラは医師の報告書にも目を通した。上の歯が二本折れているほか、顔に打撲傷や内出血が見られるという。彼女はその報告をもう一度読み返してから、言った。

「身体には跡が残ってないのね」

エヴァがパソコンから顔を上げた。

「えっ？」

「若者三人に襲われたっていう話だけど、三人とも顔しか狙わなかったのね。胴にも腕にも脚にも、なんの跡も残ってない」

「そういうこともあるんじゃないですか？」

グニラは書類に目を向けたまま答えた。

「ないわよ……」

椅子に腰を下ろし、報告書をもう一度、最初から最後まで読み返す。それが終わると立ち上がり、壁のホワイトボードに向かった。マーカーペンを手に取り、銃で撃たれた男が救急外来に置き去りにされた日付を書き入れた。その上に、〝〈トラステン〉に見知らぬ男二名〟と書く。それから、〝エクトル？〟〝ソフィーの車？〟と書いた。次に、〝銃で撃たれた男〟〝カルロス・フエンテス暴行される〟。これらの言葉が、日付の上で半円形に並んだ。日付の下には、〝ソフィーの車に乗っていた男？〟〝車は掃除されていた？〟と書いた。

そして、一歩あとずさった。救急外来に現れたのがソフィーの車だという証拠はなく、これらのできごとがつながっているという証拠もない。ただの偶然である可能性がゼロではないにしても……とても偶然とは信じがたかった。

「エヴァ？」

エヴァ・カストロネベスが顔を上げた。

「カルロスがあの日の夜に暴行を受けた。アンデシュによれば、〈トラステン〉に入っていった男たちのひとりは、銃で撃たれて入院してる男と同一人物らしい。七十パーセントの確率、と言ってたけど……ソフィーの車の荷物スペースのマットは小さすぎるうえ、最近接着剤でつけられたものらしい。アンデシュは洗剤のにおいがしたとも言ってた……偶然じゃないと考えていいわよね？」

エヴァはホワイトボードをじっと見つめたが、なにも答えなかった。

グニラはまたホワイトボードのほうを向き、長いことあちこちに視線を走らせ、考え込んだ。エヴァは自分の仕事に戻った。延々とホワイトボードを見つめたのち、グニラは生気を取り戻し、自分の机に戻り、首に掛けていたチェーンをはずして、そこにつけてある鍵で机のひきだしの中段を開けた。黒いノートを出すと、ひきだしに鍵をかけ、チェーンをまた首に掛けて部屋を出た。

ブラーエ通りを左に曲がり、歩いてヴァルハラ通りに出た。しばらく歩いたのち、腰を下ろせる場所が見つかった。地下鉄スタディオン駅の入口の真向かいにあるベンチだ。彼女はしばらくそこに座っていた。

車の行き交う音、そのほかの雑音のただ中で、彼女は目を閉じた。内面の世界が広がっていき、外の世界が小さくなる。車の音、木々を揺らす風の音、まわりの世界のすべてが、少しずつ消えていく。グニラは深く集中していた。なにも入ってこない。なにも出ていかない。内なる目を開く。目の前に、ソフィー・ブリンクマンの姿が見える。その顔の表情が見え、声の調子が聞こえ、手の動きが、はっきりしないかすかな動きまでもが見える。髪を耳に掛ける右手、片方の眉をなぞる人差し指、右腿の上でじっと動かない手のひら。頭をわずかに動かしたのが見える。三種類の微笑みが見える——率直な笑み、礼儀正しい笑み、いぶかしげな笑み。三種類の口調が聞こえる——自然な口調、ためらっている口調、無意識のうちになにかを隠そうとしている口調……ソフィー・ブリンクマンと顔を合わせたときのことを思い出し、そのときどきの口調、彼女が使った言いまわしを比較してみる。車の中で、親を失ったことによる恥の感覚、罪悪感について話したときの、ソフィーの表情が見える。頭の中で、ソフィーの声が再生される。誠実で、控えめで……なにかを避けているような声。ソフィーの身辺を調べたことを明かし、どう思うかと尋ねたときの、ソフィーの表情を思い出す。あのときのソフィーの声は、それまでとはちがっていた。嘘をついていたのだ。その声を思い返しつつ、電話で話したときの声、エクトルと別れて〈トラステン〉から帰宅したと言い張ったソフィーの声と比較してみた。同じ声の調子だ。同じ、嘘の声だ。

頭の中で、ひとつのシナリオが再生される。エクトルがなんらかの理由でレストランから姿を消す。ソフィーとアーロンが彼を手助けする……ソフィーが、嘘をついている。彼女はずっと嘘をついているのだろうか？　最初から？

現実が戻ってきた。自分の息遣い、木の葉を揺らすそよ風の音、車の音、人々の声……グニラ・ストランドベリはぱちりとまばたきをし、目を開けた。

ひざの上に置いていた黒いノートを開けると、いま思いついたことをすべて書きとめた。あらゆる考え、推測、洞察……あらゆる直感。ノートは、漠然としているものの、明晰さにあふれていた。

自分がたったいま書いたことを、何度も、何度も読み返す。イメージが鮮明になってきた。ソフィー・ブリンクマンはどうやら、自分の心の赴くまま、勝手に動いているらしい。

グニラは立ち上がり、オフィスへ歩いて戻った。エリックに電話をかけ、思いついたことがあるので意見を聞きたい、と告げた。

＊

アルベルトは上機嫌で彼女の家を出た。彼女のチューインガムの味が、まだ口の中に残っている。二週間前から付き合いはじめた彼女。そう、恋人どうしになったのだ。名前はアンナ・モーベリ。彼女のことは、前からずっと好きだった。

道を歩いていると、うしろから車が近づいてきた。アルベルトの歩くスピードに合わせて、ゆっくりと彼を追っている。彼は車を見やった。運転している男の姿が見える。なにか用でもあるのかな、と思うが、運転席の窓は閉まったままだ。アルベルトは歩きつづけた。が、やがて立ち止まった。

車はそのまま数メートルほど進んだが、やがてとまった。アルベルトは車のうしろを通って道の反対側に渡り、歩くスピードを上げた。すると、車の窓がすっと開いた。

「おい!」

アルベルトは振り返った。ウィンドブレーカー姿の見知らぬ大男が運転席に座っている。

「アルベルト・ブリンクマンか?」

彼はうなずいた。

「こっちに来い。話がある」

アルベルトは身構えた。

「いやです。帰ります」

自分の声がこわばっているのがわかって、脚に力を入れてしっかりと立つことで緊張を隠そうとしたが、身体は言うことを聞いてくれなかった。車の男が手招きしてきた。

「来いと言ったら来い。警察だ」

アルベルトはおそるおそる車に近寄った。男は身分証を突き出した。

「おれの名前はハッセだ。うしろに乗れ」

アルベルトはためらった。

「うしろに乗れ」ハッセが低い声で繰り返す。

座席はベルベット張りだった。食べもののにおいがする。ハンバーガーかもしれない。ハッセ・ベリルンドはバックミラー越しにアルベルトを見やった。

「おまえ、ヤバいことになったな」

アルベルトは黙っていた。車のすべてのドアがロックされるくぐもった短い音がいっせいに響く。男は振り返り、アルベルトの目を見つめた。

「なんのことかわからないってふりをしても無駄だぞ」

男は短髪で、丸顔で、あごが二重になっている。そのどんよりと潤んだ目に、アルベルトは狂気のようなものを見てとった。

衝撃はいきなり襲ってきた。ハッセに頭を平手で殴られて、アルベルトはドアガラスにぶつかった。一瞬、なにが起きたのかわからなかった。それから、痛みがやってきた。アルベルトは頭を手で押さえた。

「なんのことですか。人ちがいですよ」とつぶやく。涙があふれそうになる。全身ががくがくと震えた。

「いや、アルベルト。人ちがいなんてことはあり得ないぞ」

ハッセはまた向きを変え、まっすぐに前を見据えている。

「ついさっき、ある娘と話をしたよ。娘っていうか、まあ子どもだな。たったの十四歳だ。その子が、二週間前にパーティーでおまえにレイプされたって証言してる……しかもだな、おい、聞いてるか？」

アルベルトは自分のひざを見下ろしていた。頭の横を手で押さえている。まだ痛むのだ。

「聞いてるか？」ハッセが怒鳴りつけた。

アルベルトはなんとかハッセの目を見つめ返した。

「はい」

「おれはな、その子の証言はほんとうだと思うんだよ……現場を見たっていう小僧が三人もいるし、医者の診断結果もあるからな。十四歳ってことは、まだ性的同意年齢に達してないわけだ。そんな子どもをレイプしたとなりゃ……世間の目は厳しいぞ」

アルベルトの恐怖が少しやわらいだ。

「やっぱり人ちがいですよ。ぼくの名前はアルベルト・ブリンクマンで、ここストックスンドに住んでます。家はあっちです」

彼は自宅の方角を指差してみせた。ハッセは運転席で座り直した。

「おまえ、エーケレーでのパーティーに行っただろう……」と言い、メモ帳を見下ろす。「〈ヘクヴァーンバッケン〉って店だ。今月の十四日」

「店の名前は知りません」

「でも、パーティーには行ったんだな？」

アルベルトはしぶしぶうなずいた。

「でも、女の子になんか会いませんでしたよ……ぼく、ちゃんと彼女いますし」

「ムラムラしちまったんだろう？」ハッセがなれなれしい口調で言う。「だれにだって、そういうことはあるさ。だがな、それが犯罪の域に入ったとなれば、おれは黙っちゃいない。きちんと筋を通す。それがおれの仕事だからな」

車の中が息苦しくなってきた。

「でも、ぼく、なにもやってません」アルベルトがつぶやく。

ハッセは前歯を舐めると、車のサンバイザーを下ろし、自分の表情を鏡で確かめた。

「これからストックホルムに行く。ノールマルム署だ。目撃者に面通しをしてもらう。おまえの言うとおり人ちがいなら、帰っていい。わかったか？」

アルベルトは頭を整理しようとした。

「その女の子、名前はなんていうんですか？」

ハッセ・ベリルンドはサンバイザーをばたんと上げると、エンジンをかけ、ストックホルムに向けて走りだした。アルベルトの質問に、答えが返ってくることはなかった。

＊

「ここにいたのね。電話よ、アルベルトから」

彼女はそう声をかけてきた同僚に向かって微笑みかけると、受付に入り、椅子に座って、机の上に置かれた受話器を手に取った。

「どうしたの、アルベルト」

受話器の向こうで、息子は幼い子どものように泣いていた。なにがあったのか、説明することもできずにいる。彼女は耳を傾け、息子を落ち着かせて、これからそちらへ行く、と告げた。

警察署では、上のほうの階のだれもいない廊下で待たされ、静けさの中、ひとりきりでじっと座っていた。目の前のオフィスのドアが半開きになっている。が、使われていない部屋らしく、中はがらんとしている。廊下の奥のほうから足音が聞こえた。あごひげを生やした大柄な男が、プラスチックのフォルダーを手に持って近づいてくる。彼は立ち止まると、エリックと名乗り、長椅子に座っている彼女のとなりに腰を下ろした。服にしみついた汗のにおいが漂ってきた。

「アルベルト——息子さんから、事情は聞きましたね？」

少しくぐもった、ごくふつうの声だった。

「なにかのまちがいです……」

エリックは目をこすり、額を軽く掻いた。働きすぎで疲れているように見えた。

「女の子を襲ったという話ですが……」

「息子がそんなことするわけありません」とソフィーは言った。「会わせてください」

エリックは咳払いをした。

「もちろん会えますよ。ほどなくね」

「いますぐ会わせてください。弁護士を呼びましょうか？」

「その必要はありません」

ソフィーには意味がわからなかった。

「どういうことですか？」

「そのままの意味ですよ。必要ありません」

「なんの必要がないんですか？」

「弁護士を呼ぶ必要です」

「それなら、息子にいますぐ会わせてください」

エリックはひざに置いていた手を少し上げた。

「そう急かさないでください。焦って結論を出すもんじゃありませんよ。まずは少し話をしましょう。いいですね？」

　ソフィーは彼を見つめた。あごひげのせいで、顔の表情がまったく読みとれない。

「ひょっとすると、あなたの言うとおりかもしれません」とエリックは切り出した。「アルベルトはほんとうに無実なのかもしれない。ただ、そんなふうにあわてて結論を出さなくてもいいでしょう。息子さんがここにいることは事実で……われわれは警察官ですからね、意味のないことはしないわけですよ」

　ソフィーは彼の意図を理解しようとした。

「ほら、これを読んでみてください……いまの状況がわかりますよ」

　エリックは彼女にフォルダーを差し出した。ソフィーはそれを受け取ると、中身を開き、ぱらぱらとめくった。目撃者による証言の記録。三人分ある。彼女は、事件があったとされる夜のアルベルトの行動について、ところどころ拾い読みした。

「息子さんみたいに年端のいかない男の子がこんな疑いをかけられるのは、むごいことだと思いますよ。きっとあなたのおっしゃるとおり、なにかのまちがいなんでしょうが……それでも、アルベルトは署に連行されている。こうした目撃者の証言もある……これは深刻です」

　エリックは長椅子から立ち上がり、大きな身体を伸ばした。どこかの関節がぽきりと鳴った。彼は廊下の両端に目をやった。人影はない。彼らはまだふたりきりだ。

「息子さんといっしょに帰ってかまいませんよ」エリックは小声で言った。「ただ、この件はいっさい口外しないように。だれかに話したりすれば、あなたと息子さんにとって、もっと厄介なことになるだけですからね」

　そして去っていった。ソフィーは遠ざかっていく大男から目を離せなかった。いったいどういうことなのか、さっぱりわからない。が、そんなぼんやりした状態の奥底から、ひとつの筋書きが浮かび上がってきた。嘘、裏切り、脅迫、人心操作から成る筋書き。不意に廊下の先で足音がして、ソフィーの思考は断ち切られた。アルベルトが警官の付き添いもなく歩いて近づいてくる。ひとりきりで、混乱しきった状態で、がらんとした廊下を歩いてくる。ソフィーは立ち上がった。アルベルトが歩くスピードを上げる。恐怖と絶望で全身が震えているように見えた。

*

エリック・ストランドベリは満足のいく一日を過ごした。さきほどは、取調室のミラーガラスの向こうにいるアルベルトが椅子に座りやすい体勢を探して身をよじっているのを眺めた。あの歳であんなところに入れられたら、どんな気持ちだろう。自分がどういう状況におかれているのか、まったくわかっていない。恐怖におびえ、パニックを起こしている。興味深いと言ってもいい光景だった。

ハッセ・ベリルンドが、仕事に関してかなり融通のきく、柔軟な考えの持ち主であることがわかって、エリックはうれしくなった。あの男には、自分と似かよったところがたくさんある。いちばん目立つ共通点は、遠慮や飾り気のない態度だが、笑いの感覚もよく似ている。可笑しいと思うことが同じだ。まわりで起こっている馬鹿馬鹿しいできごとを、いっしょになって笑い合える。

昨日、例のアイデアをハッセに打ち明けたところ、彼はすぐさま乗り気になり、エリックに代わって計画を進めてくれた。

「移民街に行きましょう」

ハッセの提案どおり、ふたりは移民の多いハルンダへ向かった。ふつうよりもカラフルな建物のあいまを縫って歩く。

「こんな派手な色の建物、だれがいいと思うんだろうな？」

「さあ」

ふたりはいかにも私服刑事らしい服装だ。丈の短い上着に、それぞれ〈アパッチ〉〈ワーカーズ・ディライト〉のジーンズを合わせ、歩きやすい黒靴をはいている。よそ行きの靴とスニーカーの中間のような、野暮ったい靴だ。

「ストックホルム警察にいたころ、よく行き合ったんですよ。悪くない小僧どもです。クスリやらなにやらにどっぷり浸かってはいますが、融通がきくし、使えます」とハッセは言い、とあるマンションの入口へ向かった。

ふたりはエレベーターに乗った。男性器を示す卑語が、マーカーペンで壁に落書きされていた。ほかにも卑猥な言葉がいくつも、エレベーターの金属部分のあちこちに落書きされているが、ほとんどのスペルがまちがっていた。エリックとハッセは笑い声をあげた。

ドアについている呼び鈴は、よくある旧式のものだ。この国のマンションではどこでも同じ音がする。ハッセがたてつづけに十回ほど鳴らした。ほどよく相手を苛立たせる回数だ。エリックはまた笑い声をあげた。

ドアが開き、ニキビ面の少年が出てきた。白線の入った黒いジャージのズボンにTシャツという服装だ。おびえているように見えるが、もともとそういう顔なのかもしれない。ハッセに気づくと笑みをうかべた。

「親分！　今日は制服じゃないんだ……ハルンダになんの用？」

ハッセとエリックは中に入った。アパート内に大麻のにおいが漂っている。室内には少年があとふたりいて、テレビゲームに興じていた。巻きタバコの紙やジョイントの吸い殻が灰皿に入っている。窓のブラインドは下がっていた。

ニキビ面の少年は、イシュトヴァーンという名だった。彼が茶色い革張りソファーを指差したが、エリックとハッセはそれを無視して椅子を選び、座る前に座面を確かめた。

「イシュトヴァーン……元気にやってるか？」ハッセが尋ね、腰を下ろす。

「まあまあ、まずまず」イシュトヴァーンはそう言いながら、手をシーソーのようにゆらゆらと振ってみせた。そして、どういうわけか、いきなり息を詰まらせるほど笑いはじめた。テレビゲームに熱中していた少年たちも、画面に目を向けたまま、いっしょになってくすくす笑っている。エリックは落ち着けずに身をよじった。

「おまえらに手伝ってほしいことがあるんだ。報酬はひとり五千」

イシュトヴァーンは続きを待った。

「レイプを目撃したと証言してほしい。十五歳の小僧が女を襲った。おまえらはそのパーティーにいた。三人それぞれちがった角度から、同じ事件を目撃した。いいな？」

イシュトヴァーンはうなずいた。

「もちろん」

テレビゲームをやっている少年たちは、あいかわらずそちらに没頭している。ハッセはスイッチを切るようふたりに告げた。

「なんでだよ？」ふたりのうちの片方が尋ねた。

ハッセ・ベリルンドは、こういう口答えを虫唾が走るほど嫌っている。

「いいから、さっさと消せ」必要以上に大きな声を出した。

少年たちはゲームを一時停止させた。軽快な効果音がテレビから響いた。ハッセは気持ちを落ち着けてから切り出した。

「これから筋書きを話すから、よく聞けよ。で、みんなで台本を考える。おまえらはその台本をしっかり覚えて、ちゃんとセリフを言えるようにしろ。金は今日払ってやる。場合によっては呼び出しもあり得る。それも含めての報酬だ」

全員がうなずいた。

ハッセはでっち上げた筋書きについて、三回にわたってさまざまな質問をして少年たちをテストした。少年たちは金を受け取り、この件を口外したらおれが手ずから殺してやる、とハッセに告げられた。

「まあ、あんたに殺されるんならいいよ、親分」

ハッセはイシュトヴァーンに向かって、いくつかジャブを繰り出してみせた。イシュトヴァーンがそれをかわす。エリックは笑った。イシュトヴァーンが、ジョイントを吸っていくか、と尋ねる。

「そんなクズ、吸ってると馬鹿になるぞ」エリックがぼそりと言う。

少年たちはその言葉を聞いて、ヒステリックな笑いの発作に襲われた。

ハルンダからストックホルムに戻る車の中で、エリックはノールマルム署にいるかつての同僚に電話をかけ、取調室をひとつ貸してほしいと頼んだ。

「二時間までなら貸してやる。それ以上は無理だ。あと、建物の端の階段を上がってこい。エレベーターは使うな」

なにもかもがスムーズに進んだ。アルベルトはいまにも小便を漏らしそうだった。母親の看護師は顔面蒼白だった。エリックはヴァーサ通りを歩きながら、恐怖ってのは妙なもんだな、と考えた。世の中には、ただただ恐怖に絡めとられて、なにもできずに溺れてしまう連中がたくさんいるらしい。

ケバブの店を見つけて入り、大盛りを注文した。トルコ人の店員はサッカーや天気の話を振ってきたが、エリックがなにも答えないので、彼の意図を察し、無言で肉を削いだ。エリックは通りに面した狭いカウンターに向かい、高いスツールに腰を下ろすと、ため息をつき、ノールマルム署の休憩室からくすねてきたタブロイド紙を広げて何ページかめくった。とある有名人が（エリックは顔も知らなかったが）同性愛に目覚めた、という記事が載っている。エリックは、いつも感じていることを、ここでも感じた――自分が生きているこの世界が、ますますわからなくなっていく、と。

＊

「アルベルト？」

彼女はキッチンの調理台にもたれて立ち、息子を見つめた。アルベルトは座って食卓を見下ろしたまま、顔を上げようとしない。

気がつくと、息子につかつかと歩み寄り、右の頰を平手で叩いていた。その平手打ちの強さに、彼女は自分で驚愕した。ショックのあまり一歩あとずさったが、はっとわれに返り、ふたたび息子に近寄って両腕を広げた。アルベルトは立ち上がって彼女を受け入れた。ふたりは立って抱き合い、ソフィーは息子の髪を撫でた。

「おれ、なにもやってないよ」アルベルトがかすれた声で言う。

彼の中にいる幼い子どもが話しているのだとわかった。無実だからこそ怖いのだ。

「わかってる」とソフィーはささやきかけた。

「じゃあ、どうしてあんなことに？」

ソフィーは考えをめぐらせた。たぶん、答えはわかっている。が、息子に明かすつもりはなかった。

「気にすることないわ……もう、終わったのよ。人ちがいだったの……」

自分が同じ言葉を繰り返しているのが聞こえる。あちこちにある小型マイクのことを考えた。いまもこの言葉を拾って、グニラ・ストランドベリに送っているにちがいない。

「でも、目撃者までいたんだよ⁉ レイプするところを見たって。なにがなんだか……」

ソフィーは、しっ、と息子を黙らせた。

「もう忘れなさい。起こったことはしかたないの。だれでもミスはするわ。警察だって」

そして息子の頭を撫でた。

「殴られたんだ」アルベルトが小声で言う。

ソフィーははっとまばたきをした。まるでなにかが彼女に向かって飛んできたかのようだった。必死になって気持ちを落ち着け、息子を撫でつづける。

「いま、なんて言ったの？」

「車に乗ってた警察の人に、頭を殴られた」

不意に、外の世界が見えなくなった。代わりに見えてきたのは、自分の中のなにか。熱を帯び、光りはじめる。小さなしみがだんだん広がっていくようだ。そのしみが、はっきりと形を成し、燃え、張りつめ、たぎり……溢れる。そして、極彩色の巨大な怒りとなった。不安から生まれ出たさきほどの怒りとはちがう。炎のような憤怒が、彼女の細胞のひとつひとつを満たし、広がり、膨らみ、ほかのすべてを押しつぶした。ふしぎなことに、そのおかげで身体から力が抜けた。意識を集中することができた。

「このことは、だれにも話さないようにしましょう。話さないと約束して」ソフィーはささやき声で言った。

「どうして？」

「どうしても」

アルベルトが彼女の腕の中から抜け出した。とまどいの表情をうかべている。

「どうして？」と彼は繰り返した。

「これは、ふつうの状況じゃないから」ささやき声で答える。

「どういうこと？」

アルベルトは待ったが、答えは返ってこなかった。彼は困惑して向きを変え、キッチンから出ていった。

電話が鳴った。ソフィーの母親のイヴォンヌからで、調子はどう、などといつもどおり問いかけてくる。ソフィーも、元気よ、などと期待されているとおりの答えを返した。

「今度の日曜日は来てくれるの？」

哀れみを誘うような口調。ソフィーはいつもと変わらない声を出そうと努めた。

「うん、七時ごろ……いつもの時間に行くわ」

「あら、あなたたち、いつも来るの七時半ごろじゃない。べつにいいけど、今回はちょっと……」

ソフィーは母親をさえぎった。

「七時か七時半に行くわ」

別れを告げて電話を切る。そこで、なにかが砕けた。ソフィーは電話を床に投げつけた。壊れなかったので、もう一度投げつけ、さらに踏みつけた。歯をぐっと食いしばる。が、どんなに当たり散らしても、鬱憤はいっこうに晴れなかった。電話を床に叩きつける前と同じ怒りと無力感が、ずっと残っていた。

アルベルトは居間に立って彼女を見つめていた。ふたりの目が合った。ソフィーは身をかがめ、壊れた電話の部品を拾い上げた。

＊

イェンスは自宅の窓を開け放ち、掃除機をかけていた。吸込口が木の床やカーペットの上をすべる。とにかく気持ちを落ち着けたかった。掃除をしていると、ふっと穏やかな気持ちになれることがある。が、今日はだめらしい。しかも部屋はすでに清潔だった。昨日も掃除機をかけたのだ。ごみが掃除機に吸い込まれる音は、なかなか気持ちがいい。埃がからからと音を立ててホースを通り、掃除機の袋に入っていくのを聞いていると、自分は有意義なことをしているという満足感めいたものを覚える。が、今日はその音がしない。聞こえるのは、彼と掃除機が老夫婦のように寄り添って動きまわっている音だけだ。

ステレオから音楽が流れ、掃除機がブーンと音を立てる。そのあいまに、べつの音が聞こえた気がした。イェンスは耳を澄ましたが、なにも聞こえなかったので掃除を続けた。が、また音がする。彼は足で掃除機を止め、耳を傾けた――玄関の呼び鈴が鳴っているのだ。

ソフィーはキッチンで立ったまま話した。簡潔ながらもていねいな、はっきりとした話しかただった。アルベルトが警察につかまった件を話す。イェンスは理解に苦しんだ。

「警察の話だと、何人か目撃者がいるらしいの。女の子は十四歳ですって」

彼女の不安はイェンスにも見てとれた。その顔全体に、不安と恐怖の色が表れている。急に老けたような感じだ。やつれて……おびえているように見える。

コンロに置いたエスプレッソメーカーが音を発し、その音が少しずつ大きくなった。が、イェンスには聞こえていなかった。ソフィーの話をなんとか整理しようと必死だったからだ。結局、ソフィーの呼びかけでやっと蒸気の音が彼の意識に達し、思考は散り散りになった。彼はエスプレッソメーカーをコンロから下ろした。

「その事件がほんとうだっていう可能性は？」棚からカップをふたつ出しながら尋ねる。

ソフィーは首を横に振った。そんなこと、正気で聞いているのか、と言いたげだった。

「百パーセントあり得ない？」

彼女の怒りに火がついた。

「いったいどういうつもり？　あり得ないに決まって

るでしょう」

イェンスは彼女の爆発を意に介さず、彼女をじっと見つめた。

「でも、それに似たようなことが起きたとは考えられないか？」

ソフィーが彼の言葉をさえぎろうとする。

「待ってくれ、ソフィー。実際は、ほんのささいなことだったかもしれないんだ。ほんとうにたわいない、罪のないことだったかもしれない。それでも、とにかくなにかあった可能性がないって言えるのか？」

ソフィーは、ない、と答えたかった。が、思いとどまり、息を吸い込んでから弱々しい声で答えた。

「わからない……」

イェンスは彼女がしばらく物思いに沈むのを見守った。

「おいで」と言い、カップを持って、部屋の隅のソファーへ向かった。

ソファーを指差して彼女を座らせてから、ローテーブルにカップを置き、向かい側のひじ掛け椅子に腰を下ろした。

「たとえば、アルベルトがその女の子に近づこうとしたとか、ナンパしようとしたとか、そんな罪のない話だったっていう可能性はある？」

「わからない」ソフィーは繰り返した。

「アルベルトはなんて言ってるんだ？」

彼女は顔を上げた。それからすぐにまたうつむいた。

「そもそもそんな女の子はいなかった、って。だれにも会わなかったし、ほとんど話もしなかった、そのパーティーに行ったのはべつの女の子が来るって聞いたからだ、って」

「べつの女の子？」

「いまお付き合いしてるガールフレンド。アンナって名前よ」

「その子がアリバイを証言してくれないかな？」

「無理よ。そのパーティーでは、彼女に話しかけてもいない。勇気がなかったんですって」

「アルベルト本人は、なにが起こったと思ってるんだ?」

「いろいろ想像してるみたいだけど、完全に納得はしてないわ。昔ケンカした相手にはめられたんじゃないか、ってはじめは言ってた……あとは、私があの子に言い聞かせたことも、可能性はあると思ってるみたい」

「なんて言い聞かせた?」

「警察が人ちがいをしたって」

「そんな話を信じてくれたのか?」

ソフィーはその問いかけが気に入らず、答えなかった。ふたりは無言になり、それぞれコーヒーを飲みながら考えに沈んだ。イェンスの思考は行き詰まった。ひとりでは理解できそうになかった。

「警察は、病院でエクトルを監視してたんだよな?」

「そうだけど?」

「で、きみとエクトルが親しくなった。警察もそのことに気づいた」

ソフィーはうなずいた。イェンスの話がどこへ向かっているのか、見当もつかない。

「警察はきみに接触してきて、たれ込み屋になれと言った」

ソフィーは黙っていた。

「で、きみの家に盗聴器を仕掛けはじめた」

イェンスの口調が疎ましいと彼女は思った。

「要するに、きみの監視も始めたってことだろ?」

ソフィーは自分の両手を見下ろした。指輪を回して正しい位置におさめた。

「で、警察はいま、きみの息子をつかまえて、レイプ容疑で起訴するぞと脅してるわけだ」

イェンスはひじ掛け椅子に背をあずけた。

「そこまでするって、ずいぶん大掛かりな話だよな」

ソフィーは彼を見つめ、その言葉が皮肉のつもりなのかどうか見極めようとした。

「きみはどう思う？」

「そうかもしれない」

「なにが？」

「大掛かりな話なのかもしれない」

「警察はなんだか、エクトルよりもきみのほうを攻めたてているみたいじゃないか？……どうしてだ？」

「知らないわ」

イェンスは変わった。ものわかりのいい友人でいることに、急に飽きてしまったかのようだ。もうこんなことにかかわっている暇はない、とでも言いたげな態度をとっている。

「きみは警察に脅迫されてて、盗聴もされてる。犯罪の疑いをかけられてる男と付き合ってるけど、警察に息子の行く末を握られたから、たれ込み屋をやらざるを得ない。そういうことだろ？」

ソフィーは考える間もなく反論していた。

「それはちがうわ」

イェンスは疲れた目を彼女に向けた。

「エクトルと付き合ってるわけじゃないし、あの人が犯罪者なのかどうかも知らない……それに、まだ密告なんてしてないわ」

「へえ、じゃあ、友だちが土曜日の夜に拉致されて、森へ連れていかれて殺されかかるってのは、きみにとってはふつうのことなのか？」

「いやな冗談はやめて」

「冗談をやめるのはきみのほうだ、ソフィー。いまの状況を、いったいなんだと思ってるんだ？　現実に向き合いたくないからって、事実をねじ曲げることはできないんだよ。きみがいま置かれてる状況は、はっきり言って異常だ。きみに接触してきたその刑事ってのも、どうやら危険きわまりないやつみたいだ。それに、きみはすでに密告を始めてる。自分でそう思ってなくても、警察に情報を流してることに変わりはない。警察にいろいろ聞かれた時点で、きみはたれ込み屋になったんだ。エクトルやその手下に知られたら、きみがなにを言ったか、なにを言ってないかなんて関係なくなるぞ」

イェンスはさらに畳み掛けようとしたが、思いとどまり、気を落ち着けてから尋ねた。

「警察はどうしてこんなことをしたんだろう?」

「わからないわ」

「推測でいい」

「私をコントロールしたいから? 束縛して、意志に反することをむりやりさせて……ううん、やっぱりわからない」

ソフィーはイェンスのほうを向いた。

「私は事実をねじ曲げてるわけじゃない。人のことをよく知りもしないで決めつけたくないだけ。でも、なんだか地雷原を歩いてるような気がする。ちょっとでも足を踏みはずしたら……」

彼女はまた、自分の両手を、指を、そこにはまっている指輪を見下ろした。祖母から譲られたダイヤモンドの指輪と、いまだにはずしていない結婚指輪。そして、ゆっくりと話しはじめた。

「エクトルに対しても、警察に対しても……私は、自分が正しいと思ったことをしてきたわ。相談できる人はだれもいなかった。自分が果たしてる役割もわかってなかった。ただひたすら、内なる声に従うしかなかった。でも、その内なる声だって、ほとんどなにも教えてくれなかったの。私は長いこと、沈黙に耳を傾けながら、助けを求めて叫んでいたのよ。でも、いまは状況が変わったの。私の息子が巻き込まれてる。大事なのは息子だけ。ほかのことは、もうどうでもいい」

イェンスはまた身体の力を抜いた。けだるげで、声もかすれている。

「きみと親しい人で、この件を知ってるのは?」

「だれもいないわ」

「だれも？」

ソフィーはうなずいた。

「だれも、なにも知らない」

「友だちは？　困ったときに頼れる女友だちはいないのか？」

「それはいるけど……」

「その女友だちも、なにも知らないんだな？」

ソフィーはうなずいた。

「ええ……」

イェンスは考え込んだ。

「よし」と小声で言い。顔を上げてソフィーを見つめる。「でも、なぜ？」

ソフィーは怪訝な顔で彼を見つめ返した。

「どうしてだれにも話してないんだ？　こんなことが起きたら、だれかに相談するのは当たり前じゃないか？」

「だから、いま相談してるじゃない」

空高く飛んでいるプロペラ機の音が、開いた窓から流れ込んできた。

「で、これからどうしたいんだ？　アルベルトを連れて逃げ出したい？」

「どうしたらいいのかわからない」

「選べるとしたら、どうする？」

「なにもかも消えてほしい」

「わかるよ。じゃあ、どうすればなにもかも消える？」

ソフィーは肩をすくめたが、なにも言わなかった。

「ソフィー、答えろ！」

「わからないわよ。どうしてそんな馬鹿げた質問するの？」

「わかってるんだろう？　考えたこと、あるんじゃないのか？　少なくとも、一度は」

ソフィーははじめ答えなかった。が、イェンスの言の意味はよくわかっていた。

「結論が出ないのよ。出口が見つからない。どんなに考えても、だれかが窮地に陥ることになる。それはいやなの。私はなにもしてない。なにもしてないのよ。だれも犠牲になんかしたくない」

「でも、だれかを犠牲にするとしたら、だれを犠牲にするべきかは明らかだよな？」

ソフィーは彼の目を見つめた。

「ええ……そうね」

「それなら、どうしてあいつを犠牲にしない？　警察に言われたとおりにしろよ。流せるかぎりの情報を流して、警察にあいつをつかまえさせればいい。そうすれば万事解決だ。きみも、アルベルトも、もとの生活に戻れる」

ソフィーは険しい目で彼を見つめた。

「あなたたなら、そうするの？」

イェンスは首を横に振った。


「いや。それで終わる話じゃない。死ぬまで追われることになる。警察からも、エクトル一味からもね。どちらも、簡単にはあきらめないだろう」

「ほらね」ソフィーは力なく言った。

そして紙切れを出し、イェンスに手渡した。彼はそれを受け取って読んだ。〝気をつけて〟とある。

「どこで見つけた？」

「うちの郵便受け」

「いつ？」

「何日か前の朝よ」

「アルベルトが警察に連れていかれる前？」

ソフィーはうなずいた。イェンスは紙切れをもう一度見つめた。まるで、そこに書かれていないなにかを理解しようとしているかのように。

「だれが書いたんだ？」

「知らないわ」

イェンスにはわけがわからなかった。紙切れをローブテーブルに置くと、ひじ掛け椅子に座ったまま、身を乗り出した。脚を広げ、ひじをひざに載せる。

「おれがきみの立場だったら、いちばん危険そうな連中について、できるかぎり情報を集める。いま、いちばん危険そうなのは警察だ。で、情報を集めたら、なんらかの形でそいつらに立ち向かう」

「どうやって?」

イェンスは肩をすくめた。

「この場合、立ち向かうっていうのは、連中に揺さぶりをかけることだよ……たとえば、なにかの秘密をつかむとか」

「そのあとは?」

イェンスはひじ掛け椅子から立ち上がり、キッチンへ向かった。

「わからない……」

17

カルロスは新品のトレーニングウェアに身を包み、スープを飲んでいる。固形物を食べることができないからだ。気に入りのひじ掛け椅子に座り、ひざにタオルをかけている。テレビでやっているのは、テレンス・ヒルとバッド・スペンサーの映画だ。バッドが大げさな効果音付きで、悪人たちを平手で殴り倒す。テレンスの唇の動きと吹き替えの声がまったく合っていない。カルロスはその格闘シーンに笑い声をあげた。顔に痛みが走った。

玄関の呼び鈴が鳴った。

カルロスがドアを開けると、アンデシュとハッセが人のよさそうな笑みをうかべていた。

「カルロス・フエンテスか?」ハッセが尋ねる。

カルロスはうなずいた。ハッセは警察の身分証を掲げ、ぱたぱたと振ってみせた。

「おれはクリン、こいつはクランだ(アストリッド・リンドグレーンの童話『長くつ下のピッピ』に登場する二人組の警官の名前)。入ってもいいいな?」

「警察となら、もう話しましたが。病院に警官が来たので」

ハッセとアンデシュはカルロスの脇をすり抜けて中に入り、ずかずかとキッチンへ向かった。カルロスはふたりのうしろ姿を見つめた。

「いったいなんの用ですか?」

クリンとクランは食卓の椅子に座り、椅子を傾けて揺らしている。カルロスは立ったまま流し台にもたれかかった。

「で、犯人の顔はいっさい覚えてないのか?」

カルロスはうなずいた。

「何歳ぐらいだったと言ったっけ?」

質問をしているのはアンデシュだ。カルロスは考えをめぐらせた。

「十代……」

「十代といっても幅があるぞ。十三歳か? 十九歳か?」

「十九歳のほうに近かったと思います。十七歳ぐらいかもしれない」

「十七歳?」ハッセが聞き返す。

カルロスはうなずいた。

「で、その十七歳ぐらいの連中が、いきなり襲いかかってきたのか? なんの理由もなく?」

カルロスはまたうなずいた。

「そりゃひでえな」ハッセが言う。

本気で言っているのか、冗談のつもりなのか、カルロスには判断がつかなかった。

「それにしたって、なにも見えなかったってことはないだろう？　顔とか……」

カルロスは首を横に振った。

「あっという間のことで」

「国籍は？　スウェーデン人か？」

カルロスは考えているふりをした。

「移民だったと思いますよ。フードをかぶってました」

カルロスは鼻の頭を軽く掻いた。

「また移民か」とハッセが言う。

アンデシュはこれ見よがしにメモ帳をぱらぱらとめくってみせた。

「で、おまえは仕事先から帰宅途中だった、と」

「ええ……」

「仕事先は？」

「レストランを経営してます。〈トラステン〉っていう」

「で、その夜、〈トラステン〉は静かだったか？　ケンカとか、言い争いとか、なにも起こらなかった？」

カルロスはうなずいた。また人差し指で鼻の頭を掻く。ほとんど気づかないほどの、かすかな、すばやい動きだった。

「なにもありませんでしたよ。十一時にレストランを閉めるから、そのころに鍵をかけに行きました。静かな土曜日の夜でした」

「そりゃそうだよな、カルロス」アンデシュが笑みをうかべた。

カルロスも微笑み返そうとした。

「カルロス、おまえ、出身はどこだ？」ハッセが尋ねる。

「スペインの……マラガです」

「スペインの王様って、カルロスって名前じゃなかったか？」

なぜそんなことを聞かれるのかわからない。

「いや、フアン・カルロスですが……」

「ほら、やっぱりカルロスじゃねえか」ハッセが言う。

カルロスは流れについていけなくなった。

「で、なにもなかったんだな？」アンデシュが質問を繰り返した。

カルロスはアンデシュのほうを向いてうなずいた。

「いつもと変わりなし？」ハッセが尋ねる。

カルロスはふたりのあいだに視線をさまよわせた。

「さっきからそう言ってるじゃないですか！」

「ドン・カルロス！　なあ、そういう名前のポルノ男優がいなかったか？」

カルロスはハッセを見た。答えを期待されているのかどうか、よくわからない。

「知りませんよ」と小声で言う。

アンデシュはカルロスをまじまじと見つめた。

「おまえ、心理学を勉強したことはあるか？」

「えっ？」

「心理学だよ。勉強したことあるか？」

カルロスは首を横に振った。

「心理学ですか？　ありませんが」

アンデシュはハッセを指差した。

「おれたちは勉強したぞ。クリン&クラン心理学スクールで勉強した心理学者なんだ」

カルロスにはさっぱりわけがわからなくなった。

「そこで教わったんだが、人間が嘘をついてることを示すいちばんはっきりしたサインは、鼻の頭を掻くことなんだそうだ」

カルロスは鼻をさわった。

「そうそう、そんなふうにね。おまえ、ずっと鼻の頭を掻いてるだろう、カルロス。嘘をつくと、鼻先の神経が刺激されてかゆくなるらしいぞ」

「嘘なんかついてませんよ」

「エクトル・グスマンとはどういう知り合いだ？」ハッセが尋ねる。

「エクトル？」

アンデシュとハッセは答えを待った。

「昔からの知り合いです。ときどきうちのレストランに来てくれる」

「どんな男だ？」

「べつに、特別なことはなにもありませんよ。ふつうの人です」

「ふつうの人って、どんな人だ？」

カルロスは鼻の頭を搔いた。

「ふつうはふつうです。仕事して、食事して、寝て……どうでもいいじゃないですか」

「土曜日、エクトルに会ったか？」

「いいえ」

「レストランにいたはずだが？」

「おれが行ったときにはいませんでした。閉店まぎわの遅い時間に行ったから」

「あの夜、エクトルに連れはいたのか？　知ってるか？」

カルロスは首を横に振った。

「いや、知りません」

「女は？　ソフィーとかいう」

カルロスは首を横に振った。この質問には嘘をつかずに済むのがありがたかった。

「知りません」淡々と答える。

アンデシュが立ち上がり、カルロスに近づいた。傷ついた顔をじっと観察する。カルロスは追いつめられたような気がしたが、必死で平静を装った。ハッセがアンデシュの背後にぬっと現れる。ふたりとも、こちらを凝視していた。

「ずいぶん狙いの確かな連中だな……」アンデシュが小声で言う。

カルロスは怪訝な顔になった。

「ガキどもだよ。おまえを襲った連中。顔しか殴られなかったのか？」

カルロスはうなずいた。

「ほかに怪我はないのか？」

カルロスはまたうなずいた。

「こいつを持ってろ」

アンデシュが小型マイクを掲げてみせた。

「ポケットに入れてもいいし、どこに入れてもいい。が、こいつから三十メートル以上離すんじゃないぞ」

そして小さな箱のようなものを見せた。カルロスは必死になって首を横に振った。

「残念だがな、カルロス、おまえが決めることじゃないんだ。とにかく黙ってこのマイクを持ってればいい。エクトルやアーロンの近くにいるときにスイッチを入れて、情報をたっぷり取り込め」

ハッセとアンデシュはキッチンを出ていき、玄関に向かって歩きだした。

「こんなやりかたは卑怯だ」カルロスが小声で言う。

アンデシュが振り返った。

「なんと言われようとかまわん。おれたちはやりたいようにやるだけだ。なんならべつの方法もあるぞ」

「べつの方法？」

ハッセがずかずかとカルロスに近寄り、その襟首をつかむと、側頭部を何度も拳骨で殴った。パンチはこめかみに、耳に、頬骨に当たり、硬くも生々しい音を立てた。カルロスはキッチンの床に倒れ、呆然とへたり込んだ。目の前を星がちらつく中、クリンとクランが玄関から去っていくシルエットが見えた。

カルロスは床に座ったまま、気持ちを落ち着けようとした。脈が速すぎる。ふと胸が締めつけられる心地がして、息が荒くなり、動悸が激しくなり、めまいが襲ってきた。ふらつきながらもなんとか立ち上がり、バスルームに入る。心臓が胸の中でばくばく鳴っている。震える手で、心臓の薬を瓶から五錠出した。そのうち三錠を飲み込んで、両手を洗面台につき、前のめりになって頭を垂れた。深呼吸しているうちに、やがて心臓のリズムが落ち着いてきた。鏡の中の自分を見つめる。そこにいるのは、あらゆる意味で打ちのめされた男だった。選択肢はさしあたり、二つに絞られた――そのうち三つ目が現れるかもしれないが、いまのところは二つだ――エクトルか、ハンケ一味か。そのうち現れるかもしれない三つ目の選択肢というのは警察のことだが、連中がなにを知っていてなにを知らないのか、さっぱりわからない。いまは警戒するしかなかった。エクトルとハンケを秤にかけてみる。どちらのほうが強いだろう？　どちらが勝つだろう？　わからない。そもそもなぜ対立しているのかすら知らないのだ。ただ、自分がボスを敵に売り、そのせいでボスに懲らしめられたこと、警察が接触してきたことは、はっきりしている。警察はどうやらかなりのところまで知っていて、ただ知らないふりをしているだけらしい、ということも。

　カルロスは傷だらけになった自分の顔を見つめた。エクトルにやられた傷だ……これで、貸し借りゼロと考えてもいいのではないだろうか？

　彼は鏡の前を離れ、バスルームから外に出た。いや、貸し借りゼロとはとても言えない……心の奥底では、そのことを痛いほど理解している。が、もはやこれは心の問題ではなかった。もっと大きな問題なのだ。キッチンに戻ると、ワインを一瓶開け、大きなグラスに注いで飲んだ。さしあたり、いまはだれにも連絡しないつもりだ。もう少しようすを見て、展開を見極めたうえで、どちらに取り入るか決めればいい。

*

　大量の書類が机の上に置いてある。エクトルは文字を目で追った。彼の向かい側の椅子には、弁護士のエルンストが座っている。机の脇にはアーロンがいて、念のためすべての書類を再確認している。

「西インド諸島とマカオに会社を登録しましたよ」と

エルンストは言った。「投資会社としての登録で、所有者はあなた、ティエリー、ダフネと、あなたのお父さん。あなたが五十一パーセント、アダルベルトが四十五パーセントを所有していて、アダルベルトが亡くなれば、彼の分はあなたが受け継ぐことになります。同じように、あなたが亡くなれば、あなたの持分はアダルベルトが受け継ぎます。ティエリーとダフネの持分は合わせて四パーセントで、このふたりは株式引受人ということになります。サイン済みの委任状をもらっているので……」

エルンストは四枚の書類を差し出した。

「これで、会社の金の出し入れは、あなたの一存ですべて決められます」

エクトルは書類にさっとサインをした。

「おれと親父が両方死んだらどうなる？」

「だれかべつの人が持分を受け継ぎます。だれにするかは、いつでも好きなときに決めてください。書類は用意してありますから、決めたら空欄を埋めてサインするだけです」

エクトルは委任状にざっと目を通した。書類を取って折り畳むと、封筒に入れ、その封筒をブリーフケースに入れた。

アーロンの電話が鳴った。

「もしもし」

「目標は達成できない見通し」とスヴァンテ・カールグレンが言い、そのままぷつりと電話を切った。

＊

彼は教えられた番号に電話をかけ、情報を流した。連中はこれで、彼を手のうちにおさめたと思い込むだろう。が、それは錯覚にすぎない。彼はしばしの猶予を得た。

思い返すと、なによりも不愉快なのは、あの裏切り者の淫売だ。あの女の頭をつかんで壁に叩きつけ、粉々に砕いてやりたい。このスヴァンテ・カールグレン様を騙しおおせた者など、この世にひとりも、ただのひとりもいないのだ、と言ってやりたい。が、実際のところ、あの女は彼を騙しおおせたのだった。スヴァンテは大きくため息をついた。完膚なきまでに打ちのめされるとはこのことか。それに、自分を脅してきたあの男も、殺してやりたい。本気で、とことんまで苦しめて殺してやりたい。ここ最近、どうすればこの状況から抜け出せるかということばかり考えている。さまざまなアイデアを秤にかけ、だれと手を組めばいいか考えた。ロシア・マフィア、暴走族……こういうふうに、追いつめられて身動きが取れなくなったら、そういう連中に頼るものだろう？　だが、頼ったところで無駄だとわかってもいた。いっそのこと、自分の猟銃であの男を撃ってしまったらどうだろう？　老舗メーカー、ジェームス・パーディの銃がある。キジ撃ちに使っているものだ。きちんと手入れして、地下の銃保管庫に入れてある。あれで、あの男の頭を撃つ。二発でじゅうぶんだろう。が、そううまくいくわけがないことも、スヴァンテは承知していた。警察が見逃すはずがない。発作的な殺人は、かならず発覚する。

スヴァンテ・カールグレンはある電話番号を押した。セキュリティー部門のエステンソンにつながる社外秘の番号だ。エステンソンが〝はい〟とだけ応答した。

「スヴァンテ・カールグレンだ」

「おお！　こりゃどうも！」

「聞きたいことがあるんだが、会社とは関係ないんだ。助けを必要としている友人がいる」

「ほう」

「聞いてもかまわんかね？」

「ええ、まあ……いいんじゃないですかね」

「きみは、うちの会社に来る前、民間の警備会社にいたと聞いているが」

「そのとおりですよ」

「そこは、どういうしくみだった？」

「おっしゃってる意味によりますが」

「たとえば、人探しなどはしていたかね？」

「ええ、そういうこともありましたね」

「融通をきかせることはあったかね？」

「どういう意味ですか？」

「融通をきかせることはあったのかと聞いている。それ以上はっきりとは言えない」

エステンソンは一瞬、答えに詰まった。

「まあ、あったと思いますが」

「実は、助けを必要としている友人がいるんだが」

「そうおっしゃってましたね」

「紹介してくれないか？　名前は？」

「ジヴコヴィッチ。ホーカン・ジヴコヴィッチです」

「どうも」

「カールグレンさん」

「なんだ？」

「私になにか話すことがあるんじゃないですか？」

スヴァンテは笑い声をあげた。

「いや、さっきも言ったとおりだよ……困っている友人を助けたいだけだ。きみの業務上、念のため確認しなきゃならないのはわかるが、困っているのは私ではないんだ」

スヴァンテは電話を切ると、ホーカン・ジヴコヴィッチに電話をかけ、カール十六世グスタフ（現スウェーデン国王）と名乗った。とある人物を探し出す手助けをしてほしい、と告げる。名前はわからないと言い、男の外見や車についての情報を伝えた。

「手助けするのはかまわないけど、名乗らないと高くつきますよ」

「なぜだ？」

「そういうもんです」

「ほう」

ジヴコヴィッチはスヴァンテに銀行の口座番号を教え、スヴァンテは明日中にジヴコヴィッチの口座へ金を振り込むと約束した。

＊

ストックホルム南のファシュタにある、ほとんどなにも家具のないマンションで、信頼のおける人物が七人、コンピュータの前に座っている。暗号化通信を用いて、百三十六の証券取引口座から借り受けたエリクソン社の株を空売りしているのだ。その一方で、ほかの金融商品を使い、下がっていくエリクソンの株価を下支えした。五時に仕事を終えると、その直後に市場が閉まり、エリクソン社の株価はその日、ほぼ変動のないまま一日を終えた。

アーロンとエクトルはそのようすを見守っていた。それぞれ帰宅し、よく眠れぬ夜を過ごした。翌朝、同じマンションで、同じ七人の信頼のおける人物たちと顔を合わせた。

テレビでは朝のニュースが流れていた。女性キャスターが深刻な声で、エリクソン社のアジアでの業績予測がはずれたと伝えている。ほかにも、彼らにとってはどうでもいいニュースが報じられていた。昨日からずっと部屋に立ちこめていた無言の緊張がやわらいだ。九時に市場が開くと、彼らはさっそく株の買い戻しを始め、昨日買い集めたオプションやワラントを売りさばいた。そして、エリクソン株の動向を示すコンピュータ画面を、満足げに見つめた――グラフはスキーゲレンデのように急な下降線を描いていた。

18

夜の九時、呼び鈴が鳴った。玄関先に現れたエクトルは、片手にマーケットの紙袋を、もう片方の手にシャンパンのボトルを持っていた。その笑みに裏はない。なにかに勝ったような、得意げな笑みだ。彼女の頭をよぎった思いはたくさんあった。〝アルベルト〟……〝イェンスが近くにいる〟……〝マイク〟……〝どうして、よりによっていま来るの〟……

「食事を買ってきたよ」と彼は言い、左手に持った袋を掲げてみせた。

ソフィーは彼になんとか微笑みかけようとした。

「こんばんは、エクトル。今日はどうしたの？」

「ひとりで食事したくなかったんだ」

「アーロンは？」
「近くで時間をつぶしてる」
ソフィーは彼の肩の向こうを見やった。
「どうぞ、入って」

ふたりはキッチンに腰を下ろした。ソフィーがグラス、皿、フォークやナイフを出し、エクトルが食事を出してテーブルに広げた。料理を紙箱から直接つまみながら、シャンパンを飲み、話をする。ソフィーは、頭上のランプに取り付けられているマイクの存在を、つねに意識していた。神経のすり減る状況だが、彼がいつもと変わらないので安心する。食べもの持参で立ち寄った友人。それ以上の意図をほのめかすことはいっさいなく、落ち着いたおおらかな態度で、彼女の目よりもむしろ口元を見つめながら彼女の話を聞いている。

「ほらね、簡単だろう」と彼は言った。

ソフィーは食事を口に運んだ。

「なにが簡単なの？」

「こんなふうに、ふたりでいること」エクトルの声の調子が変わった。真剣さが増している。

ソフィーは不安になり、かすかに笑みをうかべた。

「そうね……簡単ね」

「ソフィー？」

「なあに？」

エクトルは適切な言葉を探した。

「きみにプレゼントを買いたいと思ってる。アクセサリーかなにか……」

ソフィーは断ろうとしたが、エクトルは最後まで言わせてくれと手で彼女を制した。

「きみをなにか個人的なことに誘いたいと思う。旅行でも、芝居でも、散歩と昼食でも、なんでもいい。けど、なにかしようって決心するたびに、迷うんだ。アクセサリーを買おうと、芝居に連れていこうと、なにをしたとしても、きみをつかまえたことにはならないんじゃないか、って。きみはまったくべつのもの、おれの知らないなにか、どんなに頑張っても手に入らないものなんじゃないか、って。だから、踏み込めない。失敗する勇気がないんだ。きみを失うのが怖いから」

ソフィーは皿を見下ろし、なにかを咀嚼した。エクトルからは目をそらしつづけた。

エクトルが彼女の注意を引こうとしてささやきかける。

「いつになったら、ちゃんと話ができる？　おれたちのことを、いままで起こったことを、ちゃんと話し合って……」

「お客さん？」

声はふたりの背後から聞こえてきた。まるで天から遣わされたように、アルベルトがいきなりキッチンに現れたのだ。怪訝な顔でソフィーを見つめ、それからエクトルを見やった。

「やあ、アルベルト」

「えっと……」

「アルベルト、こちらはエクトルよ」

「こんばんは、エクトル」アルベルトは当たり障りのない口調であいさつすると、戸棚から皿を一枚出し、ひきだしからナイフとフォークを出した。エクトルがその姿を目で追っている。アルベルトは人見知りするでもなく食卓につき、ふとエクトルの目を見つめた。

「エクトルって、犬の名前じゃないですか？」料理を皿に盛りながら言う。目がきらりと光った。

「そうだよ」とエクトルは答えた。「犬によくある名前だ。アルベルトって名前はどうだろうね？　昔、アルベルトって名前のロバを飼ってた覚えがあるよ」

そうしてふたりの会話が始まった。冗談を飛ばし合っている。まるで、互いのユーモアのセンスを心得ているかのように。ずっと前から知り合いだったかのように。ふたりはどことなく似ている気がする。本人たちは自覚していないかもしれないが。

エクトルが笑い声をあげ、アルベルトも笑いながら話している。ソフィーはその会話を、ほがらかな笑みをうかべ、すさまじい恐怖を抱きながら聞いていた。

＊

暖かな夜だった。イェンスはストックスンド広場のベンチに座っている。高校を卒業した生徒たちがかぶる白い帽子を頭に、パーティー用の装いをした若者たちが、何人かそばを通り過ぎた。低アルコール飲料を手にした娘が、ハイヒールでふらつきながら歩き、やたらと大きな声で話している。ほかの若者たちが彼女の話に耳を傾けているようすはない。

イェンスはあたりがもっと暗くなるのを待っていたが、暗闇はなかなかやって来なかった。酔った若者たちがいなくなってから、黒く平たいリュックサックをつかんで立ち上がり、小道をたどってソフィーの家をめざした。そのまま距離を置いて素通りし、高台に上がると、界隈を一望できる庭に身をひそめた。家の住人は留守らしく、小さな常夜灯があちこちについているだけだ――どうやらこの界隈では、家を空けるときに常夜灯をつけていくのが決まりのようになっているらしい。イェンスは傾斜した庭の上のほうの植え込みに近づくと、中に入り込んでうつぶせになった。リュックサックから双眼鏡を出し、界隈にざっと視線を走らせた。

サーブが一台とまっている。ピントを合わせると、運転席に男が座っていた。車は、木立の陰に隠れるように、ぽつんととまっている。意識して探していなければ、おそらく気づかなかっただろう。イェンスは車のまわりにも双眼鏡を向け、変わったところがないか確かめた。捜索の範囲を広げ、ほかの人影を探す。だれもいない。

やろうとしていることは単純だ。車に近づいて、ひそかに男の写真を撮り、ハリーに手伝ってもらって男の素性を突き止める。まずはそれからだ……車に乗っている男はおそらく警察官だろう。が、もう〝おそらく〟だけでは動けない。この件を把握するには、確かな事実をつかまなくてはならない。

イェンスは双眼鏡を目から離すと、ソフィーの家に視線を向けた。キッチンで動いている人影が見えて、ふたたび双眼鏡を目に当てた。

レンズの中に、エクトル・グスマンが現れた。思いもよらない光景だった。エクトルと、ソフィーと、アルベルトが、食卓についている。エクトルだと？　あの男がいるということは、アーロンも近くにいるのか？　どこだ？　イェンスはあたりをすばやく、くまなく探した。サーブはソフィーの家の西側にとまっている。イェンスがいるのは北側だ。そこで南側と東側に視線を走らせた。車は一台もとまっておらず、アーロンの姿も見えない。ふたたびソフィーの家のキッチンを見る。エクトルは窓辺からいなくなっていた。サーブにさっと目を向けてから、東のほうに視線を戻した。アーロンがそばにいるとしたら、状況は大きく変わってくる。

そして、実際、アーロンはそばにいた。東のほうから道を歩いてくる彼の姿が、イェンスの双眼鏡に映った。ゆっくり進んでいるが、このままではサーブの警察官と鉢合わせすることになる。イェンスはレンズ越しにアーロンの姿を追った。これからのシナリオをいくつか思い描く。そして、やるべきことはひとつしかない、と悟った。アーロンを見やり、それからサーブに目を向けて、距離を目測し、時間の猶予がどれくらいあるか考えた。一分にも満たない。そのうえ、いちばんの近道を使うわけにはいかない……気づかれないように移動しなければならない。アーロンという男は、気づかれないように移動している人間に気づく男だ……〝ちくしょう、どうすりゃいいんだ〟

イェンスは立ち上がり、高台の下を歩いているアーロンと並行して、高台の上を走りはじめた。スピードを上げると足音も大きくなったが、このリスクは冒すしかない。とにかくアーロンよりも早く、ずっと早くたどり着かなければならないのだ。そのうえ、近づいてくるアーロンから身を隠せるよう、うしろから車に近づく必要がある。そのためには大きく迂回しなければならず、アーロンから車までの距離と比べると、およそ二倍の距離になる。したがって、アーロンの二倍以上のスピードで移動しなければならない……しかも、なるべく音を立てずに。

イェンスは藪を駆け抜け、庭をいくつか横切り、やがて高台の下にとまっているサーブの真上にたどり着いた。アーロンを探したが見当たらず、大きなカーブを描いて坂を下りることにした。南をめざし、露に濡れた芝生の傾斜へ走って、サーブを左側に見ながら下りていく。足がすべったが、ずり落ちながらも立ち上がってサーブに駆け寄った。道の先にアーロンの姿が見えてきた。まっすぐにこちらへ近づいてくる。イェンスからサーブまでの距離は二十メートルほどで、そのあいだ、身を隠せる場所はいっさいなかった。彼はできるかぎり身をかがめ、ななめうしろから車に駆け寄った。運転席の男が、なにかべつのことに気を取られているといいのだが。バックミラーを見ないでいてくれるといいのだが……そして、自分も、アーロンに気づかれないほど低く身をかがめることができているといいのだが。

イェンスは後部座席のドアをめざした。鍵がかかっていませんように、と神に祈る。取っ手をつかみ、力任せにドアを引いて開けた。〝ありがたい！〟後部座席に飛び込み、運転席のうしろに頭を隠した。

「車を出せ！」

運転席の男は冷静なままで、じっと動かない。

「えっ？」

「エンジンをかけて、さっさとここから離れろ。グスマンのボディーガードがこっちに向かってるんだ！」

イェンスが少し頭を上げると、近づいてくるアーロンが見えた。運転席の男はひどく鈍いようだ。

「左を見ろ！」

男は言われたとおりにした。それで、ようやくわかったらしい。

サーブは急発進してその場を離れた。イェンスは床に横たわっている。リュックサックを開けてベレッタ92を出し、銃口を男の側頭部に押しつけた。

「バックミラーの向きをずらせ」

男が言葉の意味を理解するのに、数秒かかった。それから彼は、フロントガラスから突き出したバックミラーの向きを変えた。

車はしばらくあてもなく走った。男は妙に落ち着いている。

「財布をよこせ」

「ぼくは警察官だぞ」寝起きのような声だ。

「名前は？」

「ラーシュ」

「名字は？」

「ヴィンゲ」

イェンスは銃口を彼の耳のうしろに強く押しつけた。

「財布をよこせ」

財布はダッシュボードの上に置いてあった。ラーシュは手を伸ばして財布を取ると、そのまま腕をうしろへ曲げ、イェンスに財布を渡した。

「電話もだ……」

ラーシュはイェンスに携帯電話も渡した。イェンスはどちらもポケットに入れた。拳銃も取り上げ、弾薬を出して空にした。弾倉をズボンのポケットに入れ、拳銃の本体は床に落とした。

「どこに行けばいい？」

「適当に走れ」

ラーシュは言われたとおりにした。横になっているイェンスには、どこを走っているのかわからなかった。

「あんた、だれだ？」ラーシュが尋ねる。

イェンスは答えなかった。

「どうしてぼくにボディーガードのことを知らせてくれた？」

「黙れ」

車はあてもなく道をぐるぐると走った。十五分ほど経ったところで、イェンスが車をとめろと告げた。

ラーシュはサーブを道路脇に寄せ、車をとめた。同時にイェンスが前に身を乗り出し、運転席と助手席のあいだのイグニッションロックに刺さっているキーを奪った。

「そのまま前を見てろ」と告げ、頭の中が疑問符だらけのラーシュ・ヴィンゲを置いて車を降りた。サーブからすばやく離れ、庭の植え込みに身を隠した。

向こうから見えないところまで来ると、立ち止まってあたりを見まわした。ソフィーの住む界隈に戻ってきている。二ブロック先に彼女の家があった。あの警察官はほんとうに、同じ道をぐるぐるとまわっていただけだったのだ。

イェンスは広場のそばにとめてあった自分の車に急いで戻った。とにかくここを離れたい。アーロンやエクトルと鉢合わせしたくない。運転席に乗り込み、インヴェルネス地区そばのインターチェンジに向かって車を走らせながら、奪った財布から身分証を出した。警察の身分証だ。〝ラーシュ・ヴィンゲ〟とある。写真を見ると、たしかにさきほどの男だ。イェンスは身分証をポケットに入れると、ヴィンゲの携帯電話を出し、連絡先リストに目を通しはじめた。いくつかの名前。アンデシュ、医者、グニラ、母さん、サラ……それで終わりだ。ひじょうに中身の薄い連絡先リスト。発信履歴と着信履歴を見る。ラーシュはほとんど電話を使っておらず、〝グニラ〟へ何度かかけているだけのようだ。不在着信のリストに移ると、〝サラ〟から三件、〝不明〟から二件の着信が入っていた。

ストックスンド橋を渡っているあいだに窓を開け、車のキーと弾倉を橋の欄干の向こうへ投げ捨てた。

*

アルベルトがふたりのもとを去って居間に引っ込んだ。

「なんていい子なんだ」エクトルが言った。まわりの世界に対する正しい姿勢を、若いうちから身につけることが大事だ、と語る。そうすれば、ものごとは自然に進む。なにもかもがうまくおさまる。そう言って、自分とアルベルトを比較した。

ソフィーは彼の話をさえぎった。

「エクトル、帰ってちょうだい」

彼には理解できなかった。

「帰ってほしいのか?」

ソフィーはうなずいた。エクトルは彼女の表情をうかがった。

「どうして?」

「私がそうしてほしいから。もう、ここには来ないで」

エクトルは眉間にしわを寄せ、手を組んで、ソフィーをじっと見つめた。

「わかった」気にしていないふりをして答える。気持ちを落ち着けてから立ち上がった。が、立ち去るそぶりは見せず、食卓の脇に立ったまま尋ねた。

「おれ、なにかした?」

ソフィーは彼の視線を避けた。

「あなたがなにかしたわけじゃない。とにかく帰ってほしいの」

エクトルはどう見ても悲しげな顔だった。が、それ以上食い下がることはなく、電話をかけ、スペイン語でなにやらぼそぼそと告げると、家を出ていった。アーロンが車で家の前まで迎えに来た。

ソフィーは食卓に残った。そのままどのくらい時間が経ったのか、見当もつかなかった。

「母さん、このまま死ぬまでひとりでいるつもりなの?」

キッチンに入ってきて彼女の正面に座ったアルベルトは、どことなくがっかりしたような表情だった。ソフィーは答えなかった。立ち上がり、後片付けを始めた。

「なにがそんなに怖いの?」

「なにも怖くないわよ、アルベルト。私の人生なんだから、私が決めるの。わかるわね?」

自分の声があまりにも鋭く、不自然だという自覚はあった。

「じゃあ、あの人はなんなの?」

「エクトルよ。紹介したでしょ」

「ほんとにそれだけ?」

彼女はそれにも答えなかった。できることなら、こう言いたかった。〝お願いだから黙ってよ、アルベルト! ここで話してることは全部、人に聞かれてるんだから!〟

が、そうは言わず、無言で居間を指差した。罰として別室に行って反省しなさい、というつもりのようでもあったが、見当ちがいなしぐさだった。アルベルトはもう、そんな叱られかたをする歳ではなく、彼女のしぐさの意味を理解できなかった。代わりにふうとため息をつくと、立ち上がり、キッチンを出ていった。

ソフィーはシャンパンを流しに捨てた。

＊

古い倉庫のような部屋だ。かなり高い天井を柱が支えている、広く開放的で飾り気のない空間。ハリーの住まいは、クングスホルメン島にあるマンションの荒れ果てた屋根裏だ。十五年ほど前になるだろうか、イェンスが彼と知り合ったときにはもう、彼はここに住んでいた。独学で仕事を覚え、成人してからずっと私立探偵として働いてきた男だ。一九七〇年代のほとんどと、一九八〇年代の前半は、ロンドンを拠点としていたが、どういうわけかスウェーデンに戻ってくる道を選んだ。

ハリーは目を覚ましたばかりだった。フェルト製のスリッパにチェックのガウン姿で、広々とした部屋をのそのそと横切った。ぼさぼさの薄い髪は、彼の意識からはるかに遠いところで、自由気ままにはねていた。

「コーヒーメーカーのスイッチは入れたけど、ちょっと時間かかるよ。カルキ抜きするの忘れてたから」ハリーの声はしわがれていて、咳払いをしたほうがよさそうだった。

簡易キッチンにあるコーヒーメーカーが不穏な音を立てている。四台のコンピュータがついている。ハリーはだるそうに歩いてコンピュータに近づき、頭を掻いた。

「で、手がかりは?」と言ってから咳き込んだ。

ふたりは机のそばで、それぞれ椅子に腰を下ろした。

「身分証と、携帯電話」イェンスが言う。

ハリーは手を差し出した。

「身分証を」

イェンスはラーシュ・ヴィンゲの身分証をハリーの手に置いた。ハリーはそれを眺め、向きを変え、裏返した。それから、コンピュータ画面のうしろの棚に置いてある読書灯の明かりにかざした。

「本物だな。ってことは、こいつはほぼまちがいなく本物の警官だ。顔は見たのか?」

「横からだけど、この写真のとおりだった」

ハリーは大あくびをすると、コンピュータのキーを叩きはじめ、身分証を横目でちらりと見た。

「どうやって手に入れた? 写真を撮るって言ってなかったか?」

「いろいろあって」

「そうか」とハリーは言い、さらにキーを叩いた。なにがあったのかには関心がないらしかった。足元のひきだしを開け、ぼろぼろになった革表紙のスケジュール帳を取り出すと、額に上げていた読書用のメガネを鼻にかけてページをめくりはじめた。小さな文字で、メモがびっしりと書き込まれている。彼はイェンスのほうを向き、静かになったコーヒーメーカーをあごで指してみせた。イェンスは立ち上がってキッチンへ向かった。

ハリーは目的のメモを見つけると、画面にユーザー名とパスワードを入力して改行キーを押した。それからラーシュ・ヴィンゲの名と彼の市民番号を入力した。

新たなページの読み込みが始まり、やがてヴィンゲの顔写真が現れた。イェンスがカップを持って戻ってきた。

「ラーシュ・クリステル・ヴィンゲ。ヒュースビー署治安維持課」ハリーが読み上げる。

イェンスは前かがみになって画面の内容を読んだ。

「これ、なんのページだ?」

「警察の職員名簿……」

イェンスは椅子に座り、ハリーは先を読んだ。

「つい一か月ほど前まで、ストックホルムの西の郊外でパトロールをやってたみたいだな。それが、いまは刑事になって、国家警察で働いてる……」

「警察のことはよく知らないが、そんな異動がいきなりあるものなのか?」

「知らんな……警察の内情なんてどうでもいい」ハリーはそうつぶやいて、コーヒーをひとくち飲むと、カップを置いて、またコンピュータのキーを叩きはじめた。

「ここからは、ちょっと時間がかかるぞ」

イェンスは座ったまま待った。ハリーはキーを叩き、イェンスを見やり、またキーを叩き、また彼のほうを見やった。

「あっちの隅におもちゃが置いてあるから、遊んでこい」

イェンスはその意味を察した。

折り畳まれた卓球台が壁に立てかけてある。イェンスは台を広げ、ひとりで球打ちを始めた。卓球のボールがこつこつと跳ねる音に集中していると、なかなか気持ちがいい。催眠状態にいざなわれるようだ。イェンスはなにも考えず、ただひたすら壁に向かってボールを打った。自分を閉ざして、たったひとつのことに集中する――このいまいましいボールに、おまえに勝ち目はないのだとわからせてやること。が、そうはいかなかった。ハリーに呼ばれてイェンスの集中が途切れ、ボールが勝った。卓球台を逃れて床の上を転がり、つまらない自由に向かって跳ねていった。

画面を見ると、小さなウィンドウがいくつも並んでいた。イェンスはまた椅子に座った。

「このラーシュ・ヴィンゲってやつは、わりに地味な男みたいだな。興味を引くことはなにもない。警察官で、ストックホルムの郊外から国家警察に移った。病院のカルテを検索したら、つい最近、診療所に行ったことがわかった。昔のカルテはオンラインになってないから、一九九七年より前の記録はつかみにくいんだ。まあ、とにかく、つい最近診療所に行って、腰痛と不眠を訴えてる。どうやらソブリルとシトドンを飲んでるらしい」

「なんだ、それ？」

「ソブリルは鎮静剤で、依存性がある……ベンゾジアゼピン系の薬だ。これで依存症になっちまうやつがたくさんいる」

「もうひとつは？」

「シトドンは鎮痛剤で、見た目はそのへんで売ってる頭痛薬と変わらないし、味も頭痛薬みたいなもんだ……が、こいつはコデインっていう物質だ。身体の中でモルヒネに変わる」

「どうしてそんなに詳しいんだ？」

「おまえには関係ない」ハリーはぼそりとそう言うと、キーを叩いてはマウスをクリックし、目の前に広がる平らな二次元デジタルの世界を探りつづけた。が、ほどなく、ぶっきらぼうな答えを返したことを後悔したらしい。

「昔の女が、そういう薬の中毒で……家が薬局みたいだった。日ごとに身体をだめにする薬局だ」

「どうなった？」

「最後には、おれも、彼女自身も、彼女がだれなのかわからなくなった」

「大変だったな」

ハリーはイェンスのほうを向き、目を合わせた。

「ああ、大変だった」偽りのまったくない声でそう答えてから、コンピュータに戻った。

イェンスは横目でハリーを観察した。ハリーという男は、プライベートをほとんど明かそうとしない。

「つまり、この刑事はクスリ中毒ってことなのか?」

ハリーは首を横に振った。

「いやいや、べつにそうとはかぎらないよ。一錠目を飲んだとたん中毒になるわけじゃないからな……実際、ほとんどの人は中毒にならない。薬を飲んでる期間が短くて、量もほんの少しなら」

「ほかに情報は?」

ハリーは首を横に振った。

「べつに、なにも。独身で、セーデルマルム島に住んでて、治安維持課時代に――まあ、要するにパトロール警官ってことだ――ヒュースビーの移民問題について論文みたいなものを書いてるな……それから、タクシーを運転する免許を持ってる。金回りはいいとは言えない。こいつのクレジットカードの履歴を見るに、ときどきネットでDVDを買ってる程度で、食料品は安売りスーパーで買ってるみたいだ」

イェンスは画面に映し出された乏しい情報を読んだ。

「もっと詳しく知りたいんだ。こいつがいま、なんの仕事をしてるか、調べられないか? それから、だれと働いてるか……上司はだれか」

「それは電話して聞いてみるしかない」

「答えてくれると思うか?」

「まあ、無理だろうな」

「わかった。もうひとり、女を調べてくれ。こいつも警官だ。グニラ・ストランドベリ」

ハリーはさっそくキーを叩きはじめた。

「何者だ?」

「ヴィンゲの上司だと思う。ソフィーに接触してきた刑事だ」

ハリーはあるページで手を止め、画面を下にスクロールさせて、内容を読んだ。

「グニラ・ストランドベリ、一九七八年から警察にいる。出世コースとしてはごくふつうの道を歩んだようだな……最初はストックホルムの治安維持課、それから一九八〇年代の半ばに何年か、警部補としてカールスタッド警察署に勤めてる……そのあとストックホルムに戻ってきて、国家警察に入って、警部に昇進した……二〇〇二年、調査の結果を待つあいだ停職、って書いてあるな。二か月間だ。それからまた仕事に戻ってる」

「調査って？」

「わからん。これは警察の職員名簿だから、最小限のことしか書いてない」

「ほかの記録簿に入って、もっと情報を引き出せないか？」

「無理だ」

ハリーはべつのウィンドウに表示を切り替え、グニラの名前でふたたび検索を始めた。マウスをクリックして、いくつかのページを表示すると、ウィンドウのサイズを縮小して、画面上にずらりと並べてみせた。

「独身で、住所はリディンゲ島。エリックっていう名前の弟がいる……カルテはとくに変わったところ無し……病歴はないみたいだな」

ハリーはキーを叩きつづけた。

「請求書の払い忘れかなにかで何度かケチがついてるが、金回りは悪くない。アムネスティのメンバーで、ヒューマン・ライツ・ウォッチとユニセフに定期的に寄付をしてる……芍薬愛好会のメンバーでもあるらしい。名簿に名前がある」

ハリーは伸びをした。

「要するに、それなりに金を持ってるおばさんだ。請求書の支払いをときどき忘れる。社会貢献に興味がある。めったに病気にならない。芍薬が好き……以上」

＊

ショックを受けることはなかった。身体が震えることすらなかった。最近はいつもそうだ——ケトガンが手の届くところにあるかぎり。なんの感情も湧き上がってこない。銃口の冷たいスチールを頭に押しつけられても……なにも感じなかった。

いまの自分の状態をなんと呼べばいいのか、見当もつかない。〝驚いている〟？　そうだ、たぶん、その言葉が近い。驚いている。銃を持った見知らぬ男が車に乗り込んできて、携帯電話と身分証、車のキーを奪っていったことに……驚いている。

口を半開きにしたまま、外の闇をじっと見つめ、下唇を引っ張った。自分がどんなにまずいことになっているか、自覚はある。自分でもまずいと感じる。主な原因は薬だが、それだけではなく、これまでに起きたすべてがかかわっている。あっという間だった。わずか数週間で、なにもかもが壊れた。それまでのささやかながらもまっとうな人生は、もはや消えてなくなった。人間関係はすっかり壊れ、感情は制御不能の状態で、身体も思うようには動かなくなってきた。魂は死に、内なる地獄のどこか奥深くに埋葬された。頭に浮かぶ考えすらも、自分のものではなくなっている。自分の中に残っているものはすべて、だれか他人にねじ込まれたもののように感じる。自分がだれなのかわからなくなってきた。自分はもう、自分ではない……が、他人でもない。それにしても、あの男はだれだったんだ？　エクトルの手下ではなかった……友だちか？　ソフィーを助けている友だち？　だとしたら、なぜ？

ラーシュは下唇を放した。目の前に視線を据える。

〝驚いている〟という言葉も、やはり当てはまらない。結局、なにも感じなかったのだ。

そのままいたずらに時が過ぎた。彼はただ、じっと座っていた。が、薬にかき乱された状態の中で、なにかが彼の意識にのぼってきた。このできごとには意味がある、という、かすかな直感。携帯電話、財布、拳銃の弾倉、車のキー……すべてを奪われ、人格や魂もなくなり……それまでの人生も消えてなくなった。これは、なにかを示す兆候なのではないか？ 変化の兆しなのでは？ いまこそ再出発の時なのではないか？ あらためて、ゼロからスタートして、最初からやり直す……自分のまわりで起こっていることの、ほんとうの意味を突き止める。そして、どちらの側につくかを決める。

はたと気づく——ぼくは、自由だ。この先の方向は、自分で決められる。目の前に伸びる時間が見えてきた。これからなにをすればいいか、なにをしなければならないか、頭の中にはっきりと浮かんできた。

うしろへ腕を伸ばし、後部座席の床から弾倉のない拳銃を拾い上げた。それから車を降りてうしろへまわり、荷物スペースを開けた。盗聴装置を入れている小さな鞄のマジックテープを締め、車から出す。少し歩いて人家の庭に向かい、白樺の木の陰に鞄を置いた。腰を下ろし、スニーカーの靴ひもを引き抜くと、二本を結びつけて一本の長いひもを作り、立ち上がってサーブに戻った。ガソリンタンクのキャップを開け、靴ひもをできるかぎり奥へ差し込む。引っ張り出してにおいを嗅いだ。〝ガソリン。いいにおいだ……〟

もう片方の端も、できるだけ奥へ突っ込んだ。靴ひもはいま、タンクから数センチほどはみ出している。彼は白樺のほうを見やり、逃げ道を見極めようとした。あそこまでは、三、四秒。いや、もっとかかる。五、六秒か……

ライターを出し、ガソリンに浸ったひもの端に火をつけた。靴ひもがまたたく間に燃える。思ったより速い。ラーシュは必死になって大股で走った。頭の奥でパニックが轟いていた。

爆発音は鈍く、くぐもっていて、まるでその界隈全体を覆う重いカーペットがどさりと落とされたかのようだった。盗聴装置の入った鞄に覆いかぶさった彼の背中を、熱く燃える突風のような爆風が襲った。その場に伏せたまま振り返る。数秒のあいだ、炎の柱はまっすぐに上へ伸びていた。その上端の炎がキノコの形になり、下へ、内側へ向かいたがっているように見えた。そして薄闇に消えていった。サーブは炎に包まれている。じりじりと焼け、ぱちぱちと音を立てる。なにかの割れる音もした。うしろの窓ガラスが吹っ飛び、荷物スペースの扉が取れかかっている。プラスチックが溶けはじめ、ガラスが割れ、左の後輪が炎に焼かれてゴムを吐き出す。ラーシュは目を丸くしてそのようすを見つめていた。

＊

ソフィーは地下のボイラーが爆発した夢を見た。寝室の外でアルベルトと行き合った。

「いまの、なに?」アルベルトが尋ねる。

「わからない」

一階に下りてみたが、変わったところはなにもない。そのまま地下に下りてあたりを見まわし、妙なにおいがしないか確かめたが、なにも異状はなかった。そのとき、外から自分を呼んでいるアルベルトの声が聞こえた。

出てみると、少し離れた木立のあたりが明るく光っているのがわかった。オレンジ色の、強烈な光だ。

ふたりはそちらに向かって歩きだした。

起き抜けらしい人々がおおぜい、炎をじっと見つめている。さらに多くの人があちこちから集まってきた。燃えているのは車だとソフィーは気づいた。古いサーブだ。

アルベルトは友だちを見つけて話しはじめ、笑い声をあげている。ソフィーは燃える車をじっと見つめていた。遠くのほうから、消防車のサイレンが響いてくる。プラスチックやゴム、金属の、ぱちぱちと焼ける音が聞こえる。

彼は、ソフィーのすぐうしろに立っていた。

爆発のあと、立ち上がってその場を去ろうとしたが、ふとある考えが頭に浮かんだ――彼女もここに来るにちがいない。立ち止まって向きを変え、暗がりの中に身を隠した。近所の家々から出てくる人々の姿が見えた。ラーシュは鞄を隠し、髪をぐしゃりと乱してから、車のほうへ戻った。

そうして、爆発音で目を覚まし、服を着替えて、なにがあったのか確かめようと外に出てきた、この界隈の住人のひとりになった。

彼女の姿はしばらく見えなかった。もどかしくてしかたがなかった。ほかの人たちの会話を盗み聞きして、なんとか気持ちを落ち着けようとする。軽口がほとんどだった。〝タバコの火、ありますかね〟と言っている人がいる。サーブの株価がどうの、破産がどうのと話している男性もいる。なにが可笑しいのかラーシュにはわからないが、ほかの人たちは全員、面白いと思っているらしい。さらに多くの人が野次馬の列に加わり、燃える車を見つめている。そのとき、彼女の姿が見えた。

ななめうしろの道から歩いてきたらしい。ちらりと目を向けると、アルベルトが先に立って歩いている。彼女の美しい姿が見える。ラーシュは思わず笑みをうかべた。自分でそのことに気づいて、笑みを消し、顔をそらして炎を見つめつつ、視界の隅で彼女の姿をうかがった。ソフィーは少し離れたところに立っている。ラーシュは人の群れのあいだを縫って、ゆっくりと彼女に近づいた。

そして、いま、彼はソフィーのすぐうしろに立って、彼女のうなじをじっと見つめている。彼女のここは、とりわけ魅力的だ。髪をひとつに束ねているせいで、あらわになっているうなじ。ラーシュは手を伸ばしてそこに触れたいと思った。撫でたい。さすってやりたい。小さなくぼみに指を添わせたい。

「ソフィー？」

ガウン姿の女性が彼女に近づいた。

「びっくりしたわね！　なんなのかしら、これ？」

ラーシュはじっと耳を傾けた。

「あら、シシィ。わからないわ。爆発の音で目が覚めたの」

「私もよ……」

長いあいだ、ヘッドホンで彼女の声を聞き、望遠レンズ越しに彼女の姿を眺めてきた。彼女が眠っているときに近づいたこともある。が、こんな彼女を——ふだんの彼女、起きている彼女を近くで見るのは、これが初めてだ。ソフィー。彼女の身体の小さな動きを、ちょっとしたしぐさを、じっと見つめつづける。そして、また笑みをうかべた。

シシィがガウンのポケットからタバコを出した。

「ついでに持ってきたんだけど、吸う？」

「ありがとう」

ふたりはそれぞれタバコに火をつけ、燃えさかる車を眺めた。シシィが目をそらしてタバコを一服し、ふと振り返ったときに、ラーシュの妙な微笑みを目にとめた。彼女はラーシュを上から下までまじまじと見つめた。

「ちょっと、あなた、なにが可笑しいの？」

ソフィーも振り返ってラーシュを見た。ふたりの目が合った。ラーシュは地面に視線を落とし、きびすを返してすばやく人の群れにまぎれ、姿を消した。

シシィはまたタバコを一服した。

「なにかしら、あの人。気持ち悪い」

ソフィーにはわかっていた……あの男が、だれなのか。恐怖を感じる。もっとがっしりとした、大柄な、警察官らしい人だろうと思っていた――警察官らしい人というのがどんな人なのかは、やや漠然としているが。少なくとも、たったいま目にしたような男だとは思っていなかった。青白い顔、あちこちさまよう視線、妙な姿勢、うつろな目――そんな男は想像していなかった。

「そうね」と彼女は言い、群衆の中に彼の姿を探した。が、ラーシュ・ヴィンゲはどこにもいなかった。

＊

〝壁〟。あらゆる写真、名前、線、メモが渦巻いている……なんたる混沌。彼は呼吸が落ち着くのを待った。ソフィーの写真に注目する。何歩かあとずさって眺めると、かすかなつながりのようなものがちらついた気がして、手を伸ばす。が、つかめない……〝ちくしょう！〟

壁に文字を書く。〝男〟〝三十五～四十歳〟〝銃所持〟〝冷静〟。そしてソフィーと線でつないだ。あとずさり、眺め、記憶を探る。車に乗り込んできたあの男の声に、聞き覚えはあるだろうか？　ソフィーがストランド通りで会っていた男の写真に目がとまった。さまざまな考えが頭の中を跳ねまわる。時が流れ、集中力が切れはじめる。筋道を立てて考えようとしても、いっこうに考えがまとまらない。

ラーシュはバスルームに向かい、薬を追加した。今回は集中力を高めるためのブレンドに成功した気がする。大量の薬を身体に流し込むと、鏡に映った自分の姿を見ながら、ぼんやりと『ニューヨーク・ニューヨーク』を口ずさんだ。顔色は青白く、身体はだるく、口のまわりに黄色っぽい吹き出物がいくつもある――そんな自分の姿が気に入った。

ふたたび、壁。ラーシュは仕事を続けた。探しつづけ、求めつづけた。吹き出物を引っ掻き、ひっきりなしに脚を動かし、食べものを反芻するヘラジカのように歯ぎしりをする。自分には見えないパターンのようなものが、なにかあるのだろうか？　壁に書いたすべてに組み込まれた、暗号のようなものが？　無意識のうちに、自分で作りだした暗号？　すべての答えが出ているのに、自分でそれに気づけていない？　そうなのかもしれない……すべてに対する、神聖で崇高な答えが、この壁の混沌の中にあるのではないか？　あるいは、ほかにも答えがある？　薬漬けになった知性がほとばしるのを感じる。が、やがてその動きが止まった。まるでボクサーのインゴ・ヨハンソンが、壁に立てかけたままの額を抜け出して一歩前に踏み出し、彼の顔に強烈な右フックをくらわせたかのように。

ラーシュは椅子に座って頭を垂れた。なにも考えられない。動くことすらできなかった。精神的にノックアウトされ、モルヒネのせいで脳の働きが鈍っている。口の端からよだれが流れ出した。自分の両脚を見下ろす。ジーンズのひざの部分が、芝生の草のせいで緑に染まっている……まるで子どもみたいだ！　ラーシュは笑い声をあげた。この歳になって、ジーンズに芝生の跡がつくとは！　薬の量が多すぎたらしい。疲れが首へ下りていき、肩へ、さらに身体の下のほうへ――胸へ、腹へ、脚へ、足先へ、ラーシュ・ヴィンゲの身体の隅々まで広がっていく。彼は椅子からずるずると落ち、床にひざをついた。そのまま前のめりに倒れ、両手を床について身体を支えた。着地の衝撃で手首と前腕が痛んだ。

机の下に、どこにもつながっていない電源コードがあった。じっと見つめる。さまざまなことがぼんやりと連想され、目の前をちらついては消えていった。

ベンゾジアゼピン系の薬とケトガンをさらに追加し……ほかにもなにか、身体に入れた。まぎれもない過剰摂取だ。が、これだけ薬を飲んでも、求めている状態にはなれなかった。それどころか、外からの圧力で潰されそうになった――少なくとも、そう感じた。身体を動かすことができず、考えることもできず、彼は超新星爆発を起こす星よりも重くなった。そのとき、またインゴが現れた。今度は彼の出身地であるイェーテボリ独特のジョークを飛ばしてから、左パンチを仕掛けてきた。それでフェイントをかけてから、強烈な右アッパーを繰り出した。ラーシュの目の前が真っ暗になった。

電話の鳴る音が彼を揺さぶり、無音の濃い暗闇から引き戻した。ラーシュは時計を見た。何時間も意識を失っていたにちがいない。また電話が鳴る。途切れることなく続く、うるさい音。彼は起き上がってひざをついた。電話が叫びつづけている。テーブルに手をついて立ち上がり、おぼつかない足取りで木の床を歩く。腰やひざが痛んだ。

「もしもし」

「ラーシュ・ヴィンゲさん？」

「はい」

「老人ホーム〈幸せのコイン〉のグンネル・ノルディーンです。実は、とても悲しいお知らせがあります。今朝、お母さまが息を引き取られました」

「はあ……そうですか、それは残念です……」

ラーシュは受話器を置くと、自分でもなぜかわからないままキッチンに向かった。なにか探しているのかもしれない。また電話が鳴った。自分がなにを探しているのか思い出そうと、あちこちに視線を走らせる。電話が鳴っている。天井を見上げ、床を見下ろし、周囲を三六〇度見まわした。電話が鳴っている。ああ、思い出せない。なにを探していたんだっけ？　脳がフル回転する。

電話が鳴っている。彼は受話器を取った。

「もしもし？」

「老人ホーム〈幸せのコイン〉のグンネル・ノルディーンですが……」

「はい」

ラーシュは足元を見下ろした。

「さきほど申し上げたこと、ちゃんとわかっていただけました？」

「ええ、母が亡くなったんですよね」

ふと頬がかゆくなった。たったいま蚊に刺されたような感じだ。彼は苛立ち、爪を立ててがりがりと掻いた。

「こちらにいらっしゃるおつもりはありますか？　ご遺体が搬送される前に、お会いになります？」

爪を見ると、少し血がついていた。

「いや、いいです。搬送してくださってかまいません」

グンネル・ノルディーンは一瞬、言葉を失った。

「申しわけありませんけど、それでも一度来ていただかなくちゃなりません。いろいろ手続きがあるんです。書類にサインしていただいたり、ローシーさんの私物を引き取っていただいたり。今週、いらっしゃれますか？」

「ええ……行けます」

ラーシュはあたりをさまよいつづけ、なにかわからないものを探している。

「もうひとつ、お知らせしなくてはならないことが……」

「なんですか？」

「ローシーさんは……お母さまは、自殺なさったんです」

「そうですか……わかりました」

ラーシュはまた受話器を置いた。ああ、なにを探していたんだっけ？

冷蔵庫を開けると、心地よい冷気に迎えられた。長いこと、そのままじっとたたずんでいた。どのくらい時間が経ったのか、自分ではわからない。また電話が鳴った。さっきよりも音が大きい気がする。彼は冷蔵庫の奥の冷却装置をじっと見つめた。それがカチカチと音を立てているのを聞いた。

電話が叫び、彼を突き刺す。心の落ち着きが乱された。自分の叫び声が聞こえる。底知れない怒りに満ちた、深淵の奥から響いてくる叫び。自分がそんなふうに叫べることに彼は驚いた。初めての経験だった。

「もしもし?」

「ラーシュ、昨日、なにがあったの?」

グニラの声だった。

「昨日? いや、ぼくの知るかぎり、なにもありませんでしたけど」

「あなたの車が燃えたわ」

「ぼくの車が?」

「ストックスンドにとめてたサーブ。昨晩、燃えたのよ」

「どうしてですか?」

「わからない。爆発したって目撃者は言ってる。あなたはいつ帰ったの?」

「十一時ごろですが」

「装置は?」

「車に載せたままです。車はいま、どこにあるんですか?」

「現場からは撤去して、テービー警察の証拠品用の駐車場に置いてあるわ。これから調べるみたいだけど、知ってのとおり、そういう調べにはひどく時間がかかる」

知ってのとおり、と言われても、ラーシュは知らなかった。

「ラーシュ、だれがこんなことをしたんだと思う?」

ラーシュはあぜんとしているふりをした。

「さあ……チンピラか、不良グループか……わかりません」

「録音はどのくらい燃えてしまった？」

「大事なのは燃えてません。全部書き起こして、あなたに送ってますから」

グニラはしばらく電話口にいたが、やがて電話を切った。

＊

イェンスはそのまま眠っていたかったが、電話はあきらめてくれなかった。受話器に手を伸ばすと、古い目覚まし時計が倒れて床に落ちた。落ちる前の一瞬、ちらりと見えた時計の針の位置と、カーテンの向こうから差し込んでくる太陽の光から考えて、いまは真っ昼間らしいと結論を出した。

「もしもし……」

「寝てたの？」

「いや、いや、起きてた」

「いま、話してもいい？」

イェンスは頭の中で散り散りになっている思考を、なんとかまとめようとした。

「いま、おれがあげた電話からかけてる？」

「ええ」

「いますぐ切れ。こっちからかける」

大きな白い羽毛ぶとんをめくり、やわらかいカーペットに両足を載せた。寝室は、まるで綿雲の中のように明るい。なにもかもが真っ白で、例外はただひとつ、どんよりとした暗赤色を基調とした絵だけだ――マーク・ロスコの複製画で、とても気に入っている。イェンスはひとつ伸びをすると、立ち上がり、寝室を出た。頭をがしがしと掻き、身体のあちこちを伸ばす。身につけているのは、真っ白なコットンのトランクスだけだ。やたらと大きくぶかぶかな、ボタン付きの手縫いのトランクス。トルコで仕立屋から直接、二十枚まとめ買いした。自分がこれまでに買った衣類の中では、これがいちばんいい買い物だったと思っている。

キッチンに向かい、調理台のひきだしを開けて新品のSIMカードを取り出した。プラスチックの覆いをはがすと、携帯電話のバッテリーの下にカードを入れ、ソフィーに電話をかけた。

「昨晩、近所で車が一台燃えたの」電話に出たソフィーはそう言った。

寝起きのイェンスは、まだぼんやりしていた。

「燃えた？　どういうこと？」

「十二時半ごろ、なにかが爆発する音がして目が覚めたの。アルベルトといっしょに行ってみたら、車が燃えてた。サーブよ。消防隊が来て火を消したわ」

「サーブだって？」

「ええ」

「妙だな」

「そうね……あなたがかかわってる、っていうことはない？」

「ないよ」

イェンスは昨晩のできごとを思い返した。

「でも、その数時間前に、その場にいた。って、知ってるよな。行くって言ったし」

「なにがあったの？」

「そのサーブに男が乗ってた。警官だ。おれは近づいていって写真を撮ろうと思った。気づかれないように、こっそりやるつもりだったんだ。計画ではね」

「でも、計画どおりにはいかなかった？」

「計画が思いどおりに運ぶことはめったにないよ」

「それで？」

「きみの家のキッチンに、エクトルがいるのが見えた。アーロンが近づいてくるのも見えた。サーブの男のほうにまっすぐ向かってたんだ」

ソフィーは続きを待った。

「だから、その警官を追い払わなきゃならなくなった。アーロンがそいつを怪しんで、車の中にある盗聴装置を見つけたりしたら——わかるだろう、どういうことになるか」

「それから？　どうしたの？」

「サーブに乗り込んで、警官に車を出させた」

「で？」

「おれは離れたところで降りて、ストックホルムに戻ってきた」

「それだけ？」

「それだけだ。警官の名前はわかったよ」

「なんていう名前？」

「ラーシュ・ヴィンゲ」

「外見は？　どんな感じ？」

「ちょっと待って……」

イェンスは玄関に出ると、ラーシュ・ヴィンゲの運転免許証を出してテーブルの上に置いた。フラッシュ無しで写真を撮り、ソフィーに送信した。

ふたりはそれぞれ無言で待った。イェンスには彼女の息遣いが聞こえた。やがて、彼女の電話がピッと音を立てた。

「やっぱり。昨日、見かけたわ。車が燃えてたとき、野次馬の中にいた」

イェンスにとっては思いがけない答えだった。

「まちがいない？」

「ええ。しかも、エクトルが拉致されたあの夜、ボルボを運転してたのもこの人よ。どこか、ほかの場所でも見かけたんだけど……どこだったかしら。ユールゴーデン島かも。あなたは、この人に顔を見られたの？」

「いや、見られてない。運転席のうしろに隠れてた」

そう言うと、イェンスは考えをめぐらせた。

「きっと、あいつが自分で火をつけたんだ」

「どうしてそんなことを？」

「おれに持ちものを盗られて、へまをやってしまったと思ったから、とか」

「なにを盗ったの？」

「携帯電話、財布、銃の弾倉……あと、車のキー。あいつにとって大事なもの、全部」

「イェンス、これからどうなるのかしら？」

彼女の声に、不安がにじんでいた。

「これで、警察はますます信用できなくなった？」

「おれたちは運がいいかもしれない」

「どういうこと？」

「あのラーシュって警官は、このことを隠そうとしてる。だれにも言わないつもりだ。恥ずかしいと思ってるのかもしれない。だから車を燃やしたんだよ」

「そうともかぎらないわ」ソフィーが小声で言う。

「あなたがしたことのせいで、もっと困ったことになるかもしれない。とくに、アルベルトにとって。その可能性は考えた？」

「ああ、考えた。でも、その可能性と、きみのことがアーロンとエクトルにバレる可能性を比べてみたら、バレることのほうが大変だと思った」

アスファルトを歩くソフィーの足音が聞こえる。イェンスはなんと言っていいかわからなくなった。

「今日の予定は？」それが、やっと出た言葉だった。

言ったとたん後悔した。

「仕事よ」

ほかに言うことを探したが、なにも見つからなかった。

「じゃあな、ソフィー」

ソフィーは電話を切った。

19

サラは道路の反対側のカフェで待っている。マンションの出入口が見える場所に座っていると、ラーシュが出てくるのが見えた。道を遠ざかっていく彼を目で追う。なにかが変わった、と思う。どことなく、身体がこわばっているような――病んでいるような。

彼が視界から消えるまで待ってから席を立ち、歩道に出ると、左右をさっと確かめてスヴェーデンボリ通りを渡った。エレベーターの中でサングラスをはずし、鏡に映った自分をじっと見つめる。彼に殴られてできた青あざが、右目全体を覆っている。ところどころ緑に近い色に変化している。ひどいありさまだった。

自分の鍵を使ってドアを開け、中に入った。ずいぶん前に届いたらしい郵便物が、開封されないまま足元の床に散らばっている。廊下の真ん中に椅子が置いてあり、鍋がいくつも重ねてある。むっと淀んだにおいがした。

書斎に入る。中は暗く、散らかっていた。マットレスが床に直接置いてあり、寝具が乱れている。シーツはすっかりしわくちゃになって床にずり落ちている。カバーのかかっていない、しみだらけの枕。マットレスの横に投げ捨ててある毛布。食べかすのついた皿、グラス、使用済みのキッチンペーパー……〝ひどい。なんなの、これ〟

仕事のほうはどうだろう？　書類があちこちに散らばっている。写真も……そして、この壁。書き込みで埋めつくされた壁。サラは深く息をつくと、椅子を引き寄せて腰を下ろし、めちゃくちゃになった壁を眺めた。ふと、悲しみが襲ってきた。愛した男が正気を失ってしまったことの、悲しみ。これが、この崩壊が、いまの彼の人生なのだ。が、その悲しみが長く続くことはなかった。同情したいと思ったが、できなかった。代わりに、憎しみが湧き上がってきた。自分がされたことを思うと、彼を憎まずにはいられなかった。サラはソフィーという名の女の写真を見つめた。エクトルという名の男の写真も見つめた。たくさんの名前、たくさんの写真。グニラ、アンデシュ、ハッセ、アルベルト、アーロン……名前のない男もひとりいて、水辺のベンチに座っている。どうやらストランド通りのようだ。サラは壁を見渡した。さっぱりわけがわからない。それに、この文字！　壁を埋めつくしている。すき間という すき間に書かれた、小さな文字。上から線で消してあるところもある。取り憑かれたように、ぐしゃぐしゃと。その一方で、もっと大きな、膨れあがったような文字も見える。まったくべつの精神状態で書いたのかもしれない。

サラは彼のパソコンの電源を入れた。以前、共有していたときに使っていたパスワードが、そのまま使えた。改行キーを押す。パソコンの起動を待ちつつ、机のひきだしを開けた。中は散らかっていて、もともとどういう理屈で整理されていたのかわからない。いちばん下のひきだしに、花の絵が描かれたファイルが見つかった。開いてみる。A４の紙に印刷された写真。ファイルを埋めているのは、たったひとりの女の写真だった。振り向いて壁を見やる……ソ、フ、ィ、ー。サラはファイルの中身をさらにめくった。さまざまな場面で撮られたソフィーの写真が、何百枚も入っている。自転車に乗っているソフィー。キッチンにいるソフィーを、外から撮った写真。散歩しているソフィー。庭仕事をしているソフィー。なにかの建物の大きな入口から、中に入っていくソフィー。病院かもしれない……。車を運転しているソフィー、そして……眠っているソフィー。〝でも、これって……〟。眠っているソフィーの顔が、クローズアップで写っている。彼女の寝室で、すぐ近くから撮った写真だ。〝これ、病気だわ。病的な執着……〟

さらにひきだしの中を探ると、絹の女性用ショーツが見つかった。自分のものではない。高価なブランドのものだ。サラはそれらをひきだしに戻した。ノートが一冊見つかった。表紙を開き、中をぱらぱらとめくってみる。詩だ……ラーシュの悪筆。下手な詩で、言葉の選びかたもつたない。〝夏の草原〟……〝奥深い愛の泉を求めて、心が渇く〟……〝きみの美しい髪が、邪悪な世界に温もりを吹き込む〟……〝きみとなら、ソフィー、世界にだって立ち向かえる〟……

見つめていると虫唾が走る。パソコンの起動が済んでいた。デスクトップに大量のフォルダがあり、それぞれ日付がフォルダ名になっている。ひとつ開けてみる。たくさんの音声ファイルが入っている。最初のファイルをクリックすると、パソコンのスピーカーから音が流れ出した。サラは耳を傾けた。はじめは環境音だけだが、やがて木の床を歩く足音が聞こえてきた。どこかでドアが開く。時が経ち、テレビのスイッチが入り、遠くのほうから、聞き覚えのある女性ニュースキャスターの声が響いた。サラはそのまま日常の物音を再生しつづけ、立ち上がると、壁に貼ってある顔写真を眺めた。

グニラというのがラーシュの上司であることは知っている。でも、そのほかの人たちは？ アンデシュとハッセは同僚かもしれない……

すべての出発点はソフィーだった。線をたどり、ラーシュのメモを読む……パターンが少しずつ見えてきた。

「アルベルト、早く。食事ができたわよ」

サラはびくりとした。声はパソコンから聞こえてきた。すぐ近くで、はっきりと響いた声。耳を傾ける。だれかが戸棚から皿を出している音が聞こえる。ソフィーだろうか？ 沈黙が訪れ、ファイルが終了した。

サラはパソコンに向かうと、べつのファイルを開いた。こちらは電話での会話だ。ソフィーが知り合いと話している。笑い声をあげ、短い質問をしている。内容はゴシップだ。会話の相手は女友だちで、どうやらなにかのパーティーで赤恥をかいた人の話をしているらしい。またべつのファイルをクリックしてみる。ソフィーが少年に向かって、第二次世界大戦についてさまざまな質問をしている。テストの準備なのだろう。少年はすべての質問にきちんと答えたが、独ソ不可侵条約についての質問で答えに詰まった。サラは壁に貼ってある十代の少年の写真を見やった。アルベルト。晴れ晴れとした顔をしている。元気で明るい少年のようだ。またべつの音声ファイルを開く。ステレオから音楽が流れているのが聞こえる。また、べつのファイル。アルベルトが友だちとサンドイッチを食べている。悪趣味な冗談と笑いの発作が交互に聞こえてくる。べつのファイル。また環境音が聞こえてきたが、やがて平手打ちのような音がした。少年とソフィーの会話。レイプ、目撃者、警察、などといった言葉が聞こえてくる……サラはじっと耳を傾けた。巻き戻し、もう一度聴く。それを五回繰り返した。〝なんてことなの……〟

可能なかぎり多くの音声ファイルをUSBメモリにコピーした。ポケットからカメラを出し、壁の写真を撮る。印刷された写真や、詩も撮影する……

コピーできるものはすべてコピーしてから、マンションを出た。

＊

ラーシュは自分のボルボV70を取りにいった。一週間前、アスプ岬の駐車場にとめ、そのまま放置していた車だ。

老人ホーム〈幸せのコイン〉のそばでブレーキをかけると、車がスリップした。思ったよりもスピードが出ていて、急ブレーキをかけるはめになったのだ。

〝今日のぼくは、街中でもこの調子で運転してたのか？〟アスファルトの上に散らばっていた砂にタイヤがすべり、とまっているほかの車に突っ込みそうになる直前で、なんとか停止することができた。ちょうど通りかかった若者ふたりが親指を立ててきた。ラーシュは答えをためらい、そのままタイミングを逃した。いまさら親指を立てて返してみせても遅すぎる。

老人ホームの中で職員を見つけ、自己紹介して、母親の私物を整理するために来たと告げた。職員はうなずいた。部屋の鍵を開けてくれるという。ラーシュは彼女のうしろを歩いた。彼女の尻が大きい。ラーシュはそこから目を離すことができなかった。彼女がローシーの部屋の扉を開けてくれて、ラーシュは中に入った。

「終わったら受付に来てください。サインしていただきたい書類があるので」

ラーシュは扉を閉めると、すぐさまローシーの寝室へ向かった。処方箋の入っているひきだしを開け、ごっそりと出してすばやくめくる。クサノル、リリカ、ソブリル、ステソリド、ケトガン。

処方箋を上着の内ポケットに入れ、バスルームに向かった。鏡の裏の戸棚にモルヒネが入っていた。未開封のリタリンに加え、箱に入っていない薬もいくつかあり、ハルシオンやフルスカンドの錠剤シートが見える。いちばん上の段に、瓶がひとつ入っている。手を伸ばして取り、ラベルを読んだ。〝ヒベルナル（クロルプロマジン）〟……瓶には見覚えがあった。ずいぶん古いようだ。ヒ、ベ、ル、ナ、ル……記憶がひらりと寄ってきたが、すぐに去った。彼はすべてをポケットに突っ込んだ。真ん中の段、歯磨き用のグラスのうしろにも、古い瓶が入っていた。リチウム。昔からある薬だ……

ドアをノックする音がした。ラーシュはさっと片付けをすると、なぜかトイレの水を流した。理由は自分でもよくわからない。

部屋の外に立っていたのは、あごひげを生やした黒いシャツ姿の男だった。襟元の小さな白い長方形が、彼の顔に光を当てている。

「ラーシュ・ヴィンゲさん？　牧師のヨハン・リュデーンといいます」

ラーシュは相手をまじまじと見つめた。

「入ってもかまいませんか？」

ラーシュは脇に退いて牧師を迎え入れ、ドアを閉めた。ヨハン・リュデーンはいかにも親切そうだった。

「お気の毒です」

彼の言っている意味が、ラーシュにはしばらくわからなかった。

「どうも……」

「どんなお気持ちですか？」

〝どんな気持ちか？　どんな気持ちなんだろう……〟

ラーシュは、べつになにも感じない、という答えしか出せなかった。が、そんなことを言うわけにはいかないだろう？　彼は牧師の目を見つめた。ラーシュの中で、なにかが膨らみはじめる。自分の一面。その陰に隠れていれば安心していられる。嘘をつく自分。

ラーシュはため息をついた。

「そうですね、家族が亡くなると、どんな気持ちがするか……空っぽで、むなしくて……悲しいです」

ヨハンは、ラーシュの言いたいことはよくわかる、というようにうなずいてみせた。ラーシュはうつむいたまま続けた。

「妙なものですね。母親を失うって……」

ヨハンがスローモーションでうなずく。ラーシュはかぶりを振った。

「でも……よくわかりません」小声で言う。自分でもなかなかの芝居だと思った。

牧師のヨハンの顔を見つめる。人間らしさ、威厳、信頼感をにじませた顔。この表情、鏡の前でさんざん練習したにちがいない。

「そうですね、ラーシュ。簡単にわかることではないかもしれませんね」

ラーシュは悲しげな表情をうかべた。

「あなたのお母さんは、自ら命を絶つ道を選んだ……しかし、あなたが責任を感じる必要はありません。お母さんはご病気だった。疲れていらしたんでしょう。もう、じゅうぶんに人生を生きたのです」

「かわいそうに、母さん……」ラーシュはつぶやいた。

ヨハンの目をちらりと見やる。彼が自分の芝居を信じきっているのがわかった。牧師のヨハンは、信じている。ラーシュを……そして、神を。


ラーシュは老人ホームを出ると、振り返らずに去った。手近な薬局に入り、処方箋に書かれた薬すべてを買い求めた。薬局の女店員がコンピュータを見て、薬を処方されている本人がもう亡くなっていることに気づくと、まずいことになる。が、彼女は気づかなかった。在庫の補充はなんの問題もなく済んだ。

＊

彼はアルフォンセと名乗った。若い。まだ二十五歳ほどかもしれない。人生が面白くてしかたがないと言いたげな、自信に満ちた笑みをうかべている。

「エクトルだ」アルフォンセと握手を交わしながら、エクトルも名乗った。

アルフォンセはオフィスの中を見まわし、椅子に腰を下ろした。

「本だらけですね？」

「出版社をやっているんだ」

アルフォンセは口先で小さな音を立て、にっこりと笑った。

「出版社か……」小声でひとりごとのように言う。

エクトルはアルフォンセをじっと見つめた。やはり一族の特徴があるな、と思う。

「おじさんによく似てるな」

アルフォンセはその言葉に傷ついたふりをして、大げさな表情でエクトルのほうを向いた。

「それは勘弁してくださいよ」

ふたりは微笑み合った。

「ドン・イグナシオはお元気かい？」

「絶好調ですよ。最近、新しい飛行機を買って、子どもみたいに浮かれてます」

「それはよかった。おめでとうと伝えてくれ」

エクトルは椅子の上で姿勢を正した。

「きみの用件を聞こう。そのあとほかに予定がなければ、夕食をごちそうするよ」

「ありがとうございます。でも、今日は遠慮させてください。ストックホルムには、会わなきゃならない同胞が山ほどいるので」

「どのくらい滞在するんだ？」

「実は、惚れてる女がこの街にいましてね、彼女のところに泊まってるんです。今朝、彼女の家で目を覚ましていっしょに朝食をとるのがすごく楽しいことに気づいちゃったんで、予定よりも長く滞在するつもりです」

「それなら、そのうちいっしょに食事をする時間はあるな」

「そうですね。おそらく、ぼくの用件について合意に至る時間もありますね」

ふたりはしばらく、じっと相手を見据えていた。アルフォンセの口調が変わった。

「ドン・イグナシオが心配してます」と低い声で言う。

「あなたがたからの注文がどうして途絶えたんだろうって、いぶかしんでます。パラグアイに保管してるあなたがたの在庫は、そろそろなくなるころですよね。それなのに、あなたからもあなたのお父さんからも長いこと連絡がない。だから、万事うまくいっているのかどうか確かめたい……いったいなにがどうなってるのか知りたいんです。もちろん、あなたがたがお元気かどうか、なにかのトラブルに巻き込まれたりしていないかどうかも、確かめたいと思ってますが」

エクトルはシガリロを出した。

「いや、輸送ルートに問題があってね」

アルフォンセは、エクトルがシガリロを吸っているあいだ、じっと待った。

「乗っ取られたんだ」

「だれに？」

「ドイツ人……」

アルフォンセはエクトルを見つめた。

「ドイツ人ですか？」

エクトルは煙を吐き出した。

「話せば長くなる。輸送ルートは取り戻したが、いろいろと落ち着くまで、このルートはしばらく使わないつもりだ」

「しばらく？　どのくらいですか？」

「わからない」

アルフォンセはうなずいた。

「さしあたり、あなたがたがお元気だとわかってよかった。ドン・イグナシオも喜びますよ……でも、あなたがたがお元気だとわかった以上……つまりは、こういうことです。ドン・イグナシオは、あなたがたと契約を結んだと考えてます。この契約に従って、われわれはあなたがたにビタミン剤を供給し、シウダー・デル・エステまでの輸送を引き受けた。継続的なビジネスのはずでした。ところが、そのビジネスの流れがなぜか止まってしまった。契約違反だと責めるほどのことはしたくない、とドン・イグナシオは思ってるみたいですが……まあ、おわかりですよね」

エクトルは背筋を伸ばした。

「おれは契約を結んだとは思ってない。日程を決めたわけではないし……ただ価格を取り決めただけだ。ドン・イグナシオへの支払いはきちんとしている。そうだろう?」

「ええ、それについては、ドン・イグナシオも感謝してます。とても感謝してます」

「われわれも感謝しているよ。ドン・イグナシオが相手だとスムーズに仕事が運ぶ」

アルフォンセは礼儀正しく、きちんとした服装をしていた。ハンサムな男だ。南米人らしい豊かな黒髪に、くっきりとした顔立ち。輪郭のはっきりとしたあごや頬骨が、魅力的で力強い印象だ。まちがいなく女にもてるタイプだろう。ほぼつねに笑みをうかべているが、それでも冷静で落ち着いた印象を与える。が、その裏に、エクトルは狂気を見てとった。他人の狂気は、一キロ離れたところからでもわかる。アルフォンセがドアを開けて入ってきた瞬間にはもう、わかっていた。十年ほど前、ドン・イグナシオ・ラミレスに初めて会ったときにも、同じ狂気がすぐに見てとれた。他人のそういう面を見るのは嫌いではない。一種の仲間意識、親近感のようなものを感じる。どうやら自分はこのアルフォンセを気に入ったらしい、とエクトルは結論づけた。

「そういうことでしたら、厄介ですね」とアルフォンセが言う。

エクトルは肩をすくめた。

「厄介というほどのことかな。しばらく休憩すると思えばいい」

「われわれの辞書にそんな言葉はありません。ドン・イグナシオは、提供したサービスに対するあなたがたの支払いを期待してます。あなたがたが〝休憩〟することにしたとしても、契約の内容は変わりません」

「だから、契約を結んだわけではないと言ってるだろう、アルフォンセ」

「ドン・イグナシオは契約を結んだと思ってます。ドン・イグナシオが思ってることとは、そのとおりであることが多いんです……」

エクトルはしばらく考えた。

「なにか飲むかい？」

アルフォンセは首を横に振った。

「なにが問題なんですか？ ぼくたちが助けになれるようなことでですか？ ルートを乗っ取ったドイツ人どもに手こずってるなら、ぼくたちが助けに入ることもできると思いますけど」

エクトルはこの申し出について考えた。コロンビア人たちの〝助け〟は、長い目で見ると高くつきそうだ。

「いや、大丈夫だ。たいした問題じゃない」

「それでも、話してください……」

エクトルはシガリロをふかした。

「理由はわからないが、とにかく連中はいきなり割り込んできて、輸送ルートを丸ごと横取りしていった。協力者に賄賂を渡したり、おそらく脅したりもしたんだろう。結局ルートは取り返したが、少々荒っぽいことになった。ずっと使ってきた船の船長は、しばらくおとなしくしたいと言ってきた」

アルフォンセはしばらく考えをめぐらせていた。

「そういうことなら、道はふたつありますね」

エクトルは続きを待った。

「ひとつの道は、とにかく支払いをしていただくことです。で、ぼくたちはパラグアイの在庫を補充し、あなたがたは次の納品までにそれを売りさばく」

「もうひとつの道は？」

「ぼくたちがそのドイツ人に連絡することです。そいつらはどうやら、あなたがたよりもこのビジネスに興味を持ってるみたいですから」

エクトルとアルフォンセは互いを品定めするように見つめ合った。エクトルがため息をつき、苦笑いをうかべた。自分としたことが、こんなにもあっさりと罠にかかってしまうとは。

「これまでどおり続けよう。きみたちは在庫を補充する。おれは金を送る。ただ、ちょっとだけ時間をくれ」

アルフォンセは感謝のしぐさをみせた。

「さて、同胞とはストックホルムのどこで会うんだ？　どこか、いい店を紹介しようか？」

「いや、もう予約してあるそうです。どこかのレストランで食事ですよ」

彼は腕時計を見やった。

「そのあとはクラブでサルサを踊る予定です。クラブの名前は忘れましたが。ご一緒にどうです？」

「それはどうも。しかし、ほかに予定がある」

「じゃあ、ぼくが帰国する前に、あらためてお会いして話をまとめるってことでいいですか？」

「きみの都合のよいときに」

アルフォンセはしばらくのあいだ、エクトルをまじまじと見つめていた。

「あなたはいい人みたいですね、エクトル・グスマンさん」

「きみもだよ、アルフォンセ・ラミレス君」

アルフォンセはエクトルのオフィスを辞して通りに出ると、右に曲がった。ハッセ・ベリルンドは、ハンサムなコロンビア人が歩いていくのをしばらく見守ってから、立ち上がった。読んでいた新聞を折り畳み、アルフォンセのあとを追った。

＊

グニラのポケットの中で電話が震えた。画面に表示された番号に、彼女は覚えがなかった。

「もしもし？」

「グニラ・ストランドベリさん？」

「どなた？」

「サラ・ヨンソンといいます。これからお会いしたいんですが」

「前にお会いしたことありましたっけ?」

「いいえ。でも、私の元恋人が、あなたの部下です」

「私の部下?」

「ラーシュ・ヴィンゲです」

ようやく合点がいった。サラ・ヨンソン……彼女がフリージャーナリストとやらであることを、グニラは知っていた。ラーシュを採用したときに、彼がそう話していたのだ。で、素性を調べた。サラ・ヨンソン、フリーの文化ジャーナリスト。とはいえ、めったに記事を発表していないが。

「わかりました。なにかご用ですか?」

「ええ」

「どんなご用件?」

「会ってお話ししたいんですけど」

グニラは相手の声の調子を読み解こうとした。サラ・ヨンソンは緊張し、気を張っている。そのことを、あやふやながらも毅然とした態度を装って、なんとか隠そうとしている。

「じゃあ、どこでお会いしましょう?」

「ユールゴーズブルンの橋のそばにあるレストランの前で」

「いつにします?」

「一時間後に」

「そんなに急がなきゃならないことなの?」

「ええ」

「わかりました」

通話を終えたとき、グニラは微笑んでいたが、その笑みはすぐに消えた。

エリックとグニラはレストランの前に駐車した。サラ・ヨンソンもレストランの前で待っていた。量販店で買ったらしい安物の洗いざらしのブラウスを着て、濃い色のサングラスをかけ、ひざ丈のスカートをはいている。すね毛を剃るのを忘れたらしい。ぼさぼさの髪をひとつにまとめ、雑に結んでいる。

握手を交わすと、サラの手は冷たく湿っていた。不安がにじみ出ている。サングラスは盾としての役割を果たしきれていない。

「さて、サラ。中に入りましょうか？」グニラが尋ねる。

「いいえ。少し歩きましょう」

「もちろん。いい天気だものね」

三人は運河にかかっている小さな橋に向かって歩きだした。

「ラーシュとはいつから付き合ってるの？」

「もう付き合ってません」

「それは残念だわ」

サラは上の空だ。グニラもエリックもそのことを見てとり、ふたりはちらりと視線を交わした。

「どこからお話ししたらいいか、よくわからないんですが」橋を渡りきったところで、サラが言った。

グニラはじっと続きを待った。

「ラーシュは変わりました」

「どんなふうに？」

「よくわかりません。どんなふうに変わったかは、どうでもいいことです。でも、ラーシュの変化がきっかけとなって、私はいろいろ調べはじめました」

サラはまだ緊張している。

「ラーシュはまだ、あなたのもとで働いてるんですよね？」

グニラはうなずいた。

「それなら、彼がかなり家を空けてたこともご存じですよね。夜中に仕事して、昼間に寝て……それで私たち、すれちがってしまったんです」

「よかったら、彼の勤務時間を調整するけど……」

サラは首を横に振った。

「そういうことじゃないんです。さっきも言ったとおり、もう付き合ってませんし……」

どことなく傷ついたような声だった。

「どうして別れたの？　もし、聞いてもさしつかえなければ」

サラはグニラのほうを向いて立ち止まると、サングラスをはずした。グニラは彼女の目を見た。

「なにがあったと思います？」

「なにがあったの？」

グニラは青あざに囲まれた目をじっと見つめた。

「ラーシュがやったの？」

サラは答えなかった。またサングラスをかけ、歩きだした。

「私、彼の持ちものを調べました。彼のプライバシーを探りはじめたんです。どうしてあんなに変わってしまったのか、突き止めようと思って」

グニラは耳を傾けた。

「調べれば調べるほど、彼が……なんと言ったらいいのかしら。そう、本来の任務とはかけ離れたことをしてるってわかってきました」

「どういうこと？」

「あなたたちのやってることを私は把握してる、ということです」

「まあ。私たち、いったいなにをやってるの？」

サラは地面を見下ろしながら歩いていたが、ふと顔を上げた。

「私はジャーナリストです」

「そうね、知ってるわ」

「ジャーナリストとして、権力の濫用について報じる義務があります」

グニラは片眉をつり上げた。

「ずいぶんと気高い志ね」

サラは深く息を吸い込んでから、口を開いた。

「知ってるんです、あなたたちがやってること……盗聴、脅迫、いやがらせ」

「ちょっと、なんの話かわからないわ」

「ソフィーの話です。エクトルの話です」

　サラは実のところ、ものごとのつながりをさっぱり理解していなかった。把握しているのは、名前だけ、パソコンの音声ファイルから推測できたぼんやりとした情報だけだった。なんらかの形で盗聴が行われていることはわかった。グニラが過去に担当した捜査についても、警察の記録から調べ上げた。が、それ以上のことはなにも知らなかったのだ。とはいえ、知らないということを、グニラに悟らせるつもりはなかった。これは自分がつかんだスクープだ。文化系のメディアになかなか記事を採用してもらえない現状も、このスクープがあれば脱することができる。これからは調査報道に身を投じるのだ。市民をないがしろにする権力の横暴を明るみに出す、正義のジャーナリストになる。そのほうが私に合っている。そのほうが私らしい。そのほうが、サラ・ヨンソンらしい。

　グニラは驚きをうまく隠した。

「私たちが捜査してる件はたくさんあって、中には捜査の内容を極秘にしなきゃならない段階の案件もあるわ。そういう捜査の情報を外に漏らすのは、れっきとした犯罪なの。情報が欲しいのなら、もちろん提供する。でも、いまは無理。捜査が台無しになったり、捜査員の身が危なくなったりする可能性があるうちは、無理よ」

　サラは次の切り札を出した。

「アルベルト……目撃者がいて、警察に殴られて……レイプ容疑ですってね。十五歳なのに！」

　グニラはサラをまじまじと見つめた。サラは彼女の顔に表れる反応を、ひとつ残らず読みとろうとした。いまのは泣きどころに命中した？　そうかもしれない……

「なんですって？」

「聞こえたでしょう」

エリックが事態の収拾を図った。

「われわれがやってるのは極秘の捜査なんだ。いま公になるとまずい点がいくつもある。あんたが見聞きしたことは公表するな。われわれがいいと言うまで」

サラは落ち着きを保った。自分の発言が痛いところを突いたのだと確信し、グニラの目をのぞき込んだ。

「盗聴器を仕掛けて、違法な盗聴をして、ソフィーの動きを探って……あなたたちはいったい、どこへ向かってるんですか？」

グニラはサラをじっと見つめた。悲しげな色がその表情にうかんだ。

「なにを言ってるの？」

サラの緊張は解けていた。彼女は最大の切り札を出してみせた。

「パトリシア・ノードストレムという名前に心当たりはありますか？」

グニラはなんとか冷静な表情を保とうとしたが、その顔にうかんだのは、喜びのかけらもない、こわばった、不自然な笑みだった。

「パトリシア・ノードストレムは、五年前に姿を消しました」とサラは続けた。「あなたが彼女と仕事を進めていたときのことです。資料を見たかぎり、競馬王ズデンコが彼女の失踪にかかわっているという証拠はありませんでした。あなたが彼女とかかわっていたときに、彼女はいなくなった。ソフィーも同じですか？ソフィーももうすぐいなくなるんですか？」

大胆な賭けだった。自分の言っていることの意味はさっぱりわからない。ただ、すべてが腐敗しきっていることだけはわかった。振り返ってみれば、ラーシュがこの捜査に携わるようになったころから、もうわかっていたような気がする。ラーシュは地域のパトロール担当から、いきなり国家警察に刑事として抜擢された。信じがたいことだ。そのうえ、ラーシュという人間から、いきなりまったくの別人になってしまった。

それも信じがたいことだ……

グニラはしばらくのあいだ、サラを凝視していた。だが、やがて向きを変え、その場を去った。ふだんは動じないエリックもこれには驚き、あわてて彼女のあとを追うことしかできなかった。

駐車場を出て、ストックホルムの街中へ向かうあいだ、グニラは悲しげな顔をしていた。

「馬鹿な子。ほんとうに馬鹿な子」とひとりつぶやく。

運転席のエリックは黙っていた。

「どうして、いまなの？」とグニラが続ける。

エリックは、答えを期待されているわけではないとわかっていた。

「わからないのかしら、あの子」

グニラはじっと前を見つめている。

「また、前と同じことになるの？」


テレビ塔のそばを通り過ぎた。

「あんなこと、どうやって知ったのかしら？」

グニラはため息をつき、物思いに沈んだ。

「いまいましい」ひとりごとのようにつぶやく。

「パトリシア・ノードストレムの件は、どうやって知ったんだろうな？」エリックが問いかけた。

グニラはサンバイザーを下ろした。

「警察の資料を調べればわかるわ。どうしても処分できなかった細かい資料がまだ残ってるから。彼女がどうやってそれを手に入れたかはわからないけど。ふつうに閲覧を申請して、認められただけかもしれない。でも、そんなことはどうでもいいわ。とにかく彼女は、知ってはならないことを知ってしまった」

「ラーシュが情報を漏らした可能性は？」

「わからない。それはないと思うけど……ラーシュが彼女にしたこと、見たでしょう」

グニラはしばらく考えた。

「パトリシアの名前を出す前に、彼女、なんて言ってた?」

「盗聴がどうとか……」

「その前は?」

「アルベルト……」

「アルベルトのことは、どうして知ってるのかしら?」

エリックは答えられなかった。

グニラはため息をつき、サンバイザーを上げた。

「ラーシュのほうは、しばらくようすを見ましょう。少し距離を置いて……これまでと同じようにね。でも、サラは……」

エリックはハンドルを切り、ストランド通りに入った。

「そろそろ、ハッセを本格的に引き入れたほうがいいかもしれないわね」

エリックも、うむ、と同意した。


「ああ、いまいましい」グニラはまたひとりごちた。

＊

ラルフ・ハンケは不機嫌だった。むっつりと押し黙っている。機嫌の悪いときはいつもそうだ。彼を取り巻く人々はこの状態を、高圧線を通る電気のようだと感じている。だれも寄りつかない。

ラルフは八階の展望窓から、ミュンヘンの中心街を見下ろしている。靄がかかっている。灰色の雲の下端が、八階にいる彼と同じ高さにあるように見える。あと数階上がったら、なにも見えなくなりそうだ。それはそれで心地よいかもしれない。彼は考えがまとまらないとき、よくこうして窓辺に立ち、景色を眺める。なにかに注目するわけではない。ただ、こうして少し上から世界を見下ろしていると、考えにふけりやすい気がするのだ。今日の彼は、カーディガンを身につけている。珍しいことだが、着たら着たで気持ちがいい。背広とはちがって、羽を伸ばせる気がするからかもしれない。が、カーディガンにはもうひとつ効果がある。ある特別な精神状態をもたらしてくれるのだ。思考が明晰になり、気持ちが冷静になり、怒りが強くなる。今日も同じだ。そして、怒った状態で、明晰に、冷静にものごとを考えれば、人生のさまざまな決断ははるかに下しやすくなる。

内線電話が鳴った。

「ハンケさん」

秘書の落ち着いた声が部屋に響きわたる。

「なんだね、ヴァグナーさん」

「ゲンツさんがいらしてます」

オフィスのドアが開き、ローラント・ゲンツが入ってきた。木の床を歩き、ひじ掛け椅子に腰を下ろすと、鞄から何枚か書類を取り出した。ふたりはあいさつを交わさない。昔からずっとそうだ。礼儀を欠いているわけではなく、ただ単に、仕事中はそういうものだというのが——自分たちはあいさつをしないものだというのが、暗黙の了解になっている。

ラルフは窓辺に立ったままだ。さまざまなトラブルに冴えない天気が重なって、ふと飲みたくなった。彼は街を見下ろしたまま言った。

「酒でも飲むか？」

ローラントはその問いに驚き、書類から顔を上げた。

「昼間に酒を飲む習慣が消えたのは、いつごろだっただろう？」ラルフが重ねて問いかける。

ローラントは思案した。

「一九九〇年代……ネクタイをしなくてもよくなったのと同じころでしょうね」

ラルフは机に向かって歩きだした。

「よき習慣がふたつも消えたわけか」と言い、ため息をつく。

そして椅子に腰を下ろした。

「で、どうする?」

「いいですね。やりましょう」

ラルフは内線電話のボタンを押した。

「ヴァグナーさん。シングルモルトを二杯、ストレートで」

「かしこまりました」

ラルフは待つ態勢に入り、手を組んだ。ローラントは書類をめくっている。

「イギリスのショッピングセンター三軒については、入金がありました……ハンブルクの橋建設の件では、まだ揉めています……水理学的な問題のようなので、時間がかかりますね。アメリカの件の契約は受注できそうですが、もう少しの辛抱です。みんな狙っているから」

ラルフはほとんど聞いていない。椅子を回転させ、また窓の外を眺めている。ローラントの話が背後で続いた。数分後、ラルフは彼をさえぎった。

「それはあとでいい……スウェーデンはどうなってる?」

ローラントは書類から顔を上げた。

「スウェーデンですか? とくに進展はありませんが……」

「最新情報は?」

ローラントは考えをまとめてから口を開いた。

「ミハイルの相棒が入院していますが……」

「そいつがしゃべる可能性は?」

ローラントは首を横に振った。

「ないでしょう」

「どうしてわかる?」

「ミハイルがそう言っているからです」

「ミハイルからもしばらく連絡がないが」

ローラントは答えなかった。

「仲介役は? あの、銃を運んでいた男だ」

ローラントは椅子の上で姿勢を正した。

「私の意見を言わせていただいてもいいですか？」

ラルフは街を見下ろしたまま答えた。

「言いたまえ」

「どうしてこの件を放っておかないんですか？　ほかのビジネスに支障が出ます。日が経つごとにリスクが大きくなる……ちっぽけな話なのに……この件はもう忘れて、もっと重要なことに目を向けませんか」

ラルフは椅子を回してローラントのほうを向いた。

「われわれが買収した男は、なんという名前だった？」

ラルフは自分がいま言ったことをひとことでも聞いていたのだろうか、とローラントは思った。

「カルロスです。カルロス・フエンテス」

「何者だ？」

「雑魚ですよ。レストランを何軒か経営しています。エクトルはこいつを隠れ蓑として使っているようですが、具体的にどう使っているのかはよくわかりません」

「そいつをもっと利用しよう」

「もう使いものにならないと思いますよ」

「というと？」

「ミハイルと相棒がエクトルをつかまえられるよう、彼をレストランにおびき寄せたのがそいつなんです。偶然だと思うほど、やつらも馬鹿ではないでしょう」

「すると、そのカルロスとやらは死んだのか？」

ローラントは肩をすくめた。

「死んだかもしれませんね……」

ドアを軽くノックする音がして、秘書のヴァグナー女史がトレイを持って入ってきた。底の厚いウイスキーグラスがふたつ載っている。彼女はグラスをふたりに差し出し、部屋を出ていった。

ふたりはすぐには飲まず、それぞれグラスの中の香りを嗅いだ。ラルフが先に飲みはじめ、ローラントがそれに続いた。ごくりと飲み込み、後味を口に残す。

ウイスキーがいちばん美味いのはそこだ。その味が、手の届かないところにあるものを思わせ、偽りの記憶を作りだし、劇的なまでに美しい感情を呼びさます。ある種のロマンチストがウイスキーを飲みすぎて身の破滅を招く理由は、そこにあるのかもしれない。

ふたりはグラスを置いた。

「スペインには、だれかいるのか？」ラルフが尋ねる。

「というと？」

「ミハイルのような人間は、スペインにもいるのか？」

ローラントは首を横に振った。

「いませんね」

「手配しろ。スペインにも人材を用意しておきたい。必要となったらすぐに使える人材を」

「どうやって手配すれば？」

「力ずくでいい。できれば、二、三人は確保しろ」

「私は反対です」ローラントが小声で言う。

ラルフはその言葉に答えなかった。ミュンヘンの繁華街の音が、遠くのほう、はるか下から聞こえてくる。

「あの女は？　何者なんだ？　わかっていることは？」

「なにもありません……ただの女でしょう。もっと詳しく調べますか？」

ラルフは考えた。口にグラスを近づけた。

「ああ。そうしてくれ」

20

白い芍薬の花が開いたばかりだ。現実とは思えないほど美しい。大きく、バランスよく開いた、夢のような花だ。トミー・ヤンソンはそれを眺めていた。彼はグニラの家の庭で、白い木の椅子に座り、背もたれに身体をあずけている。庭の片隅の小さなあずまやにテーブルが用意され、あたりにはバラやクレマチスの香りが漂っていた。

トミー・ヤンソンは、グニラが十四年前から所属している国家警察情報部の部長だ。つまり、形のうえでは彼女の上司ということになる。アメリカ車を乗りまわし、大型リボルバーをホルスターに入れている、昔《むかし》気質《かたぎ》のタフガイだ。人生に対する姿勢は子どものようだが、仕事に対する姿勢は徹頭徹尾プロである。グニラは彼を、上司としてだけでなく、友人として、同僚としても高く評価していた。

グニラが焼きたてのシナモンロールの載った皿をテーブルに置く。トミーは彼女が向かい側に座るまで待った。

「部下にお袋さんと呼ばれてるそうだね」

グニラは微笑んだ。

「だれがそんなこと言ってたんですか？」

「エリックに聞いた。ここにくる途中で電話したんだ。きみたちの仕事の進み具合を確かめたくて」

彼女は椅子に座り直した。

「どうしてエリックに電話したんですか？」

「べつに、理由はないよ」

グニラはトミーのカップに紅茶を注いだ。彼はそれを少しすすってから切り出した。

「もう、それなりに時間が経っている。みんな怪訝に思いはじめている」

「というと?」

「検事がきみからの報告を待っているよ」

「トミー、私の仕事の進めかたはご存じでしょう。百パーセント確証が得られるまで、なにも手放したくないんです。焦った検事に誤解されて、証拠を下手に使われて、結局なにも証明できなかった、なんていうことになるのは避けたいの」

「それはわかる。だがね、私がせっつかれているんだよ。いつまでもきみを庇《かば》いつづけるわけにはいかない」

木々の中で鳥がさえずっている。あたりは静かだ。

グニラは少し目を細めてトミーを見つめた。

「私を庇う?」

「意味はわかるだろう」

「いいえ。わかりません」

トミーは彼女をじっと見つめた。

「検事はいぶかしんでいるだけじゃない。彼女なりの説を吹聴してまわっている。それで、みんな揺らいでいるんだ」

「ベリット・ストールですか?」

トミーはうなずいた。

「彼女、なんて言ってるんですか?」

「知りたいのか?」

グニラは答えなかった。トミーは木の椅子の上で座りやすい体勢を探した。

「きみがどうしてここまで好き勝手に行動できるのか、わからないと言っている」

「で、トミー、あなたはなんて答えたんですか?」

「いつもと同じ答えだよ。きみは私の部下の中でも指折りの有能な刑事だ、って」

「ベリットはなんて言いました?」

トミーは紅茶をひとくち飲むと、腿の上にカップを置いた。

「それを証明する事実がない、と」

「なにを証明する事実ですか？」

「ここ十五年のあいだにきみが担当した事件を、ひとつとおりさらったそうだ。きみの捜査が有罪判決につながった確率は、平均を大きく下回っている、と言っていた」

グニラはため息をついた。

「だから不確かな段階での捜査情報は知らせたくないって言ってるんです。ほかには？」

「それだけだよ」

「そんなことはないでしょう……」

グニラはトミーを見つめつづけた。トミーは視線を落とした。

「きみがこんなふうに、自分で集めたチームを率いて、独自のオフィスを持って、外からまったく干渉されずに仕事をしているのは、数年後に警察の再編が行われるときにそれなりのポストを任されたいからだろう、とも言っていた」

「へえ？　それで？」

トミーは肩をすくめた。

「彼女の言っていることを報告したまでだよ」

「私が野心家だと？」

トミーはため息をついた。

「だれも本気で聞いちゃいないよ……いまのところはね。ただ、彼女が吹聴を続ければ、心配になって疑問をぶつけてくる人も現れるだろうな」

トミーは小声になった。

「グニラ、もし、まだ手探りしている状況で、思ったほどの成果が挙げられていないのなら、教えてくれ。私はずっときみを庇ってきたし、これからもそうするつもりだが……きみが隠しごとをしたり、嘘をついたりしていることがわかったら……」

「その心配はありません」グニラは静かに言った。

トミーは拳を握り、指の付け根の関節で耳をこすった。

「心配しているわけじゃない……」

グニラは笑い声をあげた。

「しているでしょう」

彼は答えなかった。

「トミー、はじめに決めたこと、忘れないでくださいね……」

「はじめに決めたこと？」

「私に報告の義務はない、ということです」

「報告を受けるためにここに来たなんて、だれが言った？」

「ほかになんの用事があって来たんですか？　シナモンロールを食べるため？」

「そうだよ。シナモンロール」

どちらも笑わなかった。

トミーはこれまでのやりとりを振り返った。そして、考えた。彼女は自分に似ている。考えかたも感じかたも同じだ。が、それについて話したことはない。ふたりのあいだには、話す必要のないことがたくさんある。自分たちのものごとのとらえかたが似ているというのは、ふたりともわかっていることだ。

膠着状態を破ったのはトミーだった。

「きみがいま、どのあたりにいるのかを知りたいんだ。捜査の結果をきちんと証明できる段階に達するのは、いつごろになりそうか……それから、なにか必要なものがないか」

グニラは寒気のようなものに襲われた。

「いいかげんにしてください」

トミーはわからないふりをした。

「なんだって？」

「あなたの狙いはわかってます。そんなことはさせません」

「グニラ、いったいなんの話だ？」

「情報を引き出せるだけ引き出しておいて、だれかほかの人に捜査を引き継がせようとしてるんでしょう。そんなことができると思ったら大まちがいです」

トミーは首を横に振った。

「きみをクビにしに来たわけじゃない」

「そうは言ってません。でも、あなたのやってることはわかってます」

「私のやっていること？　なにをやっているというんだ？」

「あなたは保身のために動いてる。情報を集めて、思いどおりに事が進まなければ私の首をすげ替える魂胆でしょう。前にも同じことをしましたよね」

トミーは苛立った。

「妙な言いがかりはやめたまえ」

「あなたこそやめてください。私は本気です。絶対に屈しません。私たちのあいだの取り決めは、だれにも変えさせない……ましてや、ベリット・ストールなんかに変えさせるわけにはいかない」

「ベリットのことは気にするな」

グニラの身体から力が抜けた。

「ありがとうございます……」

トミーは首を横に振った。

「礼など言う必要はないよ。きみは、私たちの取り決めを誤解していたようだね」

遠くの庭から、子どもの笑い声が聞こえてくる。

「誤解ですか？」

「あの取り決めは、主に私とほかの幹部とのあいだの話だ」

グニラは答えなかった。トミーは彼女をまじまじと見つめた。

「どつぼにはまっているんだな」

グニラは鼻にしわを寄せた。

「いやな言いかたですね？」

「そうなんだろう？」

グニラは首を横に振り、小声で答えた。

「いいえ、そんなことはありません」

ふたりはこれまでの年月、同じような会話を百回は繰り返してきた。どれも内容はほぼ同じだ――トミーが手綱を握ろうとするが、グニラはそれを手放したくない。

「モニカの具合は？」グニラが尋ねた。さきほどよりもやわらかい口調だ。

トミーは庭を見渡して答えた。

「元気だよ。まだ、はっきりした兆候は出ていない」

「お医者さんはなんて？」

トミーはグニラの目を見つめた。

「わからない。それでも、わかっている。まあ、ひとことで言えばそんなところだ」

「どういう意味ですか？」

トミーの声のトーンが低くなった。

「病気であることはわかっている。ＡＬＳ（筋萎縮性側索硬化症）は不治の病だ。いつかはわからないが、近いうちに最初の症状が現れる」

彼の悲しみは、グニラにも見てとれた。トミーはティーカップを見下ろし、小声で尋ねた。

「なにがいちばんやるせないか、わかるかい？」

グニラは首を横に振った。

「私のほうがおびえているんだよ。モニカよりも」

また沈黙が訪れた。虫の飛びまわる音、木々を揺らす風の音、鳥のさえずりが聞こえるだけだ。

トミーは紅茶を飲み干すと、カップをテーブルに置き、立ち上がった。そうして〝上司〟に戻った。

「私はきみの後ろ盾になるよ、グニラ。助けが要るときには、かならず言ってくれ」

トミーはあずまやを去り、門のほうへ去った。グニラはその背を見送った。彼女のうしろで、マルハナバチが羽音を立てていた。

＊

時刻は夜中の二時半だった。ラーシュは裏口の鍵をこじ開けた。簡単に開いた。靴を脱ぎ、靴下をはいた足で居間に二歩ほど踏み込む。世界中が眠っている。彼は訪問の目的を果たすべく、ソファーのそばのフロアランプにそっと近づき、顔を近づけて探した。そして、アンデシュが設置した、糸のように細い小型マイクを見つけ、親指と人差し指で慎重につまんで取りはずした。小さなビニール袋に小型マイクを入れると、それをポケットに突っ込み、裏口へ戻ろうとした。そのとき、ある思いが頭に浮かんで、彼ははたと立ち止まった。言葉ではなく、感情によってかたちづくられた思い――〝このすぐ上で、彼女が寝てるじゃないか……なんてこった〟

ラーシュは階段に向かった。吸い込まれていくようだった。音を立てないよう気をつけながら、そっと上がった。

彼女の寝室のドアはかすかに開いていた。ラーシュはすき間に耳を寄せて中の音を聴いた。ごく小さな、やわらかな呼吸の音が聞こえてくる。彼はゆっくりとドアを開けた。音はいっさいしなかった。そっと足を踏み入れ、カーペットの敷かれた部屋に入った。

目の前で、彼女が眠っている。前回とほぼ同じ格好だ――仰向けで、枕の上に髪が広がっている。彼女までの距離は数メートルしかない。彼はためらった。自分はいったい、ここでなにをしているのだろう……やっぱり、帰ろう……でも……彼女をじっと見つめていると、そのあまりの美しさに渇望が膨らむのを感じた。ためらいは消えた。彼女のそばにもぐり込みたい。気分が落ち込んでしかたないんだと話したい。そうしたら、彼女は慰めてくれるかもしれない。そのとき物音がして、彼は妄想から目を覚ました。薄いものがはためいて、なにかにぶつかっているような、カタカタという音。カーテンの向こうから聞こえてくる。蛾だ。

外に出て、弱々しい街灯の明かりに近づきたいと、羽を窓ガラスにぶつけてあがいている。

ラーシュの心臓は落ち着いていた。呼吸も落ち着いていた……彼はそっと床にひざをつき、四つん這いになって彼女に近づいた。そうっと、そうっと。もうすぐ彼女の香りが漂ってくるはずだ。局部が硬くなってきた。ふと、彼女の口を手で覆いたい、と思う……彼女の身体に覆いかぶさりたい……〝いや、だめだ〟。ラーシュは自分を呪った。でも、いまだったら、できるんじゃないか？……〝なにを言ってるんだ、できるわけないだろう〟……〝いや、でも、もしかしたら？〟

必死で衝動に逆らってはみたが、やはり今日もまた、今回もまた、衝動がラーシュ・ヴィンゲを打ち負かした。

床にひざをついたまま、ズボンのボタンをはずし、ファスナーを下ろして左手を中に入れた。やりたくない、が、もう止められない。ラーシュは目を閉じると、想像の中で彼女と身体を重ね合わせた。ソフィーが切なげに彼の名を呼ぶ。もっと、とねだり、彼の背を撫でる。愛してる、と言う。蛾の羽が窓にぶつかって音を立てる。ラーシュはなにもない空間に口づけ、ズボンの中で射精した。次の瞬間、すさまじいむなしさが襲ってきた。

そっと階段を下り、忍び足で居間を横切ると、来た道を通って家を去った。

＊

互いに目を向ける気力すらなかった。アンデシュはがっくりと頭を垂れ、ハッセは一呼吸ごとにため息をついている。ふたりはバストゥ通りにとめたアンデシュのホンダに乗っている。ハッセが沈黙を破った。

「前にも、やったことあるんですか？」

アンデシュは暗い窓の外を見つめていた。やがてうなずいた。

「どんな感じですか？」

詳しく話すのは気が進まず、アンデシュはポケットを探った。手のひらを上にして、ハッセに差し出す。白い錠剤が載っている。

「なんですか？」

「楽になる。二錠飲め」

「クスリはやらない主義なんですが」

「おまえ、馬鹿か？」

なぜいきなりそんなことを言われるのか、ハッセにはわからなかった。

「はあ？」

「とにかく飲め！」

アンデシュはそう叫ぶと、大きなため息をつき、ドアにもたれて外に視線を戻した。ハッセは薬を口に入れて飲み込んだ。

時間がなかなか流れない。重く分厚い壁をじわじわと抜けるように、ゆっくり進んでいく。まるで、ふたりが苦しめばいいと思っているかのように。ふたりに考え直すチャンスを与えようとしているかのように。

そんな感覚が、アンデシュはいやでしかたがなかった。そわそわと時計を見やる。予定の時間の五分前になり、彼は車のドアを開けた。

「行くぞ」

ふたりは車を降り、マンションの入口へ向かった。暗証番号を入力して中に入り、石の階段を上がった。

ドアにつけられたネームプレートには〝ダール〟とある。その下に、〝サラ・ヨンソン〟と書いた紙切れがテープで貼ってあった。

物音がしないか確かめる。アンデシュがドアの鍵をこじ開けはじめた。震えることも、ためらうこともない――薬が効いているからだ。鍵が開いた。ふたりはいっさい物音を立てず、中から聞こえてくるどんな小さな音も聞き逃すまいと、耳を澄ました。

アンデシュがドアの取っ手をそっと押し下げると、やがてドアは自然とかすかに開いた。しばらくそのまま待ってから、ちょうどふたりがやっと入れるくらいに開けた。

玄関で、アンデシュもハッセもしばらくじっとたたずんだ。右側に小さなキッチンがある。細長い空間で、折り畳み式のテーブルが窓辺に畳んで立てかけてある。折り畳み式の椅子も二脚。収納場所はあまりない。1Kの狭い部屋なのだ。アンデシュが室内へ一歩を踏み出す。テレビ、ソファー、ローテーブル、絵、フロアランプ……仕切りカーテンの向こうに、ベッド。彼女はそこで眠っている。息遣いがかすかに聞こえた。

ふたりは靴を脱ぎ、忍び足で中へ進んだ。アンデシュがしゃがみ込み、ゴアテックス製のケースを開く。布製ケースの中に、注射器が埋め込まれるようにしまってある。彼はそれをそっと取り出すと、針を覆っていたプラスチックカバーをくるくると回して取りはずした。

ハッセはそのうしろに控えていた。もう、あまり息をはずませていない——彼も薬が効いているのだ。アンデシュが立ち上がった。ハッセと目を合わせる。

〝行くぞ〟。ふたりは忍び足でベッドへ向かった。

サラはうつぶせで眠っていた。かすかないびきが口から漏れている。ハッセは彼女の頭のほうへ移動すると、仕切りカーテンをそっと開けた。中に入り込み、彼女の上半身のそばに立って、彼女が目を覚ました場合につかまえられる態勢を整えた。アンデシュはベッドの端で静かにしゃがみ込んだ。掛けぶとんを少しめくるしかなさそうだ。はじめは慎重に、一、二センチほどめくってみた。サラは動かない。さらに数センチほどめくってみるが、サラはぐっすり眠っている。まだ足が見えないので、もう少しめくると、サラが眠ったまま反射でびくりと足を動かした。アンデシュは飛び上がった。彼女は片方の足でもう片方の足を掻き、なにやらもごもごとつぶやいている。だれかを叱っているような、戒めるような口調だった。やがて、また静かになった。アンデシュとハッセは顔を見合わせた。アンデシュが息を吸い込んで、意識を集中し、注射器を右手に構えた。人差し指と中指をプラスチックの外筒にかけて、親指を押し子に載せる。彼女がたったいま動いたせいで、片方の足がふとんの外に出ている。アンデシュはハッセに向かってうなずき、準備するよう合図した。ハッセは両足を大きく広げて立ち、両腕を広げた。

アンデシュは注射器を見つめた。中の液体は透明だ。いやになるほど透明だ。そのまま、しばらく動きを止めていた。まるで、ためらっているかのように。自分のしていることがわからなくなったかのように。それから、細い注射針をサラの右足の裏に当て、一センチほど突き刺した。彼女が痛みに反応する。アンデシュは彼女の足をつかんで押さえつけ、同時にハッセが全体重をかけて彼女の両腕をベッドに押しつけた。アンデシュが液体を彼女の血管に打ち込むと、サラはベッドに顔をうずめたまま悲鳴をあげた。身体を震わせ、もがいている。彼女の足がアンデシュの手から離れたが、注射針は刺さったままだ。サラは本能的に両足で空を蹴っている。針が取れ、注射器が宙を舞った。ハッセは全力で彼女を押さえつけた。

薬が彼女の心臓に到達し、心停止を引き起こすまでには、長い、長い数秒を要した。サラの悲鳴が止まり、ばたつかせていた足も動かなくなった。アンデシュやハッセの想像を超える沈黙が訪れた。

ふたりはベッドでうつぶせになっている女をじっと見つめ、それからちらりと互いを見やった。ハッセが彼女から手を放し、一歩うしろに退いた。

「なんてこった」と小声で言う。「いきなりふにゃふにゃになりやがった!」

さらに数歩あとずさった。

「ふにゃふにゃに……」サラに目を向けたまま言う。

「死にましたか?」

アンデシュは立ち上がり、サラを見つめた。ふたりが来たときとほぼ同じ体勢で横たわっている。頭を枕に載せ、顔を右側に向けていて、髪が少し乱れている。その目は仕切りカーテンを凝視していた。

「ああ……死んだな」

ふたりはそのまま、身動きせずにたたずんでいた。理由はとくにない。ただ、その場を去りたくない、という思いにかられた。代わりに時を止めて、巻き戻して、すべてなかったことにしたい。自分たちが成し遂げたよこしまな仕事の成果を、じっと見つめる。ハッセがごくりとつばを飲み込む。アンデシュは気持ちを落ち着けようとした。

「注射器を探せ。どこかに落ちてるはずだ」

ハッセははじめ、なんのことかわからず、怪訝な顔でアンデシュを見た。

「注射器だよ。さっさと探せ!」

ハッセは探しはじめた。アンデシュは小型の懐中電灯を口にくわえて、ふたたびサラの足元に座った。手袋をはずして、足の裏をそっと手でなぞる。折れた小さな針の先を見つけ、まるで夏の日に子どもの足に刺さったトゲを取ってやるように、親指と人差し指でつまんで引き抜いた。

ハッセは少し離れたところで注射器を見つけた。ふたりは室内をひとまわりして、ひきだしや戸棚の中を慎重に探った。アンデシュは、宝石箱に隠してあったサラのカメラを見つけた。さらにメモや日記も見つけ、すべて上着の内ポケットに突っ込んだ。

後始末を済ませ、マンションを出ると、車で夜のストックホルムを走った。アンデシュが電話を耳に当てた。

「終わりましたよ」

グニラは小声だった。ふたりへの気遣いからか、あるいは、単に寝起きだからか。

「わかってると思うけど、これは全部、もっと大切な目的のためなのよ。あなたがいま思ってるよりも、ずっと大切な目的」

アンデシュは黙っていた。

「気分はどう？」

ほんものの母親のような口調だった。自分の母親ではなく、他人の母親のような。

「前回と同じ気分です」

「あれにも大切な目的があったわ。そして、あのときの目的と今回の目的は、密接に結びついてる。わかるわね？　これはやむを得ないことだったの。すべてがかかってたんだから」

アンデシュは無言だった。

「こうしなければ、私たちは彼女に消されるところだったのよ、アンデシュ。彼女、パトリシア・ノードストレムのことを知ってたわ」


アンデシュははっとした。

「ええっ？」

「そうなの」

「どうやって知ったんですか？」

「わからない。どこかの記録を調べたんだろうと思うけど」

「ラーシュは？　あいつはどこまで知ってるんですか？」

「さあ。私たちが思ってるよりいろいろ知ってるのかもね」

「あいつも危険ってことですか？」

「どう思う？」

「いや、危険だとは感じませんが……なんとも言えません」

「そうね、なんとも言えないわね……」

グニラがため息をついたのがアンデシュの耳に届いた。

「ハッセはどうだった?」彼女が尋ねる。

アンデシュはハッセを見やった。肩を落とし、うつろな顔をして、車を走らせている。

「大丈夫だと思います」

「よかった」グニラは小声で言った。


ふたりは車で街中をぐるぐると走り、呼吸をし、じっと前を見つめていた……ひとりで家に帰りたくなかった。ハッセは歯を食いしばっている。アンデシュはそのことに気づいて、相棒の肩をぽんぽんと叩いた。

「そのうち楽になる」

「そのうちって、いつですか?」ハッセがつぶやく。

「数日もすれば」アンデシュは嘘をついた。

ハッセはハンドルを握り、夜のストックホルムを走った。

「いまなら、話の顚末、最後まで教えてくれますか?」

「なにが知りたいんだ?」

「全部」

「たとえば?」

「とりあえず、どうしてブロンド女を殺したのか。競馬王の女のことです。殺したんですよね?」声は小さく、ささやき声に近かった。

アンデシュは自分の右脚が貧乏揺すりをしていることに気づき、動きを止めた。

「しかたがなかったんだ。あの女に、競馬王の手下を始末するところを見られたから」

「どうしてその手下を始末したんです?」

アンデシュは目をこすった。

「とにかくめちゃくちゃだった……全部は思い出せない」

アンデシュは窓の外を見やった。過ぎ去っていく家々が、急に不気味に見えてきた。

「そいつはズデンコの側近だった。おれたちははじめ、そいつに狙いをつけたんだ。たれ込み屋にしようとした。が、やつは二重スパイになりやがって、おれたちを騙しきった。おれはまったく疑ってなかったし、グニラもエリックも同じだった……でも、やつは骨の髄までボスに忠実だったんだ。おれたちの判断ミスだ。そのことに気づいたときにはもう、なにもかも台無しになりかけてた。だから、ズデンコの女だったパトリシア・ノードストレムに近づいた。パトリシアの助けを借りて、欲しいものを手に入れた。おれは二重スパイの死を自殺に見せかけた」

アンデシュは咳払いをした。

「パトリシアがそれを全部見てたんだ。大騒ぎして、叫びだして、警察に行くってわめきだして……とにかくめちゃくちゃだった」

「それで、どうしたんですか？」

アンデシュはハッセを見やり、沈黙を答えの代わりにした。

「どうやったんです？」

アンデシュは思い出したくなかった。

「あのジャーナリストと同じだよ。今夜は、あのときに戻ったみたいだった……でも、その前にまだ、もうひとつある。あのろくでなしのズデンコの頭を撃ったのはおれだ……カツラをかぶってやったんだがな。タブロイド紙に書かれてたような、ギャングの抗争とかそういった話は、全部でたらめだ。おれたちはやつの財産の大半を引き出した。引き出せるかぎり、全部」

「ブロンド女はどうなったんですか？」

太陽が地平線の上に顔をのぞかせ、街のぼやけた輪郭が少しずつはっきりしてきた。

「海の底に沈んでるよ」アンデシュはひとりごとのように言った。

＊

目を覚ますと、またいやな感じが残っていた。ベッドから離れたい、と思う。寝室がなにかで汚染されているような気がする。

ソフィーは自分のために紅茶をいれると、地下へ向かい、そこに隠しておいたモニターを取り出してスイッチを入れた。もはや毎朝の習慣になっている。片手で持って画面を見ながら、キッチンへ戻り、熱い紅茶をすすった。ふと、映像が現れた。夜だ。遠くの街灯の明かりが、居間をうっすらと照らしている。黒っぽい色の服を着た男がひとり、カメラのそばを通って階段へ向かった。そこで映像は途切れた。四秒間の映像だった。ソフィーは凍りついた。ティーカップを落とさないよう、テーブルに置く。身体から力が抜けた。また映像が始まった。同じ男が、今度は逆方向に歩いている。階段のほうから、居間に入ってきて、カメラの外へ消えた。

湧き上がってきたのは、ふつうの恐怖感ではなかった。これは、まったくべつのものだ。吐き気と、めまいと、無力感を同時に味わわせる、恐怖。映像をもう一度見る。暗い、粒子の粗い映像だ。敵意に満ちた、不気味な映像。コマ送りの方法がわかったので、映像を巻き戻し、一時停止させた。男が、片足を前に出したポーズで固まった。髪が濡れている。汗をかいているらしい。

まちがいない。ラーシュだ。警察官のラーシュ……

＊

スヴァンテ・カールグレンがバスルームでひげを剃っていると、新しい携帯電話が鳴った。だれからの電話かはわかっている。この番号を知っている人間はひとりしかいない。彼は電話を耳に近づけつつ、頬のシェービングフォームからは少し離した。

「もしもし」

「ジヴコヴィッチだが……」

スヴァンテは剃刀を動かしてひげを剃った。

「なんの用だ?」

「あんたの探してる男について、もっと情報が要る」

「なぜ?」

「ふつうのルートで探して、聞いてまわってるんだが、手がかりがつかめない。おれたちの知ってる男だといいと思ってたが……どうやらそうじゃないみたいだ」

「金はもう払ったぞ。なのに、いまさらわからないと言いだすのか」

「そうは言ってない」

「言ってるだろう」

スヴァンテは鼻の下を剃った。

「もっと詳しく人相を聞きたいんだ」

「私が知っていることはすべて伝えた」

「じゃあ、会わなきゃならない。で、写真を何枚か見てくれ。そいつの容貌を、もっとはっきりさせよう」


スヴァンテはホテルレストラン〈シェルハーゲン〉の駐車場に車をとめ、そのまま運転席に座っていた。窓は開いていて、車の外では、海洋博物館とホテルレストランを結ぶ道をのんびり歩いている人が何人かいる。彼は無意識のうちに、指先でハンドルをコツコツと叩いていた。待たされるのは嫌いなのだ。

ジープが目の前のスペースに入ってきた。ジヴコヴィッチが降りてくる。グレーのシャツを着ている。頭頂部に短い毛を生やし、側頭部は剃っている。目元が落ちくぼんでいて、つねに影がかかっているようだ。助手席からは、ジヴコヴィッチよりも背の低い男が降りてきた。同じ髪型で、年齢はこの男のほうが上に見える。

「私の車で移動するか?」スヴァンテが開いた窓越しに尋ねた。

ジヴコヴィッチは首を横に振った。

「散歩しよう」

スヴァンテは車を降り、片手を差し出した。ジヴコヴィッチは緊張したようすで、握手への応えかたもぞんざいだった。

「相棒のレイフ・リュドベックだ」と言い、背の低い男を指差した。スヴァンテは彼とも握手を交わした。

三人は駐車場を出て、運河に向かって歩きだした。

望遠レンズが、三人の男たちをくっきりととらえた。アンデシュは車の後部座席から二十枚ほど写真を撮った。グレーのシャツを着た角刈りの男は知っている。背の低いほうも。だが……ああ、名前がどうしても思い出せない。見たことがあるのはまちがいない。背の高いほうはギャングの下っ端だが、見たのはもうずいぶん昔のことだ。アンデシュは記憶を探った。名前がのどまで出かかっている。たしかあれは、地域でのさばって飲食店を脅していたギャング集団の中に、テロリストかもしれない連中がいるというので調べていたときのことだ。その捜査線上に、あの男が浮かび上がった。あの男がテロリストだったわけではなく、ただのチンピラで、街のあちこちでレストランを経営しているシリア人たちを脅そうとしていた……なんという名前だったっけ？　小柄なほうは？　アンデシュはひたすら記憶を探り、考えた……が、思い出せなかった。

彼は公安警察時代の同僚、ロイテルスヴァルトに電話をかけた。

「なあ、なんて名前だっけ？」

「ジヴコヴィッチだ。ホーカン・ジヴコヴィッチ。足を洗ったって聞いたけどな。警備会社を経営してて、保険会社に依頼されて調査をやったりもしてる。尾行なんかもやってるらしいが、依頼主はほとんど、嫉妬にかられて夫なり妻なりの浮気の証拠写真を手に入れようとしてる連中みたいだ。昔の裏社会の仲間とも多少は連絡をとり合ってて、ときどきちょっとした仕事を依頼してるようだ。まあ、許せる範囲のことばかりだけどな」

「昔の裏社会の仲間って？」

「スウェーデン人の仲間どもだよ。ほら、昔、いちおう目をつけてはいたけど、ほんとうはただの雑魚だってみんな知ってた、あの連中。コニー・ブルムベリ、トニー・レディーン、レイフ・リュドベック、それから、あの口唇裂のカッレ・シェヴェンス……」

「そいつらの中で、背が低くて、でかい団子鼻で、角刈りで、五十歳前後なのは？」

「たぶんリュドベックだな」

「そいつらとジヴコヴィッチは、いまもつるんでるんだな？」

「つるんでるとまで言っていいのかは知らんが、ときどきジヴコヴィッチに頼まれてちょっとした仕事をやってることはまちがいない」

「その中にたれ込み屋はいるか？」

「ああ、リュドベックは小金をやったり融通をきかせてやったりすると情報をくれる。レディーンとシェヴェンスは近寄らないほうがいいぞ。警察とみるとつっかかってくる凶暴な連中だ。コニー・ブルムベリについてはよく知らない。知ってるのは、ADHDで、ハシシをやってて、ニセ乳をつけたニューハーフが好みだってことだけだ」

「わかった。助かったよ、ロイテルスヴァルト。また今度……」

ロイテルスヴァルトは電話を切りたがらなかった。世間話を続け、アンデシュの近況を聞き出そうとしている。アンデシュはこれから車がトンネルに入ると嘘をついて電話を切った。

海洋博物館のほうへ向かう三人を目で追う。その背を見つめ、互いに対する物腰を観察した。ジヴコヴィッチがなにか説明している。スヴァンテは距離を置いているが、耳は傾けている。やがて役割が入れ替わり、スヴァンテがなにやら説明して、ジヴコヴィッチが距離を置きつつ聴いていた。リュドベックは聴いていないらしい。なにをするでもなく、ジヴコヴィッチのそばにいるだけだ。

アンデシュは自分の見ている光景について考えをめぐらせた。スヴァンテ・カールグレンと、ホーカン・ジヴコヴィッチと、レイフ・リュドベックが、こんなところで散歩をしている。なぜだ？　スヴァンテが、アーロン・ガイスラーの訪問を受けたあと、ジヴコヴィッチとリュドベックに連絡をとったのだろうか？　アーロンとスヴァンテ・カールグレンは、なんらかの協力関係にあるのか？　知り合いなのか？　しかし、それならなぜ、ジヴコヴィッチとリュドベックに連絡を？　なにかやるつもりなのか？

三人がアンデシュの視界から消えた。彼はあごに生えた無精ひげを下から上へ撫でた。脳がフル回転して推理を展開する。

……あるいは、アーロン・ガイスラーがスヴァンテ・カールグレンを脅迫したのだろうか？　だとすれば、よほどの脅迫だったにちがいない。そうでなければ、スヴァンテはエリクソン社のセキュリティー部門に助けを求めるなり、警察に通報するなりしただろう。だが、そうしなかった。代わりにホーカン・ジヴコヴィッチの助けを借りて、アーロンを追いつめようとしているのではないか？　そうかもしれない……が、そんな計画がうまくいくわけはないと、アンデシュにはわかっていた。

あごひげを何本かつまんで引っ張った。自分の立てた仮説を、あらゆる角度から見直す。これは、本格的に検証してみる価値がありそうだ。

ホンダのエンジンをかけ、ふたたびストックホルムの中心街に車を向けた。ストランド通りで渋滞に巻き込まれたので、彼はその時間を利用して、レイフ・リュドベックの電話番号を突き止めるという面倒な仕事に着手した。通常のルートを使うのではなく、裏社会に直接探りを入れたのだ。かなりの時間がかかり、高くつく見返りをさんざん求められたあげく、ようやく番号が手に入った。リュドベックは着信音が数度鳴ったあと、電話に出てぼそりと応答したが、なんと言ったのかはわからなかった。

「リュドベックか？」

「だれだ？」

「アンデシュ・アスクだ」

短い沈黙。

「アンデシュ……タスクなんて男は知らんがな」

聞こえてくる音から、リュドベックが車に乗っているのがわかった。ジヴコヴィッチといっしょにいるのだろう。

「知らんとは言わせないぞ。おまえがシリア人の脅迫でしくじったとき、おれは公安にいた。おまえと、あのろくでもないホーカンとかいうやつを刑務所送りにしたのは、このおれだぜ」

「ああ、覚えてるよ。あのどうしようもなく偉そうな……不細工なやつだろ」

「おまえはどうしようもなく馬鹿だったよな、レッフェ（レッフェはレイフの愛称）。子どもだってあんなへまはやらない。いったいなに考えてた？」

「なんの用だよ」リュドベックがぼそりと言う。

「見当ちがいかもしれないが、質問がある。答えによっては、現ナマをつかませてやってもいい。どうする？」

「どんな質問だ」

「ここストックホルムで最近、企業の幹部を相手にゆすりをやってる連中がいる。アーロン・ガイスラーと、エクトル・グスマン。グスマンは旧市街で出版社みたいなものをやってる。知ってるか？」

リュドベックが電話を手で覆い、その向こうでなにやら小声で言っているのが聞こえた。それから、手が離れた。リュドベックは落ち着いた、冷静な声を出そうとしている。

「いや、知らんな。なんていう名前だって？」

「エクトル・グスマン。スペルは、G、u、z、m、a、n。旧市街で出版社をやってる。もうひとりは、アーロン・ガイスラー」アンデシュはその名字のスペルも伝えた。リュドベックが紙に鉛筆で走り書きしているのが聞こえた。

「悪いな、聞いたこともねえ……それからな、タスク」

「なんだ？」

「さっさとくたばっちまえ」

「わかったよ」

リュドベックはぷつりと電話を切った。

＊

エリックは鬱々としていた。ときおり、そういうことがある。急に黙り込んで、内にこもってしまう。近寄りがたくなる。老いが近づくと、そういう形で憂鬱に対処するのも珍しいことではないのかもしれない。が、エリック・ストランドベリの場合は、子どものころから――両親が亡くなってから、ずっとそうだった。両親が死んだとき、彼はほんとうの意味で悲しむことがなかった。たぶん、悲しむ方法がよくわからなかったからだ。グニラもそれは同じだったが、彼女はしがみつけるものを見つけた。それにしがみついていれば、鬱などの闇からは遠ざかっていられた。それがいったいなんなのか、彼女ははっきりと把握していなかったし、また把握する必要もなかった。強い人間である彼女は、そうして生きていくことを望んだ。

グニラはつねに弟への責任を感じている。弟が自分で手に入れることのできないものを、彼に与える責任。そして、それを果たしてきた。できるかぎり。昔から、ずっと。

　両親が亡くなってから、永遠と言っていいほどの時間が過ぎている。母、シーヴ・ストランドベリと、父、カール＝アダム・ストランドベリ。ヴェルムランド地方の湖のそばでキャンプ中に射殺された。犯人のイーヴァル・ガムリーンは、酒に酔って妻に暴力をふるったあげく、狩猟用の散弾銃を持って森に入り、どういうわけかテント越しにストランドベリ夫妻を射殺した。ガムリーンは自殺しようとしたが、話をする能力とそれまでの容貌を失っただけで、結局は一命をとりとめた。そして一九八〇年代の初め、刑務所内で亡くなった。同じ刑務所に収容されていた囚人に殺されたのだ。腕も脚も折れていた。囚人たちからはなんの目撃証言も得られなかった。刑務所の職員も、犯人がどうやって夜中にイーヴァル・ガムリーンの独房に忍び込んだのか、まったくわからないと言った。

　グニラは、居間のいちばん暗い一角に座っているエリックを見つめた。外では太陽が輝いているが、彼は暗闇を探し当てたのだった。

　彼女はキッチンに向かい、軽い昼食を用意した。エリックは食べてくれるだろうとわかっている。ニシンのマリネに、ポテト、クネッケブレード（クラッカーのような乾いたライ麦パン）、黒ビールに、冷凍庫に入れて冷やしておいたシュナップスを一杯。その脇に、コーヒーと、ケーキをひと切れ。こんなふうに落ち込んでいるときには、新聞も用意してやる――読むふりをしていれば、会話をしなければならないと感じなくて済むだろうから。クネッケブレードが割れないよう、慎重に、時間をかけてバターを塗る。エリックは隅から隅まできっちりバターが塗ってあるのが好みなのだ。グニラはニシンのマリネとポテトを載せた皿と、ビールのグラス、クネッケブレード、冷たくとろりとしたシュナップスをトレイに載せると、居間に運んでいき、エリックの座っているひじ掛け椅子の脇のテーブルに置いた。そして、彼の頬を軽く撫でた。エリックはなにやらぼそりと口にした。

電話が鳴った。アンデシュからで、ジヴコヴィッチとリュドベック、スヴァンテ・カールグレンの会合について、明快かつ簡潔に報告してくれた。カールグレンが脅迫されているのではないかという仮説を立て、レイフ・リュドベックに電話して、エクトルとアーロンの居場所を知らせたという。

「おれの仮説が正しいかどうか、まあ、しばらくようすを見ましょう」とアンデシュは言い、電話を切った。

グニラはこのニュースをエリックに知らせた。エリックは答えずにクネッケブレードを食べている。グニラは窓辺に立った。外の世界は緑色だった。

「準備しなくちゃ」

そう言うと、彼女は庭をざっと眺めた。

「ここの花たちとお別れするのはつらいわ。芍薬、バラ……この庭、全部」

エリックはちょうど、きりりと冷えて曇ったショットグラスを右手につかんだところだった。

「あの看護師、縛りつけておいたほうがいい」とかすれた声で言い、シュナップスを一気に飲み干した。

グニラの目は、木柵のそばで咲いているバラに向けられていた。

「どうやって？」

エリックはショットグラスを置き、しわがれ声で答えた。

「あの女が妙な動きをしないよう気をつけろ。おれたちがすべてやり遂げて退散できるまで、遠ざけておかないと……」

グニラはエリックの言葉に耳を傾けた。そして考えつづけながら、居間を横切って裏口から外に出た。

テラスに立つと、日差しの強さに目がくらんだ。

＊

ラーシュはひげを剃り、髪に櫛を入れ、服装を整えた。とはいっても普段着である。アイロンをかけたばかりの清潔な服、というだけだ。

ソフィーの家の居間から取ってきた小型マイクは、小さなビニール袋に入れて封をしてある。彼はそれをそっとポケットに入れると、バスルームに向かい、薬で自身の充電を完了した。完璧な薬の取り合わせだ——尻から突っ込んだかなりの量のモルヒネに、胃の中で混ざり合うベンゾジアゼピン系の薬、神経系を泳ぎまわるリリカ。バスルームの鏡に映った自分が、冷静で、ハンサムで、格好よく見えた。黄色い吹き出物はもうつぶしてある。鏡に顔を近づけると、前歯を覆う汚れが蛇の抜け殻のように見えた。戸棚を開け、歯ブラシに歯磨き粉をつけて磨きはじめる。さきほどの薬のカクテルが本格的に効いてきた。歯ブラシが、歯に当たる柔らかなコットンのように感じられる。気持ちがいい。なにもかもが心地いい。わずらわしい感情も、厄介な問題も、宇宙の彼方へ追いやられている。ぬるま湯で口をすすぐ。なにもかもが完璧だ。戸棚の中、彼の目の前に、ヒベルナルの瓶が置いてある。それを手に取ると、まじまじと眺め、軽く振ってみた。マラカスのような音がした。もう少し振ってみる。キューバ音楽って、こんな感じか？　彼は瓶を元の場所に戻した。

足取りも軽く階段を下り、空中に浮かんでいるような心地でブラーエ通りへ車を走らせると、署をすうっと横切って階段を上がり、オフィスに入った。

集まっている同僚たちに軽く会釈しつつ、室内の雰囲気を読みとろうとした。ハッセとアンデシュが椅子に座って待っているのが見える。エリックは疲れたようすで机に向かい、目を閉じて人差し指と親指で鼻の根元をさすっている。頭痛をやわらげようとしているのかもしれない。〝ハッセとアンデシュか……〟。

ーシュはまたふたりに目を向けた。彼らも疲れたようすだが、エリックとはちがった種類の疲れに見える。ハッセは憔悴しきったようすで、うつろな顔をしている……頭ががっくりと垂れている。アンデシュは腕を組み、脚を大きく広げて、目の前のなにもない一点をじっと見つめている。

ラーシュは椅子に腰を下ろした。座面のクッションがやわらかい。エヴァ・カストロネベスが、コーヒーカップを持って近寄ってきた。

「ミルク、入れる？　好みがわからなくて」

ラーシュはとまどって彼女を見つめた。エヴァはここで変な誤解をされても困ると思い、そっけなくカップをラーシュに差し出した。

「ほら」

ラーシュは礼も言わずに受け取った。

「どうぞ」エヴァが小声で言う。

「ありがとうございます」ラーシュもささやき声で返した。

エヴァは彼のとなりの椅子に座った。

「あなたのほうは、どう？　進み具合」

ラーシュはエヴァを見つめた。彼女、なんだか変わったのではないか？　明るくなった？　どうして自分のとなりに座るのだろう？

「順調だと思います。進むスピードはゆっくりだけど、それでも順調で……ぼくたち、少しずつゴールに近づいてるような気がします」

エヴァはうなずいた。

「私もそう思うわ」

ラーシュは彼女をまじまじと見つめている。エヴァは落ち着かなげに身をよじった。

「やっぱり、ちょっとミルク入れてきます」とラーシュは言い、立ち上がって給湯室へ向かった。

冷蔵庫を開けると同時に、ポケットから小さなビニール袋を取り出して、コーヒーカップを持っている手の親指と人差し指のあいだにマイクをはさむと、コーヒーにミルクを入れて給湯室を出た。室内をざっと見渡す。エリックはタブロイド紙を見つけてぼんやりとめくっている。エヴァはじっと前を見つめている。アンデシュとハッセはふたりとも腕を組み、物思わしげな表情をしている。

ラーシュはキャスター付き掲示板に向かうと、なにかの書類を読んでいるふりをしながら、糸のように細い小型マイクを、掲示板のやわらかなフェルト地に差し込んだ。それからくるりときびすを返し、オフィス内をあてどなく歩きまわった。あたりを眺め、コーヒーを飲む。ミーティング前にちょっと歩いて脚をほぐしておきたい、というふうに。

このオフィスと同じブラーエ通りの、何軒か離れた建物の前に、レンタカーをとめてある。ルノーだ。荷物スペースに、毛布をかぶせた盗聴装置が置いてある。

ドアが開き、グニラが急ぎ足で入ってくると、遅くなってごめんなさい、と言った。エヴァ・カストロネベスが立ち上がり、ハンドバッグを手に取って、グニラに近づいた。ふたりがドアのそばでひそひそと話し合っているのを、ラーシュはじっと観察した。笑顔が見える。笑い声まで聞こえてきた。エヴァが顔を寄せ、グニラの頬に二度キスをしたので、ラーシュは驚いた。それからエヴァはエリックに近寄り、微笑みかけてその頬を撫でた。エリックがかすれ声で〝よい旅を《ボン・ヴォヤージュ》〟と言い、エヴァはオフィスを出ていった。

グニラが息を整えて口を開いた。

「あなたたちを二つのチームに分けます。アンデシュとハッセが第一班、ラーシュとエリックが第二班」

グニラは紙に書いた内容を読み上げていた。

「エリックとラーシュは、カルロス・フエンテスの家に行きなさい。すぐ行っていいわ。アンデシュとハッセはここに残って」

エリックがうめき声をあげて立ち上がり、歩きだした。ラーシュもそのあとを追った。いったいなにが起こっているのか、よくわからなかった。

ラーシュとエリックが部屋を出ていくと、グニラはホワイトボードに向かい、〝アルベルト・ブリンクマン〟〝ラーシュ・ヴィンゲ〟と書いた。

「議題は、ふたつよ」

＊

終業式。輝く太陽に、白樺の木々。風はなく、アスファルトが熱い。

その日の朝は、同級生三十人ほどで湖畔の公園に集まり、スパークリングワインを飲んだ。全員が酔っぱらった。泣きだす者もいれば、吐いてしまう者もいた。

それから連れ立って学校へ歩いた。彼はアンナといっしょに歩き、講堂に入る前に別れた。別れるなり、すぐに引き返して人ごみの中から彼女を探し出したいと思ったが、やめておいた。おとなしく席について、終業式の定番曲『花咲く季節がやってくる』や、下手なフルートの演奏に耳を傾けた。校長の訓辞も聴いた。いじめ、ドラッグ、人種差別はよくない、と校長は言った。それで終業式は終わった。

アルベルトは友だちのルドヴィグと並んで校庭を横切った。背後にそびえるえんじ色の大きな校舎は、左右の翼棟も含めて美しく、夏休みの始まる今日はとりわけそう見える。遠くのほうで女の子たちが集まっていて、アンナの姿も見えた。微笑みかけると、彼女も微笑み返してくれた。

ルドヴィグといっしょに自転車の鍵を開けていると、ポケットの中でピッと音がした。メールを読む。〝今夜はいっしょにすごそうね。ｘｘｘ〟

アルベルトはあたりを見まわした。アンナの姿は見えない。彼は電話をポケットに戻した。顔がゆるんでしかたがない。〝ヤバいなあ。幸せかも〟

アルベルトとルドヴィグは坂道を自転車で下った。ふたりは肩を並べ、ペダルを漕ぎつづけた。ルドヴィグが自転車のハンドルを切って大きなカーブを描き、アルベルトから離れてべつの道に入った。大声でなにか言ったが、アルベルトにはなんと言ったのかわからなかった。ルドヴィグは続けて、グスタフのところでは食べものは出るけど酒はないらしい、というようなことも言った。

アルベルトは友だちに手を振り、そのまままっすぐ走った。苦労して坂道を上がると、家への近道である細い道に入った。うしろから車の音が聞こえたので、車が通れるよう右端に寄った。が、車はゆっくりとしたスピードを保ち、自転車のうしろにつけている。アルベルトはちらりと振り返った。ボルボだ。運転席にハッセが乗っている。

無数の考えがアルベルトの頭をよぎった。人生最高の夜を逃すことになる、とか、前にあの運転席の男と会ったときなにが起こったか、とか、逃げなければ、とか……

そして、彼はそうした。逃げたのだ。道の真ん中に出て、狭い下り坂で力のかぎりにペダルを漕いだ。自転車が加速し、耳の中で風の音が轟く。背後のどこかで加速を始めたボルボの音も聞こえてきた。

逃げ道を考えると、自転車は役に立たないと悟った。下り坂の途中でぐいとハンドルを切り、よその家の庭に入り込んだ。そのまま芝生の上を進めるだけ進んでから、止まることなく自転車を飛び降り、駆けだす。さっとうしろを振り返ると、車がバックで坂を上がっていくのが見えた。アルベルトはその隙に坂を下りて、可能なかぎり車から遠ざかった。ボルボはバックするのをやめ、猛スピードで坂を下りはじめた。

アルベルトはしっかりと差をつけていた。しばらく走ってから、右に曲がった。つねに車を騙すように動く。ボルボはためらっているようで、急ブレーキをかけたのが聞こえた。ドアが開き、アルベルトはうしろを見た。助手席から降りた男が、こちらに向かって走ってくる。見たことのない男だが、脚は速かった。アルベルトは全身を使って力のかぎりに走った。ボルボの音がまた聞こえてきた。気がつけば坂のななめ下にいて、こちらと並行して走っている。ギアを上げ、かなりのスピードを出していた。

「止まれ！　警察だ！」うしろを走っている男が叫ぶ。すばやい足音が近づいてきた。

アルベルトはジャンプして柵を乗り越え、べつの家の庭に入った。芝生が下り坂になっている。傾斜を利用してスピードを上げた。ブランコで遊んでいる子どもふたりの脇を走り抜ける。五歳ぐらいの男の子と女の子で、楽しそうに手を振ってきた。アルベルトはくるりときびすを返した。来た方向へ少し戻ってから、右に曲がり、べつの道を走りはじめた。またよその庭を抜け、道を渡り、左に急カーブを切り、野原に沿って走った。肺も、脚も、心臓も、酸素を求めて悲鳴をあげていたが、それでも走りつづけた。うしろを振り返る。男の姿が見えなくなっている。庭に木立があるのが目に入り、そこをめざして走った。身体の中で、乳酸がどんどんたまっていく。片手をついて柵を飛び越え、あずまやのような空間に転がり込んだ。そのまましっと横たわり、必死で息を殺した。

耳の中で打っている脈と荒い息のせいで、ほかの音がいっさい聞こえない。アルベルトは目を閉じ、顔を地面に押しつけた。深呼吸し、落ち着きを取り戻そうとする。車の通る音がして、彼はそっと顔を上げた。ジープ・チェロキーで、金髪の女性が運転している。疲れた顔だ。子どもが後部座席で泣いている。アルベルトの息が整った。足音に耳を澄ます——あのハッセではない男の足音に。どうやらまくことができたらしい。立ち上がろうと思った瞬間、左のほうからもう一台、車が近づいてくるのが聞こえた。ゆっくりと頭を上げる。前の道路を、ボルボが通った。運転しているのはハッセだ……道路を走る足音も聞こえてきた。

「この近くにいるはずだ」ハッセではないほうの男が叫んでいる。

ボルボは急にスピードを上げて去った。アルベルトは顔を地面に押しつけ、じっとしていた。自分はいったい、なにを考えていたんだ？　あいつらから走って逃げられるとでも思っていたのか？

アスファルトを歩く足音は、かなり近い。行き先を決めかねているように聞こえる。ためらっている足音。少し歩いてみては、走り、立ち止まり、戻り、じっとたたずみ……

アルベルトは耳を澄ました。足音はまだ聞こえる。いかにも警官らしいゴム底の靴をはいているから、さほど大きな音ではないが、それでもアスファルトの上を行き来しているのがわかる。

「アルベルト？」

穏やかな低い声が、近くから聞こえてきた。アルベルトは息を殺した。

「アルベルト、いるんだろう……出てきていいぞ。きみのお母さんが事故に遭った……だから、きみを迎えに来たんだ。心配しなくていい。出てきなさい。お母さんが、きみに会いたがってる。きみを必要としてるんだ」

アルベルトは地面に顔を押しつけている。男の足音が少し遠ざかった。ボルボが戻ってきてとまった。

「アルベルト！」男が叫ぶ。

「もういいでしょう、アンデシュ……」ハッセの声だ。

「おれが着く前に、野原の向こうまで走りきったはずはない。そんなのは無理だ。だから、このあたりにいるはずなんだ」

「いいから乗って！」ハッセは苛立っている。

ドアが閉まり、車は去った。アルベルトはじっと横たわっていた。ふたりはまた戻ってくるかもしれない。ここにとどまっていたほうがいいのだろうか？ それとも、立ち上がってほかの隠れ場所を探すべきだろうか？　ふたりはどこへ行ったのだろう？　ちょっと離れたところで待ち伏せて、出てきたところをつかまえる魂胆だろうか？　それとも、あきらめて帰ったのだろうか？

彼はじっと横たわっている道を選んだ。永遠とも思える時間が過ぎた。車の音はしない。顔を上げ、限られた視界の中をざっと見渡す。ズボンのポケットからそっと携帯電話を取り出すと、ボタンを押してマナーモードに切り替えた。震える指で、ソフィーにメールを書く。

〝警察に追われて隠れてる。ひとりはこの前と同じ警官〟

送信した瞬間、急に泣きたくなった。追いかけられているあいだも、横たわって身を隠しているあいだも、恐怖は感じなかった。ただ、一種の自己防衛本能、生存本能のようなものに駆り立てられていた。が、いま、恐怖が襲ってきた。恐怖と、孤独感が。

また、車。ボルボかどうか、エンジン音を聞いて判断しようとしたが、結局わからない。車が近づいてくる。アルベルトは電話を見やった。メールの返事はない。

*

カルロス・フエンテスのところに行く前にホットドッグでも食べよう、とエリックが言ったので、ストックホルム東駅の近く、ヴァルハラ通りのホットドッグスタンドに寄った。エリックとラーシュが連れ立って歩く。それまで一度もなかったことだ。ましてや、ホットドッグを片手に肩を並べて歩く、などということは。

エリックはやたらと質問してきた。ラーシュへの個人的な質問だ。このチームでの仕事はやりやすいか、捜査の進み具合についてはどう思うか。チームのやっていることをラーシュがどの程度まで知っているかについても、関係のない質問を装ってそれとなく聞き出そうとした。ラーシュはエリックの狙いを察し、彼への憎しみをつのらせた。自分をこんなふうに扱うチームの全員が憎いと思った。具体的なことは実際、なにも知らなかったから、なんの問題もなく正直に知らないと答えることができたが、エリックは納得していないようすで、もっとはっきりした答えを、ラーシュを追いつめるきっかけになりそうな答えを欲しがった。

エリックが車の助手席に乗り込むと、ラーシュは食べかけのホットドッグをごみ箱に捨てた。ラーシュがボルボを運転し、左折してオーデン通りに入った。エリックは目を閉じて、さきほどと同じところ、両目のあいだをさすっている。なにかの痛みをため息で逃がすと、外の日差しに目を細めた。

「あの看護師はどうだ？　なにか知ってそうか？」

「いいえ」とラーシュは答えた。

「どうしてそう思う？」

「なにか知ってるという証拠がなにもないからです。ずっと盗聴してますが……そういう気配はまったくありませんよ」

「看護師は、盗聴されてることを知ってるのか？」

ラーシュはエリックのほうを見た。

「知ってるわけないでしょう。どうしてですか？」

「さあ。あの女からなんの情報も入ってこないから」

「なんの情報もないからじゃないですか？」

エリックは肩をすくめた。

駐停車禁止の標識にもかかわらず、カールベリ通りにあるカルロスのマンションの前に車をとめた。

エリックは車のドアを開ける前にラーシュのほうを向き、彼をしばらく観察した。そのまま、無言でまじまじと彼を見つめつづけた。

「なんですか？」ラーシュが口ごもりながら言う。

見つめ合っているこの状況に、エリックが困っているようすはなかった。むしろ楽しんでいるように見えた。

「おまえってやつは、道化もいいところだな、ラーシュ・ヴィンゲ。自分でわかってるよな？」

ラーシュは答えなかった。薬でハイになった状態がまだ続いている。そういうときはかならず、いつもより少し自信ありげな態度をとることができる。だから、エリックの目をじっと見つめることができた。が、エリックはその態度を鼻で笑った。

「にらめっこでも始めるつもりか？」

ラーシュは目をそらした。

エリックが咳払いをした。いやな音がして、本格的な咳になった。息苦しそうだ。

「おまえが視野を広げたがってる、ほかの仕事をしたがってる、ってグニラが言ってた。これからやる仕事は、まさにそういう仕事だ。準備はいいか？」

ラーシュはうなずいた。

「ほんとうに？」

「ええ」

「よし。見て覚えろ。口をきくな。とくに二つ目の命令はかならず守れ」

エリックは車を降りた。ラーシュは座ったまま、ひとつ深呼吸をしてから、彼のあとを追った。

エレベーターが壊れていた。カルロスの住まいは五階だ。ふたりは階段を上がりはじめた。

エリックがうめき声をあげ、息を切らしている。四階で立ち止まり、手すりをぎゅっとつかんで、苦しそうに呼吸をした。顔が真っ赤になっている。彼はラーシュに向かって苛立たしげに手を振り、先に行けと合図した。

エリックがヘッドホンをかぶり、ハッセとアンデシュが前回ここを訪れたときに置いていった小さな機械に耳を傾けている。

「なにも聞こえないぞ？　雑音ばっかりじゃないか！」

顔を上げてカルロスを見つめる。

「なぜだ？」

カルロスは口のまわりを舐めた。

「知りませんよ。身につけてたけど、エクトルはおれと話をしなかったから」

ラーシュはキッチンの椅子に座って、ふたりのやりとりを眺めていた。

「あの男はこれから転落するぞ。おまえもいっしょに落ちることになる。カルロス、おれはおまえに可能性を与えてやってるんだ。この泥沼から抜け出して、自由の身になる可能性をな。そうなるにはまず、おれたちに協力してもらわなきゃならない。わかるな？」

エリックの口調は尊大で、まるで子どもに言い聞かせているようだ。ラーシュはカルロスの顔の青あざを見ていた。

「暴力をふるわれたのか？」とラーシュが尋ねる。

カルロスは怪訝な顔でラーシュを見た。

「黙ってろ、ラーシュ」エリックが言う。

彼はまたマイクを掲げてみせた。

「こいつをいつも身につけてろ。あさって、また来る。そのときには、こいつに情報がたっぷり入ってるようにしておけよ……ほら」

カルロスはエリックが差し出したマイクを見つめ、それから床を見下ろした。まるでほかの道を探しているかのように。

「受け取れ」とエリックが言う。

カルロスが首を横に振ったので、エリックの忍耐力が底をついた。

「さっさと受け取りやがれ！」その声が途中でひび割

れた。

ラーシュが立ち上がった。

「もういいんじゃないですか？」

エリックが彼のほうを向く。

「黙ってろと言わなかったか？」

ラーシュはあざけるような笑みをエリックに向けた。

「あなたこそ黙ってください。それじゃ失敗するだけですよ。こんなやりかたでうまくいくと思ってるんですか？」

エリックは驚愕してラーシュを見た。血圧が上がり、顔が赤くなった。

「この低能の役立たずめが」と低い声で言い、さらに言葉を続けようとしたところで、ふらりとよろめいた。なにかぼそぼそ言っているが、はっきり聞こえない。不明瞭でくぐもった声だ。ラーシュとカルロスは驚いて彼を見つめた。エリックはなにか言おうとしている。急に強烈な光に照らされたかのように目を細めると、片手で額を押さえ、まばたきをした。よろめいて倒れそうになり、キッチンの椅子の背もたれをつかんだ。

「目がよく見えない」

「えっ？」

エリックの左腕が震えはじめた。彼自身、驚いた表情で自分の左腕を見つめている。

「いったいなんなんだ？」だれにともなくつぶやいた。自分の震える腕から、ラーシュに、それからカルロスに視線を移す。のどの奥から絞り出したような、意味のわからない音を発したかと思うと、勢いよく嘔吐した。片方の脚ががくんと折れた。そのまま左に倒れ、つかんでいた椅子も倒れて床にぶつかった。彼はそうして、自分の吐瀉物の上に倒れたまま、まばたきを繰り返していた。

カルロスがそのようすを凝視している。ラーシュも凝視していたが、やがておそるおそるかがみ込んだ。

「エリック、大丈夫ですか？」

答えはない。

「救急車を呼ばなければ」とカルロスが言う。

ラーシュは片手を上げて彼を制した。

「エリック？」とささやきかける。

エリックは床に倒れたまま喘いでいる。カルロスがキッチンの壁に取り付けてある電話をつかみ、緊急通報用の番号を押そうとした。そのとき、ラーシュが拳銃を出し、けだるそうなしぐさでカルロスに銃口を向けた。

「いいから。電話を切りなさい」

カルロスは銃口をじっと見据えると、受話器を壁に戻し、一歩あとずさった。

「うちで死なれるのはごめんだ！」

「べつにいいだろ」

ラーシュはしゃがみ込むと、手に持った拳銃をひざのあいだにぶらりと下げ、興味深げにエリックを見つめた。彼の目の前で手を振ってみせる。

「エリック？」

エリックはかすかに目を動かし、ラーシュを見た。すがりつくような目だった。腿の筋肉が痛くなってきて、ラーシュは立ち上がり、カルロスのほうを向いた。

「前にここに来た刑事っていうのは？」

カルロスはとまどいの表情でラーシュを見た。

「ぼくたち以外にも、刑事がここに来たんだろう？あんたにマイクを渡した連中だよ。教えろ！」

「先日の夜、男がふたり来ましたよ。ひとりは大柄で、もうひとりは……ふつうでした。いろいろ質問されて……脅された」

「なぜ？」

カルロスはラーシュの手からぶら下がっている拳銃を見つめた。

「知らない……拳銃をしまってください」

ラーシュは自分の拳銃を見やったが、しまいはしなかった。

「あんたに向けてもいないのに？」

カルロスは左手で両目を覆った。

「なにを質問された？」

「エクトルのことを……」

「エクトルについて、なにを聞かれたんだ？」

カルロスは手のひらを目からはずし、ラーシュを見つめた。

「あの日の夜、レストランでエクトルに会ったのか、って」

「どの日の夜？」

カルロスはあざだらけになった自分の顔を指差した。

「で、会ったのか？」

カルロスは首を横に振った。

「どんなふうに脅された？」

「知らない」

「知らないなんて、おかしいだろ」

「殴られました」

「ほかには？」

カルロスは混乱している。ラーシュはもっとはっきりと尋ねることにした。

「ほかのだれかについては聞かれた？」

「ほかのだれかって？」

「女については？」

「女？」

「ソフィーについては？」

カルロスは考え、うなずいた。

「ああ、あの夜、女を見たかって聞かれました」

「見たのか？」

カルロスは首を横に振った。

「なんて答えた？」

彼は、馬鹿じゃないのか、と言いたげな顔でラーシュを見た。

「見てないって答えたに決まってるでしょう！」

「じゃあ、レストランではいったいなにがあった？」

カルロスは目をそらした。

「知りません」

同じ言葉を何度も繰り返すのに飽き飽きしたような口調だった。

「またそいつらが接触してきたら、ぼくに連絡してくれ」

「どうして？」

ラーシュは投げやりな動きで拳銃をカルロスに向けた。

「どうしても」

カルロスは考えをめぐらせた。

「見返りは？」

ラーシュはカルロスの怪我を観察した。

「そんなものはないよ。まあ、また暴力をふるわれることは免れるかもしれないけど」

カルロスは首を横に振った。

「じゃあ、なにが欲しいんだ？」

「警護してほしい。今後逃げ場がなくなったら」

「OK、決まり。ついでに、こいつが倒れてから救急車を呼ぶまでに間があったことも、だれにも言うなよ」

ラーシュはカルロスに向けて拳銃を振り、キッチンから出ていけ、と合図した。

椅子を引き寄せて座り、エリック・ストランドベリのこわばった身体を眺めた。ろくでなしはゆっくりと窒息死へ向かっている。ラーシュは彼と目を合わせようとした——エリック・ストランドベリの人生最期の光景が、この自分、ラーシュ・ヴィンゲとなるように。長く苦しい闘いの末、エリックは息を引き取り、ラーシュはそのドラマを一秒も逃さずに見守った。死体はどことなくおかしかった。顔の肉が妙なふうに垂れ下がっている。エリックは自分の吐瀉物にまみれて死んでいた。ラーシュはそのことに満足感を覚えた。

＊

アルベルトは地面に身体を押しつけて横たわっている。土と草のにおいがした。

ソフィーから、メールの返信が来た。〝いまいるところから動かないで。隠れていなさい〟

道を歩く足音が聞こえる。ハッセではないほう、アンデシュという男の姿が見えた。ハッセがどこにいるのかはわからない。

アルベルトはまた走って逃げることにした。そうしているかぎり、自分のほうが有利だ。

そのとき、数メートルほど離れたところで物音がした。耳の中で、血管がどくどくと脈打つ。男がひとり──どちらかはわからないが──近くに立っている。

が、もはや選択の余地はない。アルベルトはさっと立ち上がると、勢いをつけて走りだした。が、十メートルも走らないうちに、広げた両腕の中に真正面から突っ込んでしまい、のどを殴られて地面に倒された。力強い両手に押さえつけられ、片ひざをずしりと胸に載せられて、肺から空気が抜けていった。ハッセの歪んだ顔が見える。肥満体のハッセが、つばを垂らしながら罵詈雑言を放つ。アルベルトの首をしめるようにがしりとつかみ、拳を握って顔を殴りつけた。目元に、鼻に、口に、強烈なパンチが命中する。やがて殴るのをやめたが、首をつかんでいる手は放さず、さらに力を入れた。空気があっという間に底をついた。アルベルトは脳の中の酸素が切れかけているのを感じた。生命が、自分の中から流れ出している。心のすべてが、酸素を求めて叫ぶ……目を開けている力すら残っていない。

もう気を失うと思った瞬間、ハッセが手を放した。アルベルトは横向きになり、のどを詰まらせながら呼吸を取り戻そうとした。

ハッセが地面に倒れた彼を引きずり起こした。腕をがしりとつかみ、大声をあげる。

「つかまえましたよ」

その瞬間、アルベルトは身を振りほどいてふたたび走りだした。脚の感覚はないが、それでもその脚が、身体を前へ、前へと運ぶ。口の中で血の味がして、身体中の関節が痛んだ。道路に出ると、背後で車の加速する音がした。他人の家の庭に入り込む。足取りは重く、遅く、バランスがうまく取れない。大柄なハッセの姿が、つねに視界の隅に見える。少し離れたところを並行して走っているのだ。ハッセも自分と同じスピードで走っているとわかって、アルベルトは柵を飛び越えて道路に出た。もしかしたら、だれか人がいるかもしれない。だれかが車をとめて……助けてくれるかもしれない。

アスファルトの道路に出ると、走るスピードを上げようとした。左のほうから猛スピードで走ってきたボルボは、ブレーキを踏むことすらしなかった。激しい衝突だった。車がアルベルトのひざを直撃し、彼は空中に投げ出され、車の屋根の上で半回転した。長い、静かな飛行を経て、背中からアスファルトに落ち、後頭部を打った。後頭部の頭蓋骨にひびが入るほどの衝撃だった。アルベルトの意識が途切れた。

＊

電話をかけてきたソフィーは動揺していて、言っていることが支離滅裂だった。彼女の話を理解するのに、しばらく時間を要した。それから、彼は車に飛び乗った。

彼女の息子が、警官ふたりに追いかけられて、どこかの庭の植え込みに隠れているのだという。つかまったらおしまいなのよ、と彼女は言った。何度も、そう繰り返した。イェンスは彼女を落ち着かせようとした。

ソフィーの住む界隈に近づいたところで、猛スピードで走る救急車に追い越された。彼はそのあとを追った。救急車は数ブロック先でとまった。道路の真ん中に、血まみれの少年の身体がぽつんと横たわっていた。

＊

ソフィーは小指の爪の先を嚙みちぎった。どの爪も原型をとどめていない。短く、先ががたがたになっている。

彼女はいま、勤務先の空いた病室にたたずんでいる。アルベルトのメールを受け取ったあと、この病室の中をうろうろと歩きまわった。そして、いまは、ひたすら待っている。

ふと、映像が頭をよぎった。アルベルトが庭でライネルと遊んでいる。さっと現れたそんな映像は、そのままさっと消えた。どうしていま、あの犬を思い出したのか、自分でもよくわからない。ライネルはイエローのラブラドール・レトリバーで、アルベルトはライネルをとてもかわいがっていた。アルベルトが二歳のときに買った犬だ。きょうだい代わり、ということだったのかもしれない。アルベルトは六歳のころからずっと、どんな季節も毎日、芝生でライネルと追いかけっこをしていた。九歳になるころには、犬の動きのパターン、考えかたの傾向を見抜けるようになっていて、毎回ライネルをつかまえていた。ソフィーは窓辺に立って、その光景を眺めていたものだ。アルベルトはすっかり追いかけっこに没頭し、ライネルは楽しそうだった。

ライネルが死んだとき、十二歳だったアルベルトは、涙が涸れるまで泣きつづけた。

携帯電話が鳴り、物思いに沈んでいたソフィーは目を覚ました。

「もしもし？」

イェンスの言葉が聞こえてくる。なにかを説明して車から彼女を引っ張り出した。

*

駐車場ビル内に立ちこめる排気ガスのにおいは、外が暑いとさらに鼻をつく。彼女は窓を開けていた。

グニラはヘートリエット広場の駐車場ビルで、愛車のプジョーに乗って待っている。アンデシュのホンダが上階から下りてきて、自分の車のうしろで停止するのを、バックミラー越しに見守った。アンデシュが助手席のドアを開け、彼女のとなりにどすんと腰を下ろした。

「厄介なことになりましたよ」小声で言う。

「命は助かりそうなの？」

アンデシュは後頭部を掻いた。

「わかりません。すごい勢いでぶつかったので。仰向けに着地してましたし」

いる、はきはきとした口調が耳に入る。絶望と恐怖の重みで、両脚ががくんと折れた。なんとか窓枠をつかんで、必死にしがみつく。まるでその窓枠が、底知れず暗い深淵に落ちていきそうな彼女をつなぎとめる、ただひとつの命綱であるかのように。目の前が真っ暗になった。次の記憶は、廊下を走っている自分だ。エレベーターではなく階段を使い、渡り廊下を走り、入口のロビーを横切って、救急病棟に向かった。

彼女が到着すると同時に、救急車が車寄せに入ってきた。彼女は駆け寄って、救急車の後部ドアを開けている看護師を突き飛ばした。

アルベルトが担架に乗せられているのが見える。顔が血まみれになっている。額に幅の広いベルトが渡されて、頭が動かないよう固定され、首にはプラスチックのコルセットがはまっている。終業式のために着ていた服はぼろぼろになり、血がついていた。思わず救急車に乗り込もうとした彼女の服を、看護師がつかみ、

「目撃者は？」

「いません」

「ほんとうに？」

「ええ」

グニラはぴくりとも身体を動かさなかった。

「車はどうしたの？」

「洗って、ほかの車とぶつかったことにしました。安全な場所にとめてあります」

グニラは片方の手に顔をあずけた。沈黙が続き、アンデシュはじれったさに苛立った。

「アルベルトの携帯電話は取り上げました。ソフィーにメールを送ったようです。だから、おれたちのしわざだってことを、ソフィーは知ってます」

グニラは黙っていた。

「どうしましょう？」アンデシュが尋ねる。

グニラはため息をついた。

「わからない……いまは、わからないわ」

アンデシュは彼女を見やった。こんな彼女を見るのは初めてだ。

「わかってるんじゃないですか？　いま、どうしなきゃならないか」

グニラは顔を上げて彼を見た。それから、また両手に顔をうずめた。

「グニラ？」

答えはない。

「わかってますよね？　どうしなきゃならないか」

「アルベルトにはこれ以上手を出さないで」

アンデシュは車を降りかけていた。

「どうしてです？」

「どうしても」

アンデシュは少し考えてから口を開いた。

「わかりました。さしあたり、あの子は放っておくことにします。でも、もし目を覚ましたら、やはり消えてもらうしかありませんよ。それはわかってますよね？」

グニラはじっと前を見据えていた。

アンデシュは車を降り、ばたんとドアを閉めた。アンデシュの車が駐車場の出口に向かい、つるりとしたコンクリートの上でタイヤがスリップする小さな音が聞こえてくる。やがて音は消え、静かになった。グニラは考えをめぐらせた。進むべき道を、方向を見極めようとした……そのとき、座席のあいだの小物入れの中で電話が鳴り、彼女の思考は中断された。応答する。ラーシュ・ヴィンゲだった。エリックがたったいま亡くなった、と彼は言った。言葉の意味はわかったが、それでも聞き返した。

「エリックって？　どのエリック？」

21

ソフィーはアルベルトのかたわらに座り、彼の手を握っている。アルベルトは救急車の中にいたときよりも、さらにいろいろなところを固定されていた。ベルト、首用コルセット、ゴムストラップに加えて、頭にはシュールな金属の冠のようなものまではめられて、いっさい動けないようにされている。両脚とも、腿から足首までギプスで固定されていた。

医師が入ってきた。エリサベットという名の彼女は、ソフィーと顔を合わせればあいさつする仲だ。エリサベットは淡々と話した。

「アルベルトは第十二脊椎を損傷していると思われます。脊髄に骨が食い込んでいるようですが、詳しい状態はわかりません」

アルベルトは眠っているように見える。

「頭蓋骨にひびが入っています。むやみに動かすのは危険ですから、ここも状態はよくわかっていません。ただ、脳が圧迫されていることはたしかで、その脳圧を下げたいと思っています。下げることができたら、すぐにカロリンスカ大学病院に搬送します」

ソフィーは、看護師として働いてきたこれまでの年月、患者の家族を落ち着かせようとして、怪我の状態は見た目ほど悪くないんですよ、と声をかけたことが何度もあった。嘘をついていたわけではない。ほんとうに見た目ほど悪くないことが多かったのだ。が、いまは正反対だった。アルベルトの怪我は、見た目よりも深刻だった。はるかに深刻だった。

〝神さま、どうか助けて……〟

ジェーンが病室に入ってきて、おびえたような目でアルベルトを見やってから、ソフィーを抱擁した。

安全なほうの携帯電話に、イェンスから何度も電話がかかってきていた。ようやく彼女が応答すると、彼は焦った声を出した。

「すぐにそこから逃げろ……」

「息子を置いていくわけにはいかないわ」

「置いていけ。救急隊員に聞いたら、アルベルトは携帯電話を持ってなかったそうだ。警察が取ったのかもしれない。きみとのメールのやりとりを読まれたら……きみが知ってるってことが、連中にもバレる。見つかったらなにをされるかわからない」

「いやよ、アルベルトを置いていくなんて……」

「助けを呼んだよ。仲間がふたり、交替でアルベルトに付き添う。ちゃんと見張って、守る」

ソフィーの頭にいくつも疑問が浮かんだ。

「ソフィー、早く逃げるんだ！」

イェンスはその言葉の一音ずつを、大げさなほどはっきりと発音した。

ソフィーが電話を切ると、ジェーンが彼女の背後に立っていた。

「ソフィー、いったいどういうこと？」

彼女は答えなかった。

「この事故だけじゃなくて、ほかにもなにかあるんでしょう？」

ソフィーは打ち明けるかどうか迷った。これまでずっと、ジェーンにはなんでも打ち明けてきたし、ジェーンのほうも同じだった。真実を、正直に話すこと……それが姉妹を結びつけてきたのだ。ソフィーは妹の目をのぞき込んだ。話したい、という気持ちを、なんとか振り払った。

「いまは話せないわ、ジェーン……私、ここから逃げなきゃならない。どうしてかは聞かないで。アルベルトから目を離さないで。男の人がふたり来たら、入れてあげて」

そしてくるりと向きを変え、ジェーンのもとを離れた。アルベルトに別れを告げることはできなかった。ただ、なにも言わずに病室を出た。ジェーンはそのうしろ姿を見送った。


寝室で荷造りをする。時間がない。なにが必要か考える。いちばん大事なのは、イェンスとの連絡手段である携帯電話だ。それから、ふだん使っている携帯電話。充電器。すべてをハンドバッグに突っ込んで、バスルームに走ると、ポーチに洗面用具を詰めはじめた。そのとき、階下の居間で物音がした。彼女ははっと身をこわばらせ、動きを止めて耳を澄ました。なにも聞こえない。彼女は荷造りを続けた。歯磨き粉、歯ブラシ、クリーム……そばに置いてあるものを片っ端から入れる。また、物音——カチリという音に続いて、ドアの閉まる音。彼女は息を止めて耳を傾けた。なにも聞こえない。〝空耳？　それにしては……〟

そっとバスルームの窓に近寄り、外をのぞいた。家の柵の前の路上に、ホンダが一台とまっている。彼女は窓辺を離れ、忍び足でバスルームを出た。やはり、階下の床のきしむ音がする。彼女は凍てつくような冷気に襲われ、その場に立ちつくした。

「二階を見てこい」

男の低い声だ。そして、階段に近づく足音。二階から動けなくなったソフィーはその場に立ちつくした。どうしよう？　隠れる？　闘う？　なにを使って？

敵は男で、少なくともふたりはいるのだ。

足音が階段を上がりはじめた。なにか武器になりそうなものがないか、あたりに視線を走らせるが、なにも見つからない。足音が近づいてくる。ふと、思い出した——アルベルトの部屋の窓の外に、非常用はしごがある。階段を上がる重々しい足音が近づいてくる中、ソフィーはバスルームを離れ、アルベルトの部屋へ向かった。ぎりぎりのところで無事にたどり着き、中に入って静かにドアを閉めた。そしてハンドバッグをなめがけにすると、窓を開け、ぐらぐら揺れるアルベルトの机に乗った。窓の外へ出ようとしたちょうどそのとき、背後でばたんとドアが開いた。力強い手が彼女の襟をつかむ。うしろへ引っ張られて、床に倒されて背中をぶつけた。ハッセ・ベリルンドは彼女の胸にひざを載せ、のどを手で押さえつけた。覆いかぶさって彼女を見下ろしているせいで、頬がだらりと垂れているのが、まるで犬のようだ。潤んだ目がこちらを凝視している。この男は、いまの状況を楽しんでいるのだ、とソフィーにはわかった。

「アンデシュ！」男が大声で呼びかける。

ソフィーはカーペットの上で腕を伸ばし、アルベルトのベッドの下に手を入れて、指先で中を探った。古い天体望遠鏡の下端に手が届き、野球のバットのようにそれをつかんだ。

「アンデシュ！」ハッセがまた叫んで、ほんの一瞬、彼女から顔をそむけた。

ソフィーが力のかぎりに望遠鏡を叩きつける。それはハッセ・ベリルンドの側頭部に命中した。その強烈な衝撃で、ハッセは思わずソフィーののどを放し、横向きに倒れ込んだ。なにが起きたのかわからず、力が出なくなっている。ソフィーは身を振りほどくと、大柄なハッセを蹴りつけて、彼の重い身体の下から右脚を抜いた。階段を駆け上がる足音が聞こえる。なんとか起き上がると、背後でハッセがなにかつぶやいているのが聞こえた。彼が復活してこちらに向き直り、腕を伸ばしてつかまえようとしているのが、視界の隅にちらりと映る。ソフィーは机に飛び乗ると、そのまま窓から飛び下りた。錆びついたはしごを右手でなんとかつかんだものの、そのまま少しすべり落ちたせいで、手のひらに大きな擦り傷ができた。それで手を放してしまい、仰向けで一秒間ほど空中に投げ出されて、背中を芝生にぶつけた。肺から空気が抜けて息が詰まる。

ほんの短いあいだ、横たわってじっとしていた。このまま横になっていたい、呼吸を落ち着かせたい——全身がそう告げている。が、むりやり立ち上がった。家の前の砂利道にとめてある自分の車に向かってぎくしゃくと走りながら、ポケットから車のキーを引っ張り出す。全身が激しく痛んだ。リモコンキーでキーを開ける。運転席に乗り込んでドアをロックした瞬間、キッチンの勝手口から男たちが駆けだしてきた。大柄な肥満体の男は、耳から血を流している。もうひとりは中年なのに、どこか少年のようで、鹿のような丸く黒い目をしている。ドロタが言っていたとおりだ。

ソフィーはイグニッションキーを回した。エンジンがかかった。童顔のほうが拳銃を抜き、こちらに向けている。肥満体のほうが、エンジンを切って車から降りろ、と叫んだ。

ソフィーはギアをバックに入れると、アクセルを極限まで踏み込んだ。タイヤが砂利を跳ね上げ、車が門を抜ける。彼女はハンドルを切り、がくんと車を揺らして道路に出た。そのまま、路上に駐車されているホンダに向かって、猛スピードでバックする。一段しかないバックギアが、あまりの速さに悲鳴をあげた。彼女は衝突にそなえて身構えた。ランドクルーザーがホンダのボンネットに突っ込む。激しい、荒々しい衝突だった。彼女の身体が前に投げ出され、ハンドルに激しくぶつかって、一瞬、また息が詰まった。ギアを切り替え、スピードを上げて前進する。バックミラーをちらりと見やると、ホンダのボンネットはひしゃげていた。

男たちが道路の真ん中に陣取って、拳銃を彼女に向けている。ソフィーはアクセルを踏み込んだ。オートマチック車のギアが自動的に切り替わる。彼女はダッシュボードよりも下まで頭を下げて、ふたりにまっすぐ突っ込んでいった。アンデシュとハッセは脇に飛び退いた。

メルビー・ショッピングセンターの駐車場に入り、二階に駐車して鍵をかけると、センター内に駆け込んだ。そこで立ち止まり、迷った。地下鉄に乗るか？それとも、外に出てバスに乗るか？すばやく考えをめぐらせる。ショッピングセンターに直結した地下鉄駅は、路線の終着駅でもあり、出口がひとつしかない。男たちがこちらに向かっているのに、地下鉄がすぐに来なかったら、逃げ道はなくなる。

自動券売機で切符を買うと、バス停の並んでいるほうへ走り、待っている人々にまぎれて身を隠した。バスの来る方向をひっきりなしに見やり、ショッピングセンターの出入口にも視線を走らせる。あそこから、あの警官たちがいつ追いかけてきてもおかしくない。心臓があまりにも強く打ち、もうすぐ胸に穴があきそうな気がする。

やがて、ようやく……待ちに待った大きな連結式の赤いバスが、T字路を曲がってこちらに向かってくると、待っている乗客の前でシューッと音を立てながら停止した。路線番号を見ても、どこを走るバスなのかさっぱりわからなかったが、さしあたりどうでもいい。彼女は列に並んでバスに乗った。切符を見せると、運転手が、乗ってよし、と手で合図してくれた。ソフィーはバスの後部へ向かい、二人掛けの座席に座ると、身をかがめ、バスがさっさと出発してくれるよう神に祈った。が、なかなか出発しない。ドアを開けたまま、時刻表に書かれた出発時刻を待っている。

呼吸が荒く、浅くなる。パニックが押し寄せてくる。頭のてっぺんからつま先まで、全身が〝逃げろ〟と叫んでいる。彼女は持てるかぎりの力を総動員して、なんとか逃げずにバスの車内にとどまった。

ようやくドアが閉まり、バスはメルビー・ショッピングセンターを離れた。彼女はやっと息をつくことができた。バスはダンデリュードを離れ、ソレントゥーナ方面へ向かった。ソフィーはシェーベリの停留所で降りると、似たような家の並ぶ住宅街に入り、電話でタクシーを呼んだ。十五分後にタクシーが来て、彼女は運転手に、ストックホルムの中心街、セルゲル広場へ、と指示した。

現金で支払いをし、クララベリ通りで降りてセルゲル広場に入る。人ごみにまぎれて地下に下りると、地下鉄に飛び乗ってスルッセン駅へ向かった。そこで反対側のホームに移動してガムラスタン駅へ戻り、そこから徒歩でエステルマルム地区に入った。

彼はマンションの入口前でソフィーを迎えた。彼女は泣いていなかった。ただ、黙って抱擁を受け、彼の肩に頭をあずけた。

エレベーターで最上階へ上がる。彼は鏡に映ったソフィーを見つめた。どうやって慰めればいいのかわからないし、そもそも慰めようとするべきなのかどうかもわからない。やりかたがわからない。そんなことはどこでも教わらなかったし、結局のところ、これまでずっと、こういう状況を避けて生きてきたのだ。それなのに、いまは、慰めることができるようになりたい、と思う。彼女を助けるにはどうしたらいいか、知りたいと思う。が、もう遅い。試みたところで失敗するだけだろう。

彼女が消毒薬を欲しがったので、家にあるものを出した。ソフィーは血で汚れた手に包帯を巻くと、べつの部屋に向かった。妹と電話で話しているのが聞こえてきた。

イェンスは彼女のために食事をつくった。内にこもり、無言で食べる彼女を、彼はそっとしておいた。

*

部屋はホルマリンのにおいがした。グニラは立ったまま、死んだ弟を見下ろしている。遺体安置室のつややかな金属の簡易ベッドに、エリック・ストランドベリが横たわっている。まるで眠っているようだ。起こしたい、と思う。ほら、仕事に行くわよ、と言いたい。いつもどおりの一日が始まるのよ。仕事が終わったらどこかで食事して、仕事の話をしましょう。いつも話していることを話しましょう。

弟を目にするのがこれで最後というとき、人はなにをするものなのだろう? 記憶にとどめたいことを探す? なにか忘れたことを思い出そうとする? 病院を出ると、車に乗り、フロントガラスの向こうを眺めたが、外の風景に思いが向くことはなかった。悲鳴がやってきた。肺の中の空気が尽きるまで、自分の奥底から、彼女は叫んだ。それから、涙がやってきた。次いで、まるで突風のように、悲しみが彼女の意識に押し寄せてきた。痛みで息が詰まりそうだ。さびしい。すさまじい孤独感が、彼女をつかんで離さない。そこに付きまとう、漠然とした無力感。そして、その中から、ひとつのイメージがゆっくりと浮かび上がる——自分はいま、天涯孤独だ。それはすなわち、失うものがもうなにもない、ということだ。

それで気が済んだ。窓を開けて新鮮な空気を入れ、何度かそっと息をつくと、濡れた目元をぬぐい、涙で流れた化粧もぬぐった。サンバイザーの裏の鏡で化粧を直し、背筋を伸ばし、深呼吸をひとつすると、車のエンジンをかけて病院を去った。

*

夜になると、ソフィーは彼のもとにやってきた。彼が寝具を持ち込んで横になっているソファーに乗り、彼の腕の中にもぐり込むと、しばらくそうして横になったまま、彼の抱擁を受けた。それから身を振りほどき、自分のベッドに戻った。イェンスは彼女を見送った。ふたたび眠ろうとしたが、眠れなかった。立ち上がり、病院でアルベルトの見張りをしているヨーナスに電話をかけて、こちらは大丈夫だと伝えた。

キッチンでタバコに火をつけ、窓から煙を吐き出した。調理台に置いていた携帯電話がぶるりと震えた。画面に映し出されたのは、モスクワの番号だった。

「もしもし?」

「おまえのダチがスウェーデンに向かったよ」

リストの声は、いつもと同じようにくぐもっていた。

「ストックホルムに?」

「ああ、いまそっちに向かってる途中で……」

「いつ出発した?」

「知らない。たぶん、昨日だろう」

「わかった。まあ、勝手に来ればいい。おれの居場所はわからないだろうし」

「やつら、おまえの名前を知ってるぞ……」

「イェンスって名前だってことはな。名字は知らないはずだ」

「プラハに行ったとき、本名を使っただろう……やつらに初めて会ったとき……」

　思い出した。ときどきそうしてしまうのだ。なんの危険もなさそうだと判断すると。

「ホテルに問い合わせて突き止めたらしいぜ」

「わかった……ありがとう、リスト」

　イェンスは電話を切ると、考え込んだ。

「ちくしょう……」そっとつぶやく。

「どうしたの？」

　振り返ると、ソフィーがそこに立っていて、こちらを見ていた。イェンスは彼女を落ち着かせる笑みをうかべようとした。

＊

　夜中の三時二十分、ラーシュはブラーエ通りにとめたレンタカーにキーを差し込んだ。

ゴーストタウンのような街を車で走り抜ける。ときおり人の姿が見える。ほとんどが酔っぱらいだ。ラーシュ自身も酔っているが、そのことについてはもう深く考えていない。酔って、ハイになっている——自分の殻に閉じこもって、薬に埋もれている——それが、いまや常態となっていた。

　自宅のマンションから三ブロック離れたところに車をとめると、荷物スペースから盗聴装置を出し、脇に抱えてよろよろと帰宅した。

　書斎でファイルをパソコンにコピーすると、ヘッドホンをつけて、ブラーエ通りでのやりとりに耳を傾けた。彼がまだオフィスにいたときのやりとりだ。グニラが彼とエリックに、カルロスの家へ行くよう指示している。マイクが遠いせいで、音質はあまりよくない。床を踏みしめる足音と、ドアの閉まる音が聞こえた。ハッセとエリックの足音。ラーシュは耳を澄ました。ホワイトボードにペンを走らせているにちがいない、キュッ、キュッという音が聞こえてきた。

「議題は、ふたつよ」グニラの声だ。

沈黙。それから、またグニラの声がした。

「息子のことを話す前に、あの夜のことを振り返りましょう。ラーシュは私たちが思ってる以上のことを知ってるわ。いま、エリックが聞き出そうとしてくれてる」

「パトリシア・ノードストレムのことも知ってるんですか？」

アンデシュの声だ。ラーシュは紙に〝パトリシア・ノードストレム〟と書いた。

「わからないわ。知らないと思うけど」

「でも、あの女は知ってたんですね？」

「ええ」グニラが端的に答える。

〝あの女〟？　ラーシュはその意味を考えた。

「もう見つかったんですか？」ハッセが尋ねる。

「ええ、女友だちに発見されたわ」

「死因は？」

「心不全。私たちの狙いどおり」

ラーシュにはさっぱりわけがわからなかった。

「不審死だとは思われてませんか？」アンデシュが言う。

「いいえ。それはない……いまのところは」

ハッセが咳払いをする。グニラが続けた。

「いまはとにかく、彼に知られるとまずいわ。チームからはずしたいところだけど、もしなにか知っているのなら、知らんぷりしてチームの一員にしておいたほうがいいと思うの」

数秒間の沈黙。ホワイトボードをペンでコツコツと叩く音。ラーシュはヘッドホンに両手を当て、さらに耳を澄ました。

「息子を探し出さなくちゃ。また連れてくるのよ」とグニラが言う。

ラーシュは理解しようとした。息子だと？

「どうしてです？」アンデシュが言う。

「ソフィーの動きを封じなきゃならない。あの人、もうすぐとんでもないことをしでかすわ。そんな気がするの。いま動かれては困る」

グニラの声はうつろだった。

ラーシュは考えをめぐらせた……息子？……アルベルトか！　アルベルトを、いったいどうしようっていうんだ？

「今日、たしか、終業式ですよね」ハッセが言う。

アンデシュがなにやらぼそぼそと言い、グニラが小声で答えている。なんと言っているのかはわからない。次いで、ハッセとアンデシュが立ち上がったらしく、椅子を引きずる音がした。

ラーシュは装置のスイッチを切り、たったいま耳にしたことについて考えをめぐらせた。アルベルトについて考える。自分とエリックがカルロスのもとへ向かっているあいだ、アンデシュとハッセはアルベルトをつかまえに行っていた。つかまえたのだろうか？　そもそも、なぜ？　アルベルトになんの用があるんだ？

ラーシュの脳がフル回転する。ソフィーを盗聴しているあいだ、アルベルトに関してなにか変わったことがあっただろうか？　目を閉じ、必死になって記憶を探る。薄くぼんやりとした記憶がひらひらと素通りしていくのをつかもうとするが、つかめないまま消えてしまった。とはいえ、完全に消えたわけではない……なにかが残っている……小さく、いまにも砕け散ってしまいそうな、なにかが。ラーシュは目を細めると、その記憶を失わないよう、そろり、そろりとパソコンに向かった。検索語句を入力する——アルベルト、ソフィー、キッチン。検索結果のウィンドウに、大量のファイルがずらりと並んだ。ラーシュは日付をチェックしつつ、上から順番に聞きはじめた。朝食のときの会話、夕食のときの会話、アルベルトが勉強している昼間の会話。夜の会話、電話で話しているソフィー……

電話で話しているアルベルト。物音に音声認識装置が反応してスイッチが入り、ただの環境音が聞こえて、やがて静かになることも何度もあった。ラーシュは次々とファイルを開き、耳を傾け、早送りをし、探した。ああ、記憶にはたしかに残っているのに、なんだったのか思い出せない……無意識にしか刻み込まれていない記憶。録音を聴けば聴くほど、ぼんやりとした記憶はさらにぼやけていく。

二時間半が経ったが、まだ半分も片付いていなかった。ラーシュは新たなファイルをクリックし、また耳を傾けた。沈黙の部分を早送りする。冷蔵庫を開け閉めする音、アルベルトを呼ぶソフィーの声。沈黙……そのとき、平手打ちの音がした。まちがいない。

ラーシュはヘッドホンを軽く耳に押しつけた。音がましになり、細かいところまで聞こえるようになった。床を数歩ほど歩く足音がした。

「おれ、なにもやってないよ」

アルベルトの声はくぐもっている。母親の肩に顔をうずめているようだ。

「もう、終わったのよ。人ちがいだったの……」

記憶にないやりとりだった。聞いた覚えはある。が、こんなふうには記憶していなかった。こんなやりとりだったのか？

「でも、目撃者までいたんだよ!? レイプするところを見たって。なにがなんだか……」

ソフィーが、しっ、と息子を黙らせているのが聞こえた。

「もう忘れなさい。起こったことはしかたないの。だれでもミスはするわ。警察だって」

ふたたび、沈黙。ラーシュは耳を傾けた。

「殴られたんだ」

「いま、なんて言ったの？」

「車に乗ってた警察の人に、頭を殴られた」

ヘッドホンから聞こえてくる、長い、間延びした沈黙。

黙。ファイルの再生が終わった。ラーシュは立ち上がると、頭の中で考えをまとめ、たったいま耳にしたことを壁に書きつけた。未明まで仕事に没頭した。パズルのピースが、少しずつはまりはじめた。

夜明け、彼は電話の音で目を覚ました。グニラが会いたいと言う。

彼はバスルームの鏡をじっと見つめ、自分の中にある、こういう状況にうまく対処できそうな一面を探した。薬は少し控えめにしておいた。彼女の弟が死んだとき、自分はその場にいたわけだから……少しうろたえているほうが自然だろう。

「なにがあったの?」

彼女は両手をひざの上に置いていた。暑い日で、日陰でも二十五度はある。ふたりはエステルマルム広場に設けられた屋外カフェのテラス席に座っている。彼女は険しい表情だ。これから感情をかき乱される話を聞くため、覚悟を決めているようにも見える。ラーシュはテーブルを見下ろしてから、グニラに向かって顔を上げた。

「到着したあと、エリックがカルロスと話をしたんですが……いきなり倒れて……」

広場をそよ風が吹き抜けていったが、涼しいという感じはしなかった。

「どんなふうに?」

「どんなふうにって、どうでもいいじゃないですか?」

「どうでもよくないから聞いてるんでしょう?」

ラーシュは語りはじめた。

「目がよく見えないって言ってました。片方の腕が震えはじめました。で、支離滅裂なことを言って、倒れたんです」

「なんて言ったの?」

「よく聞こえませんでした」

「あなたはどうしたの？」

「駆け寄って、エリックの脈を確かめました」

「それで？」

「生きてるってわかって、救急車を呼びました」

「それから？」

「そばに付き添ってました」

「エリックはなにか言ってた？　あなたはなにか言ったの？」

「エリックは意識不明でした。ぼくは穏やかに声をかけつづけました」

「どんなことを言ったの？」

「大丈夫ですよ、救急車が向かってます、怖がることはありません、って」

グニラは顔をそむけ、ひとつ息をついた。

「ありがとう」

ラーシュは答えなかった。

「あの男は？　カルロス。彼はなにをしていたの？」

「おびえてべつの部屋に逃げてました」

「話はどこまで進んだ？」

「あまり進んでません。エリックが、とにかく情報を仕入れろ、と言いました。それ以上はなにも……」

グニラはまわりを行き交う人々を眺めた。

「ものごとが動きだしてる。証拠が少しずつ出てきてるわ。これからはみんな、しっかり集中して動かないといけない。ミスは許されない」

ラーシュはグラスの水をひとくち飲んだ。

「なにか進展あったんですか？　ぼくの知らないことで」

グニラの目に悲しげな表情がうかぶ。彼女はだれにともなくかぶりを振った。

「ソフィーの息子のアルベルトが昨日、車にはねられたの。かわいそうに……背骨が折れたそうで、集中治療室にいるわ。まったく、やりきれない」

ラーシュは叫びたかった。が、神経を集中し、穏やかさを保った。ゆっくりと成長する木、海の波によってかたちづくられる岩に、思いを馳せる……信じられないほどゆっくりと、穏やかに進行するすべてに、思いを馳せる。

「それはひどい……だれがやったんですか？」とラーシュは言った。狙いどおり、淡々とした声になった。

グニラは肩をすくめた。

「わからないわ。事故だったのよ……ひき逃げね」

「ひどいな。ほかには、なにかありましたか？」

ラーシュは冷静なプロの声を出そうと努めた。

「いいえ、とくにないと思うわ」

グニラはフムレゴード通りに向かって歩いていくラーシュ・ヴィンゲを見送った。彼は変わった、と思う。以前の弱々しく頼りない態度が、なにかべつのものに移り変わっている。不安げなようすはあいかわらずだが……前よりもよそよそしく、静かだ。内にこもってはいるものの、なにか悩んでいるわけではないように見える。どういうわけか。

ラーシュの姿が見えなくなってから、携帯電話を出し、短縮ダイヤルでハッセ・ベリルンドにかけた。

「看護師の家を片付けてくれるかしら？　マイクをどこに仕掛けたかは、アンデシュに教えてもらって。全部片付けるのよ。痕跡がいっさい残らないように」

電話を切ると、まわりにいる人々をしばらく眺めたが、すぐに飽きた。白シャツに黒ズボン姿の巻き毛の少年に向かって微笑みかける。少年はしばらく怪訝な顔をしていたが、やがて彼女が会計をしたがっているのだと理解した。

＊

ラーシュは車でエステルマルム地区を離れ、セーデルマルム島のいつも使っている銀行に向かうと、脂ぎった肌の若い銀行員に合図をして、貸金庫を利用したいと告げた。

箱を引っ張り出すと、ソフィー・ブリンクマンを盗聴した録音ファイル、写真、文章、要約……すべてがコピーされた大量の記録媒体を中に入れた。銀行を出ると、ストックスンドに車を向けた。〝彼女を見守らなくては……〟

彼女が留守であることを確かめ、家から二ブロック離れたところに駐車した。十五分後、短いクラクションの音が聞こえた。左側を見てみると、ハッセが通り過ぎながら、こちらに向かって中指を立ててきた。ラーシュはため息をつき、ヘッドレストに頭をあずけた。しばらく時間が経ち——五分か、十分ほどかもしれない——ハッセがソフィーの家のほうから車で戻ってくると、スピードを落とし、窓を開けて身を乗り出してきた。左手が窓の外にぶらりと下がっている。

「看護師の姿が見えたら、すぐにおれかアンデシュかグニラに電話しろ。勝手に動くなよ。絶対に……いいな?」

ラーシュはうなずいた。

ハッセは左手でドアの外側をたたいてから、また中指を立ててみせた。今回は、その〝くたばれ〟のしぐさをラーシュが一瞬も見逃すことのないよう、ひどくあからさまに指を立ててから、車で去っていった。アスファルト上の小石にタイヤの当たる音がする。そして、また静けさが訪れた。

ラーシュは車に乗ったまま、なにもない空間をぼんやりと見つめていた。鳥がさえずっているが、彼の耳には届かない。どこかで子どもたちが遊んでいて、楽しそうな笑い声や叫び声をあげているが、彼の耳には届かない。聞こえているのは、彼の頭の中で展開されている推理だけだった。必死になって推理する。完全に没頭し、思考とひとつになった。ポケットの中で携帯電話が鳴った。彼はくぐもった声で応答した。

「ラーシュ？」

「もしもし？」

「テレースよ」

サラの女友だちだ。電話の向こうで泣きじゃくっている。

「いま、話してもいい？　ひとりでいろいろ考えてると、もう耐えられなくて……」

ラーシュには意味がわからなかった。

「考えてるって、なにを？」

テレースは泣いている。

「どうしたんだ、テレース？」

沈黙が訪れた。

「知らないの？」

「なにを？」

テレースは泣きじゃくりながら、サラが亡くなった、ついい先日、夜中に心不全を起こしたのだ、と語った。宇宙がひっくり返り、天に穴があいた。彼は車のドアを開け、アスファルトに嘔吐した。

＊

ミハイルは夜中に電話を受けた。クラウスの声は疲れきっているが、機嫌はよさそうだ。

「迎えに来てくれないか？」

「具合は？」

「腹を撃たれたら、どんな具合になると思う？」

「さあな。腿や、肩や、胸を撃たれた場合なら知ってるが……あとは、手榴弾の破片が尻に刺さった場合も」

ふたりは笑い声をあげた。ミハイルは電話を切ると、荷造りをして、朝早く空港へ向かった。そして、北欧への朝一番のフライトで飛んだ。コペンハーゲンに降り立ち、ストックホルム行きに乗り換えた。

前回と同じことを繰り返す。アーランダ空港で偽名を使ってレンタカーを借り、エンシェーデの武器マニアのもとを訪れ、警察にルートをたどられる心配のない新たな拳銃を手に入れた。それから、車でカロリンスカ大学病院へ向かった。

ボルボも、金髪の人々も、見かけ倒しの福祉社会も見飽きたな、とミハイルは思った。要するに、スウェーデンにはもううんざりだった。

＊

エクトルは盗聴される心配のない電話を使って、アダルベルトと話をした。エリクソン社関係の金が無事に確保できた、とアダルベルトが言う。エクトルは頭の中でその額を計算した。アダルベルトも同じようにした。

「エクトル、次の話に移る前に……ハンケ一味が連絡してきた。ローラント・ゲンツとかいう男が電話してきて、あの提案についてはどう考えているのか、と聞かれたよ」

「あの提案って？」

「私もそう聞き返したんだがね……」

「それで？」

「連中、あきらめるつもりはないようだ」

「いまの状況は？」

アダルベルトはすぐには答えなかった。グラスを持ち上げてなにかを飲み、氷を嚙んでいるのが聞こえてくる。

「弁護士を手配した。連中を訴えて、あらゆる方向から追いつめるつもりだ……この諍いは、そういう形にもっていきたい。拳銃だの車だのを使うのは、だんだん面倒になってきた。だがな、気をつけろよ。連中はいま、なにか企んでいるようだから……電話をかけてきたゲンツというやつも、私を脅してきた。ずいぶんはっきりとした物言いだった」

「そいつらとの対決は避けられないよ、父さん。遅かれ早かれ、いつかは」

「遅いほうがいい。私が動いたことでこれからどうなるか、まずはようすを見よう」

エクトルはシガリロに火をつけた。アダルベルトはグラスの中身を飲んだ。

「ドン・イグナシオと話をしたよ。どうやら納得したようだ。おまえとアルフォンセは気が合うようだと言っていた」

「アルフォンセが帰る前に、もう一回会う予定だ……そこで細かいところを詰める」

アダルベルトはぼそりとなにか言ったが、エクトルにはなんと言ったのか聞こえなかった。アダルベルトは続けた。

「レシェックと私が精を出した甲斐あって、あのパイプラインはもうすぐまた使えるようになる。船長は船を乗り換えた」

エクトルは考えをめぐらせた。

「船を乗り換えた、って、どういう意味？」

「ああ、べつに比喩でもなんでもない。そのままの意味だよ。船を替えたんだ。古いのを売り払って、新しいのを買った。やりかたはこれまでと変わらない。商品は車でシウダー・デル・エステから運ぶ。船長が一週間後にパラナグアで荷物を引き受ける。今月末、荷物がロッテルダムに到着する。再スタートだよ」

「それは、喜んでいいんだろうか？　それとも……」

「さあな……だが、こうするしかなかった。ちがうか？」

エクトルは答えなかった。

「ソニヤは元気？」

「たいていひとりで過ごしている。なにも言わない」

「父さんは？　元気なのか？」

アダルベルトは、すぐには答えなかった。その問いに少しうろたえたようでもあった。

「まあ、自業自得といったところか……」やがて小声で答えた。

エクトルはストックホルムでシガリロをふかし、アダルベルトはマルベージャで酒をちびちびと飲んでいる。ふたりはしばらくそのまま、互いとともに座っていた。

エクトルは電話を切ると、ひとりで考え込んだ。が、玄関の呼び鈴が鳴って、思考を中断された。アーロンが書斎にやってきた。

「客が来る予定なんかあったか？」

エクトルは首を横に振ると、机のひきだしからリボルバーを出した。アーロンも消音器のついた銃を本棚から出した。ふたりは玄関に向かった。

アーロンがのぞき穴から外を確かめると、男がふたり立っていた。どちらも見覚えのない顔だ。彼はエクトルを手招きした。エクトルものぞき穴から外を見て、首を横に振った。アーロンはエクトルに向かって、うしろにさがっていろ、と合図した。

銃をズボンのうしろに突っ込むと、ドアを開け、ホーカン・ジヴコヴィッチと相棒のレイフ・リュドベックに向かって、にっこりと微笑んだ。

「なんでしょう？」と問いかける。

男たちはふたりとも短髪で、ゴム靴をはき、量販店で売っている安物の服を着ていた。大げさな防弾チョッキを身につけているせいで、ジャケットがきつそうだ。相棒のほうは団子鼻で、ジヴコヴィッチよりも頭ひとつ分背が低く、ひどく緊張しているが、そのことを隠そうとして、絶えずこちらをにらみつけている。

「アーロンかエクトルはいるか」

ジヴコヴィッチの態度は居丈高だった。

「なんの用だ？」

「提案がある」

「それなら、その提案を書面にして送ってくれ。追って返事をする」

ドアを閉めようとしたところで、ホーカン・ジヴコヴィッチがドアをぐいと開けた。アーロンはふたりがむりやり入ってくるのを止めなかった。ふたりは威圧的ながらも、ひどく緊張しているようすだった。

玄関に入ると、ジヴコヴィッチがアーロンを両手で突き飛ばした。ずいぶんと妙な突き飛ばしかただった。アーロンを怖がらせようと、動揺させようとしているようだ。エクトルが玄関に出てきた。

「どうも。用件は?」

ジヴコヴィッチとリュドベックは一瞬、決めておいた段取りを忘れたらしい。リュドベックが拳銃を出し、こわごわと構えた。

「黙って座れ。話がある」ジヴコヴィッチが言う。

アーロンとエクトルは脅されるままに居間へ向かい、ソファーに腰を下ろした。ジヴコヴィッチとリュドベックは立ったままだ。

「いまから言うことをよく聞けよ」ジヴコヴィッチはそう言うと、部屋の中を数歩うろついた。

アーロンとエクトルは彼をまじまじと見つめた。救いようのない馬鹿だと思った。

「おまえら、おれの依頼人を脅したそうだな」

「依頼人ってだれだ?」アーロンが尋ねる。

ジヴコヴィッチの視線が泳いだ。

「それは関係ない」

「関係あるだろう?」エクトルが言う。

ジヴコヴィッチは、こんなふうに聞き返されると思っていなかったらしい。

「いや、関係ない」

「だれなんだ?」

リュドベックがアーロンとエクトルに向かって拳銃を振る。

「わかってるだろう、だれのことか」

ジヴコヴィッチが軍人のように叫んだ。アーロンもエクトルのとなりで立ち上がった。ジヴコヴィッチの居丈高な態度に、いったいだれを相手にしているのかまったく理解していないジヴコヴィッチに、アーロンもエクトルも笑みをこぼす。ジヴコヴィッチがなにか言おうとした瞬間、アーロンがズボンのうしろから銃を抜いた。あっという間だった。消音器がプシュッと鳴り、レイフ・リュドベックの防弾チョッキに銃弾が二発撃ち込まれた。リュドベックは仰向けに倒れた。拳銃がその手から離れる。同時にエクトルがジヴコヴィッチに飛びかかってのどをつかむと、床に押し倒して顔を二発殴った。ひざをジヴコヴィッチの頬に押しつけ、その頭をリュドベックのほうに向けさせる。リュドベックは離れたところで仰向けに倒れ、息をはずませていた。

「銃なんか持っておれの家にずかずか入ってくるやつがどんな目に遭うか、しっかり見てろ」エクトルがさち、立ち上がる。

「座れ！」

「わからないんだが」

ジヴコヴィッチはエクトルをにらみつけた。

「レッフェはおれが命令したら、本気で撃つぞ。殺しは初めてじゃないからな」

エクトルは驚いた顔でリュドベックを見つめた。

「へえ、レッフェ？　人を殺したことがあるのか？」

リュドベックは怒った顔をつくり、うなずいた。ジヴコヴィッチはあいかわらず、司令官気取りで部屋の中を歩きまわっている。

「脅迫をやめろ。さもないとひどい目に遭うぞ。おれが言うんだからまちがいない。おまえたちの名前も、居場所もわかってるんだからな」

ジヴコヴィッチは、アーロンとエクトルの笑みが気に入らなかった。エクトルが片手を挙げた。

「もういい。さっさと帰ってくれ」と穏やかに言い放ち、立ち上がる。

「座れ！」

さやきかける。

アーロンはリュドベックの防弾チョッキをむりやり脱がせると、その頭を持ち上げ、防弾チョッキを背中の下に押し込んだ。リュドベックにはわけがわからなかった。

アーロンはレイフ・リュドベックの心臓に銃口を押しつけ、弾を二発放った。銃弾は彼の身体を貫通し、防弾チョッキにめり込んだ。床に傷がつくことはなく、リュドベックは即死した。ジヴコヴィッチは子どもじみた悲鳴をあげて泣きだした。

「おまえ、名前は?」エクトルが尋ねる。

ジヴコヴィッチは目に涙をためて、死んだ相棒を見つめている。

「ホーカン・ジヴコヴィッチ」

エクトルはひざを放し、ジヴコヴィッチの顔を上に向けさせた。

「怖いか、ホーカン?」

ジヴコヴィッチはひとことも発することができなかった。

「さっきまでは平気そうだったのに……ずいぶんと横柄で、強引だった……こうも変わるとはな?」

エクトルは彼の首をぐっと押さえつけている。

「どういうことだ。話せ」

「依頼人の名前は知らないんだ」ジヴコヴィッチは声にならない声で言った。

「どんなやつだ?」

ジヴコヴィッチはスヴァンテ・カールグレンの容貌を説明した。

「で、ここに来た目的は?」

エクトルがさらに強く首を押さえつける。

「あんたたちをビビらせること。脅迫をやめて、依頼人を放っておけと言いたかった」

エクトルはジヴコヴィッチを見つめた。顔から色がなくなりつつある。

「で、おれたちが脅迫をやめないと言ったら？」

「あんたたちを撃つつもりだった」

「ところが、そうはいかなかった……な？」

ジヴコヴィッチはうなずいた。

「依頼人に連絡して、今日ここで起こったことを詳しく話せ。逃がしてやるつもりはないとはっきり伝えろ。おまえもだぞ、逃がしはしない……覚えておけ、ホーカン・ジヴコヴィッチ」

エクトルがジヴコヴィッチの首を放すと、ジヴコヴィッチは立ち上がり、死んだ相棒には目もくれずにマンションを出ていった。

ホーカン・ジヴコヴィッチが建物から出てきて、シェーラゴード通りを小走りに去っていく。真っ青な顔をして、鼻血を出している……相棒の姿はない。手ひどくやられた跡がある。

アンデシュはグニラに電話をかけ、たったいま見たことを伝えた。沈黙が訪れた。

「ひとりきりだったのね？」グニラが言う。そう問いかけることによって、さらに考えるための時間稼ぎをするように。

「そうです」

「ということは、あなたの計画がうまくいったのかしら？」

アンデシュは答えなかった。

「相棒はマンション内に残ってるってことでしょう？」

「どんな状態で残ってるかは、考えたくもありませんが」

「わかったわ……いまが潮時ね。そうじゃない？　アンデシュ」

「そう言ってさしつかえないでしょうね」

22

ドイツ人が三十分前に目を覚ましたので、病棟はにわかに騒がしくなった。

医師の名はパトリック・ベリクヴィストという。三十八歳、髪はちぢれ毛で、自転車で通勤する際にはきちんとヘルメットをかぶる男だ。ベリクヴィスト医師はベッドの端に座ると、白衣の胸ポケットから出した小さなペンライトで、クラウスの目に光を当てた。クラウスも光を見つめ返した。少し離れたところで看護師が待機している。パトリック・ベリクヴィストは、学校で習ったドイツ語をなんとか思い出しながら話しかけた。

「自分の名前は覚えていますか?」

クラウスは苛立ったような表情を見せた。

「ああ」

「なんという名前ですか?」

「おまえには関係ない」

パトリックは表情を崩さないよう気をつけた。

「関係ない? なぜですか?」

「どうでもいいだろ」

パトリックはそのような答えを予想していなかった。患者はたいてい、敬意をもって接してくるものなのに。しかも看護師がそばにいるときに馬鹿にされるのは気に食わない。彼はペンライトを消した。

「銃弾は摘出しました。あなたは運がよかった。内臓に後遺症の残るような損傷はありませんでした。しばらくは痛いと思いますが」

「どうも《ダンケ》」クラウスが小声で言う。

パトリックはうなずいた。

「警察が話を聞きたいそうです。大丈夫ですか?」

「いや」

「とにかく警察には連絡します。どうやら大丈夫そうですから」

パトリックは病室を出ると、左右を病室にはさまれた狭い事務室に入り、警官が置いていった電話番号を探し出した。番号を押すと、グニラ・ストランドベリという名の女性が応答した。ずいぶんと感じのいい女性だった。

「容態はどうなんですか?」と尋ねてくる。

パトリック・ベリクヴィストはいかにも有能な医師らしい口調で延々と語った。これはただ知識をひけらかしたいだけだと悟ったグニラは、彼の話をさえぎった。

＊

クラウスはベッドの上で上半身を起こし、スウェーデンのゴシップ雑誌をぱらぱらとめくった。国王カール十六世グスタフとシルヴィア王妃、カール・フィリップ王子とマデレーン王女が、どこかの白い城の前の芝生に立って手を振っている写真を眺める。ヴィクトリア王女とその夫は写っていない。どこかへ外遊中なのかもしれない。スウェーデン王室のメンバーは、ひととおり知っている。パートナーのルディガーがヨーロッパの王室マニアだからだ。

ドアが開いた。病室に入ってきたアンデシュが、軽くあごを引いてうなずいてみせる。クラウスは彼を一瞥した。それから、そのすぐうしろに続いて入ってきた豚のようなハッセ・ベリルンドを、気色悪そうに見つめた。

「調子はどうだ?」

アンデシュのドイツ語はなかなか流暢だった。彼は椅子を引き寄せて腰を下ろした。

「あんたら、だれだ?」

ハッセが警察の身分証を出した。

「銃で撃たれたんだな?」アンデシュが尋ねる。

クラウスは雑誌をめくりつづけた。歌手のキッキ・ダニエルソンが自宅で、パイン材の食卓についている写真が載っている。

「おまえの名前は?」

クラウスは顔を上げたが、答えるつもりはなかった。

「おれたちは、おまえの力になれるぞ。そのためにここへ来たんだ」

アンデシュが辛抱強く話しかける。クラウスは雑誌のページをめくった。クリステルという名らしい、顔の大きな男が、華奢で小柄な妻を抱き寄せている。クリステルはエルヴィス・プレスリーが好きらしく、また、ごくふつうの別荘のバスルームに金ぴかの蛇口を取り付けるような男でもあった。アンデシュが身を乗り出し、クラウスの手からそっと雑誌を抜き取った。

「見てほしいものが、ほかにあるんでね」

ゴシップ雑誌を脇に置くと、上着の内ポケットから、折り畳んだA4サイズの封筒を取り出した。中に入っていた多数の写真をぱらぱらとめくる。待っているあいだ、クラウスは窓辺に立っているハッセを一瞥した。アンデシュはエクトルの写真を抜き取り、クラウスの目の前に掲げた。

「こいつは知ってるか?」

アンデシュは、エクトルを見つめるクラウスを見つめた。クラウスは首を横に振った。

「いや……」

アーロン・ガイスラーの写真を掲げてみせても、クラウスは首を横に振った。ソフィー・ブリンクマンの写真を見せる。クラウスは首を横に振った。アンデシュは、警察のデータベースで見つけた見知らぬ犯罪者の写真を掲げてみせた。クラウスがかすかに反応した。記憶を探っているせいで、ほんの一瞬、遅れた反応。

彼は首を横に振った。

「こいつ、知ってるな」アンデシュがハッセにスウェーデン語で言う。

それからドイツ語に戻った。

「おまえは銃で撃たれてここに入院した。車で運ばれてきたことはわかってる。だれが運んでくれたんだ？」

クラウスは肩をすくめた。

「だれに撃たれた」

答えは返ってこない。

アンデシュは仕切り直しを試みた。

「もう一度聞く。だれがおまえを病院に連れてきた？」

クラウスはぼんやりと彼を見つめ返した。

「おまえがどういう経緯でここに来たのか、エクトル・グスマンについてなにを知ってるか、全部話せば、自由の身にしてやる。いずれ裁判で証言してもらわなきゃならない可能性はあるが」

クラウスは気持ちよさげに大あくびをすると、アンデシュの脇に置かれたゴシップ雑誌に手を伸ばし、ふたたびめくりはじめた。それから顔を上げ、アンデシュに向かってニヤリと笑った。

「いいだろう。おまえがじゅうぶんに快復して、医者がゴーサインを出したら、おまえを拘置所に入れる。話をする気になるまで待つとしよう」

アンデシュとハッセが病室を出ていくときにも、クラウスは同じ顔で笑っていた。

アンデシュとハッセは廊下を進んだ。奥のほうでドアが開き、大柄な男がぎくしゃくとした足取りでこちらに向かってきた。この巨漢が歩くには、廊下が一サイズ小さすぎるように見える。

男たちは廊下の途中ですれちがった。巨漢はふたりにまったく目を向けず、そのまま脇をすり抜け、まっすぐに進んでいった。

数歩ほど歩いたところで、アンデシュが立ち止まり、男の背中を振り返った。

「どうかしました?」ハッセが尋ねる。

彼のほうを向いたアンデシュは、まだなにかの思いに、なにかの記憶にとらわれているようだった。

「アンデシュ、どうしたんですか?」

アンデシュはまたうしろを振り返った。巨漢がクラウスの病室のドアを開けている。

「あいつだ……」

「あいつ?」

「あの大男。ドイツ人の相棒だ。〈トラステン〉に入っていくところを見た」

「まちがいありませんか?」

「いや……」

「どうなんです?」

「とにかく行くぞ……」

アンデシュは拳銃を抜き、クラウスの病室に戻った。

ハッセも自分の拳銃を出し、大股であとを追った。

ミハイルがクローゼットを開け、クラウスの服を引っ張り出してベッドの上に放り投げていると、背後でドアがばたんと開いた。振り返って目に入ったのは、男、腕、こちらに向けられた銃口だった。ミハイルは本能で動いた。さっと手を伸ばすと、アンデシュの腕をつかんで引き寄せる。銃声が響いた。クラウスが悲鳴をあげた。視界の隅にもうひとり、銃を構えた男が見える。ミハイルはまだ本能に突き動かされていた。アンデシュの拳銃を手で押さえつけながら、彼の身体を力ずくでひねり、拳銃を奪うと、銃口をハッセに向けた。人差し指が引き金にかかる。

「ミハイル!」クラウスが叫んだ。「こいつら、サツだぞ!」

ミハイルは人差し指の力をゆるめた。

「銃を捨てろ」とだけ、ハッセに向かって言う。

ハッセはためらうことなく銃を床に落とした。ミハイルはアンデシュを病室の奥へ放り込むと、そのとなりを指差して、ハッセに座れと合図した。

「この野郎、撃ちやがった、ちくしょう」クラウスが肩先を押さえて言う。血がどくどくと流れ出していた。

ミハイルはめちゃくちゃになった病室を見渡して考えをめぐらせると、クラウスに拳銃を投げた。クラウスは左手でそれを受け取った。ミハイルはハッセの銃を床から拾い上げ、病室を出た。

廊下をずかずかと進む。看護師が何人か、簡易ベッドのうしろに身を隠している。ミハイルは病室やそのほかの部屋をすべて見てまわった。事務室の机の下に、パトリック・ベリクヴィスト医師が隠れていた。ミハイルはかがみ込むと、机の下に手を突っ込んでパトリックのちぢれ毛をつかみ、ぐいと引っ張り出した。

「麻酔薬が要る。包帯と、針と、糸と、腕から銃弾を摘出するための道具も」

パトリック・ベリクヴィストはひたすらうなずいた。ミハイルが彼の襟首をつかみ、ふたりは倉庫へ向かった。

クラウスは、ハッセとアンデシュが動かないよう、ふたりに銃口を向けていた。ドアが開く。ミハイルがパトリック・ベリクヴィストを病室の中へ突き飛ばすと、パトリックはすぐにアンデシュ・アスクのそばに座った。

「ちがう、そいつじゃない。こっちだ!」

ミハイルはクラウスの出血している上腕を指差した。パトリックはクラウスのもとへ急ぎ、銃創を調べはじめた。ミハイルが手に持っている青く薄いごみ袋を開く。麻酔薬チオペンタールのガラス瓶を出すと、注射器二本に薬剤を入れ、片方をアンデシュの腿に刺して薬を注入した。アンデシュは舌をもつれさせながら悪態をついていたが、やがてがくりとうなだれた。ハッセにも同じように注射する。肉に注射針が刺さると、ハッセは小さくうめき声をあげた。一分もしないうちに、ふたりともぐっすり眠っていた。

パトリック・ベリクヴィストは、クラウスの傷のまわりに包帯をきつく巻きつけて、さしあたり止血をした。

「すぐに手術をしなければ」

「どれくらいかかる?」

「一時間ほど」

「ならいい、手術は要らん」

ミハイルはさらに注射器に薬を入れた。パトリックは何度もやめてくれと叫んだが、ミハイルは彼の腕をがしりとつかみ、その身体に麻酔薬を流し込んだ。パトリックはろれつのまわらない状態でヒステリックに叫びつづけた。麻酔医に診てもらわなくては、酸素が要る、と言おうとしている。が、やがて両腕をだらりと脇に垂らして倒れ、頬を床に強く打ちつけて、意識不明の状態になった。

ミハイルはクラウスをベッドから助け起こし、彼を支えながら急いで病院を去った。

入口前でレンタカーに乗り込む。ミハイルがハンドルを握り、ストックホルムの中心街をめざした。

「どこ行くんだ? 空港に行かなくては!」クラウスが言う。

「おまえがこんな状態なのに行けるか。死ぬぞ」

ミハイルは携帯電話でストックホルムの番号にかけた。

＊

電話が鳴った。声を聞いて、だれからの電話かすぐにわかった。ミハイルは焦った声で、ある取引を持ちかけてきた。こちらにとってはメリットのない取引だ。いま頼みたいことがある、借りはいずれ返す——突き詰めれば、そんな内容だった。イェンスは断った。が、ミハイルは引き下がらなかった。そのすがりついてくるような口調にイェンスは驚いた。腰が低いと言ってもいいほどの態度。だが、それでも相手はミハイルだ、こんな取引に応じるわけにはいかない……

「悪いが、無理だよ」

しばしの沈黙。

「頼む……心当たりはおまえしかいないんだ。相棒が死にかけてる……」

ミハイルの声に、人情のようなものがにじんでいないか？　人がひとり死にかけている。ここで彼を突き放して電話を切ったら、一生後悔しないと言いきれるだろうか？　断って、すっかり忘れて、そのまま生きていくことなどできるだろうか？　イェンスはソファーに座っているソフィーを見やった。〝ちくしょう、なんでこうなるんだ〟

彼はミハイルに自分の住所を伝え、電話を切った。

たちまちひどく後悔した。十分後、ドアを叩く音がした。ミハイルがリビングスペースに運んできた血まみれの男がクラウスだと、イェンスもソフィーもすぐにわかった。

「いったいどういうこと？」ソフィーが尋ねる。

「二の腕を撃たれてる」ミハイルが答えた。

クラウスはソファーに横たえられた。

「イェンス、すぐにお湯とタオルを持ってきて。それから、手当てに使えそうなものを全部」

イェンスはリビングを出ていき、ミハイルはビニール袋の中身をローテーブルの上にぶちまけた。注射器、注射針、糸、チオペンタール、消毒薬、包帯。彼はクラウスの腕に巻かれた包帯をほどこうとしたが、ソフィーに止められた。

「待って。私がやります」と彼女は言い、クラウスのそばに腰を下ろすと、止血のため二の腕に巻かれていた包帯をほどき、傷口を見つめた。

「ピンセットか、小さなペンチみたいなものが要るわ」部屋の外にいるイェンスに向かって、大声で呼びかける。

それからクラウスの脈を調べた。脈は弱く、速い。

「これはどこで手に入れたの？」

ソフィーはローテーブルの上にぶちまけられたものを指差した。

「病院《ホスピタル》で」ミハイルは英語で答えた。

ソフィーは注射器にチオペンタールを入れた。用量がよくわからないので、少なめにしておく。それからミハイルに告げた。

「あなたが決めて。麻酔無しでこの人の手術をするか、それとも、この麻酔薬をほんの少しだけ打つか。麻酔薬にはリスクがつきものよ」

クラウスが苦しげな声を出す。

「打ってやってくれ」とミハイルが答えた。

ソフィーはクラウスの腕に麻酔薬という名の毒を注入した。クラウスの痛みはたちまち消え、彼はふわふわと雲のあいまへ上昇した。イェンスが湯とタオルに加えて、バスルームの戸棚にあった薬の乏しい在庫を持って入ってきた。

三十分が経ち、大量の血が流れ、ソフィーは銃弾の摘出と止血に成功した。腕の筋肉がズタズタになっていたが、骨は無事らしかった。傷口を消毒し、縫い合わせる。限られた道具でできるかぎりのことをした。

ミハイルはクラウスの呼吸をチェックしていた。

「ありがとう」ローテーブルの上のものを片付けているソフィーに、ミハイルが呼びかける。

「これはただの応急処置よ。病院でちゃんと手当てを受けなくては」

彼女は手を洗うためバスルームへ向かった。イェンスとミハイルの目が合った。

「こいつが目を覚ましたら、すぐに出ていく」ミハイルがつぶやいた。

ソフィーがバスルームで蛇口をひねった音が聞こえる。イェンスとミハイルのあいだに、話すことはなにもなかった。

「腹、減ってるか？」

なぜそんな質問をしたのか、イェンスは自分でもわからなかった。ミハイルはうなずいた。

ふたりはキッチンのテーブルでハムやソーセージを食べた。ミハイルは左腕で皿を抱えるようにして前のめりになり、右手で食べものをかき込んだ。

「ストックホルムにはなんの用で来た？」イェンスが尋ねる。

ミハイルは食べものを嚙みつつ、ソファーに横たわっているクラウスをフォークで指した。

「あいつを迎えに来たんだ」と言ってから、食べものを嚙み、飲み込む。「昨日、病院で目を覚まして、おれに電話をかけてきた。だから飛行機で迎えに来た」

「それが、どうしてこんなことに？」

ミハイルは背筋を伸ばした。

「警察が来たんだ。逃げなきゃならなくなって……」

「あいつを撃ったのは？」

「警察だよ……」

ソフィーがキッチンに入ってきて、無言で食事をしているイェンスとミハイルをじっと見つめた。彼女にとっては不愉快な光景だった。

「この人、またエクトルを襲うつもり？」

ミハイルは彼女の問いかけを理解したらしく、首を横に振った。ソフィーはミハイルに視線を据えたまま、イェンスに言った。

「この人に、ひとつお願いをしてほしいの」

＊

カルロスは息を切らしている。エクトルからの電話を受けて、全速力で走ってきたのだ。いま、彼はエクトル宅のバスルームで、バスタブにななめに放り込まれたレイフ・リュドベックの死体を見つめている。エクトルはカルロスの背後に立っている。

「こいつをバラバラにして、レストランに持っていってくれ。肉挽き機にかけるんだ」

カルロスはいまにも吐きそうになり、腕で口を覆った。アーロンが紙袋を二つ持って背後に現れた。ふたりの脇を通り抜け、バスルームの床にタオルを敷く。袋を開けると、大きさのちがうノコギリを二挺取り出し、タオルの上に置いた。さらに、ゴム手袋、ビニールの前掛け、シャワーキャップ、蒸留酢、剪定ばさみ、殺菌剤、小さなビニール袋のロール、バッテリーを充電したばかりの電動丸ノコ、ゴーグル、マスク、塩素パウダー、白いプラスチックバケツに、持ち手がゴムになったスチールイーグルハンマーも出した。最後にバニラの香りの芳香剤を出すと、ビニールカバーを破ってシャワーヘッドにかけた。

「この男がにおいだす前に始めたほうがいいぞ」

カルロスはためらったが、やがて身をかがめて前掛けとシャワーキャップ、ゴム手袋を手に取り、ゆっくりと身につけはじめた。アーロンがズボンのポケットから折り畳みナイフを出し、広げた。溝の入った黒い持ち手に、空気焼き入れを施したカーボンスチールの短い刃がついている。

「こいつは切れ味がいいぞ」と言い、カルロスに持ち手を向けてナイフを差し出す。そして、エクトルと連れ立ってバスルームを出ていくときに、こう付け加えた。「それから、吐くならトイレに吐け。バケツには吐くなよ」

カルロスはバスルームのうつろな沈黙の中に残された。バスタブの中のレイフ・リュドベックを、じっと見つめる。何度か浅い息をついてから、バスタブの縁に座り、死体の右手をつかんだ。冷たかった。鋭いナイフの刃をリュドベックの小指に当て、ぐっと押す。

指はあっさりと切れ、勢いで少し飛んでバスタブの縁に当たった。切断された部分から流れる血は、どろどろとした死人の血だった。親指も同じように切る。コツがつかめてくると、右手の指はあっという間になくなり、彼は左手に取りかかった。

エクトルはソファーで新聞を読んでいる。アーロンはひじ掛け椅子に座っている。バスルームからは、カルロスが電動丸ノコを試している音が聞こえてくる。まるでティーンエイジャーが改造原付のエンジンをかけているようだ。それから、電動丸ノコが厚みのあるものに食い込む音。ふと動きがゆるんで、回転数が下がり、やがてまた上がった。ノコギリの音が止み、カルロスが泣きじゃくりながらトイレに吐いているのが聞こえる。それからまた、電動ノコギリがうなりはじめた。

時が過ぎる。エクトルは新聞を読み、アーロンはなにもない空間を見つめている。そのとき、階下のオフィスとこの階を結ぶらせん階段を上がってくる足音が聞こえた。アーロンが立ち上がり、銃を抜いた。ゆっくりとした足音だが、軽い足取りのように聞こえる。

上がってきたのは、五十代らしき女だった。彼女はエクトルを見やり、それからアーロンと彼の銃に目を向けた。

「それ、しまっていいわよ」

アーロンは銃を下ろしたが、手放しはしなかった。

「いきなりごめんなさいね」と女は続けた。「でも、呼び鈴を鳴らしたところで、中に入れてくれるとは思えなかったから、下のオフィスから入ってくるしかなかったの」

グニラは耳のそばで指を一本立てた。壁越しにノコギリの音が聞こえてくる。

「改装中？」

しばらく耳を傾ける。

「それとも、バスルームでレイフ・リュドベックを切断してるのかしら?」

アーロンがふたたび銃を構える。が、女は動じなかった。彼女は身分証を掲げてみせた。

「警察よ。私はグニラ・ストランドベリといいます。銃を下ろしてくれるかしら。私がここに来てることは、みんな承知してるから」

アーロンはためらい、窓辺に移動した。眼下の通りをざっと見渡す。とくになにも見当たらない。

「ああ、下にはだれもいないわ。話をしに来たの。でも、ここに来ることは、同僚たちに伝えてあるから、なにかあったら……」彼女は手を動かした。「まあ、わかるわよね」

グニラはエクトルを見つめ、低い声で繰り返した。

「話をしに来ただけよ」

エクトルは新聞を畳むと、彼女に向かって座るよう合図した。

グニラはソファーテーブルを囲むひじ掛け椅子のひとつに腰を下ろした。バスルームからは、骨や肉をハンマーで叩く音が聞こえ、やがてふたたび電動ノコギリがうなって動きはじめた。エクトルはグニラを観察した。

「あなたのことは知らないと思うんだが」

「私はあなたを知ってるわよ、エクトル・グスマン。あなたは私を知らないけど」

エクトルとアーロンは話の続きを待った。

「どうして私がここに来たんだろうって思ってる?」

グニラはエクトルにじっと視線を据え、続けた。

「たぶん、単なる好奇心ね」

カルロスがまた嘔吐している。今回は叫びながら吐いていた。

グニラはカルロスが落ち着くまで待った。

「単なる好奇心で、知りたいことがあるの。スヴァンテ・カールグレンを脅して、どのくらいお金を手に入れたか。アルフォンセ・ラミレスとの取引で、どのくらいお金を手に入れたか。ラミレスはストックホルムに来てるんでしょう？……だいたいの額でいいわ。いくら？」

エクトルは彼女をまじまじと見つめた。

「なにが欲しいんだ？」

グニラが怪訝な顔をする。

「なにか欲しがっているのは、顔を見ればわかる」とエクトルは続けた。「答えか？ 警察ってのは、それがいちばん好きだろう？ 答えを手に入れることが」

「いいえ、答えならもうわかってるの。まったく興味ないわ」

エクトルはアーロンを見やった。彼はグニラのほうを見ている。

「じゃあ、なにが欲しいんだ？」エクトルが尋ねる。

「あなたの持っているもの」

「なんだって？」

「ラミレスとカールグレンの件で、いくら稼いだの？」グニラは問いを繰り返した。

エクトルは答えなかった。

「その一部が欲しいのよ」

それで、エクトルは理解した。

「見返りは？」

「私が警察にいるかぎり、あなたは自由にビジネスができる」

第四部

23

涙はまったく出なかった。彼はローラーで壁にペンキを塗った。メモ、推理、矢印……つながり。すべてが厚く塗った白いペンキの下に消えた。

サラはここに来たのだ。この壁を見て、なにかを理解し、グニラに連絡をとった。そして、殺された。もうすぐ自分も殺されるにちがいない。

すべてをコピーした。パソコン上のデータも、アナログの記録も。コピーはふたつ取った。片方は銀行の貸金庫に保管してある。もう片方は、床に置いたスポーツバッグの中だ。拳銃をチェックする。弾倉には弾が詰まっているし、予備の弾倉も上着のポケットに入っている。いつもはヒップホルスターを使っているが、今日はショルダーホルスターにおさめる。背中や肩のあたりを締めつけられる感覚があった。

書斎をざっと見渡す。壁は積もったばかりの雪のように白い。部屋はきれいに掃除したから、人の興味を引くものはなにも残っていない。彼は床に置いてあった黒いスポーツバッグを持ち上げた。ノートパソコンと盗聴装置も持ち、マンションを出た。

外に出ると、レンタカーに向かった。このときの彼に注意力があったなら、何軒か離れた建物の前に車がとまっていて、男が乗っていることに気づいたかもしれない。が、彼は気づかなかった。注意力などなかったせいだ……薬の効き目は切れていた。彼は自分の苦しみにばかり意識を集中していた。

レンタカーで街を走る。道路は空いていた。夏休みが始まっているのだ。ブラーエ通りの警察署から一ブロック離れたところに駐車した。盗聴装置をひざの上に置いて、オフィス内に取り付けたマイクとつながっていることを確かめる。それから盗聴装置を荷物スペースに移し、バッグとノートパソコンを持って車を降りた。

うつむいて歩き、カーラ通りを渡ると、中央分離帯の遊歩道も横切り、ステューレ広場をめざした。

そのとき、左から人がぶつかってきた。まるで軽いタックルだ。左側に目をやると、大男がとなりを歩いていた。

「おれと歩け《ウォーク・ウィズ・ミー》」男は東欧訛りの英語で言った。

ラーシュの背筋が凍った。彼は拳銃に手を伸ばした。すると男は、右手に持っている自分の拳銃をちらつかせて、そっちの銃を渡せ、とラーシュに手で合図した。あっという間のできごとだった。気がつけば、大男はラーシュの拳銃を上着のポケットに入れ、彼を連れて道路を渡り、路上にとめられている車に向かっていた。そして後部座席のドアを開け、ラーシュを中に押し込んだ。

「そこでじっとしてろ。声は出すな」運転席のイェンスが言う。

そして車を発進させた。

「あんたたち、だれなんだ?」ラーシュが尋ねる。

彼は大男の拳骨を顔にくらった。

＊

ひどい部屋だ。まるで船室のようで、断熱窓にもかかわらず、外からは絶えず高速道路の車の音が聞こえてくる。

イェンスとミハイルがイェンス宅を出ていったあと、彼女はタクシーに乗り、エッシンゲ街道を、さらに高速E4号線を南へ向かって、ストックホルム南の郊外をめざした。そのモーテルは、ミッドソマークランセン地区の高速道路の脇にあった。フロントはなく、ロビーがあるだけで、クレジットカードで自動チェックインするシステムだった。カードはイェンスが貸してくれた。

ベッドに座って待つ。簡易ベッドと言ったほうがいいかもしれない。寝心地の悪い、硬いベッドだ。何度もジェーンに電話をかけた。ジェーンの答えは、いつも同じだった──容態に変化なし。壁に造り付けられた机の上の鏡に、自分の姿が映っている。悲しみに打ちひしがれた、疲れきった顔が見えた。彼女は目をそらした。

永遠とも思える時間が過ぎたのち、ノックの音がした。ソフィーは立ち上がってドアを開けた。イェンスがラーシュ・ヴィンゲを室内に押し込む。そのうしろで、ドアは勝手に閉まった。

ラーシュ・ヴィンゲは途方に暮れていた。自分がどこにいるのかわからない。ソフィーは彼を見つめた。病んだ容貌。弱々しく、青白く、目の下に隈ができていて、飢えのあまり痩せ衰えているように見える。鼻血を出したらしく、鼻の穴の中で血が固まっていた。

イェンスは彼に向かって、座れ、としぐさで告げた。ラーシュは造り付けの机のそばに椅子を見つけた。

「なにか飲みものが欲しいんだけど」小声で言う。

「だめだ」イェンスが答えた。

ラーシュは目をごしごしとこすった。

「自分がどうしてここに連れてこられたか、わかってるか?」イェンスが尋ねる。

ラーシュは答えず、ソフィーを見つめて笑みをうかべた。まるで昔からの友人に久しぶりに会ったかのような笑顔だった。その笑みを、ソフィーは不気味だと感じた。

ちらりとしか見かけたことのない相手だ。が、いま、彼がどういう男なのかわかってきた。好きにはなれない。ラーシュ・ヴィンゲは、自尊心の低さと偽りの自信が奇妙に混ざりあった雰囲気を醸し出していた。不安定で、不愉快で……そのうえ、彼はおびえてもいた。

「でも、こんなふうに連れてくる必要なかったのに」とラーシュは言った。

「どういう意味だ？」

彼はずっとソフィーを見つめている。左脚が無意識のうちに貧乏揺すりを始めていた。

「こんなふうにぼくを拉致することはなかったんじゃないかな……きみにはもうすぐ連絡するつもりだったし……」

「どうして？」ソフィーが尋ねる。

彼は机を見下ろした。

「アルベルトのこと、聞いたよ。気の毒だし、申しわけないと思ってる。容態は？」

「おまえの知ってることを全部話せ」イェンスが言う。

長い沈黙が訪れた。

「グニラが、アンデシュとハッセに、アルベルトをつかまえろって命令した」

「どうして？」

「知らない。あいつら、なにか企んでたんだ。ソフィーの動きを封じ込めなければ、って言ってた。きみが面倒を起こさないように」

「面倒って？」

「わからない。とにかく、やつらはきみのことを恐れてた……きみが早まった行動に出るんじゃないかって。あいつらは、きみを脅したわけだから。遅かれ早かれ、きみがなんらかの行動に出るだろうって思ってた」

ソフィーには理解できなかった。

「でも、どうして、いま？」

ラーシュは考え込んだ。

「だから、なにか企んでるんだって……」

「最初から話せ」イェンスが彼をさえぎった。

ラーシュは顔を上げ、ソフィーとイェンスのほうを向いて、考えつづけた。右手を机の上に載せ、なんらかの構造を見つけだそうとしているような表情だ。そして、彼は語りはじめた。最初のうちは、おそるおそる、言葉を探しながら話していたが、やや混乱していたのがおさまると、勝手がわかってきたのか、脱線することもなく筋道を立てて語りだした。グニラ・ストランドベリから連絡を受け、彼女のもとで働きはじめたこと。仕事を始めてまもなく、やっていることとの意味がわからなくなったこと。ソフィーを監視していたこと、家にマイクを仕掛けたこと、グニラに送った報告書のこと。同僚がアルベルトを警察に連行したことは知らなかった、と彼は話した。実際、自分は蚊帳の外に置かれていて、なにも知らなかったのだ、と。

現実とは思えない、とソフィーは感じた。いま、目の前に、数週間前から自分を監視していたという男が座っていて、あまりにも理解しがたいことを語っている。自分の知らないところで、他人の注目を一身に集める存在となっていたという事実が、だんだんと実感されてきた。ラーシュが語ったのは、ソフィーを起点として、なんの確固たる証拠もなさそうな犯罪を捜査しているチームの話だった。仕事をしているようでしていない、グニラ・ストランドベリ。ソフィーが警察署で会った男、グニラの弟のエリック・ストランドベリ。彼の突然の死。彼らがエクトルを取り巻く人々に圧力をかけようとしていたこと。なにかを達成することへの、病的な執着。公には雇われていないことになっている捜査員、アンデシュ・アスク。暴力的な男、ハッセ・ベリルンド。アルベルトを襲ったふたり。

ラーシュは話を終えると、机を見下ろし、目に見えないしみを人差し指でこすった。

「さっき、大筋が少しずつ見えてきた、って言ったわね……どういう大筋なの?」

「いや、わからない……」ラーシュは額を掻いた。

「とにかく、ぼくたちの命が危ないんだ。ソフィー、きみとぼくの命が……それから、アルベルトの命も。

もうわかってると思うけど」

彼はソフィーとイェンスを見つめた。

「メモを郵便受けに入れたのはあなた？」

ラーシュはうなずいた。

「あと、私の家に入ったでしょう？」

それを聞いて、ラーシュはソフィーを凝視した。

「えっ？」

「答えろ」イェンスが言う。

ラーシュは頭《こうべ》を垂れ、そのまま横に振った。かたくなに床を見下ろしている。

「いや……」とつぶやいた。

「なんだ？」

「いや、その質問に答えるつもりはない」ラーシュはささやき声で言った。

イェンスとソフィーは顔を見合わせた。この男、正気とは思えない。

「車は？　あのサーブは、どうして燃やした？」イェンスが尋ねる。

「あのときはちょうど、ぼくの知らないところでいろいろ起こってることに気づいたばかりで……きみが車に乗り込んできて、ぼくの身分証なんかを奪っていったときに、思いついたんだ。ある計画をね。ぼくは盗聴装置を車から出して……車に火をつけた。グニラには、盗聴装置も燃えたって言った」

「どうして？」

ラーシュは右手の指で、机にいくつも円を描いた。

「代わりに、あいつらを盗聴しはじめたんだ」

「あいつらって？」イェンスが尋ねる。

「グニラ。同僚たち」

「どうして？」

ラーシュは円を描くのをやめた。

「えっ？」と聞き返す。たったいま自分が話したことを、急に忘れてしまったかのように。

「どうして同僚の盗聴を始めたんだ？」イェンスはゆ

っくりと、険しい声で尋ねた。

ラーシュは記憶を取り戻し、ごくりとつばを飲み込んだ。

「やつらがなにか企んでて、ぼくは……ぼくは蚊帳の外に置かれてるってわかったから」

「なにか、って?」イェンスが尋ねる。

「あのときは混乱しきってて、はっきりとはわからなかったけど……少なくとも、ぼくが正しかったことはわかった」

イェンスとソフィーは続きを待った。

「あいつらは、ぼくの恋人を殺した」

その声はささやき声に近かった。

「なんですって?」ソフィーが聞き返す。

ラーシュは顔を上げ、ソフィーとイェンスを見た。

「あいつらは、サラを、ぼくの恋人を殺したんだ」

ミハイルの運転でストックホルムの中心街に戻った。ソフィーとイェンスは後部座席に座っている。

「なんてこった」イェンスがつぶやいた。

ソフィーも同じ気持ちだった。彼女の視線は、窓の外に向けられている。のんびりと過ぎ去っていく車や人々の流れを眺めていた。

＊

ミハイルとクラウスは去った。あっさりとした別れだった。呼び鈴が鳴った。イェンスは時計を見やり、だれにともなく言った。

「ミハイルが忘れ物でもしたのかな」

のぞき穴から外を見る。男二人連れ――ミハイルとクラウスだろうと思っていた。が、見えたのは三人組だった。べつの種類の男たちが、三人。落ちくぼんだ目をして、疲れているくせにそわそわと落ち着かない、三人。スキンヘッドのゴーシャに、リキュールの瓶を手にしたヴィタリー、両目のあいだがやたらと離れたドミートリー。〝どうしてよりによっていま来るんだ？〟三人組がストックホルムに到着するのは、早くて今夜遅くだろうと思っていたから、そのころまでには連中の襲来にそなえている予定だった。あの三人組、休憩なしで車を走らせてきたにちがいない。

イェンスはドアを離れ、キッチンに入った。ソフィーは彼の表情を目にした。

「どうしたの？」

イェンスはあわててキッチンの窓に向かった。

「ねえ、どうしたの、イェンス？」

「思ったより早く来やがった……逃げるぞ。いますぐ」

玄関のドアを強く叩く音がする。

「だれが来たの？」

イェンスはキッチンの窓を開けた。

「気にしなくていい。行くぞ」

「私が出て、あなたは留守ですって言ったらだめなの？」

「やめたほうがいい。絶対に」

ドアを叩く音が、激しく体当たりをする音に変わった。玄関のドアの枠そのものが震えている。イェンスは開いた窓の外を指差した。ソフィーは、ほかの方法はないのか、と考えていた。ドアへの体当たりが強烈なキックに変わっている。ロシア人たちの興奮した声が聞こえる。イェンスは窓の外に踏み出すと、振り返って彼女に手を差し出した。ソフィーは彼を見つめ、その手を見つめ、ためらった。キッチンを出ていき、マンションの中へ消えた。

「ソフィー！」イェンスが無声音で叫ぶ。

木のドアに穴があき、足がひとつ突き抜けてきた。興奮した声が、さきほどよりもはっきり聞こえる。ソフィーはハンドバッグを持って戻ってくると、イェンスの手を取り、窓枠に足をかけた。ドアの木が蹴散らされる音が、玄関の中に入ってきた男たちの大声、叫び声と混じり合う。

ソフィーは窓を抜け、狭い屋根に乗った。古い、風雨にさらされたトタン屋根で、彼女はときおり突風にあおられた。マンションの外壁のいちばん上、最上階の窓の枠につかまる。地面まではかなりの距離があり、トタン屋根はすべりやすい。ソフィーはちらりと下に目を向けた。見える車の小ささに、たちまち死の恐怖が襲ってきた。イェンスのほうに目を向ける。そちらもめまいのする光景だった。頭上の空があまりにも大きく見えた。

「ここから少し離れなきゃならない。気をつけて、小さい歩幅で歩け」イェンスはそうささやきかけると、左へ移動した。

ソフィーもそのあとに続いた。マンションの中から声が聞こえてくる。ロシア人たちが中を歩きまわっているのだ。ドミートリーが怒りにまかせて叫んでいる。なにかの壊れる音がした。男たちは互いをなじるように怒鳴り合いを始めた。ソフィーは慎重に歩いた。汗がにじみ、身体が震える。高いところにいる恐怖が、まるで激しい吐き気のように、彼女の中で大きく膨らんだ。彼女のほうを向いたイェンスは、その顔に恐怖を見てとった。

「あと数歩だけだ。大丈夫だよ」冷静な声で言う。

ふたりはとなりの部屋へ向けてゆっくりと移動した。外壁のようすが変わった。壁はつながっているものの、べつの建物になりつつあるのだ。イェンスは立ち止まり、先へ進む方法を考えた。足を載せられるスペースがさらに狭くなり、下に向かって傾斜しているうえ、つかめるところがほとんどない。次の窓までの三メートルは、縁がところどころ少しせり上がっているだけの、すべりやすいトタンの出っ張りにつかまるしかなかった。ソフィーは目の前の光景を凝視した。とても無理だと思った。イェンスが片手で出っ張りの縁をつかもうとする。つかむといっても、指先でつまんでいるような状態だ。

「無理よ」とソフィーは言った。

心臓が胸の中で激しく打っている。口の中がからからに渇いていて、つばを飲み込むこともできない。

イェンスは出っ張りをつかみ直すと、一歩を踏み出し、手に力を込めた。

「あそこに移動しなきゃならないんだ」

「だめよ、無理よ」ソフィーは懇願するような口調で言った。

死の恐怖が襲いかかってくる。ただ、ここに座り込んで、だれかが迎えに来てくれるのを待っていたい。

イェンスはとなりの建物へ一気に移動した。狭い屋根に両足を載せ、出っ張りの縁につかまっている。そのまましばらく静止して、この体勢で進めそうかどうかを確かめた。ソフィーは彼を見つめた。これから彼がしようとしていることは、不可能としか思えない。自分は絶対にやらない。下を見下ろす。どこを見ても死がちらつく。呼吸が浅く、荒くなった。涙が頬をつたいはじめた。

「そんなの無茶よ。無謀よ。聞こえてる?」

イェンスは彼女が泣いていることに気づき、彼女がどういう状態かを見てとった。それでも、さらに一歩を踏み出した。建物の外壁に身体を押しつけ、小さな歩幅で進む。指の付け根の関節が白くなっている。立ち止まり、深呼吸。落ち着きを取り戻したところで、さらに何歩か小さく踏み出した。すでに二メートルほど進んでいて、目的の窓が近づいている。が、手が届くほど近くはない。

ようやく窓にたどり着くと、立ち止まり、身体を安定させてから、精神を集中して脚をうしろに引いた。全力で窓ガラスを蹴破る。窓を割ったはいいものの、しゃがみ込まなければ内側の掛け金を開けることができなかった。彼は出っ張りの縁をつかんでいた右手を放すと、慎重に脚を曲げた。手を突っ込み、窓を開けて、中に入った。すべてがスムーズに、考え抜かれた動きで行われたように見えた。

イェンスはそのまま数秒ほど姿を消していたが、やがて戻ってきた。背を曲げて窓枠に座り、ソフィーに向かって力いっぱいに手を伸ばす。それで一メートルは距離を稼げたかもしれない。が、だからといってなんになる？ ソフィーは立ち上がった。風にさらわれそうになる。イェンスは手を振った。

「早く来い！」

ソフィーはもっと空気が欲しいと思った。恐怖のせいで、少しずつしか空気を吸い込むことができない。心臓の鼓動があまりにも激しく、体内の酸素をすべて奪われているような気がする。息を吐き出してみても、のどのつかえは取れなかった。

「大丈夫だ、両手でしっかりつかんで」

ソフィーの呼吸が激しくなった。涙がまたあふれてくる。

「早く！」イェンスが手をぶんぶんと振る。

ソフィーはついに、もう道はひとつしかないのだ、と悟った。イェンスと同じようにすること。つかめるところを指先でつかみ、片足を上げて一歩を踏み出すこと。

「ソフィー！」イェンスが無声音で叫んだ。

キッチンの中で、ロシア人たちが叫んでいる。彼女はまばたきをして涙を振り払うと、のどのつかえを呑み込んで、一気に動いた。出っ張りをつかみ、死と背中合わせになって立つ。少しでも風が吹けば落ちてしまいそうな気がした。一歩、左へ進む。足の下の屋根は傾いている。彼女は出っ張りの縁をつまんだ。指が白くなる。次の一歩を踏み出すため、つかむ場所を変え、三つめのせり上がった部分をつかむ覚悟を決めた。手をぐっと伸ばし、左手で出っ張りの縁をつかむと、さっと左に踏み出した。そのとき、足がすべった。縁をつかんでいた指が離れ、彼女は悲鳴をあげた。手が離れる。

彼の手が自分の髪をつかむのを感じた。首に腕がまわるのがわかった。一瞬、なにもかもが真っ暗になった。

ふたりはガラスの破片の散らばる床にどすんと倒れ込んだ。ソフィーは動けなかった。彼女の下になったイェンスが、もぞもぞと身体を動かしている。額に汗がにじんでいる。ふたりは互いの目を見つめた。

「ほら、大丈夫だった」イェンスが言う。

彼は立ち上がると、ソフィーも引っ張り上げて立たせてやった。急いで部屋を横切る。アドレナリンがソフィーの体内をめぐった。玄関で立ち止まる。イェンスが、待って、と合図した。携帯電話でどこかにかけると、今度はこっちが助けてもらう番だ、と英語で言った。短い通話を終えて電話を切り、家の外に出ようとしたところで、玄関の鍵が外から閉まっていて、鍵がなければ内側からも開かないことに気づいた。

「探せ！」ソフィーに告げる。

ふたりは玄関のあちこちを探しはじめた。ソフィーは掛かっている上着を調べ、イェンスは大きな鏡の下に置いてあるサイドボードのひきだしを探った。見つからない。ソフィーのほうも成果なしだ。イェンスは戸棚を調べ、ソフィーは彼の探しかたを信用していないかのように、サイドボードをふたたび調べはじめた。それから玄関のあちこちに視線を走らせた。壁、床、ドアの枠、分電盤の上……あった、フックに鍵がひとつ掛かっている。彼女は手を伸ばし、鍵をつかんで錠に差し込んでみた。回す――カチリ――ドアが開いた。

大股で階段を下りて外に出る。重い木の扉を、イェンスが彼女のために押さえていてくれた。ふたりは彼のレンタカーへ走り、飛び乗った。

発進した瞬間、ドミートリーがマンションから駆けだしてきた。イェンスはアクセルを踏み込み、猛スピードでその場を去った。ドミートリーと手下たちは自分の車へ走っている。

ソフィーは携帯電話を出し、ある番号を押した。

「もしもし……私よ」

「声でわかったよ」

「いま、なにしてるの？」

彼は、すぐには答えなかった。彼女がいきなり質問してきたことに驚いたのかもしれない。

「べつに、なにも」

「会えないかしら？」

「いつ？」

「これから、すぐ。どう？」

彼はふたたび沈黙した。

「ずいぶん突然だね。いいよ、〈トラステン〉にいる」

ソフィーは電話を切った。運転しているのはイェンスだ。

「ほんとうに大丈夫なのか？」

「さあ……」ソフィーは小声で答えた。

「どうしてあいつのところに行きたいんだ？」

「ほかに道はないでしょう？」

「道なら、いつだって、いくらでもある」

「守ってもらえる場所はあそこしかないわ」

イェンスはバックミラーに視線を走らせた。ドミートリーの車は見えなかった。

＊

ハッセは〈トラステン〉の前に路上駐車した車の中で待機しつつ、周囲をぼんやりと眺めていた。受けた指示は明確だった——レストランの外で待機しろ、なにがあっても勝手な行動はとるな。アーロン・ガイスラーが出てきて、話しかけてくるかもしれない。エルンスト・ルンドヴァルという男が出てくるかもしれない。いずれにせよ、ハッセはただ成り行きにまかせ、レストランの中へついていけばいい。中に入ったら、彼女に電話して、どうなったか、男たちになにを言われたか、報告することになっている。主な任務は、送金がきちんと行われるよう監視することだ。グニラのほうでも、送金を確認することになっている。そして、なにもかも済んだら、ハッセは可能であればエクトルとアーロンを撃ち、正当防衛のように見せかける。一件落着。

アンデシュは街中をやみくもに走りまわって、ソフィーとラーシュを探している。ふたりの首には、とりわけソフィーの首にはいま、懸賞金がかかっている状態だ。あの女はもう始末するしかない。悲しいことだが……いや、べつに悲しくもないかもしれない。自分がいったいどう感じているのか、彼にはもはやわからなくなっていた。ラーシュの女、あの社会派ジャーナリスト気取りの女を殺したことで、彼の中のなにかが根底から変わった。なにかが断ち切られ、なにかが遠ざけられた。その一方で、彼はすさまじい罪悪感に襲われてもいた。一瞬たりとも消えてくれない罪悪感だった。だから、殺すことが習慣になるように、また殺したい、と思った。そうすれば、罪悪感も薄まるかもしれないから。

車が一台、そばを通り過ぎていき、ハッセはその車を目で追った。前のほうに駐車スペースを見つけたらしく、きゅっと入り込んでいる。男が車を降りた。助手席から降りてくる女を待っている。その女がだれか気づくのに数秒を要した。以前に見かけたのは、仰向けに倒れた彼女の首を絞めようとしているときで、ちらりとしか顔を見ていないのだ。ふたりはレストランの中へ消えた。

ハッセはアンデシュの携帯電話の番号を押した。アンデシュは興奮して、おとなしく待ってろ、そっちへ行くから、と告げてきた。

やがて車がもう一台やってきて前方にとまった。ロシアのナンバーのついた車だが、ハッセはとくになんとも思わなかった。ただ、狙った獲物を一気に仕留めるべく、心の準備を固めていた。これこそ一石二鳥、いや、一石三鳥かもしれない。彼は拳銃を確かめた。安全装置をはずし、薬室に弾をこめた。

＊

〈トラステン〉は閉店していた。エクトルとアーロン、エルンスト・ルンドヴァル、アルフォンセ・ラミレスが、ひとつのテーブルを囲んでいる。レストランのテーブルが仕事机と化していた。アルフォンセはインターネットに接続されたパソコンに向かい、エルンストは大量の書類に目を通し、エクトルとアーロンは紙の上でなにかを計算している。飲みものはコーヒーだが、アルフォンセだけはワインを飲んでいた。

ソフィーがイェンスと連れ立って入ってくると、エクトルの顔に驚いたような表情がうかんだ。彼はなにか言おうとしたが、ソフィーにさえぎられた。

「話さなきゃならないことがあるの」

エクトルは立ち上がると、離れたところに座ろう、としぐさで示した。

ソフィーのために椅子を引いてやる。彼女が腰を下ろすと、エクトルもその向かい側に座った。彼女を見つめ、話しはじめるのを待つ。

ソフィーは深く息をつくと、少し離れたところでひとり座っているイェンスをちらりと見やり、それぞれの仕事に没頭しているらしいエルンストとアーロン、彼女の知らない男にも目を向けた。

「邪魔だった？」

エクトルは首を横に振った。イェンスをさっと指して尋ねる。

「どうしてあいつがいっしょにいるんだ？」

なにもかもが違和感だらけだった。ソフィーは空気を変えたいと思った。

「それはあとで説明するわ」と言い、気持ちを落ち着けて、どう切り出せばいいか考えはじめた。両手をひざに置き、覚悟を決める。これからすることは、もしかすると自殺行為かもしれないのだ。

「息子のアルベルトが入院してるの。車にはねられて、背骨を折ったのよ」

エクトルの顔に、恐怖の色がちらりとうかんだ。なにか尋ねようとしたが、ソフィーが片手を挙げて制した。

彼女はふたたび息を深く吸い込んだ。

「実は、一か月ぐらい前に、ある人に声をかけられて……」

その先を話すことはできなかった。レストランの入口のドアがばたんと開いたのだ。蝶番《ちょうつがい》がひとつ壊れ、扉はもうひとつの蝶番にぶら下がった。


「ジーンズ！」

大声が響きわたる。ドミートリーがリボルバーを持ってレストランに入ってきた。こん棒を持ったゴーシャと、拳銃を持ったヴィタリーがあとに続く。ドミートリーはイェンスを目にとめた。

「よう、おれがいなくて寂しかったんじゃないか？」

イェンスはドミートリーを厭わしげに見つめた。エクトルとアーロンはちらりと視線を交わしている。この男たちが何者なのか考えているのだろう。

「おまえ、なんの用で来た？」イェンスが尋ねる。

ドミートリーは拳銃で自分自身を指しつつ、驚いた表情をつくってみせた。

「おれがなんの用で来たかって？　もうどうでもいいよ……とにかく、ここまで来てやったんだ……いやになるほど時間をかけてな。ずっと楽しみにしてた。おまえを撃ち殺せるのを。何度も、何度も撃ってやるのを」

イェンスがテーブルの下で携帯電話を操作していることにソフィーは気づいた。視線をそらし、店内をそっと見渡す。アーロンはじっと座ったままだ。彼女の知らない男は、椅子に座って静かに身体を揺らしつつ、ちびちびとワインを飲んでいる。エルンスト・ルンドヴァルはテーブルをじっと見下ろしていた。そして、エクトルは……エクトルは、彼女の目の前で身じろぎもせず、彼女を落ち着かせようと笑みをうかべていた。

イェンスが立ち上がった。同時に携帯電話をポケットに入れたのがソフィーには見えた。

「言いたいことは全部、リストに言ってある。おまえにも伝わってるはずだ……取り決めを変えたくてわざわざ来たのなら、とんだ無駄足だったな」

ドミートリーは口を半開きにして、イェンスをまじまじと見つめた。やがてそれにも飽きたらしく、ゴーシャに合図を送った。ゴーシャがイェンスにつかつかと近寄り、彼の頭をこん棒で何度も殴る。イェンスは床に倒れた。たちまちドミートリーが駆け寄って彼を蹴りつけた。ヴィタリーは拳銃でほかの男たちを牽制している。イェンスへの暴行は、発作的で、荒々しかった。ソフィーは見ていられなかった。

ドミートリーの蹴りはそのうち止むだろうとイェンスは思っていたが、これがなかなか終わらない。ふと、自分はここで死ぬのかもしれない、と思った。ドミートリーはあまりにも病んでいる。自分を蹴り殺してもおかしくない。彼は丸くなって身体を守ろうとした。ドミートリーの靴が、あらゆるところに当たる。頭、首、背中、腹。ドミートリーはやがて戦術を変え、イェンスの顔を踏みつけはじめた。

「いいかげんにしろ!」エクトルが店内に響きわたる声で叫んだ。

ドミートリーは動きを止め、エクトルを見つめた。息をはずませている。

「なんだ、おまえ……この黒んぼめが」

ソフィーには、エクトルの瞳の中でなにかに火がつくのが見えた。なにかが燃え上がった。ふつうの怒りではない。なにか、まったくべつのもの。憤怒を超えた、なにか。アーロンが彼のようすを見て、静かにかぶりを振った。それまで驚くほど冷静だった見知らぬ男も、顔の表情が変わりつつあった。

ドミートリーは手ひどくやられたイェンスの身体をつかんで、床から起き上がらせると、傷だらけになった顔をのぞき込んだ。

「こうしてやるのを、どんなに楽しみにしてたかわかるか。まったく、おれのこと、さんざんなめやがって……」

ドミートリーは最後まで言う気になれなかったらしく、代わりにイェンスの後頭部を拳骨で殴ろうとした。狙いははずれたが、それでもイェンスは床にくずおれた。ゴーシャが小さな箱を出し、人差し指に白い粉を載せて鼻から吸い込んでいる。さらに粉を指に載せ、ドミートリーの鼻の下に差し出した。ドミートリーも粉を吸い込むと、獣じみた力を誇示するかのように、いきなり叫び声をあげた。ふたたびイェンスに歩み寄ると、その襟をつかみ、上半身を起こさせて、力のかぎりに右フックを繰り出した。拳はイェンスの目に命中し、肉のぶつかる音がした。ドミートリーは息をはずませ、さらに殴りかかろうと、イェンスのほうへ身をかがめた。

「やめて！」ソフィーが叫んだ。涙が頬をつたっている。

急にドミートリーがソフィーを目にとめた。思いがけないプレゼントをもらったような喜びようだ。彼女に歩み寄ると、見下ろし、あごをつかんだ。頭を下げて顔を近づける。

「おまえ、あいつの淫売か？」

ドミートリーは悪臭を漂わせていた。なんのにおいかはわからないが。

「なるほど、あいつの淫売か……あいつのじゃなければ……ほかのだれかの淫売ってことだ。淫売は淫売だからな！」

ドミートリーは手下のほうを向くと、びっくりしたような笑い声をあげた。まるで、自分のいまの発言が、とてつもなく気の利いたジョークだったかのように。

「ほかのだれかの淫売だ！」と繰り返す。ヴィタリーとゴーシャが調子を合わせて、大げさな笑い声をあげた。

ドミートリーはソフィーのあごをがしりとつかんだ。

「あそこに倒れてるあいつが死んだら、おれと寝ような……みんなに見せつけてやろう」

エクトルが怒りに震えている。視線をテーブルに据えていて、息遣いは荒く、あごの筋肉がこわばっている。憎しみが彼のなかで燃えている。ソフィーの視界の隅に、彼のオーラが——激情の炎となったオーラが見えた。アーロンが彼をじっと注視している。

ふと、ドミートリーがとまどいの表情をうかべた。なぜ自分がここにいるのか忘れてしまったように見える。彼はまた拳銃を握ると、アーロンとアルフォンセ、エルンストが座っているテーブルに向けて振ってみせた。

「おまえらは何者だ？　ここでなにをしてる？　こいつとはどういう知り合いだ？」そう尋ねると、床に倒れているイェンスを拳銃で指した。だれも答えない。ドミートリーはずかずかとテーブルに近寄ると、銃口をアルフォンセの額に当てた。アルフォンセは落ち着いている。ドミートリーはしびれを切らし、エクトルとソフィーのほうに向かうと、ソフィーに銃を向けた。

「おい、淫売、おまえが話せ！」

「銃を下ろせ」エクトルがつぶやくように言った。

ドミートリーはエクトルの口まねをしようとした。が、できなかった。エクトルがたったいま言ったセリフを、もう忘れてしまったのだ。そこで、代わりに銃口をソフィーの頭に押しつけた。ソフィーは目を閉じた。

床に倒れたイェンスが、ぴくりと身じろいだ。

「ドミートリー……」血まみれの状態で、声にならない声で呼びかける。

ドミートリーが振り返って彼を見下ろした。

「なんだ」

「リストが言ってたよ。モスクワではもう、だれもおまえとかかわりたがらない、って……おまえがしくじってばかりいるから……何度も、何度も」

ドミートリーは店内を見渡してから、イェンスに視線を戻した。

「なんだと？」

「なんにもろくにできない人間っているんだよな。無能で、無知で……頭が悪くて、なんの才能もない……失敗を埋め合わせようとして、さらに失敗を繰り返す……いつまでたっても成功できない。おまえはそういう男だよ、ドミートリー。みんなそう思ってる」

イェンスは痛みの中で笑みをうかべた。

「おまえ以外の人間はみんな、そう思ってるんだよ、ドミートリー。おまえのお袋さんだって同じだ……あの淫売もな！　なあ、そうだろう、ドミートリー。おまえの母親なんだから、当然、淫売だよな……馬鹿ばっかり寄せ集めたおまえの故郷の村で、そこらじゅうの男と寝たんだろ、おまえのお袋さん……みんな、おまえは役立たずだって思ってるんだよ！」

イェンスは笑い声をあげた。自分が無駄口を叩いたおかげで、狙いどおり、ソフィーに時間の猶予が与えられた。これだけでは足りないかもしれないが、ほかになにができるだろう？　アーロンか、ほかのだれかが銃を持っていて、撃ちはじめてくれればいいのに、と思う。が、どうやら、そういう展開にはならないようだ。

ドミートリーがこちらに銃を向けるのが見える。イェンスは暗い銃口の中をまっすぐに見つめ、ふと、弾はどこに当たるだろう、と考えた。痛いだろうか？　死ぬまでに、どれくらい時間がかかるだろう？　死んだら、祖父に――エスペンに会えるだろうか？　もし会えたなら、また、昔のように言い争いを始めてしまうのだろうか？

ドミートリーの指が引き金にかかった瞬間、入口のほうから咳払いが聞こえた。ドミートリーが振り返る。その目に映ったのは、男二人組だった。大柄な男と、もっと細身の、髪の薄い男だ。細いほうは右腕を吊っている。ふたりとも入口を少し入ったところに立ち、銃を構えていた。一瞬、時の流れが止まりそうに見えた。なにもかもが、その場で凍りついてしまうかのように。神が一時停止ボタンを押したかのように。が、一時停止ボタンなど押されてはいなかった。

エクトルはこれからなにが起こるかを悟った。ソフィーに飛びかかり、彼女の上に覆いかぶさって床に伏せる。同時にミハイルとクラウスが発砲し、ふたつの銃声が合わさって轟いた。立ちつくしていたゴーシャとヴィタリーが銃弾に貫かれた。血、骨片、東欧の密造麻薬が店内に飛び散った。

ソフィーはエクトルの重みにのしかかられて床にぶつかった。少し離れたところに、ぼろぼろに殴られて倒れているイェンスが見える。死んだ男ふたりがばたりと床に倒れるのが見えた。男たちの身体は銃弾に貫かれ、四肢に力がない。いったいなにが起こっているのか、いまだにわかっていないドミートリーも見えた。イェンスがアドレナリンの残りを振りしぼって腕を伸ばし、ドミートリーの腕をつかんで床に倒し、銃を手放させている。ドミートリーの髪をつかんで引き寄せ、目をしっかりと合わせてから、強烈なパンチを炸裂させて、鼻、目、歯を徹底的に打ち砕いた。いまのイェンスのどこにそんな力があるのか、ソフィーにはわからなかった。が、力はたしかにそこにあった。彼が当然の復讐を果たそうとするのを、だれも止めることはできそうにない。ドミートリーはのどの奥からうなり声を出している。命乞いをしつつ、折れた歯を飲み込んだ。ソフィーはテーブルのほうを向いた。硝煙と、飛び散った麻薬の粉で、店内に靄がかかっている。アーロン・ガイスラーが床から立ち上がり、ミハイルとクラウスにリボルバーを向けているのが見えた。これからなにが起ころうとしているかを悟って、ソフィーとイェンスは同時に叫んだ。

「アーロン、ちがう！」

場は混乱を極めた。

ミハイルとクラウスがアーロンに銃を向ける。

「あなたたちを襲いにきたんじゃない！」ソフィーが叫ぶ。

が、男たちに銃を向けているアーロンは聞いていないらしかった。銃弾が二発放たれる。腕を伸ばして銃を構えていたミハイルとクラウスも、同時に引き金を引いた。轟音が響いた。アーロンは柱の陰に身を隠している。銃弾は柱に当たり、漆喰がえぐれて飛んだ。

「おまえらとやり合いに来たわけじゃない」ミハイルが叫んだ。

アーロンがさっと銃を向け、やみくもに二発放った。銃弾はミハイルとクラウスの背後の壁に当たった。ソフィーが叫び、イェンスが叫ぶ。アーロンはまた撃った。

「いまここで、エクトル・グスマンを撃つこともできるんだぞ！　だがな、見ろ、おれたちはこれから銃を置く！」ミハイルが叫ぶ。

彼とクラウスは前の床に銃を置いた。アーロンはしばらく待った。柱の陰から二度、ようすをうかがった。男たちが武器を捨てたのを見届けると、彼はリボルバーをミハイルに向けたまま、柱の陰から姿を現した。

「なぜ来た？」

ミハイルはイェンスのほうを向いてうなずいてみせ

た。傷だらけの顔をしたイェンスは、ドミートリーの首に腕をまわして窒息させようとしている。アーロンはミハイルに銃を向けたままだ。

「説明しろ」

「私が説明するわ」とソフィーが言った。

　そのとき、店内で新たな銃声が響いた。場は大混乱となり、ミハイル、アーロン、クラウス、エクトルが怒鳴り合った。戸口にハッセがしゃがんでいて、その背後にアンデシュがいた。病院でやり合った男たちだ、とミハイルが気づいた。床の拳銃を引ったくり、撃とうとする。ハッセとアンデシュは建物の外壁の陰に隠れた。

「警察だ！」ハッセ・ベリルンドが叫ぶ。パニックの混じった声だった。

　沈黙。やがてハッセとアンデシュ・アスクがふたたび姿を現した。

「警察だ！」ハッセが繰り返す。

「エクトル！　約束を忘れるな！」アンデシュが叫んだ。

　アーロンがエクトルを見やる。ふたりの目が合い、エクトルは首を横に振った。アーロンは、わかった、とうなずいてから、銃を構え、アンデシュに狙いを定めた。ミハイルとクラウスは、しっかりとハッセの額に照準を合わせている。イェンスはドミートリーの拳銃を床から拾い上げ、仰向けになると、銃身についた照星で狙いをつけた。ここから撃てば、銃弾はミハイルとクラウスのあいだを抜けるはずだ。

「ここからなら、あの豚の心臓に命中させられる」かすれ声でアーロンに伝える。

　六挺の銃が、それぞれの身体や頭に向けられている。最初に手が震えはじめたのはハッセだった。

「銃を捨てろ」と言う彼の声は、さきほどよりも少しか細かった。

「いや。中に入ってこい。おまえらが銃を床に置け。

おれたちは四人、おまえらは二人……どういう結果になるか、おまえらの頭でもわかるだろう」アーロンが言う。

アンデシュが事態の収拾を試みた。

「わかった、出ていくよ。手は出さない……」

「出ていこうとしたら撃つぞ」

アーロンの声も手も安定していた。

ソフィーはエクトルに覆いかぶさられて床に倒れたまま、すべてをじっと目で追っていた。イェンスは激しく出血し、体力を失っている。警官たちに銃を向けていられる力がどこに残っているのか、彼女には理解できなかった。

アーロンが同じ言葉を繰り返す代わりに、銃のスライドを引いてみせた。

ハッセが銃を床に置き、店内に向かってはじき飛ばすと、四つん這いになって前に進んだ。全員の銃がアンデシュに向けられた。彼はしばらくのあいだ、自分に向けられた銃口をじっと見つめていたが、やがてうっすらと笑みをうかべた。ふとなにかを思いついたものの、すぐにあきらめたらしい。拳銃を床に置いて店内に入ってきた。

こうして事態は元に戻った。アーロンが先に銃を下ろすことはないだろうとイェンスは悟った。

「ミハイル」かすれ声で呼びかける。

ミハイルは彼の意図を察し、ふたたび銃を置いた。クラウスも同じようにした。ソフィーは、自分の上に覆いかぶさっていたエクトルが身体を起こしているのに気づいた。気を失って倒れているドミートリーに近づいていく。彼がまとっている憎しみの中に、高揚感にも似た興奮が見てとれた。彼はドミートリーの腕をつかんで引きずり、その場から遠ざかっていった。アルフォンセ・ラミレスがそのあとに続き、ドミートリーの片脚をつかむ。ふたりはドミートリーを運んで厨房へ消えた。とにかくやり返したい、復讐欲を満たしたい、あとのことはどうでもいい、とでも言いたげな姿だった。

アーロンが、アンデシュとハッセを厨房の奥の事務室へ、突き飛ばすようにして連れていった。

ソフィーは上半身を起こした。そばを通りかかったアンデシュとハッセと目が合った。イェンスのもとへ移動すると、彼の頭を自分のひざに載せた。ひどい状態だ。顔をしたたか殴られて、筋肉も骨もぼろぼろになっている。歯がいくつも欠けている。身体の骨もあちこち折れているにとだろう。彼が息をすると、のどの奥からぜいぜいと音がする。

精神的な疲れのあまり、吐き気が襲ってきた。ここから出ていきたい。自分から逃れたい。すべてから逃れたい。それでも、荒れ果てたレストランでじっと床に座り、イェンスの髪を撫でた。クラウスとミハイルが床に置いた銃を拾い上げているのが見える。妙な体勢で倒れているロシア人たちの死体も見える。エルンスト・ルンドヴァルはおびえて真っ青になり、ブリーフケースをひったくってノートパソコンを小脇に抱え、あわててレストランを出ていった。アルベルトの事故のようすを思い浮かべる。病室のベッドに横たわっていた息子の姿が目に浮かぶ。意識を失って、ひとりきりで、傷だらけだった息子。さまざまな思いが頭の中を駆けめぐり、彼女はなにかまともな感覚のようなものに必死でしがみつこうとした。正気を保つことができているのは、イェンスの髪を撫でている手のおかげかもしれなかった。繰り返し、繰り返し、行き来する手。手のひらに感じられる彼の髪の感触に集中する。温かい。目を閉じる。自分がしていることだけに意識を向け、店内の光景も、たったいま起きたことも、考えないようにする。行き来する手。イェンスの髪を撫でる。やさしく、ゆっくりと……

気がつくと、ミハイルがとなりに座っていた。イェンスの身体を調べている。

「おれたちは行くぞ」と小声で言った。

イェンスはなにも言わず、ただ傷だらけの顔でミハイルを見つめ返した。

ミハイルはソフィーのほうを向いた。彼女がおびえていることに気づいたかもしれないが、なにも言わなかった。立ち上がり、出口に向かって歩きだす。クラウスが彼女に近寄ってきて、無骨な英語でなにか言った。あんたには借りがある、二度も命を救われた、どうしてそんなことをしてくれるのかわからない、というようなことを言ったように聞こえた。そのあとも、言いたいことをなんとか伝えられないかと逡巡していたが、万策尽きたらしく、結局はペンを手に取ると、テーブルの上で紙ナプキンになにか書いてソフィーに渡した。クラウス・ケーラーの名と、電話番号が読みとれた。ソフィーはクラウスの目を見た。クラウスはきびすを返すと、レストランを出ていったミハイルのあとを追った。

エクトルが厨房から出てきた。シャツの袖をまくっている。拳は血まみれで、目はかっと見開かれていた。荒れ果てた店内を眺め、床に座ってイェンスの頭をひざに載せているソフィーを見つめた。いつものエクトルとはちがった。まるで電気を帯びているように――二千ボルトの電気を帯びているように見える。彼自身にもコントロールできないなにかが、彼の中で燃えている。エクトルはソフィーに目を向けたままだ。が、彼には自分が見えていない、とソフィーは感じた。エクトルがなにか言おうとしたところで、ソフィーの知らない男が厨房から出てきた。顔を洗ってさっぱりしたらしい彼が、エクトルの頬にキスしている。早口のスペイン語で短くやりとりしてから、出口に向かった。ソフィーのそばを通るとき、彼女に微笑みかけ、それから壊れたドアの向こうへ消えた。エクトルは厨房に戻った。

ここに来てエクトルに話そうと思っていたことがあるのに、まだ話していない。いま、アンデシュ・アスクとハッセ・ベリルンドが中にいる。息子を車ではねた男たち、自分を殺そうとした男たちが……

ソフィーはイェンスの頭をそっと床に置くと、立ち上がり、厨房を横切った。ドミートリーの脇を素通りする。彼は厨房の真ん中で、椅子に座ったまま、頭をのけぞらせて死んでいた。肉切り包丁で心臓を突かれ、片目が外に垂れていて、椅子の下に何リットルもの血が流れて大きな血の海となっているのが、ちらりと見えた。

「エクトル・グスマン！」事務室の中から、アンデシュの声がする。

ソフィーは立ち止まった。ドアがかすかに開いている。アンデシュが手錠をかけられて、机のそばの暖房につながれているのが見えた。そのとなりにハッセがいる。アーロンがパソコンに向かっている。少し身を乗り出すと、上半身裸になって濡れタオルで手を拭いているエクトルの姿が見えた。血まみれになった彼のシャツが、床に脱ぎ捨てられている。

「送金するところを見張らせてもらう……」とアンデシュが言う。

エクトルは黙っていた。

アンデシュは不利な立場を跳ね返そうと必死だった。

「始めないか？」

いったいどういうことなのか、ソフィーは理解しようとした。

エクトルがたんすのひきだしを開け、新品のシャツを出してビニール包装を破った。

「おまえは手錠をかけられて、暖房につながれてる状態に見えるんだが」と言い、シャツを留めている大量のピンをはずしはじめた。

「はずしてくれればいいじゃないか。で、おまえとグニラの取り決めどおり、仕事をさっさと済ませる。そうしたら、おれたちはすぐに出ていくよ」

〝グニラですって？〟もう驚かされることはないだろうと思っていたのに。

エクトルが手でレストランのほうを指した。

「事情が変わった。おまえらへの送金はなしだ。こんなことがあったあとだ、いくらなんでもわかるだろう？」と言い、シャツを振って広げる。

「わかった。おれたちは出ていくよ。なにも見なかったことにしてやる」アンデシュは駆け引きめいたことをしようとしたが、無駄に終わった。エクトルは彼の提案に答えるそぶりすら見せず、シャツを身につけはじめた。

「まったく、ちょっとは考えろよ、エクトル・グスマン！」

アンデシュの言葉で、空気がひび割れた。パソコンに向かっていたアーロンが動きを止め、アンデシュのほうを向いた。エクトルも動きを止めた。


「なんだと？」ささやき声で言う。

アンデシュはなにも気づいていないようすだ。

「おまえを助けてやるって言ってるんだよ……手錠をはずしてくれさえすればいいんだ。いっしょに送金を済ませたら、おれたちは目撃者をみんな連れて、この店を出ていく。おまえは自由だ」

エクトルはシャツのボタンを留め、顔を上げた。

「自由？」抑揚のない声で繰り返す。

「そうだ。自由だぞ」

「おかしなやつだな。人はみんなおまえみたいな馬鹿だと思ってるのか？」

アンデシュは答えようとしたが、エクトルが片手を挙げて制した。それからあごを引き、シャツのボタンを上まで留めて、言った。

「いいから黙ってろ」

だが、しつこいアンデシュの話は終わっていなかった。

「とにかく目撃者を連れてここから出ていかせてくれ。それだけでいい」

ソフィーは息を止めた。

「だれを連れていくって？」

「目撃者を」

「目撃者？」

「あのソフィーって女と、仲間の男だ。あのふたりは、この件に関係ないだろう」

エクトルはアンデシュを見つめた。

「どうしてそうとわかる？」

「わかるんだよ」

ソフィーは物音を耳にして振り返った。カルロス・フエンテスが立っていた。こちらをじっと見つめている。ずいぶんと小柄に見えた。隅のほうに追いやられて、小さく丸くなっているような感じだ。彼女は、黙っていて、私がここにいることを知らせないで、というつもりで、ゆっくりと首を横に振った。カルロスの目は冷たかった。彼はその場を去った。

イェンスのもとに戻って座っていると、背後で物音がした。エクトルとアーロンが出てきたのだ。エクトルは新しいシャツを着て、ジャケットをはおり、ブリーフケースを手に持っている。

「ソフィー？」

その声はささやき声に近かった。

「いっしょに来てくれ」

「どうして？」

質問に答えている暇はなかった。

「いつ警察が来てもおかしくない。事務室にいるあのふたりに、きみも顔を見られてる」

また、彼の新たな一面が見えた。感情を切り離している姿。

「イェンスはどうするの？」

「アーロンがなんとかする」

「どこに行くの?」

「まずは、とにかく……ここを出よう」

従うしかないのだとソフィーは悟った。アンデシュとハッセが事務室にいて、店内には三人の遺体があって、グニラとエクトルがどうやら手を組んでいて……彼女に勝ち目はない。アンデシュは、彼女のことをエクトルに話したのだろうか?

ソフィーはエクトルを見つめ、それからアーロンを見つめて、彼らの表情からなにかを読みとろうとした。焦りと苛立ちしか見えなかった。

身をかがめ、イェンスに顔を近づけて、その頭にキスをした。目を覚ましてほしい、と思う。立ち上がって、彼女の手をとって、いっしょに逃げてほしい。が、叶わぬ望みだ。ぼろぼろになるまで殴られて、意識を失い、かろうじて自力で呼吸している状態の彼には、なにもできない。ソフィーは立ち上がってハンドバッグを持つと、急いでレストランを出ていくエクトルのあとに続いた。

*

火薬と死のにおいが、室内に漂っている。

カルロスは自分のレストランをじっと眺めた。一つ目の銃声が響いたとき、彼は厨房にいて、バラバラに切断したレイフ・リュドベックの死体を肉挽き機にかけているところだった。銃声を聞いて作業をやめ、厨房の戸棚のうしろに隠れた。が、エクトルとあのコロンビア人がロシア人を引きずってきて、彼の息の根を止めてしまったのを見て、カルロスはあとずさって厨房を離れ、事務室に隠れた。エクトルが父親に電話をかけ、ストックホルムのブロンマ空港にG5を送ってくれ、と頼んでいるのが聞こえた。カルロスは店のほうへ移動し、バーカウンターの陰に隠れて床に伏せた。

いったいだれがだれなのか、さっぱりわからなかったが、警官たちには見覚えがあった。クリンとクランだ。冷たい床に鼻をつけたまま、神に祈る。みじめな人生を送っているが、それでも命だけは助けてほしい、と。祈りは聞き届けられた。厨房に戻ると、エクトルの話を盗み聞きしている女と鉢合わせした。またべつの隠れ場所を見つけて、エクトルと女がいなくなるのを待った。アーロンがレストランに入ってきて、怪我をしたイェンスという男を持ち上げた。そして、彼を背負って出ていった。

沈黙が訪れた。だれもいない。いるのは、死人たちと、事務室で手錠をかけられて座っている警官たちだけだ。

あたりを見まわす。血と死体にまみれた地獄絵そのものだ。カルロスはしばらく考えをめぐらせてから、震える指先で、携帯電話に登録されたある番号を画面に表示した。


「ゲンツだ」ローラントが応答する。

「カルロスだ……ストックホルムで、レストランをやってる」

「なんの用だ？」

「人が死んでる。死体がいくつも……」

「ほう？」

「あんたたちの助けが要るんだ。見返りに、なにか情報をやってもいい」

「情報？」

「たとえば、エクトルの居場所とか」

「それはもう知ってる」

「そうか？」

「ストックホルムだろう」

「ちがう」

「どこだ？」

「助けてくれるのか？」

「場合によっては」

「数時間後にはマラガにいる」

「どんな助けが要るんだ？」

「守ってほしい」

「だれから？」

「全員から」

「いま、どこだ？」

「ストックホルム」

「どこかへ移動しろ。身を隠すんだ。それから電話をくれ。そうしたら、こっちでなにができるか調べてみる……人が死んでるって言ったな。だれが死んだんだ？」

「知らない」

ゲンツは受話器を置いた。遠くから、パトカーのサイレンが聞こえてくる。カルロスはレストランを出た。

24

その家はぽつんと建っていた。警部の自宅というより、小さな別荘のように見える。ついさきほど、彼女と電話で話をした。彼女はブラーエ通りにいた。あちこちソフィーを探したが見つからなかったと言うと、オフィスに戻ってこいと言われた。戻れない、と答えた。沈黙が訪れた。ほかに用件は、と彼女が尋ねてきた。

「いいや、ただの報告です」と彼は答えた。

ラーシュは数ブロック離れたところに車をとめた。彼女の家の庭に入ると、リンゴの木の下を歩き、芝生を横切って、細い砂利道をたどって玄関をめざした。

玄関の錠は最新型で、ピッキングは不可能だった。ラーシュは家のまわりを一周し、窓を確かめた。どれも閉まっていて、鍵もかかっている。地面から数段ほど下りる階段が見つかった。地下室への扉だ。頑丈なつくりの扉だが、目につきにくいところにあり、小窓には水玉模様の入った古いガラスがはめてある。扉の内側に、つまみを回すタイプの簡単な錠がついているようだ。彼はシャツの袖を伸ばして手を覆い、窓ガラスを割ると、手を突っ込んで中を探った。やはり、つまみ式の錠だ。彼は扉を開けて地下室に入った。

いくつかある部屋を急ぎ足でまわり、視線をあちこちに向ける。物置、食料庫、最近設置されたらしい、電気温水器のついた地中熱暖房システム、そして、上階への階段。彼は数段飛ばしで階段を上がり、扉を開けた。そこは、イギリスのインテリア雑誌を切り取ったようなキッチンだった。レトロ調ながら新品のコンロ。大きめの板を張った木の床は、油とラッカーで手入れされている。昔ふうの戸棚も美しい。ラーシュはそのままキッチンを抜け、居間に入ると、まっすぐに書斎へ向かった。机、緑のガラスのランプシェードがついたランプ。書類を入れるキャビネットには鍵がかかっている。彼はキッチンの調理台のいちばん下のひきだしに入っていたドライバーで、鍵をこじ開けた。金属がたわんできしむ耳障りな音が響き、やがて鍵が開いた。大量の書類がずらりと並んでいる。彼は指でフォルダーをたどり、ソフィー・ブリンクマンの名を探したが、見つからなかった。指がGの文字にたどり着く。エクトル・グスマンも見つからない……そこにあったのは、聞いたこともない警官たちの名前ばかりだった。すべてアルファベット順に並んでいる……さらに書類をたどってみる。あっ、これは……ベリルンド。ハンス・ベリルンド。豚のようなハッセの証明写真に、勤務証明書が何枚か。右隅に、鉛筆書きのメモ。〝暴力的〟と書いてある。ラーシュはフォルダーをさらにたどった。エヴァ・カストロネベスが見つかった。鉛筆の書き込みはない……代わりに、星のマークが描いてある。小学校の先生が、よくできました、とノートに描いてくれるような、星のマーク。彼はVの文字を探した。そして、自分を見つけた。フォルダーを引っ張り出し、開けてみる。写真は古く、警察の身分証に使っているのと同じものだ。右隅に鉛筆で書かれた文字の意味が、しばらく呑み込めなかった。理解できなかった。そこには〝不安定〟とあった。

ラーシュはフォルダーを閉じ、キャビネットに戻した。しばらくのあいだ、彼の中は完全に沈黙していた。そのまなざしは、なにも見ていなかった。が、やがて彼は息を吹き返した。

机の前の椅子に座って、ひきだしを開ける。紙、クリップ、ペン、読書用のメガネ、巻き尺……紙幣や硬貨もぱらぱらと入っている。いちばん下のひきだしに鍵がかかっていたので、彼はこれもこじ開けた。書類、メモ、手紙。すべてポケットに突っ込んだ。最後に室内をざっと一瞥してから、ふたたび地下に下りた。ありとあらゆるところを隅々まで調べる。小便がしたくなってきたので、探索のペースを上げた。暖房システムのある部屋に入る。懐中電灯の光が、壁で、天井で、床で躍った。階段の下の掃除用具入れ。ニルフィスク社製の古い掃除機があり、ホースが半月形の金具に掛かっている。モップ、バケツ、雑巾、洗剤――昔ながらの無香料の洗剤の香りがする。子どものころのぼんやりとした記憶が頭をよぎったが、彼はそれをさっと振り払った。

食料庫は缶詰でいっぱいだった。ここにいれば核戦争も乗り切れそうだ。懐中電灯の丸い明かりが天井を照らす。ラーシュはしゃがみ込んで床を探った。それから立ち上がり、缶詰の奥を探る……なにかがきらりと光った。棚の奥、豆やトウモロコシの缶、あらゆる風味のキャンベル・スープ缶の奥で……腕を突っ込み、場所を空けようとする。缶詰がはたき落とされて飛んだ。やがて、見えてきた。目の前にあるもの。宝物を見つけたような気分だ。丸いつまみの周囲に、数字が書いてある。頑丈そうなスチールの、古い金庫。幅三十センチ、高さ三十センチの金庫が、壁に埋め込まれている。が、喜びはすぐに消えた……いったいどうやって開ければいいんだ？ 時計をちらりと見やる。与えられた時間はおそらく、一時間ほど。もっと少ない可能性もある。その時間を、どうやって使えばいい？ 当てずっぽうにダイヤルを回すのか？ 考えをめぐらせる……そうだ、ポケットに入れたメモ！ しゃがみ込むと、口に懐中電灯をくわえ、メモを床に広げて読んだ。膨大な数の言葉や問いかけ。紙をめくり、探す。番号はどこにもない。

ふたたび階段を上がって書斎に入ると、書類の入ったキャビネットから、抱えられるかぎりのフォルダーを取り出して地下室に戻り、床に広げた。三度、同じことを繰り返す。四度目には、机の上に置いてあった古い請求書や書類もいっしょに持ってきた。居間からはフロアランプも引ったくってきた。

床にひざをつく。フロアランプが金庫を照らしている。請求書を探って、彼女の市民番号を見つけると、立ち上がり、市民番号を二ケタずつ区切ってダイヤルを回した。最初の二ケタは反時計回り、次の二ケタは時計回り、それから最後まで、ずっと時計回り。開かない。今度は最初を時計回りにして、同じことを繰り返した。開かない。彼女の電話番号を試してみる。開かない。電話番号と誕生日……開かない。時が過ぎていく。あいかわらず小便がしたい。そのうえ汗も出てきて、肌寒い。疲れも感じる。薬がゆっくりと切れていく。歯ぎしりが止まらない。

ラーシュはまた床にひざをつくと、一冊目のフォルダーを開いて中身をめくった。スヴェンという名のパトロール警官についての資料。スヴェンに冠された鉛筆のメモは〝反動的〟だ。ラーシュはそのフォルダーを脇にどけた。さらにいくつもフォルダーを開いて、警官たちの資料に目を通す。研修中の警官、警部補、刑事……見知らぬ顔の、小さな証明写真。隅に鉛筆で書かれたグニラのメモ。〝一匹狼〟〝周囲に依存〟〝受動攻撃性〟……どのフォルダーも、中身は似かよっている。片隅に写真が貼ってあり、人事課の資料をプリントアウトしたものや、さまざまなメモ、勤務評定などが入っている。ラーシュはフォルダー十冊ほどに目を通し、なにか目につく情報がないか確かめた。なにも見つからない。グニラのメモに戻るが……目を引くものはなにもない。これではだめだ。立ち上がり、数歩あとずさってフォルダーを眺めた。フロアランプの明かりをフォルダーに向ける。光が当たったおかげで、フォルダーにちがいがあることがわかってきた。キャビネットの中では、どれも茶色に見えた。いまもたしかに茶色ではあるが、色合いに微妙なばらつきがある。古いものと新しいものが混在しているのだとわかった。彼は明かりをフォルダーに近づけ、いちばん色褪せているフォルダーを手に取った。これがいちばん古いということだ。開けてみる。ほかのフォルダーよりも厚い。中には、古い新聞記事の切り抜きや、タイプライターで書かれた書類、色褪せた写真などが大量に入っていた。ひとつの日付が目を引いた……一九六八年八月。名前が読みとれる。シーヴ・ストランドベリと、カール＝アダム・ストランドベリ。一九六八年八月十九日、ヴェルムランド地方でキャンプ旅行中に殺害された。〝ストランドベリだと？　グニラの両親か？〟金庫のダイヤルを、６８、０８、１９に合わせる。開かない。１９、６８、０８、１９。開かない。時計回り、反時計回りを試し、番号を逆にして時計回り、反時計回りと試した。開かない。ストランドベリ夫妻の市民番号が見つかり、同じように試してみる。時間の流れが速くなった。もう四十分近くもここにいることになる。グニラがいつ現れてもおかしくない。開かない、開かない、開かない。

額に汗がじっとりとにじみ、心臓の鼓動が速くなり、のどがからからに渇いている。身体になにかを流し込んで、魂をちくちくと刺すこの感覚を消し去りたい……ラーシュはフォルダーに戻り、新聞記事の切り抜きをめくった。ストランドベリ夫妻の写真。ふたりの子どもたち、エリックとグニラ。一家はスカンセン野外博物館の入口前に立っている。一九六〇年代の写真だ。シーヴとカール＝アダムは笑みをうかべている。堅苦しい服装だ。カール＝アダムは小さな帽子をかぶり、格子柄のきつめの半袖ポロシャツにストレートのスラックス姿で、きちんと磨かれた靴をはいている。シーヴはワンピースを着て、髪を高く膨らませている……靴は白だ。子どもたちも微笑んでいる。少女の顔には、グニラの面影が見てとれる。幸せそうな顔をしている。少年時代のエリックを見つめる。これから家族といっしょにスカンセン野外博物館を訪れようとしている、笑顔をうかべた金髪の少年。喜んでいる。輝いている、と言ってもいい。ラーシュは途方もない罪悪感に襲われた。この幼い、無垢な少年を、カルロスのマンションの床で死なせてしまったのか。写真を見つめると、エリックもじっと見つめ返してきた……ラーシュは写真を投げ捨てると、体内に広がりはじめた不快感をふうと吐き出した。さらに資料をめくる。事件の捜査……夫妻はテント越しに撃たれた……散弾銃。犯人の名はイーヴァル・ガムリーン、当時三十一歳で、泥酔状態で妻に暴力をふるい、それから車で外に出た。トランクに散弾銃が入っていたのは偶然だ、と彼は証言した。前日、鳥を撃つのに使って、そのまま車に入れっぱなしにしていた、という話だった。さらに資料をめくると、事情聴取の記録が見つかった。ガムリーンは、よく覚えていない、と証言している……ページの下のほうに、ガムリーンは終身刑を言い渡された、と書いである。一九六九年のことだ……一九六九年十一月二十三日。ラーシュはその日付に合わせてダイヤルを回した。あらゆる回しかたを試してみる。開かない……また時計を見やる。もうすぐ五時半だ。物音がしないか、耳を澄まし……さらにペースを上げて資料をめくった。一九七五年、ガムリーンが恩赦を願い出る。却下される。一九七九年、ガムリーンの刑が有期懲役に変わる。一九八二年十一月に釈放されることが決まった……ラーシュは急いで読んだ。ななめ読みしては、ページをめくる……これだ！　一九八一年、イーヴァル・ガムリーンがほかの囚人に殺害される。資料をめくると、検死報告書が見つかった。ざっと目を通す。ガムリーンはどうやら、身体中のほぼすべての骨を折られていたらしい。警察の捜査資料がもう一枚見つかった。A4の用紙にタイプライターで書かれている。何者かが、夜中にガムリーンの独房に侵入した。死因は、なんらかの道具を使った窒息死。おそらくビニール袋だろう、と検死にあたった法医学者が書いている。ラーシュは考えをめぐらせ、もう一度内容を読んで、文章に視線を走らせた。探していた情報が見つかった。ガムリーンの死んだ日。1981……03……21……ダイヤルを回す。外から車の音が聞こえてきた。タイヤが砂利を踏む音。さらに回す。反時計回りに19、時計回りに81、車のドアが閉まる、反時計回りに03……砂利道を歩く音、時計回りに21、玄関の外階段を上がる音。彼はノブを回した。開かない……

玄関に鍵が差し込まれた。ラーシュは同じ数字を試すことにして、時計回りの19から始めた……ドアが開き、閉まる。居間に向かって歩く足音。彼はゆっくりとダイヤルを回した。汗が額をつたう……反時計回りに21、ゆっくりとノブを回す……足早に歩く音……ノブが回った。カチリ！　金庫が開いた。ふつうの人間なら、神の助けだと思ったかもしれない。ラーシュはちがった。彼は、なにも思わなかった。

グニラの声が梁越しにくぐもって聞こえる。動揺した声だ。だれかと電話で話している。ラーシュは金庫に手を突っ込んだ。プラスチックのフォルダーが二冊に、ノート、千クローナ札の束がふたつ、拳銃一挺、モスグリーンの羅紗の背表紙のついた分厚いファイルが一冊。彼はすべてを取り出すと、上着の中に入れ、静かにファスナーを上げた。そっと食料庫を出ていき、階段のそばを通る。グニラの声がさきほどよりもはっきり聞こえる。苛立った、ぶっきらぼうな口調で、自宅に空き巣が入った、とにかく鑑識官をひとり確保してこちらによこしてほしい、と告げている。

ラーシュがゆっくりと出口に向かっていると、上のほうで地下への扉が開いた。階段を下りる足音。ラーシュはスピードを上げ、暗闇の中を走り、外に出て小さな階段を駆け上がった。

道路へ駆けだす代わりに、すぐ左へ曲がり、植えて間もないらしい広葉樹の木立に駆け込んだ。か細い幹から伸びる小枝が顔を打つ。かなり遠くまで来たところで、うしろのほうからドアの開く音が聞こえた。ラーシュは同じスピードを保ち、五分後、自分の車にたどり着いた。運転席に座るなりエンジンをかけ、その場を離れた。グニラの家から、グニラから……離れた。

＊

そこはラウンジになっていた。人の気配がなく、がらんとした、冷たく閉ざされた空間だ。ふたりはそれぞれひじ掛け椅子に座り、互いを見つめた。彼はなにか言おうとしたが、口をつぐみ、目をそらした。カウンターの奥にいる女性に合図を送り、水を注文した。

ふたりは無言で水を飲んだ。外では飛行機が離着陸している。ジェットエンジンの音も、しばらくすると風景の一部と化した。

「アルベルトの具合は？」彼が慎重に尋ねる。

ソフィーは彼を見つめた。

「よくないわ」

「医者はなんて言ってる？」

「まだ、なにも言ってくれない」

「話があるって言ってたね。どんなこと？」エクトルは小声で尋ねた。

「もう、どうでもいいの」

彼はソフィーをじっと観察した。

「話してくれ」

ソフィーは少し身を乗り出した。

「ミハイルと彼の仲間が、イェンスのところに助けを求めに来た、って伝えようと思ったの。あなたに手を出すつもりはない、って」

エクトルは不信感のこもった目で彼女を見つめた。

「どうしてきみがそんな話を？」

「ふたりが来たとき、私もそこにいたから」

「そこ、って？」

「イェンスの家」

自分の嘘が不自然であることはわかっていた。が、エクトルが注意を向けているのは、そこではないようだった。

「どうしてきみがあいつの家に？」

「昔からの知り合いなのよ」

エクトルは片眉をつり上げた。

「どんな知り合いだ？」

ターボプロップ機が頭上を通り過ぎる。

「ミハイルたちが初めて来たとき、私、あのレストランであなたを待っていたでしょう。いっしょに食事をする予定だった。でも、あなたは戻ってこなかった。それで事務室に行ってみたら、イェンスが気を失って床に倒れてた。二十年以上ぶりの再会だったの。ただの偶然よ。驚くような偶然だけど」

エクトルは彼女をまじまじと見つめた。

「そのまま別れて、しばらく話もしなかったけど、そのうち連絡をとり合うようになって」

エクトルは眉ひとつ動かさない。

「ミハイルは、カロリンスカ大学病院に入院してたあの仲間を迎えに、スウェーデンに来たのよ」ソフィーは小声で続けた。「そしたら病室に警察が来て、仲間の腕を撃った。ミハイルはイェンスの電話番号を知ってたから、電話をかけて助けを求めたの。で、イェンスのマンションに来た。仲間のほうは腕を撃たれて怪我してたから、私が手当てをしたわ」

エクトルはしばらく待ってから尋ねた。

「それから？」

「それから、私はレストランに行った。あなたのところに」

「その話をしに？」

ソフィーはエクトルを見つめた。

「それだけじゃない。助けてほしかったから。ロシア人たちに追われて……どこに行けばいいかわからなくて」

それは筋の通った答えで、エクトルの疑念は少しおさまったらしかった。

「あのロシア人たちは何者だったんだ？」

「イェンスの取引相手よ」

エクトルはまた物思いに沈んだ。陰鬱な空気が彼を覆った。

「あいつと付き合ってるの？　好きなのか？」

ソフィーは首を横に振った。が、彼女がなんと答えるかは、もはや重要ではなかった。エクトルは嫉妬にかられていて、なおかつ傷つくことを死ぬほど恐れていた。男はこんな状態のとき、いちばん弱い。たいていの男は、自分のそういう面をひどく嫌う。見たくもないし、触れたくもないと思っている。エクトルも例外ではなかった。物思いに深く沈み込んで、その不愉快な感情をまぎらわそうとしているのだと、ソフィーにはわかった。感情を押さえ込んだ力の強さが、ラウンジを満たしているように感じられた。

「あいつは信用できない。偶然の一致が多すぎる。最初に現れたときからそうだった」

「でも、さっき、レストランでは私たちの命を救ってくれたわ」

エクトルはそれには答えなかった。彼女のことを客観的に見ようと必死になっているようだった。

「きみは、いったい何者なんだ？」

その問いは問いのように聞こえず、ソフィーは黙っていた。さきほど水を持ってきた女性が近づいてきて、ふたりの乗る飛行機がもうすぐ来ると教えてくれた。ソフィーとエクトルはじっと座ったまま、互いの目を見つめた。彼は、なにかしがみついていられるものを探すために。考えたくない可能性を振り払うために。彼女は、そうしていないと、なにもかも見破られてしまいそうだったから。

先に目をそらしたのはエクトルだった。彼は立ち上がった。

ふたりは大きな窓のそばに立って、ガルフストリーム機が着陸するのを見守った。飛行機はブレーキをかけて速度を落とし、ふたりのいる建物へ近づいてきた。

三十分後、給油が終わり、チェックインとセキュリティーチェックも済んで、ふたりは飛行機に乗っていた。荷物をいっさい点検されない、奇妙なセキュリティーチェックだった。ソフィーはベージュの革張りの座席に座った。中央通路で隔てられたとなりの席に、エクトルが座った。飛行機が滑走路に入り、スピードを上げる。急な加速で、ソフィーは座席の背もたれに吸いつけられた。機体は急上昇すると、あっという間に雲と同じ高さに達して水平飛行に入った。彼女は下を見下ろした。ストックホルムが遠ざかる。アルベルトがあそこにいるのに、彼女は飛行機に乗って、息子から離れていく。これ以上まちがったことはない、と思った。なにがあっても消えてくれそうにない究極の罪悪感が、彼女の魂にセメントで埋め込まれた。もう一生、この罪悪感から逃れられないのだ、と彼女は悟った。息子をこんな目に遭わせたのは、自分だ。息子に起こったことは、まぎれもなく自分のせいなのだ。自分がこんなふうに行動していなければ、もしかしたら……

島が、湖が、海が見える。空が見渡せる。いつもどおりの青だ。エクトルがシートベルトをはずし、立ち上がって客室のうしろのほうへ歩いていくのが聞こえた。彼は、グラスをふたつと、ビール瓶を二本持って戻ってきた。ソフィーは断った。彼は座席に腰を下ろすと、ビールをグラスに注がずに、瓶から直接らっぱ飲みした。

「行き先はマラガだよ。きみを父さんの家まで送っていく。そのあと、おれはまた出かける」

「どこに行くの？」

「逃げるんだ……警察はもう、国際指名手配をかけているにちがいない。でも、きみは大丈夫だ。父さんが全部面倒をみてくれる」

「全部面倒をみてくれる？」

エクトルはうなずいた。

「全部って？」

エクトルが答える前に、少しの間があった。

「全部だよ。きみも、ほとぼりが冷めるまで隠れてなくちゃならない。それも父さんが面倒をみるから……」

飛行機が軽い乱気流に入った。パイロットがスロットルレバーを操作し、高度を上げる。が、エクトルもソフィーも気にかけることはなかった。

「でも、私はすぐ帰らなきゃ……」

エクトルはそれには答えず、窓にもたれかかって物思いに沈んだ。心配そうな表情だ。不安なのかもしれない。ソフィーは、避けられている、と感じた。その理由もわかった。彼女を信用してもいいのかどうか、彼は必死で考えているのだ。それは、彼女も同じだった。必死で考えている。自分はいったい何者なのか、どんな動機があってこんなことをしているのか。ほかにどんな道があったのか。

またエクトルを見やる。あいかわらず窓の外を眺めている。何度も目にしたことのある表情だ。精神を集中している。意識を内に向けている。そのようすに、彼女はいつも好奇心を刺激されてしまうようだった。ボートの上で彼が見せてくれたアルバムの、少年時代の写真にも、同じ表情の彼が写っていた。これこそが、彼のほんとうの表情なのだろうか？　これが、エクトル・グスマンなのだろうか？

彼を好きになりたいと思った。が、彼の狂気を見てしまった以上、その勇気はなかった。

25

死体はまだ、覆いもなくむき出しのままだ。トミー・ヤンソンはレストランの中央に立っている。目の前に、死体がふたつ。厨房にひとつ。あたりは血まみれだ。まぎれもない殺戮。鑑識官たちが熱心に働いている。アンデシュ・アスクと、もうひとり、肥満体の大柄な男が、離れたところで黙ったまま椅子に座っている。大柄な男には見覚えがあった。記憶が正しければ、ストックホルム市警の機動隊にいたはずだ。トミーはふたりを見つけたとき、ここにいろ、一歩も動くな、と指示した。ふたりは証言を拒んだ。ひとことも発しない。まったく、アンデシュ・アスクがいったいなぜここにいるんだ？

トミーは拳を握り、指の付け根の関節で耳を掻いた。

「最初に現場に到着したのは？」だれにともなく問いかける。

離れたところでメモ帳になにか書きつけていたアントニア・ミッレル警部補が顔を上げた。

「なにかおっしゃいました？」

「最初に現場に到着したのはだれだ？」

アントニアの表情は、仕事の邪魔をされた、と言っていた。

「パトロール警官です。三十分前に帰しました」

「このふたりを発見したのもパトロール警官だな？」

トミーはアンデシュとハッセを指差した。「どこで見つけた？」

アントニアはメモ帳への書き込みを続けている。

「事務室です。厨房の奥にあります。手錠をかけられて、暖房につながれてました」

「いったいなにがあったんだ？」

アントニアはため息をつくと、メモ帳を閉じ、ボールペンの芯をカチリとしまった。

「近所の人が、何度も銃声が聞こえたと通報してきたんです。パトロール隊が到着して、この店内で死体を二体発見し、報告してきました。生存者を探し、現場を立ち入り禁止にしました」

「それから？」

「レストラン内を捜索したところ、厨房でさらに死体が一体と、事務室で手錠をかけられたこのふたりが発見されました」アントニアはそう言うと、親指でハッセとアンデシュを指し示した。

「大柄なほうは警察官です」と続け、メモ帳を見下ろす。「名前はハンス・ベリルンド。パトロール隊に警察の身分証を見せてきたので、県警の無線連絡センターに問い合わせて照合したところ、一致しました……もうひとりのほうは、なんの身分証も持っていません」

トミーはあたりを見まわした。アントニアはまたメモ帳を開き、自分の仕事に戻った。

そのとき、アンデシュの携帯電話が鳴った。アンデシュは画面を見やったが、応答はしなかった。トミーが近寄り、彼の手から電話を奪うと、受話器マークのついた緑のボタンを押した。

「もしもし？」トミーが小声で応答する。

「なにがあったの？　連中、まだそこにいる？」

グニラの声だとわかった。焦った声だ。

「やあ、グニラ」

一瞬の沈黙。

「トミー？」

「いったいどういうことだ、グニラ？」

「私もわかりません」

「ヴァーサスタン地区のレストラン〈トラステン〉に来てくれ。場所は知ってるだろう」

トミーは通話を終えると、電話を上着のポケットに入れ、アンデシュに向かって〝さあ、どうする？〟としぐさで問いかけてみせた。それから、店内をひとまわりした。あごひげを生やした鑑識官が、死体のそばにしゃがみ込んでいる。

「やあ、クラッセ」

トミーが声をかけると、鑑識官は顔を上げ、軽く頭を下げた。

トミーはバーに向かうと、そこで立ち止まって振り返り、レストラン全体を見渡した。壊れた入口のドア、死体、弾痕、床に落ちた薬莢――すべてに鑑識官が印をつけている。家具が倒れている。ここにいた連中は、あわてて逃げていったのだろう。そんな中で、ベリルンドとアスクは、なにもせずに座っていたのだろうか？　トミーはふたりを見つめた。昔の子ども番組に出ていた、食いしん坊のまぬけな二人組みたいだ……

「おまえらふたりとも、救いようのない、ほんものの馬鹿だな。自覚してるか？」大声で言う。

ハッセとアンデシュは黙っていた。トミーはしばらくふたりをにらみつけて、さらなる罵詈雑言をつぶやき、それから厨房へ向かった。

中央の椅子に、血まみれの男が座っていた。心臓を肉切り包丁で一突きにされている。歯は一本も残っておらず、顔はめちゃくちゃで、右目が外に飛び出していた。あまりの光景にトミーの背筋が凍った。

二の腕のたくましい女性鑑識官が、冷凍された食品のようなものに、指紋を採取するための粉をブラシではたきつけている。彼女の名前は思い出せない。

「冷凍庫から、これが見つかりました」と彼女が言い、肉を指差す。

「ほう？」トミーは怪訝な顔で、いくつもあるビニール袋を見つめた。肉の凍った部分に、ビニールがくっついて引き攣れている。なにかのヒレ肉のように見える。

「これがどうかしたのか？」

「よく見てください」

トミーは目を細め、顔を近づけた。人間の腕と足の一部だとわかった。

「うわっ！　だれのなんだ？」

「少なくとも、見つかった死体とは無関係ですね。みんな足も腕も残ってますから」

「どこにあった？」

「冷凍庫と申し上げたと思いますけど」

〝なんてこった……〟

「つまり、被害者は四人？」

鑑識官は人差し指をあごに当て、天井に目を向けた。

「ええと、ちょっと考えさせてくださいね、あっちに二人、ここに二人だから……二足す二は四。ええ、おっしゃるとおりです、被害者は四人です！」

トミーは皮肉や当てこすりが好きではない。昔からずっとそうだ。なにが面白いのかわからない。彼は事務室へ向かうと、机の前の椅子に腰を下ろした。そこでじっと考えをめぐらせながら、いかにも警察官らしい口ひげを撫でた。

三十分後、彼の前にグニラが立っていた。

「話してくれ」

彼女は冷ややかに見えた。冷ややかで、硬い表情だった。

「なにを話せばいいんですか？　レストランがどんなありさまか、ご自分でご覧になったでしょう？　一か月、エクトル・グスマンを追いかけてきました。これがその結末です」

「アンデシュ・アスクは、ここでなにをしている？」

「どうしてそんなこと聞くんですか？」

トミーはうんざりした顔で彼女を見つめた。彼女はときおり頑固な子どものようになる。

「このレストランには、三人の死体が転がってる。さっき冷凍庫で見つかった足や腕の持ち主を入れれば、四人……そんな現場に、なぜアスクがいるんだ？」

「私のために働いてくれてたんです。フリーランスで」

「フリーランス？」

「ええ」

「フリーランスでスウェーデン警察の仕事をするなどという話は聞いたことがないが」

「それは、いま話すべき問題ではないと思いますけど。ちがいます？」

トミーは椅子に座り直した。

「あのふたりはどうして私と話そうとしない？」

「話さないとチームで決めたからです」

トミーはかぶりを振り、馬鹿なことを言うのはやめろ、という表情を彼女に向けた。

グニラは床を見下ろしてから、顔を上げた。

「あの死体がだれなのか、私たちは知りません。捜査線上に上がっていない連中です」

「アスクと相棒はなんと言ってるんだ？」

「ハンス・ベリルンドは、このレストランの見張りをしていました。銃声が聞こえたので、アンデシュに電話で連絡しました。ふたりが中に入ったときには、みんなもう死んでいて、ふたりはエクトル・グスマン一味に襲われて手錠でつながれたそうです」

トミーは考えた。

「これから、どうするつもりだ?」

グニラは笑みをうかべた。

「よかった、聞いてくださって。これまでどおり続けます。まずはこの現場に残された証拠を確保します」

「だが、きみは表に出るんじゃないぞ。この事件の担当はアントニア・ミッレルだ。協力し合って捜査したまえ。責任者はアントニアだ」

グニラは立ち上がった。

「なにかわかりしだい報告します」と小声で言い、事務室を出ていった。トミーは去っていく彼女の足音に耳を傾けた。


「グニラ!」

彼女が立ち止まる。

「なんですか?」

トミーは親指の爪で、机の出っ張りを引っ掻いている。

「アンデシュ・アスクのことは、きみが責任を取れ。私はいっさい関知しない」

グニラは答えなかった。

グニラは厨房を横切った。椅子に座った死体からは目をそらした。レストランに出ると、印のついた通路を通って出口へ向かった。見知らぬ男がさらにふたり、死んで床に倒れているのが見える。グニラは戸口に張られた立ち入り禁止テープをぐいと持ち上げて外に出た。

アンデシュとハッセは、ハッセの車のそばに立って待っていた。

「ここでは話せないわ」

＊

〈ホテル・ディプロマット〉が太陽の光を浴びている。ラーシュ・ヴィンゲは夕食時に偽名でチェックインを済ませた。

彼にとってはぜいたくすぎるホテルだ。ここなら、だれも探しに来ないだろう。真っ白なシーツ、羽毛枕、ニューブロー湾の眺め。窓の外で、旗が翻っている。バスルームはまるで夢のようだ。が、ふだんできないぜいたくをするのが楽しいなどとは、かけらも思えなかった。彼のエネルギーは、ふたつのことに吸い取られている。まず、ケトガンが欲しくてたまらないのを我慢すること。まるで餓死しかけている人間のような飢餓感だ。もうひとつは、事件の全体像をつかもうと、果てしなく考えつづけること。

さきほどブラーエ通りに赴き、レンタカーから盗聴装置を取り出した。たしかに危険な賭けではあった。グニラやチームの連中に近づきすぎることになる。が、それを言ったら、いま彼がやっていることはどれも危険な賭けだった。昼間に出歩くことすらも。

盗聴装置はいま、グニラの家の金庫から盗んできたものといっしょに、ダブルベッドの上に置いてある。金庫にあった金を数えてみると、千クローネ札五十枚の束がふたつあった。拳銃は、旧ソ連製の古いマカロフで、シリアルナンバーが削り取ってある。非常用に使えそうだ。調べてみると、弾倉には弾薬が八発、きちんと詰まっていた。彼はベッドの上、自分の脇に弾倉を置いた。プラスチックフォルダー二冊に視線を移す。さほど厚みはなく、A4用紙がそれぞれ二十枚ほど入っている。それから、分厚い羅紗の背表紙のファイルに、黒いノート。ラーシュはまずノートに目を通した。さまざまな所感や推論が、鉛筆書きの小さな文字で書かれ、たくさんのページを埋め尽くしている。整理されたメモではなく、思いつくままに書いているように見える。自分の中で議論を進めているような、書きながらなにかを理解しようとしているような、そんなメモだ。ラーシュはその内容を読み、なんらかのパターンを見つけようとしたが、頭が混乱するばかりで、やがてノートを脇に置いた。厚いファイルに目を向け、中身をめくりはじめる。エクトル・グスマンに関する資料が次々と現れた。パラグアイからヨーロッパへの密輸ルートについて、いくつもの殺人事件について、エリクソン社幹部への脅迫について、世界各地に広がる人脈について。写真、事情聴取記録、証拠。内容は一九七〇年代にまでさかのぼっている。エクトルとアダルベルト・グスマンのやっていることのすべてが、ここに記されていた……あの男を裁判にかけたら、十回は有罪判決を下せそうなほどの証拠が、ここにおさめられていた。これを使えば、エクトル・グスマンは塀の中で、鉄格子を揺すりながら一生を終えることになるだろう。

さらに書類をめくる。見れば見るほど、わけがわからなくなってきた。ページの片隅に、ペンで金額がメモしてある。かなりの金額だ。八ケタの数字。グニラがなにかを計算していたようにも見える。なにもかもわかってきたような、なにもわからないような……

ファイルを脇に置き、ノートに戻って、ふたたびグニラの思考をたどりはじめた。複雑かつ難解な作業だが、集中すればするほど腑に落ちてきた。ソフィーについて書かれたことを読む。彼女が鍵を握っている、とある。彼女が導いてくれる。彼女は美しい、エクトルが夢見た女だ、彼がけっして手に入れることのできない女だ。グニラはここでもまた、あの警察官ファイルと同じように、ソフィーという人間を評価している。その評価に、ラーシュは賛成できなかった。グニラはソフィーを誤解している、と思う……ノートにはまた、ソフィーがさまざまな状況でどんなふうに反応しそうか、どんなふうに行動しそうかという予測も書かれていた。この点では、どうやらグニラが正しいのかもしれない、と思う。ラーシュが考えもしなかったような推論が展開されていた。メモの内容は難解だったが、グニラの狙いがなんなのか、だんだんわかってきた気がする……ページをめくる。そこに書かれていたことを、ラーシュは思わず何度も読み返した。

〝ラーシュは罪の意識に苦しんでいる〟。〝罪の意識〟という言葉に下線が引いてある。〝彼は、好きなようにかたちづくれる〟。メモの内容はここも難解で、まるでグニラが持てる知性のかぎりを尽くして彼を理解しようとしているかのようだ。自分についてのメモを読んでいるうちに、少しずつ、鮮やかなイメージが浮かび上がってきた。自分はグニラにとって、虫けらのような存在でしかなかったのだ。計画がうまくいかなかった場合に、すべての責めを負わせるための存在

……計画？　なんの計画だ？

ラーシュは息をついた……あてずっぽうに何ページかめくる。〝トミーは私の迷いに気づいている〟。トミー？　……国家警察のトミー・ヤンソンか？

彼はトミーの名を紙に書きとめた。

盗聴装置のプラグを電源につなぎ、ヘッドホンをはめて音量を落とした。なにかのこすれるような、小さな音。なんの意味もない音だ。音声認識装置はずいぶんと敏感で、たいていの物音に反応する。外のどこかでドアの閉まる音でも、戸外で鳴っているカーアラームでも、部屋の外の廊下をだれかが歩いているだけでも。

ラーシュはじっと待ち、耳を傾けた。右足がそわそわと動く。オフィスのドアが開く音……盗聴装置の時計を確認する――いまから四時間前の録音だ――足音と、聞き覚えのある声。グニラ、アンデシュ、ハッセ。椅子を引きずる音。グニラがこわばった声で、空き巣

にやられた、と言っている。ハッセがなにやら小声でぼやいた。ラーシュは意識を集中した。ハッセが中に入る機会を待っていたら、ソフィーが見知らぬ男とともに現れた。さらに見知らぬ男が三人、おそらくロシア人だと思われるが、レストランに入っていった。声がよく聞こえない。エアコンの音が邪魔をしているのかもしれない。ラーシュはヘッドホンを耳に押しつけた。ハッセがなにか言っているが、よく聞こえない。やがて、その声が少しはっきりしてきた。

「それから？」グニラの声だ。

ハッセは続けた。

「中に入ったら、男がふたり、床に倒れて死んでました。三人目、厨房で死んでた男は、そのふたりの仲間です。レストランには、入院してた例のドイツ人と、ロシア人の大男もいました」

「ソフィーは？　彼女はどこにいたの？」

「店内に」

「で、ラミレスはすでに出国した、と？」

「はい」

グニラのため息が聞こえた。

「で、お金は？　送金手続きは？」

数秒ほど、沈黙がずしりとのしかかった。アンデシュが咳払いをした。

「説得しようとはしたんですが、エクトルが話を聞いてくれなくて」

「どういうこと？」

「銃撃戦になって死者が出たことで、事情が変わったと……」

「カルロスは……あのレストランの経営者は？　どこにいるの？」

答えはない。

「アーロンは？」

「わかりません」

「あの弁護士は？　ルンドヴァルとかいう、あの便利屋は？」

「わかりません」アンデシュはささやき声だった。

「アントニア・ミッレルとトミーには、なんと言ったの？」

「なにも言ってません」ハッセが答える。

ラーシュは紙に〝アントニア・ミッレル〟と書いた。ラーシュは装置を一時停止させ、ベッドから立ち上がると、机の上に置いた自分のノートパソコンに向かった。前かがみになって画面をのぞき込むと、ログインしてインターネットに接続し、日刊紙のサイトのアドレスを入力した。〈トラステン〉の写真がでかでかと載っている。彼は記事を読み進めた。興味を引く事実はなにもない。警察は口を閉ざしている……三人死亡という未確認情報がある。タブロイド紙のサイトを開いてみる。一紙は「惨殺」の見出しを、もう一紙は「裏社会の抗争」の見出しを掲げている。とはいえ、ここも同じだ。情報はほとんどなく、ただ三人死亡という未確認情報が載っているにすぎない。

ラーシュはパソコンを閉じると、前をじっと見つめた。グニラたちはまちがいなく、自分を殺そうとするだろう。いまの自分は、首に賞金がかかっている状態なのだ……これまでに感じたことのない恐怖が襲ってきた。恐怖がべつの感情を呼びさまし、それがまたべつの感情を呼びさまし、それがまたべつの感情を呼びさます——主な成分は、恐怖とパニックだ。そんなふうに混ざり合った感情が、小さな悪魔に命を吹き込み、彼の魂がちくちくとさいなまれる。悪魔が怒鳴りつけてくる。〝いいから、さっさと薬を飲め！〟そして、そんな苦しみの奥にあって、ずっと消えないもの——痛み。身体が痛んで、がくがくと痙攣する……その痙攣のせいで、ラーシュ・ヴィンゲの神経系が張りつめ、歪む。

ミニバーからチョコレート菓子を出すと、部屋の中をうろうろと歩きながら食べ、息をついた。チョコレート菓子はチョコレートの味がせず、代わりに砂糖と脂肪の味がした。それでも、食べた。砂糖のおかげで、たっぷり十二秒は禁断症状に耐えられた。

窓辺で立ち止まり、ニューブロー湾を眺める。ソフィーとイェンスが座って話をしていたベンチが見えた。自分がふたりの写真を撮っていた、シェッパル通りの待機場所も見えた。まるでべつの人生で起こったことのように思える。あれから、自分はなにを理解しただろう？

ストックホルム沖の群島へ向かう船が、汽笛を三度鳴らして船着き場を離れた。が、ラーシュの思いは、どこかべつの場所にあった。べつのレベルに。彼にも手が届かないほど、低いところに。ベッドに戻り、はじめからやり直す。分厚いファイルの中身を調べ、フォルダーをめくり、メモを読む。大量の数字。なにかの金額だろうか。だとしたらかなりの額だ。百万単位の……すべての書類に目を通す。リヒテンシュタインにあるという、フランス語らしい名前の銀行……莫大な金額。さらに書類をめくった。数字が続く。取引明細書には、口座名義人の名前が記されていない。口座番号だけだ。

ラーシュは頭をがしがしと掻き、考えをめぐらせた。ベッドの上に身を乗り出し、黒いノートをつかんで、中身を読みはじめる……精読を始める。五年前。〝ウプサラ、ハンデルス銀行、三百万クローナ〟と鉛筆で書いてある。奇妙な言葉や推論。ページをめくる。

〝クリステル・エクストレム〟という名とともに、莫大な金額を示す数字がいくつも記されている。ここでもまた、奇妙な推論。ページをめくる。〝ズデンコ〟と書いてある。競馬王ズデンコ。警察官ならだれでも知っている名前だ。五年前にマルメの競馬場で射殺された男。ページをめくる。いくつもの名前、いくつもの金額……

ラーシュの中から、なにかが外に出ようとしている。湧き上がり、外に出て、光に照らされたがっている。生まれたがっている。それは、思いつき、アイデア……これまで思いもしなかったアイデア。彼の無意識の奥底から、周囲をかき分けて進みはじめる。その思いつきが、答えだ。自宅の書斎の壁に、初めて文字を書きつけたときから、ずっと探してきた、答え。それがいま、当たり前のように見えてきた……ラーシュは両足を床につけ、机に向かって二歩進んだ。

急いでインターネットに接続し、警察の内部サーバーにログインすると、最初に目にしたメモの内容から、いくつかの言葉を検索欄に入力した。画面に映し出された文章を拾い読みする。〝ウプサラのハンデルス銀行〟……〝強盗〟……〝二人に有罪判決〟……〝三人目の容疑者は一年後、他殺体となって発見される〟……〝奪われた金のうち、八百万クローナがまだ見つかっていない〟……〝捜査担当者、エリック・ストランドベリ〟

ラーシュは検索欄に〝クリステル・エクストレム〟と書いた。出てきた文章によれば、実業家のクリステル・エクストレムはかろうじて起訴を逃れた。証拠が不十分だったのだ。捜査担当者は、グニラ・ストランドベリ。

〝ズデンコ〟を検索する。警察のサーバーには、あふれんばかりの情報が詰まっていた。数年にわたる捜査の記録が見つかった。捜査担当者は、グニラ・ストランドベリ。〝ズデンコは、マルメのヤーゲシュロー競馬場で殺害された。犯人は不明〟……〝ズデンコがスウェーデンに保持していた資金が行方不明〟……

ラーシュは背もたれに身体をあずけ、彼の目には映っていないなにかを、じっと見つめた。これほど頭が混乱していなかったら、これほど精神が禁断症状のせいでぼろぼろになり、心が闇に冒されていなかったら、彼は笑いだしたことだろう。だが、ラーシュ・ヴィンゲの世界にはもう、ユーモアのかけらも存在していなかった。

26

マラガに到着し、入国審査を終えると、彼が数歩ほど先に立って歩き、ふたりは暑い屋外に出て駐車場ビルへ向かった。

コンクリートの低い天井の下で、ふたりの金属的な足音が響く。向かう先は、駐車場の奥、柱のあいだにぽつんととまっている小さな車だ。エクトルがブリーフケースから車のキーを出し、ソフィーに渡した。

「運転してくれないか?」

ソフィーは運転席に乗り込み、座席を引いて位置を調節してから、エンジンをかけた。彼の座っている助手席の背もたれに腕をかけてうしろを向き、バックで駐車スペースを出る。あっという間に駐車場の薄暗さに慣れてしまった彼女の目は、また外に出たとたん、昼の光に眩まされた。標識を頼りにインターチェンジを見つけ、高速道路に入った。

そのままひたすら進み、目の前に新たな世界が広がるにまかせた。ソフィーは身体のこわばりが解けていくのを感じた。エクトルのほうを向き、声をかけようとした瞬間、耳をつんざくような轟音が車内に響いた。なんの音かを理解したのは、エクトルのほうが先だった。

「スピードを上げろ！」

ソフィーはわけがわからないままスピードを上げ、車のあいだを縫って必死でハンドルを切り、気がふれたように走った。銃弾がまた飛んでくる。彼女は首をすくめた。割れたガラスが降り注ぐ。バイクが見えた。車が道路脇のガードレールにぶつかった。混沌そのものだ。

エクトルが助手席側の窓を蹴破り、身を乗り出して発砲した。何発撃ったのか、ソフィーにはわからなかったが、銃声が絶え間なく轟いたのち、拳銃がカチリと音を立てた。本気で弾を当てようとしているのではなく、むしろ苛立ちを解消しようとしているだけのように見えた。エクトルは弾倉を床に落とすと、開いたグローブボックスから新しい弾倉を出し、小声で悪態をつきながら弾倉を拳銃に入れ、スライドを引いた。

すぐそばで鋭い音がいくつも続く。銃弾の雨。リアウィンドウが粉々になり、車内はガラスの地獄と化した。ソフィーは悲鳴をあげた。エクトルが妙な動きをしているのが視界の隅に映った。

「エクトル？」

彼は首を横に振った。

「大丈夫だ」と言い、割れたリアウィンドウの向こうへ銃を向けて四発放つ。バイクはまた遠ざかった。

ソフィーはさらに車のあいだを縫って進んだ。猛スピードで車の脇をすり抜けるたびに、憤りのクラクションが鳴る。はるか前方に目をやると、どうやら道路が混雑しているらしい。選択肢が減っていく。

「どうしたらいいの？」ソフィーは叫んだ。

ついさっきも、同じことを叫んだだろうか？　もう覚えていない。エクトルは答えず、車のうしろを見据えていた。前方の混雑がさらにはっきりと見えてきた。

エクトルが携帯電話で電話をかける。これで三度目だ。電話をかけながら、バイクの姿を探している。ついに応答があった。

「アーロン。聞いてくれ、父さんもレシェックもつかまらない。空港からマルベージャに向かってるんだが、途中で撃たれた。おれとソフィーの乗ってる車が狙われてる」

アーロンがなにか質問してきたらしい。エクトルは耳を傾けた。

「わからない。バイクに乗った男がふたり……なあ、いまから言うことを、しっかり聞いてくれ。エルンストに伝えてほしいんだ、決定権はソフィーに委任するって……」

エクトルは耳を傾け、苛立ちをあらわにした。

「おれが決めることだろう！　ソフィー・ブリンクマンに全権を委任する。おまえが証人だ。父さんかレシェックをつかまえてくれ。警告しろ！」

エクトルは電話を切った。ソフィーは彼を見つめた。彼女が投げかけようとした問いを、エクトルは手を振って制すると、咳き込み、うしろを向いた。バイクが向かってきている。エクトルはまた弾がなくなるまで撃った。バイクの運転手はブレーキを踏んだ。また、同じことの繰り返しだ。エクトルがくぐもった声でひとりごとを言う。ソフィーには聞きとれない。彼は新たな弾倉を入れた。

「スピードを下げて、あいつらをおびき寄せろ。おれの合図でブレーキを踏め」彼の声はかすれている。汗がだらだらと流れていた。

後方にいるバイクは危なげない運転で、車のあいだを縫ってジグザグに進み、ハンドルを切るたびに車体を大きく傾けている。エクトルは狙いを定め、弾を二発放った。その瞬間、彼に銃弾の雨が降り注いだ。ソフィーは悲鳴をあげ、ふたりとも本能的に首をすくめた。エクトルが頭を出す。バイクの後部座席に乗っている狙撃手が、ふたたび狙いをつけ、引き金を引いた。銃弾はヒュンと音を立ててふたりのそばを抜けた。

「いまだ！」

ソフィーはブレーキを踏んだ。タイヤが悲鳴をあげ、ふたりは前へ投げ出されそうになるのをぐっとこらえた。

一瞬、世界が動きを止めた。ふたりの思いが車内にふわりと漂い、ふたりの恐怖がふっと途切れ、ふたりの目が合った……が、すぐに勢いよく現実に引き戻された。短機関銃の連射音、車に当たる銃弾の音、バイクの爆音――まわりの世界の音。すべてが混じり合ってひとつの音風景となる。エクトルが腕を振り上げ、バイクの運転手に向かって引き金を引いた。運転手は慣れたようすでさっと弾をかわし、車を右側から追い越していった。

「走れ！」エクトルが叫ぶ。

状況はにわかに逆転した。エクトルとソフィーがバイクを追っている。後部座席の狙撃手が、絶えずうしろを振り返っている。エクトルは割れた助手席の窓から身を乗り出し、二発撃った。バイクは混雑に向かって走っている。エクトルは拳銃を右の手のひらに載せてから、また狙いをつけ、三発連射した……が、また狙いをはずした。混雑が近づいてくる。弾倉がまた空になった……が、状況は変わらなかった。

バイクが渋滞の中にまぎれ込もうとしている。エクトルは最後の弾倉を拳銃に入れると、浅く息をつき、狙いを定め、息を止めて、何度も引き金を引いて発砲した……そしてようやく、銃弾がまるで奇跡のように命中した。バイクが急に曲がって中央分離帯に突っ込む。前タイヤが段差に乗り上げてバイクが横転し、運転手も狙撃手も投げ出された。運転手は中央のガードレールに背中から激突した。狙撃手は反対車線へ投げ出され、トラックがブレーキをかけて避けようとしたが避けきれず、男の上でがくんと跳ねた。

ソフィーとエクトルはひいきのサッカーチームがゴールを決めたときのような叫び声をあげた。常軌を逸しているかもしれないが、同じ感覚だったのだ。同じ、爽快感……

ソフィーはぎりぎりのところでハンドルを切り、高速道路を降りた。手が震えている。呼吸が浅い。吐き気がした。

＊

彼は集中して仕事を進めた。ベッドの上に、すべての資料を整然と置く。報告書、盗聴した会話を書き起こしたもの、録音をコピーしたさまざまな記録媒体。ソフィーの、ハッセの、アンデシュの、全員の、大量の写真。リヒテンシュタインの銀行の書類に、グニラによる捜査の資料、彼女のメモ。これを読めば、つながりはわかってもらえるはずだ。

パソコンに向かい、ブラーエ通りのオフィスを盗聴した録音を、USBメモリにコピーする。すべての録音をそこに集めた。

ベッドを見やる。われながらよくやった、と満足感を覚えた。こんな感覚は久しぶりだ。身体が褒美を求め、彼の気を引こうと叫んでいる。一等賞はミニバーだ。ビールをつかむ。冷たいビールは、わずか数秒でのどの奥へ流れていった。しばらく待ってから、冷蔵庫の中を奥までくまなく探った。ウォッカの小瓶、赤ワインのハーフボトル、白ワインのハーフボトルに、シャンパンもある。パーティーの始まりだ。すべてのどに流し込まれた。
ニューブロー湾の船着き場をじっと眺める。ミニバーは空になり、彼は酔っていた。が、酔いはあっという間に醒めてしまい、彼が求めているものを与えてはくれなかった。人はみな、アルコールというものを買いかぶっている。片脚が貧乏揺すりを始める。彼は歯ぎしりをし、震える手を落ち着かせようとした。部屋の中を歩きまわり、頭を掻く。この部屋にいると、身体中がかゆくてしかたがない。この部屋を出たい。外に出たい。

スポーツバッグを携えて、ストランド通りを建物に沿って足早に歩き、シビュッレ通りで右に曲がって、ブラーエ通りにとめてあるレンタカーをめざした。装置をトランクに入れ、オフィスに取り付けたマイクの音を受信していることを確かめてから、車に鍵をかけて同じ道を戻った。が、ストランド通りを左に曲がってホテルに戻る代わりに、ニューブロー湾に沿って歩き、スタル通りに入って〈グランド・ホテル〉の脇を素通りし、橋を渡って旧市街に入った。脇目もふらず、まっすぐにセーデルマルム島をめざした。

自宅は暗く、淀んだにおいがした。ペンキのにおいもかすかに残っている。彼はまっすぐに書斎へ向かうと、ひきだしの鍵を開け、中をかき回して探しものを出した。ズボンを下ろし、慣れた手つきで座薬をいくつか突っ込んでから、ズボンを上げる。ボタンをはめることもせず、そのまま机の前の事務用椅子に座り、ゆっくりと左右に回転した……同じようにゆっくりと、快感が彼の心を撫ではじめた。が、心地よさは長く続かず、ちらりと浮かんできただけで消えていった。同じ作業を繰り返す。しゃがみ込んで、座薬をもうひとつ。それから、ほかの薬も。ひきだしの中をかき回して、手当たりしだい身体に流し込んだ。恐怖、不安、憤り、悲しみがきらりと光を放ち、一瞬で消えていく。そして、また、すべてがやわらかくなった。彼の歪んだ感情が引っかかって裂けてしまいそうな、とがった角や、鋭いへりは、いっさいなくなった。

ラーシュは椅子から降りて床に横たわった。眠りはしなかった――ただ、しばらくスイッチが切れていた。

＊

マルベージャが近づいてきたころ、ソフィーは彼の顔色がひどく悪くなっていることに気づいた。ほぼ蒼白で、顔の汗がまるでラッカーを塗った膜のように見える。息が荒く、苦しそうだ。ソフィーは彼の額に手を当てた。額は冷たく、湿っていた。

「エクトル？」

彼はうなずいたが、ソフィーのほうを見ようとしない。彼女は手を下にすべらせ、首筋やうなじに触れた。汗びっしょりだ。

「エクトル、どうしたの？」

「なんでもない。とにかく運転してくれ」

ソフィーは彼の身体を見つめ、前のめりになるよう告げた。

エクトルはためらっていたが、やがて上半身をそっと十センチほど前に傾けた。彼の背中が、座席が、血に濡れているのが見えた。床にも血が流れている。

「なんてこと」ソフィーは声をあげた。「いちばん近い病院はどこ？」

エクトルは咳き込んだ。

「病院はだめだ。家に行ってくれ、医者もいる」

「だめよ、病院に行かなきゃ。手術しなきゃ」

エクトルは怒鳴り声になった。

「だめだ！　病院はだめだ！」

ソフィーは落ち着きを保とうとした。

「ちゃんと聞いて。かなり出血してるわ。きちんと治療を受けないと……命にかかわるのよ」

　エクトルは彼女を見つめ、同じように落ち着きを保とうとした。

「死にはしないよ……父の家に医者がいる。そいつが手当てしてくれる。病院に行ったら、そのまま刑務所行きになって……そこで死ぬ。問答無用だ。運転してくれ。道案内する」

　ソフィーはマルベージャの街をかなりのスピードで走り、街の反対側へ抜けた。丘を少し上がってから、ふたたび海のほうへ向かった。エクトルはしばらく道案内をしていたが、やがてこくり、こくりとまどろみはじめた。道順を説明し、どこで曲がればいいかを告げ、家までの行きかたを教えきったところで、意識があやふやになりはじめた。それがどういうことか、ソフィーにはよくわかっていた。

「エクトル！」大声で呼びかける。彼は、聞こえている、と手で合図した。「眠っちゃだめよ！　聞こえる？」

　エクトルを見やり、目の前に伸びる道路を見やる。ソフィーは猛スピードで走った。片手をハンドルに、もう片方の手を彼の肩に置いて、がくがくと揺らした。

「聞こえる？」

　彼は弱々しくうなずいた。そして、また気を失った。

　カーブで対向車が現れ、ソフィーはあわてて衝突を避けた。車のクラクションが、ドップラー効果で変化しながら遠ざかっていく。彼女はエクトルを揺さぶり、大声で話しかけ、自分の声に耳を傾けさせようとした。が、それすらも叶わず、彼はまた意識を失った。ソフィーはエクトルの名前を大声で呼び、身体を叩いたが、反応がない。彼女はエクトルが教えてくれた道順を忘れないよう、必死で記憶に刻み込んだ。

　くねくねと蛇行する長い上り坂をたどって、芝生の手入れの行き届いた家をめざすころには、あたりは暗くなりはじめていた。庭は彼女の想像を超えた広さで、果てしなく大きな公園のように見える。左側には大海原が広がっている。彼女は限界までアクセルを踏んで坂道を上がった。

家の前には、車が三台とまっていた。救急車が一台、乗用車が二台だ。家の扉が大きく開いている。彼女はクラクションを鳴らしてから、家に駆け込み、大声で呼びかけた。

男がひとり、階段を駆け下りてきた。腕や服が血まみれになっているが、ふしぎと冷静なようすだ。

「エクトルが銃で撃たれたの。車に乗ってます」ソフィーは息を切らしながら大声で告げた。

男は階段の途中でくるりと向きを変え、駆け上がると、スペイン語でなにやら叫び、やがて男をもうひとり連れて戻ってきた。二人目の男もやはり血まみれで、やはり冷静だった。男たちは救急車へ走ると、担架を引っ張り出して、銃撃で穴だらけになった車へ急ぎ、エクトルを担架に乗せて家の中へ運んだ。ソフィーは担架を持って階段を上がっていくふたりのあとを追った。

上階に着くなり目に入ったのは、銃撃で割れたダイニングルームの窓だった。ガラスの破片が床に散らばっている。レシェックが食卓に横たわり、男がふたりがかりで手術を行っていた。死人がひとり、床に横たえられ、白いシーツをかぶせられている。部屋の奥では、チェックのシャツにジーンズ姿で、あごひげを生やした見知らぬ男が、拳銃を手にしたまま壁にもたれて死んでいるのが見えた。首を撃たれた跡があり、背後の壁が血まみれになっている。いったいどういうことだろう、とソフィーは考えた。

男たちのうちのひとりがエクトルの服をはぎ取った。もうひとりが大きな鞄の中を探って血漿を出し、血液型を確認している。慣れたようすで、てきぱきと仕事をしている。エクトルのそばに立っている男が医師のようだ。

「私、看護師です」ソフィーは彼に告げた。

彼はソフィーを見やり、それから部屋をぐるりと見渡すと、レシェックを指差した。ソフィーはそちらへ向かった。レシェックは麻酔をかけられていて、肩に生々しい傷跡が見えた。あたりは血だらけで、汚れ、散らかっている。とにかく命を救うことが最優先なのだ。彼女がいつも働いている病院のように、衛生面に気を遣うことなど、いまの状況ではぜいたくでしかなかった。レシェックのそばには、男がひとり立っていて、銃弾の破片をピンセットで抜き取っている。そのとなりの男が点滴を確認し、傷口を拭いていた。ソフィーが看護師だと言ったのを耳にしたレシェックの医師が、バスルームのほうを指差した。ソフィーはバスルームに向かい、両手をていねいに洗った。鏡に映る自分からは目をそらした。

彼らは集中して仕事を進めた。割れた窓から塩辛い潮風が吹き込み、部屋を満たした。ソフィーはレシェックとエクトルのあいだに立ち、医師や看護師の求めに応じて手助けをした。全員に必要なものが行きわたるよう気をつけた。

「エクトルはかなりの量の血液を失っています」と医師が言う。「できるかぎり輸血はしますが、背中に銃弾が二発めり込んでいて、なんとも言いがたい状態です」

ソフィーはレシェックの縫合を行い、肩に包帯を巻いた。それで彼女の仕事は終わった。彼女にできることはひとつもなくなった。また手を洗いにいった。今回も、鏡の中の自分を見るのは避けた。

部屋に戻ってみると、しんと静まり返っていた。エクトルの医師が手術を続け、助手がとなりで作業をしている。

ソフィーは覚悟を決め、白いシーツで覆われている死体に近寄った。だれの死体かは見当がついている。この人の息子はまだ、父親を失ったことを知らない。

そっとシーツを上げてみる。アダルベルトの表情は安らかだった。もう少しシーツを上げてみると、胸のところで血が固まっているのが見えた。彼女はシーツを元に戻した。

「いったいなにがあったんですか？」ソフィーは部屋の奥でタバコを吸っているレシェックの医師に尋ねた。

彼は肩をすくめた。

「われわれが到着したときにはもう……アダルベルトは亡くなっていました。あの男も」そう言うと、壁にもたれて座っているあごひげの男を指差した。彼が壁に沿ってずり落ちたときの血痕が残っている。

「レシェックも怪我を負っていましたが、意識はありました。なにがあったのかは知りませんし、どうでもいいことです。悪魔が来たんですよ。その説明でじゅうぶんでしょう」医師はタバコを一服した。タバコがパチパチと小さく音を立てた。

「あなたがたは？　どなたなんですか？」ソフィーが尋ねる。

医師は煙を吐き出した。

「あなたこそ。どなたですか？」

「私は、エクトルの友人です」

医師はどういうわけか、ソフィーと目を合わせたくないようだった。

「われわれは医師と看護師ですよ。昨日までは勤め人でしたが、今日からはフリーランスです。アダルベルト・グスマンと、数年前から取り決めを交わしていて……とはいっても、実際に約束を果たしたのは今日が初めてです。こういうことが起きたときのための取り決めでしたから」

そのとき、階下の階段のそばで物音がした。ダイニングルームにいる全員が視線を交わし合う。おびえた視線だ。だれが指揮を執る？　階段を上がる足音。男たちは身を隠そうとした。ためらうような足音が、ゆっくりと近づいてくる。ソフィーはあごひげの男の死体に駆け寄ると、彼の指をこじ開け、その冷たく硬直した手からリボルバーを奪って階段に向けた。足音が近づいてくる。ソフィーは狙いをつけた。息をつく。撃つつもりだ。頭が現れた。照準はぴたりとその頭を追う。やがて身体も現れた。すらりとした女性の身体だ。

上がってきたのは、ソニヤ・アリザデだった。ソフィーは銃を下ろし、床に置いた。

「みんな死んだの?」ソニヤがささやき声で言い、椅子に腰を下ろす。「なんの前触れもなかったわ。いきなり外から撃ってきた。アダルベルトは食事中だったのに、銃弾が当たって……それから、連中は家に押し入ってきて撃ちつづけた。レシェックが敵をひとり仕留めたけど、彼も撃たれた」

「連中って、だれ?」

ソニヤは考えた。

「わからない。男がひとり、車で逃げたわ」

「あなたはどうしてたの?」

「私は階段を駆け下りて……地下に隠れてた」

ソフィーは椅子を持って彼女に近寄り、そばに座って彼女の手を取った。ふたりはそうして手を取り合い、室内を見渡した。割れた窓から暖かな海風が吹き込み、ふたりをそっと撫でた。ソフィーは、担架の上で生きるために闘っているエクトルを見つめた。

階段のほうから、小動物の足音が聞こえた。上がってきたのは小さな白い犬で、部屋を見まわしてなにか探しているようだ。

ソニヤが両手を差し出すと、犬は彼女のほうへ近づいてきた。まだためらっているらしく、あたりを見まわし、鼻をひくひくと動かしている。飼い主が見つからないのだ。ソニヤは床にしゃがんで犬を呼んだ。犬はしっぽを振って彼女の腕の中に飛び込んできた。ソニヤは犬をひざに載せて椅子に座り直し、その身体を穏やかに撫でた。

「ピーニョっていうのよ……」

ソフィーは自分が犬に微笑みかけていることに気づいた。単に、犬を見ると微笑みかけるのが習慣になっているからかもしれない。あるいは、犬のおかげで、この場に穏やかな日常がほんの少し戻ってきたような気がしたからかもしれない。

そのとき、エクトルにつながっている機械がピーッと鳴った。医師や看護師があわただしく動きだす。ソフィーもソニヤもエクトルのほうを見つめた。

「昏睡状態に入るぞ」医師の声には焦りがにじんでいた。

ソフィーは彼らに駆け寄った。医師は仕事に集中している。彼が必要とする道具を、ソフィーは頼まれるままに次々と渡した。医師は小声で悪態をつき、こんな設備じゃとても無理だ、とぼやいた。看護師が手動でエクトルに酸素を吸入している。エクトルの意識を呼び戻そうとしていた医師が、その試みをあきらめるようすを、ソフィーは無力感に襲われつつ見守った。

彼はスペイン語で悪態をつき、看護師になにか問いかけている。答えのない問いかけ。彼の苛立ちの表れでしかない問いかけだった。

「移動させなければ」

「どうしてですか?」

「そういう取り決めだからです。人工呼吸器のあるところに行かなければ」

「どこに連れていくんですか?」

「安全な場所に」

「レシェックは?」

医師は眠っているレシェックに目をやった。

「彼のことは心配しなくていいですよ」

ソフィーは救急車の後部に乗り込み、エクトルの担架のそばに座った。ソニヤが彼女のとなりに座り、ピーニョをひざに載せている。救急車はマルベージャの街を走った。窓の外で、街が輝いている。ソフィーの位置からは、後部ドアの片方の窓からしか外が見えなかったが、それでも目に入ってきた。楽しんでいる人々、ネオンの明かりが反射してきらきらと輝く車、レストラン、テラス席、バイク、スクーター、暑さ、音楽。老若男女が集まっている。

　彼女はエクトルの手を握った。なにか言いたいと思った。なんでもいい。昏睡状態という壁の向こうまで、自分の声が届いていると信じたい。自分が手を握っているのを、彼もわかってくれていると思いたい。やがて彼女は手を放した。携帯電話を出し、ジェーンにかける。もう片方の手で、エクトルの担架をしっかりとつかんだ。電話に出たジェーンは寝起きのようだった。病院にいる、ちょうど眠っていた、という。見張りの男ふたりも病院にいて、交替でつねにどちらかがそばにいてくれる。ほかにアルベルトやソフィーを訪ねてきた人はだれもいない。アルベルトの容態は安定しているから、心配しなくて大丈夫だ。いまもすやすや眠っている、とジェーンは報告した。

　救急車は街を出て山のほうへ向かい、田園地帯に入った。暗闇の中を駆け抜けて、オヘンの町を横切り、また暗闇に入る。一時間後、救急車はスピードを落として停止した。車のドアの開閉音と、外を歩く足音が聞こえ、医師が後部ドアを開いた。暖かな夜の空気が吹き込んできた。降りてよし、と医師が合図した。

　そこは古い農場だったが、改装されているようだ。真っ白な壁に赤い屋根の家があり、明かりが煌々とついている。前庭に、小さな車がとまっている。いかにも独身者が持っていそうな、タイヤが小さくドアの薄い簡素な車だ。その中で、だれかが待っていた。ドアを開けたのは女性だった。

　エクトルは担架で中へ運ばれた。ソフィーとソニヤがあとを追う。一行を迎えた女性は、玄関でエクトルのようすをざっと確かめ、居間に運び入れるよう合図した。居間はかなりの広さがあり、白い石壁にテラコッタの床という、スペインふうのシンプルで落ち着いた内装だ。病院のような設備がソフィーの目に映った。除細動器に、点滴装置が二台、人工呼吸器。少し離れたところに、大きな病院用ベッドが置いてある。

エクトルはベッドに移された。女性は機器類をベッドに近づけると、点滴装置をつなげ、毛布の下でカテーテルを固定した。医師と看護師たちは人工呼吸器をつけると、女性と少し言葉を交わしてから、家を出ていき、救急車で去っていった。

女性はふたたびエクトルのようすを確かめてから、ソフィーとソニヤのほうを向いた。

「ライムンダといいます。私がエクトルの面倒をみます。今夜からここで働くんです。私立の病院で働いていたけど、電話がかかってきて、四時間前にそこを辞めました」

彼女は小さい声で、はっきりと話した。

「ここは安全です。この場所を知っている人は数えるほどしかいません。これからもそうあるべきです」

ソフィーはライムンダを見つめた。歳のころは三十代、華奢な体型で、黒い髪は肩につくかつかないかの長さだ。どことなく厳格で、まじめな雰囲気がある。彼女なら大丈夫だろう、と思えた。落ち着いているし……律儀そうだ。

ソフィーは、ありがとうございます、とつぶやいた。

ソフィーは農場内の部屋をひとつあてがわれて床についた。夜なのにセミが鳴いていた。

少し離れた椅子の上に置いてあったハンドバッグの中で、ブーンと音がした。起き上がって椅子に向かう。バッグの底のほうで、財布やアクセサリー、化粧品、レシートなどにまぎれて、イェンスからもらった電話が光を放っていた。

「イェンス？」

「いや、アーロンだ」

「エクトルが怪我を……」

「全部聞いた。いま、どこにいる？」

「農場に……山の上の」

「だれがいる？」

「ライムンダと、エクトルと、ソニヤと、私」

「そこにいろ。警察がアダルベルトの家を立ち入り禁止にした。レシェックもそっちへ向かってる」

「あなたは？」

「できるだけ早く行く。指名手配されてるから、遠回りしなきゃならない」

「イェンスは？」

「できるかぎり手当てはした……命に別状はないよ」

沈黙が訪れた。

「ソフィー」

「なに？」

「会ったら、話さなきゃならないことがある」


アーロンは電話を切った。

27

太陽の光が、木の床の上をゆっくりと移動する。グニラは穏やかな気持ちでその動きを目で追った。彼は、まるで胎児のように丸くなり、なにも掛けずに床に横たわっている。少しずつ、ゆっくりと、光が彼の肩にかかり、やがてあごを照らした。ラーシュ・ヴィンゲをたどる光の歩みは、まるで交響曲、無音の交響曲のようだ、と彼女は思った。いつものとおり辛抱強く、じっと待つ。太陽の光は頬を移動し、ついに閉ざされた片目に触れた。まぶたの奥に動きが見える。彼はつばをごくりと飲み込み、目を開け、床をじっと見つめた。目を閉じ、またつばを飲み込んだ。

「おはよう」グニラはそっとささやきかけた。

椅子に座って自分を見下ろしているグニラが、ラーシュの目に入った。彼は床の上で上半身を起こした。モルヒネに酔った起き抜けの彼は、真空状態のように空っぽだった。

「ここでなにしてるんですか？」かすれ声が出た。

「あなたに連絡しようとしたのに、電話に出てくれないから、ようすを見に来たのよ」

彼は濁った目でグニラを見つめた。

「ようす、ですか？」

「どうなの？」

ラーシュは考えようとした。この女、どうやって入ってきたんだ？　昨晩から尾行していたのか？

「ラーシュ？」

彼はグニラを見つめた。もっと時間が欲しかった、と思う。彼女にどう接するべきか、計画を練り上げるための時間が。

「あまり元気じゃありません」と小声で言う。

「どうして?」

「わかりません。仕事のしすぎじゃないですかね」

グニラは彼を食い入るように見つめてから、ひざの上に置いていた薬の箱を掲げてみせた。

「これはなに?」

「ただの薬です」

グニラは彼をじっと観察している。

「ひきだしいっぱいに入ってたけど?」

ラーシュは答えなかった。

「ふつうの薬じゃないわ、ラーシュ……病気なの?」

末期がんなんですよ、とラーシュは答えたかった。末期がんとなれば、多少のことは許されるだろう。が、だめだ。もう、なにもかもバレているらしい。

「いいえ」

「なら、どうしてモルヒネなんて使ってるの?」

「あなたには関係ありません」

グニラは首を横に振った。

「そんなことはないでしょう。あなたが私の部下であるかぎり、関係はあるわ」

ラーシュは彼女の目を見つめた。どことなく閉ざされた、うつろな、死んだ目だ。だれかが奥に忍び込んで、カーテンを閉めてしまったような目。前からずっと、こんな目だったろうか? わからない。ただ、わかっているのは、彼女がいま、目の前にいるということ。自分の命が危ないということ。彼女はおそらくひとりで来たのではないということ。自分の拳銃は手の届かないところにあるということ。自分が知っていることもバレているのかもしれないということ。ブラーエ通りに仕掛けたマイクが見つかったのかもしれない……自分は、ここで死ぬのだろうか?

ラーシュは彼女のひざの上に置かれた薬の箱を見つめた。老人ホームの牧師に嘘をついたときのことを思い出す。ほんとうのことをうまく流用すれば、嘘をつくのは簡単だ。真実こそ、最良の嘘なのだから。

「ラーシュ？　質問に答えなさい」

彼は床に座ったまま、目をこすった。

「なにが知りたいんですか？」

「ここ数日、いったいなにをやっていたのか。どうして、モルヒネやらベンゾジアゼピン系の薬やら、神経系の薬やらを使ってるのか」

ラーシュはしばらく間を置いてから、ささやき声で言った。

「すみません、グニラ……」

グニラは彼をまじまじと見つめた。

「なにを謝ってるの、ラーシュ？」

「あなたを裏切ったから……」

彼女の落ち着いた態度が変化した。身体をぴんとこわばらせ、好奇心をあらわにしている。

「裏切ったって、どういうこと？」彼女もささやき声だった。

ラーシュは何度か大きく息をついてから切り出した。

「子どものころ……十歳だったか、十一歳だったか、とにかくそのころに、睡眠薬を飲まされてたんです。中毒になりやすい薬です。母親が処方箋をもらって手に入れて……ぼくはあっという間に中毒になりました。そのあと、高校生のころに、周囲の助けもあってなんとかやめたんですが……それでも、もう手遅れでした。大人になってからはずっと我慢してました。アルコールも避けてたし、強い薬はいっさい飲まなかった。それが最近、腰痛で病院に行ったときに、医者に質問されて、よく眠れないって答えたんです。昔からずっと、不眠には悩まされてて……深く考えずに答えてました。それで、医者が処方箋を書いてくれました。鎮痛剤と、精神安定剤です。ぼくはそれを飲みました」

彼は顔を上げてグニラを見た。彼女はまだ耳を傾けている。

「べつに危険な薬ではなかったけど、それでスイッチが入ったみたいでした。気持ちよかった……あんなに気持ちいいと思ったのは、いつ以来か……もう覚えてません。身体全体が薬に反応して、応えて、受け入れた……そこからは、あっという間でした。一週間ぐらいで、すっかりやめられなくなってた……で、もっと強い薬を手に入れました。それからずっと、そうやって暮らしてます」

「私を裏切った、と言ったわね？」

ラーシュは床を見下ろしたまま、ほとんど見えないほどかすかにうなずいた。

「きちんと仕事をしなかったから。ここ何日かは、なにをする気にもなれなくて、ここで寝てたんです……ここから電話して、ソフィーを探したと言いましたけど、あれは嘘でした」

グニラは、どこまでが嘘でどこまでが真実かを探っていた。が、やがてふっと肩の力を抜いた。ラーシュにもそれが見えた。

「いいのよ、ラーシュ」と彼女は言った。そして、繰り返した。「いいのよ……」

そして立ち上がり、彼を見つめた。なにか言いたげだった。が、なにも言わず、部屋を横切って出ていこうとした。ラーシュはそのうしろ姿を目で追った。

「グニラ」

彼女が振り返る。

「ごめんなさい」

グニラはその言葉の裏を探った。

「この仕事は失いたくないんです。あなたはぼくにチャンスをくれた……もう一度、チャンスをください。お願いします……」

彼女は答えずに玄関へ消えた。玄関の扉が開くのが聞こえる。書斎の前を通りかかったアンデシュ・アスクが、ラーシュに向かって笑いかけ、人差し指を向けて彼を撃つまねをしてから、グニラに続いて外へ出ていった。玄関の扉が閉まり、あたりは静まり返った。

彼らの靴音が階段の下へ消えていくまで、ラーシュはじっと横になっていた。それから立ち上がり、散らばった薬を集めて、しばらく待ってから、マンションを出て地下鉄で移動を始めた。被害妄想にかられてあちこちへ移動し、何度も乗り換え、自分を追う人影を探した。だれも追ってきていないとわかると、ストランド通りのホテルに戻り、〝起こさないでください〟の札をドアノブにかけた。危機一髪で死を免れたのだと実感して、身体が骨の髄まで震えた。これからは時間との戦いだ、と考える。彼はすぐさま仕事にかかることにして、今後の計画を練りはじめた。

*

レシェックがベーコンを焼いている。

片腕に包帯が巻かれているが、彼は左腕だけですべての作業をこなした。ライムンダはひじ掛け椅子に座ってE・アニー・プルーの本を読み、ソニヤはソファーで眠っている。ベッドに仰向けになっているエクトルは、べつの次元にいるのかもしれない。

ステレオからは、ショパンの曲が小さな音量で流れている。ライムンダが決めたことだ。エクトルにはずっと、美しい音楽を聴いていてもらいます、と彼女は言った。ソフィーはソファーの端に座り、音楽に耳を傾けた。バーンスタインの指揮による録音、ピアノ協奏曲第二番……ヘ短調。子どものころに、この曲の一部を弾いたことがある。ピアノは十代のころにやめてしまった。なぜやめたかは思い出せない。

ソフィーは立ち上がり、レシェックのもとへ向かった。彼はフライパンの上のベーコンをひっくり返しているところだった。うつろな視線で油を見つめ、悲しげな顔をしている。ソフィーは彼の怪我していないほうの肩をぽんと叩いた。

「食事、私が作りましょうか?」と尋ねる。レシェックは首を横に振った。

ソフィーは食器棚から皿を出し、テーブルに並べはじめた。そのとき、外から車の音が聞こえた。レシェックの反応は速かった。フライパンをコンロから下ろし、スパイスの棚に置いてあった拳銃をつかんで、さっと窓辺へ移動した。車のドアが開き、運転席からアーロンが降りてきた。レシェックは身体のこわばりを解くと、外に出て彼を迎えた。ふたりが互いの身体を軽く叩き合っているのが見える。それから、ふたりは話しはじめた。主に話しているのはレシェックだ。ここ数日のできごとを詳しく報告しているのだろう。

アーロンは家に入ってくると、ソニヤを抱擁し、短い会話を交わした。ライムンダに自己紹介してから、エクトルのそばに座り、小声のスペイン語で彼に話しかけ、その髪を撫でた。それから、ソフィーと視線を合わせた。

「ちょっと散歩しようか」

ふたりは家を出ると、山の上へ向かう舗装されていない道を歩いた。アーロンは両手をポケットに突っ込んでいる。しばらく山を上っていると、だんだん空気が冷たくなってきた。ソフィーは地面を見下ろした。スウェーデンとは砂の質がちがう。もっと茶色くて、細かい。その一方で、大きな石もたくさんある。彼女はそれらを避けながら歩いた。

「息子さんは？　なにか変化はあった？」

ソフィーは首を横に振った。

「医者はなんて言ってる？」

「知らないわ」

アーロンは少し待ってから、用件を切り出した。

「エクトルが電話で、きみに全権を委任する、と言っていた。どうしてかわかるかい？」

ソフィーは黙ったまま、首を横に振った。

「おれもわからない。少なくとも、はじめはわからなかった」

ソフィーは顔を上げた。

「理由はふたつ考えられると思う。互いにかけ離れたふたつの理由だ」

アーロンは数歩ほど歩いてから続けた。

「きみはいろんなことを見聞きした。きみが知るべきではないことを知ってしまったかもしれない。もしかすると、だからエクトルは、きみを野放しにしておくわけにはいかないと考えた。全権を委任するのは、きみをおれたちのもとに縛りつけるひとつの方法だ。きみを近くに置いて、おれたちに害を及ぼすことができないようにするための」

彼はソフィーをちらりと見た。

「これが、最初に思いついた理由だ。エクトルは自分が怪我をしているとわかって……」

そして少し間を置いてから続けた。

「でも、理由はもうひとつあるかもしれない。エクトルが車から電話をかけてきたときにも、まだその理由が有効だったのかどうかはわからないが……」


彼女はそよ風に乱された髪を整えた。

「エクトルは頻繁にきみの話をしていたんだよ。今回のことが起きる前だが……きみが持っている、さまざまな面……さまざまな性質について話していた。きみを高く評価していたんだ。彼が女性をあんなふうに高く評価するのは初めて見た」

ソフィーは地面を見下ろした。

「きみにはなにか特別なものがあると思っていたんだ」

「特別なものって？」彼女はつぶやいた。

アーロンは肩をすくめた。

「わからない。とにかく、エクトルにはなにかが見えていた」

ふたりはかなり上のほうまで上がっていた。数百メートル下に谷が広がり、深い緑の木々が茂っている。

アーロンは立ち止まってその風景を眺めた。

「エクトルは、こうも言っていた。きみは自分がどういう人間なのか、自分でわかっていないんだ、って」

それはずいぶんと唐突な発言に感じられた。

「そんなこと話してたの？　言葉だけなら、なんだって言えるわ」

「いや、エクトルは根拠のないことは言わない」

アーロンは遠くの一点に視線を据えた。

「エクトルはきみになにかを望んでいた。けど、おれにはそれがなんなのかわからない。最後に電話で話したとき、彼がどういうつもりだったのか、おれには理解しきれていないんだ」

「理解しきらないといけないの？」

アーロンはソフィーを見つめた。

「ああ。そうだ」

その視線が新たな鋭さを帯びた。彼の中で決断が下されたのだ。

「さしあたり、きみに対して監視のようなことをさせてもらう。状況が落ち着くまで、あるいは、エクトルが目を覚まして、決断の理由を説明してくれるまで」

「どういう意味？」

「エクトルがきみに権利を委任するということは、きみがおれたちの仕事について、ある程度まで決められるようになるということだ。つまり、きみはおれたちがなにをやっているか、詳しく知ることになるし、それに参加することにもなる。きみも参加させてしまえば、おれたちはきみを恐れなくて済む。簡単に言えばそういうことだ」

「でも、私はどうなるの？　私にとっての意味は？」

「きみには、おれの助けになってもらう。おれはここにとどまるしかない。ほとぼりが冷めるまで隠れてなくちゃならないんだ」

「助けになるって、どうすればいいの？」

「エクトルがもう再起不能だなんて、世の中に思わせるわけにはいかない。そんなことになったらおれたちはおしまいだし、エクトルに頼って生きている連中にとっても命取りになる。きみはエクトルを知っているだろう？」

「どういう意味？」

「エクトルはきみを知っていると言っていた。なら、きみも彼を知っているということにならないか？」

「そうね」ソフィーは慎重に答えた。

「だったら、エクトルならどう行動したか、わかるだろう？」

アーロンが懇願するような表情をうかべていると感じるのは、気のせいだろうか？　ずっと奥のほうに、すがりつくような表情が見え隠れしている、と感じるのは？

「そうかもしれない。でも、アーロン、あなただって彼を知ってるわ」

「ああ、でも、きみとはべつの意味で……だから、いっしょにやっていこう」

「さしあたりはそれでよくても、そのあとは？」

アーロンは考えをめぐらせた。

「それはわからない」

「それは？　じゃあ、なにがわかってるの？」

アーロンは彼女を見つめた。

「おれたちが滅びるときには、きみもいっしょに滅びる。ひとことで言えば」

ソフィーは彼の言葉について思いをめぐらせた。とても現実とは思えなかった。

「エクトルには息子さんがいるわ」

アーロンはうなずいた。

「ロタール・マヌエルだね」

「その子じゃだめなの？　あなたは？　ソニヤだって、レシェックだっている。ティエリー、ダフネ……エルンストは？」

アーロンは彼女の視線を受け止め、肩をすくめた。それが彼の答えだった。

ソフィーは頭を整理しようとした。

「私がいやだと言ったら？　ここから去って、一度も振り返らなかったら？」

「残念だが、そういうわけにはいかない」

「どうして？」

「エクトルがきみに全権を委任すると言ったから。彼の言葉は絶対だ」

「私にだって選択権はあるでしょう？」

アーロンは首を横に振り、小声で答えた。

「ないんだ」

ソフィーは彼を凝視した。アーロンはその視線を受け止めた。やがて彼女が目をそらした。

「私は警察に素性を知られてるわ。レストランにいるところを見られたし」

「そのリスクは負うしかないな。あそこに来た警察の連中は、おれたちの金を欲しがってたんだ。きみのことなんか気にしちゃいないさ。レシェックがきみを家まで送っていくよ。必要なら警護もする」

「あなたは？」

「おれはしばらく身を隠して、きみに指示を出す」

ソフィーの頭には、無数の疑問が、無数の懇願が浮かんでいた。

「おれたちの仕事について教えるよ。ここで、何日かかけて。そのあとは、ストックホルムで事態がどう動くか、ようすを見よう」そう言うと、アーロンは向きを変え、道を下って戻りはじめた。

ソフィーはその場にとどまった。さまざまな思いが頭の中を跳ねまわるばかりで、いっこうに落ち着く気配がない。しばらく経ってから、彼女もアーロンのあとを追い、ゆっくりとした足取りで歩きだした。アーロンは下のほうで立ち止まり、彼女を待っていた。ふたりは肩を並べて歩いた。

「私の息子が暴力をふるわれたのよ、アーロン。そのうえ車ではねられもした。たぶん身体が麻痺して、一生治らない」

アーロンは黙っていた。

「あの子は、なにもしてないのに」ソフィーが声にならない声で言う。「あんまりだわ……」

アーロンは折り畳まれた紙を手に持っていた。エクトルがサインした委任状だ。ソフィーは差し出された委任状を受け取り、ポケットに入れた。

ふたりは家までの道のりを無言で歩いた。

＊

アンデシュ・アスクを尾行するのは簡単だった。仕事を終えると、アンデシュはオーデン通りとスヴェア通りの交差点の角にあるセブン‐イレブンに寄り、タブロイド紙と飲みもの、菓子を買った。まだ十代らしいレジ係の女性と世間話をしてから、チェックのテーブルクロスをかけている安いイタリア料理店に入り、持ち帰りのピザを買った。それからヴァナディス公園の真向かいにある自宅マンションへ向かった。

ラーシュはマンションに入ると、アンデシュ宅の玄関の錠を写真におさめた。ASSA社製の古い錠だ。翌朝、クングスホルメン島の錠前店で同じものを見つけて買い求めると、ホテルの部屋でそれをこじ開ける練習をした。意外に難しく、最高の道具を使ってもずいぶん時間がかかった。夜が更けても練習を続け、手が三つあればいいのにと願った。

翌朝、ユールゴーデン島のどこかから太陽が顔を出したころ、初めてピッキングに成功した。その日の午前中から、昼食時を経て午後に入るまでひたすら練習を重ね、ついに七分以下で錠を開けられるようになった。

身支度を整え、徒歩でスヴェア通りへ向かう。午後三時半、彼はふたたび目的のマンションに入ると、がたがたと揺れるエレベーターで四階へ上がった。格子の引き戸を開けてエレベーターを降りると、アンデシュ・アスク宅の玄関前に立った。

四階にはアンデシュ宅のほかに二戸あった。それぞれノリーン、グレヴェリウスというネームプレートが掲げてある。ノリーン家は静まり返っていて、グレヴェリウス家のほうからは、テレビの音らしいくぐもった雑音が聞こえてきた。ラーシュはつばの無い帽子をかぶると、ピッキングの道具を出し、冷たい石の床にひざをついて、何度か深呼吸してから作業を始めた。手順どおりに作業を進める。すべてうまくいった。道具がきちんとはまり、錠の中の小さな金具をぐっと押す。上の階でドアが開き、閉まる音がした。エレベーターががたがたと上へ向かう。ラーシュはやむを得ず作業を中断し、道具を抜いて、エレベーターが下へ向かっているあいだ階段の陰に隠れた。そのあとは、中断されることなく七分間、作業に専念できた。カチリと音がした。

靴カバーをはき、マスクと手袋を身につけ――そして、アンデシュ・アスク宅の玄関に足を踏み入れた。

部屋は二つあり、キッチンは比較的広かった。ラーシュは居間をのぞき込んだ。つぶれたクッションの載ったソファーに、イケア製の歪んだローテーブル。ガラス張りの食器棚があり、埃をかぶったガラスの置物が見える。有名な画家の絵が何枚も掛かっている。巨大な薄型テレビ。床に置かれたスピーカー。天井近くに、高音用の小さなスピーカーも設置されている。どうやらアンデシュはサラウンド音声にこだわりがあるらしい。ラーシュは寝室に入った。ベッドは乱れたままで、カーテンは閉まっている。枕元のテーブルに、ペーパーバックが置いてある。フィンランドの作家、アルト・パーシリンナの『行こう！　野ウサギ』だ。壁沿いにスーツケースが置いてある。しゃがみ込んで開けてみた。服、パスポート、金……逃げるつもりなのだ。

キッチンに入ると、椅子に腰を下ろした。壁時計がゆっくりと動く。彼はマスクを口からはずし、あごの下にかけた。スヴェア通りを走る車の音が、眠気を誘う。ラーシュはこくり、こくりとまどろみはじめた。

数時間後、錠に鍵が差し込まれる音で目が覚めた。玄関の扉が開き、閉まる。アンデシュが玄関で咳払いをしている。鍵をたんすの上に置き、靴を脱ぎ捨て、ファスナーを下げているのが聞こえる。上着を脱ぐときの、ナイロンがさらさらとこすれる音。大きなため息。焼きたてのピザのにおい。玄関から足音が近づいてくる。視界の隅にラーシュの姿をとらえて、アンデシュは飛び上がった。思わず両腕で身を守ろうとしたせいで、ピザの箱が床に落ちた。

「なんだ、どういうことだ!? びっくりしたじゃねえか!」

ラーシュをにらみつける。怒りと恐怖が、同時に顔に表れていた。

「どうしてここにいるんだ?」とまどいながらあたりを見まわす。「どうやって入ってきた?」

ラーシュはグニラのマカロフを彼に向けた。

「こっちに来て。座ってくださいよ」

アンデシュはためらった。銃口を見つめ、それから足元に落ちたピザの箱を見た。ラーシュが椅子をあごで示してみせると、アンデシュははじめ意味がわかっていないようだったが、やがてキッチンに入ってきて、ためらいながら腰を下ろした。

「進み具合はどうですか、アンデシュ?」ラーシュは銃を彼の腹に向けて尋ねた。

「えっ?」

ラーシュは質問を繰り返さなかった。アンデシュはごくりとつばを飲み込んだ。

「進み具合って、なんの?」

「なんでも」

アンデシュはラーシュのあごの下のマスクに目をやった。

「順調だが……ラーシュ、いったいどういうことだ？」

おびえた声だった。

「どういうことって？」

「これだよ！　いったいどういうつもりだ……拳銃なんか持って」

アンデシュは笑みをうかべようとしている。

「わかってるくせに」

「わからねえよ！」

アンデシュは急に怒った声になった。

「アンデシュ、怒ってるんですか？」

彼は両手を使って否定した。

「いや、ちがう、悪かった、怒ってはいない。ただ……びっくりしただけだ」

アンデシュの卑屈な笑みが戻ってきた。

「なあ、ラーシュ、どうしたんだ？　なにか言いたいことがあるなら話し合おうじゃないか。頼むから銃を下ろしてくれ」

ラーシュはうつろな目で彼を見つめた。拳銃の向きは変えなかった。

「話し合うって、どんなふうに？」

「どんなふうでもかまわん。おまえが決めていいんだ」アンデシュは必死だった。

ラーシュは思案している表情を作った。

「で、いったいなにを話し合うんですか？」

アンデシュには理解できなかった。

「なんだって？」

「なにを話し合うんですか？　話し合おう、って言いましたよね。なにをですか？」

アンデシュはラーシュを凝視した。

「知らん。おまえの用件だろう」

「ぼくの用件って、なんだと思います？」

「知らん！」

アンデシュはラーシュの靴カバーに目をとめた。恐怖が彼ののどを圧迫した。

「知ってるくせに……」

「知らんものは知らん！」アンデシュの声はやや甲高くなっている。

ラーシュは少し間を置いた。長い、気まずい間だった。

「サラのことです」

アンデシュは怪訝な顔で微笑もうとした。

「サラ？　だれだ？」

ラーシュはアンデシュをにらみつけ、冷静に言い返した。

「知らないふりをしても無駄ですよ」

「なんのことかわからんな、ラーシュ」

アンデシュはおびえた状態で嘘をつくのが下手だった。ラーシュは顔の表情でそう告げてみせた。ふしぎなことに、アンデシュはそれで緊張が解けたらしかった。無言のまま、キッチンの窓から外を見やり、息を吸い込んだ。

「おれじゃない。ハッセがやったんだ……命令したのはグニラだ。おれは関係ない」

「どうして殺したんですか？」

アンデシュの口の中はからからに渇いていた。

「サラは、おまえの家の壁に書かれてたことを読んで、なにかに感づいた。おまえ、なにもかも壁に書いてたんだろう……ちがうか？」

ラーシュは答えなかった。

「だから、グニラが命令した。あの小娘、なにもかも知ってやがった。グニラが昔やったことまで。ある女のことだ……パトリシアなんとかっていう名前だった……おれはよく知らないが」

ラーシュはかぶりを振った。

「ちがいますよ。サラはなにも知らなかった。はったりに決まってるじゃないですか」

アンデシュにはわけがわからなかった。

「あなたも、あの壁を見たんですよね？　あれを見て、いったいなにをどう感づけっていうんですか？　支離滅裂もいいところだった……ぼくはクスリでハイになって、錯乱状態であれを書いたんですよ！　サラがわかってたわけがない。ぼくにもわかってなかったんだから……」

「でも、いまはわかった？」

ラーシュはうなずいた。

「ええ。わかりました」

アンデシュの顔に、どことなく誇らしげな表情がうかんだ。

「驚いたか？」

その問いに、ラーシュは答えを持たなかった。彼は肩をすくめた。

「おれたちがどんなに利口か、わかったか？」

ラーシュは顔を上げた。

「どうしてぼくも入れてくれなかったんですか？」すがりつくような声を出す。

「入れるつもりだったんだよ、ラーシュ。もちろんだ。ただ、その前に確かめなきゃならないことがたくさんあった。だがな、これからでも遅くないぞ。ついて来い。いっしょにやろう」

「でも、あなたたちはサラを殺したんですよね？」

アンデシュは床を見下ろした。

「いいか、ラーシュ、よく考えろ。おれたちにとって、邪魔なのはグニラだ。おれたちが力を合わせれば、いまの状況をひっくり返せる。おまえひとりじゃなにもできないが、おれはどんな情報でも手に入れられる。だから、銃を下ろせ……手を組もう、ラーシュ。いっしょにあの女を追いつめよう……いいな？」

ラーシュはためらった。しばらく考えてから、顔を上げ、アンデシュのほうを見た。

「どうやって？」

アンデシュは突破口を見た。自信が少し湧いてきた。

彼は拳銃を見つめ、ラーシュに視線を移した。

「証拠を片っ端から集めて、計画を立てて、あの女を告発する。おまえは、おれのことを黙ってろ。おれも、おまえのことは黙ってるから……」

「ハッセは？」

「それは、ラーシュ、おまえが決めることだ。あいつは消してもかまわない。おまえがそうしたいのなら、おれが手を下してやってもいい。忘れるなよ、おまえの女を殺したのはあいつだ。おれじゃない」

ラーシュはだれにともなくうなずいた。

「たしかに、それも悪くないですね……」

アンデシュはほっとしたような笑みをうかべ、手のひらで腿をぽんと叩いた。

「よし！　これで話は決まりだ！　さあ、あの女を陥れてやろうぜ。おまえとおれで手を組んで、力を合わせて」

アンデシュはふうと息を吐き、椅子の上で身体を揺らした。

「どこから手をつけましょう？」ラーシュが尋ねる。

アンデシュの返答はすばやかった。

「大事なのは、グニラにもハッセにも怪しまれないようにすることだな……これから何日かは、いつもどおりに行動しよう。で、おれとおまえは夜に会って、計画を練ろう。プランを固めたら、それに沿って行動する。まちがいなくうまくいくぞ、ラーシュ！　おれとおまえが力を合わせれば！」

ラーシュはためらいがちに銃を少し下ろした。

「いきなり来てすみませんでした。アンデシュ。銃を向けたりして」

アンデシュは、かまわん、と言うように手を振ってみせた。頭の足りないラーシュ・ヴィンゲをうまく言いくるめたと思い込み、そのことを疑いもしなかった。が、そのとき、ラーシュが銃口を上げた。数秒ほど左の手のひらに拳銃を載せてから、狙いを定め、半開きになったアンデシュ・アスクのキッチンに銃声が轟いた。銃弾はアンデシュ・アスクののどと後頭部を貫き、うしろの冷蔵庫のドアにめり込んだ。キッチンが静まり返った。アンデシュは驚いた顔でラーシュを見つめている。彼が座って身体を揺らしていた椅子は、無重力の緩衝地帯に投げ出され、うしろの二脚のみでしばらくぐらぐらと揺れていたが、やがて重力が勝り、うしろに倒れた。椅子とアンデシュがキッチンの床を打った。

ラーシュはマスクを口にかぶせ、立ち上がった。アンデシュに近寄ってしゃがみ込む。アンデシュはラーシュをじっと見上げている。彼の頭の下から、血がひとすじ床に流れ出した。

「あんたはほんとうに、ろくでもない男だな、アンデシュ・アスク。ぼくのことを救いようのない馬鹿だとでも思ってるのか?」

かすかに焦げた肉のにおいがした。

「落ち着いて、いまどういう状況か、よく考えてみろ……ぼくは生きてる。あんたは死ぬ」

アンデシュはなにか言おうとしたが、声は出なかった。陸に打ち上げられた魚のように、口が苦しそうに動いただけだった。

「聞こえないぞ、アンデシュ」ラーシュはささやきかけた。「あんたは地獄行き決定だ。女たちを殺した。男の子を入院させた。あの子は半身不随になって、もう治らないかもしれない。あんたみたいな人間は、地獄の最下層に行くんだろうな」

アンデシュ・アスクの生命がリノリウムの床に流れ出すのを、ラーシュはしぶとく見つめていた。彼が息を引き取ると、ラーシュは立ち上がり、キッチンの窓を開けて、ふきんで銃を拭いた。そのあいだずっと、床に倒れているアンデシュの死体を見つめていた。いま、自分はなにを感じているだろう? 後悔か? いや……解放感? それもちがう。なにも感じていないのだ。ラーシュはキッチンのラジオをつけ、音量を最大にした。チャンネルは公営ラジオのP1に合っていた。

ふたたびアンデシュのそばにしゃがみ込んで、死人の右手に拳銃をつかませると、開いた窓の向こうに銃口を向けた。火薬がなるべくアンデシュの手に残るよう、自分の手をできるかぎり銃から離した。そして、引き金を引いた。ラジオのニュースが銃声をかき消した。弾は窓の向こうに飛んでいき、ヴァナディス公園を越えて、ストックホルム東駅の上で弧を描き、リディンゲ島のどこかに落ちた。マンションの住人たちは、銃声が二度聞こえたと証言するかもしれない。まあ、それでもいいだろう……素人の証言はまちがっていることが多い。警察官はみな、そう思っているのだから。証人はみんな馬鹿なのだ、と。

窓を閉め、アンデシュが倒れた位置を観察し、拳銃が彼の手からどんなふうに落ちるのが自然か考えた。そして、死体から少し離れた床に拳銃を置いた。それから寝室に向かい、アンデシュのスーツケースを手にすると、中身を出して服をクローゼットに戻し、パスポートはたんすのひきだしに戻した。金は自分のポケットに入れた。空になったスーツケースを閉め、アンデシュのベッドの下に突っ込んだ。

あとずさりながら玄関を出ると、ビニール手袋とマスクをはずし、そっとドアを閉めた。

その夜はぐっすりと眠り、朝の五時半ごろに目を覚ました。ルームサービスでコーヒーを注文する。食事は要らなかった。八時になるまで待ってから、電話をかけた。相手の男はいぶかしげだったが、ラーシュは引き下がらなかった。

シャワーを浴び、シャツにアイロンをかけた。しわひとつないシャツを着て、ボタンをとめないままバスルームの鏡に向かい、なんとかきちんと見えるよう髪を整えた。薬で興奮してはいるが、抑えがきかないほどではない。ゆっくりと髪を梳く……

靴は磨いたし、ズボンはマットレスの下に入れてプレスしておいた。なかなか立派に見える。鏡の前で、顔を作ってみる。薬さえ身体に入れておけば、難なくできることだ。表情の練習。なにを考えているのかわからない表情がいい。ラーシュはうつろで平板な表情を見つけると、シャツのボタンをとめ、椅子の背もたれに掛けておいた上着を手に取って袖を通した。出がけにベッドの上のスポーツバッグをつかみ、部屋をあとにした。

昼間に外に出るのは危険だ。が、しかたがない。相手に怪しまれないためには、真っ昼間に会うしかないのだ。ラーシュはセーデルマルム島のマリア広場を選んだ。あそこなら死角はあまりなく、隅々まで見渡すことができる。

彼は建物の最上階で、階段の踊り場に立ち、双眼鏡越しに広場を見下ろしている。時刻は十一時四十四分。待ち合わせの時刻は十一時半だった。双眼鏡を使って、広場にいる人々に視線を走らせる。ほとんどがベビーカーを押す母親だ。ブランコに乗っている子どもたち。なにがなんでも自分の足で歩こうと頑張っている一歳児の両手を、背を曲げて支えてやっている父親の姿もちらほら見える。彼は広場の遠くのほう、サンクト・ポール通りに近いほうに目を向けた。急いでいる人々、集まって笑い声をあげている若者たち、ベンチに座っている老人たち。

ラーシュは双眼鏡をホーン通りに向けた。やはり見つからない。車、ぶらぶらと散歩している人々。田舎者じみた肥満体の観光客が何人か、小さな売店のそばでアイスクリームを食べている。

彼は双眼鏡を下ろし、時計を見やった。十一時四十八分。そろそろ行くか？　最後にもう一度、広場をざっと見渡す……視線を動かしている途中で、ベンチにひとり座っている男の姿が目に入った。視線を戻す。片腕をベンチの背もたれに載せて座っている男。髪が中途半端に伸びているが、頭頂部は禿げている。男が少し向きを変える。いかにも警察官らしい口ひげが見えた。やはり、まちがいない。

ラーシュは携帯電話を出し、ある番号にかけた。電話を耳に当てつつ、双眼鏡で男を観察する。鳴っている電話を探してポケットに手を入れ、電話を出し、応答しているのが見えた。

「もしもし?」

「ヤンソンさん?」

「ああ」ほとんど聞こえないほどの声だ。

「少し遅れます。あと五分ぐらいで……」

ラーシュは電話を切った。ふたたび双眼鏡でトミー・ヤンソンを観察する。彼はベンチに座ったまま、広場にいる人々をぼんやりと眺めている。だれかに電話をかけたり、合図を送ったりしているようすはない。ただ、ベンチに座って、待っている。落ち着かないようすで、退屈そうに、暑そうに。ラーシュは双眼鏡をまわりに向けた。そばにいる人々を観察する。広場の反対側、古い映画館のそばにある木立の奥を探ったが、だれも見えない。トミー・ヤンソンはひとりで来たと思ってよさそうだ。

双眼鏡を鞄に入れ、階段を下りる。日差しの中へ出ていくと、トミーが座っているベンチに向かって歩いた。となりのベンチが空いていたので、そこに腰を下ろす。トミーがちらりとこちらを見やったが、またすぐに広場に目を向けた。ラーシュはひたすら待った。やはり、これといって異状はなさそうだ。トミーがため息をつき、時計を見る。ラーシュは立ち上がり、彼に近寄ってとなりに腰を下ろした。

「どうも、ラーシュです」

トミーは苛立っていた。

「無礼もたいがいにしたまえ。私をこんなふうに待たせるとは、いったいどういうつもりだ？　用件はなんだ？」

トミーの言葉には、いかにもセーデルマルム島の出身らしいアクセントがあった。〝もしかすると、この人の母さんはまさにこの場所で、この人を産み落としたのかもしれないな？〟

「お話ししたいことがいくつかあります」

「電話でもそう言っていたな……きみの上司はグニラだろう。なぜ彼女と話さない？　指揮系統は理解しているだろう？」

ラーシュはあたりを見まわした。たくさんの人が行き交っている。急にまた緊張してきた。

「どこかに移動しませんか？」

トミーはその発言を鼻で笑った。

「ふざけるんじゃない。さんざん待たせておいて……さっさと用件を言いたまえ。でなければ帰らせてもらう」

ラーシュは気持ちを落ち着け、トミーを見つめた。迷いが奔流となって襲ってくる。ほんとうに、この男に話していいのだろうか？　それとも、自分はいま、命にかかわる過ちを犯しつつあるのだろうか？

「情報があるんです」

「なんの？」

「グニラについての」

トミーの眉間にしわが寄った。

「ほう？」

「グニラは捜査なんかしていません。なにもかも嘘なんです」ラーシュは小声で言った。

トミーは彼をまじまじと見つめた。

「なぜそんなことを言う？」

「ここ数か月、彼女の部下として働いてきたからです」

トミーは苦々しげな顔でラーシュを見た。

「ヴァーサスタン地区のレストランで四人が死んだ。それなのに、捜査をしていないだと？」

「その事件で捜査が始まったことは事実ですが、グニラはそんな捜査、どうでもいいと思ってるはずです」

「どういうことだ？」

ラーシュは全体像をトミーに伝えたいと思った。

「ことの発端は、看護師の盗聴を始めたことでした」

トミーの苛立ちはまだ、眉間に残っていた。

「看護師だと？」

ラーシュの神経が張りつめている。

「ちょっと待って、最後まで話を聞いてください……エクトル・グスマンが入院してる病院に行ったグニラは、その病棟で働いてる看護師に注目しました。グスマンと親しくなったみたいだから、ということらしいです。とにかくそれで、その看護師の家に盗聴器を仕掛けました。ぼくと、アンデシュ・アスクが」

トミーは耳を傾けた。苛立ちを表していた眉間のしわは、やがて好奇心を示すしわに変わった。

「ぼくは看護師を監視するよう命令されました。グニラは、彼女とエクトルの関係が恋愛関係に発展すると確信してました。実際、そのとおりになりました。例によって例のごとく、グニラの言うとおりになったんです。でも、なんの証拠も挙がらなかった。盗聴をしても、尾行をしても」

トミーはなにか言いたげだったが、ラーシュはそのまま続けた。

「時が経って、でも成果らしきものはなにも出なくて、グニラはどんどん焦りはじめました。で、空港警察にいた元機動隊員、あのゴリラみたいなハッセ・ベリルンドをチームに加えました。ハッセも、エリックやアンデシュと同じように、彼女の武器になったんです。焦りと苛立ちが高まってくると、グニラは妙な行動に出ました」

「妙な行動？」トミーは小声だった。

ラーシュは広場を見まわしてから答えた。

「看護師の息子を狙ったんです」

トミーは話の飛躍についていけなかった。

「ハッセとエリックが、看護師の息子を連れてきて、尋問しました。嘘の尋問です。息子が女の子をレイプしたっていう話をでっち上げて……」

いったいどう受け止めればいいのか、トミーにはわからなくなった。

「そうやって、看護師を従わせようとしたんですよ……息子の起こした事件をなかったことにしてやるから、エクトルの情報を流せ、と言ったんじゃないでしょうか」

トミーは考えをめぐらせた。

「で、その看護師は密告したのか？」

ラーシュは肩をすくめた。

「わかりません……してないと思います。そもそも彼女はなにも知らなかったと思うので」

トミーは自分の右腿を叩いた。

「なるほど、もしきみの言っていることがほんとうなら、由々しき事態だ。グニラのやりかたは昔から型破りだったが、やりすぎもいいところだ。グニラと話してみる。知らせてくれてありがとう」

トミーは立ち上がり、片手を差し出した。

「このことは内密にしてくれるね？」

ラーシュはトミーの手を見つめた。

「座ってください。まだ本題に入ってもいませんよ」

ラーシュは知っていることの一部始終をトミーに伝えた。報告には二十分かかった。

トミーは呆然と彼を見つめている。その顔はすっかり変わっていた。

「なんということだ……」声にならない声で言う。

その手はもう、口ひげを撫でてはいない。代わりに、無精ひげの生えた頬をがりがりと掻いている。

「なんということだ……」

視線は、ラーシュに据えられたままだ。

「で、なにもかも録音してある、と？」

「サラを殺した件について、グニラが話しているところを録音してあります。アンデシュ・アスクとハッセ・ベリルンドもその場にいます。パトリシア・ノードストレム殺害にも言及してます。看護師の息子が尋問された件も、車ではねられた件も、違法な監視についても、とにかくグニラのやったことが全部入ってます。彼女とエリックとアンデシュ・アスクが、これまでに担当してきた捜査の過程で莫大な額の金を盗み取った事実についても、メモや帳簿が残ってます」

トミーは小声でまた嘆いた。これで十回目だ。

「看護師の息子は？　まだ入院しているのか？」

ラーシュはうなずいた。

「経過は思わしくありません」

トミーはため息をついた。聞いた話を整理しようとする。

「これから、どうするおつもりです？」ラーシュが尋ねた。

その問いは、トミー・ヤンソンの痛いところを突いたようだった。彼は、聞いてくれるな、と言いたげな顔になり、静かに答えた。

「わからない……いまは、わからない」

「おわかりのはずですよ」

彼はラーシュを見つめた。

「なんだって？」

「グニラは人を殺しました。罪を犯しました……警察官でありながら。あなたは彼女の上司ですよね。だから、彼女のしたことはあなたの責任になります」

「いったいなにを言いだす？」

「あなたには、選択肢がふたつあります」

「ふたつ？」

ラーシュは、そばを通りかかった老夫婦が遠ざかるのを待ってから、ふたたび口を開いた。

「ひとつは、彼女を逮捕すること。殺人、強要、脅迫、不法侵入、権力濫用、盗聴……あらゆる罪状が並ぶでしょう。そうなると、彼女の上司であるあなたも、いっしょに転落することになる。全国の警察やジャーナリストにつつかれて、あなたもなにかしらの罪で逮捕されることになるでしょうね。あなたがなにも知らなかったと言ったところで、たぶん、だれも信じない」

「しかし、それが真実だ。私はほんとうに、なにも知らなかった」

「真実なんて、だれも気にしませんよ」

トミーはベンチに背をあずけた。

「もうひとつの選択肢は？」小声で尋ねる。

ラーシュはその問いを待っていた。

「もうひとつは、黙ってグニラを辞めさせることです」

ラーシュは身を乗り出した。

「あなたは面倒なことに巻き込まれなくて済む。問いつめられることも、責任を問われることもない。グニラは辞職します。理由はなんでもいい。年齢でも、エリックを失った悲しみでも。とにかく、ここから去ってもらう。遠くへ行ってもらうんです。そして、ぼくはこのことを黙っている見返りとして、彼女の仕事をいただきます……あるいは、刑事として、それ以上のポジションに就かせてもらいます。そして、あなたに直属の上司となっていただきます。よけいな口出しはごめんですがね。で、数年後には昇進したい……」

トミーの顔に苦々しげな表情がうかんだ。

「きみはパトロール警官だったのが、どういうわけかグニラのチームに抜擢された。経験も、実績も、なにもないのに。私がそんなふうにきみを抜擢して、人に理由を聞かれたら、いったいどうすればいい？」

「それはご自分で考えてください」

トミーは唇を噛んだ。

「きみの話がほんとうだともかぎらないだろう？　全部作り話という可能性もある」

ラーシュはトミーにスポーツバッグを差し出した。

「どうぞ、ご自身で確認してください。それから連絡をください。できれば、今夜のうちに」

トミーは考えをまとめようとした。ラーシュは立ち上がってその場を去った。トミーはその背を見送ってから、スポーツバッグを持って立ち上がり、反対方向へ歩いていった。

28

教会にフォーレの曲が流れている。献花が始まっていた。グニラが棺の端に立ち、しきたりどおり棺のふたに花を置いて、軽くひざを曲げて礼をした。エリック・ストランドベリに最後の別れを告げようとする三十人ほどの列には、警察官の制服に着られているような老人たちも何人か加わっている。

ラーシュはその光景を、教会のうしろの長椅子からじっと見つめていた。トミー・ヤンソンも献花の列に加わっている。制服で出席するなどという悪趣味なことはせず、ふつうの背広を着てくるだけの分別は、少なくとも持ち合わせているらしい。

ラーシュは席に戻る途中のグニラと目を合わせよう

とした。一瞬、目が合ったような気がした。気のせいだろうか？　トミー・ヤンソンのようすを観察する。トミーはうろたえるだろうか？　真相を知っていることを、グニラに悟らせてしまうのではないか？　が、グニラのそばを通りかかったトミーは、思いやりと悲しみのこもった穏やかな笑みを彼女に向け、その肩を軽く叩くことまでした。〝いいぞ、トミー、その調子だ〟

献花が終わると、参列者たちは教会を出た。

グニラは出口のそばに立ち、人々のわざとらしい弔いの言葉を受け止めている。ラーシュは彼女を抱擁した。

「来てくれてありがとう」グニラが悲しげに言う。

「ちょっとだけ、時間ありますか？」とラーシュは尋ねた。

グニラが全員からあいさつを受けたあと、ふたりは教会の外で人々の群れから離れた。ヒイラギの木の下にいい場所が見つかった。

「大丈夫ですか？」ラーシュがやさしく尋ねる。

グニラはため息をついた。

「悲しいけど、よかったと思うわ。いいお葬式ができた」

「そうですね」ラーシュは思いやりのある声で言った。

教会前の墓地は、しんと静まり返っている。やわらかな夏のそよ風が、ふたりの髪を梳いていった。

「救急車を呼ぶまで、三十分待ったんですよ。三十分間、あなたの弟さんが死ぬのを、じっと見てました」

ラーシュは彼女の目を見据え、小声で言った。

「エリックは発作を起こして……ぼくの目の前で倒れました。そこですぐに救急車を呼んだら、エリックは助かってたでしょうね。でも、ぼくは待った……」

グニラの顔から血の気が引いた。ラーシュは微笑んだ。

「ほんとうに苦しそうでしたよ」

グニラが彼を凝視する。

「しかも、アンデシュ・アスクがあなたのマカロフで自殺するとはね？　いったいどうして、そんなことになったんでしょうね？」

グニラは混乱しきったまま、なにか言おうとした。が、ラーシュが先に口を開いた。

「これでおあいこですね？」

グニラには意味がわからなかった。彼女は目を細めた。

「意味はわかるでしょう？」

グニラがゆっくりと首を横に振る。

「サラですよ……あなたは、サラを殺した」

ラーシュは、グニラ・ストランドベリの瞳をまっすぐにのぞき込んだ。なにもかも遮断しているような目だった。ラーシュはトミーを指差した。

「あの人は、あなたのやったことを知ってます。逃げる猶予をくれるそうですよ。タイムリミットは今夜。こんな都合のいい申し出、おそらくもう二度とないでしょうね。逃しちゃいけません」

トミーは男たちの話の輪に加わりつつ、ラーシュとグニラのほうを見やり、かすかにうなずいた。グニラはラーシュのほうを向いた。

「でも、ラーシュ、あなたにはなんの証拠もないはずよ。なにも知らせてないもの。だいたい、どうしてあなたがチームの一員に選ばれたか、わかってる？」

「あなたの好きなようにかたちづくれるからですか？」

グニラは驚いた顔で彼を見つめた。

「ソフィーの家に仕掛けたマイクを回収して、ブラーエ通りのオフィスに仕掛けたんですよ。なにもかも録音してあります。アルベルトの拉致、盗聴、サラの殺害、パトリシア・ノードストレムの殺害……全部がね……はっきり、くっきり残ってますよ。あなたのメモや、銀行の明細も持ってます。あなたとアンデシュとエリックが何年も前から盗みつづけてきた金のね……」

グニラは身じろぎひとつせずにラーシュを凝視し、考えを、言葉を探した。やがて向きを変え、その場を去った。

ラーシュはその背を見送ってから、教会のほうへ戻った。ベンチを見つけ、腰を下ろすと、携帯電話を出した。酸素で肺を満たしてから、ゆっくりと息を吐き出す。教会の鐘が鳴りはじめた。彼はある番号を押した。着信音は外国のもののように聞こえた。

彼女が〝もしもし〟と応答する。彼女の声を聞いて、緊張が高まった。しどろもどろになりながら名乗る。彼女の口調はぶっきらぼうで、彼の電話をまったく喜んでいないようすだ。ラーシュはいきなり電話したことを謝ってから、なにもかも片付いた、もう安心して大丈夫だ、と言った。どういう意味かと聞かれたので、ラーシュは自分のしたことを説明した。

「これから、しばらく留守にするんだ」とラーシュは言った。

ソフィーは黙っていた。

「ぼくが戻ったら、いつか、会って話さないか?」

ソフィーは電話を切った。

＊

経由地は、プラハのヴァーツラフ・ハヴェル国際空港だった。レシェックがソフィーとソニヤをVIPラウンジへ連れていき、三人はそこで軽い食事をして休憩した。ストックホルム・アーランダ空港への飛行機は、二時間後に出発の予定だ。

ソフィーは新聞を読もうとした。が、やがてそれを折り畳むと、立ち上がり、脚をほぐすためにあたりを歩いた。窓辺に立ち、到着ロビーを見下ろす。人々の流れは混沌としているようで、どこか秩序があるようにも見える。旅は終わりに近づいていた。が、そんな気はまったくしなかった。むしろ、なにかが始まったばかり、なにか巨大なものが生まれたばかり、という気がしてならなかった。眼下に広がる人の海をぼんやりと眺める。しばらくしてから振り返ると、ソファーで眠っているレシェックと、週刊誌をめくっているソニヤが見えた。ソフィーはふたりのそばに腰を下ろすと、テーブルに置いてあった新聞を手に取った。ソニヤが顔を上げ、ソフィーに微笑みかけてから、また雑誌に戻った。

アーランダ空港に到着すると、直接カロリンスカ大学病院へ向かった。ジェーンとヘススがアルベルトの病室にいて、それぞれ本を読んでいた。ジェーンが立ち上がってソフィーを迎え、彼女を長いこと抱擁した。アルベルトはまだ意識が戻っていなかった。ソフィーはもう脚に力が入らず、しかたなく腰を下ろした。アルベルトは穏やかな表情だ。いい夢を見ているのかもしれない。そうだといい、と思う。いまの望みはそれだけだ。アルベルトの手を握る。時間が融けてなくなった。ここ数日、彼女の頭を占めていた無数の思いは、どれもたったひとつの望みの表れだったのだ――〝とにかく、どんな形であれ、アルベルトが助かりますように〟

ソフィーは長いあいだ、そこに座っていた。何時間も経っていたかもしれない。それから、病室を出た。廊下を歩いていると、壁沿いの椅子に座っている男の前を通りかかった。山羊のようなあごひげを生やした、短髪の男性だ。彼に見つめられて、ソフィーは立ち止まった。

「イェンスの友人です」ソフィーが尋ねる前に、男性は控えめに自己紹介した。「これからも見張りを続けます。あなたの息子さんが無事でいられるように」

それだけ言うと、話を終わらせたがっているように顔をそむけた。ソフィーはなんと言っていいかわからなかった。なにか言いたい、と思った。出てきたのは、ささやき声の〝ありがとう〟だった。

自宅の玄関を開け、中に入る。彼女を迎えた沈黙が、まるでなにかにひびの入る鋭い音のように、家の中に響きわたった。キッチンに入り、その真ん中で立ち止まる。ただいま、と息子に呼びかけたくなった。アルベルトは答えてくれるはずだ。二階から。居間から、あるいは、怒ったような声で。怒っているわけでもないのに、どこか怒ったような声で。それから彼女は、買ってきた食料を冷蔵庫に入れたり、テーブルに食器を並べたり……あるいは、ただ椅子に座って、買ってきたばかりの週刊誌を読んだりする。アルベルトがキッチンに下りてきて、冗談を飛ばす。彼女は、宿題はないの、と尋ねる。そろそろ髪を切らなきゃね、とも言う。アルベルトは黙っている。彼女は、まあ、いいけど、と思う。

だが、いまは……なんの音もしない。自分以外に人の気配はない。このままでは壊れてしまう、と思う。壊れたくない。彼女は必死で抵抗した。自分の中にあるなにかを見つけ、そこに戻った。

彼らは、まるでごくふつうの客のように、七時十五分にやってきた。

ソニヤ、レシェック、エルンスト、ダフネ、ティエリーが、彼女の家の居間にいる。レシェックは窓辺に陣取って、庭や道路を見張っている。エルンストは絵をじっと眺めている。ほかの三人は、棚に飾ってある写真を見ながら、なにやら会話を交わしている。

ソフィーはキッチンで夕食の用意をしながら、彼らを観察した。なんともバラエティーに富んだ人間の寄せ集めだ。いまやこれが、彼女のグループ、彼女の居場所なのだった。仲間？　いや……仲間とはとても呼べない。敵？　もちろん、それもちがう。彼女は孤独を感じた。与えられた役割を演じているだけだという気がした。もしかすると、彼らもそれは同じなのかもしれなかった。

話し合いながら食事をする。ソフィーはその冷ややかな会話に耳を傾けた。しばらくはおとなしくようすをうかがい、エクトルの容態を見守ろう、ということで、全員の意見が一致した。ハンケ一味は皆殺しにするしかない。問題は、いつ、どのように、ということだけだった。

29

ラーシュはホテルをチェックアウトし、グニラの現金の一部を使って支払いをした。

ストックホルムを離れ、夜更けに〈ベリシェーゴーデン〉にたどり着いた。五十代らしき男性と女性に迎えられた。温かみと安心感を与えてくれる、ふつうの人たちだった。意外だ、と思った。どうやら自分は、まったく正反対の人々を想像していたようだ。

荷物をチェックさせてほしいと言われ、素直に従った。

グニラの金の残りを使って、一か月分の治療費を払った。翌朝、彼は全国各地から集まった、経歴も見た目もさまざまな男たち十一人とともに、輪になって座っていた。全員がファーストネームだけを名乗り、ここに来た経緯をおずおずと語った。全員が、処方箋薬や、そのほかの薬の依存症だった。これからどんなことが起こるのかと、おびえ、不安を抱いていた。

一日目は、なんの問題もなかった。やはりここに来てよかった、ここなら助けてもらえそうだ、と感じた。午後、担当者と話し合いをした。じっくりと、かなりプライベートなことまで話した――少なくとも担当者のほうは、いろいろと打ち明けてくれた。ダニエルという名の彼は、スモーランド地方出身の元保険ブローカーで、やはり処方箋薬の依存症に苦しんだ過去があった。きみの気持ちはよくわかる、自分の人生を変えたいという意志があるのなら、こちらはいくらでも手を差し伸べるつもりだ、と彼は言った。

彼の話している内容を、ラーシュはあまりよく理解できなかったが、少なくとも自分はいま、思いやりにあふれたよい場所にいるのだ、と強く感じた。すべてが集団としての良識に従って行われる場所。そういう良識こそ、彼が取り戻したいと思っているものだ。

二日目は、すべり出しがつらく感じられた。自分がどんなふうにして薬物依存に陥ったか、文章で書き表せという課題を与えられたのだ。が、ほかの男たちの話を聞いて、抵抗感は弱まった。オープンで率直な対話で、感情が刺激された。

ラーシュはその夜、ペンが焦げそうなほどの勢いで書きつづけた。なにかから解放されたように感じた。自由になった気がして、感謝の気持ちが湧いてきた。書けば書くほど、自分の人生の状況がはっきりしてきた。この現状は変えられるんだ、と思った。これからの人生は、これまでとは一変するかもしれない。いい意味で。

その夜はぐっすり眠った。見覚えのある夢を見て目を覚まし、朝食が楽しみだと思った。

三日目の午後、禁断症状と拒絶が始まった。前向きな気持ちはすっかり忘れてしまった。ダニエルもそのことに気づき、彼をもとの道に戻そうとした。が、ラーシュ・ヴィンゲの顔には、あざけるような笑みが貼りついていた。ダニエルも、ベリシェーゴーデンに滞在している男たちも、にわかに彼の敵となった。自分と彼らとを比較する。あいつらは、みんな馬鹿だ。カルト宗教の信者だ。自分はちがう。あいつらは弱くて、洗脳されている。大いなる力がなんだっていうんだ。逃げたいという気持ちが彼の中で叫び、激しく胸を打つ。その夜、彼は寝室の窓から外へ抜け出し、駐車場にとめてある自分の車へ向かった。家に帰って、何日か、薬漬けになって過ごそう。それからまた薬をやめればいい。なんの問題もないはずだ。ベリシェーゴーデンという場所があることはもうわかったのだし、この場所が消えてしまうわけでもない。それに、自分の人生なんだ、好きなように生きてなにが悪い？　べつに他人を傷つけているわけでもないのだし。

ラーシュは自宅に戻ると、薬や酒を手当たりしだい身体に流し込んだ。脳の働きが鈍くなり、彼は床を這いまわって、話し相手になってくれそうな蟻などの虫を探した。流し台に嘔吐すると、まるで浄化されたような、すっきりとした気分になった。それから、ヒベルナルを飲んだ。ヒベルナルを飲むというのがどういうことかは、よくわかっている――化学的なロボトミー手術だ。薬は効能どおりの働きをしてくれた。ラーシュは床に座って、いつまでも無を見つめていた。感情など、かけらも湧いてこない。ただ、じっと座っている。ラーシュ・ヴィンゲは、なにも感じず、なにも考えず、なにも期待していなかった。中身のいっさいない、巨大な無。やがて、すべてが暗闇と化した。いつもと同じように。

翌朝、彼はキッチンの床で目を覚ました。股間がひんやりと冷たかった。手でさわってみると、ジーンズが冷たく濡れていた。なるほど、小便を漏らしたらしい。
　かたわらの床に置いてあった携帯電話が鳴った。彼は手を伸ばした。

「やあ、ラーシュ」

　トミーの声だ。ラーシュは口の端から漏れた唾液をぬぐい、かすれ声で答えた。

「こんにちは」

「リハビリはもう終わったのか？」

　ラーシュは頭を整理しようとした。

「どうして知ってるんですか？」

「部下のことはおおかた把握している。ラーシュ、水臭いぞ。人間は助け合うものだよ……自分がひとりきりだと思ってるのなら、それはまちがいだ。具合は？」

　ラーシュは人差し指で鼻の下をこすった。

「よくわかりません。大丈夫だと思います」

「そっちに行くよ」

　止める間もなく電話が切れた。

　トミーは三十分後に現れた。食事と飲みものを持参している——菓子パンに、オレンジ味のソーダ二本。

　ふたりは居間で率直な会話を交わした。ラーシュはひじ掛け椅子に、トミーはソファーに座った。トミーが、もう一度チャレンジするべきだ、とラーシュを励ます。仕事が逃げるわけじゃない、なんなら自分が上司として治療費を払ってもいい。ラーシュはしっかりと耳を傾けた。薬物依存の詳細についても、いろいろと質問された。なんの薬を飲んでいるのか、どうやって手に入れているのか、どれがいちばん強い薬なのか。ラーシュはできるかぎり答えを返した。子どものころすでに依存症になった経緯を話し、さほど危険でない薬をふたたび飲みはじめたが最後、あっという間にコントロールが効かなくなった、と語った。トミーは耳を傾け、かぶりを振りつつ小声で言った。

「まるで悪夢だな」

ラーシュも、それについてはほぼ賛成だった。

「だが、それも片を付けてやろうじゃないか」トミーはそう言うと、腿をぽんと叩き、まばたきをして立ち上がった。そして、用を足しにトイレへ立った。

ひとり残されたラーシュは、あくびをし、身体を伸ばした。

トミーは居間に戻ると、ラーシュのうしろにまわった。ラーシュは突然、後頭部を強く殴打され、わけがわからなくなった。さらにわけのわからないことに、トミーに両手をつかまれてうしろに回され、ひじ掛け椅子からむりやり床へ引きずり下ろされた。トミーがのしかかってきて、ラーシュは顔を床にぶつけた。どんなにあがいてみても、トミーのほうが優勢だった。トミーには筋力もスタミナもあり、ラーシュは薬で朦朧としている。差のありすぎる闘いだった。ラーシュはわけがわからないまま抵抗したが、トミーは彼を黙らせると、ベルトに固定したケースから手錠を引っ張り出してラーシュの手首にかけた。

「なにやってるんですか？　ぼくがなにをしたっていうんですか？　ヤンソンさん？」

トミーはまた居間から姿を消した。ラーシュはうつぶせに倒れている。

「ヤンソンさん！」答えはない。耳を澄ますと、トミーが玄関の扉を開ける音が聞こえた。扉が閉まる音も聞こえる。出ていったのか？

「ヤンソンさん？　出ていかないでくださいよ！」

ラーシュは後ろ手に手錠をかけられて横たわったまま、考えをめぐらせようとした。冷たい床に頬を寄せる。

「ヤンソンさん！」しばらく経ってから、もう一度叫んだ。自分の息が、木の床にぶつかって返ってきた。

キッチンのほうで、小さな物音がする。人がふたりいて、ひそひそと話をしているような……

「ヤンソンさん、お願いです！　話し合いませんか？」ラーシュの声は弱々しかった。顔を床につけて横たわっている。そのまま時間が経った。どのくらい経ったのかはわからないが、ふと、玄関のほうに人影が見えた気がした。トミーではない。女のシルエットだ。目を細めると、だれかわかった。グニラだ……グニラが居間の入口に立っている。ドアの枠にもたれて、ハンドバッグを肩に掛けて。

だんだん意味がわかってきた。それまでずっと、その可能性をちらりとでも考える勇気すらなかった。急に呼吸が荒く、苦しくなった。何度か大きく息を吐き出す。不安のあまり、心臓が胸の中でよじれてもつれそうになり、咳払いをした。

「どうしてここにいるんですか？」なんとか声に出せたのは、そんな言葉だった。

トミーがグニラの脇をすり抜け、居間に入ってきた。その手には、銃身に長い消音器のついたオートマチック拳銃が握られている。ラーシュは死の恐怖を吐き出そうと咳をした。また小便が漏れる。上半身を起こして座ろうとしたが、後ろ手に手錠をかけられている状態では無理だった。すべりやすく硬い床の上で、陸に上がったアザラシのようにぎくしゃくと動くことしかできない。トミーに話しかけようとしたが、恐怖のあまり、意味をなさない弱々しい言葉しか出てこなかった。グニラにも話しかけようとした。ここまでする必要はないんじゃないか、と……自分は、殺されるほどのことはしていない、と。が、グニラは彼の言い分がまったくわからないようだった。聞いてもいないように見えた。

トミーがラーシュのうしろに立ち、彼を引っ張り起こして座らせると、消音器を右のこめかみに向け、あと一センチというところで止めた。それから、グニラと目を合わせた。彼女がうなずく。ラーシュはまた口を開こうとした。が、かすれたような空気の音しか出なかった。暗く、苦しい、胸の張り裂けるような恐怖のにおいのする空気だった。

トミーが引き金を引く。プシュッ、パーン――空気をぷっとひと吹きしたような音。銃弾はラーシュの頭をまっすぐに貫き、居間の奥の壁にめり込んだ。ラーシュの左のこめかみから、血が細い線となってぴゅっと噴き出した。グニラはそのようすを凝視していた。ラーシュはがくんと床にくずおれた。トミーはそっとあとずさったが、そのあとの仕事はすばやかった。しゃがみこんで手錠をはずし、自分の立っていた場所をきれいに拭いた。

グニラは、予想とは正反対のことを感じていた。この男が死ぬところを見るのは爽快だろうと思っていた。彼がエリックにしたことを考えると、こいつが死ねばほっとして、報われたと感じるだろうと思っていた。が、そんな気持ちにはなれなかった。ただ、うつろで、悲しかった。ラーシュの息の根を止めてほしい、と、トミーに頼んだのは自分だ。方法も指定した。ラーシュが最期に見る光景が、自分の姿となるように。どうあがいても彼女には勝てないのだと、あらかじめそう決まっているのだと、思い知らせてやれるように。ラーシュは思い知ったかもしれないし、なにもわからなかったかもしれない。いずれにせよ、彼女の感じていることは、予想とはちがっていた。ラーシュのみじめで哀れな人生が、このように悲惨な形で終わったことに、やりきれなさを覚えた。彼女はもう、死にかかわるすべてに疲れきっていた。

「ありがとうございます」小声で言う。

トミーは彼女を見つめた。

「どうだ、気分は」

彼女は答えなかった。トミーは片手に手錠を、もう片方の手に拳銃を持って立ち上がり、彼女の目を見つめた。

「エリックに会いたい」グニラは静かに言った。

トミーはため息をついた。ふたりの視線がしばらく合った。彼が銃口を上げた。狙いを定める必要は無く、ただ引き金を引いた。そして、また、あの硬く短い銃声が響いた。反動で、消音器が十五度ほど振れ上がった。銃弾はグニラの額の右のほうに命中した。

彼女はしばらくのあいだ、身じろぎせずに立っていた。あまりにも驚いたせいで、その驚きの力によって、しばし生かされているかのようだった。が、やがて脚ががくりと折れた。立っていた場所に、そのままくずおれる。糸をいきなり放された操り人形のようだ。その目は、ななめ上の天井を見つめている。額に開いた穴から血が流れ出した。

トミーは息をはずませていた。心臓がどくどくと打つ。口の中が渇いている。体内から湧き上がり、外に出ようとする感情を、必死でこらえた。なんとか気持ちを落ち着けて、これからするべきこと、暗記してきたこれからの手順を、ぶつぶつと唱える。すべて抜かりなく処理しなければならない。トミーはグニラを見つめ、それからラーシュに視線を移した。これはなんでもない、ただのモノがふたつ転がっているだけだ、と彼は自分に言い聞かせた。

消音器をはずしてポケットに入れ、拳銃を床に置く。ポケットの中のビニール袋から綿棒を出すと、目に見えない火薬の跡が残っている引き金の少し上を軽くぬぐった。火薬のついた綿棒を、ラーシュの右手の親指と人差し指のあいだのやわらかい部分にこすりつける。彼の手に拳銃を握らせ、ラーシュ・ヴィンゲが拳銃自殺したとすると、拳銃はどのような角度で落ちているだろう、と考えた。手錠はラーシュの寝室に置いていく。鑑識官は、彼の手首に小さな、ほとんど目に見えないほどのかすり傷がついていることに気づくだろう。寝室に手錠を置いておけば、寝室で手錠が見つかった場合にだれもが連想することを、鑑識官も連想してくれるにちがいない。

グニラの死体のそばにしゃがみ込んで、彼女のハンドバッグの中身を探り、この事件や捜査と少しでもかかわりのありそうなものが入っていないか確かめた。もっとも、彼女がそんなものを持ち歩くはずがないことはわかっている。慎重さという点では、自分にひけを取らない人間だったから。それでも、確かめずにはいられなかった。

トミーがグニラに連絡をとったのは、マリア広場でラーシュから受け取った資料に目を通したあとのことだった。大げさに騒ぎ立てることなく、淡々と、彼女とエリックがいままでやってきたことを知っている、自分もその分け前が欲しい、と告げた。グニラはトミーをよく知っていたから、ただ冷静に、いくら欲しいんですか、と尋ねてきただけだった。エリックの取り分の半分でどうだ？　わかりました、と彼女は答えた。

調子に乗ったラーシュ・ヴィンゲが葬儀の日、エリックを死なせたと彼女に話したことで、彼女とトミーの取り決めに、項目がひとつ追加された。ラーシュの死にかたは彼女が決める、というものだ。さして難しいことではなかった。が、そのあとグニラを撃つ段になると、トミーは大きな悲しみを感じた。グニラには仲間意識のようなものを抱いていたから。が、ほかに道はなかった。グニラのことはよく知っている。彼女はいつか、トミーに与えた分け前を取り戻そうとするだろう。そういう人間なのだ。彼女が生きているかぎり、トミーはつねに背後を気にして暮らさなければならない。とはいえ、こうすることにした最大の理由は、ラーシュから受け取った資料に書かれた金額だった。あれを見た瞬間、ある思いが心の中に生まれ、無視できなくなった。妻のモニカ。金は命を救う……この金を彼女の治療につぎ込めば、寿命を延ばしてやれるかもしれない。ＡＬＳを治すことだってできるかもしれないのだ。さらに、もうひとつの理由——ささいなことだが、ああ、それでも、なんと大きな理由であることか。酔っぱらいたいのに、冷蔵庫には缶ビール二本しか入っていない、そんなときの気持ちにも通じる、漠然とした感覚。これでは足りない、もっと欲しい、という気持ち。すべてを手に入れることができないのなら、そもそも手をつけないほうがましだ。マリア広場でラーシュ・ヴィンゲからスポーツバッグを受け取り、その夜、自宅で資料に目を通したとき、彼はそこに、ありあまるものを見た。ありあまるほどの富が、手の届くところにある。そう思った瞬間、進むべき道がはっきりした。一点の曇りもなく、くっきりと見えた。

エヴァ・カストロネベスはリヒテンシュタインにいた。グスマンから振り込まれる金を処理するため、そこで待機していたのだ。が、グスマンからの送金がなくなり、彼女にはべつの任務が与えられた。エヴァはグニラから電話で指示を受け、トミーが自由に使うことのできるダミー口座に金を送った。そしていま、トミーはエヴァに連絡して、グニラの金もその口座に移せ、手数料として十パーセントをやる、と指示するつもりだ。従わなければ、インターポールに通報する。彼女は世界の果てまで追われる身となるだろう。こちらにはスポーツバッグいっぱいの証拠があり、彼女の名前がそのあちこちに出てくるのだから。そんな状況で、エヴァ・カストロネベスが抵抗するとはとても思えない。

トミーはラーシュ・ヴィンゲ宅をひとまわりして、事件にかかわりのあるものがなにも残っていないかどうか、あらためて確かめた。なにも残っていない。きれいなものだ。鑑識官が興味を示しそうなものを、片っ端から頭に思い浮かべる。彼らがどんなふうに仕事を進めるかは知っている。その推理能力ときたら、ときおりびっくりさせられるほどだ。

大丈夫だろうと思えたところで、ラーシュとグニラを置き去りにして外に出ると、愛車のビュイック・スカイラーク・グランスポーツに乗り込み、エンジンをかけた。道の両側にそびえる建物の外壁に、V8エンジンの轟音がこだまする。トミーはブレーキペダルを右足で踏み、シフトレバーをDに入れた。ギアが切り替わり、改造エンジンが轟いて車全体ががくんと跳ねた。

車を出し、モニカと娘たちの待つ自宅へ向かう。今晩はテラスでバーベキューの予定だ。いつものとおり、庭のフェンス越しに、隣人のクリステルとアグネータにあいさつをすることになるのだろう。クリステルに冗談を言えば、彼はいつものとおり笑ってくれるにちがいない。夕食のあとは、ヴァネッサの夏休みの宿題である、英語の課題を見てやるつもりだ。ヴァネッサはトミーの英語の発音をからかい、トミーもスウェーデン訛りを大げさに強調してみせて、ふたりは笑い声をあげるだろう。エミリーはそのあいだ、ずっとパソコンに向かっているだろう。そろそろログアウトしなさい、と告げると、しばらくはむくれているだろうが、そのうち機嫌を直すはずだ。少しテレビを観たあと、モニカに誘われて、サンルームでコーヒーを飲みながらバックギャモンをする。そうだ、あのロールケーキも食べよう。ふたりともあのケーキには目がないのだ。モニカがゲームに勝つ。ふたりはベッドに入って読書をする。トミーは車の雑誌を、モニカはジーン・M・アウルの本を読む。明かりを消す前に、トミーはモニカの頰を撫でて、愛している、と告げる。彼女も、やさしい言葉を返してくれる。病がつねに重くのしかかっていても、なお強さを失わない彼女……今晩は、そんなふうに過ぎていくだろう。もうしばらくは、これまでとなにも変わらない生活を送る。が、そのあと、彼は行動を開始する。緩慢な死から、妻を救うために。

トミーは愛車のビュイックでストックホルムの往来を突き進んだ。間接的な形とはいえ、どれほどの富が手に入ったか、頭の中で計算してみる。二ケタの数字のあとにゼロが六つ並んでいる額に行き着いた。最初の二ケタもかなり大きい数字だ。一九五〇年代後半にストックホルム郊外のヨハネスホーヴで生まれ、スウェーデン製の安いタバコをこっそり吸い、スウェーデンのロック歌手、ジェリー・ウィリアムスを聴いて、アメリカンコミックの『ザ・ファントム』や冒険小説『ビグルズ』に心酔して育った男にとっては、なかなか消化しきれない数字だった。

*

彼女は毎日、息子のために小声で歌を口ずさんだ。身体を拭いてやり、髪をとかしてやり、きれいな服に着替えさせた。事故の前に息子が読んでいた本を読み聞かせてやりもした。ベッドのそばに、しおりをはさんだ状態で置いてあるのを見つけたからだ。

アルベルトの病室のドアがかすかに開いている。イェンスは立ち止まって中をのぞき込んだ。意識のない息子に付き添っている母親の姿は、見るたびに心が締めつけられるようだ。彼は、階下の売店で買ったトランプを手に持っている。ソフィーとトランプでもすれば時間つぶしになると思ったからだ。が、いま、こうして病室の前に立ってみると、目の前に見えない壁がそびえているような気がする。病室の中に足を踏み入れることができない。彼女とアルベルトの人生に入り込むことができない。自分の中の恐怖をきっぱりと断ち切って、温かみの中に足を踏み入れることが、どうしてもできない。

ソフィーは座って本を読み、顔にかかった髪をかき上げている。見られていることに気づいていない彼女は、あまりにも美しい……

イェンスはきびすを返し、廊下を遠ざかっていった。

＊

張りつめた、深刻な雰囲気。男たちが考えにふけっている。ふたりのいる場所は、いつもと同じだった——ビョルン・グンナションの喫煙室と化している会議室だ。トミーの上司であるビョルン・グンナションは、パイプに残った水分を出してから、膠着状態を破った。

「いまわかっていることは？」

トミーは椅子にもたれて座り、テーブルを見下ろしていた。そのまま数秒ほど、見えない点をじっと見つめてから、顔を上げた。

「ラーシュ・ヴィンゲは不安定な人間でした。グニラは彼を怖がっていた。彼女がちらりとそんなことを言っていた記憶があります。そのときは、あまり気にしていませんでしたが。ヴィンゲはどうやら、与えられている仕事が自分の能力に見合っていないと感じて、かなりしつこくグニラに迫ったようです。けんか腰の、脅すような態度で、彼女に電話をかけたり、メールを送ったりしていました。しかもつい最近、彼の母親と恋人が相次いで亡くなりました。それで、さらに精神の均衡を失ってしまったのではないかと……」

グンナションは耳を傾け、パイプを吸った。トミーは続けた。

「ヴィンゲは薬物依存症のリハビリ施設に入所しましたが、わずか数日後に脱走しました。その夜、帰宅した彼がグニラに電話をかけた記録があります。彼女に助けを求めたのかもしれません。詳細は不明です。いずれにせよ、その翌朝、グニラは彼のマンションを訪れました。ヴィンゲは彼女を撃ち、自殺しました。どうやら、ひじょうに強い薬を飲んで朦朧とした状態だったようですが……」

「どんな薬だ？」

「処方箋薬です……それで正体をなくしていたようです。依存症だったんですよ。過去にも依存症になったことがあるそうで、私はよく知りませんが、グニラの話によれば、その依存症がまた手のつけられないところまでエスカレートしたそうです。母親と恋人の死が原因かもしれません」

「で、グニラが担当していた捜査はどうなってる？」グンナションがパイプをふかしながら尋ねる。

トミーはありもしない埃を目からぬぐい去った。

「ここからが少し妙なんです。ブラーエ通りのオフィスには、ほとんどなにもありませんでした。監視のレポート数件や、写真数枚など、わずかな捜査資料しか残されていなかったんです」

「なぜだ？」

トミーは間を置き、顔を上げた。

「わかりません」

「きみの推測は？」

トミーの顔に苦しげな表情がうかんだ。まるで、これから言おうとしている内容が、彼の身体を痛めつけているかのように。

「どうした？」グンナションがパイプを上下の歯でしっかりとくわえたまま尋ねる。

「グニラもエリックも、なにもつかんでいなかったのではないかと。なんの成果も出せていなかった……少なくとも、彼女が装っていたほどには、捜査は進んでいなかったのではないかと思います」

最後のひとことは、どこか申しわけなさそうな口調だった。死人の悪口を言うのは気が進まない、とでも言いたげだ。

「なぜそう思う？」グンナションの声はしわがれていた。

「思い出してください。グニラは自分から、ああいう形で仕事を進めたいと申し出てきた。私たちはその申し出を全面的に受け入れて、彼女に自由裁量権を与えた。彼女はもしかすると、望んだとおりにことが運ばないのを恥じていたのではないでしょうか？　あるいは単に、予算が下りなくなることを恐れたのかもしれない。進展がないとなれば、予算の割り当ても少なくなりますから」

トミーは肩をすくめた。

「まあ、推測でしかありませんが」

グンナションは深くため息をついた。パイプをトントンと叩いて吸いがらを手のひらに出すと、かたわらのごみ箱に捨てた。

「〈トラステン〉での殺人事件は?」

「アントニア・ミッレルが捜査しています。グニラの資料はすべて渡しました。とはいっても、さきほど申し上げたとおり、ほんの少ししかないわけですが。鑑識のほうで成果が出ることを願いましょう」

「で、そのグスマンとやらは逃げおおせたのか?」

「ええ。あらゆるルートを使って捜索しています。彼の父親は、〈トラステン〉での銃撃戦とほぼ同じころ、マルベージャの自宅で殺害されました。どうやらこの抗争は、思ったよりも広域にわたっているようです」

ビョルン・グンナションは眉間にしわを寄せた。

「ハンス・ベリルンドは?」

「姿を消しました」

「なぜ?」

トミーはかぶりを振った。

「わかりません。グニラに雇われた時点で、すでにうしろぐらい経歴の持ち主でしたからね。しっぽを巻いて逃げたんでしょう」

しばしの沈黙。

「で、どこにいるんだ?」

トミーは首を横に振った。

「わかりません」

「アスクは? アンデシュ・アスクは、いったいどうかかわってたんだ?」

トミーはまた間を置いてから答えた。

599

「〈トラステン〉でやつの姿を見たとき、グニラに尋ねたんです。ときどき捜査の手伝いをしてもらっている、とグニラは言っていました。警察の負担にならないようにしたいから、と」

グンナションは顔を上げた。

「そう言ったのか？　警察の負担にならないように、と？」

トミーはうなずいた。

「じゃあ、アスクはなぜ自殺した？」

「人が自殺する理由についてはなんとも言えませんが、警察官がそういう道を選んでしまうのは、ままあることでしょう。それに、あの男の過去についてはご存じですね。公安での不始末のあと、だれもあいつとは仕事をしたがらなかったし、とにかくかかわり合いになりたくないと思われていた。病原菌扱いされて、消耗しきって、孤独で……なにもかもに疲れてしまったんじゃないでしょうか」

目の前に座っている男がかすかにうなずいたのを、トミーは目にした。〝なにもかもに疲れている〟というのは、グンナションにも覚えのある心境だった。

グンナションは大きく息を吸い込んだ。

「なあ、トミー、この事件、不可解な点がやたらと多くないか？」

トミーはしばらく時をやり過ごした。

「そうですね……」

答えはそれ以上続かなかった。下のほうから車の音が聞こえる。ふたりがいるのは、クングスホルメン島の警察本部だ。ビョルン・グンナションはまたパイプにタバコの葉を詰め、もはや習慣となっているため息をついた。

「これから、どうする？」

「私たちにできることはあまりないでしょう。たしかに不幸なできごとでした。正気を失った男が、人の命を奪った。男はラーシュ・ヴィンゲという名だった。

ですが、それだけのことです。グスマンの件の捜査は、グニラが残した資料をもとに再開することになるでしょう。〈トラステン〉事件の捜査も同じことです」

グンナションはマッチを用意し、しわがれ声で言った。パイプが歯のあいだでカチカチと音を立てた。

「こんな悲惨なことになった責任の一端は、われわれにもあるだろうな。グニラは上からの監督なしで仕事を進めたいと言い、われわれはそれを容認した。そうやって、彼女の失敗を見逃してしまったわけだから。しかし、グニラもグニラだ。行き詰まったと気づいた時点で素直に失敗を認めて、われわれに助けを求めてくれていれば、こんなことにはならなかったかもしれないのに」

トミーは上司の表情をうかがった。グンナションが心の奥ではひどくおびえているのがわかった。この大混乱の責任を取らなければならなくなることを、死ぬほど恐れている。まさにトミーの狙いどおりだった。

「ビョルン、私にまかせてください。なんとかしますす」

グンナションはまたパイプに火をつけ、何服かして、濃く青みがかった煙を吐いた。ニコチンが舌や頬にしみわたっていくあいだ、彼はじっとトミーを見つめていた。

「グニラもエリックも、われわれの親しい友人だったな、トミー。信望の厚いふたりだった。彼らの評判に傷がつかないようにしたいものだ」

トミーはうなずいた。

エピローグ

八月

ソフィーはアルベルトを助手席から車椅子に移してやった。息子が手伝われるのをいやがっていることは知っている。いまの彼の日常生活には、屈辱を感じる場面がたくさんあるのだ。が、アルベルトは立派だった。弱っているところ、落ち込んでいるところを、まわりに見せようとしない。ソフィーはときおり、息子が悲しみを押し殺しているのではないかと不安になった。

だが、息子の目の輝きは失われていなかった。二週間前、病院で目を覚ましたときにも、輝きはそこにあった。それでソフィーの恐怖はかき消えた。目を覚ましたのは、以前と変わらない、彼女の息子のアルベルトだった。どういうことかと質問してきたのも、自分の現状を知って怒りにかられたのも、二日後に泣きだしたのも、四日後に初めて冗談を飛ばしたのも、まぎれもなく、以前と同じアルベルトだった。そうなると、今度は彼女が悲しみにくれる番だった。そのあと、アルベルトにいろいろと質問されて、彼女はすべてを打ち明けた。病院でエクトルに出会った日のことから、グニラのこと、彼女の脅迫、そしてスペインへ逃げたことまで、一部始終を語った。アルベルトは耳を傾け、理解しようとした。

トムとイヴォンヌには手を焼いた。ふたりともアルベルトを手伝う気満々で、車のドアのそばから離れようとしない。かえって邪魔だったので、ソフィーは家の中で待っていてほしいと告げた。

日曜日の夕食。また全員が集まった。ジェーンとヘスス、トムとイヴォンヌ、アルベルトとソフィー。イヴォンヌは明るく、上機嫌だった。トムも同じだ。犬のラットはうるさく吠え、ジェーンとヘススはあまりしゃべらず、ひっそりと過ごしていた。テラスのドアを開け放ち、これ以上ないほど美しくテーブルを整える。暖かな夜の空気が、ダイニングルームにふわりと吹き込んでくる。なにもかもが完璧だった……ほぼ、完璧だった。

ソフィーはテーブルを囲んでいる自分の家族を見つめた。アルベルトはテーブルの下でこっそり携帯メールを読んでいる。イヴォンヌは、ヘススの言ったことにしきりにうなずいている。トムはソフィーの視線を感じたのか、彼女に向かって微笑みかけてきた。そして、ジェーン――いっさい質問することなく、とてつもない強さと落ち着きを発揮してくれたジェーン。彼女はしっかりと役割を果たした。なにか大変なことが起こると、ジェーンはいつもそうだった。ぼんやりした面や、気まぐれな面は影をひそめ、どこまでも冷静になる。ほかの人々がくじけたり取り乱したりする場面で、彼女は力強く舵を取る。ジェーンは頼りになる人間だ。そのことを知っている人は少なかった。

ソフィーはまたアルベルトを見やった。彼の携帯電話が、短い着信音を発する。彼はメールを読み、親指を使って返信している……

それから彼女は、久しぶりに自分を見つめた。ふと、どこかに光が見えた。見覚えのある、ちらちらと揺らめく光。燃えるような激しさはなく、目をくらませるような眩しさもなく、ただやわらかく、温かく、彼女の中で輝いている。その揺らめく光を包み込む感覚が、彼女自身について、自分でも忘れていたなにかを伝えてくれた。もう、恐怖から離れていいのだ、と教えてくれた。自ら招いた孤独など、もう捨ててしまってかまわない。ほんとうの彼女は、もっと大きな人間だ。ただ、自分でそうと悟る勇気がなかっただけで。恐怖を理解できなくても、その恐怖を断ち切ることはできる。ただ、黙って離れていけばいい。別れを告げて去ってしまえばいい――そんなふうに思ったのは、言葉を使った思考の結果ではなかった。いきなり霧が晴れたように、くっきりと見えた。自分は、変化している。蛇が脱皮するように、古い性格を脱ぎ捨てている。徐々に起こった変化だ。そして、自分はもう、変化にあらがうことをやめたのだ、とわかった。すべてが変化している。全宇宙のあちこちで、一日中、つねに、永遠に。だれであろうと、なんであろうと、変化にあらがうことなどできはしない。彼女も同じだ。怒りを感じる。熱さを、激しさを、うつろさを、意志の強さを感じる。そのすべてを同時に感じていることが、ごく自然に思えた。

ソフィーはアルベルトを見つめた。アルベルトは彼女と目が合うと、開けっぴろげな満面の笑みをうかべた。なぜだろう、とソフィーはしばらく考え、やがて気づいた――彼女自身が満面の笑みをうかべていたからだ、と。

日が暮れたころ、車で自宅へ向かった。暑さはまだ残っているが、それでも季節は変わったと感じた。夏至のころよりも、日が暮れるのが早い季節。木々を彩る緑の葉が、細い枝にずしりと重たげに茂っている季節。葉が枝にしがみつききれなくなって落ちていく、そんな目に見える変化が起こる直前の季節。

家の前に車をとめ、いつもの手順を繰り返した。息子を車から降ろして、車椅子に座らせ、玄関扉へのスロープを上がる。アルベルトは全部自力でやりたがった。家の中では、小さな段差をすべてバリアフリー化し、階段には昇降機を取り付けたので、彼はなんの問題もなく自由に動きまわっている。

ソフィーは家中の戸締まりをした。追加で取り付けてもらった錠もすべて閉め、自分のいない部屋の防犯アラーム装置を作動させた。

アルベルトが眠ったあと、アーロンから電話がかかってきた。外の世界で起こっていることを彼女に知らせ、さまざまな質問を彼女に投げかける。そうやって、いまの状況を彼女に教えてくれた。ソフィーは耳を傾け、会話を交わした。彼の問いかけについて話し合い、最善の解決策を見つけようとした。エクトルの容態に変化があったかどうか尋ねてみると、ないという答えが返ってきた。彼は、生命を維持するための機械につながれて、ただ横たわっているだけだった。

ソフィーは紅茶をいれた。ひとりきりで飲みながら、自分を責めた。きっと、いつまでもそうなのだろう——この罪悪感は、一生消えない。イェンスがここにいてくれたら、と思う。が、彼は姿を消した。いなくなってしまった。携帯にメールは送られてきた。しばらく留守にする、そうせざるを得ないので、というようなことが書かれていた。〝そうせざるを得ない〟か……と彼女は思った。私だって、こうせざるを得ないから、こうしている。みんな同じだ。

そんな中で、彼女はアルベルトの世話をし、つねに身辺を警戒した。それが、いまの彼女の人生だった。

ソフィーは八時間後に目を覚まし、テラスで朝食をとった。雨が降っている。彼女は濡れないよう、二階のバルコニーの下に座って紅茶を飲みながら、空から降り注ぐ雨の音に耳を傾けた。ふと、家の正面のほうから、砂利を踏むタイヤの音と、近づいてくる足音が聞こえてきた。玄関の呼び鈴が鳴ると、彼女は立ち上がり、テラスの端から身を乗り出した。

「こっちにどうぞ！」

家の正面からまわってきたのは、同年代らしき女性だった。ソフィーよりも何歳か年下かもしれない。かなり背が高く、髪は褐色で、タイトなジーンズにロングブーツを合わせている。身につけているのは、クラシックな宝石ではなく、もっとカジュアルなアクセサリーだ——彼女が雨を避けながら小走りに近づいてくるあいだに、ソフィーはそこまで観察を済ませた。

「もう！　びしょびしょだわ！」彼女は笑いながらテラスへの階段を上がってきた。服についた雨粒を、手のひらで払っている。それから濡れた手を差し出して自己紹介した。「アントニア・ミッレル警部補です」

「ソフィー・ブリンクマンです」

「お邪魔じゃないですか？」

「大丈夫ですよ。どうぞ、こちらへ。ちょうど朝食をとっているところでしたから」

ソフィーとアントニアはテラスに腰を下ろした。ソフィーが紅茶をすすめると、アントニアは礼を言って受け取った。

「すてきなお家ですね」と彼女が言う。

本気でそう思っているようすだった。

「ありがとうございます」とソフィーは答えた。「私たちふたりとも、とても気に入ってます」

〝ふたり〟ってだれだろう、とアントニアが思っていることに、ソフィーは気づいた。

「息子と暮らしてるんです。夫はずいぶん前に亡くなりました」

アントニアはうなずいた。

「そうなんですね。私は独身で、ストックホルムの街中の、2Kのアパートに住んでるんですけど……南向きでね。この夏は朝起きるたびに、どうして私、サウナに住んでるんだろうって思うんですよ」

アントニアは身を乗り出し、小さなパンかごに手を伸ばした。パンをひときれ手に取って食べながら、花や木々を眺めている。

「こんなところで暮らしたいわ」

ソフィーは待っていた。アントニアもそのことに気づいた。

「すみません……実は、ある事件の捜査をしていまして。殺人事件です。ヴァーサスタン地区にある〈トラステン〉というレストランで、三人が殺された事件なんですけど。新聞でお読みになりましたよね？」

ソフィーはうなずいた。

「ひどい事件です……捜査も手探りで……この仕事は、いつだってそうなんですけどね。つねに手探りで進むしかありません」

アントニアは紅茶をひとくち飲むと、ティーカップを置いてから続けた。

「これも新聞でお読みになったと思いますが、もうひとつ殺人事件が起こりました。警察官どうしのあいだで起こった悲劇です」

テラスの外で、雨がぴちゃぴちゃと音を立てる。

「ええ、知ってます。それで、捜査の過程で私の名前が出てきたので、質問をしにいらした、ということですね」

「そのとおりです」とアントニアは答えた。

「お話しできることは、あまりないと思いますけど。でも、できるかぎり協力します」

アントニアは上着のポケットから小さなメモ帳を取り出し、白紙のページを開いた。アントニア・ミッレルには、飾り気のない、さっぱりとした雰囲気があった。おおらかな性格のようだし、正直な目をしている。ソフィーは彼女が気に入った。そのことが怖くもあった。

「グニラ・ストランドベリが行っていた捜査は、どうやら行き詰まっていたようです。捜査資料がほとんど残されてなくて……でも、その資料の中に、あなたの名前が出てきました」

アントニアはソフィーを見つめ、問いかけた。

「グニラとはどんなふうに知り合ったんですか？」

「グニラが私に会いに、勤務先の病院を訪ねてきたのが最初です。ダンデリュード病院です。エクトル・グスマンという人について捜査しているとおっしゃってました。エクトルは当時、交通事故で脚を骨折して、私の勤める病棟に入院してたんです。五月の末か、六月のはじめごろだったかしら……」

アントニアは耳を傾けた。

「で、彼について、グニラにいろいろ聞かれました。それだけです」

「あなたはエクトル・グスマンと親しかったんですか？」

「彼の入院中に、少し親しくなりました。患者さんとはたまに、そういうことがあります。個人的なつながりが生まれるんです。いけないことだとされていますが……いけないと言うのは簡単ですけど、実際は、なかなか難しいんです」

アントニアはメモ帳に書き込んだ。

「それから？」

「何度か電話がかかってきて質問されましたが、私には答えられませんでした。エクトルが退院して、ランチに誘ってくれました」

ソフィーは身を乗り出して紅茶を飲んだ。

「ランチに誘った？」

ソフィーはうなずいた。

「ええ……」

アントニアはなにやら考えているようだった。

「エクトル・グスマンは、どんな人でした？」

ソフィーはアントニアに視線を据えたまま答えた。

「なんて言ったらいいかしら。感じがよくて、礼儀正しくて……魅力的、と言ってもいいかもしれません」

アントニアはメモをとった。

「レイフ・リュドベックは？」顔を上げずにいきなり尋ねる。

「えっ？」

「レイフ・アーネ・リュドベックという名前に、聞き覚えはありますか？」

ソフィーは首を横に振った。

「いいえ。だれですか？」

アントニアはソフィーを見つめ、メモ帳になにか書いた。

「〈トラステン〉では男性三人の死体が見つかりましたが、店内を捜索したところ、四人目の死体が見つかったんです。三人よりも前に死亡していました。つい最近、身元がわかったんです。レイフ・リュドベックといいます」

「そうなんですか……いいえ、初めて耳にする名前です」

「ラーシュ・ヴィングゲは？」

ソフィーは首を横に振った。

「いいえ、その名前も聞いたことがありません。だれなんですか？」

アントニアは、すぐには答えなかった。

「ラーシュ・ヴィングゲは、グニラ・ストランドベリを殺した警察官です。彼の名前はまだ公になっていませんが」

アントニアはさらに質問を続けた。数こそ多かったものの、内容に乏しい、害のないささいな質問ばかりだった。アントニア・ミッレルは、なにも知らない。なんの手がかりもつかんでいないのだ。グニラの捜査チームにだれがいたかも知らない。エクトルについても、なにも知らない。ほんとうのところ、彼女はいっさい、なにも知らなかった……が、知りたくてしかたがなかった。なんらかのイメージをつかみたいと強く思っていた。ソフィーはそんな彼女の気持ちを、彼女の声に、努めて控えめにふるまっているその態度に感じとった。

ソフィーはアントニアの質問に対し、ことごとく首を横に振った。自分はなにも知らない一介の看護師にすぎない、という姿勢を貫き通した。

　アルベルトが車椅子でテラスに出てきて、ふたりの会話は中断された。夏らしく日焼けした少年が車椅子に乗っている姿を見て、ミッレル警部補は少しうろたえたようだった。

「おはよう！　私、アントニアといいます」やや明るすぎる声で名乗ると、立ち上がってアルベルトと握手を交わした。

「アルベルトです」と彼も名乗った。

　ソフィーは彼の肩を抱いた。

「息子です。あと一週間で夏休みが終わるから、そろそろ規則正しい生活を始めなさいって言ってるのに、ぜんぜん聞かないんですよ。ね、アルベルト？」

　そう言うと、彼女は息子の頭に軽くキスをした。

解説

本書は、スウェーデンの新鋭アレクサンデル・セーデルベリのデビュー作 *Den andalusiske vännen*（2012）の全訳である。

セーデルベリは、一九七〇年生まれ。テレビドラマやコメディ番組の脚本家として活躍したのち、二〇一二年に本書で作家としてデビューした。

本書は、英訳原稿が百頁しかない段階で、世界最大の本の見本市フランクフルト・ブックフェアで注目を集め、わずか数カ月で二十六カ国に翻訳権が売れた。映画化権も、アメリカで百十八番目の富豪スティーヴン・M・レイルズが経営する制作会社インディアン・ペイントブラッシが取得している。

物語の主人公は、シングルマザーの看護師ソフィー。夫を亡くし、十五歳の息子とふたりで慎ましやかに暮らしてきた彼女は、交通事故による大怪我で入院中のスペイン人エクトルと出会う。足の骨折や内臓の損傷にもかかわらず、堂々と優美に振る舞うエクトルは、ソフィーに好感を持ったようで、様々な誘いをかけてくる。ソフィーも次第にエクトルに惹かれていくが、出版社の経営者という彼の肩書は表の顔に過ぎなかったのだ……。

エクトルとの関係のせいで、ソフィーは突如、国際的な犯罪シンジケートの激しい抗争の渦中に放り込まれる。はたして、看護師の彼女は、激しいカーチェイスや銃弾の嵐を生き延びることができるのか？

本書はソフィーを主人公とした三部作の第一弾となる予定。強い女の冒険をご堪能あれ。

（Ａ・Ｙ）

HAYAKAWA POCKET MYSTERY BOOKS No. 1879

ヘレンハルメ美穂《みほ》

国際基督教大学卒,
パリ第三大学修士課程修了
スウェーデン語, フランス語翻訳家
訳書
『契約』ラーシュ・ケプレル
『ミレニアム』スティーグ・ラーソン（共訳）
（以上早川書房刊）他

この本の型は, 縦18.4センチ, 横10.6センチのポケット・ブック判です.

〔アンダルシアの友《とも》〕

2014年1月10日印刷　　2014年1月15日発行

著　者　アレクサンデル・セーデルベリ
訳　者　ヘレンハルメ美穂
発行者　早川　浩
印刷所　星野精版印刷株式会社
表紙印刷　大平舎美術印刷
製本所　株式会社川島製本所

発行所　株式会社　早川書房
東京都千代田区神田多町2－2
電話　03-3252-3111（大代表）
振替　00160-3-47799
http://www.hayakawa-online.co.jp

（乱丁・落丁本は小社制作部宛お送り下さい
送料小社負担にてお取りかえいたします）

ISBN978-4-15-001879-5 C0297
Printed and bound in Japan

ハヤカワ・ミステリ〈話題作〉

1863 ルパン、最後の恋 モーリス・ルブラン 平岡 敦訳
父を亡くした娘を襲う怪事件。陰ながら見守るルパンは見えない敵に苦戦する。未発表のまま封印されたシリーズ最終作、ついに解禁

1864 首斬り人の娘 オリヴァー・ペチュ 猪股和夫訳
一六五九年ドイツ。産婆が子供殺しの魔女として捕らえられた。処刑吏クィズルらは、ひそかに事件の真相を探る。歴史ミステリ大作

1865 高慢と偏見、そして殺人 P・D・ジェイムズ 羽田詩津子訳
エリザベスとダーシーが平和に暮らすペンバリー館で殺人が！ ロマンス小説の古典『高慢と偏見』の続篇に、ミステリの巨匠が挑む！

1866 喪失 モー・ヘイダー 北野寿美枝訳
〈アメリカ探偵作家クラブ賞最優秀長篇賞受賞〉駐車場から車ごと誘拐された少女。狡猾な犯人を追うキャフェリー警部の苦悩と焦燥

1867 六人目の少女 ドナート・カッリージ 清水由貴子訳
森で発見された六本の片腕。それは誘拐された少女たちのものだった。フランス国鉄ミステリ大賞に輝くイタリア発サイコサスペンス

ハヤカワ・ミステリ〈話題作〉

1868 キャサリン・カーの終わりなき旅 トマス・H・クック 駒月雅子訳
息子を殺された過去に苦しむ新聞記者は、あるきっかけから、二十年前に起きた女性詩人の失踪事件に興味を抱く。贖罪と再生の物語

1869 夜に生きる デニス・ルヘイン 加賀山卓朗訳
〈アメリカ探偵作家クラブ賞最優秀長篇賞受賞〉禁酒法時代末期のボストンで、裏社会をのし上がっていこうとする若者を描く傑作！

1870 赤く微笑む春 ヨハン・テオリン 三角和代訳
長年疎遠だった父を襲った奇妙な放火事件。父の暗い過去をたどりはじめた男性が行きつく先とは？〈エーランド島四部作〉第三弾

1871 特捜部Q ―カルテ番号64― ユッシ・エーズラ・オールスン 吉田 薫訳
悪徳医師にすべてを奪われた女は、やがて復讐の鬼と化す！「金の月桂樹」賞を受賞したデンマークの人気警察小説シリーズ第四弾

1872 ミステリガール デイヴィッド・ゴードン 青木千鶴訳
妻に捨てられた小説家志望のサムは探偵助手になるが、謎の美女の素行調査は予想外の方向へ……『二流小説家』著者渾身の第二作！

ハヤカワ・ミステリ〈話題作〉

1873
ジェイコブを守るため
ウィリアム・ランディ
東野さやか訳
十四歳の一人息子が同級生の殺人容疑で逮捕され、地区検事補アンディの人生は根底から揺らぐ。有力紙誌年間ベストを席巻した傑作

1874
捜査官ポアンカレ ―叫びのカオス―
レナード・ローゼン
田口俊樹訳
かの天才数学者のひ孫にして、ICPOのベテラン捜査官アンリ・ポアンカレは、数学者爆殺事件の背後に潜む巨大な陰謀に対峙する

1875
ハヤカワ・ミステリ創刊60周年記念作品
カルニヴィア1 禁忌
ジョナサン・ホルト
奥村章子訳
二体の女性の死体とソーシャル・ネットワーク「カルニヴィア」に、巨大な陰謀を解く鍵が！　壮大なスケールのミステリ三部作開幕

1876
狼の王子
クリスチャン・モルク
堀川志野舞訳
アイルランドの港町で死体で見つかった三人の女性。その死の真相とは？　デンマークの新鋭が紡ぎあげる、幻想に満ちた哀切な物語

1877
ジャック・リッチーのあの手この手
ジャック・リッチー
小鷹信光編・訳
膨大な作品から編纂者が精選に精選を重ねたすべて初訳の二十三篇を収録。ミステリ、SF、幻想、ユーモア等多彩な味わいの傑作選